KONSALIK

TREIBHAUS DER TRÄUME

Roman

PAVILLON VERLAG
MÜNCHEN

PAVILLON TASCHENBUCH
NR. 02/340

Umwelthinweis:
Dieses Buch wurde auf
chlor- und säurefreiem Papier gedruckt.

2. Auflage
Taschenbuchausgabe 04/2003

Der Pavillon Verlag ist ein Verlag der
Ullstein Heyne List GmbH & Co.KG
Printed in Germany 2003
Umschlagillustration: The Image Bank/Preston-Schlebu
Umschlaggestaltung: Nele Schütz Design, München
Gesamtherstellung: Elsnerdruck, Berlin
http://www.heyne.de

ISBN: 3-453-87114-6

Ein Schrei gellte durch das stille Haus.

Er kam aus den Kellerräumen, flog die Treppe hinauf und ließ die junge Dame in dem weißen Kittel, die gerade vorüberging und zum Gymnastiksaal wollte, zusammenschrekken. Dann fiel unten eine Tür ins Schloß, und der Wortschwall, der dem Schrei gefolgt war, erstarb. Die junge Dame lauschte noch ein paar Sekunden die mit einem roten Teppich belegte marmorne Kellertreppe hinunter, hob dann die Schultern, zog den weißen Kittel mit dem goldbestickten Monogramm AF auf der Brust glatt und ging weiter.

Unten, in Raum 6, Abteilung »Kosmetik«, geschah unterdessen eine Tragödie.

»Wie sehe ich aus?« schrie eine Frau und starrte in den großen Spiegel an der mit einer fröhlichen Blümchentapete geschmückten Wand. »Was haben Sie mit mir gemacht? Ganz rot! Wie eine Tomate! Das ist ja schrecklich! Das ist ja fürchterlich! Sie haben meine Haut zerstört! Sie haben mein schönes Gesicht entstellt! Sie … Sie haben mich häßlich gemacht! O Gott! O Gott!«

Die Frau – sie mochte Mitte Fünfzig sein, hatte blondes, gefärbtes Haar und eine rundliche Figur – sie ließ sich auf eine der Spezialliegen fallen und schlug die Hände vor das Gesicht. In der Ecke des Zimmers, als sei sie dorthin geflüchtet, stand ein junges, hübsches Mädchen und bemühte sich verzweifelt, den Wortschwall durch Zeichen und Handbewegungen zu unterbrechen. Sie trug ebenfalls den weißen Kittel mit dem goldenen Monogramm AF. In der Hand hielt sie noch ein warmes Tuch, an dem der Rest eines grünlichen Breies klebte.

»Wie eine Tomate. Wie eine Tomate«, sagte die Frau auf der Liege. Nun war es mehr ein Wimmern, das Greinen eines Kindes. »Mein Mann wird mich entsetzt anstarren. Er wird sich eine Geliebte nehmen. Sie haben meine Ehe zerstört ... und ich bin hierhergekommen, sie zu retten. O Gott!«

»Gnädige Frau!« Das Mädchen wagte einen Schritt zur Liege. »Diese Röte ist in zwei Wochen verschwunden.«

»Zwei Wochen? Am Sonntag besucht mich mein Mann. Soll ich ihm so gegenübertreten?« Die Frau wandte sich um, nahm die Hände vom Gesicht und starrte wieder in den Spiegel. Es war, als wollte sie wieder aufschreien, als sie sich sah. Ein rundes, von zurückgekämmten Haaren eingerahmtes Gesicht, nicht häßlich, nur von alltäglicher Langeweile, ohne Schminke, Puder und Frisur von bestürzender Hohlheit, nun aber gerötet wie nach einem Sonnenbrand, und in diesem Rot die vielen Punkte ... Pickel, wie man sagt. Akne, wie es die Kosmetiker nennen. Eine Tomate mit Masern!

»Beruhigen Sie sich, gnädige Frau«, sagte das Mädchen. Sie erlebte es zum erstenmal, daß eine Insassin der »Schönheitsfarm Almfried« die Nerven verlor und derart auf eine Behandlung reagierte. Die anderen Frauen nahmen es hin, tagelang so rot auszusehen. Sie trösteten sich mit dem Bewußtsein: In drei Wochen ist deine Haut rein und zart und faltenlos wie damals, als du zwanzig Jahre jung warst und Eduard dir über das Gesicht strich und sagte: »Liebling, du hast eine Haut wie ein Pfirsich ...«.

»Beruhigen? Mit *dem* Gesicht?!«

»Wir haben nur ein Peeling gemacht. Wir schälen die Haut mit der Akne ab. Es ist der einzige Weg, damit die Haut wieder ...«

»Und wenn sie mit Narben nachwächst?« stöhnte die Frau.

»Das Mittel ist ganz ungefährlich. Es ist eine Kräutermischung aus Rußland ...«

»Auch das noch!« Die Frau warf sich auf das Ruhebett und starrte an die Decke.

»Das Präparat ist von einer polnischen Kosmetikerin zusammengestellt worden.«

»Noch schlimmer! O Himmel! Warum hat man mir das alles nicht vorher gesagt? Ich möchte Fräulein Steegert sprechen. Sofort. Auf der Stelle.«

»Die Chefin ist verreist. Zu einem Kongreß nach Hamburg.«

Die Frau auf der Liege begann zu weinen. Lang ausgestreckt lag sie auf einem Badetuch, bekleidet mit einem zweiteiligen Badeanzug, der deutlich machte, wo die Jahre zuviel hinterlassen hatten. Die Hüften waren gut gepolstert, der Bauch wölbte sich vor, und die Brüste hingen schwer in den Haltern. »Zwanzig Pfund zuviel, Frau Direktor Pfannenmacher«, hatte Marianne Steegert, eine der Besitzerinnen der Schönheitsfarm »Almfried«, bei der Anmeldung gesagt. »Ob wir die in drei Wochen herunterbekommen – ich glaube es kaum. Die Akne im Gesicht, das bekommen wir hin. Sie müssen nur alles mitmachen, was angeordnet wird. Die erste Woche wird schwer sein. Sie kostet Überwindung und Selbstbeherrschung. Aber wenn Sie einen starken Willen haben, dann schaffen wir es.«

Frau Pfannenmacher hatte es versprochen. Alles war so herrlich hier. Die beiden Villen im Landhausstil, der große Park, die Berge ringsherum, die reine frische Luft, die Fröhlichkeit der anderen Frauen, die den Neuankömmling mit Herzlichkeit begrüßten und in den »Kreis der ewig Hungrigen« aufnahmen, wie man scherzhaft sagte ... hier werde ich mich verjüngen lassen, hatte Frau Pfannenmacher gesagt. Und wenn ich zurückkomme zu meinem Ulrich, wird er mich anstarren und nicht glauben, wieviel Jugend noch in seiner Erna steckt. Zweiundfünfzig, ist das ein Alter? Soll man da schon auf alles verzichten? Nun gut, man war etwas breiter geworden, die Haut war schlaffer, unreiner, großporiger – aber das Herz war noch unverbraucht, und die Sehnsucht einer Frau überzog sich nicht mit Pusteln wie die Haut.

Nie vergaß Erna Pfannenmacher die eine Nacht vor einem halben Jahr, als sie mit Ulrich in Paris war, sich ein verführerisches Nachthemd, ganz durchsichtig, kaufte und ihn am Abend damit überraschte, nach einem Varietébesuch, wo Ulrich die nackten Tänzerinnen mit Stielaugen angestarrt hatte. Wie ein junges Mädchen war Erna ins Schlafzimmer gekommen, rot im Gesicht, fast verschämt, mit klopfendem Herzen

… und was hatte Ulrich gesagt? Er lag schon im Bett, las die Zeitung, trank ein Glas Kognak und sah nur kurz hin, als sie mit zitternder Stimme sagte: »Uli … schau mal …«

»Was ist'n das?« hatte er gesagt. »Willste Waldfee spielen? Erna, in deinem Alter! Hol mir mal die Kognakflasche aus dem Salon.«

Und dann las er weiter in seiner Zeitung.

Welche Frau kann so etwas vergessen?

Von dieser Nacht an war Erna Pfannenmacher bereit, alles zu tun, alles zu erdulden, alles zu probieren, um auch für ihren Mann wieder eine Frau zu sein, die man ab und zu genauer ansieht – auch nach siebenundzwanzig Ehejahren. Denn das Herz, es war ja noch immer voll unerfüllter Sehnsucht.

Erna Pfannenmacher drehte jetzt den Kopf zur Seite und sah das junge Mädchen in dem weißen Kittel an. Nun, da sie weinte, hatte sie Mitleid und Verständnis.

»Verzeihen Sie«, sagte sie stockend. »Aber der erste Anblick … es war entsetzlich … und ich kam mir wie verbrannt vor … Ich habe einen Schock bekommen … Kann man das Gesicht nicht überschminken?«

»Das würde das ganze Peeling nutzlos machen, gnädige Frau«, sagte die Kosmetikerin vorsichtig.

»Nur für den Tag, an dem mich mein Mann besucht!«

»Das kann allein die Chefin entscheiden. Und sie kommt erst …«

»Und Fräulein Patz?«

»Die andere Chefin ist in München. Aber sie ist morgen wieder auf der Farm.«

Die Kosmetikerin schob einen Apparat an das Ruhebett. Mißtrauisch betrachtete Erna Pfannenmacher das blitzende Gerät.

»Was gibt es nun?« fragte sie und machte sich steif wie ein störrischer Esel.

»Eine Ozonbesprühung. Das öffnet die Poren der Haut und macht das Peeling wirksamer.«

»Und die Röte geht weg?«

»Vorerst nicht. Aber wir garantieren Ihnen in drei Wochen

eine völlig reine Haut.« Das Mädchen im weißen Kittel breitete ein Tuch über den Körper Erna Pfannenmachers. Ihre Hände bebten leicht. Wie wird sie sich benehmen, wenn das Ozon aus dem Sprühgerät über ihr Gesicht streichelt, dachte sie. Sie ist die erste, die hysterisch ist ... die meisten liegen darunter, ohne sich zu rühren. Sie lassen sich massieren und durchkneten, mit Kakaobutter einreiben und abbürsten, sie atmen nach Yoga-Art und turnen, machen Waldläufe und essen Müsli und trinken Kräutertee, und alles still, klaglos, manchmal verbissen sogar, als gelte es einen Preis zu gewinnen. Und wirklich, es geht ja auch um einen Preis: Um den Preis des jüngeren Aussehens, um den Preis einer jugendlichen Figur, um den Preis der Liebe ihres Mannes, um den Preis, bewundert zu werden. Und um den größten Preis: Den Frieden der weiblichen Seele.

Erna Pfannenmacher schloß die Augen. Ihr Herz krampfte sich zusammen. Paris, dachte sie. Ulrich im Bett mit Zeitung und Kognak. »Willste Waldfee spielen?« Eine halbe Stunde später hatte er geschnarcht, und sie war am Fenster gestanden, hatte über das nächtliche Paris geblickt und lautlos geweint, um ihn nicht zu wecken.

»Ich habe mich dumm benommen«, sagte sie leise und zuckte nur unmerklich zusammen, als das Ozongerät zu sprühen begann. »Ich werde meinen Mann anrufen, er soll erst in vierzehn Tagen kommen.«

Dann streckte sie sich, und eine wohlige Müdigkeit überkam sie.

Sie wollen alle schöner werden, die hier sind, dachte sie. Neununddreißig Frauen. Ihr Alltagsleben haben sie vorne an der Anmeldung mit abgegeben, es existiert nur noch in den Akten. Und in den Gesprächen am Tisch, am Abend im Fernsehraum, beim Spaziergang. Und dann ist es immer das gleiche: »Mein Mann hat gesagt ... Mein Mann meint ... Mein Mann ist der Ansicht ... Mein Mann hat sich gedacht ...«

Immer mein Mann. Immer Mann. Mann! Mann! Mann!

Der Mittelpunkt unserer Welt.

Und wie wenig haben sie es verdient –

Da sind sie alle gleich, die jetzt in den Kabinen 1 bis 10 auf den Spezialliegen ausruhen und sich von den jungen Kosmetikerinnen behandeln lassen.

Die Fabrikantengattinnen mit Sportwagen und Villa. Die Filmstars, die hier ohne Schminke und Frisur gar nicht mehr auffallen und deren Bilder mit Dankesworten in der Eingangshalle hängen. Die brave Bürgersfrau, die sich endlich einmal erholen kann, vom Haushalt, von den drei Kindern, vom Geschäft, das bis ins Schlafzimmer reicht, von den hundert Problemen des Alltags, und die doch auch vor dem Spiegel steht und die Fältchen zählt und Sehnsucht hat, glatt und jung auszusehen ... weil Heinz und Fritz und Herbert und Ludwig es so gerne sehen, wenn ihre Frauen schön sind.

Alle sind sie Schwestern hier auf der Schönheitsfarm »Almfried«. Und alle tragen etwas Großes und Schweres in ihrem Herzen: Die Hoffnung, geliebt zu werden.

Denn was ist eine Frau ohne Liebe?

Erna Pfannenmacher schlief ein. Jemand massierte ihr die Beine, das merkte sie noch. Ein Prickeln zog durch ihren Körper, wie Sekt.

Es ist schrecklich, alt zu werden, dachte sie noch, wenn das Herz jung ist.

Und dann träumte sie von Ulrich, der sie in seine Arme nahm und küßte, wie vor siebenundzwanzig Jahren ...

Über den Bahnsteig rannte eine junge Frau.

Blond, langbeinig, um den schlanken Körper einen Trenchcoat. In den Händen pendelten zwei helle, kleine Schweinslederkoffer, schlugen gegen die trippelnden Beine und behinderten sie beim Laufen.

Während sie rannte, hatte sie den Kopf weit in den Nacken geworfen, die blonden Haare flatterten um das schmale, erhitzte Gesicht, der rot geschminkte Mund war leicht geöffnet, ihr Atem flog.

»Einsteigen bitte! Türen schließen!«

Die Schaffner gingen die Wagenreihe entlang, warfen krachend die Türen zu und kontrollierten die Sicherheitshebel. Fenster wurden heruntergelassen, letzte Abschiedsworte wurden gewechselt. Ein Händedruck, ein Kuß. Gute Fahrt. Grüß Tante Minchen herzlich. Schreib sofort, wenn du angekommen bist. Zieh dich warm an, in den Bergen weht oft ein rauher Wind –

Die junge Frau rannte keuchend weiter. Schlafwagen ... Schlafwagen ... Liegewagen ... 2. Klasse ... 2. Klasse ... Speisewagen ... 1. Klasse.

Endlich!

Am Fenster seines Abteils stand Dr. Lutz Lorentzen und blickte zurück auf Hamburg. Ein bitterer, ein wehmütiger Abschied war es. Hier hatte einmal seine Heimat sein sollen, hier hatte er geglaubt, ein Leben in Glück und Erfolg verbringen zu können. Fast eineinhalb Jahrzehnte hatte es so ausgesehen, als habe ihn das Schicksal verwöhnt. Dann war alles zusammengebrochen, in einer einzigen Nacht, und nun verließ er Hamburg, einsam und ausgestoßen, wie ein Auswanderer, den es zu fremden Gestaden treibt, wo ihn niemand kennt, niemand fragt, niemand sich um ihn kümmert.

Von der Lokomotive her gellte ein scharfer heller Pfiff. Abfahrt!

Adieu, Hamburg. Vergangenheit, versinke in der Ferne. Lebt wohl, Erinnerungen. Wenn der Zug gleich die mächtige Bahnhofshalle verläßt, ist ein Abschnitt des Lebens vorbei.

Dr. Lorentzen wollte sich zurückbeugen und das Fenster hochschieben, als er die rennende, junge Frau sah. »Halt!« schien ihr in der Anstrengung des Laufens etwas verzerrter Mund zu rufen. »Halt! Nur ein paar Sekunden noch ...«

Der Zug ruckte an, setzte sich langsam in Bewegung, die gelösten Bremsen knirschten.

Dr. Lorentzen warf noch einen Blick auf die junge Frau, dann stürzte er aus dem Abteil, riß die Waggontür auf und beugte sich hinaus.

»Zurücktreten!« schrie der Fahrdienstleiter mit der roten Mütze. »Halt! Nicht mehr einsteigen!«

Die junge Frau hatte das Trittbrett des Wagens erreicht. Sie sah den Mann an der Tür stehen, lächelte ihn verzerrt an und wagte dann den Sprung. Die Schweinslederkoffer wirbelten durch die Luft, ein Griff zur Haltestange, die Beine schleiften etwas nach, die Tür wollte vom Fahrtwind zuschlagen, aber Dr. Lorentzen drückte sie mit seinem Körper auf, faßte den Arm der jungen Frau und riß sie in den Wagen. Mit einem leisen, ächzenden Laut sank sie an seine Brust und klammerte sich an ihm fest. Krachend schlug die Tür zu. Der Zug donnerte aus der Bahnhofshalle.

»Das war aber leichtsinnig, gnädige Frau«, sagte Dr. Lorentzen tadelnd. »Um ein Haar wäre es schiefgegangen.«

Die junge Frau nickte atemlos. »Ich mußte den Zug noch bekommen. Der nächste geht erst gegen Mittag.«

»Ich habe erlebt, wie jemand aufspringen wollte, ausrutschte und unter die Räder kam. In Rom. Es sah nicht sehr schön aus, was von dem Mann übrigblieb.«

»Ich danke Ihnen.« Die junge Frau lockerte den Griff um Dr. Lorentzen und wollte zurücktreten. Mit einem hellen Schmerzenslaut knickte sie ein und klammerte sich wieder an ihn. »Mein Fuß. Der rechte. Ich glaube, ich bin beim Aufspringen umgeknickt. Ich kann nicht auftreten.«

»Lassen Sie mal sehen.« Dr. Lorentzen ging in die Hocke, und während sich die junge Frau an der Tür festhielt, hob er den rechten Fuß etwas hoch und bewegte ihn.

»Au!« sagte die Frau. »Ja, das tut weh. Ganz gemein weh.«

»Gebrochen ist nichts.« Dr. Lorentzen tastete die schlanke Fessel ab und betrachtete das schöne, lange Bein. Deutlich sah er, wie sich eine Schwellung im Gelenk ausbreitete. »Ob es einen Bänderriß gegeben hat, muß die Röntgenaufnahme zeigen. Auf jeden Fall sind Sie ganz schön umgeknickt und haben sich eine Distorsion zugezogen. Die nächsten sechs Wochen werden Sie einen dicken und in allen Farben leuchtenden Knöchel haben.«

Die junge Frau verbiß tapfer den Schmerz, als Dr. Lorentzen das Bein wieder losließ. »Sie … Sie sind Arzt?« fragte sie.

»Ja.« Das war knapp gesagt, fast abweisend, so, als wolle er nicht daran erinnert sein. »Stützen Sie sich auf meine Schulter und hüpfen Sie auf dem gesunden Bein nebenher. Ich bin allein im Abteil. Da können wir den Fuß hochlegen.«

»Danke.« Die junge Frau lächelte Dr. Lorentzen etwas befangen und verzeihend an. »Ich mache Ihnen solche Umstände. Sie sind sehr freundlich.« Sie legte die Hand um seine Schulter und hüpfte, von ihm gestützt, in das leere Abteil 1. Klasse. Dort legte sie sich vorsichtig auf die Polsterbank und streckte das verstauchte Bein von sich. Dr. Lorentzen holte die Koffer herein, warf sie ins Gepäcknetz und schob seinen zusammengefalteten Mantel als Kopfkissen unter die blonden Locken der jungen Frau.

Der Zug ratterte durch die weite Ebene südlich Hamburgs. Saftige Wiesen, ein Gewirr von Kanälen, schlanke Birken und breitkronige, knochige Weiden. Die roten Dächer der Bauernhäuser, tief heruntergezogen wegen der scharfen Winde von der Küste, leuchteten in der Morgensonne.

»Ziehen Sie bitte Schuh und Strumpf aus«, sagte Dr. Lorentzen nüchtern. Er hatte sich umgedreht und holte eine schwarze, dicke Aktenmappe aus dem Netz. Die typische Arzttasche, dachte die junge Frau. Wenn er sie gleich aufklappt, ringeln sich die Schläuche des Stethoskops heraus. Dann kommt die Rolle mit der Blutdruckmanschette, ein Chromkasten mit Spritzen und Nadeln, ein Gewirr von Schachteln und Röhrchen, Arztpackungen.

Aber nichts dergleichen geschah. Eine Reiseflasche Kognak kam zum Vorschein. Dr. Lorentzen stellte sie auf das aufgeklappte Tablett am Fenster.

Vorsichtig zog die junge Frau den Schuh aus – einen hochhackigen dunkelroten Schuh aus blitzendem Lackleder – und anschließend den Strumpf. Es waren schöne Schenkel, die in der Sonne lagen. Fest, gut geformt, glatt. Dr. Lorentzen warf einen schnellen Blick auf die Beine, einen völlig unärztlichen Blick. Dann wandte er sich wieder seiner Kognakflasche zu, schraubte sie auf und holte aus der Tasche ein weißes Handtuch.

Wer mag sie sein, dachte er dabei. Sie ist gepflegt und hübsch. An den Fingern trägt sie nur einen Brillantring. Ende Zwanzig mag sie sein. Ein sportlicher Typ, der viel Wert auf Kosmetik legt. An den Beinen ist nicht ein Härchen, die Zehennägel sind manikürt wie die Fingernägel und gelackt. Sie ist schlank und doch voll weiblicher Formen. Man sieht selten solchen Einklang von Gesicht und Körper. Wie viele hundert weibliche Körper hatte man schon gesehen, in den Klinikbetten, auf dem Operationstisch, im Röntgenraum, auf der Liege im Untersuchungszimmer. Nur wenige Körper waren vollkommen. Hier schien eine der großen Ausnahmen zu sein.

Dr. Lorentzen beugte sich wieder über den Fuß. Die Schwellung war nun deutlich sichtbar. Auch ein Hämatom breitete sich zu beiden Seiten des Sprunggelenkes aus.

»Das sieht übel aus«, sagte die junge Frau kläglich.

»Das Bein? Durchaus nicht.«

Die junge Frau lächelte tapfer. »So sind Ärzte«, sagte sie. »Auch noch spotten.«

»Wenn Sie ein Kind wären, müßte man Ihnen die Hosen strammziehen. Auf einen fahrenden Schnellzug aufspringen. Wie weit fahren Sie?«

»Bis München.«

»Auch das noch. Werden Sie abgeholt?«

»Ja.«

Dr. Lorentzen fragte nicht weiter. Was geht mich das an, dachte er. Natürlich wird sie abgeholt. Die Frage war blöd. Er tastete noch einmal den Knöchel ab und betrachtete den kleinen schmalen Fuß. Dann nahm er das Handtuch und die Kognakflasche und schüttete einen gehörigen Guß Kognak in das Handtuch. Mit großen Augen sah ihm die junge Frau zu und zuckte zusammen, als er das nasse, kalte Handtuch über ihren Knöchel legte und den Fuß hineinwickelte.

»Als provisorische Kompresse«, sagte er dabei. »Jetzt ist Alkohol das beste gegen die Verstauchung.«

Die junge Frau lächelte wieder. »Das ist mein erster Verband mit Kognak«, sagte sie.

»Zu Hause müssen Sie unverdünnten Weingeist nehmen. Und rufen Sie sofort ihren Hausarzt an. Er soll Ihnen eine Salbe verschreiben.«

»Können Sie das nicht, Herr Doktor?« Die junge Frau legte sich zurück auf den zusammengefalteten Mantel. Sie hatte den Gürtel ihres Trenchcoats gelöst und ihn geöffnet. Ein hellrotes Kleid spannte sich über einen ebenmäßigen Körper.

Wie zwei Hügel hoben sich die festen, gar nicht kleinen Brüste ab. Das blonde Haar floß etwas zerzaust über die dunkelblauen Polster der Wagensitze.

»Nein.« Dr. Lorentzen wandte sich wieder ab, schraubte die Kognakflasche zu und hob die Aktentasche ins Gepäcknetz zurück. »Ich habe keinen Rezeptblock bei mir.«

Dann lag Schweigen zwischen ihnen. Er blickte hinaus auf die vorbeiziehende Landschaft. Bauerndörfer, schwarzbunte Kühe, rote Dächer, Gemüsefelder, Kanäle, Flecken von weißem Sand, einige Steinhaufen. Lawinenschutt aus vergangenen Jahrmillionen.

Sie beobachtete ihn, die Arme hinter dem Kopf verschränkt. In dem verstauchten Fuß klopfte und stach es, aber sie verbiß tapfer den Schmerz. Im Abteil roch es nach Schnaps wie in einer billigen Kneipe. Aber der Kognakverband tat gut, er kühlte herrlich.

Wie ernst und abweisend er ist, dachte sie. Unpersönlich und unverbindlich höflich. So benehmen sich die Klinikärzte. Menschen sind Fälle für sie. Da gibt es keine Namen, da heißt es nur: Der Appendix von Zimmer 12. Die Mamma-Amputation von 19. Der Anus praeter von 34.

Und dabei ist er ein schöner Mann. Groß, na, schätzen wir: 1,85. Alter? Man könnte sagen: Mitte Vierzig. Die Schläfen werden schon grau, aber sein leicht gelocktes Haar ist noch von einer tiefen Bräune. Er hat hellbraune Augen, wie ein Reh. Sein Kinn ist eckig, das Gesicht länglich. In den Augenwinkeln und um den Mund herum zittern Fältchen, wenn er spricht oder lächelt. Er hat schöne, schlanke Hände. Seine Stimme ist weder dunkel noch hell, und doch muß man ihr zuhören und ist von ihr wie von Musik umgeben.

Sie sah von ihm weg zur Seite gegen die blauen Polster. Verrückt, dachte sie. Was hast du, Marianne?! Sich so mit einem Mann zu beschäftigen. Wie ein kleines verliebtes Mädchen, das einen Primaner anschwärmt, weil er den Caesar zitieren kann. Sieh ihn dir doch an: Er will gar nichts von dir wissen. Du bist für ihn nur die Distorsion des rechten Sprunggelenkes.

»Ich mache Ihnen Mühe, nicht wahr?« fragte sie in die Stille hinein. Es war ihr, als zuckte er zusammen.

»Gar nicht, gnädige Frau. Tut's noch weh?« Er sah auf ihre entblößten Beine. Sie hatte den Kleiderrock nicht wieder heruntergezogen.

»Wenn ich den Fuß bewegen will ...«

»Bloß nicht! Ganz ruhig halten. Das Bein gehörte in eine Gipsschale, damit Sie Halt und Ruhe haben.«

»Sie sind Orthopäde?« fragte die junge Frau, ihn interessiert anblickend.

»Nein.« Er erhob sich und verbeugte sich kurz. »Lorentzen. Lutz Lorentzen.«

»Marianne Steegert.«

»Nach einer Stunde kühlen wir erneut. Die Flasche reicht für dreimal Verbandwechsel. Im Speisewagen kann ich dann Nachschub holen. Vielleicht haben sie dort auch Himbeergeist. Das hat mehr Alkoholprozente.«

Marianne Steegert sah Dr. Lorentzen interessiert an. Es ärgerte sie, daß er so förmlich war. Ihr weiblicher Stolz litt darunter. Sie wußte, wie sie auf Männer wirkte. Wenn sie zu Hause im engen Sportdreß über die Wiesen lief und mit dem Tamburin den Rhythmus angab, standen meist vom Hotel »Kaiserhof« die männlichen Kurgäste am Zaun und starrten sie an wie ausgesperrte Hunde. Aber hier kam sie sich vor wie aus Holz. Ihre schönen Beine nahm er nicht zur Kenntnis, über ihren Busen sah er hinweg. Ihn interessierte die flache Landschaft vor dem Zugfenster mehr.

»Dr. Lorentzen?« sagte sie deshalb, als wäre sie sehr erstaunt. »Oh, ich habe von Ihnen einige Artikel in der ›Medizinischen Praxis‹ gelesen.«

Hoffentlich stimmt das, dachte sie. Man kann sich immer herausreden mit Namensgleichheiten.

Dr. Lorentzen sah kurz zu Marianne hinüber. »Sie lesen diese Zeitschrift?«

»Ab und zu. Ich bin Kosmetikerin. Ich habe in den Alpen ein Kur-Sanatorium.«

»Ach! Wohl eine sogenannte Schönheitsfarm?«

»Das klingt sehr abfällig, Dr. Lorentzen.« Marianne Steegert sah an ihm vorbei. Sie fuhren durch einen Wald. Die Bäume waren dicht vor ihrem Fenster. »Aber wenn Sie so wollen: Ja. Ich mache Frauen glücklich.«

»Können Frauen überhaupt glücklich sein?«

Das klang bitter. Dr. Lorentzen wandte sich wieder ab und starrte aus dem Fenster. Was ist Glück, dachte er. Wie schnell es vergeht, wer weiß das besser als ich? Da hat man gearbeitet wie ein Pferd vor dem Pflug, da hat man sich einen Namen gemacht – und in einer Nacht war das alles vorbei. Nun ist man ein akademischer Landstreicher. Ein Wanderbursche, randvoll mit Bitterkeit.

»Mir scheint, Sie hassen die Frauen«, sagte Marianne. Es wurde warm im Abteil und sie versuchte, den Trenchcoat auszuziehen. Dr. Lorentzen half ihr dabei, stützte ihren Oberkörper, zog den Mantel von ihren Schultern und legte sie dann auf die Polster zurück. Die Berührung seiner Hände durchrann sie prickelnd. Auch dann, als er sich neben sie hockte und wieder den Fuß betastete, das kognakgetränkte Handtuch hochhob und die Schwellung untersuchte, empfand sie keinen Schmerz mehr, sondern nur das merkwürdig süße, schwere Gefühl von tiefster Zufriedenheit.

Du bist blöd, sagte sie sich. Marianne, du bist kindisch. Für diesen Mann bis du eine Null. Schönheitsfarm! Wie er das Wort im Mund zerkaute. Verächtlicher geht es nicht. Der typische überhebliche Mediziner und Kliniker.

»Warum sollte ich die Frauen hassen?« Dr. Lorentzen setzte sich wieder an seinen Platz.

»Sie benehmen sich so, als hätten Sie Schweres durchgemacht.«

»Ich bitte Sie.« Das Lächeln Dr. Lorentzens war verzerrt. »Muß man zum Wimpernzupfen auch Psychologie studieren?«

»Ja! Denn die Veränderung eines Gesichts verwandelt auch die Seele.« Marianne sah hinauf zu ihren beiden hellen Schweinslederkoffern. »Ich muß Sie leider wieder belästigen, Herr Doktor, da ich auf ärztlichen Rat mich nicht bewegen darf: Würden Sie mir den linken Koffer herunterholen? Ich möchte ein Buch herausnehmen. Dann haben wir beide wieder unsere Welt ... Sie die Landschaft, und ich einen verlogenen Roman ...«

»Verzeihen Sie, gnädige Frau.« Dr. Lorentzen blieb sitzen und holte den Koffer nicht aus dem Netz. »Ich weiß, ich bin unhöflich. Aber es wäre noch unhöflicher, Erklärungen für meine Stimmung abzugeben und Sie mit meinen Problemen zu belästigen. Ich will mich bemühen, solange wir zusammen reisen ...«

»Nein.« Marianne schüttelte den Kopf. Die blonden Haare flogen um ihren schmalen Kopf. Der zusammengefaltete Mantel verlor seine Form als Kopfstütze. Dr. Lorentzen beugte sich vor und drückte ihn zurecht. Als er die Hand zurückziehen wollte, griff sie zu und hielt sie fest. »Sie haben mir geholfen, Herr Doktor. Ich habe nur den Fuß verstaucht, und nun kühlt er mit Ihrem Kognak. Sie haben sich die Seele verstaucht ... da hilft kein Kognak.«

»Sie reden wie der alte Freud.« Dr. Lorentzens Lächeln war voller Bitterkeit. »Eine so junge, hübsche Frau ist kein Beichtstuhl. Man sollte Ihnen von den Schönheiten des Lebens erzählen.«

»Was glauben Sie, wie viele Beichten ich schon gehört habe. Von Ehefrauen, die an sich zweifelten. Von Betrogenen, die zu mir kommen, um zwanzig Jahre jünger zu werden, weil ihre Männer sich an ihnen satt gesehen haben. Jeden Tag habe ich entblößte Seelen vor mir ... sie liegen frei, während das Gesicht eine Druckmassage erhält, der Körper in einem Milchbad liegt oder mit Ozon besprüht wird. Unter der kosmetischen Maske öffnen sich nicht nur die Poren.«

»Soll ich mir jetzt von Ihnen eine Gurkenscheibe aufs Gesicht legen lassen?« Die Stimme Dr. Lorentzens schwamm in Spott. Aber es war nur eine Abwehr, ein verzweifeltes Ausweichen ins Lächerliche, das spürte Marianne.

»Ich bedauere, jetzt keine Gurken zu haben«, sagte sie ernst.

»Das ist alles dumm, was wir sprechen.« Dr. Lorentzen lehnte sich zurück, nachdem er sanft die Hand Mariannes von seinem Arm gelöst hatte. »Sie fahren nach München, ich steige in Köln aus, wir werden uns nie wiedersehen.«

»Sie wohnen in Köln?«

»Ab heute, ja.« Wieder der ins Herz schneidende Ton.

»Sie verlassen Hamburg nur ungern?«

Dr. Lorentzen schwieg. Draußen glitt eine kleine Stadt vorbei. Saubere Häuser. In den Fenstern lüfteten die Betten. In einem Garten planschten Kinder in einem aufblasbaren Gummibecken. Glück, wohin man sieht. Überall Glück und Freude. Selbst die Sonne scheint heute heller. Hamburg ungern verlassen ... oh, schöne Marianne mit den langen, schlanken Beinen: Man hat mich weggetrieben! Wie einen räudigen Hund verjagt.

Mit zusammengepreßten Lippen starrte er aus dem Fenster. Der Zug brauste vorwärts – aber die Erinnerung rollte zurück.

Hamburg war seine Heimat gewesen. Dort hatte er nachts in den Krankenhäusern gearbeitet, tagsüber in den Hörsälen der Universität gesessen, seinen Facharzt für Chirurgie gemacht, seine Doktorarbeit über Transplantationen von körperfremden Geweben geschrieben und mit Auszeichnung promoviert. Er wurde Assistent bei Prof. Dr. Heberach.

Bei einem Hausball seines Gönners sah er zum erstenmal dessen Tochter Helene. Schwarzhaarig, zierlich, mit blitzenden Koboldaugen, klug und schlagfertig. Er hatte schon in der Klinik von ihr gehört. Der Alte hütet sie wie ein Juwel, hieß es. Dreimal hatte sie schon an Heirat gedacht – mit einem Reederssohn, einem Exportkaufmann und einem Arzt. Alle warf der Alte hinaus, vor allem den Arzt. Man erzählt sich, er habe gebrüllt: »Was, ein Mediziner? Der spekuliert nur auf meine Nachfolge!« So war das. Ein Ordinarius ist ein kleiner Gott.

Und nun sahen sie sich: Der große, begabte Dr. Lorentzen und der süße schwarze Teufel Helene Heberach. Sie tanzten miteinander, sie hatten nur noch Augen für sich, und schon an diesem Abend küßten sie sich im Wintergarten, hinter einer Fächerpalme, trotz aller Warnungen, die Lorentzen völlig vergaß.

Zwei Monate später begann die Schlacht. Prof. Heberach

brüllte und zeigte Lorentzen die Tür. »Sie?« schrie er. »Ausgerechnet Sie?! Was Sie sind, sind Sie durch mich! Soll meine Tochter meinen billigen Schatten heiraten?!«

Lorentzen hatte es geschluckt, ohne Widerrede. Es war schlimmer als Ohrfeigen. Aber der alte Heberach kannte seine Tochter nicht. Sie begehrte auf, sie schlug zurück, wo Lorentzen nicht fähig war, denn er mußte jeden Tag mit Heberach am OP-Tisch stehen. »Lutz, oder ich hasse dich das ganze Leben lang!« hatte Helene geschrien.

Prof. Heberach gab nach. Die Hochzeit fand wie in einem Versteck statt. Auf dem Land, in der Lüneburger Heide, bei einer Tante. Auch nach der Hochzeit blieb Heberach der Chef und Ordinarius. Er redete Lorentzen mit Sie an, abweisend, verletzend, und verlangte, daß auch sein Schwiegersohn ihn wie einen Fremden betrachtete. Er betrat das Haus Lorentzens nur, wenn dieser nicht da war, und dann flehte er seine Tochter an, sich scheiden zu lassen und zu ihm zurückzukehren. Wie ein eifersüchtiger Greis benahm er sich. Und der Haß gegen Lorentzen, der ihm das Liebste, sein Teufelstöchterchen, genommen hatte, wuchs und wuchs.

Aber das störte die Karriere nicht, so gerecht war Heberach doch. Lorentzen wurde 1. Oberarzt der berühmten chirurgischen Klinik. Er veröffentlichte eine Reihe aufsehenerregender medizinischer Artikel. Er fuhr nach Amerika, nach Rochester, in die berühmte Mayo-Klinik und lernte die Virtuosität des Operierens. »Er ist ein Genie«, sagte Prof. Heberach in kleinem Kreis von Kollegen. »Aber sein Anblick macht mich einfach krank.«

So gingen vierzehn Jahre dahin. Und dann geschah das Schreckliche. In der Nacht, bei der Rückkehr aus ihrem Landhaus, in dem sie die Wochenenden verbrachten, rutschte der Wagen auf der regennassen Straße. Fast sanft prallten sie gegen einen Chausseebaum, denn Lorentzen fuhr nie schnell. Ein Blechschaden entstand, nicht einmal eine Tür war vollständig eingedrückt. 800 Mark Reparatur, hieß es später. Eine Kleinigkeit.

Aber Helene war tot. Mit der Stirn war sie gegen das Armaturenbrett gestoßen. Eine geringe Verletzung nur. Doch ihr Herz stand still vor Schreck. Schocktod, hieß es nach der Obduktion. Unverletzt stand Lorentzen neben seiner toten Frau und begriff einfach nicht.

Und dann der letzte Akt, der Todesstreich in dem jahrelangen Kampf. »Sie Mörder!« schrie ihn Prof. Heberach an. »Sie haben meine Tochter umgebracht! Sie haben meine Tochter getötet! Sie Mörder!« Was halfen Erklärungen? Der alte Heberach, jähzornig und halb irre vor Schmerz, griff nach einer langen Schere und wollte sich auf Lorentzen stürzen.

Zwei Wochen später stand Lorentzen auf der Straße. Aus der Klinik fristlos entlassen, von den Kollegen, die stets um gutes Wetter bei Heberach besorgt waren, geschnitten, von den Bekannten gemieden. Wenn Prof. Heberach ihn Mörder nannte, mußte etwas Wahres dran sein – so dachten sie alle. Die Macht des Königs war plötzlich sichtbar. In Hamburg wurde Lorentzen zu einem aussätzigen Hund.

Was hielt ihn noch in dieser Stadt? Hier konnte er nicht mehr arbeiten. Kein Krankenhaus stellte ihn ein. Und eine Praxis? Ein Satz des alten Heberach kursiert in Fachkreisen: »Wenn er wieder ein Skalpell in die Hand nimmt, mache ich ihn unmöglich bis auf die Knochen!«

Resignierend gab Lorentzen nach. Man konnte nicht gegen Götter kämpfen. Auch als ihn andere Kliniken anschrieben und ihn als Oberarzt einstellen wollten, eine Großstadt ihm sogar die Chefarztstelle einer chirurgischen Klinik anbot, denn sein Name war bekannt durch seine Veröffentlichungen, sagte er überall ab. Er kannte das Spiel zu genau: Man stellt den Lorentzen ein, um dem Heberach eines auszuwischen. Und auf den Kongressen traf man dann zusammen, und alle Welt wartete darauf: Kriegen sie sich an die Köpfe? Rennen sie sich die Schädel ein? Wie fängt es Heberach an, das Referat des Lorentzen völlig zu verdammen? Gibt es einen Kampf bis aufs Skalpell?

»Nein«, sagte Lorentzen nach langen Überlegungen. »Nein. Ich will nicht mehr. Das alles kotzt mich an.« Er beschloß, für immer das Skalpell aus der Hand zu legen. Er gab einfach auf, zermürbt und mutlos. Er hatte nicht mehr die Nerven, weiterzuboxen.

Und er schrieb Bewerbungen und nahm ein Angebot an. Nach Köln. Als Reisender einer pharmazeutischen Firma. »Arztberater«, so nannte man diese Stelle. Ein Reisender in Pillen und Spritzen. Ein Vertreter. Vom Skalpell zum Bestellblock.

So war es heute. Er fuhr nach Köln, in das andere Leben. Es gab keinen genialen Chirurgen mehr, der im Mayo-Krankenhaus in den USA einer der ersten europäischen Gäste war, der mit einem Laserstrahl operierte.

Hatte man nicht ein Recht, sich zu verkriechen, auch wenn es andere als unhöflich ansahen?

Was wußten sie von Dr. Lutz Lorentzen?

Viermal wechselte Lorentzen den Schnapsverband um Mariannes nun dick geschwollenen Knöchel. Für den vierten Verband ging er zum Speisewagen und holte eine Flasche Zwetschgenwasser. Als er zurückkam, fand er einen gedeckten Tisch vor. Trotz Verbotes hatte sich Marianne während seiner Abwesenheit mühsam hochgequält, einen ihrer Koffer heruntergeholt und die mitgenommenen Sachen auf dem Fenstertablett ausgebreitet.

Apfelsinen, Äpfel, Joghurtbecher. Ein paar Scheiben Vollkornbrot.

»Sie sind ein ungehorsames Kind«, sagte Lorentzen und drohte mit dem Finger. »Wollen Sie mit Ihrem Knöchel monatelang laborieren?« Er öffnete den Drehverschluß des Zwetschgenwassers und goß das von Mariannes Körperwärme getrocknete Handtuch voll Alkohol. »Ihr Mittagessen?«

»Ja.«

»Gesund. Sie sind der lebende Beweis.«

»Das war wieder nett von Ihnen«, sagte Marianne leise. Sie hielt den Fuß still, als sich Lorentzen darüber beugte und die neue Schnapskompresse anlegte. Und es war ihr, als streiche seine Hand über ihr Bein, scheu und schnell. Aber es konnte auch ein Irrtum sein.

Dann war Köln erreicht, schneller, als es Marianne lieb war. Von Leverkusen ab – das Bayer-Kreuz hing zwischen den Schornsteinen glänzend hoch in der Luft – machte sich

Lorentzen zum Abschied bereit. Er wechselte noch einmal den Verband, holte aus seiner Arzttasche zwei Tablettenröhrchen und legte sie Marianne in den Schoß.

»Falls Sie große Schmerzen bekommen. Zwei Stück. Aber vorher etwas essen. Und in München sofort zum Arzt. Aber Ihr Gatte wird ja sowieso schnell handeln, wenn er die Bescherung sieht.«

»Ich bin nicht verheiratet«, sagte Marianne.

»Verzeihung.« Lorentzen zog seinen Mantel an, nachdem er durch einen Speisewagenkellner sich vom Schlafwagen zwei Kopfkissen hatte bringen lassen und diese unter Mariannes blonde Haare schob. Dann wuchtete er einen schweren Lederkoffer auf den Gang. Seine letzte Habe. Der Erlös von vierzehn Jahren. Dreißig Pfund Gepäck. Was er sich in den Jahren angeschafft hatte an Möbeln, Teppichen, Bildern, Büchern ... es blieb in Hamburg zurück. Prof. Heberach hatte es schon angedeutet: Es gehörte alles meiner Tochter. – Warum auch noch um diese Dinge streiten?

»Wie soll ich Ihnen danken?« fragte Marianne Steegert. Ihre Kehle war plötzlich zugeschnürt. Die Stimme klang klein und kindlich. Draußen rauschte der Rhein vorbei. Breit, schmutzig, trotz der Sonne und der weißen Ausflugsschiffe. Im Sonnenglast zitterten die Domtürme. Die Brücken. Die neuen Hochhäuser Kölns. Nur noch Minuten ... und man sah sich nie wieder.

Nie mehr?

»Werden Sie schnell gesund und geben Sie Ihren Patientinnen wie bisher ihre entgleitende Schönheit wieder. Heilen Sie Ehen durch Kräuterpackungen.«

»Warum sind Sie so ekelhaft? Warum geben Sie sich so? Sie sind gar nicht so muffelig.« Marianne richtete sich auf. Der Zug donnerte über die Hohenzollernbrücke. Nur noch zwei Minuten bis zum Kölner Hauptbahnhof. Sie nestelte aus ihrer Handtasche eine Visitenkarte heraus und hielt sie Lorentzen hin. »Schreiben Sie mir einmal?« fragte sie mit zusammengepreßter Kehle. »Oder kann ich Ihnen schreiben?«

»Ich habe noch keine Adresse in Köln. Ich komme dort an wie Kolumbus in Amerika.« Er nahm die Visitenkarte und las sie: »Marianne Steegert. Kosmetische Kurklinik ›Almfried‹. St. Hubert.« Der Zug donnerte unter das riesige Glasdach der Kölner Bahnhofshalle. »Ich werde mich erkundigen, wie es Ihnen geht«, sagte er. »Bis München noch viermal kühlen. Und dann zum Arzt. Und nicht unnötig bewegen. Auf keinen Fall, wenn Sie hüpfen, versuchen, mit dem Fuß aufzutreten. Versprechen Sie mir, ganz brav zu sein?«

»Ganz brav, Onkel Doktor.« Sie sahen sich tief in die Augen, und zum erstenmal flog ein offenes Lächeln über die Züge Lorentzens. Es verjüngte ihn um Jahre.

Wie mein Herz klopft, dachte Marianne. Mein Gott, sei doch ruhig, Herz. Was soll das denn? Wir sehen uns nie wieder …

»Gute Fahrt!« sagte Lorentzen.

»Viel Glück!« sagte Marianne.

Dann hielt der Zug, Türen klappten, Rufen und Lärm, Gepäckträger drängten sich durch den Gang.

Marianne richtete sich auf, so gut es ging und sah aus dem Fenster. Dr. Lorentzen war gerade ausgestiegen, und auch er blickte zurück. Noch einmal trafen sich ihre Blicke. Er hob die Hand und winkte, und sie winkte zurück. Dann wurde er mitgerissen mit der Woge der Reisenden, die zu den Treppen drängte.

Die Schönheitsfarm »Almfried« lag so idyllisch, wie man es sonst nur auf »frisierten« Prospekten sieht, die mehr anbieten, als man später erleben kann. Hier aber war der seltene Fall, daß alle Fotos nicht den Zauber wiedergeben konnten, der von diesem Fleckchen Erde ausging.

Man stelle sich ein kleines Seitental vor, durchzogen von einem immer rauschenden Wildbach. Der Ort St. Hubert liegt im Haupttal, und nur die Kirchenglocke am Sonntag ist von ihm zu hören. Sanft steigen Wiesenhänge bis zu den Hochwäldern empor, hinter denen erst die schroffen Felsen beginnen. Und hier, zwischen Wald und Bach, auf einem flachen Hügel, der Sonne entgegengehoben wie auf einer göttlichen Hand, liegen die beiden, im Winkel aneinandergebauten Häuser von »Almfried«. Häuser im oberbayerischen Stil, mit Schindeldächern und geschnitzten Balkongittern, mit Blumenkästen voller Blüten und Schlagläden, mit Terrassen und bunten Sonnenschirmen. Ein Schwimmbad, blau gekachelt. Drum herum Wiesen und Blumenbeete. Ein Minigolfplatz. Wege zwischen Tannengruppen. Ein Springbrunnen mit zierlichen, weißgelackten Boulevardstühlen und Tischchen. Ein Hauch Paris in Oberbayern.

Wer sich hier nicht erholen kann, wer hier nicht fühlt, daß Jungsein nichts anderes ist als erlebte Lebensfreude, den wird kein Wässerlein, kein Pülverchen, kein Cremchen mehr heilen. Hier muß das Herz mitmachen. Hier kann man Sehnsucht tanken. Hier nährt die Hoffnung die Seele.

Und das Ganze kostet pro Woche und Person rund 700 Mark. Mit Kurtaxe, Trinkgeldern und Diät. Und einem Zimmer, hübsch wie eine Puppenstube, nach Süden, der Sonne entgegen.

»Du bist verrückt! Du bist knatsch verrückt!« sagte Ilse Patz und stupste Marianne in die Seite. »Sind wir noch achtzehn Jahre und himmeln einen Filmstar an?!«

Ilse Patz war genau das Gegenteil von Marianne Steegert. Ihre pechschwarzen Haare hatte sie hochgesteckt. Dadurch wirkte ihr südländisches Gesicht noch exotischer, unterstrichen durch die leicht geschlitzten Augen und hohen Jochbeine. Sie war groß, sehr schlank und feingliedrig, ein herrliches, stolzes Tier, wie sie einmal jemand genannt hatte, der sie lieben durfte, bis es ihr zu langweilig wurde und sie ihn mit einem kalten Lächeln wegstieß. Das Dirndl, das sie oft trug, wirkte fremd an ihr und doch wieder aufreizend. Sie hätte an den Strand von Copacabana oder den Bahamas eher hingepaßt, als hier in diese idyllische Berglandschaft, und auch dort hätte man sich nach ihr umgedreht und durch die Zähne gepfiffen.

Marianne und Ilse kannten sich von der Kosmetikschule. Beide hatten sie Väter, die nicht eine Mark umzudrehen brauchten, um sich der Illusion hinzugeben, es wären zwei. Das Vermögen ihrer Väter erlaubte es ihnen, nach der Prüfung als Diplom-Kosmetikerin hier bei St. Hubert eine

Schönheitsfarm nach dem Muster der amerikanischen Kosmetik-Kliniken aufzumachen. Ihre Freundschaft war tief, trotz ihres verschiedenen Wesens und Aussehens. Die Almfried-Sisters nannte man sie in St. Hubert. Sie bauten gemeinsam die Farm auf, sie leiteten den jetzt umfangreichen Betrieb mit Umsicht und Geschäftssinn, und ab und zu verliebten sie sich in die gleichen Männer. War das der Fall, so verzichteten beide. »Ein Mann ist nicht wert, uns auseinanderzubringen«, sagte Ilse Patz. »Überhaupt die Männer!«

Sie hatten beide eigene Ansichten über diese Menschengattung. Was sie täglich von Patientinnen hörten, war nicht immer das beste. Die einen Männer waren Tyrannen, die anderen Waschlappen. Die einen betrogen ihre Frauen, die anderen merkten nicht, daß sie von ihren Frauen betrogen wurden. Geld hatten sie alle, und das war ihre wahre Geliebte. Statt eines Herzens klopfte ein Geldsack unter ihren Rippen.

Das waren die Alten. Die Ehemänner. Die Wirtschaftskrüppel. Und die Jungen? Es lohnte sich nicht, darüber zu sprechen. Marianne Steegert und Ilse Patz waren viel zu klug, um sich vom Geschwätz dieser Spezies Mann einlullen zu lassen.

Was blieb also noch? – Es ist einfach trostlos mit den Männern!

Und nun begann Marianne, auf den Briefträger zu warten und unterdrückte ein Zittern, wenn das Telefon schellte und sie den Hörer abhob. Auch jetzt saßen Marianne und Ilse auf einer der kleinen Balkonterrassen und sonnten sich. Im Hause war Ruhe. Mittagsruhe. Aber um diese Zeit kam immer der Briefträger von St. Hubert herauf, mit einem knatternden Moped. Und wie immer in den letzten Tagen lag Marianne nahe am Balkongitter und schaute durch die geschnitzten Stäbe auf die Landstraße. Sah sie die Staubwolke am Bach, wurde sie unruhig.

»Er schreibt nicht. Der schreibt nie«, sagte Ilse Patz. Sie dehnte den herrlich braunen Körper in der Sonne. Völlig nackt lag sie auf dem Liegestuhl. Ihre Haut glänzte. Hier konnte sie niemand sehen. Unter dem vorgezogenen Dach und hinter dem Balkongitter lag sie wie in einer Muschel. »Ein so berühmter Arzt. Der hat dich schon vergessen, als er vor dem Kölner Dom stand.«

Marianne, in einem winzigen rotkarierten Bikini, richtete sich auf und schob den breiten Sonnenhut in die Stirn. Gleich am nächsten Tag, als der Kurarzt von St. Hubert ihren Fuß in eine Gipswanne legte, hatte sie sich von ihm zwei Jahresbände der »Medizinischen Praxis« geliehen. Zu Hause hatte sie Zeit genug, die Zeitschrift durchzublättern. Viele Artikel waren von Dr. Lorentzen.

Das Problem der Lippenrotüberpflanzung.

Von Dr. L. Lorentzen, Oberarzt der I. Chirurgischen Klinik Prof. Dr. Heberach, Hamburg.

Marianne hatte alle vier Artikel gelesen, ohne viel davon zu verstehen. Sie hatte nur eins erkannt: Der stille, etwas ironische Mann, der ihren verstauchten Knöchel mit Kognak und Zwetschgenwasser gekühlt hatte, war ein großer Chirurg. Und noch größer wurde jetzt das Rätsel um ihn. Er hatte Hamburg verlassen. In Köln erwartete ihn niemand. Ich komme nach Köln wie Kolumbus nach Amerika ... so ähnlich hatte er gesagt. Und es klang so bitter, so ganz ohne Freude oder Hoffnung.

Es waren Gedanken, die Marianne nicht mehr losließen. Als sie zu quälend wurden, rief sie kurzentschlossen die I. Chirurgische Klinik in Hamburg an. Nach vielem Herumfragen kam ein Oberarzt ans Telefon.

»Dr. Lorentzen?« fragte dieser gedehnt. »Nicht bei uns. Nicht mehr. Wohin er gegangen ist? Gnädige Frau, damit bin ich überfragt –«

Eine Wand des Schweigens.

In Marianne regte sich Sorge und Angst. Was war in Hamburg geschehen? Warum ging Lorentzen nach Köln? Sah er nicht wie ein Auswanderer aus? – Warten. Warten. Warten.

Schrieb er? Brachte der Briefträger eine Nachricht aus Köln? Nur ein paar Zeilen, eine Karte. »Was macht Ihr Fuß?« Mehr nicht, mein Gott! Mehr will ich gar nicht. Nur ein Zeichen von ihm. Einen Hauch von seinem Wesen.

»Du bist richtig kindisch«, sagte die nüchterne Ilse und räkelte ihren nackten Katzenkörper in der Sonne. »Unseren Patientinnen predigen wir: Sorgen machen Falten. Aufregung schadet dem Teint. Viele Pickel auf der Haut sind seelischen Ursprungs. Und was machst du? Du schmachtest ein Idealbild an wie ein Kater den Vollmond.«

»Du hast ihn nicht gesehen. Du wärest an meiner Stelle mit ihm in Köln ausgestiegen und ins nächste Hotel gegangen.«

»Pfui!«

Marianne beugte sich über die Balkonbrüstung. Vom Bach her knatterte das Moped des Briefträgers von St. Hubert. Nun waren drei Wochen herum, um den Knöchel, der noch immer leicht geschwollen war, trug Marianne eine elastische Binde.

»Nun lauf ihm schon entgegen«, sagte Ilse gedehnt. »Und wein nicht gleich, wenn wieder nichts von deinem Supermann dabei ist.«

Aber an diesem Tage schien wirklich eine herrliche Sonne. Ilse Patz schreckte hoch, als Marianne mit einem Juchzer auf den Balkon stürmte und einen Brief hoch in die Luft schwenkte. »Er hat geschrieben!« rief sie. »Er hat! Er hat! Aus Köln.«

Mit einem Griff riß Ilse den Brief aus Mariannes Hand, las die Adresse und suchte den Absender. »Mit der Maschine geschrieben – schon unhöflich! Und kein Absender! Noch unhöflicher! Der Herr möchte trotz Lebenszeichen nicht belästigt werden …«

»Du bist eine alte Unke.« Marianne nahm den Brief wieder an sich und schlitzte ihn auf. Unten ging über den breiten Weg der Hausmeister Adam Czschisczinski und brachte die sortierte Post zum Nebenhaus, um den jetzt noch schlafenden Ehefrauen nach dem Erwachen Heimatgrüße zu überreichen.

Von Adam Czschisczinski werden wir noch hören; es lohnt sich.

»Was schreibt er?« fragte Ilse. Sie beobachtete Marianne beim Lesen und sah, daß ihre Lippen zitterten und ihre Brust schneller atmete.

»Er kommt ...«, sagte Marianne leise.

»Was?« Ilse setzte sich hoch. Ihre braune Nacktheit glänzte wie mit Öl eingerieben. »Hierher?«

»Ja.«

»Wann?«

»Am Neunzehnten.«

»Das ist nächsten Sonntag.«

»Ja.«

»Du bist reichlich wortkarg für ein verliebtes Herzchen.«

»Es kommt so plötzlich, Ilse.«

»Plötzlich? Erlaube mal ... darauf wartest du seit drei Wochen.«

»Auf einen Brief. Aber nicht, daß er selbst kommt.«

»Um so besser! Dann kann ich ihn mir ansehen und dir sagen, ob er es wert ist, dein Gehirn völlig zu vernebeln.«

Marianne Steegert faltete den Brief zusammen und steckte ihn in den kurzen Bademantel, den sie über ihren Bikini gezogen hatte. Auch Briefträger soll man nicht provozieren. Sie erleben so schon genug.

Mit etwas zusammengekniffenen Augen, als sehe sie schlecht, musterte sie Ilse. Der lange, schlanke, braune Körper mit den spitzen kleinen Brüsten und dem flachen Leib, der in sanft geschwungene Schenkel überging, war das Verführerischste, was die Natur an Weiblichkeit geschaffen hatte. Marianne wußte es: In ihrer Art ist sie hübscher als ich. Lockender. Abenteuerlicher. Es ist ein Wagnis sie zu lieben, und das reizt die Männer. Auch Dr. Lorentzen?

»Du –« sagte sie gedehnt.

»Ja?« Ilse Patz zog eine knappe Bikinihose über ihre Nacktheit. Unter der braunen glänzenden Haut spielten die Muskeln.

»Ich möchte etwas von dir, was ich noch nie von dir gefordert habe.«

»Mach mir keine Angst, Marianne.« Ilse Patz sah auf die Uhr hinter ihr im Zimmer. »In einer Viertelstunde ist Gymnastik.«

»Laß die Hände von Dr. Lorentzen, ja?«

»Du mußt mich für eine Riesenschlange halten, was?«

»Bitte!« Marianne sah ihre Freundin aus ihren großen blauen Kinderaugen an. Ilse band das Bikini-Oberteil um. Eine Strähne ihres schwarzen Haares fiel über ihre hohe Stirn.

»Du tust, als ob ein Weltuntergang daran hängt. Der Mann, der uns beiden so gefällt, daß er als Nummer 3 in unserer Mitte bleiben darf, der muß erst noch geschaffen werden. Mit deinem Dr. Lorentzen wird das nicht anders sein. Er gefällt dir, dann wird er für mich langweilig sein. Keine Angst, Goldkind.«

»Und wenn doch?« Marianne hielt die Hand hin. »Gib mir die Hand, Ilse: Überlaß ihn mir.«

»Bei allen Schönheitscremen ... weck ihn dir ein!« Ilse beugte sich über die Balkonbrüstung. Von Haus 2 kamen drei Frauen im engen Gymnastikdreß gelaufen. Ihnen folgte kurzatmig eine vierte. Klein, rund, kurzbeinig, mit einem riesigen Busen. »Frau Direktor Pfannenmacher macht wieder mit«, sagte sie leise. »Sie ist zu bewundern. Und ihr Mann ist solch ein eingebildeter Pinkel.« Sie trat zurück unter das Vordach. »Nein. Verlier du den Kopf allein, wenn's dir Spaß macht, die Männer sind es nicht wert, das sag ich dir ...«

Am Sonntag standen sie auf dem kleinen Bahnhof von St. Hubert und warteten auf den Zug aus München. Hier in St. Hubert war Endstation. Weiter ging's nur mit den Postbussen in die Täler.

Ilse und Marianne trugen die gleichen Dirndl-Kleider, getreu ihrem Spitznamen: Die Almfried-Sisters. Nur an den Haaren unterschieden sie sich sofort: das glänzende Ebenholzschwarz von Ilse gegen das leuchtende Goldblond Mariannes. Es war ein Kontrast, wie er größer nicht sein konnte.

Und dann war der Zug da. Drei Wagen hingen hinter der Lok, ein Packwagen und vier Güterwagen. Im letzten brummten Kühe und stießen mit den Hörnern gegen das Holz.

»Die sind für den Immenbauer«, sagte Ilse. »Vier Zuchtkühe aus dem Allgäu.«

Marianne sah die Fenster entlang, dann winkte sie und wollte davonlaufen, aber Ilse hielt sie am Oberarm fest.

»Wohl verrückt, was?« zischte sie. »Hinlaufen. Du tust, als ob du mit ihm schon jedes Luxushotel kennst.«

Dr. Lorentzen stieg aus. Er hatte wenig Gepäck bei sich. Sein großer Koffer mit Prospektmaterial und den Medizinproben der Firma, für die er tätig war, lag in der Gepäckaufbewahrung in München. Eine Woche München lag vor ihm. Von Arzt zu Arzt. Von Klinik zu Klinik. »Guten Tag, Herr Kollege. Kennen Sie schon den Nasenspray Rhinotherm? Zweimal gesprüht, und die Nasenschleimhäute ziehen sich zusammen wie eine Igelhaut. Übrigens, kennen Sie den Witz vom Igel, der sich rasieren ließ?« – Das war von Dr. Lorentzen übriggeblieben.

»Willkommen in St. Hubert!« sagte Marianne und streckte ihm beide Hände entgegen. Dr. Lorentzen verbeugte sich, nahm die Rechte Mariannes und küßte sie. Die Bauern, die auf dem Bahnsteig standen, machten runde Augen. »Der schleckerts dena die Händ ab«, dachten sie. »So seins, die fürnehmen Herrn …«

»Meine Freundin und Kompagnonin Ilse Patz«, sagte Marianne und sah Ilse bittend an. Wieder verneigte sich Dr. Lorentzen und küßte Ilse die schmale, braune Hand.

Ilse hob die Augenbrauen. Ihre schwarzen Augen musterten Dr. Lorentzen. Einmal hat Marianne in puncto Männern recht, dachte sie. Mann … männlich … Dr. Lorentzen … das war die einzig mögliche Steigerung. Sie zog ihre Hand zurück und strich sich über die Haare. »Es ist uns eine große Ehre«, sagte sie, »daß der große Chirurg uns kleine Salbenstreicher besucht. Seien Sie gnädig! Ich weiß, wie die Schulmedizin über uns denkt!«

Marianne nagte an der Unterlippe. Sie sah, wie ein Schatten über Lorentzens Gesicht huschte, als Ilse vom berühmten Chirurgen sprach. Hier war es wieder, das Geheimnis, an das Ilse unbewußt gerührt hatte.

»Ilse ist von Natur aggressiv«, sagte Marianne und lachte laut, um die Sekunden der Peinlichkeit zu überbrücken. »Sie werden es noch schwer mit ihr haben, Herr Doktor.«

Dr. Lorentzens Augen bekamen wieder einen freundlichen Schein. »Wie geht es Ihrem Fuß?« fragte er und blickte nach Mariannes langen Beinen. »Noch geschwollen?«

»Ein wenig. Aber ohne Schmerzen. Und auch noch an einigen Stellen blau.«

»Ihm fehlt der Kognak ...«, sagte Ilse.

»Den habe ich bei mir.« Dr. Lorentzen klopfte an seine Tasche und lachte. Er hakte sich ohne weitere Worte, als sei es selbstverständlich, bei Marianne unter. »Ich bin gespannt auf Ihre Schönheitsfarm, meine Damen. Ich sehe zum erstenmal so etwas. In Amerika habe ich mich nur um aufgeschnittene Leiber gekümmert.«

Glücklich, beschwingt, die blonden Haare im Wind wehend, ging Marianne neben Dr. Lorentzen zu dem wartenden Kombiwagen. »Almfried« stand in großen Buchstaben auf dem Blech. Der Name war umgeben von bunten Wiesenblumen. Ilse hielt neben ihnen Schritt. Aus den Augenwinkeln sah sie Dr. Lorentzen an. Dann fing sie einen Blick Mariannes auf und sah zu Boden.

Man sollte sich öfter den Fuß verstauchen, dachte sie ironisch. Aber meistens helfen dann die Falschen.

Eine Stunde lang wurde Dr. Lorentzen durch die Schönheitsfarm geführt. Die Zimmer, der Speisesaal, Gymnastikraum, die Bäder, die Behandlungskabinen, die Ozonsprüher, die Lymphdrainagegeräte, die mechanischen Fettabbauer, Sauna und Wechselbäder, Friseursalon, Yogaraum, Liegeterrassen, Schwimmbad, Minigolf, die Wiesen zum Dauerlauf, die Turngeräte, Trockenruderer ... man zeigte ihm alles, vom Keller bis zum Dach.

Sein Erscheinen löste Rätselraten und Neugier aus. Außer dem Hausmeister Adam Czschisczinski waren männliche Wesen selten. Die meisten kamen nur bis zum Empfang. Einmal monatlich betrat nur der Elektroableser die Häuser. Und nun führte man einen Mann herum. Und welch einen Mann!

Gerüchte schwirrten durch die Häuser. Adam Czschisczinski wurde ausgefragt. Er wußte immer alles, was im Hause vorging. Da niemand seinen Namen aussprechen konnte, nannte man ihn »Dicki«. Er mochte das gern. Es klang so zärtlich. Mit fünfundfünfzig Jahren ist man noch keine schimmelige Wurzel. Oft stand er hinter einem Stoß gespaltenen Winterholzes und sah durch das Oberlicht in den Gymnastikraum. So viele schöne Frauen. Und wie das hüpft und wippt und wackelt! »Dicki« war glücklich über seine Stellung. Vor fünfundzwanzig Jahren war er Knecht beim Grafen Redtwitz in Schlesien gewesen. Dort gab es damals hübsche Polenmädchen, die wie frisches Heu dufteten.

Aber auch »Dicki« wußte heute wenig. »Es ist ein Doktor«, sagte er. »Ich habe gehört, wie die Chefin sagte: Herr Doktor, und das ist der Massageraum …«

»Ein schöner Betrieb, alle Achtung«, sagte Dr. Lorentzen später. »Und das leiten Sie alles allein? Hut ab! Ich möchte mich bei Ihnen entschuldigen, Fräulein Steegert, wegen der Bemerkungen damals im Zug.«

»Längst vergessen.« Marianne preßte die Hände gegen ihre Brust. Mut, dachte sie. Nimm allen Mut zusammen. Ganz gleich, was er denkt … sag es. Stürze dich in das Abenteuer. Einmal in seinem Leben muß man etwas Verrücktes wagen.

»Sie sehen, wir haben viel geschaffen. Aber es fehlt noch etwas.« Sie sah Ilses staunenden Blick und winkte mit den Augen. Halt den Mund, bitte, halt den Mund. »Bei dieser Lage, bei dem Platz, den wir haben, und auch bei der finanziellen Lage, man kann es ruhig sagen, sollte man einen Gedanken verwirklichen, der mir schon immer vorschwebt: der Bau einer kosmetischen Klinik. Hier die Schönheitsfarm … und dort, am Waldrand« –, sie streckte den Arm weit aus –, »die Gebäude der Schönheitschirurgie. Ein Arzthaus, ein Schwesternhaus und eine Klinik mit dreißig Betten. Das reicht gerade. Ich habe es einmal durchgerechnet; man müßte knapp eine Million investieren. Ilse und ich haben schon mit unseren Vätern gesprochen: Sie gäben das Geld, wenn wir ihnen den Chefarzt bringen.«

Ilse Patz starrte Marianne an, als habe diese den Verstand verloren. Kein Wort stimmte. Man hatte nie darüber gesprochen. Nie war der Gedanke aufgetaucht, eine Klinik für kosmetische Operationen dazuzunehmen. Am allerwenigsten wußten die Väter davon. Marianne war total verrückt.

»Eine gute Idee.« Dr. Lorentzen sah hinauf zu dem Grundstück. In der Sonne wogte das Gras. Am Waldrand flimmerte die Luft. Er hatte Phantasie genug, sich auszudenken, wie alles aussehen konnte. Das weiße langgestreckte Klinikgebäude mit den Sonnenbalkonen. Im Winkel dazu das Schwesternhaus und Wirtschaftsgebäude. Etwas abseits ein kleiner Bungalow, das Arzthaus. Und zwischen Klinik und Schönheitsfarm die Liegewiese, das Schwimmbad, der Minigolfplatz, der französische Springbrunnen. Ein Paradies.

»Ich möchte den Arzt sehen, der da ablehnt«, sagte er, tief aufatmend. Marianne Steegert hatte einen Traum von ihm geweckt. Eine Privatklinik. Weg von tyrannischen Vorgesetzten. Sein eigener Chefarzt sein. Aber nie war ihm das gelungen. Vierzehn Jahre lang lag er an der Kandare Heberachs, behandelt wie ein ostpreußischer Pferdebursche.

»Sie nehmen an?« sagte Marianne leichthin.

»Wie bitte?« Dr. Lorentzen sah sich um. Die schwarzen Augen Ilses waren von einem tierhaften Glanz. In den blauen Augen Mariannes lagen Frage und Bitte, Angst und Verzeihung. Das ist doch nicht möglich, dachte er erschrocken. Die Mädchen spielen ein grausames Spiel mit mir. Ich komme nach St. Hubert, das Sonntagsvergnügen eines Vertreters für Rhinotherm, und man bietet mir eine Klinik an. Ich sollte mich umdrehen und gehen.

»Ich habe Ihre Artikel gelesen«, sagte Marianne stockend. »Ich weiß jetzt, wer Sie sind, Dr. Lorentzen. Ich weiß auch, daß Sie mich für übergeschnappt halten. Aber ich möchte Sie allen Ernstes fragen: Haben Sie Zeit, können Sie es, wollen Sie es … diese Klinik hier aufbauen? Von mir aus, wenn es Ihnen lieber ist, sehen Sie es als Gegenleistung für meinen verknacksten Fuß an.«

»Das ist eine teure Distorsion.« Dr. Lorentzen blickte wieder zurück zum Waldrand. Er kam sich wie entkleidet vor. Er war ratlos. Er war überwältigt von den neuen Aussichten. Eine eigene Klinik. Kosmetische Chirurgie. Wieder ein Skalpell in den Fingern halten. Menschen helfen, schöner zu sein.

Fehler der Natur korrigieren. Ihre Seele mit dem Messer retten. O Gott im Himmel, welche Aufgabe!

»In einem Jahr kann die Klinik betriebsfertig stehen«, sagte Ilse plötzlich. Der Kopf Mariannes fuhr herum. Ilse sah an ihr vorbei zu Dr. Lorentzen. »Mein Vater ist Inhaber einer der größten Baufirmen Oberbayerns. Er würde sofort alle Maschinen und Handwerker einsetzen. Es ist gar kein Problem … wenn *ich* ihn bitte.«

»Das kommt alles sehr unerwartet.« Dr. Lorentzen strich über sein Gesicht. Er hat wunderbare Hände, dachte Ilse. Am Hals pulste deutlich ihr Blut. Wie müssen diese Hände streicheln können … »Man sollte sich das überlegen, meine Damen. So einfach ist das nicht. Eine Klinik, das sind tausend Details.«

»Wir würden Ihnen alle Vollmachten geben, Dr. Lorentzen«, sagte Marianne, bevor Ilse sprechen konnte. »Ich … habe volles Vertrauen zu Ihnen –«

In der Nacht standen Ilse und Marianne auf dem Balkon ihrer Zimmer, die nebeneinander lagen, und sahen hinüber zum Haus 2. Im Zimmer 19 brannte noch Licht. Ein Schatten wanderte langsam immer wieder am Fenster vorbei. Dr. Lorentzen rang um eine Entscheidung.

»Denk daran, was du mir versprochen hast, Ilse«, sagte Marianne. »Ich liebe Dr. Lorentzen.«

»Ich muß das umändern.« Die Stimme Ilses war härter als sonst. »Schließen wir einen Pakt. Wir haben gemeinsam studiert, wir sind Freundinnen, wir haben gemeinsam die Schönheitsfarm aufgebaut, wir haben bisher immer alles gemeinsam gemacht, und immer war es gut so. Auch wenn uns die gleichen Männer gefielen … wir waren uns einig. So soll es auch jetzt sein.«

»Du hast dich auch in Dr. Lorentzen verliebt? Gesteh es, Ilse.« Der Atem Mariannes flog. Ich habe es geahnt, dachte sie. Es mußte so kommen. Er ist genau der Mann, an dem Ilses Widerstand zerbricht.

»Noch nicht. Aber es kann werden. Und deshalb, Marianne – schlag ein.« Sie reichte ihre Hand hinüber zu Mariannes Balkon. »Wir versprechen uns, uns nicht um Dr. Lorentzen zu bemühen. Keine von uns soll mit ihm flirten, soll ihm Hoffnungen machen, soll den Kopf verlieren. Er allein soll einmal entscheiden. Das wird er bestimmt. Aber keine von uns soll ihm die Entscheidung abnehmen.«

»Einverstanden.«

Sie gaben sich die Hand. Es war wie ein Schwur.

Aber kann ein Frauenherz einen solchen Schwur aushalten?

»Wenn er Ja sagt, fahre ich morgen gleich zu Paps.« Ilse Patz nickte Marianne zu.

»Und ich spreche auch mit Paps. Er wird begeistert sein.«

»Gute Nacht, Marianne.«

»Gute Nacht, Ilse.«

Die Balkontüren klappten zu. Die Lichter gingen aus.

Aber das Licht auf Zimmer 19 brannte noch lange, und der Schatten wanderte unentwegt hin und her.

Ein Jahr verfliegt wie ein Sommerwind, wenn Tag und Nacht ineinandergleiten und die Gedanken keine Ruhe bekommen.

Tag und Nacht wurde gebaut auf dem Hügel bei St. Hubert. Dr. Lorentzen kümmerte sich um alles, vom Keller bis zum Kippfenster. Mit den Vätern Patz und Steegert besprach er die Inneneinrichtung, die das meiste Geld kostete, wenn man modern und konkurrenzlos sein wollte. »Holen Sie, was Sie brauchen«, sagte der alte Steegert. »Ich habe meine Millionen mit der Herstellung von sinnlosen Nippartikeln verdient. Wenn dieses Geld nun Menschen helfen kann, die ihre Nase auf dem Rücken haben … gut so. Dann hat alles einen Sinn gehabt.«

Der Bau wuchs. Die Ausstattung wurde eingebaut. Zwei moderne OPs. Die modernsten Geräte. Die neuesten Anästhesie-Einrichtungen. Zwei Spezialzimmer für Zwischenfälle wie Kollaps oder Sepsis. Sauerstoffzelte. Krankenzimmer mit einem neuartigen Signalsystem und einer Sprechanlage zur zentralen Schwestern-Wachstation. Eine Blutbank.

Dr. Lorentzen fuhr herum und suchte sich seinen Mitarbeiterstab zusammen. Aus Hamburg, aus der Klinik seines ehemaligen Schwiegervaters, holte er seinen 1. Assistenten. Der Alte tobte, aber hier war er machtlos.

Aus Frankfurt und Gießen engagierte er die Schwestern. Sie hatten schon in der Wiederherstellungschirurgie gearbeitet, vor allem die Operationsschwester. »Das Team ist das wichtigste an einer Klinik«, sagte Dr. Lorentzen. Das hatte er in Amerika gesehen. Dort gab es ein »Team Appendix«, das einen Blinddarm in sechs Minuten entfernte.

Dann war es soweit. Die Klinik stand. Hausmeister Adam Czschisczinski bekam eine weiße Jacke und weiße Hosen. Er regierte nun über drei Köchinnen, vier Küchenmädchen und neun Zimmermädchen. Hinzu kamen sechs Putzfrauen aus St. Hubert. Wie ein Landesfürst ging »Dicki« in der noch leeren Klinik herum, fuhr mit dem Finger über die Fensterrahmen und Türstürze und brüllte die Mädchen an, wenn er Staub fand.

»Hier muß alles stenil sein!« schrie er, »Stenilität ist das Leben, sagt der Doktor!« Lorentzen hörte es und verbesserte »Dicki« nicht. Stenil, das paßte zu »Dicki«. Das nahm seinem despotischen Brüllen die Kraft. Man lächelte und freute sich über ihn. Und Freude ... das war es, was in dieses Haus einziehen sollte. Man kam herein mit Mißgriffen der Natur – verlassen sollte man es als glücklicher neuer Mensch.

In den Zeitungen erschienen große Anzeigen.

Neueröffnung. »Almfried-Klinik« für kosmetische Operationen. St. Hubert. Chefarzt Dr. med. Lutz Lorentzen, Facharzt für Chirurgie. Alle Arten von Korrekturen.

»Viel Glück!« sagten die Väter Patz und Steegert, nachdem die Klinik offiziell eingeweiht war, mit Sekt, mit Ansprachen von Landrat und Bürgermeister, mit einem Grußwort vom Ministerpräsidenten. Dann setzten sie sich in eine Ecke, tranken Kognak und beobachteten ihre Töchter. »Er kann es brauchen, das Glück«, sagte der alte Steegert. »Meine Marianne liebt ihn.«

»Meine Ilse auch.« Der alte Patz biß eine Zigarrenspitze ab und spuckte sie in die Gegend. »Das Mädel hat aus lauter Liebe zehn Pfund zugenommen. Anscheinend liebt der Doktor Formen.«

»Und hier beginnt es, faul zu werden.« Der alte Steegert starrte in seinen Kognak. »Es kann der beste Mann nicht mehr in Frieden leben, wenn es den liebestollen Weibern nicht gefällt ...«

Zunächst aber war noch Burgfrieden auf der Alm. Die ersten Klinik-Patienten reisten an. Aus einer Fülle von Zuschriften hatte Dr. Lorentzen zunächst zwanzig ausgewählt. Von der Höckernase bis zum Fettbauch war alles vertreten. »Quer durch die ganze Schönheitschirurgie«, sagte Lorentzen fröhlich, als er seine Wahl getroffen hatte. »So vielgestaltig wie möglich. Immer nur Facelifting oder Brustverkleinerung, das wird langweilig. Der Alltag wird bald nicht mehr romantisch sein wie jetzt der erste Klinikmonat. Zum Anfang leisten wir uns ein buntes Bild.«

Er war wie verwandelt. Er sprühte vor Tatenlust. Er war witzig und frech, charmant, vor allem, wenn er sich mit Ilse in Wortgefechte einließ. In dem einen Jahr schien er jünger geworden zu sein, trotz der vielen schlaflosen Nächte und der Herumhetzerei. Alle Niedergeschlagenheit war vorüber ... die Schnecke war aus ihrem Bau gekrochen, und siehe da ... es war ein Fuchs.

»Dicki« holte die ersten Patienten von der Bahn ab. Das war das Verblüffende für Lorentzen: Obgleich alle Patienten eigene Wagen und sogar Chauffeure besaßen, fuhren sie hierhin brav und bescheiden mit dem Zug. Abholen lassen – das wußte er – würden sie sich wieder von Chauffeur und Wagen, aber nun kamen sie wie arme Sünder, unsicher, ein wenig ängstlich, kritisch und beladen mit Komplexen.

Würde die Operation gelingen? Bekam man ein neues Gesicht? Wurde die Brust wieder straff und rund und fest? Verschwanden die dicken Tränensäcke unter den Augen? Lachte man nicht mehr über die abstehenden Ohren und rief einem zu: »Achtung! Halt dich fest! Ein Wind kommt auf!«? Konnte Dr. Lorentzen helfen?

Der erste Patient, der zu Dr. Lorentzen ins Sprechzimmer geführt wurde, war eine Dame. Sie hieß Joan Bridge, war vierzig Jahre alt und Amerikanerin. Sie lebte in New Orleans, aber nur nach der Paßeintragung. In Wirklichkeit war die ganze Welt ihre Heimat. Sie hatte das Glück gehabt, einen millionenschweren Mann zu heiraten, der nach zweijähriger, stumpfer Ehe mit dem Auto verunglückte und damit seiner Witwe ein Leben voller Abenteuer eröffnete. Seit vier Jahren flog sie in der Welt hin und her, während das ganze Vermögen soviel Zinsen abwarf, daß sie selbst diese nicht voll verleben konnte.

Die Schwester schickte nun ihre Karteikarte zu Lorentzen ins Sprechzimmer.

Die erste Karteikarte der neuen Klinik. Patient Nummer 1. Das erste Bett.

Dr. Lorentzen nahm seinen Kugelschreiber fest in die Hand. Nun, in diesem Augenblick begann das neue Leben.

Patient Nr. 1.

Joan Bridge nahm mit einem gezierten Lächeln auf dem lederbezogenen Stuhl Platz. Sie schlug die Beine übereinander und ließ unter dem kurzen Rocksaum eine schwarze Spitze sehen. Ein Duft wie von hundert Rosen strömte zu Lorentzen.

Keine Kinder, las er auf der Karteikarte. Zweimal Face-lifting in den USA. Mit vierzig Jahren schon? Interessiert sah er Joan Bridge an. Sie erwiderte seinen musternden Blick mit strahlenden, blauen, großen Kinderaugen.

Eine Maske, dachte Lorentzen. Amerikanisches Einheitsgesicht. So laufen sie alle in Hollywoods Straßen zu Hunderten herum.

»Sie können mir helfen, nicht wahr?« sagte Joan Bridge in einem guten Deutsch. »Ich habe Ihnen geschrieben, daß es um mein Leben geht. Von Ihrer Kunst, Doc, hängt alles ab … Gelingt die Operation, zahle ich Ihnen 5000 Dollar.«

Dr. Lorentzen blickte wieder auf seine Karteikarte. 5000 Dollar, das sind rund 12 000 Mark, dachte er. Der Brief von Joan Bridge fiel ihm ein; er war voller Beschwörungen, und auch das stand darin, daß ihr Leben von einer Operation abhing. Nur deshalb hatte er sie ausgewählt. Nun saß sie auf dem Lederstuhl, puppenhaft, geschminkt, mit glänzenden Schaukelpferdaugen, langen, schlanken Beinen. Eine lustige Witwe aus New Orleans. Woran hing ihr Leben …?

»Wie kann ich Ihnen helfen?« fragte Lorentzen. Sein Blick glitt über ihren Körper. Er bemerkte keinerlei Stellen, die einer Korrektur bedurften. »Wo fühlen Sie sich von der Natur benachteiligt?«

»Hier«, sagte Joan Bridge. Sie zog die weiße Sommerjacke auseinander und wölbte Lorentzen ihre Brüste vor. Plötzlich war ihr Gesicht ernst, ja es lag alles in ihrer Miene, daß sie gleich zu weinen beginnen konnte. Ein unglückliches Kind war sie jetzt. »Sehen Sie sich das an. Diese Brüste. Groß und schwer. Wie Fußbälle, sagt Alfredo. Oh, ich wäre fast gestorben, als er das sagte. Ich habe zwei Tage lang geweint und wollte mich umbringen. Fußbälle, nannte er sie.«

»Wer ist Alfredo?« fragte Lorentzen ruhig.

»Mein Freund.« Joan Bridge sagte es ganz ungeniert. »Ein zierlicher, süßer, wilder Italiener. Wissen Sie, Doc, so ein lockiger schwarzer Teufel. Er liebt zierliche Figuren. Er schwärmt von Brüsten, zart wie Äpfelchen. ›Du bist die schönste Frau der Welt‹, sagte er zu mir in Rom. ›Nur deine Brüste … wie Fußbälle.‹ – Das hat mich bis ins Mark getroffen, Doc. Verstehen Sie das? Ich wollte sterben.«

Dr. Lorentzen schwieg. Er sah auf die vollen, runden Brüste Joan Bridges und dachte daran, daß viele Frauen glücklich wären, so etwas zu haben.

»Ich soll sie also verkleinern?« fragte er, als er sah, wie Joan Bridge die Tränen aus den blauen Augen kullerten.

»Ja. Ganz klein, Doc. Bitte, wie Äpfelchen, sagt Alfredo …«

»Es bleiben Narben zurück.«

»Ich weiß. Aber unter der Brustfalte. Ich habe mich genau erkundigt. Sie stören nicht … Bitte, Doc, bitte!«

Dr. Lorentzen erhob sich. Gleichzeitig drückte er auf einen Klingelknopf an seinem Schreibtisch. Assistent ins Untersuchungszimmer, hieß das. Es ist eine alte Regel, daß ein Arzt nie allein eine ausgezogene Frau untersuchen soll. Schon gar nicht ein Arzt, der Schönheit schaffen will.

»Ich weiß nicht, ob ich das machen kann«, sagte er langsam. »Kosmetische Operationen sollen korrigieren, verschönen, der Natur nachhelfen. Bei Ihnen wäre es eine Verstümmelung. Sie haben eine ausgesprochen schöne Brust.«

»Ein Fußball, sagt Alfredo.«

»Ich geben Ihnen einen Rat: Behalten Sie Ihre Brüste und wechseln Sie den Liebhaber.«

»Alfredo? Nie!« Joan Bridge sprang auf. Plötzlich riß sie ihre Bluse auf und streifte mit einem Ruck ihren Spitzenhalter herunter. Dr. Lorentzen griff wieder zum Klingelknopf und drückte Sturm. Assistent zu mir!

»Ich kann mit dieser Brust nicht mehr leben!« schrie Joan Bridge. »Ich nehme Tabletten! Ich ertränke mich! Wenn Sie mir nicht helfen, Doc, geschieht etwas Furchtbares. Sie *müssen* mich operieren. Ich werde wahnsinnig, wenn ich mich im Spiegel sehe und mir quellen diese Kugeln entgegen. Ich schreie auf. Ich flüchte vor mir selbst. Soviel Fleisch unter meinem Kinn! Soviel ekelhaftes, schwabbelndes Fleisch! Doc, Doc, ich flehe Sie an: Operieren Sie mich ... Sie wissen nicht, wozu ich fähig bin!«

»Kommen Sie nebenan ins Untersuchungszimmer«, sagte Dr. Lorentzen rauh. »Ich will mir Ihren Körper genau ansehen.«

»O ja, Doc!« rief Joan Bridge mit heller Stimme.

Sie lief zur Tür, die gerade von dem Assistenten geöffnet wurde, und zog sich im Laufen schon aus. Dr. Lorentzen atmete tief auf. Übermorgen war Operationstag. Der erste in der »Almfried-Klinik«.

Welch ein Anfang!

»Sie werden sehen, Doc«, hörte er Joan Bridges Stimme aus dem Untersuchungszimmer, »mit kleinen Brüsten werde ich fröhlich sein wie ein junges Mädchen. Und das ist doch Ihre Aufgabe, nicht wahr, die Menschen durch Ihre Operationen wieder glücklich zu machen –«

Dr. Lorentzen schreckte zusammen und ließ den Kugelschreiber fallen. In der Tür zum Untersuchungszimmer war Joan Bridge stehengeblieben und hatte einen schrillen Schrei ausgestoßen. Der Assistent lief herbei. Aus einer Ecke des Zimmers kam entsetzt die zweite OP-Schwester.

»Was haben Sie?« fragte Lorentzen, der mit drei langen Schritten neben Joan Bridge stand. Sie hatte ihre Kleider fallen gelassen; mit bloßem Oberkörper und in einem engen

Höschen tippelte sie auf ein Bild zu, das an der Wand in einem einfachen Metallrahmen hing. Dort blieb sie stehen und starrte auf ein schönes, junges, lachendes Männergesicht.

»Wer ist das?« keuchte sie. Eine ungeheure Erregung hatte sie ergriffen. »Wer ist das auf der Fotografie?«

Lorentzen trat an ihre Seite. »Dr. James Bidnop.« Erstaunt sah er, wie Joan Bridge mit beiden Händen in ihre blondierten Haare fuhr und sie zerraufte. »Der Sohn meines Professors in New Orleans. Ich habe bei Professor Bidnop Chirurgie studiert.«

»Sie kennen James?«

»Ich war mit ihm befreundet. Es war eine schöne Zeit, nur zu kurz. Vier Monate nur.«

»James ...«, sagte Joan leise. Sie hob die Hand und streichelte über das lächelnde Fotogesicht. Es war ein tragischer und doch komischer Anblick, die halbnackte üppige Frau, versunken in Zärtlichkeit, vor dem Bild zu sehen. Lorentzen winkte mit den Augen den Assistenten und die OP-Schwester in den Nebenraum. Er ahnte, daß Joan jetzt allein mit ihm sein wollte.

»Sie kannten James Bidnop, Miß Bridge?« fragte er.

»Ja, wir wollten einmal heiraten.«

Schweigen. Lorentzen sah auf den gekachelten Boden. Vor vier Jahres war James Bidnop bei einem Sportwagenrennen tödlich verunglückt. Seine Leidenschaft, Autorennen zu fahren, wurde ihm zum Verhängnis. In dem Wrack seines Wagens war er verbrannt bis zur Unkenntlichkeit.

»Es war furchtbar«, sagte Lorentzen leise.

»Ich war dabei –« Joan Bridge drehte sich um. Sie bemühte sich, wieder zu lächeln. »Es überkam mich so, Doc, als ich das Bild sah. Wer konnte das ahnen? Bei Ihnen ein Bild von James. Verzeihen Sie, Doc.« Sie legte die Arme über ihre großen weißen Brüste, als schäme sie sich plötzlich. »Machen wir weiter! James ist vorbei. Das Leben geht weiter. Wo muß ich hin?«

»Setzen Sie sich dorthin. Unter die Lampe. Ich komme gleich.«

Gehorsam ging Joan Bridge zu dem Stuhl, den Lorentzen

ihr angewiesen hatte. Dort saß sie in ihrer schönen weißen Nacktheit und nickte mit ihren Kulleraugen dem Assistenten zu, der wieder aus dem Nebenraum kam.

»Guten Tag, Doc«, sagte sie zu ihm. »Finden Sie auch, daß meine Brüste zu groß sind? Ich muß Ihnen erzählen, was Alfredo darüber sagte ...«

Kopfschüttelnd ging Lorentzen in sein Sprechzimmer, um seine Brille zu holen.

Die Seele dieser Frau, dachte er, muß wie ein Bündel Drähte sein, die sich dauernd berühren und einen Kurzschluß verursachen.

Man sollte sie bedauern.

Adam Czschisczinski, den man wegen seines unaussprechbaren Namens schlicht »Dicki« nannte, hatte seinen großen Tag. Während im Untersuchungszimmer Joan Bridge nun auch dem jungen Assistenten wehklagend von Alfredo und dessen Ansicht über ihre zu großen Brüste erzählte, ging er durch die beiden Wartezimmer und unterrichtete die künftigen Patienten.

Dr. Lorentzen hatte in der neuen kosmetischen Klinik gleich drei Warteräume eingerichtet. Einer war für die Damen reserviert, denn jeder Dame ist es peinlich, zusammen mit Männern im Vorraum eines Schönheitschirurgen zu sitzen und sich mit Blicken betasten zu lassen: Wo fehlt es? Wo will sie korrigiert werden? Die Höckernase? Die Falten unter den Augen? Die schräg hängende Lippe? Die gewaltige Hängebrust? Das drückt auf die Psyche. Das ist unerträglich – auch wenn alle, die hier sitzen, nur das eine Ziel haben: die Natur, die sie benachteiligt hat, zu berichtigen.

Warteraum Nr. 2 war für die Herren da.

Auch die Männer sind eitel. O Gott, oft sind sie eitler als die Frauen, nur wollen sie es nicht wissen. Vor allem die in den Brieftaschen gut gepolsterten, im Wirtschaftsleben erfolgreichen Herren, die Manager und Direktoren, die Künstler und Freischaffenden stehen öfter vor den Spiegeln als ihre Frauen, nur heimlich. Dann zählen sie die Falten, massieren das Doppelkinn, sind unzufrieden mit ihrem Gesicht, ärgern sich über die Tränensäcke und verfluchen ihre rotgepunktete, weinselige Nase. Meist steht in einem Winkel ihrer Herzen ein kleines, hübsches, junges Mädchen ... die süße Stenotypisten von Zimmer 37, die Friseuse von gegenüber, die Stewardeß der PAA, die Kellnerin vom »Chez nous«. Da muß man jünger sein als man ist, meine Herren! Da stört die Knollennase, auch wenn sie medizinisch so schön »Rhinophym« heißt, und die Tränensäcke müssen weg, radikal. Man sieht dann gleich zehn Jahre jünger aus. Und zehn Jahre, verdammt, das ist schon etwas bei der süßen Krabbe von Zimmer 37 ...

Warteraum Nr. 3 war der »tragische Raum«, wie Dr. Lorentzen ihn nannte. Hier sollten die wirklich schweren Fälle warten. Die Gesichtsverbrennungen, die Verstümmelten; die Menschen, die sich vor der Außenwelt verkrochen, weil sie sahen, daß sie überall, wo sie auftauchten, nicht nur Mitleid, sondern auch Entsetzen verbreiteten. Die Narbengesichter, die Nasenlosen, die Ohrlosen. Aber auch die Geiergesichter, die Riesennasen, die fliehenden Kinne. In diesem Zimmer würde sich alles menschliche Elend zeigen. Verwundete Kreaturen, die sich verkrochen vor der Sonne, die gnadenlos auf ihre Zerstörung schien.

»Dicki« begann mit Raum 1, den Damen. Er trug seine neue Kluft: Hosen, Hemd und Jacke, sogar Strümpfe und Schuhe in ganz blendendem Weiß, als laufe er Reklame für eine Waschmittelfirma. Dazu hatte er eine weiße Schirmmütze, auf deren Band mit goldenen Fäden gestickt war: Almfried-Klinik. Das alles war eine Erfindung des alten Steegert, des Vaters von Marianne. »Die Leute wollen so etwas sehen«, sagte er zu Dr. Lorentzen, als der sich anfangs dagegen wehrte. »Glauben Sie mir, ich kenne das aus meinem Nipphandel. Kitsch verkauft sich wie Sex. Die Amerikaner haben das klar erkannt. Dort wird für Blödsinn mehr umgesetzt als beispielsweise für Kleidung. Das will schon was heißen. Und Sie werden sehen, Doktor: Ihr weißer Dienstmann wird bald in aller Munde sein.«

»Dicki« sorgte dafür schon von allein.

»Meine Damen«, sagte er, als er im Wartezimmer 1 stand

und seine weiße Mütze gelüftet hatte, »der Herr Chefarzt läßt Sie herzlich willkommen heißen. Falls Sie in die Klinik aufgenommen werden, bin ich Ihr Hausmeister. Sie können sich vertrauensvoll mit allem, was Sie wünschen, an mich wenden. Mein Zimmer ist gleich neben dem Eingang, Nummer 3. Mein Haustelefon ist Nummer 11.« Er machte eine Kunstpause und lächelte treuherzig. »Ich kann Ihnen zum Beispiel sagen, wo man in St. Hubert guten Kaffee und Kuchen bekommt und wo man abends tanzen geht.« Er machte eine kleine Verbeugung, setzte dann seine Mütze wieder auf und bekam ein dienstliches Gesicht. »Ich wünsche einen schönen Tag, meine Damen.«

Danach marschierte er hinaus, mit hocherhobenem Kopf und hohlem Kreuz. Die Damen sahen ihm erstaunt nach und lächelten still.

Bei den Herren war »Dicki« deutlicher. »Es gibt in St. Hubert eine Bar, wo auch nette Mädchen sind«, verriet er. »Und im Nebenort, in Sinnershausen, da kenne ich drei Adressen. Auch kann man in St. Hubert, in einigen Privathäusern, Zimmer mieten. Ganz diskret, garantiert.« »Dicki« lächelte schief. »Ich erwähne das bloß für den Fall, daß die Herren Ihre Gattinen nachholen möchten ...«

Die Herren lächelten zurück. Was die Damen nicht getan hatten, noch nicht, aber »Dicki« erwartete es in aller Stille, das taten die Herren: Sie drückten dem weißen Hausmeister knisternde Scheine in die Hand. Damit war ein Vertrag geschlossen. Adam Czschisczinski sah goldenen Zeiten entgegen.

Im Warteraum Nr. 3 saß niemand. Noch nicht. »Dicki« atmete auf. Er hatte viel gelesen von den Menschen ohne Gesicht. In der medizinischen Bibliothek Dr. Lorentzens hatte er abends einige Bilder aus den Lehrbüchern über Gesichtschirurgie angesehen. Das hatte ihm genügt. Er erinnerte sich auch an einige Romane in den Illustrierten.

Wie benimmt man sich, wenn so ein armer Mensch im Zimmer 3 sitzt, dachte »Dicki« und blieb an der Tür des leeren Zimmers stehen. Am besten, man ist kameradschaftlich. Einem Mann klopft man auf die Schulter und sagt: »Jaja, diese Autoraserei! Kein Wunder, wenn das Gesicht flötengeht ...«

Bei einer Dame ist man zurückhaltender. »Alles halb so schlimm«, könnte man etwa sagen. »Ich habe da noch ganz andere Gesichter gesehen, gnädige Frau.«

»Dicki« schloß die Tür zu Wartezimmer Nr. 3. Keine Sorge, Adam Czschisczinski war der rechte Mann am rechten Platz.

Unterdessen hatte Joan Bridge sich wieder angezogen. Wie ein glückliches Schulmädel, das eine Eins im Gedichtaufsagen bekommen hat, saß sie neben Dr. Lorentzens Schreibtisch und sah ihm zu, wie er auf einem Block etwas skizzierte.

Eine runde, volle Brust.

»Sie können das aber gut, Doc«, sagte sie anerkennend. »Genau so sieht meine aus. Gezeichnet ist sie gar nicht so übel.«

»Nach meiner Ansicht wäre es falsch, sie zu verkleinern«, sagte Dr. Lorentzen und zeichnete weiter.

»Doc, fangen Sie nicht schon wieder an. Ich gehe ins Wasser, ich mach's wahr. Sie wissen nicht, wieviel mir Alfredo bedeutet.«

»So viel, daß Sie Narben an Ihrem schönen Körper hinnehmen?«

»Noch mehr, Doc.«

»Gut. Sehen Sie her, ich erkläre Ihnen die Operation, die ich bei Ihnen vornehmen werde.« Dr. Lorentzen zeichnete mit Rotstift die Schnitte in die gemalte Brust ein. »Es gibt verschiedene Methoden, eine große Brust zu verkleinern. Immer bleibt das Problem: Wie kann man die Brustwarze wieder an die normale Stelle bringen, wenn man das überflüssige Drüsengewebe und das Fett entfernt und die Brusthaut verkürzt hat. Es ist ja nicht damit getan, hier unter der Brustfalte aufzuschneiden und dann einfach das Zuviel wegzunehmen. Die Brustwarze säße dann unten in der Falte.«

»Um Gottes willen, Doc!« Joan Bridge machte große, ängstliche Kulleraugen. »Alles muß so sitzen wie vorher.«

»Sehen Sie. Und darum haben wir die Wahl zwischen zwei Methoden: Einmal kann ich die Warze umschneiden, aber an einem kleinen Stiel lassen und sie nach der Wegnahme des überflüssigen Drüsengewebes und der Hautstraffung wieder einsetzen; das gäbe zwei große, wie ein T aussehende Narben auf der Brust und die Rundumnähung der Warze. Oder ich trenne die Warze völlig aus, hole aus einem Brustfaltenschnitt das Gewebe heraus, schneide dann ein Fenster in die verkleinerte Brust und pflanze dann die Brustwarze samt Warzenhof frei in das Loch wieder ein. Das gibt nur zwei, bald kaum noch sichtbare Narben.«

»Phantastisch, Doc!« Joan Bridge klatschte in die Hände. »Das machen wir.«

Dr. Lorentzen legte seinen Rotstift weg. »Einen Nachteil hat diese Methode von Thorek: Sie kann die Stillfähigkeit lahmlegen. Das muß ich Ihnen sagen.«

»Aber Doc!« Joan Bridge machte einen verführerischen kecken Augenaufschlag. »Ich bin vierzig. Die nächsten zwanzig Jahre will ich leben, um zu genießen, aber nicht, um Kinder großzuziehen.« Sie tippte mit ihren grell rotlackierten, langen Nägeln auf die Zeichnung Lorentzens. »Hier, Doc ... die machen wir. Wann geht's los?«

»Übermorgen. Um zehn Uhr vormittags.«

»Und wie lange dauert es, bis ich wieder unter die Menschen kann?«

»Nicht länger als eine Woche. Aber Sie sollten sich nebenan auf der Schönheitsfarm noch drei Wochen erholen, ehe Sie Alfredo wiedersehen. Dann sind die Narben auch nicht mehr so rot.«

»Sie sind ein Schatz, Doc!« Joan Bridge sprang auf. Auch Dr. Lorentzen stand auf und trat zwei Schritte zurück. Es war eine stille Abwehr, denn Joan Bridge wäre ihm sonst um den Hals gefallen und hätte ihn geküßt.

»Alles andere macht Schwester Frieda«, sagte Dr. Lorentzen und ging zur Tür. »Sie wird Sie betreuen und ist ganz für Sie da.«

Dann war Lorentzen wieder allein. Nebenan hörte er, wie sein Assistent und beide Schwestern sich unterhielten und lachten. Patient Nr. 1. Eine überspannte Amerikanerin.

War das der Sinn der Klinik?

Er erinnerte sich an die Worte des alten Patz, des Vaters

von Ilse, als die Klinik eingeweiht wurde. »Sie sollen sehen, Doktor«, hatte der nüchterne und geschäftstüchtige Bauunternehmer gesagt, »Ihre Klinik wird bald ein Treibhaus der merkwürdigsten Blüten werden. Sie haben trotz Ihrer sechsundvierzig Jahre noch zu viele Ideale. Wiederherstellungschirurgie ... den Menschen ein neues Gesicht machen ... Helfer der Menschheit ... Das hört sich alles gut an. Die tägliche Praxis wird anders sein: Da werden Sie Träume hinein- und Träume wegoperieren müssen. Nur die wenigsten kommen, weil sie wirklich unter ihren Mißbildungen leiden und seelisch daran zerbrechen. Bei siebzig Prozent wird es die Eitelkeit sein ... wollen wir wetten?«

Und Dr. Lorentzen hatte gewettet. »In einem halben Jahr werden in meinem Wartezimmer 3 mehr Patienten sitzen als in den beiden anderen zusammen«, hatte er gesagt. »Ich komme von einer großen Klinik. Sie wissen nicht, Herr Patz, wieviel Leid es gibt, verborgen vor den Blicken der anderen.«

»Zugegeben. Diese Menschen haben aber nicht das Geld, sich in der ›Almfried-Klinik‹ restaurieren zu lassen. Was hierherkommt, sind die goldbestäubten Wesen, denen das Näschen nicht paßt oder das Öhrchen wackelt oder das Brüstchen etwas hängt.« Der alte Patz lachte laut. Trotz seiner Millionen war er der Maurer geblieben, als der er angefangen hatte. Und unter seinen Maurerkolonnen fühlte er sich am wohlsten. »Ich wette ein Faß Bier, Doktor.«

»Ich halte mit.«

»In einem halben Jahr also.«

»Ja.«

Dr. Lorentzen schreckte hoch. Das Telefon vor ihm läutete. Marianne war am Apparat – sie rief aus dem Kosmetikkeller der Schönheitsfarm an.

»Ich habe auf die Uhr geguckt«, sagte sie. »Sie müssen jetzt Ihren ersten Patienten hinter sich haben. Wie war's?«

»Gut«, sagte Lorentzen und lächelte etwas bitter. »Eine Brustverkleinerung.«

»Gratuliere, Lutz.«

»Danke, Marianne. Und wie läuft's bei Ihnen?«

»Zehn neue Frauen. Das übliche. Auch eine Schauspielerin ist dabei. Mia Holden. Will zehn Pfund abhungern und Pölsterchen auf den Hüften verlieren. Ein nervöses Hemd, diese Holden. Total durchgedreht. Ich habe sie erst einmal in die Bürstenmassage genommen, mit Kakaobutter eingerieben, und nun schläft sie wie ein Kind.«

Dr. Lorentzen nickte. Er starrte auf seine Brustzeichnung, ergriff sie dann, riß sie vom Block und zerknüllte sie.

»Wann kommen Sie essen?« fragte Marianne, als Lorentzen schwieg.

»Ich schätze, es wird dreizehn Uhr werden.«

»Dann noch viele gute Patienten.«

»Danke, Marianne.«

Man muß sich umgewöhnen, dachte Lorentzen. Man muß anders denken lernen. Erstaunt stellte er bei sich fest, daß er noch immer der Kliniker war, der Chirurg der Universitätsklinik, der Halbgott im weißen Mantel. Schönheitschirurgie ... vor zwei Jahren hätte er darüber mokiert gelächelt wie alle seine Kollegen. Kosmetische Chirurgie – ist das etwas anderes als ein akademischer Friseur? Hier ein Fältchen raffen, dort ein Närbchen wegstreicheln ... Spielerei für den, der täglich im OP steht und Magen resektiert, Gallen ektomiert und Mammae amputiert.

Nun hatte er selbst eine kosmetische Klinik. Zwei Etagen voller Betten warteten auf Patienten. In den Wartezimmern saßen die Menschen, die hofften, durch seine Kunst wieder froh zu werden nach langen, stillen Leiden.

War Häßlichkeit nicht auch eine Krankheit?

Ist ein Höckernase weniger problematisch als ein Gallenstein?

Sind abstehende Ohren für den, der sie hat, nicht ein ebenso großes Problem wie eine ausgetretene Hernie?

Muß es immer ein Magenkrebs sein? Eine dicke Narbe quer über dem Gesicht kann einen lebensfrohen Menschen zum Einsiedler, zum Selbstmörder machen.

Helfen! Das ist die große Aufgabe. Helfen! Den Kranken und den Eingebildeten, denn auch die Einbildung ist eine Krankheit.

Dr. Lorentzen drückte auf die Klingel zum Vorzimmer. Der nächste. Patient Nummer 2.

Auf der Schönheitsfarm gab es an diesem Vormittag ein fröhliches Wiedersehen. Frau Direktor Pfannenmacher war wieder da.

Die Kosmetikerin Marion, die gerade aus dem Massagezimmer blickte, fuhr mit einem Schreckensschrei zurück, als sie den himmelblauen Sportwagen in den Garagenhof fahren sah und die donnernde Fanfare hörte, mit der Erna Pfannenmacher ihre Ankunft akustisch untermalte.

»Das darf doch nicht wahr sein!« rief Marion und fuhr sich entsetzt in die blonden Haare. Sie rannte in das Chefzimmer und lehnte sich schwer atmend an die Tür. Verwundert sah Marianne Steegert das Mädchen an.

»Was haben Sie denn, Marion? Sie sehen ja aus, als seien Sie einem Gespenst begegnet.«

»Genau das bin ich! Frau Pfannenmacher steht im Garagenhof! Das dürfen Sie uns nicht antun, Chefin! Drei Wochen wieder diese hysterische Person! Dann schon lieber sechs Wochen Mia Holden. Die ist ja noch Gold dagegen!« Die Kosmetikerin verzog schadenfroh das Gesicht, als die Tür wieder aufgerissen wurde und die Masseuse Lucia hereinstürmte. Auch sie machte einen völlig verstörten Eindruck.

»Chefin!« rief sie kurzatmig, als habe sie vier Stunden am Massagetisch gestanden. »Draußen ...«

»Ich weiß, Lucia.« Marianne lächelte schwach. »Frau Pfannenmacher ist wieder da.«

»Darf ich Urlaub nehmen?« Masseuse Lucia zog ihren weißen Kittel aus. Die Kosmetikerin Marion tat es ihr nach, auch sie schlüpfte aus dem schicken weißen Mantel mit dem goldenen Monogramm.

»Ich habe auch noch vier Wochen zu kriegen«, sagte sie. »Zwei Wochen vom vorigen Jahr, Chefin.«

»Nun hört mal zu!« Marianne Steegert faltete die Hände auf dem Tisch und sah ihre Mitarbeiterinnen ernst an. »Unser oberster Grundsatz heißt: Niemals die Nerven verlieren.

Und wenn unsere Kundinnen noch so anspruchsvoll oder – sagen wir es beim Namen – überdreht sind: sie sind unsere Gäste. Sie sind zu uns gekommen, um sich zu erholen, um schöner zu werden, um mit ihrem Gesicht, ihrer Figur, ihrer Haut auch ihre Seelen zu verjüngen. Das ist keine leichte Aufgabe, das wissen wir alle. Kneifen, nur weil eine Frau durch die Umwelt, in der sie leben muß, wunderlich geworden ist – das ist Feigheit. Ihr solltet Frau Pfannenmacher nicht aus dem Wege gehen, im Gegenteil: Ihr solltet ihr helfen, daß sie bei uns Ruhe und Entspannung findet. Ich habe ihre Autofanfare schon gehört ...« Mariannes Stimme wurde leiser, weich, dunkler. »Sie hat mir vorige Woche einen Brief geschrieben. In jeder Zeile waren Tränen. Sie lebt in einem goldenen Käfig, sie kann über so viel Geld verfügen wie sie will, aber sie ist nicht glücklich. Immer, wenn ihr Mann ›Dickerchen‹ zu ihr sagt, fährt es wie ein glühendes Messer durch ihr Herz. Und dann sieht sie, wie ihr Mann die schlanken Frauen bewundert, wie er mit offenen Augen träumt, solch eine Frau zu haben, zwanzig Jahre jünger zu sein, und dann greift er zur Zeitung oder starrt auf den Fernsehapparat, und der Abend geht herum mit ödem Schweigen.« Marianne erhob sich mit einem Ruck. »Daran solltet ihr denken, Mädels! Und darum ertragt auch Frau Pfannenmacher.«

Aber es war gar nicht mehr so schlimm, wie man befürchtet hatte. Wohl gab es Alarm vom Dach bis hinunter in den Keller, sogar die Diätköchin stöhnte und auch Adam Czschisczinski wurde benachrichtigt, obwohl er mit der Schönheitsfarm nichts mehr zu tun hatte, aber Erna Pfannenmacher nahm aller Angst die Kraft: Sie brachte für jeden Angestellten ein Geschenk mit. Seidenblusen, die neuesten Handtaschenmodelle, große Schals und schicke, kurze Badejacken, aus französischem Frottee.

»Ich bin ja so glücklich, daß ich wieder hier sein kann«, sagte sie zu Marianne Steegert. »Wie schnell doch ein Jahr vergeht. Und wie sich hier alles verändert hat. Diese tolle Klinik am Wald! Sie fällt schon von weitem auf, wenn man von St. Hubert durchs Tal hinauffährt. Ach, Kindchen, ich freue mich ja so, daß es Ihnen so gut geht.«

Sie küßte Marianne auf beide Wangen und weinte ein wenig vor ehrlicher Ergriffenheit. Dann setzte sie sich und erzählte aus ihrer Ehe. Das Thema Nr. 1 auf der Schönheitsfarm bei allen Frauen. Wer nicht verheiratet war, hatte noch mehr Gesprächsstoff mit seinen Geliebten. Ehemänner gleichen sich im Grunde immer: sie sind müde. Liebhaber haben feine Variationen: Vom Romantiker bis zum wilden Fischerbuben umfassen sie die ganze Skala der Liebesmöglichkeiten.

»Die Kur voriges Jahr war ein Erfolg«, sagte Erna Pfannenmacher. Sie trank, als Begrüßungstrunk, den ungesüßten Schafgarbentee, den Marianne für sie bestellt hatte. Zwar verzog Frau Pfannenmacher etwas den wulstigen, geschminkten Mund, als sie den Tee schnüffelte, aber dann nahm sie tapfer einen tiefen Schluck. So gewöhnt man sich am besten ein. Auf Wiedersehen, ihr Sahnetorten und Mokkatassen.

»Schafgarbentee?« sagte Erna Pfannenmacher voll Erinnerung.

»Ja.« Marianne Steegert lächelte. »Ihr Standardtee.«

»Ich weiß es noch, wie Sie ihn mir vorstellten: Beruhigend, krampflösend, kreislaufverbessernd, stärkend, stoffwechselanregend und menstruationsfördernd. Ach ja –« Erna Pfannenmacher seufzte. »Die Kur war wirklich ein Erfolg.« Sie wurde plötzlich rot wie ein junges Mädchen und beugte sich zu Marianne vor.

»Ich hatte doch eine Zeitlang richtig Angst, daß ich wieder etwas Kleines ... Mein Gott, diese Sorge. Nach zwanzig Jahren noch ein Baby. Aber dann war es doch blinder Alarm. Ob das vom Schafgarbentee kommt?«

»Nicht unbedingt.« Marianne goß noch eine Tasse ein. »Und jetzt bleiben Sie vier Wochen?«

»Ja. mein Mann ist geschäftlich noch in Ostasien. Wenn er zurückkommt, soll er nach all den vielen schlitzäugigen Gelben etwas Zarthäutiges Europäisches vorfinden. – Marianne, Sie müssen mich noch mehr aufmöbeln als im vorigen Jahr! Die Wirkung merkt man erst nach zwei Monaten. Mein Mann war einfach überwältigt; ich war wie ein Vulkan.«

Marianne Steegert nickte und lächelte verstohlen. Wer Erna Pfannenmacher jetzt sah, konnte ihren Wunsch verstehen. Sie hatte wieder zehn Pfund zugenommen, und genau an den Stellen, wo Frauen am ersten ansetzen: An den Hüften und den Brüsten. Außerdem bildete sich ein Doppelkinn.

»Wir werden sehr trainieren müssen«, sagte Marianne vorbeugend.

»Ich weiß, mein Kindchen. Ich habe mich darauf eingestellt.«

Erna Pfannenmacher trank wie zum Beweis ihrer Duldungsfähigkeit die zweite Tasse Schafgarbentee mit einem Zug. »Ich werde alles tun, ohne zu klagen.«

»Großes Versprechen?«

»Ganz großes.« Frau Direktor Pfannenmacher blinzelte Marianne zu. Sie waren nun zwei Verschwörerinnen gegen den armen Ulrich, der schwitzend in Bangkok saß und Verhandlungen führte. »Nur wenige wissen, wie glücklich es eine Frau macht, wenn ihr Mann sie plötzlich wieder bemerkt und in den Arm nimmt. Für diese eine Stunde bin ich bereit, vier Wochen zu fasten, waldzulaufen, zu schwitzen, zu rollen, massiert zu werden und jede Tortur zu erleiden. Ach Kindchen!« Frau Pfannenmacher legte den Arm um Marianne. »Was so ein Mann doch für Kummer macht ...«

Zum Mittagessen im großen Speisesaal wurden die Neuankömmlinge von den »alten Hasen« mit hämischen Blicken beobachtet. Es gab eine Kohlrabi-Rohkost-Platte. Mit saurer Sahne, Äpfeln, Apfeldicksaft, Zitronensaft und Zwiebelpulver angemacht. Dazu tranken einige wenige, nur mit besonderer Erlaubnis Marianne Steegerts, ein Gläschen Buttermilch mit Rotrübensaft.

Frau Pfannenmacher kannte das. Sie aß, als habe man Truthahn serviert und eine rheinhessische Spätlese. Triumphierend sah sie sich um und trotzte den neugierigen Blikken der anderen.

Anders benahm sich Frau Gisela Nitze. Ihr Mann war durch eine Erfindung Millionär geworden. In einer Sternstunde der Menschheit gebar er den Gedanken, die Alltagsluft in muffigen Zimmern zu verbessern und stellte seitdem einen Luftverbesserungs-Spray her. »Maienduft« nannte er ihn. Auf dem Etikett der Sprühflasche blühten Blumen und wogten schlanke weiße Birken im Wind. »Maienduft« wurde ein Riesenerfolg. In Millionen Zimmern schwebte Thomas Nitzes Blumenduft gegen die Decke. In der Kasse klingelte es unaufhaltsam.

»Nun sind mer soweit«, sagte Nitze eines Tages, »daß mer einjeladen werden zum Bundespresseball nach Bonn. Ich habe de Einladung schon hundertprozentig in der Tasche. Mein Public-Relations-Büro sorgt dafür. Aber da mußte erst anders aussehen, Gisela. Los, meld dich auf so'ne Schönheitsfarm an, und da bleibste, bis de aussiehst wie die Loren oder die Liz Taylor. Die sollen in Bonn mal gucken! Weißte, was ich sage? Meine Frau, die besprüh ich jeden Tag mit meinem ›Maienduft‹. Das wird'n Ding, Gisela ...«

Alles was recht ist: Thomas Nitze war ein witziger Mensch. Und nun saß seine Frau Gisela im Speisesaal der Schönheitsfarm »Almfried«, stocherte in der Kohlrabi-Rohkost herum und aß nur mit Widerwillen drei Bissen.

»Das gibt sich, Frau Nachbarin«, sagte eine Dame in einem großgeblümten Kleid am Nebentisch. »Nach drei Tagen essen Sie das wie Kannibalen einen Oberschenkel ...«

Und der ganze Speisesaal lachte.

Eine neue Kurwoche hatte begonnen.

Dr. Lorentzen schob den Notizblock zu sich heran und blickte gespannt zur Tür. Wer kam jetzt? Noch war in ihm die Spannung vor dem neuen Schicksal, das gleich sein Zimmer betreten würde. Später legte sich das völlig. Die Routine siegte. Dann waren die Menschen nur noch Karteikarte und Krankheit. In den großen Kliniken war es Lorentzen genauso ergangen. Es war auch gar nicht anders möglich – ein Krankenhaus ist eine Fließbandorganisation, je größer, um so unpersönlicher.

Aber jetzt war das doch etwas anderes. Jetzt war in ihm die Spannung eines Arztes, der zum erstenmal am Tag in seiner eigenen Praxis sitzt und auf Patienten wartet.

Lorentzen lächelte vor sich hin. Sechsundvierzig Jahre ist man alt, dachte er. Und wie jung kann man noch sein ...

Der nächste bitte!

Die Tür öffnete sich. Eine junge Frau trat ein. Lorentzen erhob sich und kam ihr entgegen. Mit einem Blick sah er, warum sie zu ihm gekommen war. Der Körper, der Kopf, die Haare, der Mund, die Augen … alles war jung an ihr. Und doch erschrak man, wenn man sie anblickte.

Unter den hellen, blauen, schönen Augen hingen dicke Tränensäcke. Sie waren so schwer, daß sie das untere Lid mit herunterzogen und einen Teil der rötlichen Schleimhaut freilegten. Das ganze Gesicht war durch sie entstellt. So sieht eine ewig besoffene Greisin aus, dachte Lorentzen. Es muß furchtbar sein, mit solchen großen faltigen Tränensäcken herumzulaufen, vor allem, wenn alles an diesem Körper vollendet in der Form ist – die Beine, die Hüften, der Rumpf, die Brüste, die Schultern, der Hals, die langen, kastanienbraunen Haare.

Auf der Karte, die die Schwester hereinbrachte, stand: Erna Mittelhardt. 26 Jahre. Lehrerin.

»Guten Tag«, sagte Lorentzen freundlich und lächelte wie ein guter Freund. Ein solcher wollte er für seine Patienten auch sein. Vertrauen, das ist schon die halbe Heilung. »Wie kann ich Ihnen helfen?«

Erna Mittelhardt wartete, bis die junge Vorzimmerschwester das Sprechzimmer verlassen hatte, dann senkte sie den Kopf, als schäme sie sich auch hier.

»Sehen Sie mich doch an, Herr Doktor«, sagte sie leise. Mit gesenktem Kopf ging sie zu dem Sessel, der ihr am nächsten stand, und ließ sich hineinfallen. Mit beiden Händen verdeckte sie ihr Gesicht. »Es ist furchtbar, was ich im letzten Jahr mitgemacht habe. Ich bin mit den Nerven völlig am Ende.« Sie hob den Kopf, aber verdeckte ihr Gesicht immer noch mit beiden Händen. Durch die Fingerspitzen, wie eine Lepraentstellte, sah sie Lorentzen an. »Verzeihen Sie, Herr Doktor … aber ich bin sonst nicht hysterisch. Es ist einfach zuviel gewesen in den vergangenen Monaten.«

»Die Tränensäcke.« Dr. Lorentzen setzte sich Erna Mittelhardt gegenüber. Ganz behutsam zog er ihre Hände vom Gesicht. Mit zitternden Augen starrte sie ihn an, und dann begann sie leise, mit zusammengebissenen Zähnen zu weinen.

Lorentzen wartete eine Weile, bis sich ihre Erregung gelegt hatte. »Es ist doch gar kein Problem, so etwas wegzuoperieren«, sagte er mit väterlicher Stimme. »So etwas kann man sogar ambulant machen.«

»Nein. Nein. Ich habe Zeit. Ich habe jetzt Ferien.« Erna Mittelhardt sah Lorentzen flehend an. Die Tränen rannen ihr über die faltigen Hautsäcke und tropften davon ab wie von nassen, zusammengeknüllten Lumpen. Es sah wirklich deprimierend aus. »Wenn Sie mir helfen können, Herr Doktor ... ich bleibe, so lange Sie wollen. Ich kann sechs Wochen bleiben. Ich habe gespart für diese Operation ... ich kann es bezahlen ...«

»Die Kosten sind gering, Fräulein Mittelhardt. Hinterher werden Sie lachen und den Kopf schütteln, wie einfach alles war. Ich operiere Sie übermorgen vormittag, und schon am Nachmittag können Sie, mit einer Sonnenbrille auf der Nase, spazierengehen ... ohne Tränensäcke.«

»Wenn das wahr ist ... wenn das wahr ist ...« Erna Mittelhardt sprang auf. Ihr vom Weinen noch zuckendes Gesicht leuchtete wie verklärt. »Was ich durchgemacht habe, Herr Doktor. In der Schule. Kinder können so grausam sein, wie kleine Raubtiere sind sie ... sie zerfleischen einen stückweise. ›Da kommt die Eule!‹ riefen sie auf dem Schulhof, wenn ich zum Dienst kam. ›Mein Papa sagt, das kommt vom Saufen‹, hörte ich einen Jungen während der Pause zu einem anderen sagen. Es war die Hölle. Und dabei trinke ich keinen Tropfen Alkohol. Nur Fruchtsäfte. Bis zum fünfundzwanzigsten Lebensjahr hatte ich ein hübsches Gesicht. Dann plötzlich traten die Tränensäcke hervor, von Monat zu Monat schlimmer. Ich habe alles, was man mir an Cremes empfahl, auf die Lider geschmiert. Ich habe Packungen gemacht, Massagen, Bestrahlungen ...«

»Alles sinnlos«, sagte Dr. Lorentzen. »Damit halten Sie das nie auf.«

»Das habe ich gesehen. Schließlich war ich so weit, daß ich jeden Morgen weinte, bevor ich in die Schule ging ... weinte aus Angst vor den Kindern, die mich heimlich ›Suff-Erna‹ nannten. Ich kaufte mir große Brillen, aber die Tränensäcke hingen darunter heraus. Es sah noch schrecklicher aus. Dann konnte ich nicht mehr, ich blieb zu Hause, und der Rektor und auch die Kollegen fragten nicht nach mir. Aber hintenherum erfuhr ich, daß sie beim Schulrat waren und um eine neue Lehrerin gebeten hatten. Ich war so weit, mich aufzuhängen. Da las ich Ihre Anzeige in der Zeitung. Sie sind meine letzte Hoffnung.«

Sie senkte wieder den Kopf, aber diesmal legte sie nicht mehr schamhaft die Hände vor die Augen. Dr. Lorentzen ging zu seinem Schreibtisch und holte ein Buch aus der langen Reihe der Bücher, die dort standen. Er blätterte darin herum, schlug eine Bildseite auf und kam zu Erna Mittelhardt zurück.

»Sehen Sie, Fräulein Lehrerin«, sagte er bewußt burschikos. Ihr dankbares Lächeln sagte ihm, daß es so richtig war. »So sahen Leidensgenossinnen von Ihnen vor der Operation aus – und so nachher. Nicht einmal die Schnitte sieht man; wir legen sie unmittelbar an den unteren Lidrand, wo die Wimpern die dünnen Narben überdecken.«

»Aber wo kommen die Tränensäcke bloß her?«

»Oft ist es eine Vererbungssache. Die Anlage zum Tränensack ist angeboren. Hatte Ihr Vater Tränensäcke?«

»Nein. Aber mein Großvater. Und mein Onkel auch.« Erna Mittelhardt machte große, traurige Augen. »Dann ... dann kommen sie wohl später wieder? Und ich muß mich immer und immer wieder operieren lassen?«

»Nein.« Dr. Lorentzen klappte das Buch zu. »Wir werden die Natur zwingen, an solche Erbanlagen weiterhin nicht mehr zu denken.« Er ging zum Schreibtisch zurück und machte in seinen Terminkalender eine Eintragung. Tränensack. 11 Uhr. »Übermorgen, 11 Uhr, ist Unterricht in neuer Schönheit, Fräulein Lehrerin.«

»Herr Doktor!« Erna Mittelhardt hob beide Arme. »Wie kann ich Ihnen jemals danken?«

»Indem Sie wieder lachen. Und das werden Sie in spätestens acht Tagen.«

Als Erna Mittelhardt das Sprechzimmer verlassen hatte und mit Schwester Rosel zu ihrem Zimmer ging, trat Lorentzen an das große Fenster und blickte über den in der Sommersonne in hundert Farben leuchtenden Park hinüber zu den beiden langgestreckten Häusern der Schönheitsfarm. Auf der Wiese turnten einige Frauen in Bikinis und Badeanzügen. Ilse Patz leitete die Gymnastik und schlug den Rhythmus der Bewegungen mit einem Schläger auf ein Tamburin.

»Auf und – – – niiiieder … auf und – – – niiiieeder! Und nach links … und nach rechts … Hüften ruhig halten, nur mit dem Rumpf … nicht in die Knie gehen … stehenbleiben … Und noch einmal: Auf und – – – niiiieeder … und nach links … und nach rechts …«

Das ist ein Fall, über den ich glücklich bin, dachte er zufrieden. Hier schreit die Not aus jeder Silbe. Hier ist ein Mensch am Ende seiner Nerven. Und mit dem Skalpell, mit meinen Händen kann ich ihn zurückführen in das Leben, in die Fröhlichkeit des Herzens, in die Liebe, vor der sie flüchten mußte. Mit zwei kleinen Schnitten am Lidrand. Mit ein wenig Geschicklichkeit.

Weiß Gott, er ist doch schön, unser Beruf.

Wir operieren auch die Seele.

Marianne Steegert erwartete Dr. Lorentzen mit einem Glas in der Hand. Als er das kleine Zimmer hinter dem Büro betrat, in dem die beiden Mädchen bisher schnell ihr Essen hinunterwürgten, denn die dreißig schönheitsdurstigen Frauen der Farm ließen wenig Zeit für ein Ausruhen, hob Marianne den Sektkelch und prostete ihm zu.

»Auf den ersten Tag!« rief sie.

Dr. Lorentzen hob die Hand. »Nicht austrinken, Marianne. Wir wollen den Erfolg nicht hinunterschlucken.« Lachend kniete er sich auf den Teppich und senkte den Kopf. »Vollziehen Sie den neuen Stapellauf der reparierten Fregatte Lorentzen, wie es sein muß. Los, Marianne!«

»Aber Lutz!« Marianne kam um den Tisch herum. »Ich kann Ihnen den Sekt doch nicht …«

»Schütten Sie!«

»Also denn!« Marianne stellte sich vor Lorentzen und hob das Glas über seinen Kopf. Ihre Augen leuchteten vor Freude und Glück. Er ist so ausgelassen wie ein großer Junge, dachte sie. Und er ist jünger geworden. Wirklich, alle Wehmut, alle Traurigkeit ist von ihm abgefallen. Hatte er früher nicht mehr Falten im Gesicht? Wo sind die scharfen Kerben, die sich von den Nasenflügeln bis zum Kinn zogen? Wo ist sein trauriger Blick geblieben, in den sie sich zuerst verliebt hatte, aus dem Mutterinstinkt heraus, den jede Frau in sich trägt? Damals, im Zugabteil 1. Klasse von Hamburg nach Köln, als sie hilflos auf dem Polster lag und er ihren verstauchten Knöchel mit Kognak und Zwetschgenwasser kühlte, hatte sie gefühlt, daß dieser Mann nach seiner Heimat suchte, daß er dabei war, sich zu verirren auf seiner Suche nach einem Zuhause. Jetzt kniete er vor ihr, ausgelassen und lachend, und drüben auf dem Hügel leuchteten die Gebäude der kosmetischen Klinik in der Sommersonne. Welch eine Wandlung.

»Ich taufe Sie auf den Namen: Gute Seele der Almfried-Klinik!« sagte Marianne hell. »Und viel, viel Erfolg …«

Sie kippte das Sektglas etwas und ließ ein paar Tropfen auf Lorentzens Haar fallen. Sie rannen an seiner Stirn herunter und tropften auf die Nase.

In diesem Augenblick kam Ilse Patz herein. Sie blieb an der Tür stehen und blickte erstaunt auf den knienden Arzt. »Was ist denn das?« rief sie. In den Händen hielt sie einen großen Blumenstrauß. Rote Rosen.

Lorentzen erhob sich und schüttelte den Sekt aus seinem Haar wie ein Hund, der aus dem Wasser kommt.

»Das war die Taufe!« lachte er.

»Und von mir bekommen Sie Blumen.« Ilse Patz hielt ihm den herrlichen Strauß entgegen. »Soll ich auch romantisch sein wie Marianne? Dann bitte, knien Sie sich wieder hin … ich werde die Blumen zerrupfen und Ihnen die Rosenblätter übers Haupt streuen.«

Marianne Steegert biß die Zähne zusammen. Ihre Lippen verengten sich zu einem dünnen, roten Strich. Voll Neid sah sie, wie wunderbar Ilse aussah. Sie trug ein zitronengelbes Kleid, gegen das ihre braune Haut und das schwarze Haar erregend abstachen. Sie hatte in diesem Jahr wirklich zehn Pfund zugenommen. Das Überschlanke, leicht knochig Wirkende war verschwunden. Die Brüste waren voller geworden, auf den Hüften lagen leichte Rundungen. Sie war von einer betörenden fremdländischen Fraulichkeit.

»Ich habe die Rosen lieber in der Vase.« Dr. Lorentzen nahm Ilse Patz den großen Strauß aus den Händen und hob ihn hoch. »Sie und Marianne feiern mich wie einen Sieger, der ein Rennen gewonnen hat. Dabei geht es doch erst richtig los. Bisher habe ich Ihnen nur Geld gekostet.«

»Fast zwei Millionen«, sagte Ilse trocken. Der Blick, den Marianne ihr zuwarf, war wie ein geschleuderter Dolch.

»Sehen Sie. Zwei Millionen. Und was ist bisher hereingekommen? Heute vormittag sieben Patienten.«

»Wir sind glücklich, daß es so gut begonnen hat.«

»Das wird sich noch zeigen. Übermorgen ist der erste Operationstag.«

»Sie werden glänzend operieren, Lutz.« Marianne hakte sich bei Dr. Lorentzen ein. »Darf ich zu Tisch bitten, Herr Chefarzt? Es gibt Schweinebraten mit Knödel. Ich bitte, das besonders zu bewerten. Auf der Schönheitsfarm, wo Diät wie ein Wort aus der Bibel ist, gibt es Knödel. Nur Ihnen zu Ehren.«

»Und im Speisesaal ist eine stille Revolution. Man hat die Knödel und den Schweinebraten gerochen.« Ilse Patz hakte sich auf der anderen Seite bei Lorentzen ein. »Frau Ehrmann und Frau Hillebrand haben schon versucht, die Köchin zu bestechen und auch Knödel zu bekommen.«

»Ich werde sie mit genießerischem Schweigen essen.« Lorentzen setzte sich an die mit Blumen dekorierte Tafel. Im Sektkühler stand die von Kälte beschlagene Flasche.

Während sie aßen, beobachtete Lorentzen die beiden Mädchen aus den Augenwinkeln. Eine mühsam unterdrückte Spannung lag zwischen ihnen, das spürte er fast körperlich. Und er wußte, daß er der Anlaß dazu war.

In dem vergangenen Jahr hatte er wenig Gelegenheit gehabt, sich um die Privatsphäre von Marianne Steegert und Ilse Patz zu kümmern. Der Bau der Klinik, die Beschaffung von Tausenden Einrichtungseinzelheiten, das Engagieren der Schwestern, Pfleger, Köchinnen und der beiden Assistentinnen nahmen ihm jede freie Stunde. Er fuhr kreuz und quer durch Deutschland; vier Wochen hospitierte er in Frankreich an einer kosmetischen Klinik und studierte die neueste Methode der Brustvergrößerung mit Kunststoffen. In London informierte er sich über Krampfaderverödungen durch elektrische Nadeln ... wo blieb da Raum für das Herz?

Nur in kurzen Minuten hatte er im vergangenen Jahr mit Marianne und Ilse gesprochen. Einmal hatte er Marianne in München in die Oper geführt, einmal war er mit Ilse in ein Musical gegangen. Nach den Vorstellungen trank man noch ein Glas Wein in einer stillen Weinstube ... aber man sprach nicht von romantischen Dingen, trotz der Kerzenbeleuchtung. Es ging nur um die neue Klinik.

Marianne hatte ihm mit ihren großen blauen Augen strahlend zugehört; Ilse Patz war anders gewesen. Sie hatte ihn zum Tanzen aufgefordert und ihren schlanken, tierhaften Körper eng an ihn gedrückt. Damals hatte er es gar nicht so intensiv wahrgenommen ... jetzt, am Mittagstisch nach diesem Jahr, erinnerte er sich daran. Ihre schwarzen Augen hatten gefunkelt, als er mit der Hand, unbeabsichtigt, ihren Rücken streichelte.

»Wir sollten öfter ausgehen, Lutz«, hatte sie gesagt, und ihre Stimme war dunkel gewesen wie ihre Haut.

»Wenn ich dazu Atem bekomme«, hatte er geantwortet. Aber er bekam nie diesen Atem; er atmete ein Jahr lang nur für seine Klinik.

Nun war es geschafft. Marianne hatte ihn mit Sekt getauft und Ilse ihn mit Rosen beschenkt. Und ein merkwürdiger Zustand war eingetreten: Lorentzen bemerkte auf einmal überdeutlich, wie hübsch diese Mädchen waren. Wie sehr er sich an sie gewöhnt hatte. Wie spannungsgeladen sie um ihn und mit ihm lebten.

Ich muß jetzt etwas sagen, dachte er. Etwas ganz Dummes, um die elektrisch knisternde Luft zu entladen.

Er legte seine Gabel zur Seite und lächelte Marianne und Ilse wie ein großer, zufriedener Junge an.

»Das schmeckt köstlich«, sagte er.

Er griff zur Sektflasche und goß noch einmal die Gläser voll.

»Auf eine schöne Zukunft!«

Marianne stieß mit ihm an. Es klang wie eine kristallene Glocke.

»Auf Ihren Erfolg, Lutz!«

Ilse Patz hob nur ihr Glas bis zu den Augen. Aber ihr Blick über den Glasrand hinweg war wie sprühendes Feuer.

»Auf Sie allein, Lutz!« sagte sie dunkel.

Dann trank sie mit einem Zug das Glas leer, sah Lorentzen noch einmal an und warf dann das Glas über ihre linke Schulter weg gegen die Wand.

Nebenan, in einem schmalen Raum, in dem das Geschirr abgestellt wurde, hockte »Dicki« auf einem Küchenstuhl und kaute Knödel. Zum Schutze seiner weißen Uniform hatte er ein Handtuch in den Kragen gesteckt.

»Jetzt beginnt ein neues Leben«, sagte er weise. »Der Doktor und ich, wir werden Schwung in den Saftladen bringen! War verdammt nötig, daß mal 'ne Männerhand die Leitung übernimmt ...«

Er bewies das gleich am Nachmittag, als ein neuer Zug von München eintraf und neue Patienten nach St. Hubert brachte.

In seiner weißen Uniform wie ein General einer exotischen Armee wirkend, stand »Dicki« auf dem Bahnsteig, umgeben von vier bayerischen Gepäckträgern, und legte grüßend die Hand an die goldbestickte Mütze, als sich die Patienten auf ihn zubewegten.

»Willkommen, meine Damen und Herren!« sagte er mit sonorer Stimme. Dann pfiff er durch die Zähne, die Damen zuckten zusammen, die Gepäckträger von St. Hubert stürzten sich wie Kannibalen auf die Koffer und Taschen, rissen sie an sich und trabten hinaus zu einem wartenden Omnibus.

Eine Dame in einem hellgrünen Seidenkostüm und mit sichtlich gebleichten hellblonden Haaren kam auf »Dicki« zu und sah ihn forschend an. Sachverständig ließ auch »Dicki« seine Blicke über ihren Körper gleiten. Hautraffung, dachte er. Etwas dicke Hüften. Sonst ganz passabel. Augen hat sie wie eine spanische Tänzerin. Man kommt sich nackt vor, wenn sie einen so anstarrt. Er nahm die weiße Mütze ab und hielt sie vor seinen Schoß. Verdammt, das geht durch und durch, dachte er wieder.

»Wer sind Sie?« fragte die Dame. Ihre Stimme sang ein wenig.

»Der Hausmeister, gnädige Frau.«

»Erstaunlich. Ich hielt Sie für einen südamerikanischen General.«

»So weit habe ich es noch nicht gebracht.« »Dicki« bekam einen roten Kopf. Die Dame fand das süß, denn sie lächelte mit der handgreiflichen Koketterie älterer Frauen.

»Sie sehen aus, als hätten Sie auch bessere Tage gekannt.«

»Jawohl, gnädige Frau. Ich war früher mal auf einem Gut in Polen. Bereiter und Kutscher.«

Das war gewaltig gelogen, denn über den Stallburschen war Adam Czschisczinski nie hinausgekommen. Er hatte sich immer gewünscht, Kutscher zu werden, aber nach einer Probefahrt, die im Straßengraben endete, sprach man nicht mehr darüber. Dabei war es nicht die Schuld Adams gewesen. Auf der Weide neben der Straße hatte eine rossige Stute gewiehert, als sie vorbeifuhren, und das Pferd seines Wagens war ein Hengst in den besten Jahren. Da gab es ein Theater. Adam wollte geradeaus, der Hengst wollte auf die Weide zur Stute. Übrig blieb ein Haufen Holz im Straßengraben, gebrochene Räder und ein fluchender Adam, der mit dem Peitschenknauf dem Hengst zwischen die Augen schlug.

»Ich bin Luisa Baronin von Durrhaus«, sagte die Dame und sah »Dicki« an, als wolle sie ihn gleich auf dem Bahnhof abküssen. »Ich habe ein großes Gut im Schwäbischen. Ich glaube, wir werden Erfahrungen austauschen können.«

»Aber ja, Frau Baronin.«

»Dicki« machte eine tiefe Verbeugung und wartete, bis sich der kleine Trupp der neuen Patienten in Bewegung gesetzt hatte. Mit einem Taschentuch wedelte sich Adam gegen das Gesicht und wischte sich die Stirn trocken. Er sah der Baronin v. Durrhaus nach, wie sie mit wiegenden Hüften als letzte zum Omnibus ging.

»O weh«, sagte er leise und setzte seine weiße Mütze wieder auf. »Das wird eine harte Zeit. Da muß ich wieder Pillen nehmen, um durchzuhalten –«

Am Abend waren sechsundzwanzig Zimmer der neuen Klinik belegt.

Vor Dr. Lorentzen lag eine Woche voller Operationen. Der OP-Plan drückte es deutlich aus: Es gab von jetzt an kaum noch eine freie, persönliche Minute.

»Nutzen wir den letzten Abend aus«, sagte Lorentzen, als er müde, aber zufrieden darüber, wieder eine große Aufgabe zu haben, den Terminkalender zuklappte. Er hatte Marianne angerufen, und sie war sofort am Telefon, als habe sie auf den Anruf gewartet und die ganze Zeit neben dem Apparat gesessen. »Darf ich Sie einladen, Marianne?«

»Ja.« Es klang wie das erste Ja eines schüchternen Mädchens.

»Nach St. Hubert? Gehen wir tanzen im Kurhaus?«

»Wenn Sie nicht zu müde sind, Lutz! Sie haben einen langen, anstrengenden Tag hinter sich.«

»Eben drum! Ich hätte richtig Lust, Musik zu hören und mit Ihnen über das Parkett zu walzen. Kann ich Sie in einer halbe Stunde abholen?«

»Ja, Lutz!«

Es klang glücklich, wie ein Aufschrei. Tief atmend legte Lorentzen den Hörer zurück.

Ein wunderbares Mädel, dachte er. Was wäre ich heute ohne sie? Noch immer Arztbesucher. Ein Verteiler von Medikamentenmustern. Man kann gut dabei verdienen ... aber das Herz verkümmert, wenn das Skalpell fehlt, das Krankenbett, die Luft im OP, das Wagnis der Operation und die Freude, Heilungen zu sehen.

Marianne Steegert verdanke ich ein neues Leben.

Als er sich umzog, rasierte, duschte und in einen dunkelblauen Anzug schlüpfte, betrachtete er sich mehrmals im Spiegel des neuen Badezimmers seines kleinen Chefarzthauses im Park der Klinik. Es war eine stumme Frage, die er seinem Spiegelbild stellte, und der Spiegel gab ihm keine Antwort.

»Du Affe«, sagte er schließlich. Er band sich gerade seine silbergraue Krawatte um. »Versteck dich nicht. Liebst du sie?«

Sein Spiegelbild blinzelte mit den Augen.

Und er nickte sich zu.

Aber dann dachte er an Ilse Patz und schob die Unterlippe vor.

Ihr herrlicher, tigerhafter Körper. Der Gang wie ein Raubtier. Die brennenden schwarzen Augen. Diese ewige Lokkung in jeder Bewegung, jedem Wort, jedem Blick.

»Kein Abenteuer, alter Junge!« sagte Dr. Lorentzen zu seinem sinnenden Spiegelbild. »Denk an die Riesenspinnen. Nach dem Liebesakt fressen sie ihre Männchen auf. Du hast genug Unruhe in deinem Leben gehabt. Werde nun einmal – endlich – ruhig.«

Er zog eine Grimasse, warf sich den Rock über, knipste das Licht aus und verließ den kleinen Bungalow.

Am Rande des Farmgrundstückes, wo ein hoher Zaun streng den Klinikpark und die Schönheitsfarm trennte, sah er im hellen Mondschein schon Marianne stehen. Ihr weißes Kleid mit dem weiten Plisseerock leuchtete gegen das dunkle Grün des Rasens. Lorentzen lief den sanften Hang hinab. Durch die hölzernen Stäbe gaben sie sich die Hände.

»Ich habe Sie warten lassen, nicht wahr? Das fängt ja gut an. Die erste Verabredung … und schon wartet die Dame.«

»Das macht doch nichts.« Sie sah zurück auf den Hügel und den bis zu den Bergen ansteigenden Wald. Langgestreckt lag die neue Klinik im Mondlicht. Aus den Fenstern der belegten Zimmer flimmerte Licht. Wie ein festlich illuminierter Luxusdampfer wirkte sie, durch ein dunkles stilles Meer schwimmend.

»Ihr Werk, Lutz«, sagte sie leise, wie ergriffen.

»Nein. Sie und Ilse haben es geschaffen. Ich gehöre nur zur Besatzung.«

»Ohne Sie stände die Klinik dort nicht. Sie atmet Ihren Geist, Lutz. Die Baupläne, die Einrichtungen, das Ziel der Klinik ... alles ist von Ihnen. Wie fühlen Sie sich jetzt, Lutz?«

»Glücklich und beklommen.« Lorentzen hielt Mariannes Hand noch immer fest. »Ich bleibe ewig in Ihrer Schuld, Marianne.«

Sie warf den Kopf zurück. Die blonden Haare flogen durch das Mondlicht. »Wir reden zuviel«, rief sie. »Und verpassen eine Menge Tänze. Kommen Sie, mein Wagen steht vor der Klinikeinfahrt.«

Wie Kinder liefen sie am Zaun entlang zum Anfahrtsweg. Und wie ein Junge streifte Lorentzen beim Laufen seine Hand über den Lattenzaun, daß es wie ein Klappern klang.

»Zuerst da!« rief Marianne, als sie den Weg erreichte und das Törchen am Zaun aufstieß. »Gewonnen!«

Lorentzen, zwei Schritte hinter ihr, keuchte ein wenig und breitete die Arme aus.

»Zugegeben. Sie waren schneller. Es läßt sich eben nicht leugnen, daß ich schon ein alter Mann bin. Haben Sie Mitleid mit dem Verlierer.«

»Mitleid sei gewährt.«

Einem unwiderstehlichen Drang folgend warf Marianne die Arme um den Nacken Lorentzens und küßte ihn. Dann prallte sie zurück und befreite sich mit einem Ruck aus seinen Armen, die sie festhalten wollten.

»Das wollte ich nicht«, sagte sie leise. »Das war impulsiv. Das hätte nicht sein dürfen.«

»Warum nicht, Marianne?« Dr. Lorentzen faßte sie an den Schultern. Sie wehrte sich nicht, als er sie dicht an sich heranzog. »Dieser Kuß hat für mich mehr bedeutet, als Sie ahnen.«

»Vergessen wir ihn. Bitte!« Ihre Stimme war belegt. Unter seinen Händen spürte er, wie sie zitterte.

»Ich stelle eine ganz dumme Frage, Marianne«, sagte er ernst.

»Ja?« Sie sah ihn an. In ihren blauen großen Augen war der Widerschein des Mondes. Und Angst lag in ihnen.

Dr. Lorentzen holte tief Atem. »Könnten Sie einen alten Mann wie mich lieben, Marianne?«

»Du bist nicht alt.« Langsam glitten ihre Arme wieder um seinen Nacken. Ihre Lippen zitterten wie im Frost. »Dein wirkliches Leben beginnt doch erst ...«

Adam Czschisczinski saß auf einer Bank an der Hauswand, genoß die schöne Sommernacht, atmete die Düfte der Blumen ein und trank eine Flasche Bier, als Ilse Patz aus der Kreisstadt zurückkam. Er hörte sie im Bürotrakt rumoren, dann ging auf der Privatetage das Licht an.

»Wo ist meine Freundin?« fragte Ilse Patz. Sie beugte sich über das Balkongitter, unter dem »Dicki« auf der Bank saß und die Nacht bewunderte.

»Fortgefahren.« Adam Czschisczinski nahm einen tiefen Schluck Bier. »Nach St. Hubert.«

»Wieso denn das?«

»Ich habe die Chefin nicht interviewt.«

»Hat sie nichts hinterlassen?«

»Nein, aber der Chefarzt ist mit. Blauer Anzug, silbergrauer Schlips ...«

»Danke!«

»Dicki« zuckte zusammen. Die Balkontür krachte zu. Glas klirrte. Adam hob lauschend den Kopf. Er hörte Möbel rükken, dann splitterte etwas. Eine Vase. Und dann noch einmal. Rumbum! Eine Blumenschüssel.

Ilse Patz ballte die Fäuste. Sie stand im Zimmer Mariannes und warf, was greifbar war, gegen die Wand. Zuletzt nahm sie ein Bild Mariannes vom Schreibtisch und schleuderte es auf den Dielenboden. Der schwere Silberrahmen verbog sich, das Glas zersprang.

»Du Schlange!« schrie Ilse. »Du Aas! Aber warte! Noch gebe ich nicht auf! Ich fange erst an! Erleben sollst du, was du nicht für möglich hältst! Ich bekomme ihn! Ich bekomme ihn, oder ich zerschneide mir das Gesicht und die Brüste und alles, alles! Du kennst mich noch nicht, du blondes, zahmes Gretchen!«

Sie raste. Furienhaft, tollwütig. So bricht ein Vulkan aus und zerstört alles um sich herum.

Unter dem Balkon zog »Dicki« den Kopf ein und trank langsam sein kühles Bier.

»Oje«, sagte er, als oben ein Stuhl zerbrach. »Ich werd' dem Doktor morgen von meinen Pillen geben.«

Über diesen Vorfall wurde nicht mehr gesprochen.

Nur als Marianne spät in der Nacht in ihr Zimmer kam, glücklich, müde, mit brennenden Fußsohlen vom vielen Tanzen, und die Zerstörung sah, ging sie sofort nebenan in das Zimmer Ilses.

Die Tür war offen. Ilse lag noch wach im Bett wie ein trotziges Kind. Sie warf das Buch weg, in dem sie las, als Marianne hereinkam.

»Danke«, sagte Marianne ruhig. »Mir gefielen die Möbel schon lange nicht mehr. Ich kaufe mir morgen in München neue.«

»Sei nicht zu sicher.« Ilse Patz schnippte nervös mit den Fingern.

»Sei nicht so sicher, du ...«

»Ich liebe ihn.«

»Ich auch.«

»Er hat mich geküßt.«

»Morgen wird er mich küssen.«

»Willst du einen Skandal heraufbeschwören? Soll wegen Lutz alles das hier, was wir aufgebaut haben, zusammenfallen?«

»Das frage ich dich. Wer wirft sich denn ihm an den Hals?«

Sie schwiegen und blitzten sich an wie zwei unversöhnliche Gegner.

»Ich habe ihn zuerst gekannt«, sagte Marianne schließlich leise. Es klang fast flehend. »Ich habe ihn hierhergebracht. Du kannst hundert Männer haben, wie du schon hundert gehabt hast.«

»Hundertneun«, sagte Ilse Patz giftig. »Du bist geschmacklos, Marianne. Warten wir es doch ab ...«

»Sollen wir uns bekämpfen, Ilse?«

Ilse Patz gab keine Antwort mehr. Sie drehte sich auf die Seite und zog die Decke hoch. Dabei verschob sie sich. Ihre langen, nackten, braunen Schenkel lagen bloß. Darüber die Wölbung ihres kleinen, glatten Gesäßes. Sie schlief nackt, wie immer.

»Gute Nacht«, sagte Marianne heiser.

Sie wartete in der Tür, aber es kam keine Antwort.

»Ilse –«

»Ja.«

»Gute Nacht.«

»Nacht –«

Der braune Schenkel streckte sich.

Ein gereiztes, herrliches Tier.

Die nächsten Tage liefen dahin wie immer. »Dicki«, räumte ohne zu fragen die Trümmer aus Mariannes Zimmer und zerkleinerte sie zu Anmachholz für den offenen Kamin der Terrasse. Marianne rief ein Möbelhaus an und bestellte sich neue Möbel. Heitere Möbel im französischen Stil. Fröhlich wie ein Frühling in Paris. Ilse Patz kümmerte sich intensiv um die Gymnastikstunden der Damen, machte Waldläufe mit ihnen, organisierte Wettschwimmen und vermied es – außer zu den Mahlzeiten – mit Marianne zusammen zu sein.

Qualvoll war es mittags und abends. Dann saßen Marianne, Ilse und Dr. Lorentzen gemeinsam am Tisch und bemühten sich, unbefangen zu sein.

Ihr Heuchler, dachte Ilse dann und kaute wütend auf ihren Bissen herum. Ihr sitzt wie die Lämmchen, und dabei habt ihr den Wolf gefressen.

Aber Ilses Augen sprachen anders. Sie strahlten Lorentzen an. Sie lockten. Wenn sie sich vorbeugte, um etwas aus den Schüsseln zu nehmen, konnte man tief in den Ausschnitt des Kleides sehen.

»Seit wann trägst du keinen Büstenhalter mehr?« fragte Marianne nach der dritten gemeinsamen Tafel.

»Seit gestern. Es macht mir Spaß so.«

»Gemein sieht es aus.«

»Ich werde morgen sogar ›oben ohne‹ kommen.«

»Das sieht dir ähnlich.«

»Angst um den Doktor? O Gott, wer Brüste operiert, wird sich doch von einer Brust nicht aus der Fassung bringen lassen. Er hätte ja den Beruf völlig verfehlt.«

Aber es geschah nichts. Es blieb bei dem fehlenden Büstenhalter und dem tiefen Ausschnitt. Nur das Lächeln um Ilses volle geschminkte Lippen wurde stärker. Selbst Felsen brechen auseinander, wenn ein Tropfen Wasser sie Millionen Jahre lang zersägt. Und Lorentzen ist kein Fels … er ist ein Mann voll Blut und Kraft.

In der Klinik brach unterdessen der erste Operationstag an. Man merkte es daran, daß Joan Bridge schon am frühen Morgen zwei Beruhigungsinjektionen bekommen mußte. Im OP wurde der Boden geschrubbt. Zwei Putzfrauen in Gummihandschuhen hantierten mit Eimern und nach Karbol riechendem Seifenwasser unter dem Kommando Adam Czschisczinskis.

»Auch die Fenster, die Türklinken, die Schränke, alles!« schrie »Dicki«. Er trug eine Gummischürze, als sei er selbst Chirurg. »Alles muß stenil sein! Wenn der Chef kommt, muß er sagen: Ah! Nicht die kleinste Bakterie ist in der Luft. Was glaubt ihr, was das gibt, wenn so ein Ding in 'ne offene Brust kommt, he?!«

Um 9 Uhr war der »Stenilputz« beendet. Mit gekräuselter Stirn sah »Dicki«, daß die beiden OP-Schwestern und der junge Assistenzarzt so ohne weiteres von draußen hereinkamen, zwar in weißen Schuhen, aber ohne eine »Backteriejen-Schleuse« betreten zu haben. »Dicki« verstand das nicht. Für ihn wäre es eher verständlich gewesen, wenn sie wie Engel hereingeschwebt wären.

In ihrem Zimmer rannte Joan Bridge hin und her. Die beiden Beruhigungsinjektionen schien ihr Körper wie Himbeerwasser aufgesaugt zu haben. Immer wieder stellte sie sich vor den Spiegel, öffnete ihr Spitzennachthemd und reckte ihre schönen, vollen, runden Brüste vor.

Gleich werden sie daran herumschneiden, dachte sie. Unten ein Schnitt, und die Brustwarze trennen sie ganz heraus. Diese schöne, dunkelrote, prall stehende Warze. Und dann nehmen sie Fett heraus und machen alles kleiner und setzen die Warze oben drauf, wie eine Mokkabohne auf eine Buttercremetorte. O Gott, o Gott ... wenn es bloß keinen Fehler gibt.

Sie schob die Brüste unter die Spitze des Nachthemdes und lief weiter im Zimmer herum. Nach zehn Minuten hatte sie das Gefühl, keine Luft mehr zu bekommen, riß die Balkontür auf und trat hinaus auf die kleine Loggia. Vor ihr lag das sanfte Tal mit dem Dach, leuchteten die Gebäude der Schönheitsfarm, sah sie die Frauen um das Schwimmbecken liegen, Ilse Patz zuschauend, die vom Dreimeterbrett Kopfsprünge vorführte.

Luft! Luft!

Sie breitete die Arme aus und atmete ein paarmal tief ein. Aber es wurde nicht besser ... die Angst packte sie von neuem. Sie lief zurück zum Spiegel, starrte sich an und erkannte sich kaum wieder.

Und wieder packte sie ihre Brüste aus, legte die Hände wie Teller darunter und hob sie dem Spiegel entgegen.

Fußbälle, nennt Alfredo sie. Schamlos, wie er ist. Fußbälle. Und sie war immer so stolz auf diese Brüste gewesen. Nie hatte ein Liebhaber sich darüber beschwert. Im Gegenteil –

Schwester Frieda kam herein. Schnell schob Joan Bridge ihre Brüste unter die Spitzen zurück.

»Geht es los?« fragte sie tonlos.

»Ich soll Sie zum OP bringen, gnädige Frau.« Schwester Frieda schloß das Fenster. Durchzug war Gift für einen Frischoperierten. Dann nahm sie den Morgenmantel aus grüner chinesischer Seide vom Haken und hielt ihn Joan Bridge hin.

»Es ist aber doch noch gar nicht 10 Uhr«, sagte Joan und lief zum Bett. Sie setzte sich auf die Bettkante und verzog das hübsche amerikanische Einheitspuppengesicht. »Mir ist so übel, Schwester. So schrecklich übel. Und Kopfschmerzen habe ich. Ich bin so föhnempfindlich ...«

»Wir haben einen klaren, herrlichen Sonnentag. Kein Wölkchen ist am Himmel.« Schwester Frieda kam mit dem Seidenmantel zum Bett.

»Dann kommt Föhn. Ich spüre es. Ich denke, bei Föhn wird nicht operiert?«

»Das bestimmt der Chef.« Schwester Frieda lächelte nachsichtig. »Und der Chef hat angeordnet, daß ich Sie zum OP bringen soll.«

Einer grünen Woge gleich rauschte Joan Bridge in den Vorbereitungsraum des OPs. Anders als sonst in kosmetischen Privatkliniken, wo alles intimer ist, hatte Lorentzen einen richtigen Klinikbetrieb aufgezogen. Er dachte weiter, an andere Dinge als an Gesichtsstraffungen und Fältchenunterspritzungen, Nasenkorrekturen und Lidplastiken. Er wartete auf tragische Fälle, auf die Menschen, die durch Verletzungen nicht mehr wie Menschen aussahen. Für sie hatte er das alles gebaut: den großen modernen Operationsraum, den Vorbereitungsraum, den Röntgenraum, die Wachstation. Noch schlief das alles, blank geputzt, chromglänzend, gekachelt. Noch blähten sich nicht die beiden Sauerstoffzelte in den Zimmern 6 und 7. Noch war das Fernsehauge nicht eingeschaltet, mit dem die Schwester auf Station 1 – die geplante Station der schweren Fälle – die Zimmer überwachen konnte. Aber Lorentzen wußte, daß er das alles einmal brauchte, wenn die großen Transplantationen gemacht wurden. Wenn Knochenstücke aus der Hüfte neue Kinne bildeten, wenn Brustknorpel neue Ohren formten, wenn Knochenspäne zerrissene Kiefer bedeckten.

Dr. Lorentzen war schon im OP, als Joan Bridge von der OP-Schwester abgefangen wurde. Schwester Frieda kam ihr nachgerannt.

»Noch eine Beruhigungsinjektion«, sagte die OP-Schwester zu dem Assistenten. Sie war eine erfahrene Frau, die seit fünfzehn Jahren neben dem operierenden Arzt stand. Lorentzen hatte sie nur für seine Klinik bekommen, weil sie das Gefühl hatte, eine jüngere Schwester wolle sie verdrängen.

»Sie hat schon zwei!« rief Schwester Frieda.

»Es ist Föhn!« Joan Bridge ließ sich auf ein weißes Wachstuchsofa fallen. »Mein Kopf zerspringt. Oh, ist mir übel!« Sie schloß die Augen und stöhnte leise. Achselzuckend ging die OP-Schwester in das Nebenzimmer.

»Also gut«, sagte Lorentzen wenig später. »Blasen wir die

ganze Operation ab.« Er stand vor der bebenden Joan Bridge, die steril gewaschenen Hände von sich gestreckt. »Ich war ja immer dagegen. Gehen Sie bitte auf Ihr Zimmer und packen Sie, Miß Bridge.«

»Vielleicht morgen … oder übermorgen, Doc?« Joan richtete sich auf. »Übermorgen, Doc. Bitte …«

»Der Operationsplan ist für sechs Wochen besetzt. Es tut mir leid, Miß Bridge.«

»Dann jetzt!« Sie sprang auf und riß sich das Spitzennachthemd vom Leib. In weißer, fülliger Nacktheit lief sie an Lorentzen vorbei in den OP, rannte fast den verblüfften Assistenten um und schwang sich auf den Operationstisch. Sie streckte sich aus, faltete die Hände über den Bauch und sah über ihre vollen Brüste hinweg zu Lorentzen, als visiere sie ihn über die Brustwarzen an. »Los! Fangen Sie endlich an, Doc! Wenn schon, dann ohne lange Vorträge! Und machen Sie mir eine schöne, kleine, feste Brust, Äpfelchen, sagt Alfredo!«

»Verrückt.« Die OP-Schwester sah Dr. Lorentzen mißmutig an. »Typisch Amerikanerin. Wir hatten in München auch solche Typen. Die halten selbst in der Narkose den Mund nicht. Sollen wir oder sollen wir nicht?«

»Wir operieren.« Dr. Lorentzen kam in den OP und trat an den Tisch. Die zweite Schwester deckte den nackten Körper Joans mit warmen Tüchern ab und schnallte ihre Arme und Beine fest. Nur die linke Brust blieb frei. Mit ihr wollte Lorentzen beginnen. Rosig schob sich die Kugel über die weißen Laken.

»Sie brauchen keine Angst zu haben«, sagte Lorentzen. Er beugte sich über Joan. Ihre Augen zitterten.

»Jetzt habe ich gar keine mehr, Doc!« Eine Kinderstimme war es, kläglich und wie besiegt. »Ich vertraue Ihnen ja so …«

Sie zuckte noch einmal zusammen, als sie die Evipanspritze bekam. Dann wurde ihr Atem ruhiger, die Augen schlossen sich. Joan Bridge merkte nicht mehr, was um sie herum ablief. In der Narkose träumte sie von Italien. Alfredo saß in einem Apfelsinenbaum und sang »O sole mio«. Dabei warf er mit Orangen um sich.

Ein verrückter Narkosetraum.

Wie er es bei der Vorbesprechung aufgezeichnet hatte, operierte Lorentzen nach der Methode Thorek.

Er trennte zunächst die Brustwarze zusammen mit dem Warzenhof völlig von der Brust. Peinlich genau setzte er den Rundschnitt unmittelbar an den Warzenhofrand. Später würde man dann kaum noch die Naht sehen, denn die schmale Narbe würde in dem leicht gekräuselten roten Hof völlig verschwinden.

Zum erstenmal sahen die OP-Schwestern und der Assistent diese Operation. In Hamburg, bei Prof. Heberach, wurde die große Chirurgie zelebriert. Heberach hätte Lorentzen einen Idioten genannt, wenn er jemals den Gedanken ausgesprochen hätte, eine Brustwarze frei zu verpflanzen. »Wozu?« würde Heberach in seiner schrecklich arroganten Art gebrummt haben. »Wenn einem Weibsbild die Titten nicht mehr gefallen, soll sie sie zubinden oder mit Leukoplast festkleben!«

»Tuch«, sagte Lorentzen knapp.

Die OP-Schwester reichte ein feuchtes, warmes Tuch an. Es war völlig steril und außerdem noch mit einem Penicillinspray behandelt worden. In dieses Tuch legte Lorentzen die herausgetrennte Brustwarze, wickelte sie ein und schob sie zur Seite auf den Instrumententisch.

Von nun an verlief die Brustoperation wie immer. Waagerecht in die Falte des Brustansatzes legte Lorentzen den großen Schnitt, in einem so schön geschwungenen Bogen, wie die alte Brust geformt war und die neue, kleinere sein sollte. Der Assistent setzte die Haken an und zog die Haut hoch. Die große Brustdrüse lag bloß. Es blutete kaum; das Drüsen- und Fettgewebe schimmerte rosiggelb unter der starken Operationslampe.

Mit sicheren Schnitten löste Lorentzen so viel Gewebe von der Brust, wie er verantworten konnte. Jeder Klumpen Drüsengewebe, den er nach Abtrennung in eine bereitgehaltene Schale warf, tat ihm leid. Ich hätte diese Operation ablehnen sollen, dachte er dabei. Hier korrigiere ich nicht die Natur, hier verstümmele ich sie. Er sah zu dem Assistenten hinüber.

Frei von solchen Gedanken hielt der die Haken fest und sah auf die schneidenden Hände seines Chefs.

Sie drohte, sich das Leben zu nehmen, beruhigte sich Lorentzen. Und wie sie ist, hätte sie es wahrgemacht. Liebestolle Frauen sind zu den größten Wahnsinnstaten fähig. Im alten Rom haben Frauen ihre eigenen Töchter getötet, wenn sie ihnen im Wege standen bei den gemeinsamen Liebhabern. Sagen wir uns vor: Hier retten wir ein Leben. Zwar ein hysterisches ... aber der Arzt soll nicht richten, sondern helfen.

Die Verkleinerung der Brust ging schnell. Nachdem die Fettgewebe weggenommen waren, schnitt Lorentzen von der nun überflüssigen Brusthaut soviel ab, daß zum Überziehen der nun kleinen Brust genug übriggblieb. Mit winzigen, eng beieinanderliegenden Stichen und mit haarfeinen Seidenfäden nähte er dann die Haut wieder an. Diese Arbeit dauerte länger als die ganze Operation an sich. Anders als bei der allgemeinen Chirurgie, wo Nähte nur Schließungen von Wunden und Defekten sind, ist die Naht des kosmetischen Chirurgen das Wichtigste der Operation überhaupt. Je schmäler und unsichtbarer später die Narben sind, um so höher singt man das Lied vom braven Schönheitsdoktor. Eine solche, fast unsichtbare Naht aber ist ein Geduldsspiel.

Dr. Lorentzen richtete sich auf, atmete tief und streckte sich. Die verkleinerte Brust lag vor ihm. Rundlich, straff, eine glatte Kugel, der das Wichtigste noch fehlte: Die Warze.

»Skalpell«, sagte Lorentzen ruhig.

Die OP-Schwester reichte ihm ein neues scharfes Messer. Der Assistent sah ihn erwartungsvoll an.

»Sie staunen«, sagte Lorentzen und lächelte unter seinem Mundtuch, als er die fragenden Augen seiner Mitarbeiter sah. »Und Sie denken: Jetzt schneidet er ein Loch in die Haut, setzt Brustwarze und Warzenhof einfach hinein in dieses Hautfenster, näht alles fest und bittet Gott, daß es anheilt. Genauso einfach ist es. Als ich zum erstenmal diese Operation in Paris sah, habe ich so gedacht wie Sie. Das wächst nie an. Das stößt sich ab. Das gibt die schönste Schweinerei an Eiterung. Das entzündet sich. Nichts von alledem. Die Natur ist ein Wunderheiler. Wir Ärzte stehen oft vor diesem Phänomen. Die Brustwarze wird einwachsen, und nach einem halben Jahr muß man schon sehr nahe herangehen, um zu sehen, daß um den Warzenhof eine haarfeine Narbe liegt. Selbst die Aufgabe der Brustwarze, ein erogenes Zentrum der Frau zu sein, bleibt erhalten. Die Nerven tasten sich wieder heran – sie sind klüger, als wir denken. Was ich also jetzt tue, ist kein Wunder und keine Zauberei und kein leichtfertiger Versuch. Die Natur hilft uns.«

Er machte mit dem Skalpell einen kreisrunden Schnitt in die glatte weiße Haut, nachdem er die zur Seite gelegte Brustwarze wieder aus dem feuchten Tuch gewickelt hatte und die Größe des Warzenhofes genau ausgemessen auf die neue Brust übertrug. Dann setzte er die Brustwarze in das Hautfenster. Sie paßte genau.

»Nadel.«

Die OP-Schwester reichte ihm mit der Pinzette eine winzige Nadel. Der kaum sichtbare Kunststoff-Faden war mit ihr verschmolzen. Nadel und Faden bildeten eine Dicke, im Gegensatz zu den anderen Nadeln, die durch das Öhr größere Stichwunden in der Haut verursachten. Mit diesen öhrlosen Nadeln, fein wie ein dünnes Frauenhaar, nähte Lorentzen den Warzenhof in die neue Brust ein. Stiche, die man kaum sah. Narben, die keiner sehen würde.

»Gratuliere, Chef«, sagte der Assistent völlig respektlos, als Dr. Lorentzen die Einpflanzung abgeschlossen hatte. Die Begeisterung ging mit ihm durch. »Das ist ein Kunstwerk! So etwas habe ich noch nicht gesehen.«

»Das Problem kommt noch.« Lorentzen richtete sich auf. Die zweite OP-Schwester wechselte die Abdecktücher. Über die neue kleine Brust wurde ein steriles Laken gebreitet. Die rechte große Brust lag nun frei unter dem starken Scheinwerfer. »Hier.« Lorentzen tippte auf Joans Brust. »Sie zu verkleinern ist keine Kunst. Aber sie genauso klein zu machen wie die linke Brust, sie wie ein Zwilling aussehen zu lassen, die Brustwarze in genau der gleichen Höhe einzupflanzen wie auf der anderen Seite ... *das* ist schwer. Stellen Sie sich vor, Joan Bridge stellt nach zehn Tagen, wenn die Bandagen fallen, fest, daß die rechte Brustwarze zwei Zentimeter tiefer sitzt als die linke. Das ist dann kaum zu reparieren ohne später sichtbare Narben; von dem Skandal, den sie machen wird, ganz abgesehen. Hier, bei der zweiten Brust, muß der Chirurg Bildhauer, Geometriker, Mathematiker und Held in einer Person sein.« Lorentzen beugte sich über die große, weißglänzende Brust mit dem schönen dunklen Warzenhof.

»Skalpell!« sagte er knapp.

Die OP-Schwester reichte ihm das Messer an.

Von jetzt ab arbeiteten sie wortlos.

Nach einer Stunde wurde Joan Bridge vom Tisch geschoben und aus dem OP gefahren. Sie träumte noch immer von Italien und sang leise in der Narkose. Es klang wie das Wimmern eines jungen Hundes.

In einer Ecke, an einem Tisch, stand der Assistent und wog das Drüsengewebe, das man herausgenommen hatte, auf einer Waage.

»Fast drei Pfund!« rief er zu Lorentzen, der sich wieder wusch. Als nächste kam die kleine Lehrerin mit ihren Tränensäcken.

»Ich habe in Paris einmal neun Pfund auf der Waage gehabt«, sagte Lorentzen.

»Nicht möglich.« Die OP-Schwester machte ein schiefes Gesicht. »So etwas gibt es nicht.«

»Sie ahnen nicht, wie grausam manchmal die Natur sein kann.« Dr. Lorentzen ließ die Hände abtropfen. »Wir werden es noch erleben. Wir haben noch viel Elend anzusehen und unglückliche Menschen davon zu befreien.«

In ihrem Zimmer erwachte Joan Bridge und blinzelte in die Sonne. Sie wußte erst gar nicht, wo sie sich befand; eben noch war sie neben Alfredo durch die römische Campagna gewandert ... Dann erkannte sie das Zimmer, das Bett, das Bild an der Wand – es war Neapel –, die Blumen auf der Fensterbank, die Gardinen.

Mit beiden Händen tastete sie nach ihrer Brust und zuckte zusammen. Flach war da alles, flach wie ein Brett. Nur eine stramme Bandage umzog ihren Oberkörper.

Über Joan zerplatzte die Sonne. »Schwester!« schrie sie

hell. »Schwester! Was ist das?! Er hat mir alles weggenommen. Er hat mir beide Brüste weggenommen! Schweeeester!«

Die Türen der anderen Zimmer wurden aufgerissen. Verstörte Gesichter blickten auf den langen weißen Gang, den Schwester Frieda und der 2. Assistenzarzt entlangrannten. Die rote Lampe über der Tür Nummer 14 zuckte wie wild. Aus dem Schwesternzimmer hörte man das summende Alarmsignal.

»Was ist denn los?« fragte die Baronin v. Durrhaus. Sie trug über einem Bikini nur eine kurze Jacke aus Frottierstoff. Sie hatte auf dem Balkon in der Sonne gelegen, als der grelle Schrei Joan Bridges sie aufschreckte. Nun stand sie im Gang, mit dicken, an den Seiten sich herauswölbenden Oberschenkeln, die so gar nicht zu ihrer verhältnismäßig schlanken Taille und zu den im Vergleich zu den Schenkeln etwas kleinen Brüsten paßten. Auch ein schrecklich dicker Mann stand in der Tür des Zimmers; sein Bauch hing wie eine Schneewächte kurz vor dem Absturz über seine Beine.

»Bitte, keine Beunruhigung!« sagte Schwester Frieda im Vorbeilaufen. »Das ist alles nur ein Irrtum.«

»Bei einem Irrtum schreit man nicht, als würde man abgestochen. Wo ist der Chefarzt?«

»Er operiert.« Der 2. Assistenzarzt blieb stehen und versuchte, mit einem Lächeln die fragenden Blicke der anderen Patienten abzufangen. »Miß Bridge ist aus der Narkose erwacht.«

»Und da brüllt man so?« Die Baronin strich sich durch die gebleichten Haare. »Ich habe schon sechs Narkosen hinter mir, aber so viehisch geschrien habe ich noch nie. Was geben Sie denn hier für komische Narkosemittel?«

»Die normalen.« Der Assistent hob beide Hände. »Meine Damen und Herren, bitte gehen Sie in Ihre Zimmer zurück. Es ist bestimmt nichts geschehen. Nur ein Mißverständnis. Eine ... eine kleine Nervensache ...«

Schwester Frieda hatte das Zimmer 14 erreicht und riß die Tür auf. Joan Bridge saß im Bett, hatte sich das herrliche Spitzennachthemd vom Leib gerissen und zerfetzt an die Wand geworfen. Mit irrem Blick starrte sie die Schwester an und tippte dann mit beiden Händen auf ihre flache Bandage.

»Meine Brüste …« stammelte sie. Nun hatte sie wieder ihre greinende Kinderstimme. »Er hat sie mir einfach weggeschnitten. Einfach weg. Ich bin flach wie ein Brett. So kann ich nicht weiterleben. Ich werde mir das Leben nehmen. Jawohl. Ihr Doktor ist ein Mörder. Er hat mich auf dem Gewissen!«

Joan Bridge ließ sich zurückfallen ins Bett und schlug die Hände vors Gesicht. Sie zuckte zusammen, als die Tür zufiel, nachdem der 2. Assistent eingetreten war.

»Gnädige Frau …«, begann er, aber Joan streckte abwehrend beide Arme vor.

»Schweigen Sie! Beruhigen Sie mich nicht!« schrie sie. »Was ich fühle, können Sie nicht wegreden. Er hat mir alles weggeschnitten.«

»Im Gegenteil! Sie werden eine schöne, kleine feste Brust haben. So, wie Sie es sich gewünscht haben.«

Joan Bridge richtete sich wieder auf. Ungläubig starrte sie den jungen Arzt an. Schwester Frieda räumte das Zimmer auf. Sie wickelte das zerfetzte Nachthemd zusammen, ging zum Schrank und holte ein neues heraus. Damit kam sie zu Joan und hielt es hoch.

»Sie erkälten sich so nackt«, sagte sie kurzangebunden. »Ziehen Sie das an.«

Joan strich wieder über die Bandage. »Aber hier ist doch nichts, Doc.«

»Diese Bandagen sind notwendig für den Heilvorgang. Wenn wir in zehn Tagen alles abwickeln, werden Sie sehen, wie schön Ihre Brust geworden ist.«

Joan Bridge hob die Arme und ließ sich das neue Nachthemd überstreifen. Als ihr Kopf wieder im Ausschnitt auftauchte, sagte sie kläglich: »Bestimmt?«

»Ganz bestimmt, gnädige Frau.«

»Ehrenwort, Doc?«

»Ehrenwort.«

»Und wenn nicht?«

»So etwas gibt es bei unserem Chef nicht.«

Joan Bridge legte sich in die Kissen zurück. Sie wurde wieder müde. Die Nachwehen der Narkose überfluteten sie. Das Zimmer drehte sich um sie. Sie spürte, wie Schwester Frieda ihr Obstsaft zu trinken gab, und sie schluckte ihn tapfer. »Verzeihen Sie«, sagte sie langsam. »Aber ich hatte solche Angst ...«

Dann schlief sie wieder, aber auf ihrem schönen Puppengesicht lag jetzt ein Lächeln.

Schwester Frieda und der 2. Assistent verließen leise das Zimmer. In ihrer Tür stand noch immer die Baronin v. Durrhaus und wartete. Die Neugier war stärker als der Komplex, der sie zu Dr. Lorentzen geführt hatte: ihre Reithosenhüften, wie man medizinisch die gewölbten Fettpolster an den Schenkeln nennt. Der dicke Mann mit der Fettschürze war verschwunden. Er saß wieder auf dem Balkon unter einem bunten Sonnenschirm, trank eine Schorle und beobachtete die Gymnastik der Damen von der Schönheitsfarm. Unter den Tamburinschlägen von Ilse Patz' hüpften sie um das blauschimmernde Becken des Swimmingpools.

Er bedauerte sehr, kein Fernglas mitgenommen zu haben, denn einige der hüpfenden Damen waren näherer Betrachtung wert.

»Nun?« fragte die Baronin v. Durrhaus. »Was war?«

»Ein Mißverständnis, ich sagte es schon.« Schwester Frieda ging unnahbar an ihr vorbei, und auch der junge Arzt beeilte sich, wegzukommen.

»Eine arrogante Klinik!« sagte die Baronin laut, drehte sich herum und warf die Tür krachend zu. Dann kam ihr ein Gedanke, sie rannte zum Zimmertelefon und ließ sich mit Zimmer 14 verbinden. Aber dort meldete sich niemand. Das machte sie unruhig. Nervös lief sie im Zimmer hin und her, und jedesmal, wenn sie an dem großen Spiegel vorbeikam, sah sie sich und ihre ausladenden Fetthüften.

»Schrecklich«, sagte sie und trat auf den Balkon hinaus, »was man alles aushalten muß.«

Unten durch den Park ging Adam Czschisczinski. Er hatte einen Eimer in der Hand und sammelte Papierabfälle aus dem Gras. Die Baronin beugte sich über das Geländer und winkte.

»Huhu!« rief sie.

»Dicki« sah hinauf und grüßte stramm. Rechte Hand an der weißen Mütze. Elegant wie ein Seeoffizier.

»Wie geht es Ihnen?« rief die Baronin hinab.

»Gut. Welch ein Wetterchen, was?«

»Ja! Man wird richtig jung und abenteuerlich!« Die Baronin reckte sich. Der Bikini ächzte in den Nähten. »Dicki« wackelte mit der Nase und beeilte sich, wegzukommen.

»Man ist kein Klotz«, sagte er später. Er stand hinter einem Busch, gut gedeckt, und starrte hinauf auf den Balkon, wo die Baronin im Liegestuhl lag. Das Oberteil des Bikini hatte sie abgenommen. »Und ein alter Mann bin ich auch noch nicht. Frau Baronin, auch ein Stallknecht hat Gefühle –«

»Dicki« war ein stiller Genießer. Man wußte es nur nicht. Schon eine Woche nach seinem Eintritt in die Schönheitsfarm vor drei Jahren hatte er einen Platz entdeckt, den andere ihm für Gold abgekauft hätten: Er konnte in den mit einem hohen Zaun abgeteilten, völlig isoliert liegenden Teil des Parkes blicken, den man »Sonnenbad« nannte. Hier lagen die Frauen völlig nackt in der Sonne oder spielten Federball, unbefangen wie Kinder, denn sie wußten ja: Hier sieht uns keiner.

»Dicki« nannte diesen Teil des Gartens »Das Paradies«. Wie ein Löwe, der Fleisch wittert und nicht herankann, strich er durch das Gelände, bis er den Platz entdeckte, von dem aus man ins »Paradies« blicken konnte. Es war ein Heustadel mit einem flachen Dach. Wenn man innen die Balken hochkletterte und sich, was fast lebensgefährlich war, über den oberen Balken vorschob bis zum Dachansatz, konnte man zwischen der Ritze von Balken und Dach hinuntersehen auf den saftigen Rasen, auf dem sich noch saftigere weiße Körper tummelten.

Hier klebte »Dicki« fast an jedem Sonntag wie eine Fledermaus am Balken, die Sonne brannte auf das Dach, der Schweiß lief ihm in Strömen über den Körper, das Atmen wurde schwer in der trockenen, heißen, vom Heuduft geschwängerten Luft ... aber er hielt aus und leckte sich die trockenen Lippen, wenn genau unter ihm die Frauen beim Federballspiel herumhüpften und bewiesen, daß ein Frauenkörper immer und überall in Schwingung ist.

Auch heute bezog er seinen Balken zum Blick ins »Paradies«. Eine Gruppe war am Schwimmbecken bei der Gymnastik, die zweite Gruppe machte Sonnenbad und sollte hinterher massiert werden, die dritte Gruppe, neun Frauen, lagen in den Kellerzimmern auf den Spezialliegen und wurden mit Kräuterbrei beschmiert oder erhielten eine Ozon-Porenbehandlung.

Dr. Lorentzen hatte sich den Nachmittag frei genommen. Nach vier Operationen und dem elektrisch geladenen Mittagessen mit Marianne und Ilse, das immer knisternder wurde, hatte er Sehnsucht nach einigen Stunden Sonne, Waldluft, blauem Himmel und Ruhe. Er hatte noch einmal nach Joan Bridge und der Lehrerin Erna Mittelhardt gesehen und sie getröstet, weil sie sich einbildeten, daß sie nach der Operation schlimmer aussahen als vorher. »Die Natur arbeitet jetzt für den Chirurgen«, sagte er beruhigend. »Er hat die neue Straße angegeben, und nun muß der Körper darin einbiegen. Der Laie nennt es ganz einfach: Es heilt. Sie werden sehen: In wenigen Tagen sind Sie so, wie Sie es sich immer wünschten.«

Dann hatte er noch mit dem dicken Mann gesprochen und den Operationstermin für morgen ausgemacht.

Nun bummelte er durch den Garten, ging den Hang hinunter, schloß das Tor auf, das Klinik von Schönheitsfarm trennte, und spazierte weiter durch die gepflegten Blumenanlagen, über die sauber geharkten Wege und frisch geschnittenen, duftenden Wiesen. Rasensprenger drehten sich zischend. In den niederfallenden Tropfen schillerte die Sonne in herrlichen Farben.

Marianne war unten im Keller, das wußte er. Um diese Zeit kontrollierte sie die Kosmetikpflege in den kleinen, geblümten Zimmern. »Das Zauberkabinett«, sagte einmal eine Filmschauspielerin schwärmerisch. »Man kommt als zerrupftes Vögelchen hinein und kommt heraus als weißer, stolzer Schwan.«

Ilse Patz turnte mit der Gruppe 1 auf der Badewiese. Dr. Lorentzen blieb stehen und sah den nach Schönheit und neuer Jugendkraft strebenden Frauen zu. Sie waren alle zwischen Dreißig und Fünfzig, gepflegt, vom Leben verwöhnt, noch elegant in den Bikinis und Badeanzügen, trotz aller Losgelöstheit vom Alltag von einer nicht mehr abzuschüttelnden inneren Geziertheit. Nach drei Tagen gemeinsamen Hungerns, Teetrinkens und Rohkostessens fühlten sie sich als Schwestern, und doch gab es haarfeine Unterschiede, stille Gruppierungen, Freundschaften und Absonderungen.

Männer sind da anders. Bis auf Außenseiter, die es überall gibt, bilden sie in der Gemeinschaft eine Gruppe auf Biegen und Brechen.

Frauen katalogisieren, sieben aus und sondern ab. Der Begriff Freundschaft ist labil; ja, es soll Frauen geben, die behaupten, daß es überhaupt keine Freundinnen gibt, sondern nur bewußt zärtliche Spitzel. Wenn ein Mann von einem anderen sagt: »Ein toller Bursche! An jedem Finger hat er eine ...«, dann klingt das bei einer Frau so: »Die alte Schnepfe! Die Männer, die sie hat, müssen blind oder pervers sein ...«

Dr. Lorentzen lächelte über seine Gedanken und sah weiter den hüpfenden Frauen zu. Frau Direktor Pfannenmacher, ein Gummiball aus weißem Fleisch, sprang mit ihren Beinen hoch in die Luft und klatschte mit den Händen über ihrem Kopf. Klatsch-patsch ... klatsch-patsch ... klatsch-patsch ... und dazu der helle Klang des Tamburins, das Ilse Patz schlug. Mit ihren langen, braunen Beinen und dem schlanken Körper, auf dem die voller gewordenen Brüste wie zwei gedrechselte Halbkugeln saßen, war sie in ihrem einteiligen, flammend roten Badeanzug ein Idol von Schönheit und Kraft, dem es nachzueifern galt. Das schienen auch die Damen zu denken, denn sie hüpften und beugten den Rumpf und strampelten mit Händen und Beinen bis zur sichtlichen Erschöpfung.

Auf einer der weißen Bänke zwischen den Blütenbüschen, unter einem orangefarbenen Sonnensegel, saß allein eine junge Frau in einem einfachen, geblümten Kleidchen und sah in die Gegend. Dr. Lorentzen fiel ihr bleiches, vergrämtes Gesicht auf. Ihre ganze Haltung atmete Traurigkeit, Verlassensein, Ausgestoßenwerden. Während alle Gäste der Schönheitsfarm an diesem herrlichen Sonnennachmittag beschäftigt waren, im Kosmetikkeller, im Sonnenbad, mit der Gymnastik, saß sie einsam auf der Bank, die Hände im Schoß gefaltet, den Kopf etwas gesenkt. Lorentzen erinnerte sich, sie schon ein paarmal gesehen zu haben. Ihr fahlblondes Haar war ihm aufgefallen. Es hatte die Farbe eines Falken, ins Hellgraue hineinspielend. Eine seltene Haarfarbe, die anziehend wirken konnte, wenn darunter ein keckes oder unnahbar schönes Gesicht war. Hier aber hatte die Natur ein Madonnengesicht gestaltet. Auf einem Gemälde faszinierte es, in der kalten Wirklichkeit wirkte es traurig und langweilig.

Langsam trat Dr. Lorentzen näher. Die junge Frau schrak zusammen, als sie seine knirschenden Schritte auf dem Kies hörte, drehte sich herum und wollte von der Bank aufstehen. Lorentzen hob bittend die Hand.

»Bitte, bleiben Sie. Ich wollte Sie nicht vertreiben. Ich gehe nur spazieren. Dr. Lorentzen«, stellte er sich vor.

»Ich weiß. Man erzählt Wunderdinge von Ihnen.« Die junge Frau lächelte leicht. Ihr vergrämtes Gesicht bekam Sonne. Es sah plötzlich um Jahre jünger aus. Lorentzen kam näher und setzte sich neben sie. Nun sah er auch, warum sie auf der Schönheitsfarm war. Ihr Gesicht, der Hals und ein Teil der Oberarme waren über und über mit kleinen Pusteln besät. Wie gesprenkelt sah sie aus, wie masernkrank. Und aus diesem verunzierten Gesicht blickten ihn große, traurige, hellblaue Augen an.

»Schon?« Dr. Lorentzen lachte. »Wenn man bereits nach ein paar Tagen solche Märchen verbreitet, muß man Angst haben. Nichts ist vergänglicher als Überschwang.«

»Sie sind ein großer Chirurg, das weiß hier jeder.« Die junge Frau wandte den Kopf zur Seite und sah hinüber zu den turnenden Frauen. »Wohl dem, der durch eine Operation ein neuer Mensch werden kann.«

»Das klingt sehr traurig, Frau –«

»Fohrbeck. Ursula Fohrbeck.« Sie faltete die Hände im Schoß. Es sah erschreckend hoffnungslos aus. Ein Mensch, der sich damit abgefunden hat, abseits zu stehen und dem Glück der anderen nur zuzusehen.

»Sie sind schon länger hier?« fragte Dr. Lorentzen vorsichtig. Ursula Fohrbeck nickte kurz.

»Vierzehn Tage.«

»Wegen Ihrer Akne.«

»Ja, wegen der schrecklichen Pickel überall.« Ihre Stimme wurde hart. Die Sonne aus ihrem Gesicht wich, als zöge man einen dichten Vorhang zu. »Aber es nutzt alles nichts. Keine Packung, keine Salbe, kein Bestrahlen, kein Ozon. Alles umsonst. Aber ich habe es geahnt. Und mein Mann hat es auch gesagt: Das kriegst du nie los. So etwas kommt vom schlechten Blut. Das ist unheilbar.«

Dr. Lorentzen schwieg. Ganz klar sah er die Tragödie der hübschen, jungen, stillen Frau vor sich: Eine glückliche Ehe, vielleicht Kinder, und dann eines Tages überfällt Akne das bis dahin so ebenmäßige Gesicht. Erst denkt man: Ach, das geht vorüber. Dann hofft man auf Salben und Cremes. Schließlich gibt man auf. Nur der Mann, egoistisch wie seine Natur ist, findet sich nicht damit ab, bis zum Lebensende eine Frau mit einem Maserngesicht zu haben. Er wird launisch, böse, ungerecht, er macht Vorwürfe, er nimmt seine Frau nicht mehr mit, er regt sich auf, jedesmal, wenn er sie ansieht. Die Entfremdung schiebt sich zwischen sie. Die Ehe zerbröckelt. Die Seele blutet aus. An Liebe denkt niemand mehr. Und dann geht der Mann vollends weg … gibt es nicht hübsche Mädchen mit glatter Haut genug?

»Was Sie da sagen – verzeihen Sie – ist Quatsch«, sagte Dr. Lorentzen. »Eine Akne ist heilbar.«

»Nicht bei mir.« Ursula Fohrbeck warf den Kopf herum. Ihre hellblauen Augen schrien ihn an. »Ich war bei zwölf Hautärzten. Genau bei zwölf. Jeder gab mir andere Salben und Tabletten. Der eine sagte, es käme vom Stoffwechsel, der andere nannte es eine Allergie. Der dritte verbot mir Apfelsinen, der vierte riet mir, das Waschpulver zu wechseln. Der fünfte fragte, ob meine Eltern oder Großeltern Syphilitiker waren, der sechste strich alle Gewürze für mich, der siebte verbot Sonne, der achte verordnete Höhensonne …«

»Hören Sie auf!« Dr. Lorentzen hob die Hand. »Ich kann mir denken, wie Ihnen zumute war.«

»Ich kann nicht mehr denken.« Ursula Fohrbeck schüttelte müde den Kopf. »Almfried war meine letzte Hoffnung. Aber auch hier bekommt man die Pickel nicht weg. Sie trotzen allen Kräutern. Vielleicht hilft Salzsäure.«

»Sicherlich. Nur haben Sie dann überhaupt kein Gesicht mehr.«

»Wäre das schlimm? Wen kümmert das?«

»Ihren Mann zum Beispiel.«

»Mein Mann sieht mich nicht mehr an. Er hat ein Verhältnis mit seiner Sekretärin. Er ist Abteilungsleiter in einer Exportfirma. Fräulein Schumann ist dreiundzwanzig und hat eine zarte Haut.«

»Sie haben Kinder?«

»Zwei. Sechs und drei Jahre. Sie sind bei meiner Mutter.«

Ursula Fohrbeck atmete tief auf. Es war der Seufzer eines Menschen, dem das Leben zu schwer wird. »Wenn ich wieder zu Hause bin, werde ich mich scheiden lassen. Es hat doch alles keinen Zweck mehr, Herr Doktor. Mir kann niemand mehr helfen. Und manchmal, wenn ich vor dem Spiegel stehe und mich betrachte, kann ich meinen Mann sogar verstehen. Dieses Gesicht voller Pusteln und Pickel ... es ist ekelhaft. Welche Überwindung muß es kosten, mich zu küssen. Welches Heldentum gehört dazu, mich liebevoll zu streicheln. Und wieviel Heuchelei muß man aufbringen, um immer wieder zu sagen: Es ist ja nicht so schlimm. – O nein, nein! Es ist schlimm! Nur daß mein Mann es so offen zeigt, daß er mit diesem Fräulein Schumann ins Theater geht, mit ihr Geschäftsreisen macht, in Doppelzimmern wohnt, sie als seine Frau im Hotelmeldezettel einträgt, sie sogar seinen Freunden vorstellt – das alles ist so gemein, so erniedrigend. Ich habe ihm zwei Kinder geschenkt, zwei süße, liebe Kinder, die an ihrem Papi hängen. Soll ich ihnen sagen, Papi kommt nicht wieder, weil Mutti so viele Pickel im Gesicht hat?«

Frau Fohrbeck wandte sich ab und legte das Gesicht auf den Unterarm. Sie weinte leise. Dr. Lorentzen legte leicht seine Hand auf ihre zuckende Schulter.

»Sie lieben Ihren Mann noch?«

»Ja, o ja –«

»Wir werden ihn in vierzehn Tagen kommen lassen.«

»Um Gottes willen, nein!« Sie fuhr herum und streckte abwehrend die Arme von sich. »Wenn er mich so sieht ... es ist ja noch schlimmer geworden ...«

»Weil Sie seelisch krank sind!«

Ursula Fohrbeck wischte sich mit dem Handrücken die Tränen aus den Augen. Lorentzen reichte ihr sein Taschentuch.

»Danke.« Sie putzte sich die Nase und war wie ein kleines Mädchen, das hingefallen ist und bitterlich über das schmutzige Kleidchen geweint hat. »Was hat denn Akne mit der Seele zu tun?«

»Viel, sehr viel. Ich habe Frauen gekannt, die durch seelische Erregung, durch nicht gelöste Komplexe oder durch Angstzustände das Gesicht voller Pickel bekamen. Da halfen weder Salben noch andere Medikamente, da half nur Glück, Liebe, Frohsinn. Die Seele mußte gesund werden.«

»Wenn das so einfach wäre ... Warum habe ich dann die Pickel bekommen? Ich war doch glücklich. Wir hatten eine wundervolle Ehe. Mein Mann trug mich auf Händen. Nach den Kindern war er verrückt. Und auf einmal ... das ganze Gesicht war gesprenkelt ... innerhalb einer Woche. Und es geht nicht mehr weg.«

Dr. Lorentzen ergriff beide Hände Ursula Fohrbecks und hielt sie fest. »Sehen Sie mich an«, sagte er.

»Ja, Herr Doktor.« Ihre großen hellblauen Augen schwammen in Tränen.

»Haben Sie Vertrauen zu mir?«

Sie nickte stumm. Lorentzen hielt ihre Hände fest, als sie versuchte, sie zurückzuziehen.

»Vertrauen ist das Wichtigste«, sagte er. »Glauben Sie mir, daß ich Ihnen helfen kann?«

»Ich ... ich weiß nicht.« In ihre Augen trat ein Schimmer Hoffnung. Aber auch Mißtrauen mischte sich darunter.

»Aber ich weiß es, und es ist kein Geheimnis, was ich mit Ihnen machen will. Keine Zauberei, kein Wunder. Ich brauche dafür nur einen kleinen Apparat, den wir auch zur Narbenentfernung benutzen. Wir radieren die häßlichen Flecke, die Aknenarben und alle Unreinheiten der Haut einfach weg.«

Ursula Fohrbeck entzog Dr. Lorentzen mit einem Ruck ihre Hände. Grenzenlose Enttäuschung verdunkelte ihr Gesicht.

»Sie machen sich lustig über mich«, sagte sie rauh.

»Vertrauen, kleine Frau!« Lorentzen hob den Zeigefinger. »Sie kennen die Bohrmaschine des Zahnarztes? Genauso sieht unsere Hautschleifmaschine aus, nur ist unten kein Bohrer dran, sondern ein rasend schnell rotierender Zylinder. Dreißigtausend Umdrehungen in der Minute hat der Apparat. Das rast so schnell, daß das Auge gar nicht folgen kann, daß die Nerven den Schmerz gar nicht begreifen. Die sich in dieser unwahrscheinlichen Geschwindigkeit drehenden Zylinder sind entweder mit Diamantsplittern besetzt, oder sie tragen ganz feine Stahlzähne wie eine Fräse, oder sie bestehen aus harten Nylonbürsten. Mit diesem Apparat radiere ich Ihnen die obere Hautpartie so tief ab, bis alle Narben und Pickel abgeschliffen sind. Eine Woche dauert es, bis Sie sich wieder im Spiegel sehen können. In dieser Zeit ist Ihr Gesicht mit Schorf bedeckt, denn die Haut ist ja abgeschürft, als seien Sie mit dem Gesicht über den Boden geschleift. Nach einer Woche aber fällt der Schorf ab, eine zarte, rosa, neue Haut hat sich darunter gebildet, so wie sich über jeder Wunde eine neue Haut bildet. Und dann wird sie blasser und blasser und sieht genau aus wie Ihre andere Haut: glatt, rein, makellos.«

»Wenn das wahr wäre, Herr Doktor …« flüsterte Ursula Fohrbeck.

»Es *ist* wahr. Dieses Hautabschleifen kannte man schon vor der Jahrhundertwende. Da benutzte der deutsche Arzt Kromeyer 1905 allerdings noch Seidenpapier, bis der Amerikaner Iversen 1947 die Methode maschinell ausbaute. Damals war das ungeheuer mühsam. Als wenn man Lack von alten Fensterrahmen scheuert, so wurde Schicht um Schicht der Haut abgeschrubbt. Ich mache es noch einfacher, noch schneller: Ich besitze einen Schleifapparat, der mit einem

Diathermiegerät gekoppelt ist, das im selben Augenblick, wo der Zylinder die Haut abschleift, das Gewebe verschorft. So kommt es, daß fast gar kein Blut fließt und alles schneller heilt.« Dr. Lorentzen sah noch immer die vielen Fragen in den Augen Ursula Fohrbecks. Sie hatte Angst, noch entstellter auszusehen, wenn das Abschleifen mißlang, das fühlte er. »Wollen wir es wagen?«

»Ich weiß nicht, Herr Doktor.« Es klang ängstlich. »Ich ... ich habe Angst ...«

»Haben Sie immer noch Angst, wenn ich Ihnen sage, Sie sollen sofort Ihrem Mann schreiben, er möchte Sie in drei Wochen – geben wir wegen des besseren Aussehens noch eine Woche dazu – besuchen?«

»So sicher sind Sie sich?«

Ursula Fohrbeck sprang auf. Ihr Gesicht leuchtete wieder. Das fahlblonde Haar löste sich bei der impulsiven Bewegung aus den Klammern und floß in gelockten Wellen über ihre Stirn.

»Ich schreibe sofort!« rief sie. »O Gott, was soll ich schreiben?«

»Das müssen Sie schon wissen.« Dr. Lorentzen lächelte. »Schreiben Sie so, wie eine junge Frau sich nach ihrem Mann sehnt. Eine junge, hübsche Frau mit einer makellosen Haut.«

Ursula Fohrbeck zögerte. Dann fiel sie Dr. Lorentzen um den Hals, drückte ihm einen Kuß auf die Wange und rannte weg zum Haus.

Am Abend des gleichen Tages schon lag Ursula Fohrbeck in dem kleinen OP auf dem Tisch, die Innenseite des linken Oberschenkels entblößt. Die OP-Schwester hatte ihr eine Lokalbetäubung gesetzt. Der Schleifapparat mit dem Diathermiegerät war schon herangefahren. Dr. Lorentzen hantierte an einem gekachelten Tisch. Neben ihm stand eine Dose, die wie eine Haarspraydose aussah, nur war sie mit einem blitzenden Chrommantel umkleidet.

»Wir machen jetzt eine Probeschleifung«, sagte er. »Das ist notwendig. Es gibt Patienten, die dazu neigen, statt normaler, später nur als ein weißer Strich sichtbarer Narben, dicke, rote, aufgeworfene Narben zu produzieren. Wenn ein Mensch zu diesen häßlichen Narbenbildungen neigt, kann man es nicht verhindern. Die Anlage ist angeboren. Jede Narbe wird bei ihnen dick. Sie haben es sicherlich schon bei großen, aufgeworfenen Impfnarben gesehen. Man nennt eine solche abnorme Narbenbildung Keloid. Jeder kosmetische Chirurg zittert vor Keloidpatienten, denn die Komplikationen können ungeheuerlich sein. Wenn ich das weiß, operiere ich einen solchen Patienten erst gar nicht. Und deshalb mache ich jetzt bei Ihnen einen Probeschliff ...«

Ursula Fohrbeck starrte in die noch nicht eingeschaltete, runde, von vielen Hohlspiegeln umgebene Operationslampe. »Ich habe kaum sichtbare Impfnarben, Herr Doktor.«

Lorentzen lächelte. »Das habe ich schon gesehen.«

»Auch die Blinddarmnarbe ist ganz dünn ...« In ihrer Stimme schwang die stumme Bitte: Operiere mich! Befreie mich von meinem gesprenkelten Gesicht. Es war rührend, sie zu hören, wie sie ihre unsichtbaren Narben aufzählte, aus Furcht, Dr. Lorentzen könne im letzten Augenblick noch sagen: Es geht nicht.

Die OP-Schwester deckte Leib und Beine ab. Dr. Lorentzen kam mit der blitzenden Sprayflasche und sprühte etwas über die Hautpartie des Oberschenkels. Es roch kaum, aber die besprühte Haut wurde etwas glasig.

»Was ist das?« fragte Ursula Fohrbeck. Sie hatte den Kopf erhoben.

»Ich friere die Haut ein mit flüssigem Gas. Sie wird dann hart und läßt sich besser abschleifen.« Dr. Lorentzen stellte die Sprühdose zur Seite. »Eigentlich brauchen wir bei der Gefrierung keine örtliche Betäubung, da die Haut keine Schmerzen mehr spürt, aber ich will ganz sichergehen.« Er nickte Ursula Fohrbeck zu und tätschelte ihr die vor Erregung feuchte Hand. »Und nun radieren wir.«

Ursula schloß die Augen. Ihr wurde übel vor Spannung. Dann hörte sie das leise Summen des Schleifapparates, das gleiche, helle Surren wie beim Zahnarzt. Nur spürte sie nichts. Plötzlich war es wieder still, die Schwester rollte den Apparat zur Seite.

»Schon fertig?« fragte Ursula mit geschlossenen Augen.

»Alles erledigt.«

Mit Hilfe von Dr. Lorentzen richtete sie sich auf und blickte auf ihren Oberschenkel. Dort war eine kreisrunde Fläche von der Größe einer Kinderhand abgeschabt. Es hatte kaum geblutet.

»Das ist alles?« Etwas wie Enttäuschung lag in ihrer Stimme. Lorentzen lachte und nahm die Abdecktücher herunter.

»Ja. Ohne jede Dramatik. Nur in Romanen ist die Medizin geheimnisvoll und umgeben von mystischem Zauber.«

»Und so schnell geht es auch bei meinem Gesicht?«

»Nicht ganz. Da müssen wir vorsichtiger schleifen. Da kommt es auf kleinste Feinheiten an. Aber auch das haben wir in einer Stunde getan.«

Ursula Fohrbeck saß auf dem OP-Tisch und starrte auf den abgeschabten Fleck an ihrem Oberschenkel. »So einfach ist das«, sagte sie leise. »Und soviel ist daran zerbrochen. Warum hat man mir das nicht früher gesagt?«

»Noch ist es nicht zu spät, kleine Frau.« Lorentzen half ihr beim Heruntersteigen vom Tisch. »Haben Sie an Ihren Mann geschrieben?«

Sie nickte, aber sah Dr. Lorentzen nicht an. »Ja.«

»Und den Brief abgeschickt?«

»N … nein …«

Lorentzen sah auf seine Armbanduhr. »Dann aber schnell! In einer Viertelstunde holt der Postbote die Post aus der Schönheitsfarm ab.«

Ursula Fohrbeck lächelte Lorentzen dankbar an. Sie verließ den Operationsraum infolge der Lokalanästhesie etwas steifbeinig, und wenig später sah Lorentzen sie durch den Garten rennen, hinüber zum Haus I, wo die Verwaltung war.

In der Hand schwenkte sie ein weißes Kuvert.

Nach fünf Tagen entfernte Lorentzen das große Pflaster über der »radierten« Oberschenkelstelle. Ursula Fohrbeck hatte keine Schmerzen gehabt, nur ein leichtes Brennen, aber das auch nur am ersten Tag. Am vierten Tag kam sie zu Dr. Lorentzen und machte ein trauriges Gesicht.

»Ich glaube, es heilt nicht«, sagte sie leise. »Es juckt kein bißchen.«

»Um Gottes willen – seien Sie froh.« Lorentzen lachte wie befreit. Zuerst hatte er einen Schreck bekommen, als Ursula ins Sprechzimmer kam und wieder Schatten über ihrem pickeligen Gesicht lagen. »Gut, daß es nicht juckt.«

»Aber es heißt doch immer: wenn eine Wunde juckt, dann heilt sie gut.«

»Das denkt der Laie. Für den Arzt ist es Alarm, wenn es juckt. Meist bilden sich dann die dicken Narben. Also seien Sie glücklich, daß Sie gar nichts merken.«

Und so war es auch. Als der Verband abgenommen war, hatte sich unter dem Schorf eine neue, glatte, hellrosa Haut gebildet. Noch dünn, aber von einer wundervollen Reinheit.

»Wunderbar!« rief Dr. Lorentzen. »Und Sie wollten verzweifeln?! Sie werden in ein paar Wochen ein neues, wunderschönes Gesicht haben.«

Und Ursula Fohrbeck begann, vor Glück zu weinen.

Auch Joan Bridge hatte in diesen fünf Tagen allerhand zu tun. Immer wieder stand sie vor dem Spiegel, nackt bis auf die Brustbandage, und drehte sich und wartete darauf, daß sich die Bandage wölbte und die Andeutung einer Brust wahrzunehmen war. Jeden Tag mußte Dr. Lorentzen bei der Visite das gleiche erzählen und beteuern: »Wenn der Verband fällt, werden Sie überrascht sein.«

»Und die Narben?«

»Sie werden in spätestens einem Jahr nur noch ein dünner, etwas hellerer Hautstreifen sein. Die Nähte am Rand des Warzenhofes werden Sie überhaupt nicht sehen.«

»Ich gebe Ihnen fünftausend Dollar, wenn das stimmt.« Joan Bridge zeigte Lorentzen ihr Scheckbuch. »Ich habe es Ihnen versprochen.«

An einem Mittwoch wurde das Gesicht Ursula Fohrbecks abgeschliffen. Auf eigenen Wunsch erhielt sie eine Vollnarkose. Dann wurde die Gesichtshaut wieder mit dem flüssigen Gas vereist, und der rotierende Zylinder mit den scharfen Nylonbürsten glitt leise brummend über Stirn, Wangen,

Nase, Kinn und Halsansatz. Ganz vorsichtig schliff Dr. Lorentzen die oberste Hautschicht ab.

Gebannt starrten die beiden Assistenzärzte und die beiden OP-Schwestern auf die Hand Lorentzens, die den rasend rotierenden Zylinder über die Haut führte. Sie hatten bisher in den Operationssälen der großen Kliniken gewagte Eingriffe gesehen. Magenresektionen und Verkürzungen, Exstirpationen von eitrigen Nieren und die schrecklichen Entknochungen des Brustkorbes bei einer tuberkulösen Empysemresthöhle. Operationen, an denen das Leben hing. Und doch hielten sie jetzt den Atem an bei einer chirurgischen Spielerei. Hier wurde kein Leben gerettet durch einen dramatischen Eingriff; hier bekam eine junge Frau ein neues, schönes Gesicht und ein neues Glück. Mut zum Leben … er erstand jetzt unter den summenden, spitzen Nylonbürsten.

Dr. Lorentzen lächelte still, als er die gespannten Gesichter seiner Mitarbeiter sah. Er hob den Schleifapparat ab und betrachtete das Gesicht Ursula Fohrbecks. Dort, wo er schon geschliffen hatte, überzog dünner rotschwarzer Schorf die Fläche. Das dem Schleifapparat beigekoppelte elektrische Diathermiegerät hatte die wenigen Blutungen sofort zum Stillstand gebracht.

»Sie waren nur daran gewöhnt, die Haut durchzuschneiden«, sagte er. »Ihr Arbeitsgebiet lag in der Tiefe des Körpers. Da war Haut nur ein Stück Fell, das man durchtrennte. Für uns hier ist die Haut ein kleines Wunderwerk für sich. Durch sie allein verschönern wir den Menschen.« Dr. Lorentzen sah seine Mitarbeiter fragend an. »Wenn ich fragen würde: Sagen Sie mir die Anatomie der Haut her – wer kann das von Ihnen?« Die beiden Ärzte und die OP-Schwestern schwiegen verlegen. »Sehen Sie – ich werde erwarten, daß Sie sagen: Epidermis, also Oberhaut, und Cutis, die Lederhaut. Aber das ist sehr grob betrachtet. Allein die Oberhaut besteht aus vier Schichten: Hornschicht, Körnerschicht, Stachelschicht und Basalschicht. Und jede dieser Schichtungen hat besondere Kerne und Zellen und Funktionen.« Dr. Lorentzen setzte den Schleifapparat wieder an. »Die Haut ist dicker, als man denkt. Ihre Funktionen, ihre Heilkraft sind wahrhaftig ein Wunder der Natur.«

Nach einer Stunde war das »Radieren« des Gesichts beendet. Ursula Fohrbeck lag schon wieder in ihrem Bett, als sie aus der Narkose erwachte. Lorentzen saß ihr gegenüber an dem kleinen Tisch und hatte auf ihre Rückkehr ins Bewußtsein gewartet.

»Guten Morgen!« sagte er freundlich.

Ursula Fohrbeck bewegte leise die Mundwinkel und die Wangen. Alles war gespannt, aber es tat nicht weh.

»Wie sehe ich aus, Herr Doktor?« fragte sie stockend.

»Schrecklich.«

»Wirklich?«

»Ja. Als ob Sie mit dem Gesicht über ein Reibeisen gerutscht wären.«

Ursula Fohrbeck schwieg. Dann setzte sie sich im Bett hoch. »Darf ich in einen Spiegel sehen, Herr Doktor?«

»Wenn Sie wollen!« Dr. Lorentzen ging zum Waschtisch und holte einen Handspiegel. Er hielt ihn Ursula vor. Ihr Mund öffnete sich zu einem stummen Schrei – dann wandte sie schnell den Kopf ab.

»Und ... und das geht alles weg?« stammelte sie erschüttert.

»Alles. Nach einer Woche löst sich der Schorf. Auf keinen Fall dürfen Sie in dieser Zeit und auch später nicht in die pralle Sonne, bis sich die Haut völlig normalisiert hat. Sonst bekommen Sie häßliche Pigmentflecke.«

Ursula Fohrbeck legte sich ins Bett zurück. Sie lächelte glücklich. »Ich will wochenlang im Dunkeln liegen, Herr Doktor, wenn ich nur wieder eine reine Haut bekomme.«

Dr. Lorentzen erhob sich und nickte ihr väterlich zu. Irgendwie fühlte er sich mit dieser jungen, hoffenden Frau innerlich verbunden. Auch er hatte einmal große Hoffnungen gehabt, auch er hatte in der Liebe alles gesehen ... und dann brach sein Leben auseinander, auf einer regennassen, glitschigen Landstraße.

»In sechzehn Tagen kommt Ihr Mann«, sagte er. »In seinen Augen werden Sie sehen, wie schön Sie wieder geworden sind.«

An diesem Tage geschah es auch, daß Adam Czschisczinski dem großen Erlebnis nicht mehr ausweichen konnte. Er saß in seinem Hausmeisterzimmer und las die Zeitung, als das Haustelefon klingelte. Zimmer 10. Auf einer großen Leuchttafel flammte in Rot immer die Zimmernummer auf, die über das Haustelefon anrief.

»Dicki« hob ab. »Hier Czschisczinski«, rief er. »Sie wünschen, Frau Baronin?«

»Kommen Sie mal rauf, Dicki!« Die Stimme der Baronin v. Durrhaus war erregt. Dicki hörte ihr Schnaufen und heftiges Atmen. »In meinem Zimmer ist eine dicke Spinne!«

»Nehmen Sie einen Pantoffel, Frau Baronin, und schlagen Sie drauf!« antwortete Dicki. »Das hält keine Spinne aus!«

»Ich kann kein Tier töten!«

»Dann schieben Sie eine Zeitung darunter und setzten Sie das Tierchen auf den Balkon in die Sonne!«

»Ich ekele mich, Dicki! Kommen Sie sofort!« Die Stimme der Baronin überschlug sich fast. »Wozu sind Sie Hausmeister, wenn Sie zitternde Frauen mit dicken Spinnen allein lassen?!«

Seufzend faltete Dicki die Zeitung zusammen, schob einen Teller mit belegten Broten weg, zog seine weiße Jacke an und machte sich auf den Weg zu Nr. 10.

Baronin v. Durrhaus saß auf dem Bett, als Adam Czschisczinski eintrat. Sie hatte wieder ihren knappen Bikini an, aber die Träger hingen herunter. Ihre weißen, dicken Oberschenkel, die am Freitag operiert werden sollten, leuchteten in der Sonne, die durch die offene Balkontür flutete. Es war sehr heiß. Der Sommer lag über St. Hubert wie eine Käseglocke, unter der sich die Hitze staut.

»Zur Stelle, Frau Baronin! Wo ist die Spinne?«

»Weg.« Luisa v. Durrhaus machte eine kokette Handbewegung zum Balkon. »Einfach weg. Das böse Tier. Zum Balkon hinaus. Wie schnell es rennen konnte.«

»Spinnen haben ja acht Beine, Frau Baronin.«

»Sind Sie auch schnell, Dicki?«

»Ich? Früher ja. Wenn ich Pferde einfing ...«

»Wie interessant. Sie haben Pferde gebändigt: Kommen

Sie, erzählen Sie.« Die Baronin klopfte auf die Seite neben sich. »Setzen Sie sich, Dicki.«

»Ich habe noch zu tun, Frau Baronin.« Adams Augen zitterten. Sein Blick glitt über den Körper der Baronin. Verdammt, sie ist hübsch, dachte er. Ein vollreifer Apfel ohne Wurm. Die dicken Hüften, na ja ... aber das andere.

»Setzen Sie sich!« Die Stimme der Baronin hatte einen Befehlston, dem Dicki nicht widerstand. Gehorsam trat er näher und setzte sich neben Luisa v. Durrhaus auf das Bett. Er zuckte zusammen, als ihre heiße Hand auf sein Knie fiel.

»*Wie* haben Sie Pferde gebändigt, Dicki?« fragte sie. Ihre Stimme war plötzlich dunkler und sang etwas. »Mit diesen Muskeln?« Sie griff nach Dickis Oberarm und drückte ihn. Dabei seufzte sie laut und legte den Kopf mit den gebleichten Haaren gegen seine Schulter. »Waren auch Hengste dabei?«

»Und was für Hengste, Frau Baronin.« Dicki wurde es glühend heiß in seiner weißen Montur. Er schielte zur Tür. Nur sechs Schritte war sie entfernt. Aber es hätten sechs Kilometer sein können. Er wußte, er kam nicht mehr dazu, mannhaft zu flüchten.

»Starke Hengste?«

»Wilde, Frau Baronin. Wenn die eine Stute sahen, rasten sie gegen die Umzäunung und zertrümmerten den Zaun.«

»Wie herrlich! Herrlich! Diese Wildheit der Natur! Wo ist sie bei uns geblieben? Dicki, diese Lust in solchem Hengst? Es ist betäubend.«

Luisa von Durrhaus atmete heftig. Das Oberteil des Bikinis rutschte hinab. Sie achtete nicht darauf, sondern legte den Arm um Adams Hals und zog ihn mit sich auf das Bett.

»Sie sind ein starker Mann, Dicki«, seufzte sie und drückte seinen Kopf zwischen ihre Brüste. »Es gibt so wenig starke Männer.«

»Frau Baronin ...« Dicki bewegte sich in ihren Armen, aber wie Eisenklammern hielten sie ihn fest an ihren Brüsten. »Ich muß um 11 Uhr den Rasen schneiden.«

»Er wuchert nicht so stark wie meine Sehnsucht. Dicki, ich zerreiße Sie, wenn Sie jetzt kein Mann sind ...«

Luisa v. Durrhaus warf sich herum. Sie war schwerer als Adam Czschisczinski, rollte ihn auf das Bett und drückte ihn mit ihrem Körper in die Kissen. Nach Atem ringend wollte Adam noch etwas sagen, aber ihre vollen Lippen hinderten ihn daran. Sie saugten sich an ihm fest wie Blutegel. Dann fühlte er, wie sie ihm das Hemd aufknöpfte.

Also geschehe es, dachte Adam und wehrte sich nicht mehr. Ich habe es geahnt. Verdammt, das kann in Zukunft ein schwerer Dienst werden.

Und während die Baronin tausend zärtliche Worte stammelte, dachte er an seine schönen belegten Brote, die jetzt trocken wurden und sich in der Sonne bogen.

Am Sonntag vormittag hatte Adam Czschisczinski eine heftige Diskussion an der Pforte. Ein schwerer Reisewagen war vorgefahren, und ein Herr im eleganten hellgrauen Anzug, einen weißen Panamahut auf dem Kopf, stand draußen und klingelte mit einer impertinenten Ausdauer. Dicki ließ ihn zehn Minuten auf den Knopf drücken, dann stürmte er aus seinem Zimmer und schloß die große gläserne Flügeltür auf.

»Sonntag!« brüllte er. »Besuchszeit nur nach Vereinbarung! Ruhe!«

Der Herr im grauen Anzug starrte Dicki verblüfft an. Dann nahm er den Panamahut ab und wischte sich mit einem weißen Taschentuch die schwitzende Stirn.

»Ich bin Patient.«

»Neuanmeldungen nur an Wochentagen!« bellte Adam zurück.

»Es ist aber dringend.«

»Hier ist keine Geburtsklinik, sondern eine Schönheitsklinik. Schönheit hat Zeit bis Montag!«

»Das entscheiden Sie doch nicht!« Der vornehme Herr stülpte seinen Hut wieder auf. »Ich wünsche den Chefarzt zu sprechen.«

»Montag von neun bis zwölf!«

»Sofort!«

Damit war die Unterhaltung zunächst beendet. Dicki

blockierte gedrungen und stark die Tür; der vornehme Herr rannte vor dem Eingang hin und her, ballte die Fäuste und schleuderte Adam Blicke zu, die fast tödlich waren. Endlich schien er sich zu beruhigen, griff in die Brusttasche und holte einen Fünfzig-Mark-Schein heraus. Wortlos nahm Dicki das Geld aus den Fingern des Herrn und steckte es ein.

»Der Chefarzt ist im Labor. Was kann ich tun?« fragte er dann.

»Mich hineinlassen und anmelden. Mein Fall ist wirklich dringend.«

»Bitte!«

Dicki gab die Tür frei. Der vornehme Herr rannte in die stille, weiße Halle und warf sich dort in einen der schwarzen Ledersessel. Hier war es angenehm kühl. Die Klimaanlage arbeitete vorzüglich.

Dicki stieg in den Fahrstuhl und fuhr in den Keller, wo die Labors lagen. Hier hatte sich Dr. Lorentzen ein kleines Forschungsreich eingerichtet. Mit Nährlösungen und Wärmekästen, mit Unterkühlung und Schockgefrierung experimentierte er herum, wie man Hautlappen und lebende Knochenteile auf längere Zeit konservieren könne, um sie später wie frische Transplantate zu übertragen.

»Draußen ist ein Verrückter, Chef«, sagte Dicki an der Tür zum Labor. »Er benimmt sich wie ein werdender Vater. Will Sie unbedingt sprechen. Es sei wichtig. Dabei sieht er vollkommen normal aus. Keine Höckernase, keine Tränensäcke, kein Fettbauch, keine hängenden Lider, nichts.«

Dr. Lorentzen lachte. Er wusch sich die Finger und knöpfte seinen weißen Mantel zu. »Sie werden noch einmal ein sicherer Diagnostiker, Dicki«, sagte er.

Adam verzog den Mund. »Ist das etwas Unanständiges, Chef?«

»Fragen Sie Schwester Laura«, lachte Lorentzen.

»Und hinterher nennt sie mich wieder ein Ferkel. Nein. – Was soll ich dem Mann in der Halle sagen?«

»Führen Sie ihn ins Sprechzimmer. Ich komme gleich.«

Dr. Lorentzen erwartete nach den Schilderungen Adams einen aufgeregten, hysterischen Mann. Verwundert sah er, daß der Besucher sich ruhig aus dem Sessel erhob und sich leicht verbeugte.

»Dr. Egon Braubach«, stellte er sich vor. Er wartete, ob Lorentzen eine Reaktion zeigte, aber diesem schien der Name unbekannt zu sein. »Ich bin Generaldirektor der Vereinigten Saarländischen Stahlwerke.«

Lorentzen erinnerte sich plötzlich. Der Name Dr. Braubach war mehrmals in der Presse genannt worden. Er spielte eine führende Rolle innerhalb der Montan-Union und war vorige Woche nach Paris gefahren zu Besprechungen über Lieferaufträge im EWG-Raum. Lorentzen hätte es überlesen, wenn ihn der Hinweis auf Paris nicht festgehalten hätte. In Paris hatte er einige der schönsten Wochen seines Lebens verbracht. Wo sein Auge auf Paris stieß, da las er weiter.

Er erwiderte die kurze Verneigung. »Lorentzen. Womit kann ich Ihnen helfen, Herr Braubach?«

»Ich komme aus Paris direkt hierher. Ich komme als Patient.«

Dr. Braubach holte wieder sein Taschentuch heraus und tupfte sich die Stirn. »Sie müssen mir helfen, Doktor. Sofort ...«

»Gerne.« Lorentzen betrachtete mit schnellen Blicken Dr. Braubach. Er war geübt, auch kleinste Schönheitsfehler zu sehen, aber hier war er ratlos. Das Gesicht war männlich schön, die Haare weiß, die Figur etwas gesetzt, aber doch schlank ... nichts, was ins Auge fiel und korrigiert werden mußte. »Aber wo?«

»Hier.«

Dr. Braubach seufzte und gab seinen Ohren mit beiden Händen einen kleinen Stoß von hinten. Wie Segel, die sich plötzlich im Winde blähen, schnellten die Ohren vor. Sie standen ab wie zwei Henkel an einer Tasse. Das schöne, etwas herbe Gesicht Dr. Braubachs wirkte plötzlich wie ein armseliger, abgeschminkter Clown, der vergessen hat, seine Pappohren abzuschnallen.

»Können Sie mich jetzt verstehen?« sagte er leise.

»Ja.« Dr. Lorentzen starrte auf die abstehenden Ohren. »Aber eben lagen sie doch noch an.«

»Von Paris an. Die Fahrt über. Ich habe sie mit Uhu festgeklebt.« Dr. Braubach nickte, als er sah, wie Dr. Lorentzen mühsam ein Lächeln unterdrückte. »Sie haben recht, Doktor. Das ist ein Witz für einen Herrenabend. Aber bei mir ist es todernst.« Er setzte sich und starrte traurig auf den großen Teppich. »Bis gestern habe ich nicht darauf geachtet. Keiner hat es mir gesagt, wie ich aussehe. Selbst merkt man es ja nicht, man ist an sein Gesicht gewöhnt. Ich führe eine glückliche Ehe, ich habe vier Kinder, ich bin vom kleinen Betriebsassistenten bis zum Generaldirektor geklettert; und alle haben es gesehen und geschwiegen. Aber gestern, in Paris ...« Dr. Braubachs Stimme begann vor Erregung zu zittern. »Wir sitzen um den Konferenztisch, es geht um große Aufträge, die Millionen Devisen einbringen, wir haben alle den besten Kontakt zueinander, die Herren aus Frankreich, Italien, Holland, Belgien, und da sagte der spanische Gast zu seinem Direktor: ›Sehen Sie sich den Deutschen an. So ähnlich hatte ich auch mal einen Esel. Nur konnte der mit den Ohren wackeln ...‹« Dr. Braubach nagte an der Unterlippe. »Sie sprachen spanisch miteinander ... und ich kann spanisch ... Ich habe mich wegen Unwohlseins entschuldigt und bin sofort abgefahren. Seit gestern mittag sitze ich am Steuer. Ich habe Ihre Anzeige in der Zeitung gelesen und hatte nur einen Gedanken: Hin zu Dr. Lorentzen. Mit diesen Ohren setze ich mich nicht mehr an den Konferenztisch. Können Sie das verstehen?«

»Ja«, antwortete Dr. Lorentzen.

»Und Sie können mir helfen? Sie können mir sofort die Ohren anlegen? So, daß niemand etwas sieht?«

»Natürlich.«

»Das sagen Sie so einfach, Doktor. Sehen Sie sich doch meine Riesenohren an! Erst jetzt habe ich sie mit Bewußtsein im Spiegel gesehen. Ich habe mich geschämt, damit neunundvierzig Jahre herumgelaufen zu sein.«

Dr. Lorentzen trat näher, beugte sich zu Dr. Braubach hinab und untersuchte kurz die abstehende Ohrmuschel. »Wir werden eine Ohrenplastik machen müssen. Ich könnte Ihnen das nun genau erklären, mit dem fehlenden Anthelix anfangen ...«

»Um Himmels willen, nein! Operieren Sie! Wie lange dauert es?«

»Die Operation ist kein Problem, aber vierzehn Tage müssen wir rechnen, bis der durch den Eingriff entstehende Bluterguß weggeht und die Ohren völlig anliegen.«

»Länger nicht?« Dr. Braubach sprang auf. »Operieren Sie mich sofort! Wo ist ein Telefon? Ich werde sofort alle Termine verlegen lassen! Doktor, Sie befreien mich von einem Komplex, der mir in Paris gestern mittag bald das Leben gekostet hätte. Ich war nahe daran, mir eine Kugel durch den Kopf zu jagen.«

»In einer Stunde kann alles erledigt sein. Ich operiere nach einer abgewandelten Methode, deren Grundzüge von dem Amerikaner Luckett stammen.« Dr. Lorentzen gab Dr. Braubach die Hand. Dieser schüttelte sie enthusiastisch. Er war nahe daran, den Arzt zu umarmen.

»Ich danke Ihnen.« Seine Stimme schwankte verdächtig. »Ich fühle mich wie neugeboren. Können Sie sich ausmalen, was ich auf der Fahrt von Paris bis hierher durchlitten habe?«

»Ich kann es mir denken.« Dr. Lorentzen begleitete Dr. Braubach zur Tür. Durch Druck auf einen Knopf am Schreibtisch hatte er eine Schwester der Station I herbeigerufen. Sie wartete schon vor der Tür und nahm Dr. Braubach in Empfang. »Das ist Schwester Laura, Dr. Braubach. Sie wird sich um Sie kümmern. Und operieren werden wir am Dienstag. Um 9 Uhr.«

Beschwingten Schrittes, den weißen Panamahut in der Hand, ging Dr. Braubach neben Schwester Laura hinüber zu seinem Zimmer.

Seit dem Tanzabend in St. Hubert und dem Wutausbruch von Ilse Patz hatte sich zwischen Marianne Steegert und Dr. Lorentzen nichts mehr ereignet. Auch der Kuß am Gartenzaun blieb einmalig; es war, als ob Marianne bewußt jede Situation vermied, mit Lorentzen allein zu sein – oder es war, weil Ilse Patz darauf achtete, daß sie immer in der Nähe war, wenn Lorentzen in den wenigen freien Stunden, die ihm Klinik und Patienten ließen, auf der Schönheitsfarm erschien? Meist saßen sie zusammen, tranken Fruchtsäfte oder leichten Wein, sahen sich ein Fernsehprogramm an oder sprachen die Ereignisse des Tages durch. Marianne erzählte von ihren schönheitsdurstigen Frauen, Lorentzen berichtete von Operationen, Ilse Patz gab in ihrer knappen, ironischen Art bissige Kommentare dazu.

»Ich hatte es schon aufgegeben«, sagte Marianne, als Lorentzen von der gelungenen Hautradierung bei Ursula Fohrbeck erzählte. »Wir waren alle mit ihr verzweifelt. Nichts schlug an, die stärksten Schälpackungen nicht. Ich habe Frau Ursula gestern gesehen; sie ist ein ganz anderer Mensch geworden.«

»Sie sollten für Gisela Nitze etwas tun, Lutz.« Ilse ließ die schönen langen braunen Beine über die Sessellehne baumeln. Der Rock war hochgeschoben bis zu den kräftigen glatten Oberschenkeln. »Sie wissen doch: Ihr Mann stellt das Raumspray ›Maienduft‹ her. Zum Presseball in Bonn will sie zehn Jahre jünger sein. Aber das ist nicht zu schaffen mit Cremes und Gymnastik und Gesichtspackungen. Zehn Pfund leichter, das wird sie … aber woran sie immer wieder Anstoß nimmt, sind die Krähenfüßchen. Sie können das doch wegmachen?«

»Eine Kleinigkeit.« Dr. Lorentzen wich dem herausfordernden Blick Ilses nicht aus. Er wußte, warum sie mit den Beinen schlenkerte. Sie wollte seinen Blick auf ihre Schenkel lenken, aber er tat ihr den Gefallen nicht.

»Gut. Ich werde Frau Nitze überreden, sich bei Ihnen operieren zu lassen. Aber nur unter einer Bedingung.«

»Bitte?«

»Sie reden ihr ins Gewissen! Acht Tage ist sie jetzt hier, und schon am zweiten Tag geht sie in St. Hubert bummeln, am dritten kommt sie angetrunken zurück, am vierten hat sie bereits einen Liebhaber. Den Kellner vom ›Ochsenwirt‹. Sagen Sie ihr, die Krähenfüße kämen nur vom fröhlichen Leben.« Ilse Patz setzte sich manierlich auf den Sessel und strich den Rock herunter. Dafür beugte sie sich vor, und Lorentzen konnte weit auf sanfte Hügel sehen. »Sie durchlöchert mir die ganze Moral der anderen Frauen. Abends, oder mittags bei der Ruhestunde, erzählt sie von ihren Erlebnissen. Und die anderen hören ihr zu, als seien ihre Worte Rauschgift. Ich warte nur darauf, daß in den nächsten Tagen andere Frauen mitgehen.«

»Und was dann?«

»Dann werfe ich Frau Nitze hinaus.«

Lorentzen lächelte maliziös. Er betrachtete Ilses Kleidausschnitt und lehnte sich dann zurück. Marianne spielte unruhig mit dem Weinglas.

»Sie sind wirklich sittenstreng, Ilse«, sagte er.

»Im Betrieb, ja.« Ilse erhob sich abrupt. Ihr heißer Blick flog von Marianne zu Lorentzen. »Die äußere und – die innere Ruhe sind Faktoren unserer Kur. Man sollte das nicht vergessen.«

»Ich glaube, sie mag mich nicht«, sagte Lorentzen, als Ilse Patz auf ihr Zimmer gegangen war.

»Das scheint nur so. Sie hält große Stücke auf dich.« Marianne legte ihre Hand über die von Lorentzen. »Sie ist in letzter Zeit nur nervös.«

Es war das erstemal seit damals in der Nacht, daß sie wieder allein waren. Wie lange, das wußten sie nicht; jeden Augenblick konnte Ilse zurückkommen.

»Wann gehen wir wieder tanzen?« fragte Lorentzen.

»Vorläufig nicht.« Marianne wich seinem fragenden Blick aus. »Das Haus ist voll. Ich bin abends müde und kaputt.«

»Wann sehen wir uns einmal wieder alleine?«

»Ich weiß nicht, Lutz.«

»Wir könnten am Abend oben im Wald spazierengehen.«

»Ja.«

»Morgen?«

»Ich weiß nicht, ob es morgen geht.«

Lorentzen stand auf. Er hielt Mariannes Hand fest und zog sie zu sich. »Was ist los mit dir? Ist hier irgend etwas geschehen? Du benimmst dich, als ob du Angst vor jemandem hast. Hat sich irgend etwas zwischen uns geändert?«

»Nein, Lutz, nein!« Marianne riß sich los. Ihre schönen blauen Augen waren voller Qual. »Ich bin müde. Gute

Nacht, Lutz. Und keine bösen Gedanken … es ist alles in Ordnung.«

Nachdenklich blieb Dr. Lorentzen allein in dem kleinen privaten Wohnraum hinter dem Büro zurück.

Er fand sich nicht mehr zurecht. Er fühlte, daß Marianne ihn liebte, und er wußte, daß er sie liebte. Und doch war zwischen ihnen eine Kluft.

Warum? dachte er.

Mache ich etwas falsch? Gibt es einen anderen? Ist Marianne in einen Zwiespalt gestürzt worden? Oder ist es Ilse Patz, vor deren Temperament sie Angst hat?

In Gedanken versunken ging er zurück zu seiner Klinik und stieg den Hügel hinauf.

Er sah nicht, daß Adam Czschisczinski zehn Meter neben ihm ebenfalls durch den Park schlich und sich bemühte, im Schatten der Büsche zu bleiben.

Auf der anderen Zaunseite wehte auf leisen Sohlen ein helles Kleid durch die Dunkelheit davon. Gisela Nitze auf später Heimkehr.

Seufzend duckte sich Dicki hinter einen Strauch, als Dr. Lorentzen noch einen Bogen schlug und nahe an ihm vorbei über den Gartenweg ging. Dann sah er hinauf zu den Balkonen und erschrak. Die Baronin stand am Geländer und starrte auf ihn hinunter. Wie eine Rachegöttin stand sie da, in einem langen, weißen Hemd.

Adam Czschisczinski zog den Kopf tiefer in die Schultern. Er hatte Angst vor dem nächsten Tag und vor der Klingel in seinem Zimmer, wenn die Zimmerzahl 10 aufleuchtete.

Gegen Mittag des nächsten Tages zerriß das Klingeln des Telefons die Stille in Lorentzens Zimmer. Er wollte sich gerade zum Essen umziehen.

»Ich stelle durch«, sagte die Sekretärin kurz, ohne den Anrufer anzumelden. Es knackte zweimal, und dann war eine gehetzte Stimme im Apparat. Eine Stimme, aus der Lorentzen erkannte, daß sich ein Mensch in höchster Not befand.

»Kommen Sie, Doktor!« sagte die Stimme, von der er nicht

hätte erklären können, ob sie einer Frau oder einem Mann gehörte. »Kommen Sie sofort. Es ist wichtig.«

»Mit wem spreche ich?« fragte Lorentzen laut.

»Kommen Sie sofort nach Salzburg. Villa Eleonore. Bitte fragen Sie nicht.«

Lorentzen sah erstaunt das Telefon an und hob den Hörer dann wieder ans Ohr. »Erlauben Sie mal ... ich bin Arzt und kein Taxichauffeur. Und selbst der kann fragen: Wohin? Was ist also geschehen? Eine Fahrt nach Salzburg ist schließlich kein Sprung um die Ecke! Im allgemeinen kommen die Patienten zu mir.«

»Das ist völlig unmöglich! Glauben Sie mir, daß es dringend ist.« Die Stimme ertrank fast im schnellen Atem. »Wann können Sie hier sein?«

»Wenn ich nicht weiß, warum ich ...«

»Sie werden fürstlich bezahlt! Fürstlich! Ich biete Ihnen fünfzigtausend Mark!«

Lorentzen sah an die Decke. Ein Verrückter. Aber dann lauschte er wieder auf die Stimme, und ihm kamen Zweifel.

»Ich könnte am späten Abend in Salzburg sein«, sagte er. »Wenn ich sofort abfahre.«

»Bitte, fahren Sie. Bitte! Ich erwarte Sie an der Autobahnausfahrt Salzburg. Ein dunkelgrauer Bentley. Bitte –«

Dr. Lorentzen legte auf. Unschlüssig starrte er wieder auf das Telefon, dann ging er hin und her und wußte nicht, was er tun sollte. Auf diesen Anruf hin zu fahren, war mehr als ein Abenteuer. Warum wurde kein Name genannt? Warum erwartete man ihn wie in einem schlechten Kriminalfilm auf der Straße? Wie kam man gerade auf ihn?

Er dachte an hundert Möglichkeiten und verwarf sie wieder.

Ein Verbrecher, der sein Gesicht verändert haben will.

Eine Wahnsinnige.

Ein hysterischer Millionär, der mit seinem Geld alles erreicht. Eine Künstlerin, deren Nerven versagen.

Dr. Lorentzen sah auf die Uhr. Gleich 13 Uhr. Wenn man sich beeilte, kam man noch vor Sonnenuntergang in Salzburg an. Erwies sich der Anruf wirklich als sinnlos, konnte man in der Nacht noch zurück nach St. Hubert fahren. Dann war nur ein halber Tag verloren.

Lorentzen zog sich um und ging hinüber zur Schönheitsfarm. Da er noch keinen eigenen Wagen hatte, wollte er sich das Auto Mariannes ausleihen. Aber Marianne war schon am frühen Morgen nach München gefahren.

»Nehmen wir meinen«, sagte Ilse Patz. »Nur zehn Minuten, Lutz. Dann steht er vollgetankt vor der Tür.«

Nach zehn Minuten erschien Ilse wieder. Sie schien den Weltrekord im Umziehen gebrochen zu haben. Statt des Dirndlkleides trug sie jetzt eine fesche Jacken-Hosen-Kombination aus leichtem Cordsamt in grellem Gelb. Ins Haar hatte sie sich einen wehenden Schal gebunden, blutrot, ein erregender Fleck inmitten der glänzenden, bewußt zerwühlten Haare. Eine weiße, dicke Sonnenbrille verdeckte ihre Augen.

Dr. Lorentzen sah sie betroffen an. »Ich wollte nur den Schlüssel, Ilse. Um Gottes willen, ich will Ihre Zeit nicht stehlen. Sie sollen mich doch nicht fahren!«

»Ich tue es gern, Lutz. Ach Gott, wie lange war ich nicht mehr in Salzburg. Seit vorigem Herbst.« Sie trippelte vor ihm her zum Parkplatz und öffnete die Tür eines kleinen, roten Sportwagens. »Ohne Gepäck?«

»Nur die Tasche hier. Ich will in der Nacht noch zurück.«

Ilse schwang sich auf den schwarzen Ledersitz und wartete, bis auch Lorentzen saß. Dann heulte der Wagen auf und schoß hinaus auf die Straße nach St. Hubert.

»Diese Fahrt ist nicht ganz uneigennützig«, sagte sie, als sie die Landstraße erreicht hatten. »Wir müssen in Rosenheim kurz unterbrechen. Ich habe dort etwas zu besorgen.«

»Ich wäre ebensogern allein gefahren, Ilse.« Dr. Lorentzen duckte sich hinter die Windschutzscheibe. Ilse Patz fuhr wie der Teufel. Sie heulte in die Kurven hinein, daß sich der Wagen ächzend zur Seite neigte. »Kommen wir bei dieser Fahrweise überhaupt an?«

»Irgendwo ja.« Sie wandte ihm ihr Gesicht zu. Der Fahrtwind riß an ihren Haaren, der blutrote Schal flatterte, die Zähne hinter den schönen Lippen blitzten. »Ob im Himmel oder in der Hölle oder in Salzburg – irgendwo landen wir bestimmt.«

In Rosenheim stieg Ilse aus, um – wie sie sagte – ihre Besorgungen zu machen. Lorentzen blieb auf dem Marktplatz stehen, sah sich die Auslagen der Geschäfte an und wartete. Ganz schnell, hatte Ilse gesagt. Ich fliege …

So vergingen drei Stunden, die Lorentzen zur Qual wurden, je weiter der Zeiger rückte. Ilse Patz saß unterdessen in einer Seitenstraße in einem Café, trank Orangensaft, las Illustrierte und ließ bewußt die Zeit verstreichen.

Sie lächelte wie eine Göttin, als sie endlich wieder am Wagen stand und ein paar kleine Päckchen in den Kofferraum warf.

»Sauer, Lutz?« fragte sie, als Lorentzen sich stumm in die Polster fallen ließ.

»Sehr.«

»Der Lieferant kam erst vor einer Viertelstunde. Und ohne ihn konnte ich nicht weiter.«

»Welcher Lieferant?«

»Der unsere russischen Kräuterpackungen liefert.«

»Ach so.« Lorentzen sah auf die Uhr. »Ich soll am späten Abend in Salzburg sein.«

»Kleinigkcit!« Ilse lachte hell. Der Motor heulte auf. »Sie sollen einmal sehen, Lutz, was alles in einem so kleinen Wagen steckt.«

Sie übertrieb nicht. Dr. Lorentzen war ein mutiger Mensch, das hatte er am Operationstisch und Krankenbett oft genug bewiesen. Aber diese Raserei auf der linken Autobahnseite war wie ein verzögerter Selbstmord. Er duckte sich und sah nicht mehr nach rechts und links. Nur Ilse blickte er ab und zu an … ein herrliches, wildes Profil von klassischer Schönheit. Ein Raubtier auf der Jagd.

Nach knapp einer Stunde sahen sie die Umleitungsschilder. Die Autobahn war gesperrt, und der Verkehr wurde zwischen zwei Auffahrten über die Landstraße umgeleitet.

»Auch das noch«, sagte Dr. Lorentzen. »Es wird dunkel sein, bis wir in Salzburg sind.«

Was noch nie vorgekommen war – so beteuerte Ilse mit

lauter Stimme, – geschah nun: sie verfuhren sich. Statt wieder auf die Autobahn zu kommen, kamen sie weit ab und zuckelten durch das zwar herrliche, aber für einen Sportwagen völlig ungeeignete Voralpenland. Einmal hielten sie an und suchten auf der Karte, wo sie waren.

»Hier!« sagte Ilse und tippte mit ihrem roten Fingernagel auf einen Ort. »Die Richtung stimmt. Nur ein Umweg. Zur Autobahn zurück wäre eine Dummheit, also fahren wir geradewegs durchs Land nach Salzburg.« Sie schlug die Autokarte zu und sah Lorentzen kurz an. »Auch die Seitenwege haben Reize.«

Für Lorentzen war es eine qualvolle Fahrt. So schnell Ilse auf der Autobahn gerast war, so langsam zockelte sie nun durch Dörfer und Flecken, hielt ab und zu und zeigte auf Naturschönheiten, die Lorentzen gar nicht sehen wollte. Ich bin ihr ausgeliefert, dachte er, als sie einmal anhielt, Äpfel kaufte und eine Pause einlegte. Mit Haut und Haaren. Und sie nutzt es aus. Wann wird sie anfangen, sich die Jacke auszuziehen? Wann beginnt der zärtliche Teil?

Aber nichts geschah.

Sie fuhren weiter. Das Abendrot, das über die Berge stieg, war wundervoll. Die Felsspitzen glühten, der Himmel überzog sich mit Purpur, deren Ränder golden glänzten.

»Wie unbeschreiblich«, sagte Ilse und hielt wieder an. »Das müßte man malen.«

»Ich muß am Abend in Salzburg sein«, sagte Lorentzen dumpf.

»Sind wir.«

Und die Fahrt ging weiter.

Nach einer halben Stunde bockte plötzlich der Motor. Ilse stieg aus, öffnete die Motorhaube und klopfte an verschiedenen Stellen herum. Dann stieg sie wieder ein, drehte die Zündung und gab Gas im Leerlauf.

Nichts geschah. Der Motor sprang nicht an.

Noch dreimal versuchte es Ilse, dann sah sie Lorentzen hilflos an.

»Er steht, Lutz.«

»Vielleicht ist das Benzin alle?«

»Der Tank ist noch halb voll.«

»Die Batterie sauer?«

»Dann wäre kein Strom da. Aber er ist da.«

»Der Verteiler?«

»In Ordnung.«

Sie versuchte es so lange, bis die Batterie wirklich leer war. Die Dunkelheit kroch von den Bergen ins Tal. Die Felsen wurden schwarzgrau.

»Nun ist alles aus!« sagte Ilse verzweifelt. »So ein Mist! So ein Mist! Verzeihen Sie, Lutz.«

»Schicksal.« Lorentzen lehnte sich zurück und blickte in den gestreiften Abendhimmel. »Ein Frosch von Auto ist ja auch kein Rennpferd.«

»Beleidigen Sie Max nicht!« Ilse stieg aus und ordnete ihre zerzausten Haare. »Bewachen Sie Max, Lutz! Ich gehe zum nächsten Dorf und hole Hilfe.«

Nach einer Stunde kam Ilse Patz wieder. Ein starker Ochse und ein stämmiger Bauer mit einem Gamsbart folgten ihr.

»So an kloaner Woag'n muß noch wachsen, eh's a vernünftiges Vehikel wird«, sagte der Bauer und spannte seinen Ochsen vor die vordere Stoßstange. Dann schrie er »Hoi! Hoi!«, gab dem Ochsen ein paar Hiebe auf den Nacken und zwei Tritte in den Hintern, es knirschte im Blech, Ilse schrie: »Langsamer! Langsamer! Der Kerl reißt mir die Stoßstange ab!«, und dann zogen sie über die abenddunkle Landstraße in ein Dorf, das aus neun Häusern, mehreren großen Misthaufen und einem Wirtshaus bestand.

Pingsheim hieß es.

Dr. Lorentzen trank zunächst ein großes Bier in einem Zug leer, während Ilse mit der Wirtsfrau verhandelte, ehe er wieder die Kraft hatte, klar zu denken. Er war wie ausgedörrt gewesen.

Salzburg ist vorbei, das war klar.

Die vorläufige Endstation war Pingsheim. Morgen früh würde aus dem näher gelegenen größeren Ort ein Mechaniker kommen und den Wagen abschleppen.

»Man muß aus der Situation immer das Beste machen«, sagte Ilse, als sie später an dem gescheuerten Tisch saßen und Knödel mit Kraut aßen. »Ich habe mich umgesehen … das Haus ist sauber. Man kann hier ruhig eine Nacht verbringen.«

»Wir sollten Marianne wenigstens anrufen«, sagte Lorentzen.

»Das wollte ich schon. Aber irgendwas ist mit der Leitung, ich komme nicht durch.«

Als sie hinauf zu den Zimmern gingen, stieg Ilse zuerst die Treppe hinauf. Lorentzen hatte Gelegenheit genug, ihren schlanken Körper in dem engen Hosenanzug zu bewundern. Was er nie geglaubt hatte, überkam ihn plötzlich: Er spürte in seinem Herzen eine süße Schwere, als er Ilse mit raubtierhafter Grazie vor sich die enge Stiege hinaufsteigen sah.

Vor einer Tür blieb sie stehen und stieß sie auf.

Ein großes Bauernzimmer. Kleine Fenster, bunte Vorhänge. Ein riesiger geschnitzter und bemalter Schrank. Ein Fleckerlteppich auf den Dielen. Ein Tisch, zwei Stühle.

Und ein Alkoven mit einem breiten, kariert überzogenen Doppelbett.

Lorentzen sah Ilse stumm an. Sie erwiderte seinen Blick, ohne mit der Wimper zu zucken. Ihre Augen schimmerten wie schwarzes Perlmutt.

»Es ist kein anderes Zimmer frei«, sagte sie ruhig. »Das heißt, es sind alles nur Doppelzimmer. Ich hab' nur eins genommen. Ein junger Betrieb wie wir im Aufbau muß sparen. Man soll die Spesen niedrig halten.«

Sie streckte das Bein nach hinten und gab der Tür einen Tritt. Mit einem dumpfen Knall schlug sie ins Schloß.

»Sind Sie mir böse, Lutz?«

»Nein.«

»Wer konnte ahnen, daß der Wagen bockt?«

»Ja, wer konnte das?«

Sie durchschritt das Zimmer, zog die Jacke aus, warf sie über die Stuhllehne und deckte das Bett auf. Dr. Lorentzen stellte seine Tasche auf den Tisch.

»Haben Sie einen Schlafanzug?« fragte sie unbefangen.

»Ja.«

»Ich habe gar nichts mit. Wir müssen ihn uns teilen. Was haben Sie lieber: Ober- oder Unterteil?«

»Ich würde mich für die Hose entscheiden.«

»Gut. Dann geben Sie mir die Jacke.«

Ilse Patz setzte sich auf die Bettkante und schleuderte ihre Schuhe von den Füßen. Dabei sah sie Lorentzen an und lächelte breit.

»Eine merkwürdige Situation, nicht wahr?« sagte sie dunkel. »Wir müssen in einem Doppelbett schlafen. Sagen Sie bloß nicht, das Schicksal habe keinen Humor.«

Sie warf sich nach hinten, wühlte sich in das dicke Federbett und lachte ... lachte ... lachte ...

Langsam kam Dr. Lorentzen auf sie zu.

Kurz, bevor er vor ihr stand, stellte sie das laute Lachen ein und sah ihn plötzlich stumm und mit weiten, glitzernden Augen an. Mit ruhigen Fingern begann sie, ihre Bluse aufzuknöpfen.

»Das haben Sie gut inszeniert, Ilse«, sagte Dr. Lorentzen rauh. »Und ich Rindvieh falle darauf herein. Ich glaube Ihnen das Verfahren, den bockenden Motor ...«

»Wirklich? Ich habe geglaubt, Sie spielen mit einer ungeheuren schauspielerischen Begabung mit.« Sie hob die Schultern und zog die Bluse aus. Ihre schönen, spitzen Brüste in dem kleinen Halter zitterten. In dem fahlen Licht der Deckenlampe schimmerte braun ihre glatte Haut. »Sie wollten mir die Schlafanzugjacke geben, Lutz.« Sie reckte sich wie ein herrliches, in der Sonne faules Tier. »Ich bin schrecklich müde. Das ist kein Theater. Es strengt an, falsch zu fahren.«

»Was wollen Sie damit erreichen, Ilse?« Dr. Lorentzen wandte sich ab. Der Anblick von Ilses Körper ergriff ihn mehr, als er wollte. Erschreckend fiel ihm jetzt ein, daß er seit dem Tode seiner Frau keinen weiblichen Körper mehr in Liebe berührt hatte. Wie ein Asket hatte er gelebt, zwischen Operationstisch, Krankenbett und Schreibtisch. Er hatte untersucht, operiert, geforscht. Essen und Schlafen waren nur notwendige Zusätze. Für eine Frau hatte er keinen Blick mehr gehabt. Dann hatte er Marianne Steegert getroffen, und zum erstenmal kam etwas wie Wärme in sein verhärtetes Herz. Der Aufbau der Klinik folgte, und wieder nahm ihn die Arbeit weg von allen Gedanken an die Seligkeit, geliebt zu werden und lieben zu können. Erst an jenem Abend, als er Marianne am Zaun küßte und mit ihr in St. Hubert tanzen ging, blühte in ihm wieder das Gefühl auf, einen Menschen voll und ganz zu besitzen. Aber er hatte es wieder unterdrückt. Keine Komplikationen, hatte er gedacht. Noch läuft die Klinik nicht reibungslos. Noch werden sich Probleme ergeben, die von keinen persönlichen Differenzen belastet werden dürfen.

Aber er beobachtete scharf. Er sah, daß Marianne ihn liebte, still, schüchtern, wartend auf die Stunde, in der er es gestehen würde. Und er sah Ilse Patz, die ihn attackierte mit ihrem schlangengleichen Körper, mit ihren schwarzen, glitzernden Augen, mit den Bewegungen eines wilden, herrlichen Tieres und mit der in nüchterne Worte gekleideten Leidenschaft, die durch ihren Leib zitterte.

Und nun diese Nacht! Diese Versuchung, der zu widerstehen fast unmenschlich war.

Er hörte hinter sich das breite Bett knarren. Ilse erhob sich und tappte auf Strümpfen hinter ihm her. Ihre warme Hand legte sich auf seine Schulter, mit leichtem, aber forderndem Druck.

»Sind Sie ein zweiter Franziskus?« fragte sie leise.

»Wieso?« Lorentzen hob die Schulter, aber die Hand blieb darauf liegen.

»Franziskus setzte sich in einen Ameisenhaufen, als ihn die Versuchung überkam. Andere Heilige flüchteten auf Säulen oder ließen sich in Höhlen anbinden. Odysseus verklebte seine Ohren mit Wachs.« Ihre Stimme sank zu einem Flüstern herab. Ganz nah an seinem Ohr waren ihre Lippen. »Wie schade, daß es hier weder einen Ameisenhaufen, noch Säulen, Höhlen oder Bienenwachs gibt. Nur mich …«

Lorentzen öffnete seine Aktentasche und holte den zusammengerollten Schlafanzug heraus. Über die Schulter reichte er ihn Ilse hin.

»Bitte, Sie können ihn ganz nehmen.«

»Oh! Sie wollen nackt schlafen?«

»Ja.«

»Dann verzichte ich auch auf die lästige Bekleidung.« Sie warf den zusammengerollten Schlafanzug in die Ecke neben das Fenster. Lorentzen trat einen Schritt zur Seite und drehte sich um. Sie stand vor ihm, den Kopf etwas schräg, mit halboffenen Lippen.

»Schlafen Sie gut, Ilse«, sagte er trocken. »Wann können wir nach Ihrer Meinung morgen weiterfahren?«

»Lutz!« Ihre Augen überschatteten sich. »Haben Sie schon mal gehört, daß eine weggestoßene Frau hassen kann?«

»Ja.«

»Hassen bis zum Wahnsinn?«

»Es soll bei hysterischen Personen vorkommen.« Lorentzen lächelte schwach. »Aber Sie sind doch nicht hysterisch, Ilse. Sie sind doch ein weltoffenes, vernünftiges und – kluges Mädchen. Gute Nacht. Ich bin Frühaufsteher. Ab sieben Uhr bin ich zur Weiterfahrt bereit.«

Er machte eine kleine Verbeugung, nahm seine Aktentasche unter den Arm und verließ das Zimmer. Mit starren Augen, aber unbeweglich sah Ilse ihm nach. Erst als die Tür zugeklappt war, kam Leben in sie. Sie rannte zum Fenster, nahm den Schlafanzug und trat gegen ihn wie gegen einen Fußball. »Du Idiot!« stammelte sie. »Du heilloser Idiot! Auch du bist nur ein Mann! Ein Mann! O verdammt, ein Mann!« Sie schleuderte den Schlafanzug ins Bett, fiel dann darüber her und vergrub ihr Gesicht in dem Stoff.

Ich rieche ihn, dachte sie wie betäubt. Ich habe ihn bei mir ... ich umarme ihn ... ich schmiege mich in seine Arme ... er hat Besitz von mir genommen.

Sie wälzte sich auf dem Bett, zerwühlte die Kissen, und ihr Leib zuckte dabei wie unter Krämpfen ...

Unten in der Gaststube spülte der Wirt noch die Gläser, als Lorentzen herunterkam.

»Ich brauche noch ein Zimmer für mich«, sagte Lorentzen unbefangen. »Meine Frau hat es gut gemeint, aber ich schnarche nachts furchtbar, und wir haben morgen noch eine lange Fahrt vor uns.«

»Dös kenn i!« Der Wirt putzte sich die nassen Hände an der Schürze ab. »Mei Oalte schimpft a imma. Gehn's auf Zimma 4, Herr Dokta … Kost nichts. Leut, die schnarchen, sind mei Freund.«

Am nächsten Morgen, schon früh um sieben, trafen sie sich in der Gaststube beim Kaffee. Sie begrüßten sich höflich. Um den Eindruck eines Ehepaares zu hinterlassen, gab Lorentzen Ilse sogar einen Kuß auf die Stirn.

»Gut geschlafen?« fragte er und goß sich Kaffee ein.

»Danke. Und selbst?«

»Vorzüglich.«

Das war alles. Stumm nahmen sie ihr Frühstück ein, bezahlten die Rechnung und gingen hinüber zum Stall, wo der kleine Sportwagen neben dem Misthaufen stand. Ilse setzte sich hinein, nachdem sie unter der Motorhaube geschraubt hatte, drehte den Anlasser, und siehe da, der Motor sprang an und brummte vergnügt.

»Ein gesunder Laut.« Dr. Lorentzen ließ sich in die Polster fallen. »Es gibt Patienten, die nur eine Nachtruhe brauchen, um dann wieder völlig arbeitsfähig zu sein. Ein kluges, aber sensibles Ding, so ein Sportwagen.«

»Sie sind ein Ekel, Lutz!« Ilse Patz schwang sich hinter das Steuer. »Aber glauben Sie nicht, daß Sie immer der Überlegene sein werden!«

Mit heulendem Motor raste Ilse durch das Dorf und über die schmale Landstraße. Sie nahm Rache. Lorentzen duckte sich wieder auf seinem Sitz und sah nicht mehr hinaus auf die vorbeifliegenden Bäume und die eng genommenen Kurven.

»Sie sind blaß!« schrie Ilse durch den Motorenlärm.

Lorentzen schwieg. Aber zum erstenmal dachte er: Sie ist ein Teufelsding, wahrhaftig. Ich werde Mühe haben, mich nicht unterkriegen zu lassen.

Es zeigte sich, daß die Autobahn nach Salzburg näher war, als Ilse es auf der Karte gezeigt hatte. Auch das war also falsch, stellte Lorentzen fest. Sie hat wirklich kein Mittel unversucht gelassen.

Schon nach einer halben Stunde erreichten sie die Auffahrt

und rasten dann in einem irrsinnigen Tempo auf der linken Fahrbahn nach Süden.

An der Abfahrt Salzburg wartete tatsächlich ein großer, grauer Bentley. Der Chauffeur hockte müde, mit geröteten Augen, hinter dem Fenster und starrte auf die abfahrenden Autos. Die ganze Nacht hatte er so gesessen. Er sprang aus dem Wagen, als Ilse hinter ihm hielt und Dr. Lorentzen ausstieg.

»Dr. Lorentzen?« Der Chauffeur zog höflich seine Mütze. Bartstoppeln überwucherten sein Kinn. Sein Gesicht war grau vor Übermüdung. »Endlich! Die ganze Nacht …«

»Wir hatten eine Panne.«

»Auf jeden Fall sind Sie jetzt da. Ich fahre voraus. Man wird sehr aufgeregt sein bei meiner Herrschaft.«

»Mein Gott, die machen das aber geheimnisvoll«, sagte Ilse, als sie hinter dem schweren Reisewagen herfuhren, durch Salzburg hindurch, hinein in die herrlichen Berge und Täler. »Sie werden sehen … hinterher ist alles nur ein Windei.«

»Das befürchte ich auch.« Dr. Lorentzen sah sich um. Die Straße wurde enger. Dann bogen sie ab, fuhren einen Privatweg, der gepflastert war, hinauf, kamen durch ein schmales Tal und hielten vor einem großen Holztor. Der Fahrer öffnete es, ließ die Wagen durchfahren und schloß es hinter ihnen wieder. Dann ging die Fahrt weiter über eine festgewalzte Straße, die rechts und links mit hohen Tannen bestanden war wie eine Allee.

»Reich muß er sein«, sagte Ilse anerkennend. »Der Grundbesitz allein ist Millionen wert. Verkaufen Sie sich nicht zu billig, Lutz. Ich kenne das von unserer Farm. Die am meisten Geld haben, handeln um jeden Pfennig.«

Zwischen Tannen und uralten Buchen tauchte jetzt ein schloßähnliches Gebäude auf. Ein wenig düster sah es aus, wie ein englisches Schloß, in dem noch Gespenster herumgeistern.

Nicht anders war es innen. Ritterrüstungen standen in der großen, getäfelten Halle. Alte Fahnen hingen an den Wänden, Gobelins und riesige Ahnenbilder, die streng auf die

Besucher herunterblickten. Nach den Bildern zu urteilen, hatten auch die Vorfahren hier nichts zu lachen gehabt.

»Bitte, gnädiges Fräulein«, sagte der Chauffeur und führte Ilse in einen Nebenraum. Es war ein hoher Saal mit geschnitzten Tischen und Stühlen. »Es wird sich gleich jemand um Sie kümmern.«

Ilse Patz sah Lorentzen flehend an. Bitte, laß mich nicht allein, hieß diese stumme Bitte. Bleib hier. Ich habe Angst. Alle Sicherheit war von ihr abgefallen. Sie war jetzt wie ein kleines, verängstigtes Mädchen.

»Ich bin gleich wieder da«, sagte Lorentzen fest. Er war nicht gewillt, diese Ritterromantik mitzumachen. In unserem Zeitalter sollte man auf so einen theatralischen Blödsinn verzichten, dachte er böse, als er dem Chauffeur nachging. Auf mich wirkt das alles lächerlich.

Sie gingen durch Gänge und ineinandergreifende Zimmer, bis sie nach Lorentzens Meinung in einem Seitenflügel waren. Hier erwartete sie eine junge Dame im Jägerkostüm. Der Chauffeur entfernte sich sofort.

»Wir hatten solche Sorgen, daß Sie nicht kommen, Doktor«, sagte sie. Ihre Stimme war tief. Die gleiche Stimme wie am Telefon, als Lorentzen nicht wußte, ob ein Mann oder eine Frau sprach. Das Mädchen war Mitte Zwanzig, nicht häßlich, aber auch nicht anziehend. Trotz ihrer dichten blonden Haare, die in Wellen um den Kopf flossen, hatte ihr Gesicht etwas Kantiges, Hartes. Die Augen waren fahlblau, die Pupillen grau. Ein Blick, der wie gefroren wirkte.

»Eine Panne zwang uns, zu übernachten. Es ist mir peinlich, aber wir alle sind Sklaven der Technik.« Dr. Lorentzen sah sich um. Das Zimmer war hell und barock eingerichtet. »Sie haben es dringend gemacht? Wo ist der Patient?«

»Im Nebenraum.« Das Mädchen musterte Lorentzen. »Sie wissen, wo Sie sich befinden?«

»Nein.«

»Ehrlich?«

»Ich habe dieses Schloß noch nie gesehen. Ich kenne das Salzburger Land nur flüchtig.«

»Das wird Papa beruhigen.«

»Ach. Es handelt sich um Ihren Vater?«

»Ja.« Das Mädchen ging voraus und stieß eine der goldverzierten Türen auf. »Bitte, Doktor ...«

Lorentzen hatte erwartet, einen alten Mann vorzufinden. Statt dessen stand ein großer, schlanker, eleganter Mann vor ihm, der gut der Bruder des Mädchens hätte sein können. Der Schnitt seines Anzuges verriet den besten Londoner Schneider. Die Schuhe waren italienische Maßarbeit. Das Seidenhemd kam aus Hongkong. Die Krawatte war in Frankreich gewebt. Das schwarze Haar war leicht gewellt und modern lang bis in den Kragen. Der Typ eines reichen Lebemannes. Er wandte Lorentzen die linke Gesichtshälfte zu, nickte zur Begrüßung nach dieser Seite und drehte sich dann um zum Fenster. Das Mädchen verließ den Raum.

»Sie haben mich zu sich gebeten«, sagte Lorentzen laut, als der Mann schwieg und in den Park starrte. »Im allgemeinen komme ich nicht zu anonymen Patienten.«

»Einigen wir uns darauf, daß Sie mich Graf von Rethberg nennen. Ulrich Graf von Rethberg. Das ist ein guter Name für Ihre Patientenkartei.«

»Aber ein falscher.«

»Ja.« Die Stimme des Mannes, der sich Graf nannte, war sympathisch und von jener warmen Weichheit, die Frauen faszinierte. »Ich gehöre zu jenen armen Menschen, deren Namen überall genannt wird, die eine Gesellschaft repräsentieren, die Vorbild sein sollen, auf die man Tag und Nacht schaut und deren Leben sich vor aller Öffentlichkeit abrollt. Man hat diplomatischen Rang, gehört einem uralten Adel an, und jeder Skandal ist tödlich. Darum habe ich Sie auf so geheimnisvolle Art rufen lassen. Meine Tochter gab mir Ihre Anzeige, die Sie in mehreren Zeitungen hatten.« Der Mann schwieg und spielte nervös mit der Gardine. Seine schlanken Finger rupften an dem hauchzarten Gewebe. »Sind Sie ein Könner in Ihrem Fach?«

»Ich wage über mich keine Werturteile abzugeben, Graf.« Dr. Lorentzen musterte von hinten den geheimnisvollen Menschen. Sichtbare Fehler hat er nicht, dachte er. Und doch muß es sich um etwas Außergewöhnliches handeln.

»Darf ich Ihnen eine Geschichte erzählen? Ich bin seit fünf Jahren Witwer. Meine Frau starb an Krebs. Ein schrecklicher Tod. Drei Jahre trauerte ich. Dann fand ich, daß ich zu jung sei, um das Leben eines Edelmannes am Stock zu führen. Ich bin gerade Fünfzig, Doktor.«

»Sie sehen wesentlich jünger aus, Graf.«

»Meine Tochter ist erwachsen und verlobt. Sie heiratet noch in diesem Jahr einen Diplomaten aus altem Hause. Es wird ein großes internationales gesellschaftliches Ereignis werden. Sollte ich hier verschimmeln? Ich tat das, was alle Männer in meiner Lage tun würden. Ich begann wieder die weibliche Schönheit anzubeten. Sie verstehen das, Doktor?«

»Voll und ganz.«

»Schönheit der Frauen hat den Nachteil, daß sie langweilig wird, wenn man sie zu oft ansieht. So schön Beethovens Neunte Sinfonie ist: tagtäglich, wochenlang können Sie sie auch nicht hören. Mit den Frauen ist es nicht anders. Man wechselt die Melodie. Vor einer Woche geschah es dann. Eine kleine Verkäuferin aus Wien, ein süßes Geschöpf, aber eben nur Zuckerguß, überwand nicht die natürliche Trennung nach einigen Wochen Zärtlichkeit. Sie ... sie ... sie tat etwas Schreckliches ...« Der Mann, der sich Graf nannte, ließ die Gardine los. Seine Finger hatten ein Loch hineingerissen. »Sie benutzte das letzte Zusammensein, um mich für alle Zeiten zu zeichnen. Sehen Sie sich das an ...«

Der Mann drehte sich mit einem Schwung herum. Nun sah Lorentzen sein ganzes Gesicht ... einen schmalen Aristokratenkopf von wirklicher Schönheit ... aber dort, wo die rechte Wange einmal gewesen war, hatte sich ein großer Fleck aus dicken, roten Narben und weggeätzter Haut gebildet. Durch den Narbenzug war die rechte Mundseite bereits etwas hochgezogen. Es würde noch schlimmer werden, wenn sich die Narben erst richtig festigten. Dann würde das Gesicht wie eine grinsende Fratze aussehen. Ein Teufelsantlitz.

»Säure ...«, sagte Dr. Lorentzen nüchtern.

»Ja. Schwefelsäure. Sie hat mir Schwefelsäure ins Gesicht geschüttet.« Der Mann sah Lorentzen groß an. Er hatte die gleichen eisigen Augen wie seine Tochter. »Können Sie mir helfen, Doktor?«

»Das wird schwer sein, Graf«, sagte Lorentzen ehrlich.

»Aber es geht?«

»Ja ... bis zu einem gewissen Grade.«

»Sie verstehen, daß niemand wissen darf, was geschehen ist. Offiziell bin ich verreist. Nach Tahiti. Wenn man erführe, daß mich meine Geliebte ... Doktor, meine Karriere wäre zu Ende, die Ehe meiner Tochter käme nie zustande. Der Skandal wäre ungeheuerlich. Können Sie mein Gesicht bis Weihnachten wieder reparieren? Weihnachten soll die Hochzeit sein.«

»Es werden Narben zurückbleiben. Das ist unvermeidbar.«

»Normale Narben sind unwichtig. Ein Jagdunfall, ein Autounfall ... es macht noch interessanter. Aber diese schreckliche Verstümmelung.« Er machte zwei Schritte auf Lorentzen zu. »Doktor, ich verspreche Ihnen ein Vermögen.«

»Mit Geld allein ist nichts zu machen, Graf.« Lorentzen kam näher und betrachtete die rechte Gesichtshälfte. Eine Minute lang war Schweigen zwischen ihnen. »Hier hilft nur Hoffen – und das Vertrauen auf Gott.«

»Gott?« Der Mann, der sich Graf nannte, verzog die Lippen. »Ob er hier kompetent ist?«

»Wir Ärzte stehen Gott oft näher als andere Menschen«, sagte Lorentzen leise. »Manchmal ist es, als schaute er uns über die Schulter, wenn wir operieren. Wann können Sie kommen, Graf?«

»Sofort.«

»Ich halte ein Bett für Sie frei.«

»Besteht die Möglichkeit, daß ich von anderen Patienten getrennt werde? Man könnte mich erkennen.«

»Ich will es versuchen. Zimmer 22 ist ein Endzimmer mit einem Sonnenbalkon. Dort sind Sie ganz für sich.«

Der Mann, der sich Graf nannte, griff in die Tasche seines Anzuges. »Wieviel bin ich Ihnen schuldig, Doktor?«

»Noch nichts. Ich liquidiere nach der Behandlung. Wann werden Sie in St. Hubert eintreffen?«

»Übermorgen nacht. Mein Chauffeur wird mich bringen. Ich nehme an, gegen 3 Uhr morgens schläft wirklich alles …«

»Natürlich.« Dr. Lorentzen verbeugte sich knapp und verließ das Zimmer. Hinter der Tür nahm ihn die Tochter wieder in Empfang und brachte ihn zurück zur Eingangshalle, wo schon Ilse Patz wartete.

»Es war unheimlich«, sagte Ilse später, als sie wieder in Richtung Salzburg fuhren, nachdem der Chauffeur sie auf die Landeschaussee geschleust hatte. »Ich habe keinen Bissen angerührt. Und dabei hatten sie alle Leckereien gebracht. Kaltes Huhn, Reh in Aspik, wundervolle Krabben, russischen Kaviar … aber alles kam lautlos heran, auf Gummirollen und völlig stumm. Was war denn bei Ihnen los, Lutz? Wirklich ein Wahnsinniger?«

»Nein.« Lorentzen sah hinaus auf das sommerliche, heiße Land. Die Sonne zog die Nachtfeuchtigkeit auf, aus den engen Tälern wehten Nebel zum blauen Himmel. Es duftete stark nach Tannen und Humuserde. »Ein Patient wie jeder andere. Nur hat er Geld genug, um geheimnisvoll sein zu können.«

Am Nachmittag erreichten sie ohne Zwischenfall und ohne Panne St. Hubert. Als Ilse Patz im Garagenhof hupte, kam Marianne Steegert heraus.

Sie sah blaß und eingefallen aus, als habe sie die ganze Nacht geweint.

In der übernächsten Nacht, pünktlich um 3 Uhr morgens, rollte der große Bentley geräuschlos vor das Kliniktor. Lorentzen selber öffnete und half mit, die Koffer ins Haus zu tragen. Als einzige war nur noch Schwester Hildegard auf; sie sollte den Grafen betreuen. Den Hut tief im Gesicht, als könne ihn auch jetzt noch jemand sehen, eilte v. Rethberg der Schwester nach auf sein Zimmer Nr. 22. Zehn Minuten später wendete der Bentley und fuhr zurück nach Salzburg.

Allerdings war es ein Irrtum, zu glauben, keiner habe die Ankunft gesehen. Adam Czschisczinski war noch auf. Im Dunkeln hockte er am Fenster und schielte durch einen Spalt der Gardine auf den Eingang, den er von seinem Zimmer aus überblicken konnte. Hinter ihm, im Bett kniend, flüsterte die Baronin v. Durrhaus. Da »Dicki« die Ausrede gebrauchte, er müsse in seinem Zimmer immer verfügbar sein, Tag *und* Nacht, denn schließlich sei er ja Hausmeister und für alle da, hatte sie das Verfahren vereinfacht und schlich nachts in Dickis Zimmer. Das war noch nicht aufgefallen – wohl aber staunte man darüber, daß Adam in letzter Zeit tagsüber gähnte, einen müden Eindruck machte und unfähig war, wie bisher weiter schwere Lasten zu tragen. Bei zwei Koffern kam er schon ins Schwitzen. »Der Föhn«, sagte er traurig, wenn man ihn darauf hin ansprach. »Der Föhn bläst über mich hinweg.«

»Was ist?« flüsterte die Baronin.

»Ein neuer Gast«, flüsterte Dicki vom Fenster zurück.

»Um diese Zeit?«

»Ein Ausländer.« Er ließ die Gardine zufallen und dehnte sich. Dann kraulte er seine dunklen Brusthaare. Die Baronin sah ihm mit glimmenden Augen zu. Welche Männlichkeit!

»Komm! In einer Stunde muß ich mich wieder wegschleichen.«

Adam nickte. Er trank ein Glas Wasser. Seine Hand zitterte dabei. Er sah sie erstaunt an und seufzte dann laut.

Im Bett raschelte die Baronin mit den Kissen und gurrte wie ein Täubchen.

»Du kannst ihn behalten! Nimm ihn dir mit! Du kannst mit ihm um die Welt reisen!«

Marianne Steegert stand vor Ilse Patz, die Fäuste geballt, hochrot im Gesicht. Ilse kämmte sich die langen schwarzen Haare und band sie dann lose zusammen mit einem blutroten Band.

»Hast du mir nichts zu sagen?« schrie Marianne. Sie war am Ende ihrer Kräfte. Gleich würden Tränen kommen, und das wollte sie Ilse nicht zeigen. Den Triumph, daß sie um Lorentzen weinte, sollte sie nicht haben. Deshalb schrie sie und benahm sich so, als wolle sie sich gleich auf ihre Freundin stürzen.

Ilse Patz machte eine schöne Schleife in das rote Band. Die Frisur eines jungen Mädchens.

»Nein!« sagte sie gleichgültig.

»Du hast ihn wie alle anderen Männer herumgekriegt. Du hast dich ihm einfach an den Hals geworfen. Schamlos, ohne Gewissen ...«

»Ich habe mich ins Bett gelegt.« Ilse beleckte ihre Fingerkuppen und strich damit über ihre schönen, geschwungenen Augenbrauen.

»Und hast ihn hineingezogen!«

»Er schlief drei Zimmer weiter, allein.«

»Du lügst! Du lügst infam!«

»Frag ihn doch selbst.«

»Du weißt genau, daß das unmöglich ist.«

»Dann mußt du es glauben.« Ilse Patz zog das Turnhemd über ihrer Brust glatt. Sie hatte sich umgezogen zur Gymnastik. Draußen auf der Wiese warteten fünfzehn Frauen in engen Trikots.

»Es ist unmöglich, daß ein Mann mit dir eine Nacht allein ist und dann nicht den Kopf verliert!« schrie Marianne. »Wir brauchen uns doch nichts vorzumachen, Ilse!«

»Mein Gott, es ist so.« Ilse hob beide Arme. »Dein Lutz hat die Anlagen zu einem Heiligen. Jeder Mann wäre in der Situation, die ich ihm beschert habe, zum stammelnden Idioten geworden. Er aber gibt mir seinen Schlafanzug und zieht ab.«

»Schämst du dich nicht?« fragte Marianne leise.

»Nein. Warum?« Ilse Patz nahm ihr Tamburin vom Tisch. »Liebe ist etwas Notwendiges wie Essen und Trinken. Die einen essen wenig, die anderen viel. Die einen kommen mit einem Süppchen aus, die anderen brauchen ein Stück Braten. Ist der, der Braten ißt, schlechter als der, der sein Süppchen löffelt?«

»Du bist schamlos, Ilse.« Marianne hielt sie an der Trikothose fest, als sie hinauslaufen wollte. »Ist es wahr, daß nichts geschehen ist?«

»Ja, du Schaf, ja! Und ich hätte ihn dafür ohrfeigen können. So etwas ist mir noch nie passiert.«

Sie riß sich los und lief hinaus auf die Wiese. Der Klang ihres Tamburins scheuchte die schwatzenden Frauen auf.

»Aufstellen. In Doppelreihe! Und zu mir kommen ... in leichtem Dauerlauf. Federn, meine Damen! In den Beinen federn. Bilden Sie sich ein, Sie schwebten ...«

Auf einem Balkon der kosmetischen Klinik hob Direktor Dr. Max Zechbauer, der Mann mit der gewaltigen Fettschürze, die in drei Tagen wegoperiert werden sollte, ein Fernglas an die Augen.

Die Rotblonde da. Dieses Figürchen. Wie das hüpft und wippt. Die schlanken Beinchen. Und das Popöchen. Kreuzdonnerwetter!

Max Zechbauer ahnte nicht, daß er sein Herz an die Filmschauspielerin Mia Holden verloren hatte. Er verfolgte sie mit dem Fernglas und bekam einen trockenen Gaumen, als sie Rumpfbeugen machte und sich das enge Trikot über ihr Hinterteil spannte.

Marianne Steegert übernahm kurz darauf die zweite Gruppe.

Lymphdrainage stand auf dem Stundenplan. Ein Wort, das voller Geheimnisse ist. Dabei ist es eine leichte, ganz zarte Massage des Gesichts, vorbereitet durch den Ozonbesprüher. Sie soll die Lymphdrüsen anregen, Aufbaustoffe in die Haut hineinführen und schlechte, verbrauchte Stoffe wegschwemmen. Der dänische Biologe Dr. Vodder hatte diese Massageart entwickelt.

Zimmer 4: Behandlung mit dem »Nemectron«. Ein kleiner Apparat, der elektrische Stöße austeilt und die Muskulatur straffen soll.

Raum 5: Peeling. Raum 1: Leinsamenmaske. Raum 2: Körperpackung mit einer geheimnisvollen Emulsion und Apfelessig.

Die Badekabinen 1 bis 4 waren belegt mit Buttermilchbädern.

In Kabine 10 Ganzmassage nach Einreibung mit Franzbranntwein. – Kabine 8: Gesichtspackung mit Lebertranpaste.

In der Diätküche warteten die Köchinnen auf den Plan für die nächste Woche.

Im Labor lag ein Abstrich einer Frau Hammer bereit. Sie hatte Pickel, die immer wiederkamen trotz Peeling und Ozonbesprühung. Der dermatologische Assistent kam nicht weiter mit diesem Problem.

Marianne blieb in dem langen, weißen Gang der Kellerräume stehen und strich sich die blonden Haare aus der Stirn.

Wozu arbeiten wir alle wie die Lastesel, dachte sie. Zum erstenmal kam ihr dieser bittere Gedanke. Der Vater war reich genug, um auch seiner Tochter ein sorgloses Leben zu ermöglichen. Als Ilse und sie die Schönheitsfarm aufbauten, hatten sie es im jugendlichen Unternehmerdrang getan. Aus Freude am Risiko, aus Lust, selbst Geld zu verdienen und nicht nur immer die Hand aufzuhalten. Und aus Begeisterung für ihren schönen Beruf, Frauen noch jünger und schöner zu machen, als es mit Make-ups, Cremes oder Puder möglich war.

Das alles bekam jetzt ein anderes Gesicht, seit Dr. Lorentzen in St. Hubert war. Der Mann, an den Marianne dachte, wenn sie die Hautdiagnosen der neuen Patienten vornahm oder die individuellen Stundenpläne aufstellte, nach denen sich jeder auf der Schönheitsfarm richten mußte. Das begann schon mit einem Schluck Bittersalz in der Frühe, vor dem Aufstehen. Und setzte sich fort mit dem Morgengetränk aus Schachtelhalmen-Tee, der bekanntlich wassertreibend ist. Denn viele Polster an unserem Körper bestehen zu 80 Prozent aus angesammelter Flüssigkeit.

Dr. Lutz Lorentzen …

Konnte man an nichts anderes mehr denken?

Marianne Steegert öffnete die Tür der Kabine 8.

Erna Pfannenmacher lag auf der Spezialliege. Auf ihrem rundlichen Gesicht klebte die Maske aus Lebertran. Es roch wie auf einem Walfischfänger.

Am Freitag kamen neue weibliche Gäste nach St. Hubert. Die Schauspielerin Lydia Bora. Eine Fabrikantengattin Eva Hellwarth. Und ein Mädchen, das einen großen amerikanischen Wagen fuhr und sogar den jetzt dauermüden »Dicki«

etwas munterer werden ließ. Sie hieß Marion Stellmacher, hatte schwarze Haare bis auf die Hüften und trippelte ins Haus in einem rosafarbenen, schwingenden Minikleid.

Die Damen, die zum Mittagessen im großen Speisesaal Platz genommen hatten und auf ihre Müsli, ihren Lauchsalat und Quarktrunk mit Möhrensaft warteten wie ausgehungerte Raubtiere, verstummten sofort, als Marion Stellmacher hereinschwebte und an einem Tisch Platz nahm, den Marianne Steegert ihr zuwies.

»Eigentlich schamlos«, sagte ausgerechnet Gisela Nitze zu ihrer Tischnachbarin, einer stupsnäsigen Buchhändlerin. »Schauen Sie bloß. Wenn man sitzt, kann man den Schlüpferansatz sehen.«

»Man braucht ja nicht untern Tisch zu kriechen«, sagte die Buchhändlerin. »Wer es tragen kann, wer so schöne, lange Beine hat ...«

»Ordinär!« Frau Nitze, die nachts herumschlich und Männer suchte, vertiefte sich in ihre Suppe, eine Buttermilchkaltschale mit Mandeln und Knusperflocken. »Irgendwo ist eine Grenze.«

Am Nachmittag bereits stand eine Abordnung der Damen im Büro Mariannes. Die Frauen waren empört, hatten gerötete Gesichter und hochgezogene Augenbrauen. Wortführerin war allerdings nicht Frau Nitze; sie hatte die Gattin eines Architekten aus München vorgeschickt.

»Wissen Sie, wer da auf Ihre Farm gekommen ist?« fragte Frau Maiselhans. Ihre Stimme zitterte vor Empörung. »Wer ... wer diese Marion Stellmacher ist?«

»Eine Patientin wie Sie, meine Damen.« Marianne lehnte sich zurück. »Sie hat wie Sie eine Woche im voraus bezahlt.«

»Es ist doch wohl vermessen, uns mit dieser ... dieser Person zu vergleichen.«

»Wieso? Was hat Fräulein Stellmacher Ihnen getan?«

»Es ist nicht auszudenken, was sie vielleicht schon mit unseren Männern getan hat.« Frau Maiselhans aus München schöpfte tief Luft. »Ich habe sie sofort wiedererkannt, als sie zum Mittagessen hereinkam. Das ist doch nicht möglich, habe ich gedacht. Aber sie war es. Viermal habe ich sie zufällig gesehen … nachts … auf der Straße …«

»Pfui!« rief Frau Nitze. Marianne lächelte etwas schief.

»Sie hätten mich aus Zufall auch manchmal nachts auf der Straße sehen können, Frau Maiselhans.«

»Aber nicht in einem offenen Wagen … auf Männerfang … gegen Bezahlung … Sie wissen, was ich meine.«

»Ich kann es mir denken. Aber davon ist mir nichts bekannt. Ich frage meine Patientinnen nicht, woher sie ihr Geld haben, um sich bei mir behandeln zu lassen.«

»Sie ist eine Dirne!« rief Frau Nitze aus dem Hintergrund erneut. »Eine zweite Nitribitt! Haben Sie den Wagen gesehen? Dieses Schiff? Alles auf der Couch verdient!«

»Manche Frauen tun es umsonst.« Marianne erhob sich abrupt. Frau Nitze war rot geworden und schwieg. Frau Maiselhans atmete in ehrlicher Empörung schnaufend durch die Nase. Sie war erst vier Tage hier und kannte nicht die Ausflüge von Gisela Nitze. »Um es klarzustellen: Fräulein Stellmacher ist Gast wie jeder von Ihnen. Das Privatleben interessiert mich nicht. Zu mir kommen die Damen, um sich zu erholen und schöner zu werden.«

»Damen –«, sagte Frau Maiselhans gedehnt.

»Wer glaubt, mit Fräulein Stellmacher nicht unter einem Dach wohnen zu können: Bitte, ich nehme Abbruchbitten der Kurgäste an. Ich weigere mich aber, jemanden aus dem Haus zu weisen, solange er sich bei mir anständig benimmt. Ist das klar, meine Damen?«

»Ganz klar.« Frau Maiselhans sah sich kampfeslustig zu ihren Freundinnen um. »Ich kündige die Kur.« Dann wartete sie darauf, daß die anderen ebenfalls kündigten, aber nichts geschah. Im Augenblick des Knallens ist der Tapfere meistens allein. Verwirrt wandte sich Frau Maiselhans um.

»Gut.« Marianne zog die Karteikarte aus dem Kasten und machte mit Rotstift einen dicken Strich durch. »Das Zimmer bitte ich bis morgen mittag um 12 Uhr zu räumen.«

Mit verbissenen Gesichtern verließen die Damen das Büro. Draußen im Garten verzog Frau Maiselhans ironisch den Mund.

»Feiglinge!« sagte sie bitter. »Sie haben herumgestanden wie geprügelte höhere Töchter. Von Ihnen kam doch der Aufstand. *Mich* stört diese Stellmacher nicht. Mein Mann geht sowieso seit Jahren fremd.«

Sie warf den Kopf in den Nacken und ging stolz davon.

Schon an diesem Abend begann der Kleinkrieg der Frauen gegen eine, die das gewerbsmäßig tut, was die anderen heimlich taten oder gern tun würden, wenn sie es könnten.

Aus dem Fenster Marion Stellmachers hing plötzlich ein Zweig mit ihren knappen, spitzenbesetzten Slips. Schöne Farben waren darunter, vom leuchtenden Orange bis zum tiefsten Schwarz. Sogar ein Schlüpferchen im Goldton. Adam Czschisczinski blieb sinnend stehen und betrachtete diesen außergewöhnlichen Astschmuck. So ein Körperchen müßte die Baronin haben, dachte er wehmütig. Aber so ist es immer im Leben: Die Kleinen müssen sich bescheiden mit Bier und Hering. Champagner gibt's nur im Fernsehen.

Wortlos zog Marion Stellmacher den Ast ein, als sie von der Kosmetik zurück ins Zimmer kam. Sie fragte nicht, sie beschwerte sich nicht. Aber sie wußte, daß ein mitleidsloser Kampf begonnen hatte. Ein Kampf auf Biegen und Brechen.

Ein Krieg der Frauen zerstört die Welt, sagten die alten Chinesen.

Sie machten es sich deshalb auch einfach mit aufsässigen Weibern: Sie ertränkten sie im nächsten Fluß.

In der Nacht legte jemand ein Paar Schuhe an den Zaun, der die Schönheitsfarm von der Klinik trennte. Ein Schuh diesseits des Zaunes, ein Schuh jenseits, so, als sei jemand in aller Hast darübergeklettert. »Dicki«, der Aufmerksame, brachte die Schuhe am Morgen zu Marianne und Ilse.

Wenig später nahm Marion Stellmacher die Schuhe in Empfang. Sie war weder erschrocken, noch traurig, noch erregt. »Ja, es sind meine Schuhe. Ich habe sie gestern abend vermißt und darauf gewartet, wo sie auftauchen.«

»Es geht los.« Ilse Patz blinzelte Marion zu. »Frauen können Bestien sein!«

»Ich habe keine Angst.« Marion Stellmacher lächelte traurig. »Man hat Ihnen gesagt, was ich bin?«

»Das geht mich nichts an.« Marianne schlug auf den Tisch. »Es gibt hier einige Frauen, von denen ich anderes erzählen könnte. Sie sind zu mir gekommen, um sich zu erholen ... und Sie bleiben, Fräulein Stellmacher. Nicht, daß ich Ihren – Beruf billige. Aber ich lasse mich nicht zwingen. Ich lasse mich zu nichts zwingen. Da bin ich ein verdammter Dickkopf.«

»Danke.« Marion Stellmacher, die Dirne aus München, sah Marianne Steegert dankbar an. Ihre Augen glänzten, aber es waren Tränen, die sie zurückhielt. »Einmal wollte ich Ruhe haben«, sagte sie leise. »Einmal Mensch sein. Sie glauben nicht, wie sehr einen dieses Leben anekelt. Zurück zur Moral? Das kann ich auch nicht mehr. Wer einmal im Sumpf gelegen hat, stinkt immer ...«

Sie nahm ihre Schuhe und ging hinaus.

An der Tür ihres Zimmers fand sie einen Zettel kleben. Beschrieben mit einem grellroten Lippenstift.

»Eintritt gegen Voranmeldung. Stunde 30.- DM.«

Sie riß den mit Nagellack festgeklebten Zettel ab und ging in ihr Zimmer. Erst dort verließ sie die Haltung; sie warf sich aufs Bett und weinte.

Der Patient auf Zimmer 22 ließ sich nie sehen. An seiner Tür stand groß »Eintritt verboten!«, nur Schwester Hildegard durfte hinein. Sie brachte Frühstück, Mittagessen und Abendessen, Getränke und Zigarren. Stück eine Mark, stellte Dicki fest.

»Wer ist das?« fragte Adam Czschisczinski und klopfte Schwester Hildegard auf das Hinterteil. »Mein Gott, mir, dem guten Dicki, können Sie's doch sagen? Ich schweige wie eine Forelle.«

»Befehl vom Chef: Kein Kommentar.« Schwester Hildegard schob Adams Hände von ihren Hüften. »Und wenn Sie vor Neugier platzen.«

Adam platzte nicht, aber er versuchte allerlei, um hinter das Geheimnis von Zimmer 22 zu kommen.

Zunächst rief er über Haustelefon an und stellte sich als Hausmeister vor, der alles, aber auch alles besorgen könne. Zum Beispiel einen Feldstecher zur Beobachtung der turnenden Damen.

Eine hochmütige Männerstimme antwortete kurz: »Danke!«

Ein harter Knochen, dachte Dicki. »Aber ich kriege dich!« Er schlug auf den Tisch. »Kreuzdonnerwetter!«

Doch der Weg zu Zimmer 22 führte an Schwester Hildegard vorbei. Die Eroberung Perus durch Pizarro war leichter als Dickis Vorstoß auf die geheimnisvolle Tür.

»Er hat geklingelt, eine Birne in der Lampe sei kaputt«, sagte er einmal. Oder: »Sein Wasserhahn tropft.« Oder: »Er kriegt den Liegestuhl nicht auseinander ...«

Es half nichts. Schwester Hildegard lachte ihn aus. Auch bei den OP-Schwestern, den beiden Assistenzärzten und sogar bei Dr. Lorentzen selbst erfuhr er nichts, so geschickt er auch hintenherum fragte. Schließlich gab er es auf.

»Der Zufall wird's bringen«, sagte er resignierend.

Vom Garten aus sah man nur ein Sonnensegel auf dem großen Balkon von Zimmer 22. Ab und zu erkannte man eine Gestalt, die hin und her lief, trank oder sich das Hemd überzog, aber genau erkennen konnte man nichts.

Um so reichlicher wurde das Zimmer ausgestattet. Ein Fernsehgerät trug man hinein, eine Musiktruhe. Klassische Musik auf Schallplatten. Eine kleine Bibliothek. Alles trugen die Schwestern hinein, was Dicki beleidigte. »Das ist meine Aufgabe!« schimpfte er laut auf den Gängen. »Wozu bin ich eigentlich hier? Nur als Drecklappen, he?! Um Papier aufzusammeln? Ich bin zutiefst getroffen!«

Die genaue Untersuchung bei dem »Grafen« hatte Dr. Lorentzen gezeigt, daß es eine langwierige Operation sein würde, ehe dieses Gesicht wiederhergestellt war. Unter der erbarmungslosen starken Untersuchungslampe zeigte sich erst das ganze Ausmaß der Zerstörung.

»Bis Weihnachten ist kurz«, sagte Lorentzen ehrlich. »Hier hat die reine kosmetische Operation erst sekundäre Bedeutung. Sie kann bereinigen, was ich mit der Wiederherstellungschirurgie erreiche. Wir müssen große Hautstücke transplantieren. Für die Mittelwange brauche ich zur Dekkung des Defekts sogar einen gestielten Hautlappen. Bis Sie wieder vernünftig aussehen, Graf ... das kann zwei Jahre dauern.«

»Zwei Jahre?« v. Rethberg sprang auf. Seine eiskalten Augen starrten Lorentzen böse an. »Das nennen Sie chirurgisches Können?«

»Wenn Sie glauben, ein anderer Chirurg macht es schneller – bitte, sehen Sie sich um.« Dr. Lorentzen knipste die starke Lampe aus und trat zurück. Er ging zum Waschbecken und wusch sich die Hände. »Sie können von Ihrem Telefon aus nach Salzburg telefonieren. Ihr Fahrer ist in drei Stunden da.«

»Seien Sie nicht gleich beleidigt, Doktor.« v. Rethberg strich mit den Fingerspitzen über seine zerstörte Gesichtshälfte. »Der Schock war zu groß. Zwei Jahre. Das ist eine Unmenge Zeit.«

»Durch ein paar Spritzer aus einer zarten Mädchenhand.«

»Das ist das Makabre.« Der »Graf« hob die Schultern. »Ich muß mich fügen. Also zwei Jahre. Und die Hochzeit im Dezember?«

»Werden Sie mitmachen können mit einem sehr narbigen Gesicht.«

»Aber besser als jetzt, Doktor?«

»Viel besser.«

»Ich habe Vertrauen zu Ihnen.« Der »Graf« reichte Lorentzen die Hand hin. »Verzeihen Sie mir die Heftigkeit. Ich verspreche Ihnen, Ihr bravster Patient zu sein ...«

Von diesem Tage an wurde das Zimmer 22 mit dem großen Sonnenbalkon die ganze Welt des »Grafen«. Hier lag er in der Sonne, las oder träumte, hörte Wagner, Beethoven und Mozart, sah sich die Tagesschau im Fernsehen an, ging früh zu Bett oder schrieb lange Briefe an seine Tochter Renate, die Schwester Hildegard eigenhändig zur Post nach St. Hubert brachte.

»In drei Wochen beginnen wir mit der ersten Transplantation am Kinn«, hatte Dr. Lorentzen gesagt.

Der »Graf« hatte viel Zeit, über sich und sein Leben nachzudenken.

In diesen Tagen richtete Lorentzen auch die abstehenden Segelohren von Generaldirektor Dr. Braubach.

Es war eine glatte und schnelle Operation, die er in Lokalanästhesie ausführte. »Ich will das miterleben«, sagte Dr. Braubach fest. »Es wird mir ein seelischer Triumph sein, wenn ich diese Anhängsel los bin.« Dann legte er sich auf den OP-Tisch, ließ sich das Gesicht abdecken und verhielt sich ruhig und still.

»Novocain und Suprarenin«, hörte er Lorentzen sagen. Dann spürte er einen kleinen Einstich am linken Ohr. Aber er zuckte nicht zusammen. Er fühlte, wie Betäubungsflüssigkeit hineingedrückt wurde ... dann war auch schon alles Gefühl verschwunden bis auf das merkwürdige Gefühl, sein Ohr werde jetzt so dick wie ein Luftballon.

»Es geht los«, sagte Dr. Lorentzen. »Wenn Sie die geringsten Schmerzen spüren, sagen Sie es sofort.«

»Schnippeln Sie, Doktor.« Dr. Braubach war in einer fröhlichen Stimmung. »Wenn ich nachher hier von diesem Tisch aufstehe, werde ich alles Eselhafte verloren haben.«

Lorentzen durchtrennte zunächst die Haut auf der Rückseite des Ohres und legte den Knorpel frei. Der Assistent zog mit winzigen Haken die Wundränder auseinander. Nur wer die komplizierte Anatomie der Ohrmuschel kennt – und wie wenig wird die beachtet –, wer eine Ahnung hat, in welchem schönheitsgebundenen Zusammenhang Helix, Antitragus, Tragus, Anthelix, Concha und Darwinscher Knoten zueinander stehen, kann ermessen, was Dr. Lorentzen jetzt mit feinfühliger Hand gestaltete. Wie er aus einem Knorpelstreifen den bei abstehenden Ohren fehlenden äußeren Schenkel des Anthelix formte, wie von diesem neuen Anthelix aus die Ohrmuschel durch Herausnahme einiger Knorpelteilchen verkleinert wurde, wie feinste Drähte das nun zum Kopf zurückgeklappte Ohr in dieser neuen Richtung festhielten, wie er die schwache Blutung sofort mit einem elektrischen Koagulationsapparat zum Stillstand brachte und die feinen durchtrennten Äderchen gewissermaßen verlötete – das war eine elegante, gekonnte Operation, keineswegs sensationell, aber formend wie von einem Bildhauer.

»Ein Ohr ist fertig«, sagte Lorentzen nach einiger Zeit. »Das Ohr liegt genau da, wo es sein soll.«

»Kann ich es schon sehen?« Dr. Braubach unter seinem Abdecktuch war neugierig. »Ich habe nichts gespürt.«

Lorentzen lachte und schob das Tuch weg. Die OP-Schwester hielt ihm einen runden Handspiegel vor. Stumm sah Dr. Braubach auf sein anliegendes Ohr. Dann atmete er tief auf.

»Schön, Doktor.«

»Danke für die Lüge.« Lorentzen nahm ihm den Spiegel weg. »Es sieht noch sehr wüst aus. Morgen werden Sie herumlaufen wie ein armer Boxer; ein dicker Bluterguß kommt noch dazu. Aber wenn der sich verflüchtigt hat, werden Sie nichts mehr sehen. Sie werden einen ausgesprochen schmalen Kopf bekommen.«

»Machen Sie weiter, Doktor.« Dr. Braubach legte sich wieder hin. »Ich glaube Ihnen alles, wenn ich nur die Eselsohren verliere …«

Mit einem großen Kopfverband tappte eine Stunde später Dr. Braubach auf sein Zimmer und trank erst einmal drei doppelte Kognaks. Dann schrieb er an seine Frau.

»Liebe Elisabeth!

Meine Ohren sind von heute an normal. Warum hast du mir nie gesagt, wie unmöglich ich aussehe? Erst in Paris mußte ich es hören. Der Schock hätte mir bald das Leben gekostet. Um so größer ist das Wunder, daß du mich in all den Jahren geliebt hast, daß du an der Seite eines Mannes gegangen bist, der in den Augen der anderen Menschen lächerlich aussah. Ich danke Dir dafür … Du warst ein tapferes, ein mutiges Mädchen …«

Zehn Tage waren herum.

Joan Bridge wurde ausgewickelt.

Der »Stapellauf« fand statt.

Nicht nur Joan Bridge selbst, auch Dr. Lorentzen und die

Assistenten waren gespannt, wie die neue, verkleinerte Brust aussehen würde.

»Ich habe solche Angst, Doc«, sagte sie geziert und blinzelte mit ihren Puppenaugen. »O Gott, es ist wie eine Geburt.«

»Nur gemütlicher«, sagte Lorentzen trocken. Er rollte selbst die Bandagen auf und ging wickelnd um Joan herum. Sie saß auf einem Stuhl vor einem großen Spiegel und starrte auf ihren noch mit Zellstoff belegten Oberkörper.

»Wenn sie nun schief ist?« sagte sie.

»Sie darf nicht schief sein.«

»Oder krumm?«

»Das gibt es nicht.« Lorentzen griff nach der Zellstofflage. »Und jetzt einen Tusch! Die neue Brust!«

Er zog den Zellstofflappen ab und trat zurück.

Einen Augenblick war es ganz still im Zimmer, dann klatschten Assistenten und Schwestern begeistert in die Hände.

Dem nichts verschweigenden Spiegel entgegen hob sich eine wunderschöne, kleine, feste, spitze Brust. Die Naht in der Falte war noch etwas rot, aber das würde bald vergehen. Die Rundnaht um den frei verpflanzten Warzenhof war nicht mehr sichtbar. Die Intracutannaht war gelungen.

»Phantastisch, Doc. Phantastisch«, flüsterte Joan Bridge. Sie strich mit den Handflächen über die neuen, kleinen Brüste und zuckte wie unter einem elektrischen Schlag zusammen. »Sogar das Gefühl ist wieder da … Doc, o Doc …« Sie sah zu Lorentzen auf, und plötzlich schnellte sie hoch, warf sich ihm an den Hals und küßte ihn über das ganze Gesicht. »Ich bin so glücklich, Doc! So glücklich! Fühlen Sie doch, fassen Sie sie an … eine Brust wie ein junges Mädchen. Und ich bin doch schon Vierzig. Sie sind ein wundervoller Mann. O Doc, Doc …« Sie hing an seinem Hals und weinte wie ein Kind. Lorentzen trug sie zum Stuhl zurück und drückte sie auf den Sitz.

Er hatte Zeit, während Joan schluchzte, die Brüste genauer anzusehen. Sie waren tatsächlich vollkommen. Nur ahnte er, daß sie in ein paar Jahren wieder dicker werden würden. Joan Bridge hatte die Anlage zur Üppigkeit. Das läßt sich keine Brust entgehen. Und Joan Bridge würde wiederkommen – nur wurde die Operation dann schwieriger.

»Ich werde Ihr Bild immer bei mir tragen!« rief Joan und trocknete ihre Tränen. »Oh, ich habe eins von Ihnen. Ich habe Sie vom Balkon aus fotografiert. Sie sind ein großer Mann, Doc! Ein ganz großer Mann! Der ganzen Welt werde ich von Ihnen erzählen.«

Zunächst aber packte Joan Bridge ihre Koffer. »Dicki« trug ein Telegramm zur Post, über das er breit grinste.

Blitztelegramm nach Rom.

»Süßer! Komm mich sofort holen! Ich zittere nach dir. Dein Äpfelchen ...«

Der Postbeamte von St. Hubert las das Telegramm dreimal und sah dann Dicki ernst an.

»Soag's amal«, sagte er mitleidig, »hoab's ihr jetzt auch Spinnerte droben?«

»Die können sich das leisten, Freundchen«, antwortete Adam Czschisczinski und rieb Daumen und Zeigefinger aneinander.

In Hamburg las Prof. Heberach dreimal in verschiedenen Zeitungen die Anzeigen der neuen Almfried-Klinik für kosmetische Operationen aller Art. Chefarzt Dr. L. Lorentzen. Mit gekrauster Stirn saß er vor den Zeitungen, ein König, ein Ordinarius für Chirurgie, ein unbeschränkter Herrscher seiner großen Krankenanstalt. Vier Oberärzte, dreiundzwanzig Stationsärzte, eine unbekannte Zahl Assistenzärzte, die Heberach medizinische Wanzen nannte, und ein Heer von Schwestern, Pflegern, Laboranten und Hilfskräften unterstanden ihm. Sein Wort war wie ein Evangelium. Sein Witz wurde belacht, so fade er auch war. Sein Zorn schlug wie ein Blitz ein. Seine Ungnade war ein Todesurteil, sein Wohlwollen ein Hauch aus dem Paradies. Er war der typische deutsche Ordinarius, felsgewordener Repräsentant einer überlebten Universitätshierarchie.

Er hatte seinen Schwiegersohn Lorentzen kaltgestellt. Er hatte seinen ganzen Haß über den Mann ausgeschüttet, der ihm erst die Tochter weggeheiratet und sie dann mit einem

Auto gegen den Baum gefahren hatte. Er hatte diesen Dr. Lorentzen in Hamburg unmöglich gemacht. Er hatte ihn so zermürbt, daß er Hamburg verließ, wie ein Verbrecher, mit unbekanntem Ziel. Es war ein herrlicher Triumph geworden. Wie ein Wahnwitziger war Heberach an das Grab seiner Tochter getreten. »Er ist weggejagt«, hatte er gesagt. »Er ist abgezogen wie ein streunender Hund. Du könntest noch leben, wenn er nicht gewesen wäre ...« Dann hatte Prof. Heberach geweint, was niemand für möglich hielt.

Nun las er den verhaßten Namen wieder.

Chefarzt Dr. L. Lorentzen. – Chefarzt!

»Reimond!« schrie Heberach ins Telefon. »Oberarzt Reimond sofort zu mir!« Er hieb mit der Faust auf die Zeitung und atmete wie ein Erstickender. Oberarzt Dr. Reimond, Privatdozent für Chirurgie und kommender Mann in Hamburg, stürzte ins Zimmer. Wenn der Chef brüllte, war höchste Not. Die Sekretärin saß mit bleichem Gesicht im Vorzimmer.

»So wütend war er selten«, flüsterte sie, als Reimond hereinkam.

Prof. Heberach sah an seinem I. Oberarzt vorbei, als sei dieser eine Säule. Der Blick des alten Herrschers war von mitleidsloser Härte. Der schmale Mund zuckte leicht. Die langen Hände mit den verstreuten Altersflecken auf der Haut lagen wie große Briefbeschwerer auf den Zeitungen.

»Sie haben nach mir verlangt, Herr Professor?« fragte Dr. Reimond vorsichtig. Er war etwas beunruhigt. Kein Röntgenbild lag vor dem gefürchteten Chef. Kein Krankenblatt. Keine Fiebertabelle. Kein OP-Bericht. Nur Zeitungen. Es war also nichts Klinisches.

»Ich brauche einen Arzt mit einem körperlichen Fehler!« sagte Heberach hart. Dr. Reimond sah seinen Chef betroffen an.

»Ich verstehe nicht, Herr Professor ...« sagte er endlich.

»Einen Arzt, mein Gott, der einen körperlichen Fehler hat. Ist das so schwer zu verstehen? Der schielt, der eine Hakennase hat, abstehende Ohren. In meiner Klinik schwirren überall weiße Mäntel herum … ist keiner der Herren mit irgendeinem Makel behaftet?«

Oberarzt Dr. Reimond dachte angestrengt nach. Prof. Heberach klopfte mit den Handflächen auf die Zeitung. Was er nie kannte, zeigte er jetzt: Geduld.

Wir werden dich ausheben, Dr. Lorentzen, dachte er böse. Chefarzt. Eine kosmetische Klinik. Wir werden dir Fehler nachweisen. Operative Entgleisungen. Kunstfehler. Und dann wird eine Kommission kommen und den Laden schließen. Und in allen Zeitungen wird stehen: Wegen fahrlässiger Körperverletzung wurde der Chefarzt Dr. Lutz Lorentzen verhaftet …

»Chefarzt!« sagte Heberach laut in Gedanken. Dr. Reimond zuckte zusammen.

»Wie bitte, Herr Professor?«

»Nichts.« Heberach sah auf. Sein Gesicht glühte. »Sie wissen keinen, Reimond?«

»Wir haben da einen Assistenzarzt, der hat einen unschönen Nasenhöcker. Dr. Thorlacht.«

Prof. Heberach drückte auf die Sprechanlage. Sie verband ihn mit allen Stationen. »Dr. Thorlacht zu mir!« rief er.

Das genügte. Wenn der Chef rief, kam sich ein junger Assistenzarzt wie ein Meisterläufer vor.

Staunend wartete Oberarzt Dr. Reimond auf das, was nun kommen würde. Etwas bleich kam Dr. Thorlacht ins Zimmer und zuckte unwillkürlich zusammen, als Heberach aufsprang, an ihn herantrat und ihm forschend ins Gesicht blickte.

»Ja«, sagte Heberach zufrieden. »Sie haben einen schönen Höcker auf der Nase. Stört Sie der nicht?«

»Nicht besonders, Herr Professor.« Der junge Arzt sah hilfesuchend zu seinem I. Oberarzt. Reimond zuckte schnell die Schultern.

»Aber *mich* stört er!« bellte Heberach. »Meine Ärzte sollen so aussehen, daß die Patienten nicht vor ihnen erschrecken. Vor Ihrem Höcker erschrecken sie. Ich würde selbst als armer kranker Mensch vor einer Nase zusammenfahren, die so aussieht. Wie kann ein Kranker genesen, wenn er sich dauernd vor Ihrer Nase erschreckt? Wissen Sie nicht: Wichtiger Faktor der Heilung ist die Psyche.«

»Natürlich, Herr Professor.« Der junge Arzt begann zu schwitzen. »Aber …«

»Der Höcker muß weg! Sofort! Sie fahren auf dem schnellsten Wege nach St. Hubert, in die kosmetische Klinik ›Almfried‹. Keine Widerrede! Die Operation bezahle ich. Das ist mir die seelische Ruhe meiner Patienten wert.« Heberach sah den jungen Arzt mit schiefem Kopf an. »Dr. Thorlacht. Auf Station VI geht der Arzt weg nach Düsseldorf. Die Stelle wird vakant. Sie hätten doch Interesse, nicht wahr?«

»Herr Professor!« Der junge Arzt schluckte. So nahe liegen Himmel und Hölle beieinander.

»Kommen Sie heute abend zu mir. Jawohl, zu mir nach Hause. Guten Tag!«

Wie hypnotisiert verließ Dr. Thorlacht das Chefzimmer.

Stationsarzt von VI. Weg mit dem Nasenhöcker. Zu Heberach privat nach Hause.

Noch niemand ist damit ausgezeichnet worden. Die wenigsten wußten, wo Heberach überhaupt wohnte.

Am nächsten Morgen stieg Dr. Thorlacht in den D-Zug nach Frankfurt. In der Jackentasche trug er alles genau notiert.

Umsteigen in München.

Dann Bummelzug nach St. Hubert.

Von St. Hubert mit dem Bus zur Almfried-Klinik.

Auftrag: Genauer Bericht über die Klinik. Eingehende Kontrolle der Nasenoperation. Beobachtung der anderen Patienten. Ausfragen der Unzufriedenen, die es in jeder Klinik gibt. Herbeiführen von Komplikationen nach der eigenen Operation.

»Sie werden mich nicht enttäuschen, junger Freund«, hatte Prof. Heberach gesagt. Und sie hatten sogar Wein miteinander getrunken. Dann kam der Männereid mit Handschlag: Völliges Stillschweigen.

Dr. Thorlacht fühlte sich unbehaglich. In der Almfried-Klinik war er schon telefonisch angemeldet.

Als Sohn einer Brauereifamilie.

Thomas Weber.

Prof. Heberach hatte den Namen ersonnen. Und er hatte sich dabei gefreut wie ein kleiner, böser Zwerg im Märchen.

Mit dem D-Zug 9 Uhr 23 ab Hamburg fuhr das Unheil Dr. Lorentzen entgegen.

Der erste »Entlassungstag« war gekommen.

In der »Almfried-Klinik« handhabte man es anders als in den anderen kosmetischen Kliniken. Im allgemeinen kommen und gehen dort die Patienten, sobald sie als »geheilt« angesehen werden; ein großer Teil kann sogar ambulant behandelt werden und kommt nur zu dem Schönheitschirurgen in die Sprechstunde, um zu zeigen, daß die Narben bestens heilen und die Ohren wirklich anliegen.

Dr. Lorentzen hatte da eine neue Idee verwirklicht. Korrektur der launischen Natur zusammen mit Erholung. Nicht nur eine Nase sollte operiert werden, sondern auch die Seele sollte ausruhen. Das Herz sollte sich füllen mit Lebensfreude. Ein Mensch, der jahrelang die Bedrückung in sich hineingefressen hatte, häßlich zu sein, anders als andere Menschen, ein Außenseiter, brauchte nach dem Glück, ein normales Gesicht bekommen zu haben, auch ein paar Tage oder gar Wochen, um seine Seele zu entlüften. Wie richtig diese Ansicht war, sah Lorentzen bei der bisher so niedergedrückten Lehrerin Erna Mittelhardt, der »Eule«, wie man ihr auf dem Schulhof nachgerufen hatte. Verschüchtert, mit dem Leben entzweit, war sie gekommen, ein hübsches Gesicht entstellt durch dicke, hängende Tränensäcke … nun lag sie auf dem Balkon im Schatten eines großen Sonnenschirms, die operierten Augenpartien durch eine breite Sonnenbrille besonders geschützt. Sie wartete auf das Abklingen der nach solchen Operationen häufig auftretenden Blutergüsse, und es waren Tage, in denen sich aller Groll verflüchtigte und neue Lebensfreude in sie hineinfloß.

»Nicht allein das Messer heilt«, hatte Lorentzen einmal in Hamburg zu den jungen Ärzten der Universitätsklinik gesagt. »Ein Lächeln, ein Händedruck, ein Streicheln, ein paar nette Worte, das Gefühl, geborgen zu sein … eben die psychische Behandlung eines Patienten ist ebenso wichtig.« Damals hatte Prof. Heberach über seinen Schwiegersohn still gelächelt. Der Phantast, dachte er. In der Charité wurde operiert und nicht Händchen gehalten, und keiner hat sich je beschwert. Der alte Sauerbruch hätte ihn ganz schön zusammengestaucht. Aber diese Jungen! Diese neumodischen Seelenkitzler! Die gute, alte reale Medizin verwässert immer mehr. Schon heilt man Leute auf der Couch durch bloßes Einreden.

Es klaffte eine Kluft zwischen Heberach und Lorentzen, die typisch war. Überall riß in diesen Jahren ein Gegensatz auf zwischen der alten, auf unbedingtes Führerprinzip aufgebauten deutschen Schulmedizin mit dem Gott Ordinarius als Mittelpunkt und den jungen, aufgeschlossenen Ärzten, die Teamarbeit bevorzugen, die Meinungen diskutieren, denen der Kranke ein Mensch ist und nicht bloß ein Fall.

Dr. Lorentzen hatte sein Idee der »Ganzheitsheilung« in der »Almfried-Klinik« verwirklicht. Und er sah mit tiefer Freude, wie die Kranken nicht nur durch das Messer, sondern auch von innen her gesundeten.

So kam es, daß »Entlassungstage« eingeführt wurden. Tage, an denen alle, die laufen konnten, in der Halle standen und die Patienten verabschiedeten, die hinaus in ein glückliches Leben gingen.

Heute gehörten Joan Bridge, die kleine Lehrerin Erna Mittelhardt und Generaldirektor Dr. Braubach dazu. Adam Czschisczinski lief in seiner weißen Uniform herum und verteilte von einem silbernen Tablett den Abschiedstrunk: Sekt mit Orangensaft.

Man sage nicht, Dr. Lorentzen sei geschäftstüchtig und ein guter Regisseur, der ein bißchen Theater gut anzubringen versteht – nein, sie alle, die hier in der »Almfried-Klinik« lagen, fühlten sich wie eine große Familie. Und wenn aus einer Familie jemand Abschied nimmt und wegfährt, weit weg, in das neue Leben hinein, dann ist das ein großer Tag.

Joan Bridge war nicht zu bremsen. In einem engen Pullover ging sie herum und erwartete, daß jeder sie auf die neue Brust ansprach. Sie schwenkte die Hüften so, daß Dr. Zechbauer, dem man zehn Pfund Fettschürze abgenommen hatte und der noch ein zweites Mal erleichtert werden sollte, laut genug sagte: »Den Hintern sollte man auch beschneiden.«

Alfredo, der Italiener, war tatsächlich gekommen, um seine Joan abzuholen. Er wohnte in St. Hubert, fuhr einen schweren Sportwagen, den Joan ihm gekauft hatte, und hatte das gelangweilte Gesicht eines Mannes, der nicht weiß, wozu er auf der Welt ist.

Er fiel überall auf durch seine braune Haut, seine schwarzen Locken und seinen federnden Gang. Als Lorentzen ihn das erstemal sah, bedauerte er, Joan die schönen vollen Brüste verkleinert zu haben.

»Sehen Sie sich diesen mickrigen Gigolo an«, sagte er zu seinem ersten Assistenten. »Für solch einen Mann legt sich eine Frau unters Messer. Es ist eine Schande. Man sollte Joan wie ein unartiges Kind durchhauen.«

»Auch das hätte keinen Sinn, Chef.« Der Assistent verzog den Mund, als er unten im Garten Alfredo die Hüften Joans tätscheln sah. »Frauen mit dem Minigehirn einer Joan Bridge brauchen solche Männer. Sie wissen doch, Frauen können auf zwei Ebenen denken: Einmal mit dem Kopf, einmal mit dem Unterleib. Joan gehört zu den ›Tiefdenkern‹.«

»Mein Süßer ist begeistert!« sagte Joan kurz vor dem Abschied. Sie war aus dem nahen Wald gekommen und sah sehr zerzaust aus. In ihren gebleichten weißblonden Haaren hingen Tannennadeln und Humusbröckchen. Lorentzen zupfte sie wortlos aus den geringelten Locken. Aber das machte Joan nicht verlegen. Sie warf die Arme um Lorentzens Hals. »Doc, Sie sind ein Mann zum Verlieben!« rief sie begeistert. »Sie haben mir das Leben gerettet! Ich bin so glücklich, und Alfredo auch. Hat der Augen gemacht! Kaum eine Narbe zu sehen. Und alles so straff und fest. Und dann hat er sogar ...«

Lorentzen legte Joan die Hand auf den Mund. Er war nicht daran interessiert, Einzelheiten des Waldspazierganges zu erfahren.

»In einer halben Stunde geht es los, Joan!« sagte er väterlich. »Ich nehme an, daß Sie noch einiges einzupacken haben.«

Erna Mittelhardt, die kleine Lehrerin, trug noch immer ihre große Sonnenbrille, aber wenn sie die abnahm, war ihr Gesicht glatt und von einer milden Schönheit. Wo einmal die Tränensäcke hingen, spannte sich glatt die Haut. Sie veränderte das Gesicht völlig.

Erna Mittelhardt sprach nicht viel. Sie drückte Lorentzen stumm die Hand, und als sie etwas sagen wollte, kamen Tränen in ihre Augen. Lorentzen nickte ihr zu.

»Ich weiß, was Sie sagen wollen. Ich freue mich selbst, daß ich Ihnen helfen konnte. Schreiben Sie einmal, wie es nach den Ferien in der Schule weitergegangen ist?«

»Ja, Herr Doktor. Natürlich.« Erna Mittelhardt nagte an der Unterlippe. Sie wollte nicht weinen, aber die Tränen flossen einfach aus den Augen. »Man sollte so etwas allen Menschen sagen, die wenigsten wissen es ja, wie schnell und einfach es ist, ein neuer Mensch zu werden. Wie viele laufen herum und hassen sich selbst wegen ihres Aussehens ... und wie leicht kann ihnen geholfen werden.«

Generaldirektor Dr. Braubach, braungebrannt und mit herrlich anliegenden Ohren, erfüllt von neuer Arbeitslust und frei von allen Komplexen, hatte eine Überraschung zum Abschied aufgespart. Während alle Patienten herumstanden und Sekt mit Orangensaft tranken, zog er Lorentzen in eine Ecke der Eingangshalle. Hinter einer großen Topfpalme, die sie verdeckte, trat er nahe an Lorentzen heran und griff in die Brusttasche seines Rockes.

»Doktor«, sagte Dr. Braubach sichtlich ergriffen, »als ich zu Ihnen kam, war es eine Flucht vor der Welt. Sie war für mich am Verhandlungstisch in Paris zusammengebrochen. Nun kehre ich zurück als neuer Mensch. Übermorgen geht es schon weiter. EWG-Konferenz in Brüssel. Sonntag in Luxemburg. Nächste Woche drei Tage wieder Paris. Ich fühle mich um zehn Jahre jünger. Wenn ich in den Spiegel sehe – ich kann es nicht fassen.« Dr. Braubach zog ein Kuvert aus der Tasche. »Doktor – ich hatte das Zimmer 10.«

»Ja.« Lorentzen ahnte nicht, was Braubach vorhatte.

»Ich möchte das Zimmer 10 mieten.«

»Mieten? Wieso?«

»Ich möchte es fest auf fünf Jahre, durchgehend, mieten. Mit allem, was dazugehört.«

»Ich verstehe nicht, Herr Braubach …« Lorentzen sah den Generaldirektor entgeistert an. Man kann doch kein Zimmer in einer Klinik mieten.

»Ich bin ein sehr reicher Mann, Doktor.« Dr. Braubach hielt Lorentzen das Kuvert hin. »Ich verdiene als Vorsitzender von -zig Aufsichtsräten mehr, als ich verbrauchen kann. Dazu meine Fabriken, einige Patente, Aktienerträge … es häuft sich. Ihnen Geld anzubieten, Doktor, wäre beleidigend, ich weiß. Da habe ich eine andere Idee gehabt. Ich stifte ein Stipendium. Ich miete das Zimmer 10 auf fünf Jahre. Alle Patienten, die auf Zimmer 10 kommen, werden freie Behandlung bei Ihnen haben. Die Auswahl überlasse ich Ihnen, Doktor. Aber es sollen Menschen sein, die nicht das nötige Geld besitzen, um sich bei Ihnen durch eine Operation wieder Lust am Leben geben zu lassen. Menschen, die unter ihrer Mißbildung leiden und denen Sie helfen können. Arme Schlucker, die das gleiche Recht auf Glück haben wie ich. Nehmen Sie an, Doktor?«

Lorentzen nickte ergriffen. Er nahm das Kuvert und steckte es ein. »Ich danke Ihnen, im Namen aller noch unbekannten Patienten, die einmal auf Zimmer 10 liegen werden«, sagte er. »Ich habe in meinen Anfragen drei Fälle, die ich leider hätte zurückweisen müssen: eine Verkäuferin, ein Ruhrkumpel und eine Mutter von sechs Kindern. Jetzt kann ich ihnen helfen.«

Es wurde ein großer Abschied. Die Zurückbleibenden standen auf der Freitreppe und winkten mit Taschentüchern und Handtüchern den Scheidenden nach. Adam Gwodlisczinski entpuppte sich als Musiker: auf einem Waldhorn blies er etwas, was niemand kannte, aber es klang melodisch und nicht atonal. Auf jeden Fall war es feierlich: Dicki in seiner weißen Uniform auf den Stufen der Klinik als Posaunenengel. Ein Anblick, den man nie vergißt.

Vor der Klinik sah Joan, die neben Alfredo im offenen Sportwagen saß und den Kopf an seine Schulter gelehnt hatte wie ein verliebtes Tanzstundenmädchen, die Taxe aus St.

Hubert halten. Ein junger, schlanker Mann stieg aus und bezahlte den Fahrer.

»Anhalten, Süßer!« rief Joan und stieß Alfredo an. »Ein Neuer! Halt an!« Alfredo bremste scharf und machte ein hochmütiges Gesicht. Ihn beschäftigten große Probleme. Daß er Joan abgeholt hatte, war eine Taktik. Der Waldspaziergang war unvermeidbar; wer Joan näher kannte, betrachtete das als Naturereignis wie Ebbe und Flut oder Mondfinsternis. Was aber noch kommen sollte, war Alfredo im einzelnen selbst noch nicht klar. In der Abwesenheit Joans hatte er eine neue Bekanntschaft gemacht. Eine Engländerin. Groß, schlank und reich. Und zehn Jahre jünger als Joan. Sie hatte eine Wohnung gemietet, und hier schlief nun Alfredo, bedacht mit etwas unterkühlter Liebe, aber sie war erholsam und tat ihm gut. Immer auf einem Vulkan leben, das ist auf die Dauer zu strapaziös. Das alles mußte man Joan erklären … für Alfredo kamen schwere Tage.

»Sie wollen zur Klinik?« rief Joan.

Der junge Mann drehte sich um.

»Natürlich wollen Sie zur Klinik. Ich sehe es! Ihre Nase! Haben Sie Vertrauen! Es gibt keinen besseren Arzt als Dr. Lorentzen. Sehen Sie hier!« Joan reckte sich im Polster. »Solche Brüste kann er machen!«

»Baby«, sagte Alfredo konsterniert. »Das interessiert den Signore doch nicht.«

»Er soll wissen, daß er hier richtig ist!« Joan winkte dem jungen Mann zu und stieß Alfredo in die Seite. Er fuhr wieder an. »Er wird Ihnen eine wunderschöne Nase machen!« rief Joan und drehte sich um. »Er ist ein Genie! Es gibt keinen zweiten Doc wie ihn!«

Dr. Thorlacht aus Hamburg, der nach dem Willen Professor Heberachs nun Thomas Weber hieß, sah dem schweren Sportwagen mit der winkenden, weißblonden Dame nach. Ein beklemmendes Gefühl stieg in ihm hoch. Es verstärkte sich, als er noch mehr Wagen den Hang hinunterkommen sah, besetzt mit fröhlichen Menschen. Dickis Waldhornsolo schallte über das Tal. Oben auf der Freitreppe standen lachende, mit Taschentüchern winkende Menschen.

Sie sind alle glücklich, dachte er. Und ich komme, um das alles zu vernichten. Ich schleiche mich ein wie ein tödlicher Bazillus. Ich wehe heran wie die Pest.

Dr. Thorlacht schluckte, nahm seine Koffer und ging durch das weit offene Tor. Ich bin ein Schwein, dachte er. Aber ein armes Schwein …

Die Baronin v. Durrhaus lag auf dem Operationstisch.

Nun war es soweit: Ihre Reithosenhüften, diese merkwürdig geformten Fettansammlungen, die aussahen wie schlaffe Breecheshosen, sollten fallen. Es war eine an sich einfache Operation, aber große, bogenförmige Narben von den Hüften bis zu den Kniekehlen blieben zurück. Lorentzen hatte es der Baronin deutlich erklärt.

»Wenn wir die durch das Fett völlig verschwundene Gesäßfalte wieder herstellen wollen, müssen wir nicht nur seitlich an den Oberschenkeln, sondern auch an den Streck- und Beugeseiten der Beine Fett entnehmen. Ich lege die Schnitte so weit rückwärts, daß sie von vorn nicht gesehen werden können – aber von hinten sieht man sie. Es lassen sich keine Narben wegzaubern. Die nächsten zwei Jahre sollten Sie keinen Bikini tragen, Baronin.«

Luisa v. Durrhaus hatte genickt. »Sie werden es schön machen, Doktor. Sie sind ein Künstler.«

Schlanke Hüften und Beine werde ich haben, dachte sie, als die OP-Schwester ihr ein Kreislaufmittel injizierte, damit sie die Vollnarkose besser überstand. Die Narben von hinten … wen kümmern sie. Meine schöne Seite ist die Vorderseite. Nur wenn ich im Kleid oder in engen Hosen gehe, soll auch die hintere Linie vollkommen sein.

Sie beobachtete, wie Lorentzen und der Assistent sich wuschen, und sie sah sogar Dicki im Vorraum, wie er durch die Scheibe starrte. Er war allein, die Schwester war hinausgegangen, und er nutzte die Gelegenheit, die nackte Baronin auf dem OP-Tisch zu genießen und ihr zuzublinkern.

Luisa v. Durrhaus gefiel das gar nicht. In der Nacht, oder auch am Tag hinter der Gardine, war Nacktheit anders, wenn sie sich willig darbot. Jetzt aber, schon festgeschnallt auf dem OP-Tisch, ein Klumpen weißen Fleisches, wie zur Schlachtung hingelegt, kam sie sich durch Dickis Blicke entehrt und besudelt vor. Ihr ästhetischer Sinn war beleidigt. Sie hob den Kopf und blitzte Dicki an. Ihre Lippen bewegten sich.

»Hinaus!« zischte sie, was Dicki nicht hören konnte, aber er erkannte ihre Wut und ihren Abscheu. »Hinaus, du Schmutzfink! Du dreckiger Lakai! Mach, daß du wegkommst!«

Adam Czschisczinski drehte sich um und verließ den Vorraum. Er war in fröhlichster Stimmung. Bei Schwester Rosel hatte er sich erkundigt, wie lange die Baronin im Bett liegen mußte. »Mindestens eine Woche stramm«, sagte Rosel. »Das sind ja große Wunden. Und dann kommt eine Woche Schonung.«

Zwei Wochen Ruhe. Dicki atmete tief auf. Zwei Wochen Nachtschlaf. Zwei Wochen Mittagsruhe. Zwei Wochen Kräftesammeln.

Für Dicki kam eine Zeit der Sommerfrische. Er hatte sie dringend nötig. Hohlwangig sah er aus, und wenn er im Garten grub, griff er sich öfter ans Kreuz und seufzte. Bewundernd schielte er dann hinauf zum Balkon, wo Luisa v. Durrhaus lag und sich sonnte. Die Stabilität der Baronin war geradezu unheimlich.

Im OP trat Ruhe ein. Die Sterilisatoren hörten zu brummen auf. Dr. Lorentzen und der Assistent traten an den Tisch. Man hatte die Baronin, die auf dem Bauch lag, jetzt abgedeckt. Die zweite OP-Schwester, die einen Fachkursus in Anästhesie mitgemacht hatte, saß vor dem Kopf der Baronin und leitete die Narkose ein.

Etwas Kaltes fuhr ihr über den linken Oberschenkel. Sie zuckte zusammen, und in ihre Augen trat Angst. Er schneidet schon … und ich bin noch nicht in der Narkose.

»Aufhören!« stammelte sie. »Nicht schneiden! Ich bin noch wach …«

»Ich schneide noch nicht.« Die ruhige Stimme Dr. Lorentzens kam näher. »Ich reinige die Haut nur noch einmal mit Alkohol.«

»Verzeihung, Doktor ...«

Es waren ihre letzten Worte. Vor ihren Augen drehten sich plötzlich Nebel, wie in Watte gepackt war ihre Welt. Eine wundervolle Schwerelosigkeit umgab sie. Ihre Augen schlossen sich.

»Puls normal. Blutdruck 140 zu 110. Atmung gut.« Die Narkoseschwester holte mit einer blitzenden breiten Zange die Zunge aus dem Mund der Baronin und klemmte sie an einem sterilen Tuch fest. Damit wurde vermieden, daß die Zunge zurück in den Gaumen glitt und während der Narkose Komplikationen eintraten, Erstickungsanfälle zum Beispiel.

»Dann also los!« Lorentzen sah seinen Assistenten an. »Wieviel pro Hüfte glauben Sie?«

»Mindestens zwei Pfund, Chef.«

»Sie werden staunen!«

Mit einem kühnen, leicht gebogenen Schnitt durchtrennte Dr. Lorentzen die Cutis. Gelbliches Fettgewebe quoll hervor. Ein neuer Schnitt, tiefer eindringend, öffnete die Wunde weit. Der Assistent setzte zwei scharfe Haken an und hob die Fettmassen hoch. Vom Instrumententisch glitt das Skalpell zu Dr. Lorentzen.

Baronin Luisa v. Durrhaus würde nicht mehr aussehen, als trage sie dauernd Reithosen.

Es war am Nachmittag nach der Operation, als Lorentzen im Rosengarten der Schönheitsfarm Marianne Steegert traf. Als sie ihn kommen sah, wollte sie von der Bank aufspringen und weggehen, aber dann kam ihr diese Reaktion kindisch vor, und sie blieb sitzen. »Darf ich?« fragte Lorentzen und zeigte auf die Bank.

»Bitte, es ist ja noch Platz genug.«

Lorentzen setzte sich. Er sah Marianne voll an. Sie starrte mit unnatürlich steifem Hals geradeaus auf die Rosenrabatte.

»Was hast du?« fragte er.

»Was soll ich haben?«

»Du gehst mir aus dem Weg.«

»Ich habe viel Arbeit. Die Farm ist voll belegt.«

»Früher haben wir mittags und abends zusammen gegessen. Seit Tagen habt ihr schon gegessen, wenn ich herüberkomme. Gestern konnte ich feststellen, daß ihr mich belügt. Ihr habt zu essen angefangen, als ich weg war. Ich bin noch einmal zurückgekommen und habe durchs Fenster geblickt. Ihr habt mich nicht bemerkt.« Dr. Lorentzen lehnte sich zurück. »Ich kann auch in der Klinik essen, wenn es nötig ist.«

Marianne schwieg. Aber um ihre Lippen zuckte es. Lorentzen beugte sich zur Seite. Sein Kinn berührte fast ihre Schulter.

»Marianne!« sagte er eindringlich. »Wir sollten uns nicht benehmen wie Kinder. Ich habe geglaubt, wir liebten uns.«

»Vielleicht war es ein Irrtum?!« Sie sprang auf, so heftig, daß sie ihn gegen das Kinn stieß. Er verzog das Gesicht, und sie starrte ihn einen Augenblick entsetzt an, als habe sie ihn bewußt geschlagen. »Der Abend war so romantisch. Sternenhimmel, Mondschein, Sommer. Da macht man manchmal eine Dummheit.«

»Was du jetzt redest, glaubst du selbst nicht, Marianne.« Lorentzen klopfte auf die Bank. »Komm, setz dich.«

»Ich muß in den Kosmetikkeller.«

»Irrtum. Die ganze Farm ist auf dem Spaziergang mit Yoga-Atemübungen. Ich habe die vierzig Grazien in Dirndlkleidern unter Leitung von Ilse durch die Wiesen ziehen sehen. Du bist ganz allein. Du hast Zeit.«

»Ja, ich habe Zeit. Ich hatte auch Zeit genug, nachzudenken.« Marianne fuhr herum. Ihre blauen Augen wurden dunkel und zornig. »Ich habe bis heute auch nicht gewußt, daß man sich bei einer Fahrt nach Salzburg so gründlich verfahren kann. Nicht mal im Urwald verirrt man sich so ...«

»War es meine Schuld? Saß ich am Steuer des Wagens?«

»Aber du wußtest genau, was geschieht!«

»Ich hatte nicht die geringste Ahnung.«

»Wer soll dir das glauben?!«

»Du!«

»Hältst du mich für ein so gutmütiges Schaf? Natürlich ... Marianne, das Hausmütterchen – Ilse, das große Erlebnis.

Nein, danke! Unsere Arbeitsteilung war früher besser ... als du noch nicht hier warst.«

Dr. Lorentzen erhob sich langsam von der Bank. Sein Gesicht war ernst. »Ich habe mich nicht aufgedrängt. Ich werde heute noch an Dr. Benndorf schreiben.«

»Wer ist denn dieser Benndorf nun wieder?«

»Ein bekannter Mann der Schönheitschirurgie. Lebt bei Wien. Ich werde ihn bitten, mein Nachfolger zu werden. Benndorf ist glücklich verheiratet und hat vier Kinder. Außerdem ist er klein und dick. Er dürfte hier der richtige Mann sein.«

Lorentzen drehte sich schroff um und ging. Nach ein paar Schritten hörte er hinter sich das Geklapper von Mariannes Sandalen. Dann war sie neben ihm und fiel in sein weitausgreifendes Schritt-Tempo ein.

»Du willst gehen?« fragte sie laut.

»Ja. Sobald Benndorf da ist.«

»Ich pfeife auf diesen kleinen dicken Benndorf. Ich habe mit dir einen Vertrag. Ich habe die Klinik für dich gebaut. Und jetzt willst du einfach gehen. Das ist feige.«

»Ich will euch eure Ruhe wiedergeben.«

»Und wo willst du hin?«

»Zurück nach Köln. Wieder Muster bei den Ärzten abgeben und Präparate empfehlen.«

»Du bist ja verrückt, Lutz!«

»Ich will nicht schuld sein, wenn hier eines Tages zwei Mädchen sich die Haare ausreißen.«

»O du Dickkopf!« Sie faßte ihn am Ärmel und riß ihn herum. Der warme Wind hatte ihre Haare zerzaust. Die blonden Strähnen wehten vor ihren blitzenden Augen. »Warum hast du das getan?«

»Was habe ich getan?«

»Die Nacht mit Ilse ...«

»Es war keine ›Nacht mit Ilse‹. Ich habe in einem ganz anderen Zimmer geschlafen. Nur meinen Schlafanzug habe ich ihr geliehen, weil sie gar nichts bei sich hatte.«

»Und es ist nichts ... nichts ...« Marianne verschluckte die letzten Worte. Ihre Augen bettelten plötzlich.

»Gar nichts, Marianne.« Lorentzen legte den Arm um sie und zog sie an sich. »Es wäre alles viel einfacher, wenn wir reinen Tisch machten. Ich fahre am Sonntag nach München und rede mit deinem Vater.«

»Noch nicht. Bitte, noch nicht.« Sie machte sich aus seiner Umarmung los. Von der Küche aus konnte man sie sehen. Sie wußte, daß wenigstens einer unter dem Personal war, der Ilse Patz nachher berichten würde: er hat sie umarmt. Vor der dann folgenden Auseinandersetzung mit Ilse hatte sie Angst. Sie kannte das alles: Drohungen, Gehässigkeiten, Vorwürfe. Wie ein Teufel war Ilse, wenn sie liebte ... nachher, wenn es vorbei war, wenn die große Ernüchterung über sie herfiel, konnte sie tagelang weinen und sich von Marianne trösten lassen. Dann war sie wie ein Kind. Bis ein neuer Mann kam und den Vulkan in ihr wieder aufriß ...

Lorentzen schien zu fühlen, was sie dachte. »Du hast Angst«, sagte er. »Angst vor Ilse.«

»Nein! O nein!« Sie hob beteuernd beide Hände, aber es war nicht überzeugend. »Ich denke ganz egoistisch, Lutz. Ich denke nur an uns. Laß uns so lange warten, bis die Klinik reibungslos läuft. Bis alle Anfangsschwierigkeiten vorüber sind.«

Lorentzen ließ sie in dem Glauben, daß er ihr recht gab. Es wäre für ihn leicht, darauf hinzuweisen, daß es gar keine Schwierigkeiten mehr gab. Die Klinik war fast voll belegt, der Operationsbetrieb lief reibungslos. Es war abzusehen, wann der Zeitpunkt eintreten würde, zu dem man Anfragen ablehnen oder weit voraus mit den Betten disponieren mußte. Joan Bridge hatte für weltweite Propaganda gesorgt. In den letzten drei Tagen war sie damit beschäftigt gewesen, Briefe nach allen Himmelsrichtungen zu schreiben. Genau dreiundvierzig Briefe mußte Dicki zur Post bringen.

»So international woarn's wir nie!« sagte der Posthalter von St. Hubert, als er die Adressen durchsah. »Australien ... Indien ... Singapur ... Madrid ... jo mei, sogar Afrika! Solln's jetz Negerinnen kimma und sich ihr schwoarze Haut abzieh'n lasse?«

Dr. Lorentzen sah hinüber zur Klinik. Er stutzte und wies

mit ausgestrecktem Arm auf den in der Sonne weiß blendenden Bettenbau.

Vom flachen Dach aus, an zwei dicken Bergseilen, ließ sich gerade eine weiße Gestalt auf einem Brett über das Sims gleiten und ruckte abwärts. Genau über dem Balkon von Zimmer 22 mit dem geheimnisvollen Gast schwebte die Gestalt abwärts.

»Das ist doch Adam!« rief Lorentzen. »Zum Teufel, was macht der Kerl für verrückte Kletterpartien? Was will er an der Hauswand?«

»Vielleicht ist etwas kaputt?«

»An der Fassade? Unmöglich!«

Lorentzen gab Marianne die Hand. »Wann sehen wir uns allein?« fragte er. »Schnell ... ich muß hinüber zu diesem Turner. Wann, Marianne?«

»Wir könnten am Sonntag ausgehen. Zu dritt ...«

»Darüber sprechen wir noch. Sieh dir den Adam an. Seilt sich ab wie ein Bergsteiger. Jetzt hängt er fest.« Lorentzen begann zu laufen. Aber bevor er durch das Gartentor auf das Grundstück der Klinik lief, drehte er sich noch einmal um.

»Bin ich zu alt für dich?« rief er zurück. »Dann sag es ehrlich, Marianne –«

»Du bist ein Kindskopf!« gab Marianne zurück und drehte sich um.

Als Lorentzen die Klinik erreichte, hing Dicki zwischen der dritten und vierten Etage und klammerte sich an seinem Brett fest. In seiner Not hatte er das Seilende um das rechte Handgelenk gewickelt. Kläglich sah er zu Lorentzen hinunter.

»Wohin, Nanga-Parbat-Bezwinger?« schrie Lorentzen hinauf. »Los, weiter!«

»Das Seil ist zu kurz! Chef, ich habe mich verrechnet.« Adam Czschisczinski stemmte sich von der weißen, blendenden Wand ab. Schweiß tropfte ihm über das Gesicht. »Und rauf kann ich auch nicht! Irgendwas klemmt am Kamin.«

»Wo wolltest du denn hin?«

Dicki starrte hinunter auf den Balkon von Zimmer 22. Er sah nur den großen Sonnenschirm und darunter zwei nackte

Männerbeine. Das was er sehen wollte, blieb ihm wieder verborgen.

»Da war ein Fleck an der Wand!« keuchte Dicki.

»Wo?«

»Er ist weg! Eine Luftspiegelung, Chef!« Er verdrehte die Augen und krallte die Finger um das Seil. »Kann mich jemand raufziehen? Ich komme um vor Hitze ...«

Unter dem Sonnenschirm von Zimmer 22 rührte sich etwas. Dicki starrte mit flimmernden Augen hinab. Aber nur die Beine verschoben sich. Eine Hand, ein Arm ... er winkte zu Lorentzen hinunter, und Lorentzen winkte zurück. Und dann die Stimme des Unbekannten:

»Ihr Hausmeister verwandelt sich auch noch in eine Fliege, um in mein Zimmer zu kommen.«

»Das ist ein Irrtum, Chef! Ein Irrtum! Der Fleck war deutlich zu sehen. Ein runder Fleck!«

Lorentzen nickte ihm lächelnd zu. Er überzeugte sich, daß Dicki nicht abstürzen konnte, wenn er sich ruhig verhielt. »Vielleicht kommt er bei der Dämmerung wieder!« rief er hinauf und ging dann ins Haus. Dickis kläglicher Schrei: »Chef! Chef!« erstarb mit dem Zuschnappen der Tür.

Drei Stunden lang ließ Lorentzen Adam an der Hauswand hängen, bis er Mitleid hatte und drei Krankenpfleger ihn wieder zurück aufs Dach zogen. Ohne ein Wort, schwankend, mit trüben Augen schlich sich Dicki auf sein Zimmer. Einen ganzen Tag blieb er im Bett und spielte den Todkranken. Erst als er sah, daß sich niemand um ihn kümmerte, wurde es ihm zu langweilig; er stand auf, zog seine weiße Uniform an und war plötzlich wieder im Garten bei seinen Blumen und nach dem Mittagessen auf dem Dachbalken der alten Scheune, wo er die Filmschauspielerin Mia Holden völlig ohne im Sonnenbad liegen sah. Es war ein Anblick, der Adam sehr verwirrte. Er verlor eine Illusion. Der berühmte Busen der Holden lag neben ihr im Gras. Aus Schaumgummi.

»Das ist ja Betrug!« sagte Adam auf seinem Aussichtsbalken. »Das weiß der Chef auch noch nicht. Der kann ihr doch 'ne richtige Brust machen. Der kann doch alles, der Chef ...«

Brav und geduldig, wie es Lorentzen angeordnet hatte, verhielt sich Ursula Fohrbeck. Nachdem er ihre Haut abgeschliffen hatte, lebte sie nur im Schatten, verließ bei Dämmerung ihr Zimmer und genoß die Tage der Ruhe und der Hoffnung unter einem dichten Sonnensegel auf dem Balkon. Zweimal besuchte Marianne sie, starrte in das verkrustete, schorfige Gesicht und sprach hinterher sorgenvoll mit Lorentzen.

»Ich habe Angst, Lutz. Unter diesen Krusten bilden sich Narben. Die Akne hast du weggeschliffen, aber ihr Gesicht wird übersät sein mit lauter kleinen, weißlichen Kratern.«

»Sie wird eine schöne, glatte, reine Haut bekommen.« Lorentzen sagte es so sicher, daß es Marianne glaubte, obwohl sie innerlich nicht davon überzeugt war. Es wird sein erster Fehlschlag sein, dachte sie mit Schrecken. Und gerade bei Ursula Fohrbeck, bei der von dieser Operation die ganze Zukunft abhängt … ihre Ehe, die Geborgenheit ihrer Kinder, ihre Liebe …

Jeden Vormittag, wenn die Post von St. Hubert heraufkam – sie wurde jetzt früher gebracht, weil der Zusteller Xaver Primmler ein Motorrad bekommen hatte –, wurde Ursula Fohrbeck unruhig.

Schrieb Ewald wieder? Kam er nach St. Hubert?

Oder würde ein Brief kommen: Es hat keinen Zweck. Lassen wir uns doch endlich scheiden. Ich liebe meine Sekretärin …

Eine Woche nach dem Abschleifen der Gesichtshaut brachte Dicki auch für Ursula Fohrbeck einen Brief. Obwohl es Schwestern genug gab, hatte sich Adam Czschisczinski dieses Briefeaustragen vorbehalten. Bei den Herren bekam er stets ein Trinkgeld, wenn er Briefe brachte, die nach Parfüm dufteten und nicht von den Ehefrauen stammten. Bei den Damen bekam er Trinkgeld, wenn die Ehemänner schrieben und sich auf ein Wiedersehen freuten. Vormittags um elf Uhr war Dicki ein lieber Engel, der Wohlgefallen in die Zimmer trug.

Nun war es soweit: Ewald hatte geschrieben. Glücklich und doch ängstlich saß Ursula Fohrbeck auf der Liege unter dem Sonnensegel und hatte den Brief ungeöffnet im Schoß liegen, als Lorentzen zur Visite eintrat.

»Was schreibt er?« fragte er gleich an der Tür. Schwester Frieda hatte ihm zugeflüstert: »Der Brief ist da.«

»Ich weiß nicht.« Ursula sah zu Lorentzen hinüber. Sie nahm die breite Sonnenbrille ab. Ihr verschorftes Gesicht war wie eine mit ausgebleichtem, rotem Konfetti beworfene Maske.

»Sie haben den Brief noch nicht aufgemacht?«

»Nein, Herr Doktor. Ich habe Angst.«

»Die ist nicht mehr nötig. In fünf Tagen nehmen wir den Schorf herunter.«

»Vielleicht hat er geschrieben, daß es keinen Zweck hat ...«

»Warum denken Sie immer so pessimistisch, Frau Fohrbeck?« Lorentzen nahm den Brief aus ihrem Schoß und schlitzte ihn auf. »Darf ich?«

»O ja. Bitte. Lesen Sie vor!«

Lorentzen überflog den Brief und schüttelte dann den Kopf. »Nein«, sagte er leise. »Das ist nur für Sie bestimmt. Den Klang dieser Worte sollen nur Sie im Ohr haben. Sehen Sie mal ... ein Bild liegt bei ...« Er holte aus dem Kuvert eine Fotografie. Ewald Fohrbeck im Garten mit den Kindern. Sie lachten übermütig und trieften vor Wasser. Kurz vor der Aufnahme hatten sie sich mit dem Gartenschlauch naßgespritzt.

Mit zitternden Händen nahm Ursula Fohrbeck das Bild. Ihr ängstlicher Blick wurde weich, alle Mütterlichkeit glitt in diese blauen Augen, und dann zuckten ihre Lippen, und ihre Schultern bebten.

»Sie ... sie sehen so gesund aus ...« stammelte sie. »So herrlich gesund ... O Doktor ...« Das Bild fiel aus ihren Händen. Sie senkte den Kopf und bedeckte das schorfige Gesicht. »Was schreibt er ... Nur einen Satz, Doktor. Bitte ... Kommt er?«

»Ja, er kommt!«

Lorentzen legte den Brief zurück in ihren Schoß und verließ leise das Zimmer.

An diesem Tag kam Ursula Fohrbeck nicht zum Mittagessen in den Gemeinschaftssaal.

Und jeder verstand das.

Der stille Kampf gegen die Dirne Marion Stellmacher, die es gewagt hatte, sich auch drei Wochen auf der Schönheitsfarm einzumieten, ging weiter. Frau Maiselhans war nicht abgereist, wie sie gedroht hatte. Als sie sich allein sah, von ihren Kolleginnen im heikelsten Moment verlassen, machte sie eine völlige Kehrtwendung. Zum Entsetzen der anderen Damen, die sich im Speisesaal nicht mehr in die Nähe von Marion Stellmacher setzten und sogar im Kosmetikkeller fragten: »Hat hier vor mir die Stellmacher gesessen? Ja? Fräulein, was erlauben Sie sich, mir die gleiche Liege anzubieten! Ich möchte im Nebenraum massiert werden. Ich lege mich doch nicht auf die gleiche Liege, auf der vorhin diese ... diese Person ... aber nein!« – also zum blanken Entsetzen dieser Damen reichte Frau Maiselhans ostentativ der Ausgestoßenen die Hand und ließ ihr eigenes Essen an deren Tisch bringen. Frau Nitze kommentierte es im trauten Kreise mit gehässigem Wimpernschlag: »Na ja, die Maiselhans. Ihr Mann geht seit Jahren fremd. Wenn man so aussieht wie die ...«

Frau Maiselhans, vertraut mit den internen Geheimnissen der Farmdamen, war es auch, die Marion Stellmacher einen wertvollen Tip gab. Sie tat es, als Unbekannte eine männliche Unterhose an Marions Tür hefteten, was Ilse Patz veranlaßte, die Damen in der Turnhalle um sich zu versammeln und zu sagen:

»Wenn solche Dinge noch einmal vorkommen, bin ich leider gezwungen, den Kurvertrag mit Ihnen allen fristlos zu lösen. Ich glaube, daß keine von Ihnen die rechtliche Lage anzweifeln wird. Bisher war unsere Farm immer eine große Familie. Wir sind hier Menschen, weiter nichts. Uns kümmern keine Titel, Namen und Berufe. Uns kümmern nur zehn Pfund Speck zuviel, schlaffe Haut und die Folgen eines falsch gelebten Lebens. Ich bitte Sie, meine Damen, das einzusehen.«

Am Abend, als im Fernsehraum eine Operette gezeigt wurde, einige Damen Patiencen legten oder Briefe schrieben und dazu Fruchtsäfte oder einen leichten, sauren Moselwein tranken, fuhr Marion Stellmacher mit ihrem riesigen Straßenkreuzer nach St. Hubert. Niemand war auf der Schönheitsfarm in seinen Freiheiten beengt. Es gab keinen Zapfenstreich, keine Sperrstunde, keine Kontrolle. Ob man um 11 Uhr abends aus dem Kino kam oder um 4 Uhr morgens aus einer Bar – keiner fragte danach.

Die Mitleidslosigkeit aber begann am Morgen. Um 7.30 Uhr wurden die Damen geweckt, ganz gleich, wann sie ins Bett gekommen waren. Ein freundliches Mädchen im weißen Kittel mit den goldenen Initialen AF weckte, zog die Bettdecke weg, entkleidete die noch gähnende Damen und begann, mit einem rauhen Luffaschwamm erst die Vorderseite und dann die Hinterseite von den Zehen bis zum Hals abzurubbeln. Anschließend rieb das Mädchen den so aufgeweckten Körper mit einer Flüssigkeit aus Franzbranntwein und ätherischen Ölen ein, es brannte höllisch, aber erzeugte eine angenehme, wohlige Wärme, das Blut floß in die kleinsten Äderchen, der Körper zitterte vor Wonne. Und dann wurde man wieder zugedeckt und konnte weiterdösen bis zum Frühstück um halb neun, das auf einem Tablett ins Zimmer getragen wurde.

Frühstück im Bett – ist das allein nicht schon ein erfüllter Traum von Millionen Frauen?

In St. Hubert stellte Marion ihren auffälligen Wagen hinter einer Scheune ab und ging zu Fuß ins »Kurviertel«. Dieses bestand aus einem Marktplatz mit zwei Cafés, drei Wirtschaften und einer »Bar«, einem Bauerntheater, einem Kurhaus, das dem Bürgermeister gehörte und in dem getanzt wurde, und einem Minigolfplatz, der unglücklich lag, denn gleich hinter dem zwölften Hindernis begann der Misthaufen vom Zimmerbauer, dem reichsten Mann von St. Hubert.

Das war das offizielle Kurviertel. Neben diesem gab es noch ein illegales Kurviertel, etwas außerhalb von St. Hubert, in einem Neubaugebiet, wo sich ein Motel mit fünfunddreißig Zimmern angesiedelt hatte. »Forellenklause« hieß das Ganze, aber in den Teichen schwammen längst keine Forellen mehr, sondern fanden mitternächtlich die Parties statt, von denen Dicki den Herren in der Klinik erzählt hatte. Nach dem Fahrplan neureicher Lustbarkeit ließen sich biedere Männer in den Teich fallen und hüpften vornehmen Damen quietschend hinterher. Dafür kosteten auch die Flasche Sekt »Hausmarke Schloß Tupferfeld«, Sonder-Cuvée, 75.- DM und ein Bier 5.- DM.

An diesem Abend ließ sich Marion Stellmacher Zeit. Sie saß brav in einem der Cafés des offiziellen Kurviertels und trank Orangensaft, beobachtete die Kurgäste und sah einige Damen der Schönheitsfarm, die sich in die Gaststätten schlichen, um dort die strenge Diät etwas aufzuheitern durch Kalbshaxen und saftige Steaks.

Um zu zeigen, daß sie auch diese kleinen Verfehlungen registrierte, machte sie einen Rundgang durch alle Lokale und nickte allen kleinen Sünderinnen wie alten Freunden zu, sagte respektlos: »Guten Appetit« und ging weiter. Wo sie erschien, gab es betretene Gesichter. Frau Erna Pfannenmacher, die gerade einen Kloß aß, verschluckte sich und bekam einen Hustenanfall.

Dann saß Marion wieder in ihrem Café, bis dieses um Mitternacht schloß.

Die große Stunde war gekommen.

Hinter dem hochgeklappten Kofferraumdeckel ihres Autos zog sie sich um: Ein langes Abendkleid aus schimmernder Seide, golden glänzend und dann wieder rötlich, je nachdem, wie das Licht darauf fiel. Sie kämmte sich die schwarzen Haare aus, ließ es in langen Wellen bis auf die Schultern fließen und steckte eine goldene Rose in das Haar über dem linken Ohr. Die Lippen schminkte sie orangen, mit einem dünnen schwarzen Strich umrandete sie die Augen, daß sie mandelförmig wirkten.

Dann stieg sie in den Wagen und fuhr hinaus zum Motel »Forellenklause«.

Ihr Auftritt war überwältigend.

Frau Nitze, die Gattin eines Architekten, die sonst so stolze Frau eines Ministerialbeamten und die Ehefrau eines Ruhrdirektors waren bereits in bester Stimmung. Wange an Wange tanzten sie mit ihren Kavalieren, geschminkt und mit Make-up versehen, die durch die täglichen Ozonduschen kläglichen Frisuren durch hochmodische Perücken verdeckt.

Ihre Abendkleider mußten in Schränken des Motels versteckt sein, denn wenn sie von der Schönheitsfarm fuhren, trugen sie einfache Kleider oder Sommerkostüme. »Nur ein bißchen Abendluft schnappen«, sagten sie beim Wegfahren. »Der Wald duftet so herrlich, wenn es kühler wird ...«

Marion Stellmacher wehrte zunächst drei Herren ab, die sich wie Geier auf sie stürzten und sich um sie zu balgen schienen. Mit einem hochmütigen Lächeln ging sie zum Tisch und sagte laut zu einem hartnäckigen Herrn, der ihr folgte: »Bitte, belästigen Sie mich nicht! Sie scheinen auf anständige Damen nicht eingestellt zu sein! Ober! Bitte den Geschäftsführer! Ich möchte in Ruhe eine Flasche Sekt trinken!«

Marion blieb bis gegen zwei Uhr nachts. Wie traurige Primeln saßen die vier Damen aus der Schönheitsfarm an ihren Tischen und suchten nach hundert Ausflüchten, den Herren ihren Gesinnungswandel zu erklären. Sie standen dann auch sofort auf, als Marion zahlte und das Motel verließ. Draußen auf dem Parkplatz liefen sie ihr nach und umringten den großen Wagen, als seien sie von einem Heuschreckenschwarm.

Frau Nitze übernahm es, mit Marion einen Friedensvertrag auszuhandeln. Sie begann sehr dumm.

»Dürfen wir Sie noch zu einem kleinen Drink einladen, Marion?« fragte sie.

Marion Stellmacher sah Frau Nitze spöttisch an. »Bei ›Grohmann‹ etwa? Auf dem Zimmer, das Sie dort gemietet haben?«

Frau Nitze wurde rot und fuhr sich durch die Perücke.

»Nun gut«, sagte sie gepreßt. »In zwei Wochen gehen wir sowieso auseinander und sehen uns vielleicht nie wieder. Wir wollen uns diese Tage nicht verderben, nicht wahr? Drei Wochen unter uns Frauen, das sollte man ausnutzen. Wir wissen ja, wie sich unsere Männer benehmen, wenn sie in der gleichen Lage sind. Seien wir wirklich Schwestern. Das Leben ist ja so kurz ...«

Am nächsten Morgen lagen vor Marions Zimmertür Blumen. Das Mädchen, das wecken kam, mit dem Luffaschwamm in der Hand, trug sie herein. Wer sie hingelegt hatte, wußte man ebensowenig wie man vorher diejenige gekannt hatte, die eine Unterhose an die Tür heftete. Vielleicht war es dieselbe.

Angst war schon immer ein Kitt der Gemeinschaft. Aber ein schlechter.

In diesen Tagen las ganz Deutschland einen Bericht in den Zeitungen. Auch in St. Hubert, in der Almfried-Klinik und auf der Schönheitsfarm las man ihn.

»Millionenraub in Frankfurt.

Gestern verschwand der Hauptkassierer Hans Bornemann, 47 Jahre, von der Bank für Baukredit AG spurlos unter Mitnahme von über 2 Millionen Mark. Der genaue Verlust der Bank wird noch ermittelt, da außer dem Kassenschrank, zu dem Bornemann einen Schlüssel hatte, auch der Tresorraum beraubt wurde. Es ist anzunehmen, daß u. a. wertvoller, der Bank zur Verwahrung aufgegebener Schmuck mitgenommen worden ist. Bornemann, der das volle Vertrauen seiner Bank genoß, war über 16 Jahre im Dienste der Baukredit AG und galt als unbedingt zuverlässig und korrekt.

Wegen seiner internationalen Verbindungen hat die deutsche Polizei auch die Interpol eingeschaltet.«

Dr. Lorentzen überflog beim Mittagessen diese Notiz, so wie man einen Zeitungsartikel liest, der einen nicht interessiert. Jeden Tag werden Gelder gestohlen, wird gemordet, werden Kinder entführt, deckt man Sittenskandale auf.

Er blätterte die Seite um und las im Kulturteil weiter.

Das war ein Fehler, denn hätte Lorentzen den Bankraub genauer durchgelesen, wäre ihm etwas aufgefallen. So aber beschäftigte er sich mit einer Buchkritik, die nicht in seinem Sinne war, denn er hatte das Buch gelesen und ärgerte sich über den Kritiker, der von einem Buch schrieb, das er anscheinend völlig falsch gelesen hatte.

Was bei Kritikern öfter vorkommen soll.

Nach dem Mittagessen legte Lorentzen die Zeitung weg. Dicki nahm sie mit in sein Zimmer. Am Abend schon dachte niemand mehr an die zwei Millionen, die ein Hans Bornemann mitgenommen hatte.

Aber das Schicksal ist nicht vergeßlich.

Neben dem Brauereisohn Thomas Weber mit seiner Höckernase, der sich etwas scheu von Dr. Lorentzen untersuchen ließ und sich auffällig im OP und im Untersuchungszimmer umsah, waren noch zwei neue Patienten in die Klinik gekommen.

»Ihre Nase ist kein Problem«, sagte Lorentzen zu Thomas Weber. »Nur: Die Operation kann nicht vor Dienstag nächster Woche durchgeführt werden. Bis dahin haben wir aber Zeit, anhand von Modellen, gemeinsam eine schöne Nase für Sie auszusuchen.«

Thomas Weber, alias Dr. Thorlacht, nickte. Die Worte blieben ihm im Halse stecken.

Das also war Dr. Lorentzen. So sah ein Mensch aus, von dem der alte Heberach sprach, als sei er der Teufel persönlich. So sympathisch auf den ersten Blick, so voll Güte und ausstrahlendem Vertrauen war der Mann, den er mit seinen Berichten stürzen sollte.

Thomas Weber kam sich schäbig wie eine Wanze vor. »Ich bin froh, zu Ihnen gekommen zu sein«, sagte er heiser vor innerer Erregung. »Ich glaube, wir werden uns bis Dienstag noch öfter unterhalten.«

»Das wäre nett.« Lorentzen gab Dr. Thorlacht die Hand. »Wenn Sie wollen, können Sie bis Montag auch in St. Hubert wohnen statt in der Klinik. Es ist billiger.«

»Danke, Herr Doktor.« Der junge Arzt schluckte. »Aber ich möchte in Ihrer Nähe sein. Ich möchte mich ... möchte mich ... an die Krankenhausluft gewöhnen ...«

Wie ein Angetrunkener wankte er dann hinaus.

O wie gemein das alles ist, dachte er. Wie hundsgemein. Welch ein Satan ist doch der alte Heberach.

Nach Dr. Thorlacht wurde von Schwester Frieda der nächste neue Patient ins Sprechzimmer geführt. Dr. Lorentzen warf schnell einen Blick auf die Karteikarte.

Dino Valenti.

Ein Name, den er schon irgendwo gehört hatte.

Dino Valenti war ein überschlanker, großer Mann mit schwarzen Locken und einem scharf geschnittenen, römischen Gesicht. Seine Finger waren ständig in nervöser Bewegung und drehten an den Knöpfen seines Anzuges oder trommelten an seine Oberschenkel. Er nahm Platz, als Lorentzen auf einen der Ledersessel wies, sprang aber sofort wieder auf und drehte an seinen Jackenknöpfen.

»Sieht man hinterher nichts?« rief er mit singendem italienischen Tonfall, der sogar die deutsche Sprache musikalisch werden läßt. »Gar nichts? Dottore! Man darf nichts sehen! Nicht eine Narbe!«

Lorentzen betrachtete den nervösen Valenti mit dem Blick des kosmetischen Chirurgen. Die Dante-Nase … um Gottes willen, es wäre eine Schande, wenn es um diese ging. Diese scharfe Nase gehörte zu Valenti. Ohne sie war er ein Dutzendgesicht wie auf dem Fischmarkt von Bari. Die Ohren lagen unter den schwarzen Locken. Die Haut war glatt. »Man sieht nichts«, sagte Lorentzen mutig.

»Auch nicht in Großaufnahme?«

Lorentzen wurde hellhörig. Großaufnahme. Es ging also um das Gesicht. Doch die Nase? Er war sich klar, daß er diese Operation ablehnen würde.

Dino Valenti zog das Kinn an. »Dottore«, rief er nervös. Es knirschte, ein Knopf war abgedreht. Valenti drehte ihn zwischen den Fingern. »Ich bin Geiger. Virtuose. Sie haben mich schon gehört.«

Lorentzen erinnerte sich jetzt. Dino Valenti. Konzert von Paganini. In der Konzerthalle von Hamburg. Die Frauen liefen ihm nach wie dem Rattenfänger von Hameln die Kinder. Die Kritiken waren gut. Ein technisches Genie, schrieb man. Es ist verblüffend, was Valenti mit einer Geige alles machen kann.

»Ja, ich habe Sie gehört«, sagte Lorentzen.

»Auch gesehen?«

»Natürlich.«

»Genau, Dottore?«

»So gut es ging«, sagte Lorentzen verwundert.

»Bitte. Betrachten Sie mich, Dottore. Bitte!« Er nahm von Lorentzens Schreibtisch ein Buch, klemmte es unter das Kinn wie eine Geige, nahm das Lineal und begann, über das Buch zu streichen. Dabei geriet sein Gesicht in Verzückung, sein Körper vibrierte.

»Tschaikowski!« rief er. »Das presto vivace ... Dottore ... sehen Sie nichts ...?«

Lorentzen beugte sich vor. Und da sah er es: Während das linke Auge glühte vor Begeisterung, hing über dem rechten traurig und schläfrig das Lid.

Mit einem Seufzer unterbrach Valenti sein stummes Spiel und warf Buch und Lineal auf den Tisch zurück.

»Ist das nicht schrecklich, Dottore?! Seit drei Jahren. Es hängt und hängt. Es fällt einfach herunter, wenn ich im Spiel versinke. Im Fernsehen kann man mich nicht life oder in Großaufnahme bringen. Was sagt der Regisseur, dieser Hund, wenn wir eine Sendung machen? Der Somnambule, nennt er mich. Ich hätte ihn erwürgen können, den Schuft! Dottore, helfen Sie mir! Können Sie das hängende Lid wegoperieren?«

»Ich kann es«, sagte Lorentzen fest.

»Ohne, daß man etwas sieht?«

»Ohne Naht.«

»Dottore!« Dino Valenti breitete die Arme aus. »Ich glaube an Sie! Ich werde in der Klinik ein Konzert geben und spielen wie nie in meinem Leben! Dottore! Ich möchte Sie küssen!«

Schwester Frieda hatte Mühe, den vor Freude hüpfenden Valenti in sein Zimmer zu bringen. Sie kam mit starrer Miene zurück.

»Jetzt hat er mich geküßt«, sagte sie böse. »Soll ich ihm eine Beruhigungsspritze geben, Herr Chefarzt?«

Lorentzen lachte laut. »Frieda, haben Sie Humor!« rief er. »Sagen Sie der Küche, sie soll eine große Portion Spaghetti kochen. Damit können Sie sich einen ewigen Platz in seinem Herzen erobern ...«

Die dritte neue Patientin war eine Frau.

Groß, breit wie ein Ringer wuchtete sie in das Zimmer. Ihre flachsblonden Haare waren kurz geschnitten. Wie Säulen waren die Beine. Die Brüste wölbten sich rund unter der Bluse. Als sie Lorentzen die Hand gab, war der Druck wie ein Schraubstock. Sie setzte sich und legte die Hände auf die Schenkel wie ein Seemann auf Freiwache, wenn er an der Reling hockt und ins Meer spuckt.

»Rosa Ballek«, las Lorentzen aus der mitgebrachten Karteikarte vor. »Geboren in Bremerhaven. Jetzt wohnhaft in Tanger.« Er blickte hoch und sah mit ehrlicher Bewunderung diese Frau an. Mit einem Schlag mochte sie zehn Araber wegfegen, wenn es nötig war. Sie mußte in Tanger schon legendären Ruf genießen.

»Ich bin mal nach Hause gekommen«, sagte Rosa Ballek. Sie hörte den feinen Frageton Lorentzens sofort. Ein Seelchen in einem Turm aus Fleisch und Knochen. »Ich hatte Heimweh nach Heini.«

»Ach so.«

»Heini ist mein Kind von Tim.«

»Freut mich«, sagte Lorentzen trocken.

»Ist neun Jahre alt, der Lütje. Und da las ich Ihre Anzeige, Herr Doktor. Das muß man sich mal angucken, dachte ich mir. So'n Chirurg, der kann allerhand. Der kann vielleicht auch helfen, wo alle anderen nein sagen. Und nu bin ich hier. Können Sie helfen?«

»Wo?«

Verkleinern kann ich dich nicht, dachte Lorentzen amüsiert. Was an dir ist, das gehört da hin. Weniger wäre ins Handwerk Gottes gepfuscht.

»Das war so.« Rosa Ballek legte die breiten Hände ineinander, als wolle sie gleich beten. »Da war Vekkö.«

»Aha!« sagte Lorentzen.

»Ein Finne. Steuermann. Ein Mannsbild, oje! Baumgroß. Stark wie 'n Ladekran. Von Vekkö habe ich Claus, das nebenbei.«

Lorentzen nickte. Jawohl, das nebenbei. Das paßt zu Rosa Ballek. Auch Vekkö, der finnische Riese. Alles paßte. Aber was soll ein kosmetischer Chirurg dabei?

»Vekkö sagte eines Tages zu mir: Deern, du mußt zeigen, daß du zur See gehörst wie Tang und Muscheln, Aal und

Teer. Wenn ich dich von achtern sehe, wo du platt bist, will ich das Meer haben. Da muß die See rauschen. Tja, und da habe ich's getan. Und nun soll es weg. Wissen Sie, Doktor, der Fiedje, der jetzt mein Mann ist, der mag keine solchen Sachen. Der ist ganz anders. So vornehm. Es muß weg.«

»Was?« fragte Lorentzen gespannt.

»Das von achtern.«

Rosa Ballek drehte sich um. Mit einem Ruck zog sie ihre Bluse hoch.

Ein breiter Rücken. Ein Kreuz wie ein japanischer Matador der Matte.

Aber über diesen Rücken, über Speckröllchen und Pickel hinweg, segelte mit windgeschwellten Segeln und wehenden Fähnchen eine flotte Viermastbark. Zweifarbig. In Blau und Rot. Ein stolzes Gemälde, umgeben von den windgepeitschten Wellen des Ozeans.

»O Himmel!« sagte Lorentzen laut. »Wo haben Sie sich das tätowieren lassen?«

»In Dover, Doktor. Der beste Mann, sagte man mir.«

»Es ist ein Meisterwerk, wirklich.«

»Und nun soll die Santa Anna untergehen.« Rosa Ballek schob die Bluse wieder über ihre Viermastbark. »Alle sagen, das ist unmöglich. Aber Sie können es, was?«

Lorentzen sah den Turm von Frau an. Alles an ihr war gewaltig, – nur die Augen nicht. Die waren klein, blank und rund. Kinderaugen, in denen Betteln und Vertrauen standen. Augen, die nahe dem Weinen waren. Aus dem Mund polterten die Worte heraus, aber die Augen waren von einer ergreifenden Hilflosigkeit.

»Das ist schwer, das ist sehr schwer, Rosa«, sagte Lorentzen. Er konnte nicht anders, er mußte den Turm Rosa nennen. Und er sah, wie dankbar sie es aufnahm. »Wir müssen die ganze Rückenpartie mit neuer Haut belegen. Das gibt eine Riesentransplantation. Und es bleibt mindestens eine große Narbe, so groß, wie die stolze Santa Anna einmal über Ihren Rücken segelte.«

»Das ist egal.« Rosa Ballek stand auf. »An Narben stört sich Fiedje nicht. Der hat selbst genug am ganzen Körper.

Wann fangen wir an?« Sie griff in die große Handtasche und hob ein Bündel Geldscheine hoch. »Ich habe genug bei mir, Doktor. In Tanger ehrlich verdient. Ich kann bezahlen.«

»Nächste Woche.« Lorentzen war vorsichtig. Man mußte dieses seltene Problem in aller Ruhe durchdenken. »Schwester Rosel wird Sie auf Ihr Zimmer bringen. Morgen sehe ich mir Ihre Santa Anna einmal genau an und auch die Stellen, wo ich die neue Haut hernehmen kann.« Er sah Rosa Ballek scharf an. Ein Verdacht war ihm gekommen. »Sie sind doch sonst nicht woanders tätowiert ...«

Rosa Ballek senkte den Kopf und wurde tatsächlich rot. »Doch, Doktor«, sagte sie verschämt. »Auf'm linken Achtersteven ...«

»Mein Gott! Auch ein Schiff?«

»Nee ... nur'n Wort. ›Ahoi‹.«

»Und das soll auch weg?«

»Nee, Doktor.« Rosa Ballek reckte sich stolz. »Das ›Ahoi‹ will mein Fiedje lassen.«

Schneller, als sie es wollte, war der Sonntag gekommen. Der Sonntag, an dem Ewald Fohrbeck seine Frau besuchte.

Drei Tage lang hatte Lorentzen das Gesicht behandelt. Das für Ursula unbegreifliche Wunder war geschehen: Nachdem der Schorf abgenommen war, lag reine, zarte, neue Haut darunter. Noch etwas rötlich, wie es neue Haut immer ist, aber glatt und eben, ohne Pickel, ohne Narben. Lorentzen hatte recht behalten. Ursula Fohrbeck sah aus wie eine kleine Madonna.

»Nun übergebe ich Sie wieder der Schönheitsfarm«, sagte er, nachdem Ursula eine halbe Stunde vor dem Spiegel geweint hatte und ihr Glück nicht zu begreifen schien. »Fräulein Steegert wird Sie mit einem Make-up versehen, im Friseursalon werden Sie eine moderne Frisur bekommen – und wenn Ihr Mann kommt, wird er nicht glauben, daß das seine Frau ist. Er wird sich richtig mickrig neben Ihnen fühlen.«

Nun war es soweit. Der Friseur war geschafft. Ursula lag im Kosmetikkeller, und Marianne selbst legte das Make-up auf, zog die Lippen nach, machte die Lidstriche, während zwei Mädchen die Fingernägel behandelten.

Kurz vor dem Ende der Maniküre schellte das Haustelefon.

»Ihr Mann«, sagte Marianne Steegert und legte wieder auf. »Er wartet im Besuchszimmer. Frau Fohrbeck … Mut … ran an den schlimmsten Feind der Frauen, den egoistischen Mann!«

Ursula nickte. Ihre Kehle war wie zugeschnürt.

Ewald ist gekommen. Er wartet.

»O Gott«, stöhnte sie. »Ich kann nicht aufstehen. Ich bin wie gelähmt. Ich … ich kann nicht gehen.«

»Mut, Frau Fohrbeck!« Marianne hob sie fast von der Liege. »Und Kopf hoch! Sie sind jetzt stolz. Ganz stolz. Sie sind eine der schönsten Frauen, die St. Hubert je gesehen hat. Schauen Sie in den Spiegel. Ihr Mann wird sprachlos sein …«

Mit steifen Beinen stieg Ursula die Treppe hinauf. Dann stand sie vor der geschnitzten Tür des Besuchszimmers. Die Tür zwischen Himmel und Hölle.

In diesen Augenblicken war Ursula Fohrbeck ganz allein. Niemand half ihr. Sie war einsam wie der Boxer im Ring, aber ihr Gegner war unbezwingbar: Das Schicksal.

Die Hand, die sie schon auf die schmiedeeiserne Klinke gelegt hatte, zog sie wieder zurück. Es hat keinen Sinn, durchfuhr es sie. Ich weiß, daß er seine Sekretärin liebt, daß er mit ihr Reisen macht, daß er ihr Geschenke kauft. Sie ist zehn Jahre jünger als ich. Sie hat einen straffen, unverbrauchten Körper. Sie hat nicht zwei Kinder geboren. Ihr Busen ist noch jugendlich, ihre Haut überzogen mit dem Haarsamt junger Mädchen. Sie hat lange blonde Haare und trägt Miniröcke.

Von Eifersucht und Kummer zerfressen, hatte Ursula Fohrbeck tagelang die Sekretärin Ewald Fohrbecks beobachtet. Gegenüber dem hohen Bürohaus war ein kleines Café; hier saß sie an einem runden Tisch am Fenster, den Kopf gegen die Gardine gedrückt, und wartete, bis die Sekretärin zum Mittagessen ging. Fünf Tage lang, pünktlich um 12 Uhr, verließ Karin – sie hatte den Namen vom Portier des Bürohauses erfahren – die Firma und stieg in einen kleinen Wagen. Er hat ihn ihr gekauft, dachte sie häßlich. Er ist ganz neu. Und wie sie geht! Den Rock bis zum halben Schenkel. Das ist schamlos. Aber Ewald mag so etwas, ich weiß es. Nur nicht bei seiner eigenen Frau. Wie sie die Haare flattern läßt. Wie ordinär sie ihre Lippen geschminkt hat. Ein grelles Rot.

Und so hatte sie am Fenster gesessen, bleich und zitternd, und wußte, daß sie verloren hatte, daß es sinnlos war, zu kämpfen um einen Mann, den schönere Waffen in die Knie zwangen. Und sie hatte an die Kinder gedacht, vor sich hingeweint und war jedesmal zusammengezuckt, wenn sie ihr Gesicht abtrocknete und über die pickelige Haut strich.

Am fünften Tag ihrer Beobachtung – wieder mittags um 12 – sah sie Karin zusammen mit Ewald aus dem Haus kommen. Sie lachten miteinander, Karins blonde Haare wehten vor seinem Gesicht, sie tänzelte neben ihm her wie ein Zirkuspferd, und dann hakte er sich sogar bei ihr ein und sie lachte laut. Zusammen gingen sie zu Ewald Fohrbecks Auto – ihr eigenes Auto stand daneben – stiegen ein und fuhren ab.

An diesem Mittag hatte Ursula ganz kurz den Gedanken, nach Hause zu laufen, ihre Kinder an sich zu drücken und dann den Gashahn in der Küche aufzudrehen. Aber dann war dieser schreckliche Wille, mit allem Schluß zu machen, auch schon vorbei, und zurück blieb nur eine große Traurigkeit, eine Resignation und ein Bedauern der Kinder.

Nach Hause zurückgekehrt, empfing sie die Putzfrau. »Ihr Mann hat angerufen«, sagte sie. »Er kann heute nicht zum Essen kommen. Er muß zu einer dringenden Besprechung.«

»Ich weiß.« Ursula Fohrbeck nickte mühsam. »Er hat schon gestern davon gesprochen.« Dann saß sie mit ihren Kindern allein am runden Eßtisch und sah ihnen zu, wie sie mit roten Wangen ihre Teller räumten. Das alles kann er aufgeben für ein Paar schlanke, lange Beine, wehende blonde Haare und einen schlanken Körper? Das alles bedeutet ihm so wenig … diese beiden süßen Kinder, die Wohnung, die

Gemütlichkeit, die wir uns erarbeitet haben, und ich, die immer nur für ihn da war? Das kann er alles wegschieben wie einen leergegessenen Teller, nur weil die Haut der anderen zehn Jahre jünger und glatter ist?

An diesem Tage wußte Ursula Fohrbeck, daß sie Ewald verloren hatte und nicht die Kraft besaß, ihn zurückzuholen.

Das alles kam ihr jetzt wieder ins Bewußtsein, als sie vor der Tür stand, hinter der ihr Mann auf sie wartete. Vielleicht saß er da wie ein gelangweilter Pascha und sagte: »Guten Tag, Ursula. Wie geht's? Heiß heute, was?« Oder er sah sie mit einem faden Lächeln an und sagte höflich: »Nett siehst du aus.« Und dann sah er auf seine Uhr: »Ich habe nur zwei Stunden Zeit. Du weißt … der Betrieb. Man muß sich ranhalten.« Er konnte sehr arrogant sein, der Ewald Fohrbeck. Er konnte das Wort »nett« aussprechen, daß man fast beleidigt war.

Vom Keller her hörte Ursula Schritte. Die Stimme von Marianne Steegert. Weglaufen, dachte sie. In den Garten. Sich verstecken. Weiter als bis in das Besuchszimmer darf er nicht kommen. Die Schönheitsfarm ist für Männer verboten. Weglaufen –

Aber sie lief nicht weg. Sie drückte die Klinke herunter und trat ein. Als die Tür aufschwang, setzte ihr Herzschlag aus.

Ewald Fohrbeck war ein großer, schlanker, gut aussehender Mann mit jener deutlich spürbaren, aber überspielten Nervosität, wie sie Managern anhaftet. Wer dem Geld nachrennen muß wie Windhunde einem Blechhasen, der ist ein Bündel zitternder Nerven, jeden Moment bereit, wie nach einem Startschuß loszustürzen. Als die Tür aufging, erhob sich Ewald Fohrbeck. Er trug einen eleganten grauen Anzug, ein leicht rosa getöntes Hemd und einen grünweißen Schlips. Wie ein junger Playboy, durchfuhr es Ursula. Das hat sie ausgesucht; er soll jugendlich wirken neben ihr.

Sie starrten sich stumm an. Ewald Fohrbeck hob langsam die Blumen hoch, die er mitgebracht hatte. Ein Strauß herrlicher, dunkelroter Rosen. Ungelenk, wie ein Tanzstundenjüngling beim ersten Anstandsunterricht, stand er da, die

Blumen in Brusthöhe und nickte seiner Frau zu.

»Guten Tag, Uschi …«, sagte er mit unsicherer Stimme. »Bist du's wirklich?«

»Warum nicht, Ewald? Habe ich mich so verändert?«

»Du … du bist so wie damals … vor dreizehn Jahren … als wir uns kennenlernten. Du … du hast dich überhaupt nicht verändert … Die Zeit ist spurlos an dir vorbeigegangen.«

»Aber Ewald!« Ursula spürte, wie sie rot wurde, und das ärgerte sie. Sie war an der Tür stehengeblieben, und nun kam er auf sie zu, legte ihr die Rosen in die Arme, nahm ihren Kopf zwischen beide Hände und küßte sie auf die zitternden Lippen. Dann umfing er sie plötzlich, zog sie an sich, achtete gar nicht darauf, daß die schönen Rosen zerdrückt wurden, und küßte sie wieder und noch einmal und dann lange, ganz lange, daß Ursula kaum noch Atem bekam.

»Ich bin so froh, daß es dir so gut geht«, sagte er später, als sie nebeneinander saßen, Hand in Hand wie Liebesleute. »Du warst mit den Nerven ja total am Ende. Vielleicht hast du es gar nicht so gemerkt … aber es war schlimm. Auch die Kinder haben es empfunden …«

»Die Kinder …« Ursulas Stimme schwamm in Tränen. »Wie geht es den Kindern, Ewald?«

»Blendend. Sie warten in St. Hubert auf ihre Mama.«

»Du hast sie mitgebracht?« Es war wie ein Aufschrei. Ursula sprang auf, es war ihr, als platze ihr Herz. »Sie sind hier?«

»Natürlich. Ich komme doch nicht allein.« Ewald Fohrbeck zog Ursula zurück in den Sessel. In seinen blauen, nervösen Augen leuchtete Liebe und Freude. »Es ist unfaßbar«, sagte er wieder. »An dir ist die Zeit spurlos vorbeigegangen.«

»Mach keine Komplimente, Ewald. Ich weiß, daß ich älter geworden bin.«

»Keine Spur! Vergleiche doch.« Er griff in den Rock, zog seine Brieftasche heraus und entnahm ihr ein Foto. Ein glückliches Brautpaar in einem blühenden Garten. »Das war vor dreizehn Jahren, Uschi. Und nun guck mal in den Spiegel.«

Ursula Fohrbeck sah nicht auf das Bild – sie starrte ihren Mann an. Ihre Lippen zuckten. »Du hast das Bild immer bei dir?«

»Ja.«

»Immer?«

»Seit dreizehn Jahren. Warum?«

»Nur so.« Sie lehnte den Kopf an seine Schulter. Das Zimmer begann um sie herum zu kreisen. »Was ... was ist sonst passiert? Hast ... hast du viel zu tun?«

»Sehr viel.« Ewald streichelte Ursulas glattes Gesicht mit der zarten neuen Haut. Er begriff nicht, wie ein Mensch durch drei Wochen Erholung dreizehn Jahre wegwischen kann. »Und dann noch der Wechsel dazu ...«

»Welcher Wechsel?«

»Meine Sekretärin ist weg. Du warst kaum drei Tage hier, da kommt ein Brief an. Sie bittet um fristlose Entlassung. Es blieb gar nichts anderes übrig, denn sie war bereits weg. Mit einem griechischen Ingenieur auf dem Wege nach Saloniki. Ich habe es bedauert. Sie war zwar ein flottes Luder, aber eine gute Kraft. Im Stenogramm perfekt, sogar im englischen Stenogramm.« Ewald lachte leise, als er an etwas denken mußte. »Weißt du, was sie einmal gesagt hat? Ich glaube, es war in Basel, nach einer Tagung. ›Ihre Frau, Herr Fohrbeck, ist eine so hübsche Frau, aber sie sollte die Haare anders tragen.‹ – Ich hatte ihr ein Bild von dir gezeigt, weißt du, das Bild damals von der Hannover-Messe, wo du die Haare ganz kurz hattest. ›Jetzt hat sie lange Haare‹, habe ich gesagt. ›Und sie sieht wie eine Madonna aus.‹ Schade, daß diese Karin so klanglos nach Griechenland abgehauen ist.«

»Du hast ihr mein Bild gezeigt?« fragte Ursula heiser.

»Natürlich! Ich verstecke dich doch nicht.«

»Karin war hübsch, nicht wahr?«

»Ein wenig auffällig. Wie eben junge Dinger heute sind. Lange Mähnen, grelle Farben. Aber da war ich in ihren Augen ein alter Knacker ... wenn sie mitfuhr zu den Konferenzen, bestand ich darauf, daß sie sich vernünftig anzog. Ich kann doch nicht als Repräsentant einer Firma mit so einem Äffchen ankommen.«

Ursula atmete tief auf. Dann ergriff sie Ewalds Kopf, küßte ihn und sprang wieder auf. »Ewald!« rief sie. »Bitte, hau mir eine runter!«

»Was soll ich?« Ewald Fohrbeck starrte Ursula fassungslos an.

»Du sollst mir eine kleben! Ich habe es verdient. Ich habe mich monatelang wie eine Schwachsinnige benommen. Ich … ich …« Sie fiel Ewald um den Hals und umschlang ihn. »Laß uns zu den Kindern fahren«, schluchzte sie. »Komm … sofort … zu den Kindern … ich habe solche Sehnsucht nach euch allen!«

An diesem Abend kam Ursula Fohrbeck nicht zurück in die Schönheitsfarm, und auch die anderen Nächte blieb sie in St. Hubert, im Kur-Hotel. Tagsüber kam sie in die Schönheitsfarm, um ihren von Marianne streng gehandhabten »Stundenplan« abzudienen: Massage, Atemübungen, Yoga, Gymnastik, Ozonbehandlung, Abwaschungen mit Franzbranntwein, Packungen mit Kakaobutter, Kräutern und dem geheimnisvollen, russischen grünen Brei, der nach Spinat roch. Sie machte ihre Kräuterbäder, bekam ihre Ganzeinreibungen mit Feuchtigkeitsemulsion, schlief ihre Liegekur ab und wurde von Tag zu Tag jünger. Ewald Fohrbeck hatte sich drei Wochen freigenommen. Während Ursula in der Farm unter Verschluß kam, wanderte er mit den Kindern durch die Täler und über die Bergwege, ruderte auf dem See von St. Hubert und spielte mit ihnen Minigolf. Er wurde braun und ruhiger, das nervöse Zucken in den Augenwinkeln ließ nach, sein Blick wurde klarer. Wann habe ich zum letztenmal Urlaub gemacht, dachte er, als er einmal auf einer Bank saß und weit ins Tal sah. Vor vier Jahren zum letztenmal. Und selbst den mußte ich nach zwei Wochen abbrechen. Direktor Fahnemann bekam die Grippe.

»Du hast ein Wunder an ihr vollbracht«, sagte Marianne eines Tages am Mittagstisch zu Dr. Lorentzen. »Ursula Fohrbeck ist ein völlig neuer Mensch.«

»Nicht ich.« Lorentzen hob beide Hände. »Auf deinen Spezialliegen ist sie anders geworden.«

»Quatsch!« Ilse Patz griff nach der Nachspeise. Quark, mit

Apfelsinen gequirlt. »Die Liebe macht's. Redet euch doch nichts vor … Er ist gekommen, er hat Zeit, er nimmt sie in die Arme … das ist das verjüngendste Elixier aller Frauen. Ohne Liebe ist jedes Cremchen und Püderchen Quatsch.«

»Dann trinken wir also auf die Liebe!« rief Lorentzen und hob sein Glas Moselwein, das er jeden Mittag trank.

Marianne und Ilse stießen mit ihm an, aber sie sahen nicht Lorentzen an, sondern sich.

Und sie stellten mit Erschrecken fest, daß sie sich kalt und feindlich ansehen konnten.

Der geheimnisvolle Patient von Zimmer 22, den Adam Czschisczinski seit Tagen vergeblich anschlich, wurde eines Morgens in den OP gerollt. Wie nicht anders zu erwarten, war Dicki auf dem Posten. Er wienerte die Türklinken, obgleich sie von den Putzfrauen jeden Tag behandelt wurden. »Putzfrauen!« sagte Adam verächtlich. »Die wedeln den Staub nur von Ecke zu Ecke. Was wissen die von Stenilität!«

Aber auch heute sah Dicki nichts. Der Patient wurde auf einem fahrbaren Bett herangerollt. Der Kopf war mit dem weißen Laken zugedeckt. Es sah aus, als rolle man einen Toten weg in den Eiskeller. Schwester Frieda, die das Bett vor sich herschob, lächelte Dicki triumphierend an. Adam Czschisczinski verzog den Mund. Das muß ein ganz toller Fall sein, dachte er. Vielleicht ein bekannter Politiker? Oder ein großer Filmstar? Er sah dem Bett nach und beschloß, seinen Kampf um diesen Geheimnisvollen noch nicht aufzugeben, obwohl er das nach seiner Klettertour an der Hauswand eigentlich beschlossen hatte. »Und wenn ich durch den Kamin kriechen müßte, ich kriege heraus, wer das ist«, sagte Dicki leise, als das Rollbett an ihm vorbei war und im großen Lastenaufzug verschwand.

Im OP war alles für die erste Hauttransplantation vorbereitet. Die beiden Assistenzärzte und die OP-Schwestern waren vollzählig versammelt.

Der Mann, der sich Graf v. Rethberg nannte, war im Vorraum von seinem Bett gestiegen, das eigentlich nur als Tarnung diente, denn er war kräftig, erholt, und seine linke Gesichtshälfte, die unverletzte, zeigte eine gesunde Bräune. Groß, schlank, aristokratisch stand er da und sah durch die breite Glasscheibe in den Operationssaal. Die beiden Ärzte und die Schwestern irritierten ihn.

»Soviel Aufwand, Doktor?« fragte er, als Dr. Lorentzen eintrat, seinen Rock auszog und die Ärmel hochrollte. Eine Schwester stand bereit, ihm nach der Waschung den sterilen Mantel, die Handschuhe und den Mundschutz zu reichen. »Das sieht ja aus, als wollten Sie mir den ganzen Hohlraum ausräumen.«

Dr. Lorentzen lachte. Er wusch sich und blickte dabei zu dem »Grafen« zurück. »Sie sind ein seltener Fall, Graf. Die jungen Kollegen wollen an Ihnen lernen.«

»Danke.« Graf Rethberg lächelte schwach. »Ich schicke Ihnen nach der Behandlung *meine* Rechnung als Modell.«

»Abgemacht. Und nun begeben Sie sich bitte in den OP, Graf. Wollen Sie Lokalanästhesie oder Vollnarkose?«

»Ach, man kann das bei Ihnen à la carte haben?«

»In diesem Fall, ja. Es kommt nur auf die Nerven an. Bei der einen Form hören Sie alles, bei der anderen schlafen Sie selig. Nicht jeder hört gern, wie er operiert wird. Es ist ein merkwürdiges Ding, alles mitzubekommen, ohne etwas zu spüren.«

»Geben Sie mir eins auf die Nase, Doktor.« Graf Rethberg zog das Kinn an. »Unsere Familie hat zwar viele Helden gestellt – aber ich nehme an, sie mußten Helden sein. Wo es sich umgehen läßt, sollte man es tun.«

Zehn Minuten später lag der Mann, der sich Graf nannte, auf dem Tisch. Die starken Scheinwerfer mit den Reflektoren beschienen seine rechte, von der Schwefelsäure zerstörte Gesichtshälfte. Er schlief in der Narkose und röchelte leise. Bis zum Hals war er abgedeckt; über die Haare hatte man ihm eine Art Käppi gezogen. Gnadenlos lag das Licht der Scheinwerfer in den Runzeln und Narben, grinste der Mund faunisch durch den starken Narbenzug. Dr. Lorentzen sah zu seiner 1. OP-Schwester. Etwas beleidigt stand sie am Instrumententisch. Lorentzen hatte ein Rasiermesser und einen Friseur-Streichriemen verlangt. Adam Czschisczinski war frühmorgens schon nach St. Hubert gefahren und hatte beim Dorfbarbier dieses Rasiermesserwetzgerät besorgen müssen. Drei Stunden lang war es dann sterilisiert worden. Schwester Ottilie nahm es stumm hin. Sie glaubte an einen üblen Scherz des Chefs. Chirurgen sind oft solche Witzbolde.

»Wenn Sie dieses Gesicht sehen, dann denken Sie sicherlich: Armer Kerl. Da hilft nur eine lange Transplantation von Rundstiellappen. Das habe ich zuerst auch gedacht. Aber dann habe ich mich doch entschlossen, die Hynes-Methode anzuwenden. ›Shaving of the Scar und Skingraft‹ nennt er sie. Ottilie, das Rasiermesser! Ist es gut abgestrichen?« Er griff nach dem Rasiermesser, nahm den Streichriemen und zog die Klinge ein paarmal hin und her, wie ein Friseur kurz vor der Rasur. Dann prüfte er mit dem Daumen die Schärfe und nickte. Die beiden Assistenzärzte hatten starre Mienen. Der wird doch wohl nicht mit einem Rasiermesser … dachten sie erschrocken. Das ist ja verrückt …

Dr. Lorentzen beugte sich über das narbenzerfurchte Gesicht. »Tampons bereithalten«, sagte er. »Clauden in der Nähe.«

»Alles da, Herr Doktor.«

»Ich rasiere jetzt die Narben mitsamt der Haut ab«, sagte Lorentzen deutlich. »Ich nehme die oberen Schichten parallel zur Oberfläche weg. Es bleibt also noch ein Rest stehen. Ich habe damit einen künstlichen Defekt gesetzt. In dieses Wundbett pflanze ich das Hauttransplantat ein. Lüders, bereiten Sie die Hautentnahme von der linken Oberschenkelinnenseite vor … es muß jetzt Hand in Hand gehen …«

Der I. Assistent nickte stumm. Die Oberschenkelpartie des »Grafen« wurde aufgedeckt. Die II. OP-Schwester reinigte die Hautpartien mit Alkohol. Der II. Assistent rollte einen elektrischen Apparat heran, der wie ein Elektrorasierer aussah. Das Dermatom. Das Gerät, mit dem man jeden gewünschten Hautlappen, so groß und so dick oder dünn man will, abrasieren kann.

»Also, dann wollen wir mal!« Dr. Lorentzen setzte das Rasiermesser an. Schon der erste Schnitt trennte eine dicke, zackige Narbe ab. Blut quoll aus der Wunde … der I. Assistent tupfte es ab mit den Tampons, die mit einer blutstillenden und desinfizierenden Substanz getränkt waren.

Ruhig rasierte Lorentzen die rechte Gesichtshälfte des »Grafen« ab. Er beschränkte sich zunächst auf die großen, wulstigen Narben und auf die Narbe, die den Mundwinkel so schrecklich hochzog. Die Hautpartien, die von der Säure weniger zerfressen waren und ein Feld kleiner, zusammengeschrumpfter Narben bildeten, umging er. Hier würde man die zweite Operation ansetzen, wenn man gesehen hatte, ob die freie Hauttransplantation gelungen war. Später dann, wenn die Haut eingewachsen war, wenn sie normal durchblutet wurde, was Lorentzen innerlich wie ein Gebet erflehte, sollte das ganze Gesicht noch einmal geschliffen werden, so wie er es bei Ursula Fohrbeck getan hatte. Aber darüber konnte ein Jahr vergehen ... wenn diese Operation gelang.

Mit dem Dermatom rasierte Lorentzen nun aus der Innenseite des Oberschenkels die Hautscheibchen heraus, die er zur Deckung der künstlichen Wunden brauchte. Auch dieses Abrasieren war eine Kunst für sich: Die Haut, die er brauchte, mußte die gesamte Epidermis und einen guten Teil der Cutis enthalten. Sie mußte an den Rändern dünn sein und zur Mitte hin, wo einmal die aufliegende Narbe war, dicker werden. Ein winziger Hauthügel mußte also abgetragen werden.

Es gelang. Lorentzen, der diese Operation zum letztenmal vor zwei Jahren in Paris gemacht hatte, wunderte sich fast selbst, wie feinfühlig seine Finger reagierten. Er faßte den abrasierten Hautlappen mit einer Pinzette und übertrug ihn auf den noch immer blutenden Defekt. Auch das war wichtig. Blut, die offene Wunde, die vom Serum umspült wurde, ist der beste Nährboden für ein Transplantat. Leben kommt auf Leben ... und die Natur versteht den Wink.

Über eine Stunde arbeiteten die Ärzte. Kaum ein Wort fiel. Die Stille wurde nur ab und zu unterbrochen, wenn Lorentzen auf dem Friseur-Streichriemen ein neues Rasiermesser auswetzte. Dann schüttelte Schwester Ottilie immer wieder den Kopf.

»Eine barbarische Methode«, sagte sie.

»Aber noch immer die wirksamste.« Dr. Lorentzen deckte den letzten künstlichen Defekt zu. »Wissen Sie, wie der bekannte Chirurg Joseph einmal ein Rhinophym, eine sogenannte Knollennase, operierte? Auch er nahm einfach ein Rasiermesser und schnitt daran herum wie an einer Kartoffel, bis er die Nase schön klein geschnitzt hatte. Und es wurde eine schöne Nase. Das Geheimnis: Man muß die tieferen Talgdrüsen stehenlassen. Von hier wird aufgebaut. Sie sehen, meine Herren, es ist nicht alles Geheimnis, was dazu gemacht wird.«

Nach zwei Stunden war der »Graf« so weit, daß er in seinem Zimmer aufstehen konnte. Er trat an den Spiegel und sah auf seinen verbundenen Kopf. Das einzige, was kühn aus den weißen Binden herausragte, war seine aristokratische Nase.

Das Telefon klingelte. »Ja?« sagte der »Graf« halblaut. Der Verband hinderte ihn am Sprechen, außerdem spürte er jetzt stechende Schmerzen auf der operierten Wange.

»Ich bringe Ihnen eine Karaffe mit Orangensaft. Anordnung des Chefs!« Adam Czschisczinski. Der Mann, der sich Graf nannte, lächelte unter seinen Verbänden.

»Stellen Sie es vor die Tür, Dicki«, sagte er höflich. »Schwester Frieda wird es hereinbringen. Sie sind ja rührend um mich besorgt.«

Dicki legte schnaufend auf.

Auf der Schönheitsfarm hatte sich ein »Club« gegründet. Er tagte nach der Absolvierung von Marianne Steegerts »Stundenplan« im Zimmer von Frau Nitze und war ein fröhlicher Kreis. Sogar Marion Stellmacher hatte man dazu eingeladen.

An diesen Spätnachmittagen bis zum Abendessen oder auch an Abenden, wo man sich ausruhen wollte, saß man zusammen – auf dem Bett, auf Stühlen, am Boden auf Kissen. Es gab Kognak, Whisky oder Likör. Pralinenschachteln, in die Farm geschmuggelt, machten die Runde, Keksdosen wurden geleert, Schokolade zerschmolz zwischen rot geschminkten Lippen. Was man tagsüber an strenger Diät und Gymnastik über sich ergehen ließ, wurde an diesen Clubabenden mit »sündigem Essen«, wie es Marianne nannte, gefeiert. Am nächsten Tag stellte die Waage die Quittung aus, und Ilse Patz war so mitleidlos, diese Damen dann über die Wiese zu jagen oder im Gymnastikraum schwitzen zu lassen.

Und trotzdem kam man bei Frau Nitze zusammen. Nicht allein wegen des »sündigen Essens«, sondern vor allem wegen der sündigen Erinnerungen.

Frauen unter sich, wochenlang allein, tragen keine Maske mehr. Ihre Schicksale machen sie zu Schwestern. Das Leid der einen konnte auch das Leid der anderen sein. Das intime Erlebnis von Frau Nitze weckte Erinnerungen an Geheimnisse im Leben von Frau Offerbeck.

Und so saßen auch jetzt neun Frauen bei Frau Nitze auf dem Zimmer, tranken Whisky aus Zahnputzgläsern und kicherten wie Backfische. Was hatte man nicht alles erlebt mit den Männern. Da war der Urlaub in Rimini. Rugiero hieß der Knabe. Schwarze Locken, enge Hosen, auf der haarigen Brust ein Goldkettchen mit einer Madonna. Welches Temperament. Im Hinterhof des Ristorante, zwischen leeren Chiantiflaschen, Obstkisten und Müllhaufen, riß er das Kleid vom Leib.

»Er wollte einfach nicht warten«, sagte Frau Zimmerer. Sie kam aus Stuttgart. Ihr Mann war Millionär und stellte elektrische Artikel her. »Das ging drei Wochen lang so.«

Kichern. Ein Schluck Whisky. Erinnerungen …

Da war Frau Lohmaier. Aus Tübingen. Sie hatte ein gutgehendes Hemdengeschäft. Ihr Mann starb nach vier Jahren Ehe an einem Hirnschlag. Apoplex, sagte sie vornehm. Dann war sie vier Jahre treue Witwe, mit kleinen Abwechslungen, aber nichts Ernstes, versteht sich. Nun war sie zweiundvierzig Jahre alt, noch immer hübsch, etwas füllig, aber mit seidigem, kastanienbraunem Haar. Bei Kerzenlicht sah sie atemberaubend aus – sie war ein Nachttyp, wie sie sagte.

Und dann geschah es: Ein Witwer, fünfzig Jahre, betrat den Laden und kaufte zwei Oberhemden. Kragenweite 44. Er war Bauunternehmer, besaß drei Kräne, eigene Lastwagen, Aufzüge und beschäftigte siebenundsechzig Mann. Außerhalb Tübingens hatte er eine Villa in einem Park. Er lud Frau Lohmaier ein zu einem kleinen Essen.

Kerzenlicht. Leise Musik. Händchenhalten. Romantik. Ein Kuß.

»Wir heiraten«, sagte der Bauunternehmer.

Und Frau Lohmaier besichtigte die Villa im Grünen.

Aber dann kam der Tag, an dem bei ihr eine Bombe einschlug. Von Heidelberg, wo er Germanistik studiert, kam der Sohn des Bauunternehmers zu Besuch. Groß, blond, zweiundzwanzig Jahre jung, ein süßer Junge mit Augen wie ein blauer See. Bei Frau Lohmaier schlugen die Wellen über die Deiche.

»Was kann ich dafür«, sagte sie jetzt im »Club«. »Ich träume von ihm. Ich liebe ihn wahnsinnig. Wenn ich die Farm verlassen habe, will ich auch ohne Kerzenlicht aussehen wie eine Dreißigjährige. Natürlich heirate ich den Vater, aber der ist viel unterwegs, und Horst, der süße Bengel, ist schnell von Heidelberg da. Er hat einen eigenen Sportwagen ...«

Die Damen auf dem Bett, auf den Kissen, auf den Stühlen kicherten und klatschten Beifall. Noch einen Whisky, ein Likörchen.

Die Männer! Zweiundzwanzig Jahre alt. Wie himmlisch jung und kraftvoll. Die eigenen Männer dagegen haben Bäuche, sind müde vom Geldnachjagen, schnaufen im Bett und lesen die Börsennachrichten, statt zur Seite zu langen und zu nehmen, was auf sie wartet. Und doch macht man sich schön für sie ... denn es ist unerträglich, zu denken, daß die Dicken, so rätselhaft es ist, gerade die zierlichsten Püppchen finden, die man so im stillen beneidet.

»Und wie ist es bei Ihnen, Marion?« fragte Frau Nitze, die am meisten Schwung in den »Club« brachte. Ihr Mann, der Sprayfabrikant von »Maienduft«, hatte ihr geschrieben, er könne nicht zu Besuch kommen. Verhandlungen wegen »Maienduft« in Rom. Eine gute Freundin schrieb einen Tag später. »Er ist mit seinem Reklamemädchen nach Rom. Weißt du, das blonde Gift, das auf den Illustriertenanzeigen seine ›Maienduftflasche‹ in die Luft hält ...« Frau Nitze nahm es hin; sie amüsierte sich kräftig in St. Hubert.

»Bei mir?« fragte Marion Stellmacher. »Wieso?«

»Sie haben doch die meisten Erlebnisse mit Männern.«

»Nein.« Marion sah die Damen der Reihe nach an. In ihren Augen sah sie die Spannung. Um ihre Münder bebte es. Der Genuß der Verruchtheit ist wie Opium. »Bei mir geschieht gar nichts.«

»Aber Sie sind doch …«, rief Frau Nitze.

»Ja. Ich bin eine Dirne.« Marion nickte. »Aber es ist nichts Aufregendes dabei. Es ist wie ein Automat. Wie bei einem Roboter. Man gibt Geld, und der Roboter arbeitet. Die meisten Männer kommen, so wie man in ein Automatenrestaurant gehen würde. Manche, vor allem die Reichen, vielleicht *Ihre* Männer, meine Damen, reden viel. Sie liegen dann neben mir und betrachten mich als Beichtstuhl. Mein Gott, was sie alles erzählen. Von ihren geschäftlichen Nöten, von ihren Frauen, die sich zu mittelalterlichen Statuen verwandeln, von ihren undankbaren Kindern. Sie reden sich aus, bis sie leer sind und zufrieden. Das bißchen Liebe hinterher ist nur eine Selbstbestätigung, daß man noch ein Mann ist. Es sind arme Kerle, meine Damen.«

Im Zimmer lag betretenes Schweigen. Frau Nitze trank nervös ein großes Whiskyglas leer. Frau Lohmaier knabberte Gebäck.

»Und die große Liebe?« fragte jemand in die Stille.

»Ich weiß nicht, was das ist.« Marion Stellmacher sah in ihr Glas.

»Sie haben nie geliebt? Im Urlaub, wie unsere Else den süßen Rugiero?«

»Nein. Ich habe noch nie geliebt.« Marion Stellmacher sah sich wieder im Kreise um. »Sie alle leben glücklicher als ich. Es ist nicht bloß damit getan, einen Mann zu fühlen. Das Herz muß dabei sein … und ich habe mein Herz noch nie gespürt …«

An diesem Abend löste sich der »Club« bald auf. Draußen regnete es. Nach drei Wochen endlich wieder Regen. Die meisten der Damen gingen zu Bett. Nur Frau Häut, eine schlanke, stille, etwas herbe Dame, von der alle nur wußten, daß sie aus Konstanz stammte und ihr Mann dort eine Apotheke habe, blieb wach. Sie war die fleißigste Diätlerin, sie machte alle Gymnastikübungen mit, sie klagte nie. Unnahbar ragte sie aus dem fröhlichen Kreis der anderen Damen heraus. »Die ist aus Holz gemacht«, sagte Frau Nitze einmal. »Bei der holt sich ein Mann ja Splitter ...«

Von St. Hubert herauf wehte ein Glockenschlag. 22 Uhr. In den meisten Zimmern waren die Lichter erloschen. Frau Häut setzte sich an den Frisiertisch. Über den Flur huschte etwas herbei, die Tür öffnete sich und schloß sich leise. Die Friseuse der Schönheitsfarm, ein Fräulein Elfi, stand im Zimmer.

»Hat Sie jemand gesehen, Elfi?« fragte Frau Häut hoheitsvoll.

»Niemand, gnädige Frau. Aber was Sie verlangen ... ich verliere sofort meine Stellung, wenn ...«

»Elfi, reden Sie nicht.« Frau Häut schob einen Hundertmarkschein über die Glasplatte des Frisiertisches. »Fangen Sie an.«

Eine halbe Stunde später kannte niemand Frau Häut wieder. Ihr Haar war hochgesteckt. Über den stolzen Augen schwebten lange, falsche Wimpern. Schwarze Lidstriche vergrößerten die Augen noch und gaben ihnen Geheimnis und Lockung. Wenn sie die Lider senkte, flimmerte es grünlich. Lidschatten aus einem phosphoreszierenden Stoff. Die Lippen glänzten üppig.

»Und nun der Clou«, sagte Frau Häut. Sie lehnte sich zurück, und Elfi tupfte Puder über das Gesicht.

Ein geheimnisvolles Glänzen überzog die sonnenbraune Haut, als sich Frau Häut wieder zum Spiegel beugte.

Goldstaubpuder. Es macht ein Gesicht geheimnisvoll wie das einer ägyptischen Prinzessin.

»So ist es gut, Elfi«, sagte Frau Häut. Sie warf den Frisierumhang ab. Ein raffiniertes Kostüm umschloß den schlanken Körper. »Sie brauchen keine Angst zu haben – ich verrate Sie nie!«

Durch den Ausgang für Lieferanten schlüpfte Frau Häut aus dem Haus. Sie lief ein paar Meter die Straße hinab, bis sie eine Ausbuchtung erreichte. Hier wartete, mit abgeschaltetem Licht, ein Wagen. Eine dürre Männergestalt eilte aus der Dunkelheit auf sie zu, umarmte sie und küßte sie heftig.

»Mein Liebling«, flüsterte er.

»Mein süßer Romeo.« Frau Häut streichelte sein Gesicht. »Du hast so lange warten müssen …«

Der süße Romeo hieß Xaver Grundmoser und war der Friseur aus dem Nachbarort Notzendorf. Aber das wußte Frau Häut nicht. Sie wußte nur, daß er fünfundzwanzig Jahre alt war und nie müde wurde.

Bei solchen Qualitäten sind Namen Schall und Rauch –

Um die gleiche Zeit etwa schlich sich Adam Czschisczinski in das Zimmer der Baronin v. Durrhaus. Es war ehrliches Mitleid, das ihn trieb. Immer auf dem Bauch liegen, das ist böse, dachte er. Man muß sie trösten.

»Wie geht es dir?« flüsterte er in die Dunkelheit hinein. Am Fenster knarrte das Bett.

»Frag nicht so dumm. Komm näher.« Der Kommandoton der Baronin. Adam zuckte zusammen. Er tappte durch die Dunkelheit weiter. Unter dem Arm hielt er etwas an sich gepreßt. Er stieß gegen das Bett und blieb stehen.

»Mach Licht«, sagte er leise.

»Nein. Meine Narben sind schrecklich. Das sollst du nicht sehen. Und noch kann ich nicht auf dem Rücken liegen, es tut noch weh.« Es raschelte wieder im Bett, als wenn sie die Decke wegzog. Dicki bekam einen knochentrockenen Hals. »Was willst du überhaupt? Du weißt doch, ich kann nicht auf dem Rücken …«

»Ich habe was mitgebracht«, sagte Adam heiser. »Dann geht's.«

»Was denn?«

Adam Czschisczinski setzte sich auf die Bettkante und entrollte das große Luftkissen. Dann steckte er das Ventil in den Mund, blähte die Backen und begann, das Kissen aufzublasen.

Er fand es vortrefflich, daß die schnellen Finger der Baronin ihn während dieser anstrengenden Tätigkeit entkleideten …

Am nächsten Vormittag, nachdem als erste Operation die Wegnahme eines Fettbauches vollendet war, kam Thomas Weber, alias Dr. Thorlacht aus Hamburg, in den OP.

Er hatte die Vorbereitung durch die Schwester geduldig ertragen. Nun aber war er unruhig, lief hin und her und spielte mit den Fingern nervös an seinem Hosenbund. »Er muß noch eine Beruhigungsinjektion bekommen«, sagte OP-Schwester II zu Schwester Ottilie. »Der Junge dreht uns ja durch.«

Dr. Lorentzen war zwischen den Operationen kurz in sein privates Sprechzimmer gegangen, um die Post durchzusehen. Jeden Tag kamen jetzt Berge von Anfragen. Lorentzen sortierte sie selbst vor. Die Klinik war für ein halbes Jahr ausgebucht. Bei dieser Flut von Anfragen erwog Lorentzen schon, wie andere kosmetische Chirurgen leichte Fälle ambulant zu behandeln. Sie konnten nach der Operation in St. Hubert wohnen und kamen zur Nachbehandlung, zum Fädenziehen und zur Kontrolle des Heilvorganges hinauf zur Almfried-Klinik. So konnte man viele betreuen, und der normale Klinikbetrieb lief ungestört weiter.

»Kann ich noch einmal den Chef sprechen?« fragte Thomas Weber, als die OP-Schwester II mit der Injektion zu ihm kam.

»Herr Dr. Lorentzen wird gleich kommen. Wenn Sie mir den Arm reichen wollten ... den linken ... bitte ...«

»Ich brauche keine Beruhigungsspritze, Schwester.« Thomas Weber wich zurück. »Es ist dringend. Ich muß den Chef sprechen!«

Fünf Minuten später stand er Dr. Lorentzen gegenüber. Der Arzt lächelte ihn väterlich an.

»Angst? Aber warum denn? So eine Höckernase ist kein Problem. Man sieht keine Narbe ... ich operiere von innen.«

»Ich weiß.« Thomas Weber senkte den Kopf. »Sie operieren nach Joseph und nicht nach Diefenbach.«

Lorentzen sah erstaunt hoch. »Ach! Sie haben sich Literatur über die Operation verschafft?«

»Nein. Ich habe selbst ein paarmal zugesehen.«

»Sie haben ...« Dr. Lorentzen ließ einen Brief fallen, den er gerade aufgeschlitzt hatte.

Thomas Weber nickte, aber er blickte nicht hoch. »Ich muß Ihnen etwas gestehen, Dr. Lorentzen. Sie sehen hier einen Lumpen vor sich stehen. Einen für Geld und Versprechungen gekauften Lumpen. Aber ich wußte nicht, was ich antreffen würde. Man hat mir alles ganz anders geschildert. Und nun sehe ich das! Sehe diese wunderbaren Operationen. Sehe Sie, den ich bewundern muß. – Ich kann nicht mehr ...«

»Verzeihung, aber ich verstehe Sie nicht.« Dr. Lorentzen kam um seinen Schreibtisch herum.

»Ich bin nicht Thomas Weber ... ich heiße Thorlacht. Dr. Thorlacht. Assistenzarzt in der I. Chirurgischen Klinik Hamburg ...«

Einen Augenblick lang blieb Lorentzen das Herz stehen. Dann atmete er tief und hörbar pfeifend auf. »Professor Heberach.«

»Ja.«

»Sie wissen, daß er mein Schwiegervater war?«

»Ja. Ich bin von ihm beauftragt, mir von Ihnen die Nase operieren zu lassen und Ihnen mögliche Kunstfehler nachzuweisen. Ich soll die Stimmung in der Klinik feststellen und unzufriedene Patienten aushorchen. Ich soll Material gegen Sie sammeln.«

Dr. Thorlacht sah hoch. Die Blicke der beiden Männer begegneten sich. »Verzeihen Sie, bitte«, sagte Thorlacht leise. »Ich sehe es jetzt als Schufterei an. Ich habe in diesen Tagen gelernt, Sie zu bewundern ...«

»Keine großen Worte, junger Kollege.« Dr. Lorentzens Gesicht war plötzlich müde und wirkte grau. »Mein Schwiegervater verfolgt mich also immer noch mit seinem Haß?«

»Er hat mir eine Station versprochen, wenn ich Sie bloßstelle.«

»Sie wissen, warum er mich so haßt?«

»Man erzählt sich ... wegen seiner Tochter, Ihrer Gattin. Sie hätten sie totgefahren.«

»Der Wagen rutschte auf regennasser Straße. Wir prallten gegen einen Baum. Ein harmloser Unfall, nur ein Kotflügel eingebeult. Aber meine Frau erlitt einen Schocktod.«

»Das kann doch jedem passieren«, sagte Thorlacht leise.

»Heberach liebte seine Tochter so, daß er sie niemandem gönnte. Sie war auch eine wunderbare Frau.« Lorentzen strich sich über das Gesicht. Als er die Hand sinken ließ, war er wieder der alte. »Ich danke Ihnen, Herr Thorlacht. Nur werden Sie es jetzt wie in der Hölle haben, wenn Sie nach Hamburg zurückkehren.«

»Das weiß ich. Darum eine große Frage. Man nennt Sie hier nur ›Chef‹. Ich finde das großartig. Darin liegt Achtung und Liebe. ›Chef‹.« Thorlacht straffte sich. »Ich möchte auch ›Chef‹ zu Ihnen sagen. Wenn Sie noch einen Assistenten brauchen können ... Ich bin kein schlechter Chirurg.«

»Ich weiß.« Lorentzen lächelte matt. »Die Heberachsche Schule. Sie ist hart, aber vorzüglich. Ich könnte Sie brauchen, Thorlacht. Ich will eine Art Poliklinik aufmachen.«

»Es wäre wunderbar, mit Ihnen zu arbeiten, Chef ...« Die Augen des jungen Arztes glänzten.

»Darüber läßt sich reden.« Lorentzen tippte Thorlacht auf die Höckernase. »Aber zuerst machen wir das Ding da weg. Da kommen Sie nicht dran vorbei. Strafe muß sein! Los, ab zum OP und auf den Tisch. In zwanzig Minuten säge ich Ihren Nasenknorpel ab.«

Wie ein Junge, dem man eine Mark geschenkt hat, lief Dr. Thorlacht hinaus. Als Lorentzen wenig später den OP betrat, lag er auf dem Tisch und lächelte breit.

An diesem Morgen brachten die Zeitungen einen neuen Bericht über den sensationellen Raubüberfall auf die Bank für Baukredit in Frankfurt. Der flüchtige Hauptkassierer wurde genau beschrieben. Ein Bild, das man in seiner Wohnung gefunden hatte, zeigte einen energischen Kopf mit dicker Hornbrille und einer großen Stirnglatze.

»Interpol hat die Fahndung aufgenommen«, hieß es in dem Bericht. »Spuren deuten darauf hin, daß sich Hans Bornemann in die Schweiz begeben hat. Zwei Hotelpagen in Zürich wollen gesehen haben, wie er aus dem D-Zug Basel – Zürich gestiegen ist. Er hat den Bahnsteig in Richtung Stadt verlassen. Für die Ergreifung des Täters oder Hinweise, die zu dessen Festnahme führen, hat die Staatsanwaltschaft eine Belohnung von 5000 DM ausgesetzt. Wie die Bank für Baukredit AG mitteilt, hat auch sie eine Belohnung von 30 000 DM ausgesetzt.«

Man las diese Notiz am Frühstückstisch. In der Schönheitsfarm lasen es die Damen beim Frühstück im Bett zwischen Knäckebrot und Kräutertee. In der Almfried-Klinik sprach man darüber von Zimmer zu Zimmer. Auch Dicki philosophierte darüber.

»Über zwei Millionen Mark! Junge, Junge – ich würde mich stellen und die paar Jahre Knast absitzen. Aber das Geld, das hätte ich vergraben. Und wenn ich dann wieder frei wäre, ging's in die Welt, juchhei!«

»Sie würden keine ruhige Minute haben«, sagte ein Patient, dem Lorentzen eine Adlernase in eine gerade Nase umgewandelt hatte. Er war Jurist. Landgerichtsdirektor. »Sie ständen unter ständiger Beobachtung. Und außerdem müßten Sie nach Verbüßung der Strafe den Schaden an die Bank auch noch zurückzahlen. Ihr ferneres Leben wäre also nur Arbeit und Arbeit ...«

Der Fall beschäftigte alle bis zum Mittagessen. Da hörte man im Rundfunk die Nachrichten, und das Neue überdeckte den Bankräuber Bornemann und seine zwei Millionen.

Dr. Lorentzen, den ganzen Vormittag im OP, hörte überhaupt nichts von diesem Bornemann. Er machte dem jungen Dr. Thorlacht eine wunderbare, geradezu klassische Nase. Er modellierte wie ein begnadeter Künstler. Seinen ganzen Schönheitssinn legte er in diese Nase. Er kämpfte in dieser Stunde nicht gegen den Höcker – er kämpfte gegen Prof. Heberach. Und er siegte.

Aber ihm blieb, wie gesagt, deswegen verborgen, daß es einen Bankräuber Hans Bornemann gab, auf dessen Kopf eine hohe Belohnung ausgesetzt war. Wie so oft spielte auch jetzt das Schicksal Blindekuh.

Dr. Thorlacht schrieb gleich am ersten Tag nach der Operation einen Brief an Prof. Heberach.

Mit bebenden Händen riß Heberach in Hamburg das Schreiben auf. »Endlich!« sagte er zu seinem 1. Oberarzt.

»Nachricht von Thorlacht.« Und dann las er die wenigen Zeilen.

Operation gelungen. Phantastisch operiert. Stimmung in der Klinik vorzüglich. Ein Paradies. Dr. Lorentzen ein Genie!

Knirschend vor Wut zerriß Heberach den Brief in kleine Fetzen und warf sie durch sein Arbeitszimmer.

»Ich habe einen Kretin nach St. Hubert geschickt!« schrie er mit seiner hellen Greisenstimme. »Jawohl, einen Kretin! Raus mit dem Nichtskönner! Sie entlassen ihn sofort! Fristlos! Wegen Unfähigkeit! Das schreiben Sie in sein Zeugnis ... ich bestehe darauf! Unfähigkeit! Ein Kretin –!«

Mit starrem Gesicht verließ der I. Oberarzt das Zimmer des Professors. Auflehnung wäre Verzicht auf die Karriere, wäre beruflicher Selbstmord. Über Dr. Thorlacht war das Urteil gefällt. Ein armer Junge ...

Wie ein grimmiger Zwerg hockte Heberach in seinem Sessel und dachte nach, als er allein war.

Ich fahre selbst hin, dachte er in seinem Haß. Ich werde durch die Klinik gehen und die Patienten aufscheuchen. Und er wird nicht den Mut haben, mich hinauszuwerfen. Ich *lasse* mich nicht hinauswerfen. Ich werde mich hinsetzen und brüllen. Jawohl, wie ein Säugling. Brüllen. Ich möchte den sehen, der die Hand gegen mich erhebt und mich mit Gewalt hinauszerrt. Mich, den Ordinarius der Chirurgie. Wer will mich anfassen und hinauswerfen?

Mit verzerrtem Gesicht blätterte er in seinem Terminkalender. Das Jahr war besetzt. Aber im Frühjahr war Raum.

Eine Galgenfrist, dachte Heberach düster.

Ich werde über ihn kommen wie ein Gewitter. Wie ein Erdbeben und eine Sturmflut.

Es wird seine Vernichtung sein!

An einem Sonntag kam der alte Steegert aus München zu Besuch. Aber er besuchte nicht seine Tochter Marianne, sondern fuhr zur Klinik. Bewundernd stand er draußen im Garten und sah die Fensterfront empor. Von den Balkonen leuchteten die Sonnenschirme. Über einer Brüstung sah er runde Schultern und die Ansätze schwellender Brüste. Darüber blendeten blondierte Haare in der Sonne. Die Baronin v. Durrhaus. Sie betrachtete den weißhaarigen, unbekannten Mann und fand ihn sehr attraktiv. Nur weil Dicki in der Nähe war und die Wege hakte, unterließ sie es, »Hallo! Warm heute, nicht wahr?« zu rufen und so ein Gespräch anzufangen.

»Das ist schön, daß Sie einmal kommen, Herr Steegert«, sagte Dr. Lorentzen. Er war in seinem kleinen Bungalow, der neben dem Schwesternhaus lag, und erholte sich bei einer Weinschorle und einem knalligen Kriminalroman. »Nur immer Wissenschaft ist schrecklich«, sagte er einmal. »Aber wenn Jim, der Einäugige, mit einem Messerwurf den Kapitän von der Brücke der Luxusjacht holt, dann kann man sich wohlig strecken und eine Zigarre dabei rauchen.«

»Ich hielt es für nötig, zu kommen, Doktor.« Der alte Steegert setzte sich in die Hollywood-Schaukel auf der Terrasse und zog seinen Rock aus. Dann trank er ein Glas Schorle und schnitt die Spitze seiner Zigarre ab. Lorentzen nickte.

»Sie wollen sehen, wo Ihre Millionen geblieben sind. Wir gehen nachher rüber ins Büro. Da liegen genaue Zahlen. Die Klinik ist voll belegt. Aber so eine Investition amortisiert sich natürlich nur langsam. Das kann ein Lebensprogramm werden.«

»Mein Geld. Alles Quatsch, Doktor. Sehen Sie mich nicht als wandelnden Geldsack an ... so nüchtern bin ich gar nicht.« Der alte Steegert rauchte die Zigarre umständlich an. Sie mußte rundum gleichmäßig brennen. »Ich bin ganz privat hier. Ganz klein. Mäuschen mit Hut. Ich komme als besorgter Vater.«

Dr. Lorentzen atmete tief ein. Plötzlich lag ein schweres Gewicht auf seinem Herzen.

Marianne ...

»Sie seufzen, Doktor?« Der alte Steegert schielte zu Lorentzen. »Sie ahnen etwas?«

»Ich kann mir einiges denken.«

»Das können Sie eben nicht. Wer kann das schon als Mann? Und ich als Vater denke grundsätzlich immer daneben. Marianne war vor drei Tagen bei mir. Ein Blitzbesuch.

Und mit Donnern dazu. Sie warf sich auf die Couch und heulte los, als habe sie jemand in den Hintern gekniffen.« Der alte Steegert blies Kringel in die Luft und schaukelte hin und her. »Ich habe sie erst heulen lassen. Und dann habe ich ihr Ohrfeigen angedroht. Schließlich bin ich der Vater, und sie bleibt ein Balg, und wenn sie selbst Großmutter ist. Da war sie still und sagte: ›Ich liebe ihn, Paps!‹ – Ich habe nicht die Dummheit begangen und habe zurückgefragt: Wen? – Soviel muß man als Vater schon wissen. ›Und er?‹, habe ich dann gefragt, denn etwas muß man ja auf solch ein Geständnis sagen. Und da heult sie wieder los und schreit: ›Er betrügt mich mit Ilse!‹ – Auch das habe ich mir gedacht. Unsere Ilse. Ein Weib, im Vollmond gezeugt. Mir altem Bock kribbelt's selbst unterm Scheitel, wenn ich das Mädel manchmal sehe, in dem engen schwarzen Turntrikot. Ich nehm es Ihnen nicht übel, Doktor. Wenn Sie dafür keine Augen hätten, würde ich Sie als Anormalen verachten. Aber jetzt spricht ein besorgter Vater zu Ihnen, dessen Tochter bei ihm geheult hat und wie in alten Zeiten eine Rotznase bekam. Das Mädel ist total verrückt. Sie liebt Sie abgöttisch.« Der alte Steegert kaute an seiner Zigarre. »Ist das nicht komisch, daß ich alter Knochen hier herumschaukele und den Brautwerber spiele?«

»Ich liebe Marianne«, sagte Lorentzen klar und fest.

»Sie auch? Dann ist ja alles in der Butterpfanne! Mein Junge.« Er sprang auf, breitete die Arme aus, aber ließ sie sofort wieder sinken. »Ilse! Da ist Ilse. Was ist damit? So sehr ich männliche Ausflüge verstehe, bei der eigenen Tochter ... Sie wissen ... da ist es anders. Die will man glücklich sehen. Die soll einen braven Mann bekommen, so blöd und naturwidrig das auch ist. Was ist mit Ilse?«

»Nichts.«

»Nichts? Doktor, enttäuschen Sie mich nicht.«

»Sie ist eine gute Freundin.«

»So kann man's auch nennen. Gut Ding hat viele Namen.«

»Sie ist wirklich nur eine Freundin.« Lorentzen lächelte breit. »Auch wenn es Ihnen nicht in die Phantasie paßt: Ilse Patz ist meine Geschäftspartnerin, weiter nichts.«

»Aber Marianne sagt …«

»Es ist unbegründet.«

»Hand aufs Herz!«

»Hand drauf.«

Der alte Steegert setzte sich wieder in die Hollywood-Schaukel. »Ich bin beruhigt«, sagte er. »Für Marianne freut mich das. Sie aber sind ein fader Bursche, Doktor! In Ihrem Alter hätte Ilse bei mir ab Einbruch der Dunkelheit die Textilien geschont. Na ja, die heutige Jugend hat nur die große Klappe. Wir sprachen weniger, aber wir konnten noch die Hauswände raufkraxeln. Wer kann das heute noch?« Er sah Dr. Lorentzen groß an. »Was soll nun werden?«

»Darüber habe ich auch schon lange nachgedacht.«

»Geheiratet wird! Das ist doch klar! Oder soll diese Liebe nur so ein Verhältnis sein? Da lege ich als Vater mein Veto ein. Nicht mit meiner Tochter! Andererseits geht mir Marianne ein wie ein Tranlicht, wenn sie nicht ihren Lutz Lorentzen bekommt.« Der alte Steegert puffte Lorentzen in die Seite. »Mensch, Doktor, immer nur an Menschen herumschnippeln! Nehmen Sie doch Marianne mal in'n Arm! Ich guck als Vater weg. Ich weiß, Sie sind ein Ehrenmann.«

»Es sind da viele Probleme«, sagte Lorentzen nachdenklich. »Ich bin hierhergekommen als armer Schlucker. Ein akademischer Hausierer. Und die beiden Mädels und Sie, die Väter, haben dann diese wunderbare Klinik hingesetzt. Man könnte leicht denken, jetzt heiratet er seinen Chefarztposten und die Gebäude dazu.«

»Komplexe, wie?« Der alte Steegert tippte an seine Stirn. »Bei Ihnen singt wohl eine Meise? Jeder weiß, daß man Sie überfahren hat. Daß Sie nicht eine Sekunde an eigene Vorteile dachten. Und überhaupt, die Klinik! Was wäre sie ohne Sie? Ein Steinhaufen. Ein luxuriöser Vogellokus. Erst Ihr ärztliches Genie hat Leben in die Mauern gebracht. Hätte ich meine Millionen verspielen, versaufen oder verh … na ja … sollen? Und da haben Sie Komplexe? Himmel, ist die Jugend von heute kompliziert!«

Der alte Steegert blieb bis zum Abend, ohne hinüber zur

Schönheitsfarm zu gehen. Er fuhr beim Dunkelwerden wieder zurück nach München. Einig waren sie sich nicht geworden ... nicht über den Termin. »Ich bin froh, daß ich wenigstens weiß, daß auch Sie Marianne lieben«, sagte der Alte beim Abschied. »Alles andere kommt doch anders, als man will ...«

Es war ein warmer Septemberabend. Lorentzen lag noch in der Schaukel und las weiter in seinem Kriminalroman. Die Terrasse war nur schwach beleuchtet. Mücken und Falter umschwirrten die kleine Leselampe hinter der Schaukel.

Ein seltsames Gefühl der Unruhe veranlaßte Lorentzen, sich aufzusetzen. Er hatte den unbestimmten Eindruck, nicht mehr allein zu sein. Er sprang auf und warf den Roman weg. Mit einem Satz war er bei den Lichtschaltern. Über die Terrasse ergoß sich blendende Helle. Im Winkel, den das Schlafzimmer zum Wohnzimmer bildete, stand eine schmale Gestalt an der Wand, die bisher in der Dunkelheit gelegen hatte.

»Marianne –« sagte Lorentzen gedehnt. »Du ... Warum schleichst du in der Dunkelheit herum? Warum versteckst du dich in der Nacht ...«

»Mach das Licht aus, bitte. Wie vorhin, Lutz ...«

Lorentzen drehte die Schalter zurück. Die Terrasse versank im Dunkeln, nur die Leselampe brannte. Die Mücken und Falter stürzten sich auf sie.

»Vater war hier?« fragte Marianne stockend. Sie kam langsam näher. Von der Farm konnte man zu Lorentzens kleinem Bungalow hinübersehen. Vor allem von Ilses Fenster aus. Deshalb blieb Marianne im Schatten der Hauswand, als sie näher kam.

»Ja«, sagte Lorentzen. »Er war hier.«

»Ilse hat seinen Wagen gesehen. Bei mir war er nicht.«

»Er wollte auch nur zu mir.«

»Warum?«

»Geschäftlich. Und so. Männer haben eigene Probleme.«

»Was hat Vater erzählt?«

»Vieles. Er spricht gern, der alte Herr.«

»Du belügst mich, Lutz. Warum ist Vater zu dir gekommen?«

Angst, Scham und unterdrückter Groll schwangen in ihrer Stimme. Lorentzen lächelte still. In seinen Augen glänzte es wie der Widerschein von tausend Sternen. Er knipste die kleine Leselampe aus, und nur die fahle Dunkelheit, unterbrochen von den Sternen, lag über der Terrasse. Mit einigen Schritten war er bei Marianne, und ohne etwas zu sagen, hob er sie auf seine Arme und trug sie ins Zimmer.

Sie schlang den Arm um seinen Nacken und drückte ihr Gesicht an ihn.

Mit einem Tritt schloß er die Terrassentür; sie fiel so heftig zu, daß das Glas zersprang. Ein helles Klirren umgab sie.

»Sieben Jahre Glück …«, sagte er leise an ihrem Ohr.

»Mehr, viel mehr, Lutz. Ein ganzes Leben lang Glück!«

Marianne auf den Armen, tappte er durch das dunkle Haus, und sein Herz war voller Glückseligkeit.

Das Mondlicht schimmerte blaß durch die auf Schlitz gestellte Jalousie. Die Dunkelheit im Zimmer war fast vollkommen; nur wo der Mondschimmer hinglitt, hob er die Gegenstände schemenhaft aus der Nacht: Ein nacktes Bein … eine träge herunterhängende Hand … ein paar blonde Haarsträhnen … der Ansatz eines flachen, weißen Bauches … die geahnte Wölbung eines Oberschenkels …

Ab und zu glommen zwei glühende Punkte durch die Dunkelheit. Wenig später zog es wie schmale Nebelschwaden durchs Mondlicht. Holz knackte. Ein leises Quietschen einer Stahlfeder. Ein Rascheln von Decken.

»Woran denkst du?« fragte Lorentzen.

»Woran auch du denkst, Lutz …«

Die Punkte glühten wieder auf. Der Qualm der Zigaretten wehte zum Fenster. Die herunterhängende Hand verschwand aus dem Mondlicht. Dafür streckte sich ein schlankes Bein aus.

»Ich denke nur daran, daß ich dich liebe, Marianne.«

»Ich denke daran, daß ich mich furchtbar benommen habe.«

»Furchtbar? Wieso?«

»Ich habe mich nicht gewehrt.«

»Marianne!«
»Ich hätte mich wehren müssen. Jawohl. Aber was habe ich getan?«
»Du liebst mich doch.«
»Nun wird alles noch komplizierter.«
»Es wird einfacher, Marianne. Nun wissen wir, daß wir zueinander gehören.«
»Und Ilse?«
»Ich habe nie daran gedacht, Ilse zu heiraten.«
»Aber sie liebt dich auch.«
»Sie wird es überwinden. Ilse ist nicht der Typ, der an unglücklicher Liebe zerbricht.«
»Es werden schwere Monate kommen, Lutz. Ich weiß es.«
»Wir werden reinen Tisch machen. Morgen sage ich es Ilse selbst.«
Das Mondlicht glitt weiter. Über den nackten Leib, über kleine, runde Brüste, über eine Männerhand, die zärtlich über die weiße Haut streichelte.
»Ich bin so glücklich, Lutz.«
»Zum erstenmal wünsche ich mir wirklich, daß die Sonne später aufgeht –«
Die beiden glühenden Punkte zerstoben in einer Glasschale. Durch den Mondschein glitt ein Körper in die Dunkelheit. In die satte Stille klang das fast seufzende Atmen zweier Menschen.
»Es gibt keine Welt mehr ohne dich.«
»Ich liebe dich, Lutz. Oh, ich liebe dich ...«
Die Stimme brach.

Auf der Terrasse setzte sich Ilse Patz in die Gartenschaukel und starrte hinüber zu den beiden langgestreckten Gebäuden der Schönheitsfarm. Nur das Fenster von Frau Häut war noch beleuchtet; sie war ins Haus zurückgekommen und schminkte sich ab. Ins Tal hinab glitten die Scheinwerfer eines Autos. Der »Romeo« fuhr zurück. Um 8 Uhr mußte er seinen Friseurladen öffnen. Ein bißchen Schlaf muß der Mensch doch haben.

Mit aufeinandergepreßten Lippen saß Ilse in den Schaumgummipolstern der Schaukel. Zwei Fenster weiter, hinter den heruntergelassenen Jalousien, lag Marianne in den Armen Lorentzens. Wie eine Katze war Ilse vorhin dorthin geschlichen und hatte das Ohr an das Fenster gelegt.

Stimmen, Wortfetzen. Glück ... ich liebe dich ... Seufzen ...

Sie hatte sich so fest auf die Lippen gebissen, daß sie bluteten. Nun saß sie da, leckte das Blut aus der Bißwunde und wußte nicht, was sie tun sollte. Sie wußte nur eines: Lorentzen war für sie verloren. Verloren als Ehemann. Aber auch verloren als Liebhaber?

Sie lächelte, aber es war ein verzerrtes, bitteres Lächeln. Gab es einen Mann, der einer Ilse Patz widerstehen konnte? Sie dachte an das Bild, das sie vor einer Stunde noch im Spiegel ihres Zimmers gesehen hatte. Nackt hatte sie sich vor dem Spiegel gedreht. Welch ein Körper, hatte sie sich gesagt. Welch ein Wunderwerk der Natur. Sie hatte sich selbst gestreichelt mit beiden Händen und die Elektrizität gefühlt, die durch ihre Haut flimmerte. Sie war zusammengezuckt, als sie über ihre Brüste strich, sie atmete schwerer, als ihre Hände zum Schoß glitten und über die langen Schenkel fuhren.

»Wer kann dir widerstehen?« hatte sie laut zu ihrem Spiegelbild gesagt. »Wer hat noch die Kraft, sich abzuwenden, wenn er so etwas sieht?« Und dann war sie zum Fenster gelaufen und hatte Marianne nachgesehen, wie sie einem Fuchs gleich durch die Nacht glitt, das Tor im Trennungszaun aufschloß und hinauf zum Hügel rannte, wo der kleine Bungalow Lorentzens lag.

Die Gardine hatte sie vor Erregung von der Stange gerissen, war zurück ins Zimmer gerannt und hatte sich wieder im Spiegel betrachtet. »Sie heiratet ihn!« hatte sie sich angeschrien. »Aber du –« und ihr Zeigefinger fuhr gegen ihr Spiegelbild, »– du wirst ihn zum Geliebten nehmen! Und ich verachte dich, wenn es dir nicht gelingt!«

Nun saß sie auf der Terrasse von Lorentzens Bungalow und wußte, wie groß das Glück hinter den Jalousien war. Noch immer blutete ihre aufgebissene Lippe, und sie leckte das Blut weg. Sie zitterte am ganzen Körper, als sei nicht eine warme Spätsommernacht, sondern als wehe ein kalter Wind von den schwarzen Bergen herab. Einen Augenblick lang stieg in ihr wahnsinnige Wildheit auf, sie wollte emporspringen, an das Fenster rennen und mit den Fäusten gegen die Scheiben trommeln. Ihre ganze Kraft kostete es sie, es nicht zu tun, sondern starr auf der Gartenschaukel sitzen zu bleiben.

Erst als hinter der Jalousie das Deckenlicht aufflammte und Schatten am Fenster vorbeiglitten, sprang sie auf und rannte den Hügel hinunter, zurück zur Schönheitsfarm.

Ihr langes schwarzes Haar wehte wie die Fahne eines Korsaren hinter ihr her.

Um 8 Uhr, am nächsten Morgen, kamen Marianne und Lorentzen zusammen zum Frühstück. Der Betrieb auf der Schönheitsfarm lief bereits auf vollen Touren. Die Damen frühstückten im Bett oder wurden gerade mit Franzbranntwein, ätherischen Ölen und anderen Geheimmitteln massiert oder ließen sich mit Cremes, Kakaobutter und pflanzlichen Fetten einreiben.

Auf dem runden Tisch im Privateßraum standen nur zwei Gedecke.

Marianne steckte den Kopf durch die Durchreiche zur Küche.

»Hat Fräulein Patz schon gegessen?« fragte sie.

»Ja.« Die Diätköchin nickte. Sie mixte gerade einen Cocktail aus Brunnenkressesaft und Tomaten für Frau Häut, die heute morgen sehr abgespannt war. »Fräulein Patz ist weggefahren.«

»Weggefahren? Wohin?«

»Nach München.«

»Danke.« Marianne Steegert schob die Durchreiche zu. »Ilse ist in München«, sagte sie etwas ratlos. »Davon war gar nicht die Rede. Wir wollten erst nächste Woche gemeinsam dorthin. Ob … ob sie etwas gemerkt hat … gestern …«

»Ausgeschlossen!« Dr. Lorentzen goß sich Kaffee ein und schnitt ein knackfrisches Brötchen auf. Für ihn galt nicht die strenge Diät der Farm: Knäckebrot, Vollkornbrot, auf keinen

Fall weißes Gebäck. »Und wenn ... dann wäre Ilse erst recht hier. Du machst dir unnötige Sorgen, Liebste.«

Es sollte sich bald herausstellen, daß diese Ansicht falsch war.

Dino Valenti, der Geigenvirtuose, dem beim Adagio-Spiel immer das linke Augenlid herunterhing, was ihm das Aussehen eines müden Hundes verlieh, war zur Operation vorbereitet. Die ganze Station war glücklich, als er endlich ruhig und fast schon im Dämmerschlaf auf dem fahrbaren Bett im Vorbereitungszimmer lag.

»Künstler sind Halbverrückte!« sagte Oberschwester Ottilie aus reicher Erfahrung. »Immer wenn wir einen Künstler operieren wollten, gab es Komplikationen. Vor, während und nach der Operation. Künstler sind eine Sorte Mensch für sich; ihre Nerven liegen bloß.«

Nicht anders war es bei Dino Valenti.

Die Wartezeit bis zur Operation – und das waren vier Tage – hatte er damit zugebracht, in seinem Zimmer Fingerübungen auf der Geige zu machen. Ein großer Geiger muß das, jeden Tag mindestens fünf Stunden. Tonleitern hinauf und hinunter, Triller und Übergänge, Stakkatos und Bögen. So schön es auch klingt, wenn ein Virtuose wie Valenti im Konzertsaal Paganini, Beethoven oder Mozart spielt, so schrecklich hört es sich an, wenn er übt. Die Zimmerinsassen links und rechts neben ihm beschwerten sich nach dem ersten Fünfstundentag von Tonleitern bei Dicki, bei der Stationsschwester und schließlich bei Dr. Lorentzen selbst.

»Zugegeben, er ist weltberühmt«, sagte ein bekannter Architekt, der sich seine großen Nasenflügel verkleinern lassen wollte. »Aber wenn er wenigstens eine Melodie spielte. Immer nur Triller, das hält keiner aus! Ich komme mir schon vor wie ein Buchfink im Frühling. Trilili ... trilala ... trililili ...«

»Fünf Stunden sind etwas viel«, sagte der Nachbar zur Rechten von Valenti bei einer Nachuntersuchung zu Dr. Lorentzen. Er war Politiker und ließ sich seine Kummerfalten auf der Stirn wegoperieren, denn ein Politiker soll optimistisch aussehen und nicht wie ein Mensch, der gleich vor Kummer zu weinen beginnt. »Ich bin es ja gewöhnt, im Bundestag stundenlang zu gähnen … aber eine leiernde menschliche Stimme ist Wohlklang gegen die Tonleitern auf einer einsamen Geige.«

Dino Valenti bekam ein anderes Zimmer. Am Ende des Ganges, über dem »Grafen«. Dort saß er auf dem Balkon und fidelte vergnügt. Am dritten Tag standen neun hübsche Frauen am Zaun, der die Schönheitsfarm von der Klinik trennte, und sahen zu dem Balkon hinauf. Frau Nitze hatte wie immer die Führung übernommen. Die neun Damen zeigten sich in knappen Bikinis und kicherten wie junge Mädchen.

Dino Valenti winkte ihnen zu, setzte seine Geige ans Kinn und begann die Toselli-Serenade. Doch dabei trat er zurück unter den Sonnenschirm. Er wußte: Noch vier Takte, und das linke Augenlid fiel wieder herunter. Es war deprimierend. Wenn das Gefühl einsetzte, rutschte das Lid weg. Bei Toselli, bei Paganini, bei Haydn und erst recht beim Adagio von Bruch.

Der »Graf« unter Dino Valenti, im Schatten seines großen Schirmes, lauschte genußvoll auf das Geigenspiel. Er hatte Valenti noch vor drei Monaten in London begrüßt. Nun wohnten sie zusammen unter einem Dach, getrennt durch eine Etagendecke. Wie klein die Welt ist …

Am Tag vor der Operation zeigte es sich, daß Valentis Nerven bloß lagen, wie es Oberschwester Ottilie nannte. Er übte nicht, und genau das rief im Hause Unruhe hervor und führte zu Anfragen bei Dicki, ob Herr Valenti etwa krank sei. Er rannte im Zimmer herum, rang die Hände, nahm seine Geige ans Kinn, aber er spielte nur stumm vor dem Spiegel und betrachtete dabei sein hängendes Augenlid. Dann schwitzte er, es war kalter Schweiß, rang nach Atem und trank Unmassen von Sprudelwasser. Bevor Schwester Frieda mit der ersten Injektion ins Zimmer kam, verfluchte er die Natur, die ihn mit einem solchen Lid ausgestattet hatte, hockte sich aufs Bett und weinte wie ein kleiner Junge.

Er hatte Angst. Hundsgemeine Angst. Seine Nerven zitterten schon bei dem Wort Operation. Er war noch nie operiert worden, er hatte noch seinen Blinddarm und seine Mandeln. Zweimal war ihm ein Zahn gezogen worden, und beide Male gab es fast eine Tragödie. Dino Valenti bekam einen Kollaps und lag nach der Zahnextraktion auf dem Sofa, bleich und mit flatterndem Puls.

»So geht das nicht!« sagte Schwester Ottilie, als Schwester Frieda meldete, die zwei Tabletten Doroma, zwei Tabletten Pacatal zu 50 mg und zwei Tabletten Bellasanol vom vergangenen Abend hätten keinerlei Wirkung gezeigt. »Um den ruhig zu kriegen, sollte man zum guten alten Holzhammer greifen.«

Dino Valenti wurde bleich, als Schwester Frieda am Morgen mit der Injektionsspritze ins Zimmer kam. Auf seiner Stirn perlte Schweiß. Wie zur Hinrichtung abgeholt, stand er auf und bemühte sich, gerade zu stehen.

»Was bekomme ich?« fragte er heiser.

»Eine Injektion mit Phenoziathin.«

»Ach so.« Der Name wirkte wie ein Schock. Valenti setzte sich sofort wieder auf die Bettkante.

Schwester Frieda stieß die Nadel in den entblößten Oberschenkel. 100 mg Pacatal intramuskulär. Tapfer stand es Valenti durch. Aber dann sah er etwas auf dem Tablett liegen, das Schwester Frieda hereingetragen hatte, was ihn maßlos erschreckte.

»Das auch?« fragte er entsetzt.

»Ja. Ein Vomex-A-Zäpfchen.« Schwester Frieda wickelte es aus dem Stanniolpapier. »Legen Sie sich bitte auf den Bauch, Herr Valenti!«

»Ich soll ...« Valenti machte sich steif.

»Ja bitte. Auf den Bauch. Und ziehen Sie die Hose herunter.«

»Schwester –«, stöhnte Valenti, der große Virtuose.

»Und ganz entspannen. Sonst bekomme ich das Zäpfchen nicht hinein. Nicht zusammenkneifen!«

Valenti saß noch immer auf der Bettkante. Sein Gesicht glühte. Er starrte an Schwester Frieda vorbei aus dem Fenster. Das kann man nicht verlangen, dachte er gequält. Vor einem jungen, hübschen Mädchen soll ich mich ... »Ich möchte den Doktor sprechen«, sagte Valenti schwach.

»Der Chef operiert gerade.« Schwester Frieda trat mit dem Zäpfchen zwischen den Fingern ans Bett. »Bitte, die Hosen herunter, Herr Valenti.«

»Alles wegen des Lides?« schrie Valenti und sprang auf. »Muß das sein?«

»Es muß. Die Praemedikation ist bei Ihnen besonders wichtig, sagt auch der Chef. Bitte auf den Bauch legen ... ganz locker ... entspannen ... So ist es gut ...«

Dino Valenti schloß die Augen und zuckte zusammen, als er das Zäpfchen bekam. Nie ist ein Mensch so erniedrigt worden wie ich, dachte er. Nie! So etwas ist eine Blutrache wert.

Man muß wissen: Dino Valenti stammte aus Palermo.

Über eine halbe Stunde war er dann allein und zerfleischte sich selbst innerlich bei dem Gedanken, entehrt worden zu sein. Dann ließ die Spannung nach, er wurde müde und ruhiger, die Welt erschien ihm gleichgültiger, und als Schwester Frieda wiederkam, nahm er das bereits als selbstverständlich hin.

Noch einmal bekam er eine Spritze. 1 ccm Dromoran. Danach war er so abgekämpft und schläfrig, daß er sich auf dem Rollbett wohlig ausstreckte und wegfahren ließ zum OP.

Hier wurde er noch einmal unruhig, als er die Lokalanästhesie bekam, aber dann sah er Dr. Lorentzen nur noch wie durch einen Schleier. Sein Sprechen war ein schweres Lallen.

»Und nun machen wir die Kleinigkeit«, sagte Lorentzen unter dem starken Scheinwerfer. »Bitte, schließen Sie die Augen, Herr Valenti.«

Valenti tat es, und Lorentzen hob mit zwei feinen Pinzetten die Hautfalte empor.

»Soviel können wir wegnehmen«, hörte Valenti die Stimme des Chirurgen. »Dieser Hautstreifen ist zuviel.«

Dann schlief er ein, aber es war ein Dämmerschlaf, in dem er alles hörte, aber nichts mehr fühlte. Mit winzigen feinen Stichen setzte Lorentzen die Naht in die natürliche Hautfalte des Oberlides. Dort würde sie nach ein paar Tagen vollständig verschwinden. Der große Geiger Dino Valenti würde beim Spiel eines Adagios nicht mehr wie ein satter, träumender Hund aussehen.

»Fertig«, sagte Lorentzen. Valenti wollte protestieren, aber die Zunge war zu schwer. Wieso? dachte er erregt. Fertig? Es fängt doch erst an. Er hat doch noch gar nichts getan. Ich liege ja kaum auf dem Tisch. Er kann unmöglich fertig sein. Etwas muß mißlungen sein. Hilfe!

Aber die Medikamente hielten ihn nieder. Er fühlte sich aus dem OP gerollt, vier Arme hoben ihn in sein Bett, deckten ihn zu, er bekam eine Augenbinde, und da nun alle Aufregung vorbei war, schlief er sofort ein und schlief vierundzwanzig Stunden, ohne sich zu regen.

»Den haben Sie aber zugedeckt, Schwester Ottilie«, sagte Dr. Lorentzen, als gemeldet wurde, Valenti schnarche noch immer.

»Sie haben ihn nicht vorher gesehen, Chef.« Schwester Ottilie verzog den Mund. »Eine Heuschrecke macht nicht solche Sprünge wie er in seinem Zimmer.« Und dann zog sie die Stirne kraus und sagte mit aller Verachtung: »Künstler!«

Nach drei Operationen wollte sich Lorentzen eine halbe Stunde in seinem Büro erholen. Er hatte sich Kaffee bringen lassen und einen Kognak, aber die Sekretärin hielt ihn mit einem Wink fest, als er in sein Zimmer eilen wollte.

»Besuch, Herr Doktor.«

»Jetzt? Konnten Sie ihn nicht fernhalten?« Dr. Lorentzen wischte sich über die Stirn. »Ich brauche eine halbe Stunde Ruhe.«

»Ich glaube, Sie sehen den Besuch auch als wichtig an, Herr Doktor. Ich dachte mir ...«

Dr. Lorentzen wehrte ab. »Es ist ein Fehler, daß in den Vorzimmern zuviel gedacht wird«, sagte er. »Man sollte Roboter ins Sekretariat setzen.«

Diese etwas grobe Meinung revidierte er sofort, als er den Herrn sah, der sich bei seinem Eintritt gleich aus dem Sessel erhob. Ja, das ist er, dachte Lorentzen. So sah er auf den Fotos aus. Ich kann mich nicht irren.

»Das ist schön, daß Sie zu mir kommen, Herr Fohrbeck«, sagte er und streckte die Hand hin. Ewald Fohrbeck sah den Arzt verblüfft an.

»Sie kennen mich, Doktor? Ich habe mich Ihnen doch gar nicht vorgestellt ...«

»Ihre nette, kleine Frau hat mir genug Bilder von Ihnen und den Kindern gezeigt. Sie haben eine fabelhafte Frau, Herr Fohrbeck. Sie sind zu beneiden.«

»Deshalb bat ich auch darum, Sie sprechen zu dürfen, Doktor.« Ewald Fohrbeck machte einen unsicheren Eindruck. Er war so völlig anders, als Ursula ihn geschildert hatte. Die Eleganz schien etwas zerknittert. Seine Unwiderstehlichkeit auf Frauen blätterte ab. Er sah an Lorentzen vorbei und suchte deutlich nach Worten. »Sie haben Ursula ein neues Gesicht gegeben.«

»Ich habe die Natur nur etwas korrigiert.«

»Sie haben ihr mehr gegeben ... auch eine neue Seele. Und das kann man nicht bezahlen. Sie wissen nicht, wie verzweifelt ich in den letzten Monaten war.«

»Sie?« Dr. Lorentzen setzte sich Fohrbeck gegenüber. »Ich dachte, Ihre Frau hatte mehr Grund.«

»Das ist es ja! Sie hatte gar keinen Grund! Sie verfolgte, quälte, zermartete mich mit ihrer Eifersucht. Ihr pickeliges Gesicht hatte sie völlig verändert. Sie wissen, was Ursula mir andichtete?«

»Die Sekretärin ...«

»Völlig aus der Luft gegriffen. Ich gebe Ihnen mein Ehrenwort, Doktor.«

»Das müssen Sie Ihrer Frau geben.«

»Wir reisen übermorgen ab. Nach Hause. Es waren wundervolle Ferientage. Ich habe mich wieder richtig in meine Frau verliebt. Wie ist es nur möglich, daß sie ein ganz anderer Mensch geworden ist?«

»Das ist kein Geheimnis.« Dr. Lorentzen nippte an der Tasse heißen Kaffee, die ihm die Sekretärin gebracht hatte. »Die Schönheit des Körpers und die Schönheit der Seele sind

Zwillinge. Das wußten schon die alten Griechen und Römer. Eine Frau, die glücklich über ihren Körper ist, wird auch immer eine lebensfrohe Frau sein. Die kosmetische Chirurgie ist auch eine Chirurgie der Seele. Das ist ein kleines Wunderwerk Gottes: Mit einem Schnitt heilt man *zwei* Gebrechen ... Denken Sie daran, Herr Fohrbeck: Ihre kleine Frau braucht viel Liebe.«

»Ich werde immer daran denken, Doktor.« Ewald Fohrbeck erhob sich und drückte Lorentzen beide Hände. »Sie haben das Glück einer ganzen Familie gerettet.«

Nachdenklich verbrachte Lorentzen die restlichen Minuten allein mit seinem Kaffee, einer Zigarre und einem Kognak. Die Ironie des Schicksals kam ihm voll zum Bewußtsein: Hier rettete er eine Ehe und schuf Glück ... und für sich selbst schuf er durch eine Ehe mit Marianne Komplikationen, die noch nicht zu überblicken waren.

Ilse Patz hatte nichts hinterlassen und auch aus München nicht angerufen. Ihre Fahrt in die Stadt war völlig sinnlos. Der gesamte Stundenplan der Schönheitsfarm war durcheinandergekommen, weil niemand wußte, wann sie wiederkam. Die Gymnastikstunden wurden von Marianne umgestellt in Yogaübungen, die von einer Assistentin überwacht wurden. Die Gruppe der Freilandgymnastik wurde ins Sonnenbad geschickt, was Adam Czschisczinski wieder auf den Balken der alten Scheune trieb, denn es waren einige Neue unter den Damen, die Dicki noch nicht im Evaskleid kannte. Eine andere Gruppe wurde in den Friseurtrakt dirigiert, wo man Make-up-Studien an ihnen trieb.

»Es ist alles durcheinander«, sagte Marianne am Telefon zu Lorentzen. »So etwas habe ich bei Ilse noch nie erlebt, solange wir zusammen sind.«

Lorentzen hatte wenig Zeit, darüber nachzudenken. Die Operationen gingen weiter. Auf der Warteliste standen bereits so viele Patienten, daß jetzt jeden Tag operiert wurde und die »Kurtage« je nach Lage der Dinge abgekürzt werden mußten. Die große Idee, Klinik und Erholung in einem zu sein, schrumpfte immer mehr zusammen. Der Ansturm von draußen war zu gewaltig; es gab so viele Fehler der Natur, die korrigiert werden wollten. »Ich werde mit den Hoteliers der Umgebung sprechen«, hatte Lorentzen schon vor Tagen gesagt. »Sie müssen uns mit Quartieren aushelfen. Sie sollten investieren, anbauen, umbauen. Wenn das so weitergeht, werden sie das ganze Jahr hindurch alle Zimmer belegt haben.«

Lorentzen sah auf die Uhr.

Im OP wurde jetzt Rosa Ballek vorbereitet. Ihr großer Viermastschoner auf dem Rücken sollte versenkt werden. Die Probeoperation war gut verlaufen; Rosa Ballek zeigte keine Veranlagung zur Keloidbildung. Bei der ersten Operation hatte Oberschwester Ottilie fassungslos auf die linke Hinterbacke Rosas gestarrt. In roten Lettern war dort eintätowiert: Ahoi!

»Das ist doch keine Frau mehr«, sagte sie hinterher zu Lorentzen. »Mein Gott, welche Frau läßt sich ein Schiff in den Rücken einritzen und dann … diese Worte … an dieser Stelle … Ordinär!«

»Und doch läßt sich Rosa jetzt aus Liebe operieren«, sagte Lorentzen. »Auch in einem solchen Turm brennen Feuer.«

»Wenn sie einmal in Narkose ist, machen wir das Ahoi auch weg, Chef!« Schwester Ottilie war sichtlich empört.

»Auf gar keinen Fall! Das gäbe einen Prozeß! Die Viermastbark verschwindet, aber lassen wir ihr das fröhliche Ahoi auf der Hinterbacke. Es ist immer noch besser, als stände dort: Windstärke 10.«

Schwester Ottilie warf den Kopf in den Nacken und ging beleidigt in den OP.

Nun lag Rosa Ballek auf dem Bauch, nackt und riesig. Unter dem Operationsscheinwerfer rauschte das stolze Schiff durch die See. »Ahoi!« war abgedeckt, es gehörte nicht zum Operationsfeld. Dafür lagen der rechte Oberschenkel und die rechte Hüfte bloß – gewaltige Fleischmassen, deren Haut zur Deckung des weggenommenen Schiffes verwendet werden sollten.

»Herr Doktor!« rief Rosa Ballek, als sie Lorentzen am Waschbecken stehen sah. Ihre Stimme dröhnte durch den OP. »Haben Sie einen Fotoapparat?«

»Ja. Warum?«

»Noch keiner hat bisher die Bark fotografiert. Nur im Spiegel habe ich sie gesehen. Aber nun soll se ja wech ... und da hätte ich gern ein Erinnerungsfoto von ihr ... Kommt ja nie wieder, die schnelle Deern! Geht ja unter. Und so'n Foto, nech, das ist doch ein Dokument. Das kann ich später meinen Kindern zeigen: Seht, so'n stolzes Schiff hatte Mutter auf'n Rücken. Ich halte viel auf Tradition, Herr Doktor.«

»Das läßt sich machen.« Dr. Lorentzen lachte. Die Blicke Schwester Ottilies flammten. Die beiden Assistenten grinsten. »Ich werde sogar ein Farbfoto machen, Rosa.«

»Des is scheen, Herr Doktor.« Rosa Ballek dehnte sich wohlig unter dem warmen Scheinwerferlicht. Die Viermastbark schwankte. »Sie sind ein Mensch! Sie haben Verständnis für die Seelen!«

Sorgfältig fotografierte Lorentzen das stolze Schiff aus verschiedenen Winkeln und mit verschiedenen Blenden. Auch das »Ahoi!« ließ er freilegen und machte davon einige Bilder.

»Das gibt das schönste Krankenblatt, das je eine Klinik hatte«, sagte der I. Assistent, als er die Kamera wegtrug. »Eigentlich ist es schade, daß so etwas für immer verschwindet.«

Die Operation war langwierig. Rosa Ballek schnarchte fürchterlich in der Narkose. Wie ein Walroß zog sie die Luft ein und blies sie mit einem trompetenartigen Laut wieder aus.

»Es geht nicht, wie ich hoffte«, sagte Lorentzen enttäuscht. »Wir müssen das stolze Schiff tatsächlich zerstören.«

Er hatte gehofft, den ganzen Hautflecken wegnehmen zu können und ihn mit Haut aus Schenkel und Bein wieder abzudecken. Das war unmöglich. Das Schiff war zu groß. Es mußte in vier Teile zerlegt und mit vier Transplantaten wieder zugedeckt werden.

»Schiff versenkt!« meldete der I. Assistent, als die letzte Hautpartie abgezogen war. »Da bleiben aber schöne Narben zurück.«

»Wir werden sie später abschleifen, falls wir Rosa wiedersehen sollten. Aber ich glaube, dieses Glück haben wir nur einmal im Leben.« Dr. Lorentzen vernähte das letzte Transplantat und deckte dann den Rücken mit Zellstoff ab. Rosa Ballek regte sich, die Narkose ließ nach. Anerkennend nickte Lorentzen der Narkoseschwester zu. Sie hatte die Anästhesie genau gesteuert. Draußen zogen grauweiße Wolken über den Himmel. Die Luft war drückend. Das Blut pochte in den Schläfen. Föhnwetter.

Dr. Lorentzen richtete sich auf. Er war abgespannt, um seine Mundwinkel zogen sich zwei tiefe Falten. Langsam ging er zum Waschbecken, während die Assistenten Rosa Ballek verbanden.

»Er hat ja auch Nerven«, flüsterte der II. Assistent.

Der I. Assistent nickte. »Selbst Götter können schwanken. Er steht jetzt sieben Stunden am OP-Tisch.«

Rosa Ballek wurde, auf dem Bauch liegend, hinausgerollt. Sie war wieder wach. »Machen Sie eine Reihe Abzüge, Herr Doktor!« rief sie mit ihrer dröhnenden Stimme. »Ich will sie allen Bekannten schicken. So'n Viermaster stirbt ja aus.«

Und lachend winkte ihr Dr. Lorentzen nach.

Am Abend war Ilse Patz wieder da. Ihr kleiner Sportwagen heulte in den Garagenhof. Sie bremste hart, sprang aus dem Sitz und rannte ins Haus. Marianne, die glaubte, sie käme noch zum Abendessen, wurde enttäuscht. Ilse blieb auf ihrem Zimmer.

»Ich gehe hinauf zu ihr«, sagte Lorentzen, als sie zu Ende gegessen hatten. »Wenn Klarheit herrscht, kann sie sich nicht mehr benehmen wie ein unartiges Kind. Klarheit ist immer der beste Weg.«

»*Ich* sage es ihr.« Marianne drückte Lorentzen auf den Stuhl zurück. »Schließlich bin ich eine Erklärung schuldig. Wir kennen uns jetzt bald über zehn Jahre.«

»Gut. Ich warte auf dich, Liebling.«

Er gab ihr einen Kuß und ging. Marianne zögerte. Sie hatte Angst vor Ilse – das hatte sie Lorentzen verschwiegen. Sie versuchte es deshalb zunächst über das Telefon, aber Ilse Patz hob den Hörer nicht ab, solange Marianne auch durchklingeln ließ. Da nahm sie allen Mut zusammen und stieg die Treppe hinauf zu Ilses Zimmer.

Sie klopfte, aber niemand antwortete. Daß Ilse im Zimmer war, sah sie an dem dünnen Lichtstreifen, der unter der Tür in den dunklen Flur fiel. Auch spielte leise das Radio.

Sie klopfte stärker und rief: »Ilse … mach auf … Komm, sei kein Frosch! Mach auf! Ilse!«

Schritte. Ein Bums gegen die Tür, wie ein Fausthieb.

»Laß mich in Ruhe! Geh weg!«

»Ilse, wir haben viel miteinander zu reden!«

»Geh weg! Mir wird übel, wenn ich deine Stimme höre!«

Schritte. Sie entfernten sich. Dann kreischte das Radio auf, in voller Lautstärke.

Marianne biß die Zähne zusammen und senkte den Kopf. Langsam ging sie in ihr eigenes Zimmer und schloß hinter sich ab. Sie setzte sich im Dunkeln ans Fenster und sah hinüber zur Klinik und zu dem kleinen weißen Bungalow, wo Lorentzen auf sie wartete.

Dunkel lag die Terrasse am Berg. Er wartet drinnen, dachte sie. Eine Flasche Sekt hat er kaltgestellt, und die Jalousien sind wieder heruntergelassen, und nur das Mondlicht schleicht sich durch die Ritzen und über unsere Körper …

O Lutz …

Sie ging in dieser Nacht nicht hinüber. Sie saß am Fenster und starrte hinüber in die stille Dunkelheit. Zweimal – einmal um 23 Uhr und einmal gegen 2 Uhr morgens – schellte das Telefon. Sie ging nicht ran. Sie hielt die Ohren zu und warf sich dann weinend aufs Bett.

Wir sind in einem Teufelskreis. Lutz, schrie sie in sich hinein. Wir lieben uns, aber unsere Liebe zerstört unser Lebenswerk … die Schönheitsfarm und deine kosmetische Klinik.

Was sollen wir tun?

Untergehen in unserer Liebe? Oder flüchten, irgendwohin, und von vorn anfangen? Es wäre für dich das dritte Mal.

Ist das die Liebe wert?

Du weißt nicht, wozu Ilse fähig ist, wenn ein Mann ihr gefällt. Wölfe und Tiger sind Stofftiere dagegen.

Sie ahnte nicht, daß gerade zu dieser Stunde Dr. Lorentzen diese ganze Wahrheit erschreckend begriff.

Was niemand beobachtet hatte: Ilse Patz war nicht allein gekommen. Hinter ihrem kleinen, rasenden Sportwagen fuhr ein dicker, schwarzer Wagen her, bog an der Weggabelung ab und erklomm den Klinikhügel. Im Rückspiegel sah ihm Ilse Patz nach. Ihre dunklen Augen waren kalt, wie eingefroren.

»Mach's gut«, dachte sie. »Ich habe noch nie um einen Mann so gekämpft. Keiner war es bisher auch wert.«

Dr. Lorentzen war überrascht, nach seiner Rückkehr vom Essen in seinem Sprechzimmer Licht zu sehen. Vom Weg her sah er es und blickte sofort auf die Uhr. Patienten waren nicht angemeldet. Die Putzfrauen kamen morgens in der Frühe. Die Assistenten waren auf ihren Zimmern ... hinter ihren Fenstern brannte Licht.

Lorentzen riß mit einem Ruck die Tür auf. In einem der Sessel saß ein schwerer, breitschultriger Mann und rauchte. Eine Flasche Bier – Dickies Spezialmarke – stand auf dem Tisch.

»Sie?« fragte Dr. Lorentzen gedehnt. »Ich hatte keine Ahnung, daß Sie heute kommen wollten, Herr Patz.«

»Ich auch nicht.« Der alte Patz, Baugroßunternehmer und Rennstallbesitzer, legte die Zigarette weg, nahm die Bierflasche und setzte sie nach alter Maurerart an den Mund. Er nahm einen tiefen Schluck und setzte die Flasche krachend auf den Tisch zurück. »Aber die Weiber sind toll. Wenn Sie jemals Kinder haben sollten, setzen Sie Ihr ganzes medizinisches Wissen ein, um keine Mädchen zu bekommen. Töchter sind eine Plage, Doktor! Und Väter von Töchtern sind die Gestraften Gottes! – Wie geht es Ihnen?«

»Warum spielen wir Karussell, Herr Patz?« Dr. Lorentzen blieb vor dem alten Patz stehen. »Ilse war heute bei Ihnen und hat Sie alarmiert.«

»Ja.«

»Sie hat sich beklagt?«

»Sie höflicher Idealist! Beklagt ist ein Ausdruck für Säuseln. Ilse kam mit einem Orkan. Und dann hat sie geweint. Begreifen Sie, was das bedeutet? Dieses Mädchen weint! Ich war baff. Es kann weinen. Und schluchzen. Und es sagte wieder, wie vor zwanzig Jahren: Papi ... Das haut einen um, Doktor ...«

»Sicherlich. Aber bevor Sie weitersprechen, Herr Patz ...«

»Halt!« Der alte Patz hob seine großen Hände, die vor fünfzig Jahren Steine und Mörtel geschleppt hatten. »Bevor *Sie* Erklärungen abgeben, will ich reden. Das klärt sofort alles. Meine Tochter ist sterblich oder unsterblich ... wie's heißt, weiß ich nicht, ich war's nie – in Sie verliebt. Sie stellte ultimative Forderungen. Und sie erinnerte mich daran, daß ich in dem Objekt ›Klinik‹ runde eineinhalb Millionen stekken habe. Die andere Hälfte gehört unserem Freund Steegert. Ich habe das Geld erschuftet, auf dem Bau, im Zementstaub, im Steineklingeln ... Steegert hat den Leuten Nippes angedreht, das war einfacher. Meine eineinhalb Millionen sind Schweißmillionen, Doktor. Ich hänge an ihnen, wie an meinem Kind. Klare Frage: Lieben Sie Ilse?«

»Nein. Nicht so, daß ich sie heiraten könnte.«

Der alte Patz sah Lorentzen mit vorgeschobener Unterlippe an. »Sind Sie kurzsichtig, Doktor? Ilse hat die Schönheit doppelt gepachtet.«

»Das verkenne ich nicht.«

»Sind Sie anormal? Welcher richtige Mann geht nicht bei Ilse in die Knie? So etwas können Sie ganz allein haben, Doktor!«

»Ich liebe Marianne und werde sie heiraten.«

»Genau das hat Ilse auch angedeutet. Ihr würde es das Herz brechen.« Der alte Patz nahm wieder einen langen Zug aus der Bierflasche. »Ich habe mein Leben lang gearbeitet. Meine Frau starb früh. Meine Tochter war mir alles und ist mir alles, Doktor. Wenn sie leidet, leide ich mit. Und wenn ich leide, wird's schrecklich. Ich weiß, ich sitze hier wie ein verhinderter Bettnässer, aber – zum Teufel noch mal! – meine Ilse zerbricht an der Liebe zu Ihnen. Da muß ein Ausweg gefunden werden.«

»Es gibt nur einen: Ich heirate Marianne.«

»Ich weiß einen besseren: Sie heiraten Ilse.«

»Das geht nicht.« Dr. Lorentzen war gewillt, diesem unwürdigen Theater ein schnelles Ende zu bereiten. »Ich bin Marianne bereits verpflichtet.«

»Lassen Sie uns keine größeren Ehrenmänner sein, als es ein bestimmter Grad von Blödheit zuläßt. Doktor! Es geht mir um meine Tochter. Sie haben ihr den Kopf total verdreht …«

»Im Gegenteil! Ich habe alles getan, um Ilse keinen Anlaß zu geben …«

»Das ist es ja!« schrie der alte Patz. »Wären Sie um sie herumgeschwänzelt wie ein Dackelchen um einen Bernhardiner, hätte Ilse Sie nie beachtet. Aber Sie waren abweisend … Doktor, welche Frau erträgt das? Rundheraus: Was ist Ihnen lieber: Ruhe, Frieden und ein liebendes Frauchen – oder die Kündigung meiner Einlage von eineinhalb Millionen und Platzen Ihrer Klinik?«

»Das ist ein Ultimatum!«

»Ja!«

»Sie verkaufen Ihre Tochter an mich für eineinhalb Millionen!«

»Umgekehrt. Ich kaufe ihr Glück!«

»Merken Sie denn nicht, wie verrückt das ist?« rief Dr. Lorentzen. »Wie schamlos! Sie verkuppeln Ihre Tochter! Sie wollen sie mir ins Bett pressen! Himmel noch mal, was sind Sie für ein Mensch!«

»Das will ich Ihnen sagen, Doktor.« Der alte Patz erhob sich. Ein Riese, der einmal meterlange Gerüstleitern allein auf seinen Schultern trug. »Ich bin ein Prolet trotz meiner Millionen. Und ich liebe meine Tochter. Ich stelle Sie vor die Wahl: Entweder Ilse – oder Kündigung der eineinhalb Millionen – oder : Sie gehen einfach weg, dorthin, woher Sie wie ein Komet gekommen sind, und hier geht alles weiter wie bisher. Die Mädels werden sich schon wieder vertragen, wenn Sie erst mal weg sind. Seit Sie hier sind, ist die Harmonie gestört. Verdammt, das wird überhaupt am besten sein: Gehen *Sie!* Still und unauffällig. Und je weiter weg, um so besser. Ich mache Ihnen ein gutes Angebot: Ich gebe Ihnen

Kapital zur Auswanderung. In Australien, in Kanada und in Neuseeland braucht man gute Ärzte.« Der alte Patz sah Dr. Lorentzen hart an. »Hoffen Sie nicht auf Steegert. Er ist nicht in der Lage, eins Komma fünf Millionen flüssig zu machen. Er löst Sie nicht aus. Er kann einfach nicht. Was haben Sie also vor?«

»Ich möchte es mir überlegen.« Die Stimme Lorentzens war belegt. Seine alte Tragik, die er überwunden glaubte, ergriff ihn wieder: Was er anfaßte, endete in einer Katastrophe.

»Bis Ende der Woche. Ich wohne in St. Hubert im Kur-Hotel.«

»Sie lassen mir keine Wahl.« Lorentzen atmete tief auf. »Es wird besser sein, wenn ich gehe.«

»Nach Kanada?«

»Irgendwohin. Ihre Hilfe brauche ich nicht.«

»Stolz ist Dummheit! Nur Idioten lehnen Geld ab!«

»Dann betrachten Sie mich als Idiot. Vielleicht bin ich wirklich einer.« Dr. Lorentzen ging zur Tür und stieß sie auf. Der alte Patz verstand. Er wurde rot, zögerte, stand dann auf und ging. Noch war Lorentzen der Hausherr.

In der Halle blieb der alte Patz stehen.

»Sie haben mich hinausgeworfen«, sagte er gepreßt zu Lorentzen. »Das ist mir in meinem Leben nur einmal passiert. Bei meinem Schwiegervater. Ich habe das gerächt: Ich habe ihn zur Pleite getrieben. Bei Ihnen schaffe ich das auch.«

»Sicherlich.«

Dr. Lorentzen sah kalt an Patz vorbei.

»Sie sind wirklich ein Idiot!«

Der alte Patz riß die Eingangstüre auf. Noch einmal zögerte er, aber dann schüttelte er den Kopf und rannte zu seinem Wagen.

In dieser Nacht wanderte Dr. Lorentzen durch seine Klinik. Immer und immer wieder. Von Etage zu Etage, treppauf, treppab. Im Zimmer der Baronin von Durrhaus, wo Dicki wieder mit seinem Luftkissen angerückt war, herrschte Katastrophenstimmung. Es war schon bald Morgen, und noch immer geisterte Lorentzen durch das Gebäude. »Du mußt aus dem Fenster springen«, stammelte die Baronin und umklammerte Dicki, der schon auf der Fensterbank hockte. »Wie tief ist es?«

»Sechs Meter.«

»O Gott, o Gott! Du brichst dir die Knochen.«

Kurz vor dem Eintreffen der Putzfrauen um 6 Uhr früh hörte die Wanderung Lorentzens auf. Dicki entwich aus dem Zimmer der Baronin, stellte sich unter die kalte Dusche und empfing die Putzfrauen mißgelaunt und grau im Gesicht.

»Ein Traum geht zu Ende«, sagte Lorentzen leise an diesem Morgen in seinem Sprechzimmer. Er sah ein Bild, das Marianne geschossen hatte: Chefarzt Dr. Lorentzen im weißen Mantel im Garten seiner Klinik. »Vielleicht ist es mein Schicksal, an den Vätern zu scheitern ...«

Er hatte sich in dieser Nacht entschlossen, wegzugehen.

Die Klinik stand. Es gab genug gute Chirurgen, die sie übernehmen konnten. Ein großes Werk darf nicht an einem einzigen Menschen hängen.

Wohin? dachte er. Nach Paris? Nach New York? Nach San Franzisko? Nur weit weg von Deutschland; weg aus den Augen der Väter Heberach und Patz.

Und dann kam plötzlich neue Kraft in ihm empor, und er sagte laut: »Nein! Nein! Nein! Ich gehe nicht!« Und er hieb auf den Tisch und ballte die Fäuste und dachte sich hunderterlei Möglichkeiten aus. Nur eine Hürde übersprang er nicht bei allen Theorien von Widerstand: Die 1,5 Millionen, die der alte Patz gegeben hatte.

An ihnen zerbrach schließlich aller Widerstand.

Auf der Schönheitsfarm roch man die dicke Luft.

Frau Nitze und Frau Häut, empfänglich für allen Klatsch, hatten es schnell erfahren: Die Chefinnen sind sich spinnefeind wegen Dr. Lorentzen. Scharfe Augen beobachteten es stündlich: Die beiden Mädchen gingen aneinander stumm vorbei. Sie aßen getrennt. Sie verließen das Zimmer, wenn die andere eintrat. Sie verkehrten in Fragen der Stundenpläne nur noch schriftlich. Die Kosmetikerin Ellen mußte die Briefchen herumtragen. Von ihr wußten es dann alle Damen gegen ein dickes Trinkgeld.

»Er ist ja auch ein herrlicher Mann!« sagte Frau Nitze. Der »Club« war wieder zusammengekommen und trank Whisky und Likör in Frau Häuts Zimmer. »Wollen wir wetten: Wer bekommt ihn? Marianne oder Ilse?«

»Das ist langweilig.« Frau Häut sah in die Runde der gespannten Damen. »Wetten wir lieber: Wer von uns bekommt ihn?«

»Von uns?« Die Damen kicherten und bekamen blanke Augen.

»Wie stellen Sie sich das vor?« fragte Marion Stellmacher.

»Das müssen ausgerechnet Sie fragen?« Frau Häut lehnte sich zurück. »Eine von uns wird krank. Man wird den Doktor rufen ... na, und dann beginnt eben die Wette: Gelingt es oder nicht? Eine Kiste Sekt ist der Einsatz!«

»Eine tolle Idee!« Frau Nitze klatschte in die Hände. »Wer wird von uns krank?«

»Das losen wir jetzt aus.«

Atemlose Spannung herrschte unter den zwölf Frauen, als Frau Häut zwölf Papierröllchen in ihren Sonnenhut schüttete und ihn herumreichte. Nur auf einem Zettel war das Wort KRANK geschrieben. Jede der Frauen nahm ein Röllchen heraus und wickelte es auf. Eine Frau Klara Domplatz aus Xanten war die Gewinnerin. Von ihr wußte man sehr wenig. Ihr Mann stellte Keramikwaren her. Böse Zungen behaupteten: Gartenzwerge. Sie war zweiunddreißig Jahre alt, hatte zwei Kinder und war auf der Farm, weil ihre Haut erschlaffte, vor allem am Hals.

Sie wurde rot, als sie das Wort KRANK auf ihrem Zettel las und begann heftiger zu atmen. »Ich!« rief sie. »Mein Gott, welche Krankheit habe ich denn?«

»Bronchitis! Ja, das ist immer am besten. Bronchitis. Da muß man sich den Oberkörper freimachen, denn er muß ja die Lunge und die Bronchien abhorchen.« Frau Nitze lächelte wissend. »Das war immer ein Clou, so eine Bronchitis. Damit habe ich schon drei junge Ärzte verrückt gemacht. Wenn sie das Stethoskop an die Brust setzten, seufzte ich immer ... und wenn sie die Brust etwas hochhoben, um ans Herz zu kommen, begann ich zu zittern und legte den Kopf auf ihre

Schultern. Das hat immer hingehauen. Sie müssen es genauso machen, meine Liebe.«

Frau Klara Domplatz nickte. Sie dachte an ihren Gartenzwergfabrikanten in Xanten. Fünfzig Jahre, Millionär, ein amerikanischer Straßenkreuzer, dicke Zigarre im Mund, nach Whisky duftend, vom Fußball sprechend und von der behämmerten Politik in Bonn, und abends im Bett ein müder Haufen Fleisch, träger als seine bunten Gartenzwerge, die wenigstens noch einen erfreulichen Anblick boten.

»So mache ich es!« Klara Domplatz aus Xanten hob ihr Glas mit Kirschlikör. »Auf meine Bronchitis!«

Die Damen prosteten ihr zu.

»Und wie kann sie beweisen, daß es ihr wirklich gelungen ist?« fragte Frau Häut. Sie war verärgert, daß sie eine Niete gezogen hatte.

»Ganz einfach.« Frau Nitze zupfte an ihrem Ohrläppchen. »Unsere Klara wird ihn ins Öhrchen beißen. Dann muß er für alle sichtbar ein Pflaster tragen.«

»Sie sind ein Aas!« sagte Marion Stellmacher ehrlich.

»Daß gerade Sie das sagen, ehrt mich«, war die spitze Antwort.

Nach drei Stunden ging man auf die Zimmer, beschwipst und voller Erwartungen. Klara Domplatz aus Xanten betrachtete sich im Spiegel und drehte ihren Oberkörper hin und her. Dann seufzte sie tief. In einer Illustrierten hatte sie einmal eine Statistik gelesen. Siebenundsiebzig Prozent aller Frauen sind in der Ehe unbefriedigt.

Wie wahr das war.

Wer kann ewig mit Gartenzwergen leben …

Es war ein trüber Vormittag – der Herbst kündigte sich mit Wind, Regenschauern und Frühnebeln an –, als die Sekretärin einen neuen Patienten meldete. Er hatte nicht vorher geschrieben, er war nicht angemeldet … er war mit einem kleinen Wagen den Berg heraufgekommen und hatte im Wartezimmer I geduldig bisher drei Stunden gesessen.

»Es muß ein akuter Fall sein, Herr Doktor«, sagte die Sekretärin. Sie sah Dr. Lorentzen erstaunt und fragend an. Der Chef war bleich an diesem Morgen. Um Jahre älter sah er aus. Selbst die grauen Haare schienen weißer geworden zu sein.

»Akut? Wieso?« fragte Lorentzen knapp.

»Er hat vier große Pflaster auf dem Gesicht.«

»Aha! Bei einem Kollegen unzufrieden und ausgerissen, und ich soll ihn weiterbehandeln! Nein! Abweisen!«

»Er sagt, er müsse zu Ihnen. Es gäbe keinen anderen Arzt als Sie.«

»Blödsinn!«

»Das sagen fast alle, die zu uns kommen.«

Dr. Lorentzen wischte sich müde über die Augen und nickte. »Also dann – lassen Sie ihn eintreten.«

Er sah dem wippenden Rock der Sekretärin nach und fühlte ein merkwürdiges Brennen in den Augen. Wozu das alles noch, dachte er. Wozu noch die Mühe der Untersuchungen, der Kontaktgespräche, der erklärenden und beruhigenden Worte! Wer erklärt mir, warum die Welt voller Sinnlosigkeit ist? Wer beruhigt mich?

Er zwang sich, gleichgültig und doch interessiert auszusehen, als es klopfte und der Patient eintrat. Tatsächlich hatte er vier große Pflaster auf dem Gesicht, aber sie waren so dumm geklebt, medizinisch so völlig sinnlos, daß Lorentzen plötzlich wirkliches Interesse bekam.

»Bitte, setzen Sie sich«, sagte er höflich und zeigte auf einen der Ledersessel. »Wie kann ich Ihnen helfen?«

Der Mann mit den großen Pflastern sah sich ungeniert um. Dann nickte er. Unter dem Pflaster, das quer über die Nase ging, verzog sich der Mund zu einem Lächeln.

»Schön hast du's hier! Du bist wirklich eine Berühmtheit geworden.«

Dr. Lorentzen erhob sich abrupt. Seine Hand legte sich auf die versteckte Klingel an der Schreibtischkante. Ein Druck, und der I. Assistent, noch ein Druck, und Adam Czschisczinski würden hereinkommen. Ein Dauerton bedeutete Alarm. Er hatte die Klingel bisher nur bei Joan Bridge nötig gehabt, als sie sich ruckzuck vor ihm auskleidete. Hier schien ein Verrückter gekommen zu sein. Daß man im Vorzimmer so etwas nicht gleich bemerkte …

»Sie sind gefallen?« fragte Dr. Lorentzen steif. »Sie haben Hautabschürfungen? Wie alt sind die Verletzungen?«

»Meine Haut ist gesund.« Der Mann griff nach den Pflastern und zog sie mit einem Ruck eines nach dem anderen vom Gesicht. Sein Gesicht war wirklich sauber; nur wo die Pflaster gesessen hatten, hatten sich Streifen der Klebemasse gebildet. Erstaunt, dann nachdenklich, schließlich forschend sah Lorentzen den Mann an. Aus dem Grau der Erinnerung stieg etwas hoch: Ich kenne dieses Gesicht. Wo habe ich es schon gesehen?

»Na?« sagte der Mann und lächelte. »Noch nicht, Lutz? Ist ja auch lange her ... hast du einen alten Freund vergessen?«

»Hans ...«, sagte Lorentzen leise. Dann breitete er die Arme aus. »Mensch, Hans ... du bist es! Natürlich, jetzt erkenne ich dich ... Hans! Altes Haus! Wo kommst du her? Was willst du bei mir? Warum hast du die dämlichen Pflaster im Gesicht?

»Ich komme aus Frankfurt«, sagte der Mann. Er blieb stehen und lief nicht in die ausgebreiteten Arme Dr. Lorentzens. Über sein Gesicht zuckte es voller Nervosität. »Und ich bin hier, damit du mir ein neues Gesicht machst. Ein ganz neues, ein ganz anderes. Hast ... hast du nicht die Zeitungen gelesen?«

»Junge, ich habe wenig Zeit, abends noch zu lesen. Aber nun setz dich doch, Hans. Ich lasse sofort Kognak kommen. Du bist dicker geworden und breiter. Na ja, die vielen Jahre ...« Dr. Lorentzen schwieg und sah den Mann fragend an. »Was hast du denn, Hans?«

»Du mußt mir helfen, Lutz.« Der Mann machte ein paar unsichere Schritte und lehnte sich an einen der Sessel. »Seit zwei Wochen bin ich auf der Flucht. Ich bin Hans Bornemann ...«

»Ja, Mensch, das weiß ich doch.«

»Hans Bornemann, der Frankfurter Bankräuber ... Man sucht mich auf der ganzen Welt, Lutz.« Bornemann hob beide Hände. »Du bist der einzige, der mir helfen kann: Du mußt mir ein neues Gesicht machen ...«

Dr. Lorentzen starrte seinen Besucher entgeistert an. Dann

schüttelte er sich, als käme er aus dem Wasser. Und tatsächlich hatte er auch das Gefühl, am ganzen Körper naß zu sein.

»*Wer* bist du?« fragte er tonlos.

»Du solltest wirklich mehr Zeitung lesen.« Bornemann ließ sich in einen der Ledersessel fallen und stützte den Kopf in beide Hände. »Ich war Hauptkassierer der Bank für Baukredit AG in Frankfurt. Ich habe fast zwanzig Jahre treu und bieder meinen Dienst getan. Ich bin langsam, aber stetig auf der Leiter emporgeklettert, vom Schecksortierer bis zum Hauptkassierer. Und dann klickte es in meinem Kopf. Hans, sagte eine Stimme in mir, wofür lebst du eigentlich? Du rackerst dich ab, du machst Überstunden in der Bank, du bist die Korrektheit in Person. Wofür? Du hast keine Frau, keine Kinder, kein gemütliches Häuschen, kein Gärtchen. Wenn du abends nach Hause kommst, mußt du dir das Essen aufwärmen, das die Zugehfrau mittags gekocht hat. Oder du mußt in den Wirtschaften rumsitzen. Willst du einmal einen Hauch von Liebe haben, mußt du in einen Puff gehen und erst Geld hinlegen, bevor du was anfassen darfst. Dreimal habe ich angesetzt, mir eine Frau zu suchen, zweimal haben mich die Bräute noch vor der Hochzeit betrogen, die dritte hatte mir zwei uneheliche Kinder unterschlagen. Da habe ich das große Kotzen bekommen, Lutz! Da habe ich einfach durchgedreht. Klick, machte es im Hirn. Klick. Und dann liest und siehst du die Berichte vom Leben der Playboys ... schicke Boote an der Riviera, tolle Frauen an jedem Finger, und die Kerle arbeiten nicht, die verleben nur das Geld, das ihre Väter verdienen, das Tausende miesbezahlter Arbeiter für sie zusammenscharren. Während die einen am Hochofen schwitzen, verhuren die anderen die Groschen, die die am Hochofen heranschaffen. Ja, und dann sah ich ein Bild in einer Illustrierten. Rolf Bahring, Playboy Nummer 1 in Cannes, mit seiner ständigen Begleiterin, dem Starlet Mia Lobo. Hand in Hand am Meer, vor ihnen eine weiße Motorjacht. Da platzte in mir der ehrliche Mensch. Weißt du, wer Rolf Bahring ist?«

»Nein ...«, sagte Lorentzen gedehnt. Er beobachtete Hans Bornemann. Er ist verrückt, dachte er voll Mitleid. Man muß ihn reden lassen. Die beste Therapie bei Irren ist, sie sich ausreden zu lassen. Je mehr sie sich von der Seele reden, um so freier sind sie nachher. Dann weinen sie und sind wie ein ausgeschüttetes Gefäß. Er kannte es von seinem Praktikum in der Psychiatrie her.

Bornemann beugte sich vor. »Er ist der Sohn unseres Generaldirektors!« Er schrie es heraus, als verkünde er eine Ungeheuerlichkeit, an der die Welt zerbrach. Und so war es auch. Die Welt des Hauptkassierers Hans Bornemann war an diesem Bild zerbrochen. »Ich habe das Bild stundenlang angesehen«, fuhr er etwas leiser, aber mit heiserer Stimme fort. »Und ich habe mir gesagt: Für den da hast du fast zwanzig Jahre am Schalter gestanden. Du hast Überstunden gemacht, du hast dich abgerackert, du bist in der Liebe und in allem zurückgeblieben ... damit er, der Bengel, dieses lausige, blonde Lockenköpfchen, diese lächelnde, braungebrannte Fratze, dieser Halbarsch in der Badehose in Cannes das Starlet Mia Lobo ins Bett nimmt und das Geld verjubelt! Und das nennt man Leben? Und wieder machte es klick in meinem Kopf. Ich nahm den Tresorschlüssel, nahm alles heraus, was drin war – genau zwei Millionen und dreiundzwanzigtausend Mark –, steckte es in meine Aktentasche und verließ wie jeden Abend, freundlich den Nachtwächter grüßend, meine Bank.« Bornemann lehnte sich weit zurück und sah Lorentzen an. »Ja, und nun bin ich hier. Man jagt mich. Mir hilft nur noch eines: Ein neues Gesicht. Und du mußt es mir machen, Lutz!«

Dr. Lorentzen schwieg. Er kam um den Tisch herum und setzte sich Bornemann gegenüber. Fast war er versucht, dessen Hände zu nehmen und ihm zuzureden wie damals Ursula Fohrbeck, bevor er ihr die Akne vom Gesicht schliff und ihre Ehe damit rettete. Auch er ist krank, dachte er. Man braucht nur seine flackernden Augen zu sehen. Das ist nicht allein Angst und Gehetztsein, das ist auch Irrsinn, eine Psychose, die ihn schlagartig verwandelt hat.

»Du solltest dich der Polizei stellen, Hans«, sagte er eindringlich. Bornemann zuckte zurück.

»Bist du verrückt?« rief er.

»Du bist krank, Hans.«

»Ich bin normal wie du!« Bornemann sprang auf. »Ich will endlich auch wissen, wofür ich lebe! Soll ich mein ganzes Leben lang nur eine Ameise sein, die heranschleppt und heranschleppt, damit andere sich vollfressen können und das Geld verhuren?! Jetzt gehe ich zur Kasse und nehme einmal ein! Jetzt will ich in St. Tropez in einem Riva-Boot fahren und den Kopf in einen Mädchenschoß legen! Noch bin ich nicht zu alt dazu! Aber ich stehe an der Schwelle, wo's bald aufhört. Ich bin jetzt siebenundvierzig ... verdammt, ich habe viel nachzuholen! Und mit zwei Millionen kann man das. Ich werde sie auf den Kopf hauen, Lutz! Nur deswegen habe ich sie genommen: Um sie auszugeben! Ich werde mir Weiber, Nächte, Liebe, Nestwärme, pralles Leben kaufen! Und du wirst mich schön machen wie einen griechischen Jüngling! Mit einer geraden, schmalen Nase, geschwungenen Augenbrauen, mit einem träumenden Mund. Lutz!« Hans Bornemann griff in die Rocktasche und holte ein Bündel Geldscheine hervor. Mit einem Schwung warf er sie auf den Tisch. Tausendmarkscheine. »Ich zahle dir zweihunderttausend Mark für ein neues Gesicht. Ist das ein Angebot?«

Lorentzen schüttelte den Kopf. »Ich kann es nicht, Hans«, sagte er langsam.

»Du willst nicht?«

»Ich darf es nicht. Du hast ein Verbrechen begangen. Ein Arzt ist nicht dazu da, Verbrechen zu begünstigen. Im Gegenteil: Ich müßte dich jetzt anzeigen.«

»Du ... mich anzeigen?« Bornemann wich zum Schreibtisch zurück. Über sein Gesicht mit den Pflasterflecken zuckte es. »Einen alten Freund und Studienkameraden willst du anzeigen? Weißt du nicht mehr, was wir uns einmal geschworen haben? Ewige Treue, ewige Freundschaft! Und wenn einer in Not gerät, soll der andere immer für ihn da sein. Mit Schnaps und mit Blut haben wir das besiegelt, erinnerst du dich nicht?«

»Wie könnte ich das vergessen haben, Hans! Damals träumten wir von einer besseren Welt. Von einem Paradies, das es niemals geben wird.«

»Aber Freundschaft ist Realität. Ich vertraue auf deinen Schwur. Sobald du mich operiert hast, verschwinde ich für immer aus deinem Leben. Das verspreche ich!«

Dr. Lorentzen erhob sich. In ihm tobte ein wilder Kampf. Die Vernunft sagte ihm, daß es richtig sei, auf alle Knöpfe am Schreibtisch zu drücken, Alarm zu geben und Hans Bornemann der Polizei übergeben zu lassen. Sein Herz jedoch hatte Mitleid mit dem Freund. Es war sicher, daß er in einem Anfall von Torschlußpsychose gehandelt hatte, daß seine Lebensangst ihn völlig kopflos machte. Vielleicht gab es einen anderen Weg, ihn zu retten. Nicht durch Zureden, nicht durch Gewalt ... einfach durch Warten. Die Zeit arbeitete in solchen Fällen.

»Wenn ich dich operiere, mache ich mich schuldig, das weißt du«, sagte Lorentzen und legte Bornemann den Arm um die Schulter. Er sprach zu ihm wie zu einem Freund, der Trost bedurfte. »Ich mache auch mein Leben kaputt.«

»Es wird nie herauskommen.«

»Es kommt heraus, verlaß dich drauf.«

»Du bist also zu feig dazu?«

»Ich habe die Verantwortung der Klinik und meinen Patienten gegenüber.«

»Aha! Das Ethos des Arztes.«

»Genau!«

»Ich pfeife darauf! Ich will zwei Millionen verjubeln! Ich will meine Mädchen mit dem nackten Po auf Geldscheine betten. Ich will die Größe ihrer Brüste mit Tausendmarkscheinen messen. Lutz!« Bornemann schüttelte den Arm des Arztes ab. Seine Augen glühten. »Entweder du hilfst mir – oder es ist aus mit uns beiden, und ich mache dich fertig. Dann kannst du dir deine Medizin an den Hut stecken!«

Unheimlich still war es im Raum. Lorentzen sah an den Augen Bornemanns, daß dies keine leere Drohung war.

»Komm mit«, sagte er mit belegter Stimme. »Ich mache dir ein neues, vernünftiges Pflaster übers Gesicht und zeig dir dein Zimmer. Dort bleibst du und läßt niemanden hinein.«

»Und wann operierst du?«

»Sobald es möglich ist.«

»Das ist es jederzeit.«

»Nein. Ich muß es allein tun. Ich kann doch keine Assistenten und Schwestern dabei haben. Sie haben bestimmt die Zeitung gelesen ...«

»Das stimmt.« Bornemann senkte den Kopf. »Ich weiß, ich bin in deiner Hand, Lutz. Du kannst die Polizei rufen. Ich werde verurteilt. Vielleicht fünf Jahre Zuchthaus. Aber dann komme ich heraus und bringe dich um!«

»Du redest einen verdammten Blödsinn, Hans.«

»Ich wollte nur sagen, wie gleichgültig mir das alles ist, wenn schon alles schiefgeht. Diese zwei Millionen sind mein letzter Anlauf zum Leben. Ist's ein Fehlstart, kommt nur noch Chaos. Verstehst du das, Lutz?«

»Ja, ich verstehe es, Hans.«

Lorentzen schob Bornemann ins Untersuchungszimmer und klebte ein großes Heftpflaster quer über die Nase. Es entstellte das Gesicht völlig. Mit Bornemann weiter zu reden, sah er als sinnlos an. Zeit gewinnen, das war alles. Er wußte, daß er sich bereits jetzt strafbar machte, weil er Bornemann nicht sofort der Polizei übergab. Aber da war neben der Staatsbürgerpflicht noch das Gefühl, die Dankbarkeit.

Die Erinnerung an eine schöne Jugendzeit.

»Das ist dein Zimmer«, sagte Dr. Lorentzen.

Bornemann sah sich um. Es war ein kleines Zimmer auf der obersten Etage, ein Notzimmer, das eingerichtet war für den Fall, daß die Klinik einmal überfüllt sein würde und man schnell noch ein Bett brauchte. Es hatte keine Nummer, sondern trug an der Tür die Bezeichnung: Vorratskammer.

»Du hast Sinn für Humor, Lutz«, sagte er sarkastisch. »Genau die Größe einer Zelle. Aber immerhin, es hat kein vergittertes Fenster.« Er trat an die Scheibe und sah hinaus. »Der Ausblick ist wunderbar. Ein Panorama bis hinunter nach St. Hubert. Und zur anderen Seite die Wiese mit den sonnenden und turnenden Gänsen. Behandelst du die auch, Lutz?«

»Nein. Nur in wirklich ärztlichen Notfällen. Die Schönheitsfarm ist ein völlig selbständiger Betrieb.«

Bornemann trat zurück und setzte sich auf das Bett. Sein Gesicht entspannte sich. »Schließt du mich ein?«

»Nein. Warum?«

»Ich dachte.«

»Du mußt mir versprechen, nicht im Haus herumzuwandern. Dein Essen wird die Stationsschwester bringen. Du bist offiziell ein Patient. Vor allem vermeide allen Kontakt mit anderen.«

»Ich bin doch kein Narr.« Bornemann ließ sich nach hinten auf das Bett sinken. »Weißt du, daß ich heute nacht zum erstenmal wieder ruhig schlafen kann?«

Lorentzen kam ein fürchterlicher Verdacht. »Wie bist du überhaupt hierhergekommen?« fragte er.

»Mit dem Zug.«

»Von Frankfurt aus?«

»Nein. Von Patzenhausen.«

»Das liegt doch nur zwanzig Kilometer von St. Hubert entfernt.«

»Ja.«

»Und bis dahin?«

»Mit einem Wagen. Ein alter VW. Geklaut in Darmstadt. Er steht im Wald von Patzenhausen.«

»Das ist verdammt unvorsichtig.«

»Wieso? Sie werden, wenn sie den Wagen finden, alle denken, ich sei in Österreich. Im Salzburgischen. Eine bessere falsche Fährte gibt es gar nicht.«

»Hoffentlich.« Dr. Lorentzen ging zur Tür. »Hast du kein Gepäck bei dir?«

»Nur eine Aktentasche, Lutz.«

»Und die zwei Millionen?«

»Sie liegen bei der Gepäckaufbewahrung im Hauptbahnhof München. In einem Lederkoffer. Ich habe nur zweihundertfünfzigtausend Mark bei mir. Davon gehören zweihunderttausend dir.«

Lorentzen schwieg. Er nickte Bornemann zu, ging aus dem Zimmer und schloß die Tür. Bornemann erhob sich von seinem Bett und lauschte. Er hörte, wie sich die Schritte Lorentzens entfernten. Langsam sah er sich in dem kleinen Zimmer um; er drehte sich um sich selbst und machte dann zwei lange Schritte zum Fenster.

Vor ihm lag das weite Tal von St. Hubert. Die Berge stießen in den Himmel. Es war ein Blick über eine schöne, weite Welt, und er kam sich vor wie ein Löwe, der durch die Gitter seines Käfigs die Savanne sieht und die Freiheit riecht und mit dem Kopf jaulend gegen die Eisenstäbe rennt.

Da warf er sich zurück auf das Bett, legte die Hände übers Gesicht und zwang sich, nicht zu heulen.

Ich will leben, sagte er sich vor. Ich will einmal, einmal leben. Was dann kommt, ist mir völlig egal.

Am Abend kam Adam Czschisczinski in das Zimmer, auf dessen Tür »Vorratskammer« stand. Die Neugier trieb ihn, und außerdem hatte er als Hausmeister das Recht, Vorratskammern zu betreten. Sie gehörten zu seinem Revier. Was ihn verwirrte, war die Belegung dieses Zimmers mit einem Patienten, wo doch noch Zimmer auf allen Etagen frei waren oder in den nächsten Tagen frei wurden. Erst heute waren zwei Zimmer geräumt worden.

Dicki hatte sich umgehört. Die Schwester Ellen von der 4. Etage sagte, der neue Patient habe kein Gepäck mitgebracht, nur eine Aktentasche. Die Stenotypistin vom Vorzimmer des Chefs berichtete, der Neue habe ausgesehen wie einer, der kein Geld habe. Seine Hose sei ohne Bügelfalte gewesen.

Dicki war zufrieden. Patienten ohne Bügelfalte sind in der Klinik selten. Aber sie haben den Vorteil, daß man sich mit ihnen frei weg unterhalten kann und daß sie nicht so hochgestochen sind wie die Reichen, die in einem Hausmeister so etwas wie eine Küchenschabe sehen.

So klopfte Adam auch nur kurz an und trat ein. Bornemann lag auf dem Bett und starrte an die Decke. Er rührte sich nicht, als er den gedrungenen, breitschultrigen Mann in der weißen Uniform im Türrahmen stehen sah. Er wartete ab.

»Guten Abend«, sagte Dicki höflich. »Ich bin der Hausmeister der Klinik. Wenn Sie etwas brauchen … nur mich rufen. Ich besorge Ihnen alles, Sie verstehen?« Er blinzelte dem stummen Mann im Bett mit dem Pflaster über der Nase zu.

»Man kann übrigens von einem bestimmten Fenster aus seltene Naturschönheiten sehen.«

»Lassen Sie mich in Ruhe!« sagte Bornemann grob.

Dicki zuckte zusammen. Er hatte ein zartes Gemüt. Beleidigt musterte er den Mann auf dem Bett und machte einen Schritt ins Zimmer. Bornemann zog die Beine an.

»Was wollen Sie hier?« fragte er scharf.

»Als Hausmeister ...«

»Raus!«

Dicki zog die Schultern hoch. Sein Kopf wurde dadurch halslos. »Die Hausordnung verlangt, daß ich frage, ob alles in Ordnung ist.«

»Alles!« Bornemann ballte die Fäuste. »Das Bett ist bezogen, der Wasserhahn ist dicht, der Nachttopf steht unterm Bett. Und jetzt raus!«

Adam Czschisczinski wölbte die Unterlippe vor. Das haben wir gern, dachte er. Kaum was zahlen und dann frech werden.

»Sie sind Kassenpatient, nicht wahr?« fragte er. »Ein Jammer, wie schlecht die Kassen bezahlen. Was sind Sie von Beruf?«

Bornemann antwortete nicht. Er ergriff einen Aschenbecher, der neben ihm auf dem Nachttisch stand, und warf ihn nach Dicki. Nur durch eine zackige Wendung konnte sich Dicki aus der Schußrichtung bringen und rannte zur Tür. Mit aller Kraft donnerte er sie zu und wischte sich dann auf dem Flur über die Stirn.

»Den werde ich mir merken«, sagte er dumpf. »Freundchen, du kennst den Adam noch nicht. Mit dir exerziere ich noch. Du wirst schon merken, wer der wichtigste Mann in der Klinik ist.«

Wütend stampfte Dicki nach unten. Dabei beschloß er, jede Minute seiner Freizeit dem neuen Patienten zu widmen.

Die völlige Abgeschiedenheit war für Hans Bornemann dahin ...

Wie geplant und geübt, so rollte auf der Schönheitsfarm die »Versuchung des heiligen Lutz« – wie Frau Häut es nannte – ab. Die Kosmetikerin Lore war es, die die Schreckensbotschaft zu Marianne Steegert brachte: »Frau Domplatz ist plötzlich erkrankt. Sie liegt im Bett, stöhnt und kann sich vor Schmerzen kaum bewegen. Sie hat Stiche in der Brust und atmet röchelnd. Eine Bronchitis, sagt sie.«

»Aber das ist doch unmöglich.« Marianne unterbrach eine Ozonbehandlung im Kellerraum 5. »Sie hat gestern noch geturnt und mit Appetit gegessen.«

Im Zimmer von Frau Domplatz waren bereits Frau Häut und Frau Nitze versammelt und empfingen Marianne mit trauriger Miene. Klara Domplatz lag bleich in den Kissen, rasselte beim Atmen und griff sich, zusammenzuckend, bei jedem zweiten Atemzug an die Brust.

»Was machen Sie denn für Sachen, Frau Domplatz?« sagte Marianne, setzte sich ans Bett und ergriff die schlaffe Hand der Kranken. Sie war kühl, und der Puls, das fühlte Marianne sofort, war normal. »Fieber haben Sie nicht.«

»Nein. Oh, ich kenne das. Das ist bei mir immer so. Stiche beim Atmen, Röcheln in der Lunge, aber Untertemperatur. Ich habe eine seltene, aber gefährliche Form der Bronchitis, sagt mein Arzt in Xanten.«

Klara Domplatz spielte ihre Rolle vorzüglich. Frau Häut und Frau Nitze unterstützten sie. Sie wichen wie in einer griechischen Tragödie mit wehenden Gebärden zurück.

»Ist es ansteckend?!« rief Frau Nitze mit spitzer Stimme. »O Himmel, wir werden alle krank werden! Eine Epidemie ...«

Marianne sprang auf. »Es besteht überhaupt kein Anlaß zur Besorgnis«, sagte sie. Das Wort Epidemie lag ihr zentnerschwer auf der Seele. Sie wußte, was daraus entstand, wenn es durch die Farm flog. Abreisen. Panik. Hysterische Flucht der Frauen. »Ich werde sofort Doktor Lorentzen herüberbitten. Er wird es bestätigen.«

Frau Häut und Frau Nitze sahen sich schnell an. Los geht's! Der Köder war gut ... in zehn Minuten zappelt der Fisch an der Angel.

Marianne rannte aus dem Zimmer, um vom Büro aus über die direkte Leitung Lorentzen anzurufen. In der Halle traf sie auf Ilse Patz, die aus der Turnhalle kam, in einem engen Trikot, mit aufgelösten Haaren. Ein schwarzer Panther.

»Wir haben die Bronchitis im Haus!« rief Marianne. »Wenn dich jemand fragen sollte, bagatellisiere es! Du weißt, wie viele Hypochonder wir haben! Wenn einer niest, haben die anderen gleich eine Lungenentzündung!«

Ilse gab keine Antwort, sondern ging weiter in ihr Zimmer. Sie gab nicht einmal zu verstehen, ob sie Mariannes hastige Worte begriffen hatte. Mit einem Knall schlug sie die Tür zu.

Im Zimmer saßen wieder Frau Häut und Frau Nitze auf dem Bett von Klara Domplatz und redeten auf sie ein:

»Also, nicht vergessen ... Siegeszeichen: Biß ins Ohrläppchen«, kicherte Frau Nitze wie ein dummes kleines Mädchen. »Am besten kann man es, wenn er sich über die Brust beugt. Dann schnell die Hände vor, den Kopf umklammert, herangezogen und – schwupp.«

Klara Domplatz nickte. Ihre Kehle war jetzt wie zugeschnürt. Sie machte so etwas zum erstenmal. Bisher war der Arzt eine unantastbare Person gewesen. Was sie jetzt erlebte, überstieg ihr Können. »Ich habe einen ganz heißen Kopf«, stotterte sie.

»Um so besser!« Frau Häut klatschte in die Hände. »Das unterstreicht die Wahrheit der Krankheit.«

»Ich habe auch Halsschmerzen.«

»Die Erwartung, meine Beste! Ihre Hormone jubilieren. In zehn Minuten juckt's in allen Gliedern. Ich kenne das.«

Klara Domplatz kannte es nicht. Sie hatte einfach Angst.

»Es ist gemein, was wir tun«, sagte sie heiser.

»Ein bißchen Abwechslung in diesem öden Laden.« Frau Nitze rannte zum Fenster und sah hinaus auf den Weg zur Klinik. »Glauben Sie, unsere Männer sitzen trübsinnig vor ihrem Bier, während wir uns hier massieren, einsalben, beatmen und ozonduschen lassen? Als ich abfuhr, winkte mir mein Alter nach, aber seine Augen glänzten wie mit Speck eingerieben. O nein, meine Liebe. Gleiches Recht für alle! Ein bißchen Abwechslung ist der Sekt des Lebens.«

»Er kommt!« rief Frau Häut, die Frau Nitze am Fenster abgelöst hatte. »Er hat eine Tasche bei sich.« Sie wich von der Gardine zurück, weil Lorentzen zufällig nach oben blickte.

»Wie wäre es, wenn Sie noch sagen, Sie hätten Stechen in den Leisten?«

Der Mund Frau Häuts zuckte etwas hysterisch. Ihre Augen flimmerten.

»Nein!« rief Klara Domplatz. »Nein! Das nicht!« Sie legte sich hin und machte ein leidendes Gesicht. »Und wenn … wenn er den Schwindel merkt?«

»Das soll er ja, früher oder später.«

»Und wenn er Krach schlägt?«

»Das liegt nur an Ihnen.« Frau Nitze strich sich das Kleid glatt. Über ihre Haut prickelte es, als läge *sie* im Bett. »Bei mir würde er bestimmt nicht protestieren. Haben Sie noch nie einen Mann verführt … außer Ihrem eigenen?«

»Nein.«

»O Gott!« Frau Nitze starrte Frau Häut entsetzt an. »Das haben wir nicht gewußt. Klara, enttäuschen Sie uns nicht. Denken Sie daran: Der ganze ›Club‹ rechnet mit Ihrem Sieg …«

Es klopfte. Frau Nitze und Frau Häut wichen an die Wand zurück. Da Klara Domplatz nichts sagte, sondern sich im Bett fest zusammenrollte, rief Frau Nitze laut:

»Ja, bitte!«

Dr. Lorentzen trat ein. Hinter ihm kam Marianne ins Zimmer, was den Frauen sehr mißfiel. Frau Häut telefonierte mit den Augen zu Frau Nitze. Die muß weg … sofort … sonst ist alles geplatzt.

»Wir … wir kommen nachher noch einmal wieder«, sagte Gisela Nitze und lächelte Lorentzen kokett an. »So eine Bronchitis macht einen ganz schwach, nicht wahr, Doktor?«

»Es kommt darauf an, wie schwer sie ist.« Lorentzen setzte sich ans Bett auf einen Stuhl, den ihm Marianne heranschob. Beim Hinausgehen sahen die beiden Verschwörerinnen noch, wie Lorentzen erstaunt den Kopf schüttelte. Marianne stand am Fenster.

»Die muß raus!« zischte Frau Häut auf dem Flur. »Laufen Sie! Rufen Sie aus Ihrem Zimmer im Büro an. Dann wird man sie holen!«

Im Zimmer von Frau Häut warteten unterdessen die anderen Frauen. Sie tranken Rheinwein, rauchten und tauschten

Erinnerungen aus. Als Frau Häut eintrat, sprangen sie allesamt auf.

»Nun?« fragte Marion Stellmacher. »Gelungen?«

»Lorentzen ist erst mal bei ihr. Aber ich glaube, Klara stellt sich reichlich dumm an. Sie hat Angst. Wie kann man vor einem Mann Angst haben? Das verfehlt doch völlig seinen Zweck.«

Die Frauen kicherten wie Lachtauben.

Nach fünf Minuten kam auch Frau Nitze zurück. Sie zuckte mit den Schultern. »Pleite!« rief sie. »Die ›Chefin‹ geht nicht aus dem Zimmer. Sie läßt durchstellen ... da habe ich aufgelegt. Was sollte ich noch machen?«

Frau Häut setzte sich auf die Fensterbank und schlenkerte die langen Beine hin und her. Ihr strenges, hochmütiges, aber ungemein interessantes Gesicht offenbarte eine Enttäuschung. »Wir müssen uns etwas anderes ausdenken«, sagte sie, griff nach einer Whiskyflasche und schenkte sich ein Glas voll. »Es wäre doch gelacht, wenn zwölf so schöne und temperamentvolle Frauen wie wir nicht einen Mann herumkriegten ... auch wenn es Dr. Lorentzen ist. Irgendwo ist auch ein Heiliger ein Mann, und dieses Irgendwo ist nicht wegzuleugnen.«

Die Frauen lachten wieder und hoben die Gläser.

Es ist wirklich schwer, einen Stall voller Katzen ruhig zu halten.

Dr. Lorentzen untersuchte Klara Domplatz mit aller Gründlichkeit. Er maß Blutdruck und Puls, er maß Fieber – Klara hatte keines –, er horchte Lunge und Bronchien ab, kontrollierte das Herz ... und hier war eigentlich der Augenblick, wo Klara Domplatz ihre große Rolle zum Triumph führen sollte. Mit nacktem Oberkörper saß sie im Bett, und Dr. Lorentzen drückte das Stethoskop unter ihre linke, schöne, runde und volle Brust.

Wie eine starre Puppe saß Klara Domplatz im Bett. Hinter ihr stand Marianne Steegert am Fenster und reichte Lorentzen ab und zu die Instrumente an.

Ich bin verraten und verkauft, dachte sie. Der ganze

Schwindel kommt jetzt heraus. Diese Blamage. Ich reise ab ... ich reise morgen ab. Es war nur der Whisky schuld, daß ich überhaupt mitmachte. Wann trinke ich denn schon Whisky? Ich hatte einen Schwips, als ich die Wahl gewann. O Himmel!

Mit hochrotem Kopf ließ sie sich den Rücken abklopfen, mußte die Arme hochheben und tief atmen, mußte husten und Ahhh sagen, mußte sich lang ausstrecken und den Magen drücken lassen, und dann schob Lorentzen das spitzenbesäte violette Nachthemd auch noch tiefer zurück und drückte auf den Unterbauch.

»Sie haben noch den Blinddarm, gnädige Frau«, sagte er gleichgültig. »Hatten Sie in der letzten Zeit Beschwerden?«

»Nein«, flüsterte Klara Domplatz. Ihre Stimme war einfach weg. Sie fühlte die Hände Lorentzens an ihren Leisten. Siedendheiß fiel ihr dabei ein, daß sie nun völlig bloß vor ihm lag und daß er nun bemerken mußte, daß ihre blonden Haupthaare gefärbt waren. Das verwirrte sie so, daß sie fast zu weinen begann. Zu Hause, bei ihrem Mann, dem Gartenzwergfabrikanten von Xanten, hatte sie daran nie gedacht. Der dicke Otto stellte keine Vergleiche an, er rollte sich auf die Seite und schnarchte oder baute am Fußende des Bettes neue Gartenzwergmodelle auf und rief: »Klara! Die neuen Typen! Na, ist das 'ne Wucht? Da, der Kleine, der auf 'nem Frosch reitet! Und der liebe Jung mit dem Tropenhelm! Ist für 'n Export nach Afrika. Wetterfester Lack. Termitensicher durch Antibesprühung. Ist das 'ne Kollektion, was? Das macht Domplatz und Co. so schnell keiner nach. Phantasie muß der Mensch haben ...«

Der dicke Otto hatte sie, bei seinen Gartenzwergen. Neben seiner Frau im Bett hatte er sie nicht. Es war sogar zweifelhaft, ob er die neue Haarfarbe wahrgenommen hatte. Und ob er noch wußte, daß die kleine, hübsche Klara erst zweiunddreißig Jahre alt war ...

Die Hände Dr. Lorentzens zogen das Nachthemd wieder hoch. Damit erlosch auch die Erinnerung Klaras. Die Gegenwart war wieder da; das große frivole Spiel, das verloren war, ehe es begonnen hatte.

»Ich werde Ihnen eine Spritze geben, gnädige Frau«, sagte Lorentzen und klappte seinen Spritzenkasten auf. »Eine typische Bronchitis ist es nicht. Lunge und Bronchien sind frei. Sie haben kein Fieber, und auch alle anderen Untersuchungen sind negativ.«

»Bei mir ... ist das immer so ... Doktor ...« Klara Domplatz schämte sich maßlos. »Alles atypisch ... und dann ist die Krankheit plötzlich da. Wenn's keiner denkt.« Sie sah auf die Hände Lorentzens, die die Nadel auf die Spritze setzten, eine Ampulle aufsägten und eine wasserhelle Flüssigkeit in den Glaskolben zogen. »Muß ... muß das sein?«

»Es muß.«

Lorentzen rieb eine Stelle an Klaras Oberschenkel mit Alkohol ab und stieß dann die Spritze in das glatte Fleisch. Sie zuckte zusammen, aber ertrug es geduldig.

»Ich komme morgen wieder«, sagte Lorentzen und packte alle Instrumente wieder in seine Tasche. »Auch das atypische Krankheitsbild muß sich einmal klären, nicht wahr? Guten Tag, gnädige Frau ...« Der Arzt und Marianne Steegert gingen hinaus.

Auf dem Flur hielt Marianne außerhalb der Hörweite Lorentzen an. »Was hast du ihr gespritzt, Lutz?« fragte sie leise.

»Ein Bombenschlafmittel.«

»Aber warum denn?«

»Strafe muß sein.«

»Und die Blinddarmuntersuchung ...«

»Sie wollte es doch so – nur solltest du nicht dabei sein. Ich bin gespannt, wie dein Katzenheer darauf reagiert.« Er lächelte schwach. »Es war gut, daß du mich gewarnt hast. Auf welche Ideen Frauen kommen, wenn sie ein paar Wochen allein unter sich sind!« Er schwenkte die Tasche hin und her und stieg die Treppe hinab zur Halle. »Ich glaube nicht, daß man mich so schnell wieder rufen wird ...«

Eine halbe Stunde später klingelte bei Marion Stellmacher im Zimmer das Telefon. Marion lag im Bett, eingewickelt in eine Kräuterpackung. Die anderen Damen des »Club« waren in der Turnhalle und machten Yogaübungen. Sie lernten richtiges Atmen und wie man seelischen Frieden finden kann durch Selbstversenkung und Denken an Nichts. Bei Frau Nitze waren das die schwersten Übungen, denn wenn sie die Augen schloß, mußte sie meist an die Parties im Motel »Forellenklause« denken und an die Männer, die dort wohnten, um auf den nächtlichen Anmarsch aus der Schönheitsfarm zu warten.

»Ja?« sagte Marion Stellmacher schläfrig. So eine Packung macht müde.

»Ich danke Ihnen.« Die Stimme Mariannes. »Sie haben uns sehr geholfen. Ich danke Ihnen besonders aus ... aus persönlichen Motiven ...«

»Ich weiß.« Marion Stellmacher lächelte über ihrer spinatgrünen Maske. »Ich wünschte, ich könnte mich einmal richtig verlieben.« Marion schloß die Augen. »Durch solche dummen Scherze werden oft schicksalhafte Beziehungen zerstört. Nur deshalb habe ich Ihnen von dem Komplott erzählt ... Sie sollen glücklich werden.«

»Danke, Marion.«

»Er ist ein schöner Mann, der Doktor.«

»Ja.«

»Ich werde nie so ein Glück haben. Wer heiratet schon eine Dirne außer Diensten?«

Mit schwerer Hand legte Marion Stellmacher den Hörer zurück auf die Gabel.

Dr. Lorentzen brauchte nicht mehr zu Frau Domplatz zu kommen. Klara gesundete erstaunlich schnell von ihrer atypischen Bronchitis. Die starke Schlafspritze hatte ihr genügt; sie schlief fast zwanzig Stunden lang und war hinterher so erledigt, als habe sie wirklich eine Infektion durchlitten. Frau Nitze, Frau Häut und der ganze »Club« saßen in ihrem Zimmer und grübelten darüber nach, wie man Lorentzen diese Blamage heimzahlen konnte.

»Er hat es gemerkt«, sagte Frau Nitze knirschend. »Wir haben es aber auch zu dumm angestellt. Man sollte den ›heiligen Lutz‹ woanders überraschen. Im Wald. Jawohl. Jeden Morgen macht er einen Waldspaziergang. Ich weiß das von

Dicki. Schon um 6 Uhr läuft er los. Dann stapft er durch die betauten Wiesen und sieht dem Morgennebel zu, wenn er vom Tal in die Berge weht ...«

»Sie wird lyrisch!« rief Frau Häut. »Sie ist in den Doktor tatsächlich verknallt!«

Frau Gisela Nitze wehrte sich nicht. Ja, sie nickte sogar. »Wer ist das von uns nicht, ha?« fragte sie und sah sich im Kreise um. »Los! Wer jetzt ›ich‹ sagt, der lügt infam! Wir alle lieben den Doktor. Und weil wir alle wissen, was uns erwartet, wenn wir in einer Woche wieder zu Hause sind, sollten wir uns ins Zeug legen. Eine muß die Glückliche sein. Und viel Zeit haben wir nicht mehr.«

So beschloß man, Dr. Lorentzen bei seinem Morgenspaziergang aufzulauern. Wieder wurden Lose gezogen. Dieses Mal traf es die Richtige: Frau Nitze.

Als sie das Wort »Gewonnen« las, bekam sie große, blanke Augen, und ihr Atem ging schneller.

Die beiden nächsten Tage waren randvoll mit Operationen und Nachbehandlungen belegt. Dr. Lorentzen und seine beiden Assistenten sahen nicht auf die Uhr.

Da war zunächst die riesige Rosa Ballek, die auf dem Tisch lag, ein Koloß aus Knochen und Fleisch. Ihre Viermastbark war weg, aber die Transplantate hatten nicht alle den neuen Standort angenommen. Zwei kleine Hautlappen begannen sich abzustoßen und nahmen keine Ernährung auf. Lorentzen nahm sie weg, machte ein neues Wundbett, denn am besten heilen Transplantate in frisch blutenden Wunden ein, und übertrug neue Haut aus der Innenseite der mächtigen Oberschenkel auf den Rücken.

»Gestern hat mein Heini geschrieben«, sagte Rosa Ballek, bevor sie wieder narkotisiert wurde. »Is'n fleißiger Junge, Herr Doktor. Kommt in der Schule gut mit. Was keiner von uns geschafft hat, das macht der Lütte ... jede Klasse nur zweimal. Bin bannig stolz auf'n Heini. Will auch Seemann werd'n, schreibt er. Liegt eben im Blut, nöch?«

Dino Valenti war traurig, als man ihn zu Lorentzen führte. Sein Augenlid hing nicht mehr, aber er hatte ein schönes

»Veilchen«, wie man es nennt. Nun glaubte er, der Bluterguß bliebe so. »Warum hat das Schicksal mich so gestraft, Doktor?« sagte er wehleidig. »Nun kann ich Adagios und presto vivace spielen, soviel ich will – das Lid bleibt zwar oben, aber nun lachen sie über mein blaues Auge. Ich bin erledigt, Dottore! Ich kann Fische verkaufen oder Nudeln ziehen.«

Lorentzen nahm sich viel Zeit, um Valenti davon zu überzeugen, daß sich nach spätestens zehn Tagen alles normalisiere. Valenti nickte traurig. Guter Dottore, dachte er, gibt sich solche Mühe, die Lüge glaubhaft zu machen. Er ging in sein Zimmer zurück, holte seine Geige und spielte nur noch Totengesänge, Nocturnes und wehmütige Klagelieder.

Die Baronin v. Durrhaus war besser dran. Ihre Reithosenbeine waren verschwunden. Sie hatte zwar keine gertenschlanken Beine bekommen, denn so weit kann selbst ein Chirurg nicht die Natur korrigieren, aber nach der Operation waren ihre Beine gerade und wohlgeformt, die Hüften normal gerundet, ja sogar von einem gewissen Schwung, und wenn sie jetzt ging, hatte ihr Gang etwas Aufreizendes, weil Beine, Hüften, Leib und Brüste eine proportionierte Einheit bildeten.

Stundenlang hatte Luisa v. Durrhaus vor dem Spiegel gestanden und sich bewundert. Sie hatte sich gedreht ... erst nackt, und da war es doch eine kleine Enttäuschung, die langen, gebogenen Narben zu sehen, die zwar eines Tages verblaßten, aber doch immer sichtbar blieben. Das war der Preis für ein neues Ebenmaß des Körpers, aber es war ein zahlbarer Preis. Denn: Im Kleid, in engen, langen Strandhosen, in hautanliegender Abendtoilette, ja sogar in mittellangen Shorts konnte sich Luisa v. Durrhaus selbst an ihrer eigenen Figur begeistern. Hin und her ging sie im Zimmer, sich im Spiegel beobachtend, und sie schüttelte immer wieder den Kopf über ihre Wandlung.

»Ich bin ein ganz anderer Mensch, Doktor«, sagte sie bei der dritten Nachuntersuchung. »Vorher ... oh, Sie wissen nicht, unter welchen Komplexen ich litt. Es war schrecklich. Sie schweigen doch, Doktor?«

»Das ist meine vornehmste Pflicht.«

Luisa v. Durrhaus sah auf ihre Hände. »Ich bin den Männern nachgerannt, Doktor.« Ihre Stimme war ganz klein und kindlich. »Ich habe jeden akzeptiert, nur um die Gewißheit zu haben: Du bist noch nicht so häßlich, daß sie sich von dir abwenden. Und doch hatte ich immer das Gefühl, daß sie mich alle belogen.« Sie blickte hoch. In ihren blauen Augen standen Tränen. »Das ist jetzt alles ganz anders. Ich bin schön. Meine Hüften, meine Schenkel blähen sich nicht mehr zur Seite. Ich bin direkt schlank gegen früher.«

»Das sind Sie wirklich, Baronin«, sagte Lorentzen mild.

»Sie sind ein wunderbarer Mensch, Doktor. Miß Bridge hatte recht; man kann Ihnen für alles gar nicht danken. Ich bin wirklich ein ganz anderer Mensch ...«

Der erste, der diese Wandlung massiv zu spüren bekam, war Adam Czschisczinski. Als er an diesem späten Abend wieder zur Baronin ins Zimmer schlich, nicht ohne sein Luftkissen mitzubringen, um schmerzlose Weichheit zu garantieren, wurde er ungnädig empfangen. Luisa v. Durrhaus saß angekleidet und hoheitsvoll im Sessel am Fenster.

»Was wollen Sie?« fragte sie hochmütig. Dicki blieb mit offenem Mund stehen, das zusammengerollte Luftkissen unterm Arm.

»Schätzchen ... ich bin's, der liebe, starke Dicki ...«

»Hinaus!« sagte die Baronin laut.

»Mein sprudelnder Wildbach ...«

»Soll ich der Schwester läuten?!«

Dicki rieb sich die Augen. Er verstand die Welt nicht mehr. Tapsend machte er einen Schritt weiter ins Zimmer.

»Mein blondes Wälzerchen«, stotterte er. »Ich bin's ... dein unermüdlicher Streiter.«

»Machen Sie, daß Sie endlich hinauskommen, Sie stinkender Pferdeknecht!« schrie die Baronin. »Mir wird übel, wenn ich Sie nur rieche! Sie Stallmister! Hinaus!«

Dabei stampfte sie mit den Füßen auf und sah Dicki mit einem Hochmut an, der kalt war wie ein Eisblock.

Verwirrt verließ Adam das Zimmer und schlich zurück in seine Portiersbude. Dort warf er das Luftkissen in die Ecke und setzte sich schwer auf einen Stuhl.

»Nein, so was«, stotterte er fassungslos. »Stinkender Pferdeknecht. Und früher hat sie immer gesagt: Du riechst so wild wie ein Hengst in einer Stutenherde ...«

Er kannte sich nicht mehr aus. Wer konnte auch mit dem Hirn eines Adam Czschisczinski begreifen, daß mit dem Wegfall der Reithosenbeine auch die Vergangenheit in die Plastikeimer fiel, in denen man das Fettgewebe, das man herausgeschnitten hatte, wegtrug.

Am Abend machte Lorentzen eine neue Transplantation bei dem »Grafen«. Die bisherigen Überpflanzungen waren gelungen, weil es sich um gut genährte Spaltlappen gehandelt hatten. Der Defekt in der Wangenmitte aber konnte nicht mit Haut allein geschlossen werden. Das erforderte einen Rundstiellappen. Es war ein langwieriger Weg, der viel Geduld erforderte. Ein Hautlappen von der Innenseite des Unterarmes mußte in die Wunde der Wange eingenäht werden und so lange mit dem Arm verbunden bleiben, bis er im Gesicht so weit angewachsen war, daß man ihn ganz vom Arm trennen konnte. Dies aber bedeutete, daß der »Graf« einige Wochen mit einem Gesicht herumlaufen mußte, das mit seinem Unterarm fest verbunden war.

»Tun Sie, was Sie müssen, Doktor«, sagte der »Graf«. »Ich habe volles Vertrauen. Um wieder wie ein Mensch auszusehen, trage ich auch meinen Arm ans Gesicht genäht.«

Dr. Lorentzen schwieg und sah den »Grafen« nachdenklich an.

»Sie bekommen nie Post«, sagte er endlich.

»Nein.«

»Ich hatte erwartet, daß Ihre Tochter ...«

»Ich nicht. Ich habe es ihr verboten.« Das schöne, aristokratische Gesicht wurde kantig. »Ich bin auf Safari; das ist jetzt die offizielle Version. Irgendwo am Victoria-See. Nicht erreichbar. Das ist gut so. Ich habe in den Zeitungen gelesen, daß man mich in Wien sehr vermißt ...« Er schwieg plötzlich. Er hatte zu viel gesagt. Der »Graf« ergriff die Hand Lorentzens. »Vergessen Sie das, Doktor! Sie haben nichts gehört.«

»Sie haben nur vom Victoria-See gesprochen, Graf.« Dr. Lorentzen wies auf den OP-Tisch. »Bitte, strecken Sie sich aus. Ich will heute noch einige Teile mit Spaltlappen decken. Die große Rundstielsache machen wir in drei Wochen ...«

Wien, dachte Lorentzen, als er sich wusch und steril machte. Man vermißt ihn. Wer mag er in Wahrheit sein? Ob wir das jemals erfahren werden?

In diesen Tagen geschah etwas, wovon niemand erfuhr. Die Presse nicht, der Rundfunk und das Fernsehen auch nicht: Der gestohlene Wagen, mit dem der Bankräuber Hans Bornemann geflohen war, wurde im Wald von Patzenhausen gefunden. Ein begeisterter Wanderer, der Oberstudienrat Dr. Ruprecht Hillermann aus Wolfenbüttel, der seine Ferien kreuz und quer durch Deutschland verwanderte, und das schon seit über dreißig Jahren, fand den Wagen im dichten Busch und dachte logisch – er war ja Lehrer –, daß ein Auto dort nichts zu suchen habe.

Er alarmierte die Landpolizei, von dort ging es zur Kriminalzentrale, und dort wußte man endlich, woher der Wagen kam. Ein Großaufgebot von Beamten erschien in dem einsamen Bergwald. Aus Frankfurt kam ein Staatsanwalt angeflogen. Aus Wiesbaden, vom Bundeskriminalamt, ein Spurenexperte.

»Ganz klar, der ist hinüber ins Salzburgische«, sagte der Staatsanwalt aus Frankfurt. »Wir werden die Kollegen von Österreich sofort einschalten. Es ist ja eine Kleinigkeit, von hier über die ›grüne Grenze‹ zu verschwinden. Aber auf jeden Fall, meine Herren, haben wir jetzt die Fluchtrichtung. Wir tappen nicht mehr im Dunkeln.« Was Hans Bornemann erhofft hatte, wurde wahr: Seine Spur wurde falsch verfolgt. Die Fahndung lief über ganz Österreich, nach Italien und nach Frankreich.

»Das Geld muß ausgegeben werden«, sagte der Staatsanwalt bei der großen Mitarbeiterbesprechung in Frankfurt. »Dazu wurde es gestohlen. Wo gibt man plötzlichen Reichtum aus? An der Riviera, an der Adria, in Nordafrika, an Spaniens sonnigen Küsten ... dort, wo hübsche Mädchen sind. Ich bin ganz sicher, daß wir eine heiße Spur aufgenommen haben.«

Hans Bornemann hatte richtig gedacht. Aber er hatte eins übersehen: Daß andere Menschen auch anders denken können.

Es gab da einen Horst Rappel. Er lebte in Frankfurt, war dreißig Jahre alt, unverheiratet und von Beruf Zeitungsreporter. Er schrieb über Unfälle auf der Straße und Schlägereien zwischen Zuhältern, besuchte die Bordells und interviewte die gefallenen Engelchen, bekam siebenmal die Jacke vollgehauen und erschien zum achten Mal an der gleichen Stelle. Man sieht daraus: Horst Rappel war ein eigenwilliger Typ.

Als der Bankraub geschehen war, erkannte er, daß dies ein Knüller sein konnte. Nicht umsonst schnappt ein bisher braver Bankbeamter über.

Und er begann, das stille Leben des Hans Bornemann aufzurollen wie einen Wollfaden, der durch das Labyrinth führt zum hellen Sonnenlicht.

Horst Rappel traf ebenfalls in Patzenhausen ein.

Am frühen Morgen des Samstags, bei seinem Rundgang zur Kontrolle der Putzfrauen, die die Klinik »sonntagsfähig« machten, wie es Dicki nannte, entdeckte Adam Czschisczinski einen merkwürdigen Geruch in der Nähe des Kellers. Er blieb stehen, hob die Nase und schnupperte wie ein Dackel.

Das riecht nach Rauch, dachte er verblüfft. Das riecht so, als ob es irgendwo brennt.

Nach diesem Gedanken wurde er flott, raste die Kellertreppe hinunter und kam in eine weißgraue Rauchwolke, die sich träge durch die langen Kellergänge wälzte.

Dicki verlor keine Sekunde. Die Klinik war nach neuesten feuerpolizeilichen Vorschriften gebaut. Auf jedem Flur, auch im Keller, waren Warnsirenen angebracht. Schläuche lagen aufgewickelt in Glaskästen, Hydrantenanschlüsse waren vorhanden, in stählernen Haltern glänzten Schaumlöscher. Außerdem waren alle Stationen durch feuerfeste Schleusentüren abzuriegeln.

Dicki schlug die Scheibe des Alarmmelders ein und hieb auf den roten Knopf. Im gleichen Augenblick heulte auf dem Dach der Almfried-Klinik die Feuersirene auf, klingelte es Alarm im Bürgermeisteramt von St. Hubert, heulten dort die Sirenen auf und rannten die Männer der Freiwilligen Feuerwehr zum Spritzenhaus.

Die Patienten fuhren aus den Betten. Dr. Lorentzen, der gerade von seinem morgendlichen Waldspaziergang zurückgekommen war und sich umzog, lief auf die Terrasse seines kleinen Bungalows. Vom Schwestern- und Ärztehaus rannten die Angestellten hinüber zum Klinikbau. Auf den Balkons erschienen die verschlafenen Gesichter der Patienten. Selbst der »Graf« tauchte unter dem schützenden Markisendach auf und sah hinunter auf die herbeirennenden Menschen.

Nach zwanzig Minuten waren Feuerwehr und Polizei eingetroffen. Die Klinik brannte nicht ... aber aus drei Kellerfenstern quoll dicker Rauch. Die feuerfeste Tür zu diesem Teil des Kellers war geschlossen, man hörte hinter ihr Klappern und krachende Geräusche und das Zischen von Wasser.

Die Feuerwehr hämmerte gegen die Eisentür, bis sie endlich geöffnet wurde.

In einer Feuerwehruniform, rauchgeschwärzt, den Helm auf dem Kopf, eine Rauchmaske vor dem Gesicht, erschien Dicki und grüßte stramm, als er den Brandmeister von St. Hubert, den Polizeileutnant und Dr. Lorentzen inmitten einer Menge anderer Leute im Kellerraum stehen sah. Er riß sich die Rauchmaske vom Gesicht und nahm militärische Haltung an.

»Brand unter Kontrolle! Schwelbrand im Keller 9. Entdekkung 6 Uhr 13. Ursache rätselhaft! Alarm wurde zur Prolyfaxe gegeben.

»Zu was?« fragte der Brandmeister entgeistert. Dr. Lorentzen lächelte leicht.

»Zur Prophylaxe. Herr Czschisczinski meint, es war eine reine Vorsichtsmaßnahme. Er hat klug gehandelt. Brav, Dikki.«

Adam grinste stolz. Er trat zur Seite und wies in den Keller. Noch immer wälzten sich Rauchschwaden herbei. Ein paar Schwestern begannen zu husten und liefen nach oben in die frische Luft.

Was dann kam, war reine Routinearbeit. Keller 9 wurde völlig leergeräumt. Es war der sogenannte Papierkeller. Hier stapelten sich die Kartons und die Verpackung von allem Material, das die Klinik bekam. Vierteljährlich sollte ein Lastwagen alles abholen für den Altpapierhandel. Da das Vierteljahr noch nicht herum war, quoll der Papierkeller fast über von Kisten und Kartons, Zeitungen und Prospekten. Alles wurde jetzt auf den Hof geworfen ... eine versengte, durch das Wasser aus Dickis Löschschlauch zusammengepappte Masse, stinkend und rauchend.

Während die Feuerwehr und Dicki schwitzend auch die Nebenkeller räumten und säuberten, saßen der Brandmeister, der Polizeileutnant von St. Hubert und Dr. Lorentzen im Chefzimmer um den runden Tisch und tranken einen Kognak auf den anfänglichen Schreck. So sicher die Klinik auch gebaut war: Ein Großbrand hat seine Tücken. Er entwickelt sich meistens anders, als die Experten es vorausgesehen haben. Von den Brand- und Wasserschäden ganz abgesehen.

»Es wird uns nichts anderes übrigbleiben«, sagte der Polizeileutnant ernst und wichtig, denn endlich passierte etwas in St. Hubert, was außer der Reihe war und einen schönen Bericht rechtfertigte. »Wir müssen die Kreispolizei benachrichtigen und das Branddezernat in München. Nach Lage der Dinge liegt hier eine Brandstiftung vor ...«

»Mir ist das alles völlig rätselhaft.« Dr. Lorentzen lehnte sich zurück. Was er in den letzten Minuten erfahren hatte, machte ihn ratlos. Auf dem Tisch, sauber ausgebreitet auf einem großen Handtuch, lagen die Beweise.

Eine Schachtel Streichhölzer.

Ein halb verbrannter Lappen, getränkt mit Benzin.

Einen Lappen gleicher Art hatte man in Keller 10 gefunden.

Dort lagerten die Röntgenplatten und weiter, in Keller 11,

die Reservebetten. Matratzen und Unterbetten. Alles leicht brennbares Material.

»Es war Brandstiftung!« Der Brandmeister kippte seinen Kognak hinunter. »Deutlicher geht es ja nicht. Aber es war eine bewußt ungefährliche Brandstiftung. Die Klinik sollte nicht abbrennen, man wollte nur Unruhe hervorrufen. Die Patienten sollten vielleicht aufgescheucht werden. Herr Doktor!« Der Brandmeister sah Dr. Lorentzen fragend an: »Haben Sie Neider? Wissen Sie jemanden, der Ihnen übel will? Haben Sie Feinde?«

Lorentzen schwieg und sah zu Boden.

»Nein«, sagte er dann langsam. »Ich wüßte niemanden.«

Der Polizeileutnant erhob sich geschäftig. »Ich rufe München an«, sagte er tatenlustig. »Heute ist's der Keller, morgen steht der ganze Bau in Flammen. Man erlebt ja die tollsten Dinge. In Norddeutschland brannten neulich Nacht für Nacht Scheunen ab. Der Brandstifter war ein junger Bauernbursche, der ›so gerne Flammen sah‹ und dessen Leidenschaft das Feuerlöschen war. Ein Verrückter also. Wissen wir, wer sich hier rumtreibt?«

Auf der Schönheitsfarm war an diesem Tag der Betrieb völlig durcheinandergeraten. Das Sirenengeheul der Feuerwehr hatte alle Damen aus den Betten gejagt. Statt sich mit Cremes oder Emulsionen einreiben zu lassen und das Frühstück wie üblich im Bett zu sich zu nehmen, statt sich einer Ozonbesprühung oder Franzbranntweinmassage hinzugeben, standen sie alle auf den kleinen Balkonen oder an den Fenstern und starrten hinüber zur Klinik. Frau Häut hatte ein Fernglas und berichtete mit lauter Stimme, was sie sehen konnte. Ihre Lagemeldungen flogen von Balkon zu Balkon.

»Der ganze Keller brennt! Die Feuerwehr kommt mit Rauchmasken. Auch Polizei ist da!«

Vergeblich versuchte Ilse Patz, ihre Gymnastikgruppe zusammenzubringen. Sie lief von Zimmer zu Zimmer, aber die Damen waren noch in ihren durchsichtigen Nachthemdchen. Einige hatten ihre Bademäntel übergezogen, denn die

Kühle des Morgens war schon spürbar, und waren nicht zu bewegen, ihre Beobachtungsposten aufzugeben.

»Wie Sie wollen!« fauchte Ilse Patz und schlug die Türen zu. Im Büro traf sie Marianne Steegert, die gerade telefonisch mit Dr. Lorentzen gesprochen hatte.

»Brandstiftung!« sagte Marianne heiser. »Sie sagen, es sei Brandstiftung gewesen.«

»Dummheit! Wer sollte ein Interesse daran haben, die Klinik anzuzünden?«

»Die Polizei meint, ein Verrückter.«

»Aber nun ist ja nichts passiert. Dafür ist die Gymnastik ausgefallen, der Waldlauf fällt auch aus, weil die Damen erst frühstücken müssen, der ganze Tagesplan ist aus den Angeln. Ich bin scheinbar überflüssig.«

Marianne sah ihre Freundin groß an. »Du bist merkwürdig, Ilse. Als ob man vorausahnen konnte, daß drüben …«

»Du nennst mich merkwürdig?« Ilse Patz bekam einen schmalen, harten Mund. »Merkwürdig ist, was aus unserer Freundschaft geworden ist. Merkwürdig ist, was hinter meinem Rücken gespielt wird.«

»Hier wird nichts gespielt, Ilse.«

»Nichts? Nennst du eine Nacht bei Lutz nichts?«

Marianne wurde rot und sah zu Boden. Sie wußte es also. »Gerade du solltest das verstehen«, sagte sie leise. »Du bist nie vor einem Mann, der dir gefiel, weggelaufen.«

»Das war nichts.« Ilse Patz sah zur Seite aus dem Fenster. »Das war wie ein Glas Sekt trinken. Es trat nie zwischen uns, es belastete keinen. Aber jetzt bricht alles auseinander … siehst du das denn nicht?«

»Weil du egoistisch bist.«

»Ich? Wer schleicht denn in der Nacht zu ihm?« Ilses Stimme wurde rauh. Sie schüttelte ihr schwarzes Haar, daß es um ihren schmalen, schönen Kopf flog, wie vom Sturm zerzaust.

»Mein Gott, was verlangst du denn?« rief Marianne verzweifelt.

»Nicht mehr, als was ich schon dutzendmal getan habe. Manchmal habe auch ich gedacht: Dieser Mann könnte für dein ganzes Leben sein. Aber dann kam der Morgen, ich ging um unsere Häuser herum, zum Schwimmbad, über die Wiesen und durch die Wälder, ich sah von oben, vom Hügel, hinunter auf das, was wir zwei gemeinsam geschaffen haben, und da habe ich immer wieder gesagt: Nein. Soviel ist kein Mann wert, daß dies alles kaputtgehen soll. Und ich bin zurückgekommen und habe den Mann weggejagt wie einen geilen Hund. Männer, habe ich mir gesagt, sind Gebrauchsgegenstände. Alltagsdinge wie Gabel und Messer, Kamm und Zahnbürste. Man braucht sie zum allgemeinen Wohlergehen. Wichtiger als sie ist unsere Freundschaft, ist unsere Farm, unsere Arbeit an der Schönheit unserer Patienten.«

»Ich kann nicht so denken.« Marianne stützte den Kopf in beide Hände. »Ich kann es einfach nicht. Ich liebe Lutz.« Sie schloß die Augen, ihr schöner Mund zuckte. »Ich habe ein Herz, Ilse.«

»Natürlich. Es ist eine Pumpe für den Kreislauf.«

»Nein! Es ist mehr! Du weißt es!« Marianne sprang auf. Ihre Stimme überschlug sich plötzlich. »Du weißt es ganz genau. Warum heuchelst du? Warum sagst du Dinge, die du selbst nicht glaubst? Woher hast du nur das Satanische? Wie würdest du dich benehmen, wenn Lutz *dich* liebte? Los, gib mir eine Antwort! Wäre Lutz auch für dich nur wie Zahnbürste und Kamm, Messer und Gabel?«

Ilse Patz schwieg. Sie zog die Schultern hoch, schleuderte die langen Haare vor ihr Gesicht und verließ das Zimmer. Marianne sah ihr nach, wie sie über die Wiese ging in Richtung Sonnenbad. Groß, schlank, federnd. Eine herrliche Katze.

Wir brechen auseinander, dachte Marianne, und ihr Herz war zentnerschwer. Alles bricht auseinander … unsere Freundschaft, die Schönheitsfarm, sogar die Vernunft. Und wir können nichts dagegen tun. Ich liebe Lutz!

Die Kriminalpolizei aus München, Branddezernat, konnte auch nicht mehr feststellen als der Brandmeister aus St. Hubert: Im Papierkeller war das Feuer gelegt worden. Der

Tatbestand der Brandstiftung war eindeutig. Nur der Täter war völlig unbekannt. Man verhörte Dicki, der den Brand entdeckt hatte. Er hatte in der Nacht nichts Verdächtiges gehört. Das war verständlich. Nach dem Hinauswurf bei der Baronin v. Durrhaus hatte sich Dicki betrunken. Teils aus Kummer, teils aus Ratlosigkeit. Wenn diese beiden Gefühle zusammenkommen und Schutz im Alkohol suchen, kommt ein Mordsrausch zustande. So war Dicki auch gegen 23 Uhr ins Bett gestürzt und hatte geschlafen, bis der Wecker an seinem Ohr losrappelte.

»Der Brand ist – wenn man davon ausgeht, daß er Schaden anrichten sollte – dilettantisch gelegt worden«, sagte der Kommissar aus München. »Der Papierkeller und die danebenliegenden Keller sind durch Eisentüren geschützt. Ein Übergreifen des Feuers ist also ausgeschlossen, es sei denn, man hat alle Kellertüren offen ...«

»Sie waren aber zu«, sagte Dicki fest. »Ich weiß das genau, weil unter der Türritze heraus der Rauch quoll.«

»Eben! Was soll also das Feuer? Es sieht alles nach einem dummen Streich aus.«

»Ich danke für solche Streiche!« Dr. Lorentzen rauchte nervös eine Zigarette. An diesem Tage ruhte der ganze Klinikbetrieb bis auf die Mahlzeiten. Nur Dino Valenti war inspiriert. Er spielte eine Violinversion des »Feuervogels« von Strawinski.

»So erschreckend hilflos es klingt: Wir müssen warten.« Der Kommissar aus München lächelte wie um Verzeihung bittend.

»Warten worauf?« fragte Lorentzen.

»Auf einen neuen Brand. In St. Hubert, bei Ihnen ...«

»Ich danke!«

»Ist es ein Feuerbesessener, dann legt er weitere Brände. Nur so können wir ihn erwischen. War es wirklich nur ein Streich, dann werden wir den Täter nie herausbekommen.«

Die Beamten aus München fuhren wieder zurück in die Stadt. Die Wagen begegneten dem schweren Reisewagen des alten Patz, der gerade von St. Hubert den Berg hinaufrollte.

»Das ist ja eine schöne Bescherung«, sagte der alte Patz, als er mit Dr. Lorentzen allein in dessen Zimmer war. »Brandstiftung. Wir sind doch ausreichend versichert dagegen?«

»Ja.« Dr. Lorentzen ging unruhig hin und her. Er wußte, warum der alte Patz wiedergekommen war. Die Situation war so völlig idiotisch, daß man hätte laut lachen können, wenn nicht eine Katastrophe daraus erwuchs. Der alte Patz schnitt sich eine Zigarre zurecht, steckte sie in eine silberne Zigarrenspitze und rauchte sie an.

»Haben Sie mit Ilse gesprochen, Doktor?« fragte er dann.

»Nein. Sie geht mir aus dem Weg.«

»Sie hat ihren Stolz. Von mir geerbt. Wir Patzens sind stolz wie die Römer. Aber Sie kennen doch ihre Zimmertür. Klopfen Sie da mal an ...«

»Ich könnte ihr nicht mehr erklären, als was Sie auch schon wissen: Ich liebe Marianne Steegert.«

»Es ist ein Jammer. Sie benehmen sich wie ein Verirrter in der Wüste, der sein Kamel schlachtet und sich dann wundert, daß er zu Fuß weitergehen muß.« Der alte Patz blies schöne Kringel gegen die Decke und reckte sich im Sitzen. »Ich habe übrigens mit meinem Klinik-Kompagnon Steegert gesprochen. Der Gute ist nicht flüssig. Wenn Ilse die eins Komma fünf Millionen zurückzieht, können Sie die Fenster hier zunageln.«

Dr. Lorentzen blieb stehen. Sein Gesicht hatte die gelbliche Blässe eines Leberkranken. »Ich werde Ihnen die eineinhalb Millionen beschaffen«, sagte er leise.

Der alte Patz legte seine Zigarre in den Aschenbecher.

»Sie?«

»Ja.«

»Machen Sie sich keine Hoffnung. Keine Bank wird hier einsteigen. Die Sicherheiten sind zu labil.«

»Wann brauchen Sie das Geld?«

»Oho!« Der alte Patz sprang auf. Man sah, er war unsicher geworden. Im Grunde genommen hatte er gar nicht die Absicht, sein Geld aus der Klinik zu ziehen. Es brachte noch keine Zinsen, an Gewinn aus der Klinik war noch nicht zu denken. Er hatte das Geld ausgegeben, weil ihn seine Tochter darum angebettelt hatte. Aber auch das war nicht das Ausschlaggebende. Der Motor seines Spenderherzens lag im Verborgenen. Es war ein Komplex, unter dem er zeit seines Lebens gelitten hatte.

Keiner hatte dem alten Patz an der Wiege gesungen, daß er einmal Millionär sein würde. Sein Vater war ein biederer Klempnermeister gewesen. Diese Herkunft war für den Sohn, auch als später Millionen in die Kasse der eigenen Baufirma flossen, wie ein großer Schatten. Er mußte erfahren: Ein Bankkonto allein genügte nicht, um von der Gesellschaft anerkannt zu werden. Er blieb der »Volksschüler«, der »Maurerpolier«, der »Prolet«, der nur den richtigen Riecher zur richtigen Zeit gehabt hatte. Er konnte es sich leisten, auf Sardinien 100 000 qm Küstenland zu kaufen – aber in den Garten des Konsuls Schliepper in Grünwald kam er nicht hinein, es sei denn als Bauunternehmer, dem man einen Auftrag gibt. Die Feste am Schwimmbecken, die berühmten »Italienischen Nächte« des Konsuls, kannte er nur aus der Zeitung. Aus der Prominentenspalte.

Hier half nun die Klinik. Ein Mann, der eine ganze chirurgische Klinik stiftet; der Menschenfreund, der sein Geld weggibt für das Glück anderer, war eine solche Seltenheit, daß man die Türen der Salons vor ihm öffnete, um diesen Idioten, wie man hinter der Hand flüsterte, zu sehen. Er wurde besichtigt wie eine Ausgrabung. Man munkelte, daß ein Antrag in Bonn vorlag, ihm das Bundesverdienstkreuz 1. Klasse zu verleihen. Wenn er das erhielt, wenn dieses Blechstückchen an ihm baumelte, war der Platz an der Sonne erobert. Man vergaß, daß er nur die Volksschule besucht hatte und »nämlich« noch immer mit h schrieb.

»Sie haben das Geld?« fragte der alte Patz vorsichtig. Dr. Lorentzen nickte kurz.

»Ja.«

»Sehr schön.« Der alte Patz spürte, wie er zu schwitzen begann. Vaterliebe und sterbender Minderwertigkeitskomplex rangen eng miteinander. Ohne Klinik bin ich wieder nur der reiche Maurer, dachte er. Das darf nicht sein. Zum Teufel mit den hysterischen Weibern, auch wenn's die eigene Tochter ist. Man sollte sie einfach wie in vergangenen Jahren durchhauen. Schließlich ist man ja der Vater und bleibt es.

»Wann?« fragte er stockend.

»Jederzeit. Übermorgen, wenn Sie es wünschen.«

Der alte Patz schluckte. Er starrte Dr. Lorentzen an. Dessen Gesicht war wie eine Maske. »Sie bluffen, Doktor ...«

»Gut. Ich werde Ihnen übermorgen den Betrag anweisen.« Der alte Patz erhob sich schwer. Er versuchte ein Lächeln, aber es mißlang völlig. Es wurde ein mieses Grinsen.

»Ich werde noch einmal mit Ilse sprechen«, sagte er. »Sie sehen mich hin und her gerissen, Doktor. Ich achte Sie. Ich bin im Grunde genommen Ihr Freund. Aber haben Sie erst mal eine erwachsene Tochter. Sie wissen gar nicht, wie das ist. Eine Tochter mit dem Temperament eines Vulkans. Das weht Ihnen die Bartstoppeln vom Kinn. Aber überlassen Sie das mir, Doktor. Den Bären trieb man früher einen Ring durch die Nase, und wenn sie nicht tanzen wollten, zog man daran. Verdammt noch mal, man sollte allen Weibern einen Ring durch die Nase ziehen!«

Am Nachmittag, als der alte Patz in St. Hubert im Kur-Hotel saß und nach einer Kalbshaxe eine Maß nach der anderen wegstemmte, hatte sich bei Dr. Lorentzen ein großer innerer Kampf entschieden. Tagelang hatte er mit sich gerungen. In den Nächten sprang er aus dem Bett, stand am Fenster und starrte in die Nacht hinaus. Was er in diesen Stunden in sich niederknüppelte, war seine Anständigkeit, war sein Gewissen. Immer wieder sagte er sich vor: Ich tue es für die Klinik. Ich tue es für Marianne, für unsere Liebe, für die vielen vom Leben Benachteiligten, denen ich mit dem Skalpell helfen kann. Und es ist nur ein Darlehen, das ich zurückzahlen will. Zwar ein schmutziges Darlehen ... aber welche andere Wahl bleibt mir?

Auch an diesem Nachmittag hatte er sein Gewissen noch nicht erstickt. Sein Herz zuckte wie in Krämpfen, als er zur obersten Etage hinauffuhr und an die Tür klopfte, an der »Vorratskammer« stand. Innen drehte sich ein Schlüssel, die Tür wurde einen Spaltbreit geöffnet.

»Du bist's.« Hans Bornemann ließ Lorentzen ein und

schloß gleich wieder hinter ihm ab. »Mensch, habe ich einen Bammel gehabt. Polizei im Haus. Haben die 'ne Spur entdeckt?«

»Nein. Im Keller brannte es.«

»Gott sei Dank.« Bornemann sank auf sein Bett. Die Angst hatte ihn völlig entnervt. Sein Aschenbecher war randvoll mit halbgerauchten Zigaretten. Er schwitzte und hatte das Hemd über der Brust aufgerissen. »Ich weiß nicht, was ich tun würde, wenn die Polizei kommt. Vielleicht springe ich aus dem Fenster. Acht Jahre Zuchthaus, das halte ich nicht aus! Und was kommt hinterher? Ein möbliertes Zimmer, irgendwo, eine Stellung als Bote.« Bornemann wischte sich über das Gesicht. Seine Hand zitterte heftig. »Hast du's dir überlegt?«

»Ja«, antwortete Lorentzen laut.

Bornemann fuhr vom Bett hoch. »Du operierst mich?«

»Ja.«

»Mein Goldjunge! Ich wußte es. Die alte Kameradschaft lebt. Du bist keiner, der vergißt.« Er wollte Lorentzen stürmisch umarmen, aber dieser wehrte mit beiden Händen ab.

»Du hast über zwei Millionen gestohlen?« fragte er. Er kaute an jedem Wort, als sei es zäher Brei.

»Ja.« Bornemann steckte sich wieder eine Zigarette an. Seine Finger bebten wie im Schüttelfrost.

»Die Operation kostet eineinhalb Millionen.«

Lähmende Stille lag im Raum. Bornemann wich zu dem kleinen Fenster zurück. Die Zigarette fiel aus seiner Hand und brannte sich in die Kunststoffplatten ein, mit denen der Boden belegt war. Es roch wie nach Teer. Über das Gesicht Lorentzens zuckte es. Aber er schwieg.

»Bist ... bist du verrückt ...«, stammelte Bornemann endlich.

»Ich brauche eineinhalb Millionen. Du bist der einzige, der sie hat und der sie sofort geben kann.« Lorentzens Stimme war tonlos. Er wunderte sich, daß sie überhaupt hörbar war. »Es bleiben dir noch über fünfhunderttausend Mark ... und ein neues Gesicht ... ein neues Leben ...«

»O du Hund! Du gemeiner Hund! Du Schwein!« Bornemann lehnte an der Wand. Seine Fäuste ballten sich.

»Es geht um die Klinik. Wenn ich bis Ende der Woche nicht eineinhalb Millionen habe, wird die Klinik geschlossen. Man hat mir den Hahn zugedreht. Du weißt, was das bedeutet, wenn ich gehe.« Lorentzen setzte sich schwer auf die Bettkante; dann ließ er sich zurückfallen in die Kissen und legte beide Hände über seine Augen. »Alles ist so unbeschreiblich gemein. Du sollst mir dieses Geld nur leihen, damit ich mir meine Freiheit erkaufen kann. Du kannst die Klinik retten.«

»Ein Bankräuber –«

»Das müssen wir vergessen.«

»Mensch, Lutz, du bist ja völlig durcheinander.« Bornemann setzte sich neben Lorentzen aufs Bett. »Du bist ja gar nicht mehr Lorentzen.« Er legte ihm die Hände auf die Schultern. »Wenn du mir ein neues Gesicht machst und es kommt später heraus, kannst du immer noch sagen, du hättest von nichts gewußt. Aber mit dem Geld …«

»Ich weiß nicht mehr, was ich tun soll.« Lorentzen richtete sich auf. Seine Augen waren gerötet, als habe er das Weinen unterdrückt. »Die Klinik, die Schönheitsfarm, alles geht in die Brüche.«

»Und alles meinetwegen?«

»Ja.«

»Dann wirf den ganzen Krempel hin und komm mit.« Bornemann zog Lorentzen vom Bett. Er ließ es sich gefallen, als sei er eine große Puppe. »Lutz, Junge, ich mache dir einen Vorschlag. Mach mir ein neues Gesicht, und dann hauen wir ab, wir zwei. Irgendwo lassen wir uns nieder, die Welt ist ja so groß und schön. Gute Ärzte braucht man überall. Ich baue uns ein schönes Haus, du machst deine Praxis auf, und ich lebe so, wie ich es immer wollte. Die zwanzig Jahre, die wir noch vor uns haben, die kriegen wir noch rum. Ist das ein Vorschlag, Junge? Weg aus Europa! Den Staub von den Stiefeln schütteln! Vergessen, was war! Jung werden im neuen Leben! Mein Gott, Lutz: Ich kann dich retten! Komm mit in die Welt …«

»Und Marianne?«

»Wer ist Marianne?«

»Marianne Steegert, eine der Chefinnen der Schönheitsfarm. Ich liebe sie.«

Bornemann wedelte mit beiden Händen durch die Luft. »Mädchen gibt es auch überall.«

Dr. Lorentzen schüttelte den Kopf. »Ich kann nicht«, sagt er leise.

Er verließ das Zimmer. Nachdenklich setzte sich Bornemann aufs Bett und sagte laut: »Scheiße!«

Am nächsten Morgen war der Vorfall mit dem Feuer fast vergessen. Auf der Schönheitsfarm ordneten sich die Damen wieder dem strengen Stundenplan unter. Sie lagen unter der Lymphdrainage, ließen sich vom »Nemectron« die Muskulatur beklopfen, wässerten sich in Buttermilchbädern oder empfanden das angenehme Jucken beim Peeling der Gesichtshaut. Die Yogastunde war wieder voll besucht. Da es regnete, schwamm man im Kellerpool. Das war ein intimes Schwimmbecken, um das zierliche französische Möbel standen. Eine Bar war auch da; allerdings gab es dort nur Fruchtcocktails, Gemüsesäfte und Kräutertees.

Auch in der Klinik ging der Betrieb weiter. Am Vormittag war Sprechstunde; neue Patienten stellten sich vor, die sich schon vorher schriftlich angemeldet und eine Einladung bekommen hatten.

Nach drei Patienten, die eine Höckernase, Aknenarben und abstehende Ohren hatten, schickte die Sekretärin ein neues Karteiblatt zu Dr. Lorentzen.

Arnulf Tocker, stand darauf. Opernsänger.

Lorentzen erinnerte sich an den Brief Tockers vor zwölf Tagen. Er hatte darum gebeten, sich einmal vorstellen zu dürfen. Schildern wollte er sein Leiden nicht, man müsse es sehen. So war selbst bei Lorentzen die Spannung groß, als er durch einen Knopfdruck auf das Lichtsignal im Sekretariat bekanntgab: Kommen lassen.

Arnulf Tocker war ein großer, breitschultriger, schöner Mann mit einer blonden, lockigen Künstlermähne. Er sah genauso aus, wie man sich einen Opernsänger vorstellt. Breiter Brustkasten, Kragenweite 48, blitzende Augen und ein

Mund, von dem man erwartete, daß er dauernd Mimimimi sagt oder Arien ausstößt. Er blieb an der Tür des Sprechzimmers stehen und verlor sein Siegfriedlächeln, als sich die Tür geschlossen hatte und er allein mit Lorentzen war.

»Was kann ich für Sie tun, Herr Tocker?« fragte Lorentzen. Der erste Anblick war imponierend. Hier brauchte man kein Skalpell. Tocker war ein schöner Mann.

Der Opernsänger sah sich um. »Sind wir allein, Doktor?« fragte er mit der resonanzreichen Stimme, die allen Sängern eigen ist.

»Ja.«

»Ganz allein?«

»Ich kann versichern, daß kein anderer sich hinter dem Schreibtisch versteckt hat oder im Schrank steht. Doch halt: Im Schrank ist ein menschlicher Schädel. Ein Modell aus Plastik. Der stört uns doch nicht?«

Arnulf Tocker lächelte gequält. »Sie halten mich für einen verrückten Künstler, Doktor. Dabei weiß ich wirklich nicht, wie es weitergehen soll.« Er holte tief Atem. In seinem Brustkasten rauschte es förmlich. »Ich bin Tenor.«

»Ich weiß. Ich habe sogar drei Platten von Ihnen. Aida, Troubadour und Tosca.«

»Da haben wir es! Wissen Sie, daß ich diese herrlichen Rollen fast nur auf der Platte oder im Funk singe? Selten auf der Opernbühne? Daß ich ...« Arnulf Tocker wischte sich mit der Hand über das Gesicht. »Ein Tenor ist immer der Liebhaber oder der Held auf der Bühne.«

»Meistens«, sagte Lorentzen. Sollte das ein Psychopath sein, dachte er. Warum ist er hier? Er sieht strahlend aus.

»Ein Held muß schön sein.«

»Das ist die landläufige Ansicht des Publikums.«

»Wenn ich den Siegfried singe, was trage ich? Lendenschurz und Schnürstiefel. Wenn ich den Radames singe, was trage ich? Brünne und Rock. Als Lohengrin entsteige ich dem Schwanennacken in silberner, enger Uniform. Als Troubadour trage ich enge Trikots an den Beinen. O Gott, es gibt kaum eine Rolle als Tenor, wo nicht von den Füßen an Schönheit verlangt wird. Und dann stehe ich vor dem Kostümbildner, er betrachtet mich und schüttelt den Kopf. ›Das geht nicht, Herr Kammersänger!‹ heißt es dann. Wenn ich das schon höre! Aber es geht wirklich nicht. Sehen Sie sich das an, Doktor.«

Arnulf Tocker zog seine Jacke aus, löste den Gürtel der Hose und ließ die Hose herunterfallen. In kurzen, weißen Unterhosen stand er da, ein strahlender Held bis zu den Knien. Was aber dann kam, war wirklich ergreifend. Dr. Lorentzen hatte Mühe, ein breites Lächeln zu verbeißen.

Kammersänger Tocker hatte die gebogensten O-Beine, die Lorentzen je gesehen hatte. Es waren »Säbelbeine« wie aus dem Lehrbuch für Rachitis. Ein mittelgroßer Hund konnte im gestreckten Lauf zwischen ihnen hindurchrasen, ohne sie zu berühren.

Arnulf Tocker hatte Lorentzen scharf beobachtet. Kläglich stand er in seinen heruntergefallenen Hosen.

»Sie lachen innerlich, Doktor. Ich sehe es Ihnen an. Alle tun das. Ich bin das gewöhnt, und doch macht es mich rasend. Ich kann nur Rollen singen, die in wallenden Gewändern spielen. Den Tannhäuser etwa. Oder den Parsifal. Im Bajazzo kann man es noch schaukeln, aber stellen Sie sich den strahlenden Rudolf in Bohème mit solchen Beinen vor. In Berlin ist es mir passiert ... 1. Akt, meine große Arie ›Wie eiskalt ist dies Händchen –‹. Und was ruft man vom dritten Rang?: ›Na klar, bei dem Durchzug ...!‹ Ich konnte nicht mehr weitersingen. Ich spielte tagelang mit dem Gedanken, ein Röllchen Schlaftabletten zu nehmen und Schluß zu machen. Ich zerbreche an diesen Beinen. Können Sie mir helfen, Doktor?«

Dr. Lorentzen kam nahe an Arnulf Tocker heran, hockte sich auf einen Schemel und sah sich die ungewöhnlich gebogenen Unterschenkelknochen an.

»Das ist eine schwere Operation«, sagte er ernst.

»Ich weiß. Ich ... ich war schon bei neun Chirurgen.«

»Aha! Und was sagten die Kollegen?«

»Sie lehnten ab.«

»Ich sollte es auch, Herr Kammersänger.«

»Dann nehme ich Schlaftabletten.« Tocker zog seine Hose

hoch. »Ich habe für die nächste Saison einen Vertrag an die Met in New York. Können Sie ahnen, was passiert, wenn ich mit diesen Beinen als Siegfried über die Bühne laufe?«

Lorentzen setzte sich in einen der Sessel und holte einen Block und einen Bleistift heran. Mit schnellen Strichen zeichnete er die Knochenanatomie eines Unterschenkels. Dann nahm er einen Rotstift und zeichnete die Säbelbeine Tockers darüber. Wortlos reichte er dem Sänger den Block. Tocker nickte schwer.

»Ich sehe, es ist eine viehische Operation. Aber es ist die einzige Möglichkeit, mich vor dem Verrücktwerden zu retten.«

Lorentzen nahm den Block wieder an sich und zeichnete weiter. Dieses Mal mit Grünstift.

»Ich habe diese Operation ein einziges Mal ausgeführt. In New York. Die Knochen der Säbelbeine wurden zersägt und dann gerichtet. Die Operation mißlang.«

»Wieso?«

»Das eine Bein wurde gerade, das andere heilte nicht zusammen und wurde wieder krumm. Es sah noch schlimmer aus. Außerdem hinkte der Patient jetzt. In Deutschland werden solche Operationen nur in Spezialkliniken gemacht, und dann auch nur fast als ein Versuch, dessen Ausgang keiner weiß.«

»Dann machen Sie den Versuch, Doktor.«

»Und wenn Sie hinken? Wenn er mißlingt?«

»Dann singe ich nur noch Platten und im Funk.« Arnulf Tocker wischte sich mit einem Taschentuch den Schweiß vom schönen Gesicht. »Schlimmer als jetzt, wo ich jeden Abend vor dem Auftritt zittere und bete, man möge nicht lachen, kann es nicht werden. Sie operieren mich also, Doktor?«

Lorentzen warf den Block auf seinen Schreibtisch zurück. »Ja«, sagte er entschlossen. »Darf ich diese Operation später in der ›Chirurgischen Praxis‹ veröffentlichen?«

»Wenn sie gelingt, können Sie die Welt damit überschwemmen!« Arnulf Tocker breitete die Arme aus und holte tief Luft. »Winterstürme wichen dem Wonnemond ...«

donnerte es aus seiner Brust. Aus dem Sekretariat und aus dem Behandlungszimmer liefen Schwestern und Assistenten herbei.

»Zimmer 25«, lachte Lorentzen. »Gleich daneben ist ein Aufenthaltsraum mit einem Klavier.«

Glücklich, ganz siegreicher Held, verließ Kammersänger Tocker die Szene und folgte brav Schwester Hildegard auf sein neues Zimmer, das er mindestens vier Monate nicht wieder verlassen würde.

An diesem Nachmittag fielen auch die Würfel für Dr. Lorentzen. Die Klinik geht vor, das war jetzt sein fester Wille. Die Kranken brauchten ihn. Es durfte kein Privatleben geben, das dies alles zerstörte.

Am Abend kam er nicht zum gemeinsamen Essen mit Marianne hinüber. Er rief nicht an, er entschuldigte sich nicht. Im dunklen Zimmer seines Bungalows saß er am Fenster und sah in die Nacht.

Marianne oder die Klinik.

Niemand konnte ihm bei dieser Entscheidung helfen.

Während der Reporter Rappel sich in Patzenhausen niederließ, sich umsah und mit den Bauern und Geschäftsleuten unterhielt und so ganz nebenbei erfuhr, daß in der Nähe eine Schönheitsfarm und eine kosmetische Klinik lagen ... »Da kumma se mit aner Knollennas' 'nein und wie an Filmschauspieler wieder 'naus ...« – in etwa dieser Zeit entdeckte Frau Häut, der herbe, unnahbare Typ, etwas, das den Damen-Club aufscheuchte wie Hühner vor einem Fuchs: Man konnte Männer in die Schönheitsfarm schmuggeln.

Es gab da ein Gartentor, das nur mit einem einfachen Riegel von innen verschlossen wurde. Von diesem Tor aus führte ein durch hohe Büsche dunkler Weg direkt zum Fenster von Zimmer 4, einem Parterre-Appartement, das von Frau Direktor Hennes bewohnt wurde. Frau Hennes war neunundvierzig Jahre alt, sehr vornehm, sehr zurückhaltend, sehr pflichtbewußt in der Einhaltung ihres Tagesplanes, sehr mütterlich, wenn ihr Mann aus Duisburg anrief. Sie führte ein großes Haus bei Wedau, hatte sechs Mann Personal, glänzte auf den Bayreuther Festspielen mit Chinchillajacke und Diadem im rotbraun getönten Haar und beschäftigte voll und ganz einen eigenen Arzt. Sie hatte Frau Nitze zunächst abblitzen lassen, als im Damen-Club die Rede auf intime Erlebnisse kam.

»Sie heuchelt«, sagte Frau Nitze zu den anderen, sobald Frau Hennes gegangen war. »Und wie sie heuchelt! Haben Sie nicht ihren Chauffeur gesehen, der sie herbrachte? Ich sage Ihnen ...«

Als dann eine Abordnung von drei Frauen in dem bewußten Appartement erschien, aus dem Fenster blickte und feststellte, daß tatsächlich dieser Weg geradezu zum Paradies führte, schimpfte Frau Hennes. »Das ist ja allerhand! Sie verlangen tatsächlich, daß nachts die Männer in mein Zimmer einsteigen? Das ist unerhört. Ich soll zur Pforte der Sünde werden?«

Zwei Nächte später klopfte es gegen Mitternacht an das Fenster von Frau Hennes. Sie sprang aus dem Bett, warf einen Morgenrock über und lief zum Fenster. Seltsamerweise war sie gut frisiert und sogar geschminkt, was an sich im Bett nicht üblich ist. Frau Häut hatte allerdings nach dem Abendessen beiläufig gesagt: »Einige Damen fahren heute mit mir nach St. Hubert ins Kino. Ein schöner Film: Klettermaxe!«

Von da an lag die brave Frau Hennes wach im Bett und schrak bei jedem Geräusch auf, das von draußen kam.

»Leise. Um Gottes willen, leise!« flüsterte sie jetzt, als sie vier Damen und fünf Männer im Dunkeln zwischen den Büschen stehen sah. Frau Häut hatte an alles gedacht. Ein Gast des Motels »Forellenklause« hatte sich zum Mitgehen entschlossen, blindlings darauf vertrauend, daß Frau Häut ihm keine leeren Versprechungen gemacht hatte. Er atmete hörbar auf, als er Frau Hennes am Fenster sah und der erste Eindruck nicht übel war.

In dieser Nacht wurde auf der Schönheitsfarm viel für die Schönheit getan. Morgens um 5 Uhr kletterten die fünf männlichen Gäste wieder durch das Fenster von Frau Hennes ins Freie und trollten sich durch die Büsche und die Gartenpforte davon. Als letzter ging der Gast von Frau Hennes; sie hielt ihn immer wieder fest, küßte ihn wild und seufzte laut.

Am nächsten Morgen rief sie ihren Mann in Duisburg an.

»Schatz!« sagte sie kokett. »Die Kur schlägt prächtig an. Aber man ist hier der Ansicht, daß ich sie verlängern sollte. Noch drei Wochen, wenn du nichts dagegen hast. Dann erkennst du mich nicht wieder.«

Direktor Hennes hatte durchaus nichts dagegen. Er schickte sofort Geld und beste Grüße. Seinem Häschen Viola kaufte er einen Pelzmantel. Viola war neunzehn Jahre alt und arbeitete im Werk an der Datenverarbeitungsmaschine.

»Mit unseren Frauen ist irgend etwas los«, sagte Ilse Patz drei Tage später. »Sie haben noch nie mit so viel Begeisterung geturnt. Sie drängen sich förmlich zu den Lockerungsübungen.« Sie sah Marianne fragend an. Marianne war in diesen Tagen blaß und wortkarg geworden. Sie machte ihre Arbeit wie eine Maschine, aß nur das Notwendigste und ließ sich in den freien Stunden nicht mehr sehen. »Du siehst schlecht aus, Marianne.«

»Laß mich!« Marianne drehte ihr den Rücken zu.

»Ist etwas mit Lutz?«

»Ja.«

»Krach?«

»Nein!« Marianne wirbelte herum. Ihr Mund war aufgerissen. »Es ist aus! Aus! Aus! Bist du nun zufrieden, du Satan?«

Sie sprang auf, riß den Stuhl dabei um und rannte hinaus.

Ilse Patz nagte an der Unterlippe. Sie hob den Stuhl auf und setzte sich. Aus der Tasse Mariannes nahm sie einen Schluck Tee. Er war bereits kalt.

»Ich werde Lutz morgen besuchen, ganz offiziell«, dachte sie und lächelte vor sich hin. »Er soll mich ein einziges Mal in die Arme nehmen, nur einmal ... dann kann sie ihn haben für immer.«

Sie trank den kalten Tee aus und zerwühlte ihre schwarzen Haare. Es war ihr unerträglich, daß es einen Mann gab, der nicht ihrer wilden Schönheit verfiel.

An diesem Tag fand Dicki beim Säubern der Gartenwege

an einem Rotdornbusch einen Sockenhalter. Er sah sich um, begriff plötzlich den Weg vom kleinen Gartentor zum Fenster von Nummer 4 und pfiff durch die Zähne. »Oha!« sagte er und kehrte Laub zur Seite. »Wenn das so ist, stelle ich mich auch an. Hier gibt's Gänsebraten ohne Marken!«

Baronin Luisa v. Durrhaus wurde entlassen.

Zwar hatte sie noch große Narben an beiden Schenkeln, aber wenn sie enge Hosen trug, und diese trug sie jetzt mit Vorliebe, dann sah man das nicht, wohl aber ihre schlanken, geraden Beine. Hinzu kam, daß Marianne ihr auch noch ein Peeling gemacht und zu einer anderen Frisur geraten hatte. Nun sah Luisa v. Durrhaus um mindestens zehn Jahre jünger aus, sie ging mit elastischen Schritten durch den Garten, ihren Busen in eine enge Korsage gepreßt und beachtete Dicki gar nicht, der sie mit Blicken auffraß. Statt dessen umgarnte sie den noch etwas blauäugigen Dino Valenti, der ebenfalls entlassen werden sollte. Dicki sah sie, zitternd vor Wut, am Waldrand zusammen sitzen. Valenti hatte seine Geige mit und spielte der Baronin die Toselli-Serenade.

»O Himmel!« seufzte sie. »Wie verliebt muß der Mann gewesen sein, als er dies komponierte.«

Valenti bestätigte dies. Am späten Abend saß er bei der Baronin im Zimmer und hielt ihr einen musikwissenschaftlichen Vortrag über die Auswirkungen der Liebe in der Musik.

»O Donna!« sagte Valenti und betrachtete den Busen der Baronin. »Amore ist das Salz des Lebens! Mögen Sie Tomaten ohne Salz, Baronessa?«

»Pfui, wie fade das wäre.«

»Amore! Das klingt wie Meeresrauschen.«

»Ich höre das Rauschen«, sagte die Baronin verzückt.

»Das ist Ihr Blut, Baronessa! Ihr wildes Blut. O Vulcano ist in mir. In mir donnert der Vesuv ...«

»Lassen Sie ihn ausbrechen, Maestro. Ich liebe Naturereignisse ...«

Am nächsten Tag war der Vesuv erloschen.

Luisa Baronin v. Durrhaus wurde abgeholt. Ein großer

Wagen fuhr vor. Ihm entstieg ein großer, grauhaariger Mann, den die Baronin stürmisch umarmte und mit Henry anredete.

»Du siehst bezaubernd aus, meine Beste«, sagte Henry und reichte der Baronin seinen Arm. »Ein Jungbrunnen ist diese Klinik, fürwahr. Darf ich meinen Antrag zum neunzehnten Male wiederholen: Willst du meine Frau werden?«

»Du darfst.« Luisa v. Durrhaus lachte wie ein junges Mädchen. »Henry, komm ins Haus. Ich will dich dem Doktor vorstellen.«

Am Nachmittag gab Dino Valenti ein Abschiedskonzert. Schwester Frieda, die gut Klavier spielen konnte, begleitete ihn. Im großen Speisesaal saßen die Patienten wie zu einer Galavorstellung. Sie trugen festliche Abendkleidung. Auch der Mann, der sich »Graf« nannte, war zugegen; ganz hinten saß er an der Wand. Vor sein Gesicht hatte er ein weißes Tuch gebunden. Er wollte nicht sehen, er wollte hören.

Valenti spielte wie ein Gott. Er wurde eins mit seiner Geige. Lorentzen kam es vor, als habe er nie süßere Töne gehört als an diesem kurzen Nachmittag, an dem der große Valenti einen kleinen Teil des Dankes und seine tiefe Freude, sein Glück, seine Ergriffenheit abspielte.

Jeder schien dies zu spüren. Niemand klatschte nach diesem Konzert Beifall. Man erhob sich und ging still, versunken, den Klang der Wundergeige noch im Ohr, auf sein Zimmer. Valenti weinte nach dem Konzert im Zimmer Lorentzens, als er sich verabschiedete. Er umarmte den Arzt, küßte ihn auf beide Wangen und nannte ihn seinen Bruder. Dann eilte er aus dem Zimmer, überwältigt von seiner Dankbarkeit.

Dicki konnte sich nicht drücken; er mußte die Koffer der Baronin zu dem großen Wagen tragen. Dort kommandierte ihn der Chauffeur herum, ein hochnäsiger Flegel, wie Dicki feststellte, dem er am liebsten einen Tritt versetzt hätte. Dann kam die Baronin, untergefaßt bei dem Mann, der Henry hieß. Sie trug ein enges Kleid und hochhackige Schuhe, ein Anblick, der Dicki den Atem nahm. Er dachte an die Nächte auf dem Luftkissen und zog seufzend die Mütze.

»Danke, mein Lieber!« sagte Luisa v. Durrhaus kühl und ließ ein Fünfmarkstück in die Mütze fallen. Dann stieg sie ein, und Dicki hielt zitternd die Tür auf und wußte nicht, ob er lostoben oder ganz still sein sollte.

»Wer ist das?« hörte er den Mann, der Henry hieß, fragen.

»Der Gärtner, Liebster.« Die Baronin sah geradeaus. »Er brachte mir ab und zu frische Blumen aufs Zimmer.«

»Das war brav von Ihnen.« Der Mann warf Dicki noch ein Fünfmarkstück zu und tippte dann dem Chauffeur auf die Schulter. Fast lautlos fuhr der Wagen an und hüllte Dicki in eine dichte Staubwolke.

Da stand er nun, Adam Czschisczinski, die Mütze in der Hand, bedacht mit zwei Münzen wie ein Bettelmann, umweht vom Staub, und starrte dem Wagen nach, der sein großes Erlebnis für immer wegtrug. Es würgte ihn im Hals. Dann überkam ihn die große Wut, er warf die Fünfmarkstücke in die Hecke und stampfte ins Haus zurück.

Zwei Stunden später aber kroch er auf der Wiese herum und suchte das Geld. Zehn Mark sind zehn Mark und eine Flasche Kognak wert. Und Kognak brauchte Dicki heute ganz bestimmt.

Am Abend machte sich Dicki fein, um an der Polonaise vor Zimmer 4 der Schönheitsfarm teilzunehmen. Er badete sich, rasierte sich, spritzte sich mit Herren-Kölnisch-Wasser ein, zog sich frische Unterwäsche an und aß zum Abendessen außer der Reihe drei Eier mit Mayonnaise. Man weiß ja nie, was einen erwartet. Dann setzte er sich vor das Fernsehgerät und wartete auf die Nacht.

Aber es sollte anders kommen. Gegen 10 Uhr leuchtete summend die Signallampe von Zimmer 14 auf. Dicki zog seine Jacke an und knöpfte den Knopf am Hemdkragen zu.

Rosa Ballek. Bisher hatte sie nur zweimal geläutet, und immer war es wichtig. Einmal hatte sie mit ihrer ungeheuren Kraft den Wasserhahn abgerissen, das zweitemal war das Bett eingekracht, weil sie sich mit Schwung daraufgeworfen hatte. Dicki hatte daraufhin das Bett wie einen Kohlenschacht mit Holzstempeln abgesichert. Nun knackten die Pfähle, wenn sich Rosa des Nachts wälzte, aber das Bett hielt stand.

Aus Zimmer 14 kam ein Brummen, als Dicki anklopfte. Er trat ein und blieb erstarrt stehen. Vor dem Bett wölbte sich eine Fleischmasse, rosig und rund. Kopf und Oberkörper Rosas steckten unter dem Bett, aber ihr Hinterteil ragte in den Raum wie die Reklame für Schinken. Sie trug ein Nachthemd, das nun weit hochgerutscht war. Erschlagen von diesem Anblick blieb Dicki stehen. So etwas sieht man nicht alle Tage. Was ihn aber festnagelte, war die Tätowierung auf der linken Hinterbacke.

Ahoi!

Dicki atmete tief auf. »Seemann, laß das Weinen ...«, sang er mit belegter Stimme.

»Helfen Sie mir, Dicki!« Rosa Ballek ruckte unter dem Bett. »Mir ist mein Ohrring unters Bett gerollt. Ich komme nicht ran. Vorhin war ich fast festgeklemmt. So'n doller Kram. Ich kann ihn sehen. Nur fünf Zentimeter fehlen mir.«

Dicki ging in die Knie, rutschte unters Bett, schielte dabei zur Seite, wo neue Fleischgebirge auf dem Boden lagen, angelte den Ohrring und kroch wieder unter dem Bett hervor. Rosa Ballek folgte ihm, strich das Nachthemd ungeniert gerade und kratzte sich den Brustansatz.

»Sie sind 'n flotten Mann«, sagte sie und lächelte Dicki an. »Fast so wie mein Jan. Der war aus Husum. Geg'n Wind spuckte er den Priem, daß die Möwen flüchteten. Sie hab'n da eben was von der See gesungen.«

Dicki wurde rot. »Das war so 'ne Eingebung«, stotterte er. Mit lähmendem Schrecken sah er, wie der Fleischturm auf ihn zuwallte, wie sich zwei Hände auf seine Schultern legten und ihn in den Sessel drückten. Er konnte sich nicht wehren. Wer konnte gegen zwei Rammen an? Sei gnädig, o Schicksal, dachte er. Schweiß lief ihm über die Augen. Angstschweiß. Er konnte sich nicht rühren, die beiden Hände lagen wie Eisenklammern auf ihm.

»Wie alt sind Sie, Dicki?« fragte Rosa Ballek.

»Schon fünfundfünfzig.«

»So alt wie mein Louis. Der war aus Cherbourg. Der trug noch halbe Ochsen an Bord.«

»Ich schaffe gerade ein Karnickel«, stöhnte Dicki.

»Aber mein Lieber!« Rosa Ballek zog mit einem Ruck das Nachthemd über den Kopf. Dicki schloß erschüttert die Augen. Es gibt auch Alpträume in Rosa. Er fühlte sich emporgehoben und weggetragen. Dabei fielen seine Kleider ab, als sei er eine Blume, die gerupft wurde. »An Bord alles klar!« rief Rosa Ballek und drückte Dicki an sich. Er bekam keine Luft mehr und japste laut. »Stüermann ... volle Kraft voraus!«

Es zeigte sich, daß die Viermastbark auf Rosas Rücken fast ein Symbol gewesen war.

Auf jeden Fall ein Markenzeichen.

Die Nasenoperation an Dr. Thorlacht aus Hamburg war gelungen. Nach dem riesigen Bluterguß, der sich nicht vermeiden ließ, weil das Nasenbein nach der Ansägung gebrochen werden mußte, schälte sich eine schöne normale Nase heraus, als alle Schwellungen zurückgingen.

»Na, zufrieden?« fragte Dr. Lorentzen.

»Sehr, Chef. Ich sehe ganz anders aus.«

»Wie ein Playboy sehen Sie aus. Das ist schade. Ich wollte Sie bei mir behalten für die Poliklinik. Aber wer so hübsch ist als Mann, dem wachsen die Mädchen über den Kopf. Ich brauche einen fleißigen Arbeiter ... aber im Behandlungszimmer.«

»Das ist doch nicht Ihr Ernst, Chef?« Dr. Thorlacht sah Lorentzen fragend und ungewiß an.

»Mein vollster.«

»Dann gehe ich sofort ins Dorf, trete einem Bauernburschen vors Schienbein und lasse mir die Nase von ihm einschlagen.« Dr. Thorlacht sagte es ganz ernst. »Ich möchte bei Ihnen bleiben, Chef. Ich muß bei Ihnen bleiben. Ich habe hier gesehen, welch ein trauriges Licht ich als Chirurg bin. Und in Hamburg hielt ich mich für den kommenden Oberarzt.«

Lorentzen bot ihm eine Zigarette an und holte eine Flasche Kognak aus dem Schrank. »Was sagt übrigens Heberach?«

»Er ist stocksauer. Er hat mich fristlos entlassen.«

»Und sonst?«

»Er hat das ›Chirurgische Wochenblatt‹ abbestellt, weil Sie neulich einen Artikel darin hatten.«

»Das ist doch kindisch.«

»Professor Heberach hat an die Redaktion – ich weiß es von einem Kollegen aus der Station VI, mit dem ich korrespondiere – einen langen Brief geschrieben, alles, was Sie schrieben, widerlegt und geäußert, daß er die Zeitschrift abbestelle, weil sie Dilettanten das Wort gebe.«

»Das ist nicht wahr!« sagte Lorentzen heiser.

»Doch, Chef.«

»Dafür könnte man ihn vor ein Ehrengericht bringen.«

»Was hilft das? Sie wissen es doch, Chef. Heberach hat einen internationalen Namen. Wer will ihn tadeln? Man wird sagen: Er ist ein alter Mann ... Augen zu, Ohren zu, Mund zu ... Schwamm drüber. Wir haben da von einem Fall aus Stuttgart gehört. Dort hat ein berühmter Internist eine attraktive Patientin nach der Herzuntersuchung geküßt. Es gab ein großes Lamento, und was blieb? Nichts. Am Medizinerstammtisch wurde gelacht und gefrotzelt. Ein neuer Wirtinnenvers kam auf: Frau Wirtin hat 'nen Professor – der legte an die Brust sein Ohr – und weil es so schön tuckerte ... und so weiter! Der alte, flotte Herr praktiziert heute noch, hoch geehrt.«

»Ich weiß.« Lorentzen stieß mit Dr. Thorlacht an. »Ex, Kollege. Auf eine gute Zusammenarbeit.«

»Sie ... Sie behalten mich hier, Chef?« stotterte der junge Arzt.

»Glauben Sie, ich lasse begabten Nachwuchs bei den alten Knackern versauern? Ich habe Sie gestern beobachtet, als Sie assistierten, Sie haben geschickte Hände.«

Dr. Thorlacht bekam wäßrige Augen. »Ich danke Ihnen, Chef.«

»Keine Show, mein Bester!« Lorentzen klopfte dem jungen Arzt auf die Schulter. »Sie werden wenig Zeit für Rührung haben. Sie bauen die Poliklinik auf. Ganz allein. Ich werde nur ab und zu zugucken. Und wenn es sich machen läßt, kommt auch noch die große plastische Chirurgie ins Haus. Einen Fall habe ich schon. Es gibt in Deutschland viel zuwenig Kliniken, die sich um das Aussehen des Menschen kümmern. Dabei kann ein zufriedener Blick in den Spiegel eine größere Therapie sein als Hunderte Pillenschachteln. Ist es nicht typisch, daß wir in Deutschland an keiner Universität einen Lehrstuhl für kosmetische Chirurgie haben? Ja, daß die kosmetische Chirurgie heute noch als eine Abart chirurgischer Spielerei betrachtet wird. Die Friseure unter den Chirurgen, soll ein Ordinarius gesagt haben. Das muß einmal anders werden. Dafür sorgt eine neue Generation von Ärzten. Aus euren Reihen kommen die neuen Klinikchefs, und ihr sollt es besser machen als die Alten. Ich weiß noch so klar wie heute, was Heberach sagte, als wir einen neuen Assistenten bekamen. Er hatte in Tokio studiert. ›Ach‹, sagte Heberach von oben herab. ›Tokio? Wissen Sie denn, was ein Tupfer ist?‹ Und dabei gelten die japanischen Ärzte heute mit als die besten der Welt.« Lorentzen goß noch einen Kognak ein. »Kommen Sie, Thorlacht, trinken wir noch einen. Ich muß das große Kotzen hinunterspülen.«

An einem Freitag, eine Woche nach der Aussprache zwischen Lorentzen und Bornemann, kam Bornemann schon in der Frühe ins Sprechzimmer. Er war wie zum Ausgang angekleidet. Lorentzen sah gerade die Post durch.

»Bist du verrückt?« fuhr er Bornemann an. »Du sollst doch dein Zimmer nicht verlassen. Auch mit Pflaster bist du nicht so unkenntlich, daß man dich nicht erkennen könnte.«

»Ich habe es mir überlegt«, sagte Bornemann. »Du sollst das Geld haben. Laß uns nach München fahren und die Koffer von der Gepäckaufbewahrung abholen.«

Lorentzen schüttelte den Kopf. »Es ist erledigt, Hans. Ich brauche das Geld nicht mehr.« Er stockte und senkte den Kopf. »Ich habe einen anderen Weg gefunden.«

»Es gab doch keinen.«

»Doch. Ich habe ein Mädchen und mich selbst verraten. Wie lange das gutgeht, ich weiß es nicht. Aber die Klinik läuft, die Patienten sind glücklich – das ist die Hauptsache.«

»Du bist ein Besessener, Lutz!«

»Vielleicht. Es muß auch solche geben, die man Idealisten nennt und die in Wirklichkeit ganz arme Schweine sind.«

»Trotzdem. Ich möchte das Geld abholen. Kommst du mit?«

»Ich soll dir helfen, deinen Raub abzuholen?«

»Ich brauche deinen Wagen, Lutz.« Bornemann setzte sich wartend auf die Sessellehne. »Mein Angebot gilt noch immer. 200 000 Mark für ein neues Gesicht. Mit 200 000 Mark kannst du dir ein schönes Leben machen.«

Lorentzen zögerte. Aber dann sagte er zu. Es ist besser, das Geld ist ebenso sicher hier im Haus wie Hans Bornemann. Einmal wird sich auch dieser Fall klären. Dann ist nichts verloren.

»Wann willst du nach München?« fragte er.

»Am besten sofort. Dann sind wir am Nachmittag wieder zu Hause.«

Dr. Lorentzen stimmte zu. Er teilte den Tagesdienst ein. Zum erstenmal übergab er Dr. Thorlacht eine selbständige Operation. Eine Ohrenoperation. Der junge Arzt glänzte vor Glück. Dann machte er noch schnell seine Visite, zog sich um und holte den neuen Wagen aus der Garage. Er war erst zehn Tage alt. Ein Mittelklassewagen, weiß mit roten Polstern.

Ein reiner Zufall war es, daß an diesem Morgen der Reporter Horst Rappel in einem Café an der Straße St. Hubert – Almfried saß, eine Coca-Cola trank und sich überlegte, ob er nicht auf einer falschen Spur und der Bankräuber Bornemann doch ins Salzburgische übergewechselt sei, wie die Polizei fest annahm. Er hatte nun tagelang die Schönheitsfarm und die Klinik beobachtet, er hatte sogar mit Dicki ein Gespräch führen können und sich überlegt, ob er einer guten Story wegen sich auch irgendwo am Körper operieren lassen sollte, nur um in die Klinik hineinzukommen. Aber dann erfuhr er, daß in der Klinik kein Patient eine große Gesichtsoperation hatte vornehmen lassen, denn Dicki kannte jeden Fall, und das Interesse erlosch.

»Da kimmt d'r Dokta!« sagte die Serviererin im Café und

zeigte auf den weißen Wagen. »Dös ist fei selten, daß er fährt!«

Horst Rappel zahlte, lief auf die Straße, warf sich in seinen Wagen und fuhr Dr. Lorentzen hinterher. Wenn schon alles eine Pleite ist, dachte er, so will ich doch sehen, wohin der große Chef fährt. Erstaunt stellte er nach ein paar Kilometern fest, daß es anscheinend nach München ging. Und was ihn noch mehr reizte, war der zweite Kopf im Wagen Lorentzens.

In unauffälligem Abstand folgte Horst Rappel dem weißen Wagen. Er ließ sich überholen und blieb an Ampeln stehen; die Strecke nach München kannte er. Kurz vor der Stadtgrenze drehte er auf und erreichte bald wieder den weißen Wagen Dr. Lorentzens. Hintereinander, was bei dem Verkehr nicht auffällig war, schlängelten sie sich durch Münchens Straßen.

Sonnenstraße – Stachus – Schützenstraße – Hauptbahnhof.

Mist, dachte Horst Rappel. Er bringt einen Patienten bloß zur Bahn. Hat ihn mitgenommen, weil er sowieso nach München wollte. Dein Instinkt läßt nach, alter Junge. Er hielt hinter Dr. Lorentzen und beobachtete den Mann, der ausstieg und in der Unterführung verschwand, die mit Rolltreppen bis in die Bahnhofshalle führte. Enttäuscht zündete sich Rappel eine Zigarette an.

Etwa um die gleiche Zeit kämpften Dr. Thorlacht und die anderen Ärzte und Schwestern um ein Leben. Vergeblich.

Die Almfried-Klinik bekam ihren ersten Toten.

Es geschah ganz unverhofft und begann ganz harmlos. Niemand achtete deshalb auch auf die ersten Anzeichen. Als man endlich merkte, daß etwas nicht stimmte, war es schon zu spät.

Die Patientin hieß Gertrud Alberts, war zweiundvierzig Jahre alt und die Gattin eines reichen Antiquitätenhändlers aus Stuttgart. Dr. Lorentzen hatte ihr eine neue Nase gemacht. Es war eine Operation, die schon zu den Routinedingen gehörte. Von innen wird der Knorpel abgesägt und herausgenommen. Dann wird ein künstliches Nasenbein aus körperfreundlichem Kunstharz in der Form zurechtgeschnitzt, die gewünscht wird, und als Prothese eingesetzt. Sie übernimmt nun die Funktion des Knochens und füllt die Nasenhaut in der neuen, schöneren Form aus.

Etwas Alltägliches also, über das man in der Klinik überhaupt nicht sprach, ähnlich wie über einen Blinddarm in einer Universitätsklinik. Lorentzen hatte die Operation am Vortage ausgeführt, Dr. Thorlacht hatte assistiert. Frau Alberts war glücklich über die neue, gerade, ihr Gesicht völlig verwandelnde Nase und ließ sich belehren, daß sie nun einen schönen Bluterguß im Gesicht bekommen würde, nicht erschrecken solle und alles normal sei.

Nur etwas vergaß Dr. Lorentzen, weil er es noch nie nötig hatte, darauf hinzuweisen, da alle »Nasenpatienten« sich ohnehin darauf einstellten: Solange die Wunde noch offen ist, darf nicht geraucht werden.

Niemand wußte, daß Frau Alberts eine starke Raucherin war. Niemand war auch dabei, als sie sich eine Stunde nach der Operation in ihrem Zimmer eine Zigarette anzündete und mit Genuß den Rauch inhallierte. Ja, sie ließ sogar den Rauch durch die neue Nase wehen ... ein merkwürdiges Gefühl zwischen Kitzeln und Schmerz erzeugte das, und Frau Alberts fand, daß dieses Gefühl sogar etwas Aufregendes, etwas unerklärlich Erotisches habe. Das kitzelnde Schmerzgefühl durchrann ihren Körper wie ein elektrischer Strom.

Bis zum Abend rauchte Frau Gertrud Alberts zehn Zigaretten in ihrem Zimmer. Ahnend, daß es verboten war, setzte sie sich auf den kleinen Sonnenbalkon und blies den Rauch in die Luft. So roch auch Schwester Frieda nichts, als sie dreimal ins Zimmer kam, um nachzusehen, ob alles in Ordnung war.

In der Nacht bekam Frau Alberts einen heißen Kopf. In den Schläfen hämmerte es, das Blut jagte durch die Adern. Fünfmal stand sie auf, getrieben von einem brennenden Durst, und trank Wasser. Beim fünften Mal schwankte sie wie eine Betrunkene, hielt sich an der Wand fest und konnte sich nur mühsam zum Waschbecken tasten. Dann lag sie wieder im Bett, regungslos, wie gelähmt. Ihr Körper schien zu braten, das Blut kochte in den Adern.

Was ist das, dachte sie erschrocken. Sie tastete nach der Nase. Es war der einzige Körperteil, den sie nicht spürte, der kalt schien, eine Eisinsel inmitten von Vulkanen. Haben sie etwas falsch gemacht? Wirken die Medikamente so nach?

Bis zum Morgen lag sie wach, abwechselnd wie im Feuer liegend und dann von Kälte geschüttelt. Sie klapperte mit den Zähnen und keuchte dann, wenn die Hitzewelle sie überspülte, sie schwitzte und zitterte doch vor Frost. Gegen Morgen schlief sie ein.

Schwester Frieda, die vor dem Morgenkaffee ins Zimmer sah, ließ sie schlafen und weckte sie nicht. Der Bluterguß hatte die Augenpartien anschwellen lassen, sonst war nichts zu sehen. Doch ja, die Lippen waren etwas blau, aber das hat man oft bei sensiblen Kranken nach der Operation.

Gegen 9 Uhr schellte es Alarm im Ärztezimmer. Dr. Thorlacht ging ans Telefon und ließ fast den Hörer fallen, als er die kaum verständliche Meldung Schwester Friedas hörte.

»Das ist doch nicht möglich …«, stotterte er. »Das kann doch nicht sein! Eine Sepsis? Woher denn? Der Chef ist ein Musterbeispiel von sterilem Operieren.«

Fünf Minuten später lag Gertrud Alberts auf dem OP-Tisch. Sie hatte bereits das Bewußtsein verloren, aber der ganze Körper zuckte im Delirium. Die Fiebermessung ergab 41,5.

»Das ist eine Katastrophe!« sagte Dr. Thorlacht erschüttert. »Und ausgerechnet heute ist der Chef nicht da. Das ist alles unerklärbar. Wie kommt die Septikämie in den Körper?«

Wer konnte diese Frage beantworten? Betreten standen die beiden anderen Assistenten und die Schwestern um die im Fieber glühende Frau. Etwas wie eine Lähmung war über sie gekommen. Hier schien bevorzustehen, was einem kosmetischen Chirurgen nie passieren durfte: Ein Patient starb …

Der einzige, der den Kopf behielt, war Dr. Thorlacht. Der Allgemeinzustand Frau Alberts' war so schlecht, daß nicht mehr lange nach Ursachen geforscht werden konnte.

»Starrt keine Löcher in die Luft, verdammt!« schrie er.

»Schwester Emilie … Bluttransfusion! Und einen Dauertropf her! Zehn Millionen I. E. Penicillin intravenös! Cardiazol!«

Während die anderen Transfusionen und Infusion machten, entschloß sich Thorlacht zu einer Verzweiflungstat. Er zerstörte die neue, schöne Nase Gertrud Alberts'. Er räumte das ganze Operationsfeld aus, um den Sepsisherd zu finden, er nahm keine Rücksicht mehr auf Schönheit … er schnitt die Nase auch von oben auf und schuf eine große Wunde, er zerstörte alles, was einmal der Mittelpunkt eines Gesichts gewesen war. Ein großes Loch schnitt er in das Gesicht, das den Rachenraum und die Nebenhöhlen freilegte, eine nasenlose, nicht mehr menschliche Fratze entstand unter seinen Händen. Erst das Leben retten. Das Leben ist wichtiger als Schönheit. Später konnte man dann wieder aufbauen … Deckung der riesigen Wunde, eine neue Nase, Narbenkorrekturen … Jetzt galt es nur, das nackte Leben zu retten.

Der verzweifelte Kampf war vergeblich. Noch während der Bluttransfusion, während der Tropf mit der starken Penicillinlösung an die Vene angeschlossen und Kreislaufmittel injiziert wurden, begann das Herz Gertrud Alberts' zu flattern, der Puls wurde weich, Blässe zog über ihr nun völlig zerstörtes Gesicht.

»Aus«, sagte Dr. Thorlacht dumpf und legte die Instrumente weg. »Wir haben verloren.«

Er breitete ein steriles Tuch über das schreckliche Gesicht Gertrud Alberts' und warf seine blutigen Gummihandschuhe in den Plastikeimer neben dem OP-Tisch.

Die beiden anderen Ärzte und die Schwestern standen stumm um die Tote. In ihren Augen lag die Frage nach dem Rätsel.

»Wissen Sie, wohin der Chef ist?« fragte Dr. Thorlacht die Oberschwester Emilie.

»Nach München.«

»München ist groß.«

»Als ob er mir sagt, wohin er überall geht …«

»Und wann kommt er zurück?«

»Er wollte mittags wieder hier sein.«

Dr. Thorlacht wischte mit dem Unterarm den Schweiß von

der Stirn. »Völliges Stillschweigen«, sagte er dumpf. »Niemand im Hause darf von dem Unglück erfahren. Bis der Chef kommt, geht alles weiter wie bisher. Wo können wir die Tote hinbringen?«

»Keller III ist eine Art Kühlkeller.« Schwester Emilies Stimme schwankte. »Wenn wir sie dort ...«

»Ja.« Dr. Thorlacht nickte. »Ich kann es noch immer nicht begreifen.«

Unbemerkt, sogar Dicki erfuhr nichts, schaffte man mit dem Lastenaufzug die Leiche von Gertrud Alberts in den Kühlkeller. Den Schlüssel nahm Schwester Emilie an sich.

»Weiter!« sagte Dr. Thorlacht und wusch sich erneut Hände und Unterarme. »Wir sind mit dem Tagesprogramm eine Stunde zurück. Wer kommt dran?«

Der II. Assistent sah auf den Operationsplan. »Rosa Ballek. Zwei kleine Hauttransplantationen.«

»Herein mit dem Turm!« Dr. Thorlacht sah sich um. Betretene Gesichter starrten ihn an. Er kann noch Witze machen, sagten diese stummen Augen. Thorlacht lächelte gequält. »Glauben Sie, mir ist zum Witz zumute?« sagte er leise. »Aber wir müssen uns zusammenreißen, verdammt noch mal! Wir müssen so sein wie jeden Tag. Patienten haben ein feines Gefühl für Dinge, die ungewöhnlich sind. Lächeln, Freunde! Es wird noch genug Zähneklappern auf uns zukommen. Als erstes wird die Staatsanwaltschaft das Haus besetzen ...«

Rosa Ballek betrat den OP. Sie war bester Laune wie ein satter Elefant. Nur wenn sie an Dicki und an das Ende der Nacht dachte, mußte sie den Mund verziehen. Es gab keine Männer mehr wie Jan, Fietje und Stanny. Gegen Morgen hatte sie Mühe gehabt, Dicki aus dem Zimmer zu bringen. Er war wie ein Betrunkener getorkelt und hatte starre Fischaugen. »Bist eben kein Seemann«, hatte sie ihm zugeflüstert. »Salzluft, die geht in die Knochen, Kleiner. Und nu segle ab!«

Der Tag ging weiter. Niemand in der Klinik ahnte von der Tragödie, die sich zwischen 9 und 10 Uhr abgespielt hatte. Kammersänger Tocker saß am Klavier und sang Arien aus dem Troubadour. Dieses Mal beschwerte sich keiner wie bei den Fingerübungen von Valenti. Die Stimme Tockers war überwältigend.

Am Zaun zur Klinik stauten sich die Damen von der Schönheitsfarm. Wo ein Tenor singt, sammeln sich die Frauen wie Motten um ein Licht.

Nur Dicki hatte nichts von diesem Tag. Er hatte sich krank gemeldet. Mit hohlen Augen lag er im Bett, seine Glieder waren bleischwer vor Erschöpfung.

In diesen Stunden hatte er den festen Willen, zu kündigen und weit wegzuziehen und einen Ort zu suchen, wo es keine Frauen gab. Aber wo gibt es einen solchen Ort auf der Welt?

Dicki kannte keinen. Und so blieb er in der »Almfried-Klinik.«

Stumm stand Dr. Lorentzen im OP und sah auf die bleiche, ausgestreckte Gestalt von Gertrud Alberts. Das völlig zerstörte, aufgeschnittene Gesicht, die grauenhafte Wunde, die Thorlacht gemacht hatte, um den Infektionsherd zu finden, schrie ihm wie eine Anklage entgegen: Dort hat der Tod gesessen! Dort hat deine Hand versagt! Du hast sie getötet! Eine neue, schöne, gerade Nase wollte sie nur haben. Nun liegt sie da, kalt und steif. Ein Loch, wo einmal ihr schönes Gesicht war. In Stuttgart warten ein Mann und drei Kinder auf sie ... sie warten auf eine hübschere, fröhlichere, jüngere Mutti ... und sie wird zurückkommen in ihr Haus in einem schmalen Sarg, zugeschraubt, denn niemand soll sie so sehen, wie sie jetzt ist.

Dr. Thorlacht, der zwei Schritte hinter seinem Chef stand, räusperte sich leicht. Lorentzen hob den Kopf.

»Vom Standpunkt des Chirurgen haben Sie richtig gehandelt, Thorlacht«, sagte er tonlos. »Not am Mann, keine Rücksicht mehr. Ausräumen, wo der Herd sein könnte. Alles versuchen. Und wenn man verstümmeln muß. Sie haben klug gehandelt. Aber hier war nichts mehr zu machen. Sepsis im oberen Kopfteil, das ist aussichtslos.« Lorentzen hob die Fäuste und schlug sich damit gegen die Schläfen. Es war ein erschütterndes Bild, das Thorlacht die Kehle zuschnürte.

»Aber woher? Woher? Kann jemand steriler arbeiten als ich? So etwas habe ich noch nie gesehen. Das ist auch noch nie aus der Praxis beschrieben worden. Das ist einmalig. Woher hatte sie die Sepsis? Ich kann es nicht begreifen.«

»Was wird nun, Chef?« fragte Thorlacht leise.

»Wir werden uns nicht schonen können, Thorlacht. Ich rufe gleich die Staatsanwaltschaft in München an. Ich werde das Gerichtsmedizinische Institut benachrichtigen. Ich werde Professor Sahrein zur Obduktion bitten. Vor allem müssen wir die Familie benachrichtigen.«

In der Kehle Dr. Thorlachts saß ein dicker Kloß. »Mein Gott – wenn das Heberach erfährt ...«, sagte er heiser.

»Er wird es erfahren. Sehr schnell sogar. Professor Sahrein ist ein Studienfreund von ihm.« Lorentzens Stimme schwang in Bitterkeit. Er wandte sich ab und überließ es Thorlacht, das Tuch wieder über das Gesicht der Toten zu ziehen. »Wir werden kämpfen müssen, Thorlacht. Kämpfen, einsam und allein, gegen Vorurteile, gegen Falschmeldungen, gegen böswillige Behauptungen, gegen Verleumdungen, gegen bewußte Lügen. Die ganze Skala ärztlicher Kollegengemeinschaft wird abrollen. Ein Meer von Schmutz wird gegen uns anbranden und uns ertränken wollen. Wir müssen durch eine Kloake schwimmen.«

»Ich werde immer zu Ihnen stehen, Chef!« sagte Thorlacht fest. Lorentzen lächelte bitter.

»Sie und ich gegen eine Welt der Lüge. Glauben Sie, daß wir da gewinnen können?«

»Ihre Patienten werden zu Ihnen halten.«

»Sie Idealist. Ein gezeichneter Arzt ist ein Aussätziger. Die Zimmer werden leer stehen, und Sie werden sich fühlen wie in einem Leichenhaus. Nur der Erfolgreiche wird geliebt ... diese bittere Lehre werden auch Sie noch schlucken, Thorlacht. Auf dieser Welt ist nur der etwas, in dessen Glanz sich die anderen spiegeln können. Verblaßt die Sonne, ziehen die Sonnenanbeter weg zum nächsten Wärmespender.« Er atmete tief und verließ mit schnellen Schritten den OP. In seinem Arbeitszimmer hob er den Hörer auf, und seine Stimme war klar wie immer, als er anordnete: »Rufen Sie München an.

Den Oberstaatsanwalt. Und dann Professor Sahrein.«

Dann zögerte er, aber schließlich wählte er doch die Nummer der Schönheitsfarm. Marianne Steegert war selbst am Telefon. Ihre Stimme klang ganz klein und wie aus weiter Ferne.

»Du?«

»Ja.«

»Warum?«

»Ich habe einen Toten.«

»Was ... hast ... du ...?«

»Heute vormittag ist eine Frau an Sepsis gestorben. Ich brauche dir nicht zu sagen, was das bedeutet ...«

»Ich komme sofort zu dir, Lutz. Sofort!«

Er widersprach nicht, legte langsam den Hörer zurück auf die Gabel.

Sie kommt, dachte er. Wie gut das ist.

Wie gut es ist, einen Menschen in der Not zu haben.

Wen habe ich denn auf der Welt ...?

An dem Nachmittag dieses Tages hatte der alte Patz eine Aussprache mit seiner Tochter Ilse. Sie fand im Zimmer des Kur-Hotels von St. Hubert statt und war so laut, daß die kaffeetrinkenden Damen auf der Terrasse sich in der Ruhe gestört fühlten und sich beim Ober beschwerten, nicht einmal sein Stückchen Torte könne man in Frieden verzehren.

»Ein hysterisches Luder bist du!« schrie der alte Patz. »Soll der ganze Laden in die Brüche gehen, nur weil du dämliches Frauenzimmer nicht mit ihm im Bett liegst?«

»Aber Paps!« sagte Ilse Patz tadelnd. »Wie sprichst du mit mir?«

»Den Buckel rutsch mir runter! Da habe ich geschuftet wie ein Lastesel, ich habe Millionen zusammengekratzt, aber etwas habe ich verpaßt: dir ab und zu eine zu kleben! Jawohl! Ich hätte dich durchprügeln sollen mit Knüppeln und Lederriemen, wie's mein Vater bei mir gemacht hat! Geschadet hat's nicht!« Der alte Patz hieb mit der Faust auf den Tisch. »Muß es gerade der Doktor sein?«

»Ja!« sagte Ilse laut.

»Es gibt Tausende andere Männer.«

»Das verstehst du nicht, Paps.«

»Aber ich verstehe, welch eine dämliche Kuh ich als Tochter habe!« schrie der alte Patz.

»Du ziehst das Geld also nicht heraus?«

»Nein!«

»Hat er dich beschwatzt?«

»Mich beschwatzt keiner!« brüllte der alte Patz. »Ich bin mein eigener Herr! Dieser Doktor ist ein Ehrenmann! Ich ziehe meinen Hut vor ihm! Das ist besser, als wenn du dich vor ihm ausziehst!«

»Wie du willst.« Ilse Patz hob die Schultern und lächelte maliziös. »Ich habe nie darüber gesprochen, aber das bedeutet nicht, daß ich keine Zahlen kenne oder ein Dummerchen bin. Als Mama starb, hat sie mir allein ihr Erbteil vermacht. Es beträgt zwei Millionen und steckt in deinem Baugeschäft. Da ich achtundzwanzig Jahre alt bin, habe ich das Recht, mein Erbteil zu fordern.« Sie streckte die Hand wie ein Bettler aus. »Also, bitte ... mein Erbteil von Mama.«

»Einen Schmarrn kriegst du!« knurrte der alte Patz. Ihm juckte es unter der Hirnschale. So ein Aas, dachte er betroffen. Das ist meine Tochter. Sie will mir das Wasser abdrehen. So einen Satan habe ich in die Welt gesetzt.

»Auch gut.« Ilse hob die schönen Schultern. »Ich werde es mit Dr. Hallerbach besprechen, meinem Anwalt. Man kann Erbteile auch einklagen.«

In diesem Augenblick platzte in dem alten Patz so etwas wie ein überblasener Ballon. Es machte knack in ihm, er holte weit aus und schlug Ilse mit seiner großen, breiten Hand schallend ins Gesicht. Sie wurde wie von unsichtbaren Riesenhänden ein paar Zentimeter von der Erde aufgehoben, flog durch das Zimmer und krachte mit zwei Stühlen gegen die Wand. Dort sank sie zusammen, ihre linke Gesichtshälfte schwoll dick an, Blut tropfte ihr aus der Nase und von einem Riß in der Unterlippe. Zwischen den Stühlen und der Wand blieb sie hocken, mit hochgezogenen Schultern, die Haare wie ein Visier über ihrem brennenden Gesicht.

»Das saß«, sagte der alte Patz zufrieden. »Da ist noch die

Kraft vom Steinetragen drin. Ich hätte es viel früher tun sollen.«

»Jetzt war es zu spät …« Die Stimme Ilses war kalt. »Das ist nicht wieder gutzumachen.«

»Wer redet von wiedergutmachen? Ich denke nicht daran.« Der alte Patz reckte sich. »Ich hätte Lust, dich weiter durchzuprügeln.« Er machte zwei Schritte auf Ilse zu, faßte sie am Arm und riß sie hoch. »Bin ich dein Vater, he? Antwort! Bin ich dein Vater? Sieh mich an, du Mondkalb! Richtig! Sieh mich an, du dummes Luder! Ich bin dein Vater, und solange ich lebe, bei Gott, haue ich dir eins hinter die Ohren, wenn du dich weiter so benimmst wie jetzt!«

»Danke.« Ilse schüttelte den Griff ihres Vaters ab, warf mit einem Kopfruck die Haare zurück, tupfte mit einem Taschentuch das Blut aus dem Gesicht und fühlte dabei, wie schief sie aussehen mußte. »Du wirst nicht mehr in den Genuß kommen. Wir sehen uns nicht wieder.«

»Willst du auswandern?«

»Ich werde vergessen, daß ich einen Vater habe.«

Sie riß die Tür auf, bevor der alte Patz erneut losbrüllen konnte, und trat hinaus auf den Flur des Hotels. Dort war ein großer Spiegel. Mit verschleierten Augen sah sich Ilse an. Die linke Wange glühte. Deutlich sah man den Abdruck von fünf dicken Fingern. Dann sah sie durch den Spiegel ihren Vater in der Tür und schob die Unterlippe vor.

Ich habe recht, die Männer zu hassen, dachte sie. Sie sind ein Pack. Und deshalb wird auch Dr. Lorentzen zugrunde gehen. Wie kann er wagen, mich mit meiner Liebe allein zu lassen …

Ohne sich zu ihrem Vater umzuwenden, verließ Ilse Patz das Kur-Hotel. Dem alten Patz aber kam in diesem Augenblick eine glänzende Idee. Er rief bei Dr. Lorentzen an.

»Sagen Sie, Doktor, haben Sie noch ein Bett frei?« fragte er. Die Stimme Lorentzens war klanglos, als sie antwortete.

»Ja. Heute ist ein Bett frei geworden.«

»Wunderbar. Für mich reserviert. Ich komme zu Ihnen als Patient. Haben Sie noch nicht bemerkt, daß ich Segelohren habe? Die können Sie mir kleiner machen. Ich komme heute abend noch hinauf zu Ihnen.«

Wie ein Junge, der einen großen Streich vorbereitet, rieb sich der alte Patz die Hände und hüpfte in seinem Zimmer herum.

Er wußte nicht, daß Lorentzen an diesem Tag das Skalpell aus der Hand gelegt hatte und es nicht wieder aufnehmen wollte, bis der Todesfall und die Schuld daran einwandfrei geklärt waren.

Aus München trafen noch am Abend der I. Staatsanwalt, der Leiter des Gerichtsmedizinischen Instituts, Professor Ploch, und der Pathologe Professor Sahrein ein. Über die Autobahn Stuttgart-München raste ein dunkler Wagen durch die Dämmerung des Herbsttages. Ein bleicher, verstörter Mann saß hinter dem Steuer: Theo Alberts fuhr zu seiner toten Frau. Die drei Kinder hatte er zu seiner Schwägerin gebracht, sie ahnten noch nichts. Er selbst begriff das alles auch noch nicht. Sie wollte nur eine neue, gerade Nase haben. Eine Kleinigkeit, wie die Ärzte sagten. Und nun war sie tot. Er redete sich ein, daß alles nur ein fürchterlicher Irrtum sein mußte, eine Verwechslung der Namen. Er glaubte die Wahrheit einfach nicht. Und während er jetzt über die Autobahn raste, sagte er immer halblaut vor sich hin: »Es ist unmöglich. Du lebst, Gertrud. Du kannst gar nicht tot sein, Gertrud –«

In der Almfried-Klinik begrüßte Dr. Lorentzen die Herren aus München unten in der Eingangshalle. Prof. Sahrein gab ihm schlaff die Hand, kaum ein Händedruck. Dafür blitzten hinter der goldumrandeten Brille um so heller seine blauen Augen.

»Sie sind Lorentzen?« fragte er.

»Ja, Herr Professor.«

»Aha.«

In diesem Aha lag eine ganze Welt, die Sahrein von Lorentzen trennte. Lorentzen atmete tief auf. Der Geist Heberachs wehte nun durch die Klinik, nicht so offen feindlich, als sei er selbst zugegen, aber deshalb um so gefährlicher, weil er unangreifbar war.

Prof. Ploch vom Gerichtsmedizinischen Institut begrüßte

Lorentzen herzlich, der I. Staatsanwalt etwas kühl, wie es üblich ist bei noch ungeklärten Fällen.

»Es ist alles bereit«, sagte Lorentzen, als sie in seinem Arbeitszimmer waren und zur Begrüßung einen Kognak tranken. »Darf ich die Herren zum Vortrag in den Vorraum bitten.«

Was Lorentzen dann den Professoren und den Beamten vortrug, war eine nüchterne Krankengeschichte von lächerlicher Einfachheit. Schaubilder, Fotos, Röntgenmusteraufnahmen unterstrichen seine Worte.

Eine Frau will eine neue Nase haben. Man setzt nach Herausnahme des verwachsenen Nasenbeines eine Kunstharzprothese ein, die vorher mit einem Schnitzmesser zurechtgeschnitten wurde. Die neue Nase ist fertig. Gearbeitet wird nur von innen. Die Operation gelang ohne Komplikationen, alle sterilen Vorsichtsmaßnahmen waren erfüllt – eine Operation, wie sie schon Hunderte Male gemacht worden ist. Und dann, plötzlich, durch eine akute, sich rasend verbreitete Sepsis der Exitus.

Der I. Staatsanwalt war sichtlich verblüfft. Für einen medizinischen Laien ist die Konstruktion einer neuen Nase an sich schon ein Wunderding. Mit einem Schnitzmesser eine neue Nase ... das ist'n Ding, dachte er.

Für Prof. Ploch stand alles fest ... nur die Autopsie konnte nun Klarheit bringen. Anders dagegen reagierte Prof. Sahrein; Lorentzen hatte es nicht anders erwartet.

»Wieso nehmen Sie Kunstharzprothesen?« fragte Sahrein höflich. Aber schon diese Frage eröffnete einen Kampf.

»Das ist heute üblich, Herr Professor.«

»Davon bin ich noch gar nicht überzeugt.« Sahrein nahm eine der Rohprothesen in die Hand und ließ sie auf der Handfläche schaukeln. »Soviel ich weiß – und ich bin kein Dummerle –, nimmt man in der Chirurgie bei Knochenauswechslungen körpereigene Stücke. Knochen aus dem Becken des Patienten oder von einer Rippe. Alle Fremdkörper werden vom Körper später abgestoßen, das ist eine alte Weisheit.«

Dr. Lorentzen sah in den Augen des Staatsanwaltes Staunen und Mißtrauen aufflackern. Sahrein hatte genau das erreicht, was er wollte … Verwirrung.

»Die moderne Chirurgie, vor allem aber die Wiederherstellungs- und kosmetische Chirurgie hat neue Wege gefunden. So wie man heute künstliche Busen durch Verpflanzung von Kunststoffschwämmen zwischen Brustdrüse und Rippen macht – man nimmt dazu Kunststoffe wie Ivalon, Polystan oder Polyäthylen –, so setzt man jetzt auch künstliche Knochen aus Kunstharz ein.«

»Und verliert Patienten«, sagte Sahrein sarkastisch.

»Es kann weder an der Prothese noch an der Operation liegen.« Die Stimme Lorentzens bemühte sich, die innere Erregung nicht zu spiegeln. »Es muß andere Ursachen haben. Das wird die Obduktion zeigen.«

Prof. Sahrein musterte die Rohlinge der Nasenbeine. Sie sahen wie Knochen aus, nur war ihre Oberfläche mit vielen kleinen Löchern durchbohrt. Das war nötig, damit in diese Löcher Gewebe einwuchs und der Kunstknochen unverrückbar an seiner Stelle blieb. Früher nahm man dazu Elfenbein, dachte Sahrein. Ein starres Material, das leicht wieder splitterte oder brach. Wortlos legte er die Prothese zurück auf den Tisch und nahm einen Schluck Kognak.

»Gehen wir zu der Toten«, sagte er dann. »Ohne Grund stirbt niemand.«

Das war eine weise Feststellung, der niemand widersprach.

Die Obduktion, die Prof. Ploch leitete, war gründlich. Zwar meckerte Sahrein über die Notoperation Thorlachts, die viele Erkennungsmöglichkeiten ausgeräumt habe, aber er mußte zugeben, daß in der Stunde der Not allein der Erfolg maßgebend war und nichts anderes mehr.

»Das ist merkwürdig«, sagte Prof. Ploch, als er Mageninhalt, einen Blutbildabstrich und die Schleimhäute im Nasen-Rachenraum untersucht hatte. »Schon beim ersten Blick fällt das auf.«

»Was denn?« fragte Sahrein trocken. Auch er hatte sich bei der Obduktion gewundert. Das typische Kokkenbild des Blutes, eine Reaktion der Milz, eine Überschwemmung von

Bakterien, wie es bei einer Sepsis üblich ist, fehlten. Außerdem zeigte das Herz im Coronarsystem deutliche Veränderungen; ein schwerer Herzfehler wurde diagnostiziert, der sich in den vergangenen Monaten kompensiert haben mußte.

»Die Frau ist an keiner Sepsis gestorben.«

Dr. Lorentzen spürte eine heiße Welle durch sich ziehen. Noch wußte er nicht: Kam jetzt sein Todesurteil als Arzt – oder wurde es sein Freispruch.

»Todesursache?« fragte Sahrein knapp.

»Eine leichte Vergiftung, die zu einer Dekompensation des Herzens führte.«

Der I. Staatsanwalt bekam einen harten Gesichtsausdruck. Vergiftung ist im Sprachgebrauch der Justiz immer ein Verbrechen.

»Mord?« fragte der I. Staatsanwalt laut.

»Ach was.« Prof. Ploch tippte mit einer Pinzette auf eine der freipräparierten Schleimhäute. »Der genaue Laborbefund muß es noch bestätigen. Ich sage vorerst: Die Frau starb an einer Überdosis Nikotin, die das Herz nicht vertragen konnte.«

»An einer ... was?« stotterte Dr. Lorentzen. Auch Sahrein sah seinen Pathologiekollegen ungläubig an.

»Die Tote hat geraucht. Unmäßig geraucht. Kurz nach der Nasenoperation. In die noch frischen Wundränder drang Nikotin ein und erzeugte eine Entzündung, die nach Lage der Dinge wie eine Sepsis aussehen mußte.« Er ließ die Pinzette fallen, trat zurück und zog die Gummihandschuhe aus. Dr. Thorlacht und der II. Assistent übernahmen es, den aufgeschnittenen Körper der Gertrud Alberts wieder zuzunähen. Eine leere Hülle, denn in Plastikbeuteln lag alles um sie herum, was in ihrem Leib gewesen war.

Prof. Ploch sah sinnend auf die Tote. »Die Vergiftung ist sekundär«, sagte er bestimmt. »Es war ein glatter Herztod, ausgelöst durch das Nikotin. Wer konnte so etwas ahnen?«

Prof. Sahrein sah Dr. Lorentzen fragend an. »Machen Sie Ihre Patienten nicht darauf aufmerksam, daß nach einer Nasenoperation nicht geraucht werden darf?«

»Ich habe es früher immer getan. Aber nach so vielen Operationen habe ich festgestellt, daß die Operierten nicht das geringste Bedürfnis hatten, nach einem solchen Eingriff zu rauchen.«

»Diese Frau *hat* aber geraucht. Und nun ist sie tot.«

Dr. Lorentzen schwieg. Die Wolken zogen sich wieder zusammen. Seine Operation war gelungen, es hatte nicht an der Sterilität gelegen, daß ein Mensch gestorben war. Sein OP war rehabilitiert. Das war die Hauptsache.

»Eine dumme Angelegenheit«, sagte der I. Staatsanwalt und ging zurück in den Vorraum. »Sie haben die ärztliche Verpflichtung zur Aufklärung vor einem Eingriff verletzt. Urteil des Bundesgerichtshofes vom 26. September 1961 … Sie wissen: Der Arzt muß vor einer Operation seinen Patienten genauestens informieren, was ihn nach der Operation erwartet.«

»Streiten wir uns nicht schon jetzt«, sagte Sahrein mit penetranter Väterlichkeit. »Wir sind alle zufrieden, daß kein Kunstfehler vorliegt. Außerdem: Wenn der Kollege Lorentzen die Patientin wirklich aufgeklärt hätte – wer konnte kontrollieren, ob sie nicht trotzdem rauchte? Außer in der Psychiatrie können wir keinen Patienten ans Bett festbinden.«

Eine sofort nach der Obduktion erfolgte Besichtigung des Zimmers von Frau Alberts ergab den einwandfreien Beweis: In der linken Ecke des Balkons, unter dem Liegestuhl, fand man einen großen Aschenbecher, randvoll mit Zigarettenresten.

»Gratuliere«, sagte Prof. Sahrein schleimig zu Dr. Lorentzen. »Damit sind Sie aus dem Schneider. Die Sache mit der vergessenen Warnung ist zu schaukeln …«

Lorentzen schwieg. Er wußte, daß Sahrein wirklich nichts unternehmen würde bis auf einen Bericht an seinen Freund Heberach; das aber war genug. Der alte Giftzwerg Heberach würde diesen »Fall« aufblähen. Auf Vorträgen, auf Kongressen in der Fachpresse, in Privatgesprächen quer durch die Welt.

Es war fast schon 22 Uhr, als vor der Klinik der Wagen Theo Alberts' hielt. Er war staubüberzogen wie Alberts selbst. Hinter München, auf der Landstraße, hatte er eine Panne gehabt und mußte einen Reifen wechseln. Völlig mit den Nerven am Ende läutete er an der Pforte und traf auf den ahnungslosen Dicki, der seine Erschöpfung überwunden hatte und am Fernsehschirm einen Krimi sah. Um die gleiche Stunde kletterten wieder einige Männer unter Führung von Frau Häut durch das Fenster von Nr. 4 in die Schönheitsfarm. In sechs Zimmern war der Tisch geschmückt wie an einem Feiertag. Die Betten waren aufgedeckt, die Radios spielten leise.

Man wird nicht nur durch Cremes, Bäder und Massagen schön …

Dicki sah durch das Klappfenster die schmutzige Gestalt vor der Tür und wurde bösartig.

»Hier ist ein Krankenhaus, du Rindvieh!« rief er dem erschöpften Alberts zu. »Hau ab. In St. Hubert kannste in der Scheune pennen!«

Es dauerte lange, bis Dicki begriff, daß er sich geirrt hatte. Erst als Dr. Thorlacht gerufen wurde, war er bereit, das Tor aufzuschließen.

»Eine Tote …«, stammelte er und starrte Dr. Thorlacht nach, der den völlig gebrochenen Alberts wie einen Schwerkranken zum Fahrstuhl führte. »Bei uns? Und das weiß ich nicht? Was sind das denn hier für Zustände?«

Theo Alberts durfte seine Frau nicht mehr sehen.

Prof. Ploch vom Gerichtsmedizinischen Institut in München erklärte es dem fassungslosen Antiquitätenhändler aus Stuttgart mit gütigen Worten. Er sprach von der Pflicht der Aufklärung, die auch die Hinterbliebenen beruhigte. Er umschrieb den unschönen Anblick, den Gertrud Alberts jetzt bot.

»Sie haben eine gute Erinnerung an Ihre Gattin«, sagte er mit warmer Stimme. »Die sollten Sie behalten. Glauben Sie mir … die Ärzte haben alles getan, was sie tun konnten. Sie haben einen verzweifelten Kampf gegen einen ihnen unbekannten Gegner geführt. Aber gegen sechsundzwanzig Zigaretten und eine Herzdekompensation kamen sie nicht an. Das klingt lächerlich, aber gerade das verstärkt die Tragik.«

Theo Alberts sah auf seine zitternden Hände. »Gertrud war immer eine starke Raucherin«, sagte er dumpf. »Wie oft habe ich ihr gesagt, sie solle aufhören damit ... oder es einschränken, schon des Herzens wegen ... und nun ...«

»Nun ist sie tot.« Er klang hart, aber Professor Ploch sah, daß es das beste Mittel war, die tiefe Erschütterung des Mannes aufzufangen. »Wir können uns alle keine Vorwürfe machen, Herr Alberts. Trösten wir uns mit einer frommen Lüge: Es war so etwas wie ein Unfall, verursacht ganz allein von Ihrer Frau. Keiner konnte das aufhalten, voraussehen ...«

Theo Alberts nickte stumm. Die Worte rauschten an ihm vorbei wie starker, prasselnder Regen. Er hörte nur Töne, keine Worte und fand keinen Sinn.

Später saß er auf dem gelüfteten und neu bezogenen Bett seiner verstorbenen Frau. Man hatte ihm das Zimmer überlassen, bis der Sarg kam und die Tote nach Stuttgart überführt wurde. Alle Formalitäten hatte ein Beerdigungsinstitut in Stuttgart übernommen. Theo Alberts war zu keinen Handlungen mehr fähig. Er hatte seine Frau wirklich geliebt. Ihre Nase hatte ihm auch gefallen wie sie früher war, und als sie ihm sagte, sie wolle eine geradere haben, hatte er noch gefrotzelt: »Du eitler Fratz! In deinem Alter! Paß auf, nachher erkennen dich deine eigenen Kinder nicht wieder und schreien: »Wir wollen unsere alte Mutti wiederhaben ...«

Nun sahen sie die Mutti nie wieder ... ein Sarg, ein Erdhügel, ein Marmorstein war alles, was übrigblieb.

Theo Alberts warf die Hände vors Gesicht und weinte laut.

Im Herzen begriff er noch immer nicht, daß er Gertrud nie wiedersehen sollte.

Am nächsten Morgen, ganz früh, bevor die anderen Patienten aufwachten, wurde der Sarg in die Klinik getragen und Gertrud Alberts hineingelegt. Theo Alberts hatte einen Rosenstrauß abgegeben, man legte ihn der Toten auf die Brust. Dann wurde der Sarg geschlossen, verschraubt und durch den Hintereingang weggetragen zum Transportwagen. Es geschah alles schnell, ohne Aufsehen. Nur Theo Alberts mußte gefahren werden; er war nicht fähig, selbst seinen Wagen zu lenken. Der II. Assistenzarzt übernahm die Chauffeurrolle. Es war besser, wenn jetzt ein Arzt in der Nähe Alberts' war. Sein Gesichtsausdruck, seine flatternden Augen hatten nichts Normales mehr. Die gánze Nacht über hatte man ihn im Zimmer sprechen hören.

Er hatte sich mit Gertrud unterhalten. Er beichtete der Toten sein Leben, seine Liebe.

Auch die Kommission aus München reiste ab. Was die Staatsanwaltschaft unternehmen wollte, sagte der I. Staatsanwalt nicht. Aber Prof. Ploch drückte Lorentzen beruhigend die Hand und nickte ihm zu. »Seien Sie voll Hoffnung«, hieß das. Prof. Sahrein gab Lorentzen wieder seine schlaffe Hand.

»Kopf hoch!« sagte er in seiner penetranten Väterart. »Wir schlucken so vieles im Leben ... Hühnerbrühe und Gulaschsuppe mit Paprika. Und verdaut wird es auch. Also – keine Sorgen!«

Dann fuhr die Kolonne ab. Der Morgennebel, der aus dem Tal stieg und die Hänge hinaufglitt, hüllte sie ein und verschluckte sie nach wenigen Metern. Über den Bergen war ein blauer Himmel. Es wurde ein schöner Herbsttag, warm und sonnig. Schon dampften die Wiesen auf den Almen.

Stumm stand Dr. Lorentzen vor seiner Klinik und lauschte dem Geräusch der unsichtbar gewordenen Wagen nach.

Es war ihm, als führe man in dem Sarg nicht eine Leiche, sondern seine Zukunft weg.

Marianne Steegert hatte an dem turbulenten Tag Lorentzen nur kurz sehen und sprechen können. Als die Kommission aus München eintraf, saß sie in dem Wohnzimmer des Chefbungalows, hoffend, daß Lutz eine Stunde frei hatte, um zu ihr zu kommen. Sie hatte auf der Schönheitsfarm alle Behandlungen ihren Kosmetikerinnen übergeben, auch das schwierige Peeling, das sie bei der vor drei Tagen eingetroffenen Opernsängerin Lucie Haff machen wollte. Durch das ständige Schminken und Pudern auf der Bühne hatte die Haut Lucie Haffs sehr gelitten; sie war pickelig und schlaff, denn es ist ein Irrtum anzunehmen, daß viel Fett eine Haut straff erhält. Jede Haut ist anders und will individuell behandelt werden. Für Lucie Haff war Fett genau das Falsche, aber ihr Beruf verlangte von ihr, jeden Abend dick die Fettschminke aufzutragen.

Den ganzen Nachmittag und Abend saß Marianne im Hause Lorentzens und wartete. Ab und zu rief sie an. Die Sekretärin sagte immer das gleiche: »Der Chef ist im OP. Der Chef hat Besprechungen.«

Unruhig ging sie hin und her, machte kein Licht, sondern saß im dunklen Zimmer, händeringend und dem Weinen nahe. Von Dr. Thorlacht, den sie am Telefon angefleht hatte, ihr die Wahrheit zu sagen, hatte sie die Tragödie erfahren.

Ich gebe das alles auf, dachte sie in diesen langen Stunden. Wir werden wegziehen, irgendwohin, wo wir allein sind. Ich habe Geld genug, um unser Leben sorgenfrei zu gestalten. Aber dann begriff sie auch, wie widersinnig diese Gedanken waren. Nie würde Lorentzen ohne Arbeit, tatenlos, als Müßiggänger nur vom Geld seiner Frau leben. Sie kannte seine Antwort schon im voraus: »Bin ich ein Gigolo, der sich aushalten läßt? Ist es schon so weit mit mir?«

Also kämpfen, dachte sie. Sich durchboxen durch alle Schicksalsschläge. Den Kopf gesenkt, und dann vorwärts, wie ein Stier in der Arena.

Sie merkte nicht, wie wenig tröstlich dieser Vergleich war: Der Stier in der Arena war immer der, der verlor. Das jubelnde Volk im weiten Rund wollte seinen Tod.

Marianne schrak zusammen, als die Balkontür zur Terrasse anschlug und Schritte durch die Dunkelheit tappten.

»Lutz?« fragte sie in die Nacht hinein. »Bist du es, Lutz?«

»Nein!«

Das Deckenlicht flammte grell auf. Geblendet blinzelte Marianne gegen den Lichtschein. Im Zimmer stand Ilse Patz. Ein Trenchcoat mit hochgeschlossenem Kragen verhüllte ihre große schlanke Gestalt.

»Ich bin es nur«, sagte sie. »Ich hätte mir denken können, wo du bist, nachdem du die Farm allein gelassen hast. Nur wußte ich nicht, daß du im Dunkeln hockst wie eine brütende Henne.«

»Was willst du hier?« fragte Marianne heiser. Sie hatte sich jetzt an das Licht gewöhnt, hielt aber noch immer die Hände vor die Augen.

»Dasselbe, was du hier willst. Mit Lutz reden.« Ilse Patz setzte sich in einen der Sessel und zündete sich mit zitternden Fingern eine Zigarette an. »Stimmt es, daß in der Klinik ...«

»Ja. Woher weißt du das?«

»Von Paps. Er rief mich an.«

»Dein Vater ist hier? Warum war er nicht bei uns?«

»Es hat Streit gegeben. Ich weiß überhaupt nicht, warum er noch in St. Hubert ist.« Ilse Patz blies den Rauch gegen die Decke. Sie rauchte selten, nur wenn sie schrecklich nervös war. »Wie konnte das in der Klinik passieren? Ein Narkoseunfall?«

»Ich weiß so wenig wie du.« Marianne stand auf und trat an die Terrassentür. Von hier aus konnte man die erste Etage der Klinik sehen, den Flügel mit den OP-Räumen, den Büros, den Chefzimmern. In allen brannte helles Licht. »Warum bist du gekommen?«

»Um mit dir zu sprechen.«

»Mit mir? Ich dachte mit Lutz.«

»Auch.« Ilse Patz zerdrückte die Zigarette im Aschenbecher. Sie schmeckte bitter wie Galle. »Wir waren einmal dicke Freundinnen, Marianne. Wir sind durch Hölle und Himmel gegangen. Es hat nie Krach gegeben. Meine Männergeschichten, na ja ... du kennst mich ja. Du hast sie mir alle gegönnt.«

»Ja –«

»Dann verknackst du dir den Fuß, lernst Lutz im Zug kennen, und unsere Freundschaft ist vorbei. Muß das sein?«

»Das frage ich dich. Wer drängt sich zwischen mich und Lutz?«

»Du siehst das falsch, Marianne.« Ilse Patz wanderte in dem Zimmer hin und her. Die Tür zum Schlafzimmer stand auf, sie sah das Bett und dachte an die Nacht, wo sie draußen gestanden hatte, das Ohr am Fenster, und bald gestorben wäre vor Haß und Wut. »Du bist ein Typ, der Männern das Gefühl gibt, geborgen zu sein. Du bist die geborene Ehefrau. Es wird dir nicht schwerfallen, einen Mann zu bekommen, der treu ist und Familienvater wird. Bei mir ist es anders. Ich hasse die Männer, warum, das weiß ich nicht. Vielleicht, weil der erste Mann, der mich nahm, das mit Gewalt tat und mich so lange schlug, bis ich willig war. In mir tobt ewige Rache. Bis ich Lutz sah. Bis ich erkannte: Das ist der einzige Mann, der dich retten kann. Nur dieser Mann auf der weiten Welt ist fähig, aus dir wirkliche Liebe zu locken. Nur bei ihm kannst du endlich einmal aus tiefer Seele glücklich sein. Du wirst lieben können mit dem Herzen, nicht allein mit dem Körper. Du wirst das Wunder der Liebe erleben können, nicht den biologischen Akt der Befriedigung. Begreifst du das, Marianne? Lutz ist für mich Medizin. Die einzige Medizin. Ich bin seelisch krank … er allein kann mich heilen.«

»Sprich nicht weiter, Ilse«, sagte Marianne gequält. »Bitte sprich nicht weiter.«

»Du kannst hundert Männer finden, die zu dir passen … für mich gibt es nur einen.« Die Stimme Ilse Patz' zitterte vor Erregung. »Marianne, ich bin zu allen Opfern bereit. Ich habe mein mütterliches Erbteil, fast zwei Millionen. Ich zahle dich aus. Du kannst mit zwei Millionen überall hin, du kannst woanders eine neue Schönheitsfarm aufmachen, du bist unabhängig, du kannst das Leben genießen … Ich flehe dich an: Verzichte auf Lutz!«

»Du bist wirklich wahnsinnig.« Mariannes Stimme schwankte. »Du willst mir Lutz für zwei Millionen abkaufen …?«

»Hast du mich jemals flehen hören? Jetzt tue ich es.«

Marianne drehte sich langsam um. Ihre großen blauen Augen waren eher traurig als empört. »Als es im Keller der Klinik brannte«, sagte sie leise, »und die Brandkommission feststellte, es sei Brandstiftung, fand man in dem brennenden Keller Reste von Streichhölzern. Bunte Hölzer mit Schwefelköpfen. Man stellte fest, daß sie aus Frankreich stammten. Sogenannte Damenstreichhölzer.«

Das Gesicht Ilse Patz' wurde fahl. Ihre Lippen zuckten.

»Was willst du damit sagen?« stammelte sie.

»Du warst in Paris. Und in deinem Nachttisch liegt eine Schachtel mit bunten Streichhölzern. Ich habe es niemandem gesagt ...«

Ilse Patz antwortete nicht. Sie schlug wieder den Mantelkragen hoch und verließ das Haus über die Terrasse, so wie sie gekommen war. Marianne sah ihr traurig nach. Wie kann ein Mensch sich ändern.

Im OP der Klinik brannte noch immer Licht.

Es war die Stunde, in der Prof. Ploch die Diagnose fällte: Vergiftung.

Noch jemand war in dieser Nacht unterwegs und spielte Geist: Der Zeitungsreporter Horst Rappel.

In München, vor dem Hauptbahnhof, hatte er schon seine Niederlage eingesehen und sich einen Idioten beschimpft und war daran, seinen Beobachtungsposten wegen Dusseligkeit aufzugeben, als der Mann, den Dr. Lorentzen aus seinem Wagen gelassen hatte, wieder über die Rolltreppe vom Bahnhof zurückkam. In den Händen schleppte er zwei anscheinend schwere Koffer. Dr. Lorentzen stieg aus, öffnete den Kofferraum und half, die Koffer in den Wagen zu laden.

»Das ist ja ein dicker Hund!« sagte Horst Rappel und verbrannte sich vor Spannung die Fingerkuppen an seiner heruntergerauchten Zigarette. »Junge, wenn das wahr ist, bekomme ich eine goldene Nase als Spürhund des Jahres.«

Er kurbelte das Seitenfenster herunter, um besser sehen zu können. Der Mann, der jetzt um den Wagen herumkam und wieder einstieg, trug ein großes Pflaster quer über dem Gesicht. Es entstellte maßlos, aber in Rappels Erinnerung kam ein Foto hoch, das durch alle Zeitungen gegangen war und bei allen Polizeidienststellen lag: Das Gesicht des Bankräubers Hans Bornemann. Wenn man sich das Pflaster wegdachte, war es ein Alltagsgesicht wie auf diesen Fotos.

Horst Rappel kurbelte das Fenster wieder hoch. Durch seinen Kopf flimmerte es. Wenn er das ist, wenn er das ist, dachte er immer wieder. Himmel, wird das eine Sensation! Der Bankräuber bei dem Schönheitschirurgen. Was er da will, ist sonnenklar: ein neues Gesicht. Das ist ein Knüller, wie man bei der Presse sagt. Das geht um die ganze Welt. Das bringt Klingeln in die leere Tasche.

Wie ein Jagdhund nahm Rappel wieder die Fährte auf. Er folgte Lorentzens weißem Wagen nicht zurück nach St. Hubert – das war nun uninteressant. Viel interessanter war es, abzuwarten, bis Bornemann sein neues Gesicht bekommen hatte. Dann war die große Stunde gekommen! Horst Rappel würde auf einen völlig fremden Menschen zeigen und sagen: Da ist der Frankfurter Bankräuber! Und das ist der Arzt, der ihn umgewandelt hat.

Leute, für diese Sensation lassen sich Amerikaner durch die Hölle führen. Hier liegt sie wie eine Kastanie vor der Tür.

Horst Rappel war in jubelnder Laune. Die Sternstunde eines Reporters war gekommen.

Für Dr. Lorentzen konnte es die ewige Nacht bedeuten. Der Fall in den Abgrund.

Am Morgen ließ sich Horst Rappel zur Untersuchung in der »Almfried-Klinik« anmelden. Im »Chefzimmer« traf er zu seiner größten Enttäuschung nicht Dr. Lorentzen, sondern Dr. Thorlacht an. Dieser begrüßte den neuen Patienten höflich und blickte auf die Karteikarte, die im Vorzimmer ausgefüllt worden war. Ein roter Strich zog sich über die linke obere Ecke.

»Sie sind nicht angemeldet, Herr Rappel?« fragte Dr. Thorlacht und musterte ihn schnell. »Ich darf Sie darauf aufmerksam machen, daß wir für vier Wochen im voraus belegt sind.«

»Das wußte ich nicht.« Horst Rappel spielte den sehr verlegenen, kleinen Mann, dem es unangenehm ist, überhaupt einen Arzt zu stören mit der Bitte, ihm zu helfen. Er spielte nervös mit dem Aschenbecher und entschuldigte sich sofort mit einer Verbeugung im Sitzen, als dieser auf die Tischplatte fiel. »Ich dachte, so viele Menschen gibt es nicht, die sich ... von wegen Schönheit und so ... Bei mir ist das etwas anderes, wissen Sie?«

Dr. Thorlacht wußte gar nichts, aber er nickte höflich. Dieser Mann hat Angst und ist seelisch gehemmt, dachte er naiv. Das hat man oft, wenn ein körperlicher Fehler auf die Psyche drückt. Er sah kurz auf die Karte. Narbenkorrektur, stand dort. Da das Gesicht glatt war, konnte es sich also nur um eine Körpernarbe handeln.

»Wenn Sie vier Wochen Wartezeit auf sich nehmen wollen …«

»Schlecht, sehr schlecht, Herr Doktor.« Horst Rappel schlang die Finger ineinander. Er wußte gar nicht bis zu dieser Stunde, wie schauspielerisch begabt er war. »Ich wollte in Urlaub fahren. In den Süden. Weihnachts- und Silvesterfahrt nach Madeira. Mit der ›Arcadia‹. O Gott, davon habe ich schon als Kind geträumt. Die Palmen, die blühenden Berge, das weite, rauschende Meer, die ewige Sonne, die fröhlichen Menschen. Wenn ich groß bin und Geld habe, fahre ich auch nach Madeira, habe ich mir gesagt. Das ist mein Ziel. Jeder Mensch muß doch ein Lebensziel haben, nicht wahr, Herr Doktor?«

»Natürlich«, sagte Dr. Thorlacht und nickte. Ein spaßiger Vogel, dachte er. Horst Rappel wurde ihm sympathisch. Es war eine gefährliche Sympathie.

»Und so habe ich gespart und gespart. Als kaufmännischer Angestellter hat man ja nicht viel. Wohnen will man auch anständig, sich kleiden und ab und zu mit einem Mädel ausgehen, das kostet Groschen. Aber nun habe ich es zusammen … Ist das nicht schön?«

»Sehr schön.« Dr. Thorlacht lächelte. Er war gespannt, mit welch einem Leiden dieser Horst Rappel herausrückte. Sicherlich war es ebenso minimal, wie seine Madeirasucht groß war. »Wo können wir Ihnen nun helfen?«

»Darf ich mich freimachen?« Rappel sprang wie ein Gummiball auf. Er war von sich selbst begeistert. Das ist eine Rolle, dachte er. Dabei ist es gar nicht leicht, den harmlosen Doofen zu spielen.

»Bitte«, sagte Dr. Thorlacht.

Rappel zog seinen Rock aus, entledigte sich seines Hemdes, würgte das Unterhemd über seinen Kopf. Dann wandte er den Rücken Dr. Thorlacht zu.

Zwischen den Schulterblättern war eine breite, ziemlich wulstige Narbe. Links und rechts der Narbe sah man deutlich die Fadeneinstechung. Obwohl diese vernähte Wunde schon ziemlich alt sein mußte, war die Rückbildung sehr mangelhaft.

»Häßlich, nicht wahr, Herr Doktor?« fragte Rappel mit herrlich bedrückter Stimme. Dr. Thorlacht tastete die Narbe mit den Fingerspitzen ab und drückte hier und da auf die Wülste.

»Wann wurde die Wunde genäht?«

»Das war vor sechs Jahren. Ein Unfall, Herr Doktor. Ein Mopedfahrer fuhr mich von hinten an, warf mich um und riß mir den Rücken auf. Ich wurde sofort genäht, war ja nur eine tiefe Fleischwunde. Hat nicht geeitert und nicht genäßt. Alles normal ... und dann so eine Narbe!« Rappel stand mit wehmütigem Gesicht vor Dr. Thorlacht, ein Bild erschütternder Hilflosigkeit. »Bisher war das nicht wichtig. Im Urlaub am Meer halte ich mich abseits, so gut es geht. Ich bin ein scheuer Mensch, Herr Doktor. Und die Mädchen, die ich ... na ja, Sie wissen ...« Er wurde sogar rot. »Da kam es nicht so drauf an, Herr Doktor. Doch jetzt, auf dem Schiff, in Madeira, unter all den Menschen, an Deck im Swimmingpool, am Strand ... ich kann mich doch nicht in eine Ecke setzen. Ich will doch von meinem Lebensziel Madeira etwas haben!«

Dr. Thorlacht blickte noch einmal auf die Rückennarbe. Ganz klar, dachte er. Dieser arme Horst Rappel neigt zur Keloidbildung. Da ist eigentlich kaum etwas zu machen. Was man auch tut, es werden sich immer wieder Keloide bilden. In Hamburg hatten wir so einen Fall. Der II. Oberarzt nahm sich den Patienten vor und schnitt, was am verlockendsten war, die Narbe einfach heraus. Der Erfolg war fürchterlich: Die neue Narbe war noch dicker und häßlicher.

»Was können wir machen?« fragte Horst Rappel und zog sein Unterhemd wieder an.

»Nichts«, sagte Dr. Thorlacht ehrlich.

»Nichts? Aber das gibt es doch nicht.« Diesmal war es kein Spiel. Rappel war ehrlich erstaunt. »Ich denke, eine kosmetische Klinik kann alles? Wenn man noch nicht mal eine Narbe wegmachen kann ...«

»Nicht jede Narbe ist gleich.«

»Natürlich nicht. Die eine ist an der oberen, die andere an der unteren Backe. Hahaha! Gut, nicht wahr, Herr Doktor?« Rappel kam wieder in seine Rolle. Der kleine Mann erzählt einem Akademiker einen Witz. Das ist schon ein Erlebnis. Dann, als Dr. Thorlacht ihm die Zusammenhänge darlegte, wurde er wieder ernst und traurig. »Aber so kann ich doch nicht nach Madeira. Wenn mich der Herr Chefarzt vielleicht noch einmal sehen könnte ...«

Die Angel war ausgeworfen.

»Dr. Lorentzen ist zur Zeit verhindert. Aber wenn Sie am Nachmittag wiederkommen wollen ... gegen 17 Uhr ... vielleicht steht er dann für Sie zur Verfügung.«

»Oh, das wäre schön! Zu schön. Natürlich komme ich.«

Rappel zog sich an, machte ein paar linkische Verbeugungen vor dem Herrn Doktor und verließ die Klinik. Vor der Auffahrt traf er auf Dicki, der Laub wegfegte.

»Sind die gut da drin?« fragte er vertraulich und zeigte mit dem Daumen auf das lange weiße Gebäude. Dicki sah den Mann an, als wenn er nach Mist stänke.

»Gut? Das sind die besten Ärzte der Welt.«

»Na, na!« Rappel lächelte verzeihend. »Die können nicht mal eine Narbe wegnehmen.«

»Wieso denn? Das ist bei uns doch eine Kleinigkeit. Das machen wir laufend.« Dicki stellte den Stahlbesen hin. »Da müssen Sie schon besondere Narben haben. Was hat der Chef gesagt?«

»Nichts. Er hat mich gar nicht gesehen.«

»Dr. Thorlacht ist auch gut.«

Horst Rappel hob die Schultern und ging weiter. Dicki sah ihm nach und krauste die Stirn. Wer die Klinik beleidigte, beleidigte auch ihn. Er überlegte, ob er dem Mann nachlaufen sollte – aber dann war ihm das zu dumm, und er harkte weiter Laub zusammen.

Am Nachmittag kam der sehnlich erwartete Anruf aus München. Lorentzen saß allein in seinem Sprechzimmer, niemand durfte ihn ansprechen. Alle Anrufe wurden im Sekretariat abgefangen. Auch als Marianne dreimal aus der Schönheitsfarm fragte, gelang es ihr nicht, bis zu Lorentzen vorzudringen.

Stundenlang stand er am Fenster, sah über die Wiesen und Wälder, Berge und hinab ins Tal, wanderte dann hin und her und rauchte eine Zigarette nach der anderen.

Um 16 Uhr kam der Anruf aus München.

Professor Ploch meldete sich.

»Lieber Kollege«, sagte er, und man hörte seiner Stimme an, daß sie erleichtert war, »es ist alles in Ordnung! Der endgültige Obduktionsbefund ist fertig. Die Patientin hatte eine symptomatische Meningopathie; das läßt sich gerade bei Nasenoperationen, vor allem, wenn sie von innen gemacht werden, nicht vermeiden. Sie wäre aber nicht tödlich gewesen. Ursache des Exitus war eine Herz- und Kreislaufschwäche aufgrund des hohen Nikotinverbrauchs. Sie konnten das bei der Aufnahmeuntersuchung nicht feststellen ... uns sind ja erstaunliche Remissionen gerade bei Herzerkrankungen bekannt. Die Meningopathie aber löste plötzlich wieder die Herzschwäche aus. Ihr Dr. Thorlacht hat wirklich alles getan, was er in seiner Lage tun konnte. Sie selbst, lieber Kollege, trifft überhaupt kein Verschulden. Von einem Kunstfehler kann gar keine Rede sein. Es war ein bedauerlicher Unfall, wie er uns Mediziner manchmal wie ein Blitz aus heiterem Himmel trifft.«

»Ich danke Ihnen, Herr Professor«, sagte Dr. Lorentzen mit belegter Stimme.

»Sie hatten sich Sorgen gemacht?«

»Große –«

»Unbegründet.«

»Auf jeden Fall werde ich ab sofort bei der Anamnese jeden fragen: ›Rauchen Sie stark? Trinken Sie viel Alkohol?‹«

Prof. Ploch lachte laut. »Sie sehen, Lorentzen: Die hochqualifizierte Wissenschaft ist immer noch abhängig von den Worten des guten, alten Paracelsus: ›Sauf nicht zuviel! Das Wichtigste in deinem Körper sind die Säfte!‹«

»Wir machen weiter!« rief Lorentzen ins Haustelefon, als das Gespräch mit München beendet war. Die Ärzte und

Schwestern im Aufenthaltsraum neben dem OP sahen sich glücklich an. Die Stimme Lorentzens war frei und energisch wie früher. »Die Operationspläne bitte bis 19 Uhr zu mir. Sind Patienten angemeldet? Ich bin in einer Viertelstunde zu sprechen.«

Bevor er die Arbeit wieder aufnahm, sagte er noch Marianne Bescheid. »Endlich«, sagte sie aufatmend. »Endlich, Lutz. Ich bin völlig durcheinander. Ich kann keinen klaren Gedanken mehr fassen. Ist alles in Ordnung?«

»Alles in Ordnung, Liebes!«

Er hörte einen Jubelschrei und lächelte glücklich.

»Darauf trinken wir eine Flasche Sekt!« rief Marianne. »Soll ich zu dir kommen?«

»Ich komme hinüber zu euch.« Dr. Lorentzen dachte an Ilse Patz. Auch dieses Problem muß sich lösen lassen. Die Wahnsinnsidee, mit dem geraubten Bankgeld den alten Patz abzulösen, war wirklich eine Wahnsinnsidee. Es mußte auch noch andere Wege geben.

Er strich sich über die Stirn, als er den Hörer aufgelegt hatte. Wozu ein Mensch fähig ist, wenn er verzweifelt ist, dachte er. Ich hätte es nie geglaubt … aber gestern noch stand ich an der Schwelle, Arzt und Verbrecher zu sein.

Wie anders sieht die Welt jetzt aus!

Er ahnte nicht, daß fünf Minuten später eine neue Gefahr in sein Zimmer trat.

Horst Rappel hatte sich Dr. Lorentzen ganz anders vorgestellt. Er war es gewöhnt, daß Chefärzte sich wie edle Pferde benehmen; nervös, empfindlich gegen jeden Windzug, launisch und unberechenbar. Waren sie gar Professoren, so hatte ein normaler Sterblicher nichts mehr zu sagen. Der Blick aus dem Olymp der Wissenschaften auf den kriechenden Pöbel war deutlich spürbar.

Hier war es anders, Lorentzen hörte sich geduldig alles noch einmal an, was schon Dr. Thorlacht erfahren hatte: die Sehnsucht nach Madeira, die Freude des kleinen Mannes, die Not wegen der dicken Rückennarbe. Fast tat es Rappel leid, diese Komödie zu spielen. Man hätte jetzt sagen können: »Sie haben den Bankräuber Hans Bornemann unter Ihrem Dach. Wollen Sie ihm ein neues Gesicht machen?« Und alles wäre vorbei.

Aber Horst Rappel war Reporter. Er stand vor einer einmaligen Chance. Soll er das neue Gesicht machen, dachte er nach diesen moralischen Anwandlungen. Erst dann ist der Fall ein richtiger Knüller. Einen Bankräuber entlarven, das kann jeder – aber einen vorstellen mit einem operierten Gesicht, das kann nur Horst Rappel.

Um der Sensation willen: Rappel-Herz – schweig!

Dr. Lorentzen sah beim ersten Blick, daß Rappel einer der Typen war, die zur starken Keloidbildung neigten. Jeder kosmetische Chirurg zuckt da zurück. Aber gerade das war es, was Lorentzen jetzt reizte. Wo andere die Waffen streckten, trat er an die Front. Das war schon immer so; in Paris, in New York und in Hamburg. »Lorentzen macht es« – das war ein geflügeltes Wort geworden an den Krankenhäusern, wo er operierte. Und er war immer siegreich geblieben. Die Kollegen nannten es mit ärztlicher Freundlichkeit: er hatte Glück.

»Ich kann Sie operieren«, sagte Dr. Lorentzen gedehnt. Rappel hielt beim Überziehen seines Unterhemdes inne und starrte ihn durch ein Ärmelloch an.

»Ist das wahr ...?«

»Doktor Thorlacht hat Ihnen gesagt, daß man solche Narben nicht heraustrennen kann, weil sie bei Ihrer Veranlagung immer wieder und noch stärker kommen. Das stimmt.« Dr. Lorentzen setzte sich an seinen Schreibtisch und wartete, bis Rappel auch sein Oberhemd zugeknöpft und in die Hose gestopft hatte. »Es gibt aber zwei Methoden, die vielleicht – ich betone: vielleicht – Erfolg versprechen. Es kann indessen auch schiefgehen. Bei Keloiden weiß man das nie. Erstens: Ich kann die Narbe herausschneiden, sofort mit einer Strahlentherapie nachbehandeln und zusätzlich Nebennierenhormone spritzen, oder zweitens: Ich schleife die Narbe ab unter Koppelung mit dem Diathermiegerät und injiziere Ihnen ein Nebennierenrindenhormon. Dann müssen wir abwarten. Entweder, die neue Narbe ist besser, oder der alte Wulst kommt wieder. Es ist ein Glücksspiel.«

»Spielen wir es, Herr Doktor.« Horst Rappel fiel es schwer, den kleinen kaufmännischen Angestellten weiterzuspielen. Eine Achtung vor diesem Arzt stieg in ihm hoch, die ihn verstehen ließ, warum alle Patienten, die er an diesem Tag im Garten oder auf den Fluren gesprochen hatte, in Dr. Lorentzen fast verliebt waren. »Welche Methode nehmen Sie bei mir?«

»Die ungefährlichere. Ich schleife ab ...«

»Und wann? Ich ... ich habe mir ein paar Tage freigenommen, um zu Ihnen zu kommen. Ich bekomme keinen Sonderurlaub mehr, weil ich doch Weihnachten und Silvester nach Madeira ...«

»Ich operiere Sie übermorgen.« Dr. Lorentzen machte einen Eintrag in die Karteikarte. »Eine für diese Woche angesagte Patientin kommt erst in sechs Tagen. Sie haben Glück, das Zimmer ist frei. Und in sechs Tagen ist alles vorbei, Herr Rappel.«

»Ja, dann ist alles vorbei«, sagte Rappel doppelsinnig. Er schämte sich plötzlich. Welch phantastischer Mensch, dachte er. Er befreit mich von meiner Narbe. Und ihn soll ich in die Pfanne hauen?

Es war das erstemal, daß Horst Rappel keinen Spaß an seinem Beruf hatte, Sensationen auszugraben.

Der alte Patz war ebenfalls in die Klinik eingezogen, in das Zimmer der gestorbenen Frau Alberts. Er war weder abergläubisch noch zart besaitet. Zufrieden setzte er sich auf das Bett, klopfte Schwester Frieda auf das Hinterteil und sagte: »Ich muß mich mal im Spiegel besehen, ob ich noch andere Stellen habe, die operiert werden können. Bei Ihnen, Schwester Frieda, möchte ich 'ne Zeitlang bleiben.«

An dem Nachmittag, als Lorentzen den Anruf aus München bekam und nachher Horst Rappel untersuchte, schlenderte der alte Patz am Zaun entlang, der die chirurgische Klinik von der Schönheitsfarm trennte. Wie allen Männern war es auch ihm verwehrt, das geheiligte Gelände weiblicher Schönheitssuche zu betreten. Besuchte er seine Tochter, kam er wie ein normaler Besucher männlichen Geschlechts nur bis ins Besuchszimmer.

Dort, wo der Bergwald begann und die Wiese aufhörte, sah der alte Patz in einem Liegestuhl eine schlanke Gestalt. Sie lag im Schatten der Bäume, hatte einen großen, bunten Strohhut auf dem Kopf und einen einteiligen Badeanzug an. Sachverständig, denn der alte Patz war noch nie ein Frauenhasser gewesen, blieb er stehen und betrachtete die Gestalt. Sehr nett, stellte er fest. Lange Beine, feste Schenkel, ein Mordsbusen, kruzitürken. Und die Haut ist glatt und braun.

Die Frau drehte den Kopf etwas zur Seite, sah den Mann jenseits des Zaunes an und wandte sich dann wieder ihrem Buch zu. Sie ist um die Vierzig, dachte der alte Patz. Das ist die Kragenweite eines alten Witwers. Er dachte an seine Tochter Ilse und wackelte fröhlich mit der Nase.

»Ein schönes Buch«, sagte er und drückte die Stirn gegen den hohen Maschendraht. Die Frau warf einen Blick über den Buchrand.

»Sie kennen es?«

»Aber ja. ›Maikäfer im September‹. Neue Welle …«

»Ich lese ›Lotte in Weimar‹ von Thomas Mann.«

»Was Sie nicht sagen! Der gleiche Einband! Ich hätte schwören können, es war der ›Maikäfer‹. Wie man sich täuschen kann.«

»Nicht wahr?« Die Dame reckte sich, sicherlich nur der Bequemlichkeit wegen, aber ihr Busen kam in der neuen Lage noch gewölbter aus dem Badeanzug. Der alte Patz leckte sich über die Lippen.

»Lotte in Weimar«, sagte er. »Jaja … ich war auch schon einmal in Weimar. Josef in Weimar. Ich heiße Josef. Josef Patz.«

»Cornelia van Heerstraten.«

»Nein!« Der alte Patz schlug in die Hände. »Aus der alten Familie der Heerstraten aus Utrecht? Ihr Papa hat das Wöchnerinnenheim in Leyden gebaut, nicht wahr?«

»Nein. Mein Vater war Minister.«

»Immer diese Irrtümer!« Der alte Patz rappelte an dem hohen Drahtzaun. »Wir sollten weitere Pannen vermeiden, gnädige Frau. Dazu gehört, daß wir uns länger unterhalten. Darf ich vorschlagen, daß …«

»Nein! Ich habe praktisch Hausarrest.« Cornelia van Heerstraten zog den Hut tiefer über ihr Gesicht. Es war hübsch, das erkannte der alte Patz fachmännisch, nur sehr rot, wie eine Krebshaut. »Die nächsten drei Tage gehe ich nicht aus. Ich habe eine starke Akne, und Fräulein Marianne hat mir ein Peeling gemacht mit diesem russischen Wunderbrei. Nun schäle ich mich und sehe aus wie eine fleckige Tomate.«

»Das macht nichts.« Josef Patz steckte die Nase durch ein Gitterquadrat wie ein kleiner, schnüffelnder Hund. »Dann gehen wir hier spazieren.«

»Immer am Draht entlang? Das ist wenig romantisch.«

»O nein. Der kluge Josef hat eine Drahtschere mit. Was halten Sie von heute abend? Treffpunkt hier. Sie sollen erleben, wie ich diese Festung hier aufknacke.«

Cornelia van Heerstraten lachte. Sie legte »Lotte in Weimar« ins Gras und sah den alten Patz offen an. Die Musterung war günstig. Wer den alten Patz kennt, weiß, daß er ein richtiges Mannsbild ist. Sein langes Witwerdasein hatte ihn gut konserviert.

»Sie sind Patient von Dr. Lorentzen?« fragte sie.

»Ja. Wegen der Ohren.«

»Sie sind gar nicht so abstehend. Es gibt schlimmere.«

»Danke. Das war ein Kompliment.« Josef Patz fühlte in allen Gelenken den Drang, zu hüpfen. Es hatte bei ihm eingeschlagen wie eine Brandbombe in einen Strohhaufen. »Darf ich Ihnen sagen, daß ich eine so schöne Frau wie Sie nur in der Münchner Gemäldegalerie gesehen habe?«

Man konnte nicht sehen, wie Cornelia reagierte. Der breitkrempige Hut verbarg alles. Aber sie stand auf, bückte sich nach dem Buch im Gras – der alte Patz unterdrückte ein lautes Schnaufen bei diesem Einblick in den Ausschnitt des Badeanzuges –, klemmte es unter den Arm, schlug den Liegestuhl zusammen und nahm ihn in die andere Hand. »Guten Tag«, sagte sie.

»Auf Wiedersehen.« Josef Patz preßte die Stirn wieder gegen den Drahtzaun. »Heute abend um 9 Uhr? Wir können uns über ›Lotte in Weimar‹ unterhalten. Ich liebe literarische Gespräche.« Wer ist bloß diese saudumme Lotte, dachte er dabei. Man mußte Lorentzen einmal fragen. »Ich bringe den Dr. Schiwago mit. Tolles Buch! Habe noch nie so gut geschlafen«

Cornelia van Heerstraten lachte laut, bog sich nach hinten und ging dann davon zur Schönheitsfarm. Ihr Gang war federnd, die Hüften schwangen leicht, der starke Busen wippte.

»Is dös a Weib!« sagte der alte Patz leise. »Sakra, halt deinen Hut fest, Pepperl!«

Er machte einen Luftsprung wie ein junger Hütebub und rannte dann zurück zur Klinik, um sich um »Lotte in Weimar« zu kümmern.

Nach dem Abendessen ging Josef Patz noch etwas spazieren. Er tat das extra deswegen, weil er wußte, daß seine Tochter Ilse am Abend nach St. Hubert fahren wollte, um mit dem Lieferanten für Fleisch zu verhandeln und das Gemüse für die kommende Woche zu bestellen. Wie vorgesehen, trafen sie sich vor der Schönheitsfarm.

»Nanu?« fragte Ilse Patz und hielt den offenen Sportwagen an. »Was machst denn du noch hier?«

»Wie bitte?« Der alte Patz lüftete seinen Hut. »Kennen wir uns, Fräulein?«

»Mach keinen Quatsch. Du bist nicht zurück nach München gefahren?«

»Aber ja. Was du hier siehst, ist nur mein unruhiger Geist.«

»Was hast du vor?«

»Allerlei.« Der alte Patz sah seine Tochter aus den Augenwinkeln an. Ein schöner Teufel ist sie schon, dachte er. Das schwarze Haar, die Figur, die feurigen Augen. Woher hat sie nur den südländischen Typ? Unter meinen Vorfahren gab es keinen Italiener. Oder ist die würdige Oma einmal ausgerutscht, als sie in San Remo ihr Asthma heilte? Onkel Helmut war auch ein dunkler Typ, stimmt. »Ich bleibe hier. Ich bin Patient von Doktor Lorentzen.«

»*Was* bist du?« Ilse sprang aus dem Wagen. »Wo soll der dich denn operieren?«

»Die Ohren.«

»Die waren sechsundfünfzig Jahre gut genug.«

»Im Siebenundfünfzigsten genügen sie nicht mehr.« Der alte Patz hatte einen Heidenspaß. »Cornelia ist auch dafür.«

»Wer ist Cornelia?« fragte Ilse gedehnt.

»Deine neue Mama.«

»Hast du getrunken, Paps?«

»Keinen Tropfen! Oh, es kommen Überraschungen herbei!«

»Das scheint mir auch so.« Ilse setzte sich wieder in ihren Wagen. Sie musterte ihren Vater. Selten hatte sie ihn so fröhlich gesehen. Das war wirklich verdächtig. »Mach keine Dummheiten, Paps. In deinem Alter ...«

»Warum soll ich keine Dummheiten machen?« schrie der alte Patz plötzlich. »Wen habe ich zu fragen? Eine Tochter habe ich nicht mehr – auf wen soll ich Rücksicht nehmen?« Er warf beide Arme hoch, stieß einen grellen Jodler aus und marschierte zur Klinik zurück. »Mei Resl hat an bunten Rock juchheididada ...«, sang er dabei und schwenkte seinen Hut.

Ilse Patz sah ihm mit zuckenden Lippen nach.

»Es muß etwas geschehen«, sagte sie leise. »Wenn er so ist, ist er zu allem fähig.«

Wie eine Wahnsinnige raste sie hinunter nach St. Hubert.

Obwohl Prof. Sahrein sich von vornherein im klaren war, daß in der »Almfried-Klinik« keinerlei Kunstfehler zum Tode von Frau Alberts geführt hatten, hielt er es dennoch für seine Freundespflicht, seinem alten Kommilitonen Prof. Heberach in Hamburg einen Bericht über die Vorgänge zu schicken. Schließlich war Lorentzen einmal der Schwiegersohn gewesen, und es tut auch alten, klugen Männern einmal gut, zu klatschen wie eine Kaffeetante.

In Hamburg schlug der Bericht wie eine Bombe ein. Heberach rief sofort seine Oberärzte zusammen und las ihnen Passagen aus dem Münchner Bericht vor. Dann warf er das Schreiben auf den Tisch, stemmte die Hände in die Hüften und sah seine Ärzte durchdringend an.

»Da haben wir es!« rief er mit seiner hellen Greisenstimme.

»Mein Gefühl war richtig! Herren der Sorte Lorentzen sollte man das Handwerk legen! Es ist unverantwortlich, wie sie mit dem guten Ruf gewissenhafter Ärzte umgehen! Sie diskriminieren unseren ganzen Stand! Warum greift das Ehrengericht nicht ein? Aber ich werde die Sache in die Hand nehmen! Ich fühle mich als Chirurg direkt betroffen durch die Stümpereien dieses Herrn dort unten zwischen den Bergen!«

Heberach verschaffte sich viel Zeit, um Lorentzen zu vernichten. Sein Terminkalender war randvoll – er sagte alles ab. Was auf der Kliniktafel als »Chefoperation« stand und auch später als solche in der Rechnung auftauchte, machte der I. Oberarzt. Viele behaupteten: Sogar besser. Nur seine Vorlesungen hielt Heberach in der Universität, dann eilte er zurück in sein großes, leeres Haus, das wie eine prunkvolle Grabkammer wirkte, seitdem seine Tochter gestorben war.

Hier saß er, führte lange Gespräche mit Sahrein in München, informierte sich in Paris und London und schrieb dann einen langen Artikel, den er der »Ärztlichen Praxis« zuschickte.

Es war ein Pamphlet voll Gift und Galle. Aber – und das war gefährlich – auch voll Wissen und messerscharfem Geist. Auf alle wissenschaftlichen Fachausdrücke verzichtete er; er schrieb »volkstümlich«, denn er spekulierte darauf, daß auch andere Zeitungen, vor allem die von ihm bisher so verpönten und mit Vulgärausdrücken bedachten Illustrierten diesen Artikel nachdruckten.

»Über die Gefahr von Leichtsinn und Unwissen in der chirurgischen Praxis.«
Eine leider notwendige Dokumentation.

So hieß der Artikel.

Als er der Redaktion des Blattes vorlag, stand man kopf. Der Chefredakteur rief bei Heberach an.

»Sind das alles Tatsachen?« fragte er.

»Glauben Sie, ich schreibe Märchen?« schrie der Alte zurück. »Habe ich angefangen mit: Es war einmal …?«

Es wurde nie geklärt – aber Lorentzen konnte es sich denken – woher die Indiskretion rührte, durch welche die Obduktion an die Öffentlichkeit drang. Drei Münchener Zeitungen, am nächsten Tag neunundvierzig deutsche Tageszeitungen in allen Landen druckten die Meldung ab:

»Tod bei Nasenoperation.
Mutter von drei Kindern an Vergiftung gestorben.«

Dr. Lorentzen las den kurzen, knalligen und dazu unrichtigen Bericht mit einer Art Traurigkeit. Aus verschiedenen Städten quer durch Deutschland riefen ihn Kollegen an und wollten Fragen stellen. Dr. Thorlacht beantwortete sie knapp mit der Feststellung: »Die Berichte in der Presse sind falsch.«

»Du mußt das richtigstellen, Lutz«, sagte Marianne am Mittagstisch. »Es war doch keine Vergiftung. Es war ein Kreislaufversagen. Wer das hier liest, glaubt aber, es sei deine Schuld gewesen. Das geht doch nicht.«

»Soll ich alle Zeitungen anschreiben?« sagte Lorentzen leise. »Soll ich eine Pressekonferenz geben? Die Zeitungen werden dementieren müssen, jawohl ... aber sie werden es so tun, daß jeder sagt: Siehste, nun vertuschen sie das. Den Ärzten kommt keiner bei. Die haben für alles eine Ausrede, auch wenn der Kopf abfällt nach einer Zehenoperation. – Nein, Marianne, es wird alles nur schlimmer sein. Das einzige, was ich tun werde, ist die Veröffentlichung des Obduktionsprotokolls in den Fachzeitschriften.«

Was Lorentzen ahnte, als er die ersten Artikel über den Unglücksfall las, traf schon am Nachmittag ein.

Zimmer wurden telefonisch abbestellt. Ohne Erklärung. Nur ein Ehemann, Fabrikant aus Essen, sagte grob: »Lesen Sie die Zeitung und fragen Sie nicht so dumm.« Die Sekretärin, die diese Gespräche annahm, war den Tränen nahe.

Sehr ernst, sehr verlegen, sich räuspernd, als habe er Bronchitis, was für einen Sänger schlimmer ist als Bein- und Armbrüche, kam Kammersänger Arnulf Tocker in das Privatsprechzimmer Dr. Lorentzens. In der Rocktasche stark zusammengefaltet eine Zeitung. Lorentzen brauchte gar nicht zu fragen, was Tocker wollte. Für einen sensiblen Künstler war die Zeitungsnotiz wie der Ausbruch einer Pest.

»Sie wollen auf die Operation Ihrer Säbelbeine verzichten, Herr Kammersänger?« sagte Lorentzen rücksichtslos. »Sie kommen mir damit sehr entgegen. Ich habe eine dringende Operation und bisher kein Bett.«

Arnulf Tocker wurde rot und trommelte mit den Fingern gegen die Hosennaht. »Sie haben mir gesagt, Doktor, daß meine Operation ein Risiko ist ...«

»Jede Operation ist ein Risiko. Aber es stimmt, Ihre besonders.«

»Was kann passieren?«

»Die Knochen wachsen nicht mehr zusammen. Die Knochen wachsen schiefer als jetzt zusammen. Die Knochen müssen genagelt werden und es kann eine Infektion geben. Sie können eine Fettembolie bekommen. Es muß radikal verkürzt werden und Sie werden kleiner. Das hätte den Vorteil, daß Sie den Mime singen könnten, ohne in die Hocke zu gehen.«

Der Kammersänger wischte sich über das Gesicht. Er schwitzte vor Erregung. »Um Gottes willen ...«, sagte er heiser. »Das ist ja furchtbar. Dann ist es ja einfacher, nur Rollen zu singen, wo man meine Beine nicht sieht.«

»Das ganz gewiß.«

»Sind Sie böse, wenn ich ... wenn ich ...«

»Aber nein, Herr Kammersänger. Im Gegenteil. Sie befreien mich von einer großen Sorge, die mir schon viel Kopfzerbrechen gemacht hat. Säbelbeine zu operieren, ist eine verteufelte Angelegenheit.«

»Aber Sie hätten es gewagt?«

»Ja.«

»Trotz der Risiken?«

»Ein Chirurg, der Angst hat, sollte Kaninchenzüchter werden. Da klappt es immer.«

Kammersänger Tocker lächelte fade. »Sie sind ein mutiger Mann, Doktor. Ich bin es nicht, auch wenn ich den Siegfried, den Lohengrin und den Troubadour singe. Sie sind mir nicht böse?«

»Keineswegs.«

Kammersänger Tocker atmete hörbar auf. Er drückte Lorentzen die Hand und rannte hinaus. Seine krummen Beine waren wirklich ungeheuerlich. Nun behielt er sie bis zum Lebensende. Im Sekretariat ließ er einen Scheck über 500 DM liegen. Das war anständig. Aber in Wahrheit bezahlte Arnulf Tocker damit seine Angst.

Auch Hans Bornemann hatte die Zeitung gelesen, als Lorentzen zu ihm ins Zimmer kam. Unter dem Bett standen die beiden schweren Koffer. Zwei Millionen in Banknoten. Lorentzen sah sie an. Es ist ein merkwürdiges Gefühl, Millionen so nahe gegenüberzustehen.

»Das ist eine ganz schöne Scheiße!« sagte Bornemann. »Ist das wahr? Haben wir 'ne Leiche im Haus?«

»Wir hatten sie.«

»Also keine Zeitungsente! Das ist für dich ein Tiefschlag, Lutz.«

»Die Meldungen sind falsch. Die Frau starb an einem Herzversagen. Vergiftung … das ist blanker Unsinn.«

»Aber offiziell sitzt du in der Klemme. Das Volk glaubt es. Es glaubt immer der Sensation.« Bornemann strich sich über sein Gesicht. »Faß es nicht falsch auf, Lutz, aber … ich möchte von meinem Geld noch etwas haben.«

»Nun fang du auch noch an«, sagte Lorentzen gequält.

»Ein neues Gesicht … das war so eine Idee. Ich glaube, es geht auch ohne Operation. Wenn ich noch ein paar Wochen hier wohnen kann, bis die Interpol sich totgelaufen hat … Ich werde dann verschwinden, mit meinem richtigen Gesicht …«

»Das ist genau das, was ich dir vorschlagen wollte. Darum bin ich hier.« Lorentzen zeigte auf die Koffer unter dem Bett. »Bring die Dinger sofort weg, Hans.«

»Auf einmal? Und die 1,5 Millionen, die du haben wolltest?«

»Vergiß es!«

Lorentzen war erleichtert. Bornemann würde eines Tages gehen; daß er ihn verborgengehalten hatte, war eine menschliche Schuld – aber sein ärztliches Gewissen war sauber geblieben. Er hatte nicht das Gesicht eines Verbrechers verändert.

»Aber ich will dir weiterhelfen«, sagte Bornemann mit Triumph in der Stimme. »Ich lasse dir 100 000 Mark hier, wenn ich verschwinde.«

»Ich will dieses Geld nicht.«

»Der große Charakter!« Bornemann lachte leise. »Stehend vermodern und oben noch Halleluja singen. Es dankt dir keiner, Lutz. Die Welt, die Menschen, alles um uns herum ist beschissen! Sieh dir nur die Zeitungen an. Die machen dich fertig, und du kannst gar nichts dagegen tun. Auch wenn man dich hinterher reinwäscht: Mist stinkt noch durch die Haut. Und den Geruch schleppst du mit dir rum und kannst dir Literflaschen Parfüm drübergießen.«

Wortlos verließ Dr. Lorentzen das kleine Zimmer unterm Dach.

Er wollte es nicht zugeben, aber irgendwie hatte Bornemann recht.

Der alte Patz war in jugendlicher Laune.

Der Abend war schön gewesen. Cornelia van Heerstraten war gekommen, er hatte den Drahtzaun durchgezwickt, und dann war man im nächtlichen Wald spazierengegangen. Von »Lotte in Weimar« wurde nicht mehr gesprochen.

Er hatte erfahren, daß Cornelia Harfenistin war und Konzerte gab, daß sie einmal geschieden und sehr reich war, denn ihr Vater, der Exminister, besaß große Aktienpakete, die sie als einzige Tochter erben würde. Patz hatte ihre Hände gestreichelt und poetisch gesagt: »Diese zarten Finger entlocken also den Saiten die Engelstöne?«, was er saublöd fand, aber Cornelia nahm es hin wie Honigbrot. Und dann hatte man den Mond angesehen, geseufzt und so getan, als sei man schrecklich jung. Dabei war die Nacht herbstlich frisch und etwas feucht, und Josef Patz spürte im linken Knie ein Ziehen. Das Rheuma, das hinterfotzige …

Zum Abschied hatte man sich sogar geküßt. Cornelia van Heerstraten war an seine Brust gesunken in der Erwartung, daß mehr geschehen würde, aber der alte Patz behielt Haltung und Würde. Es blieb ihm auch nichts anderes übrig, denn das Ziehen im Knie wurde stärker. Da half nur ein Wickel, und das war genau das, was ihm Cornelia jetzt und hier nicht bieten konnte und wollte.

Am Morgen aber schien wieder die Sonne. Der alte Patz stürmte in Lorentzens Zimmer.

»Können Sie mich verjüngen?« rief er. »Ihr Ärzte könnt doch alles! Ich muß zehn Jahre jünger werden, das genügt schon. Man wird bescheiden! Aber zehn Jahre müssen doch bei einem unverbrauchten Mann wie mir drin sein.«

»Ich bin Chirurg«, sagte Lorentzen lächelnd. »Was Sie wollen, ist eine Hormonbehandlung. Dafür gibt es andere Kliniken.«

»Ach! Die Brüder mit den berühmten Affendrüsen?«

»Man hat heute andere Mittel. Man injiziert Androgene. Testosteron zum Beispiel. Oder Johimbim ...«

»Wie heißt das Ding?«

»Es ist ein Wurzelauszug.«

»Und das hilft?«

Lorentzen drückte den aufgeregten alten Patz in einen der Sessel. »Was ist los mit Ihnen?«

»Ich will mich entschuldigen, Doktor! Noch mal. Ich denke nicht daran, die eineinhalb Millionen Anteil aus der Klinik zu ziehen. Im Gegenteil – ich werde Ihnen noch mehr geben, damit Sie schnell Ihre Poliklinik aufbauen können. Und meine Tochter, dieses Luder, die bekomme ich auch noch klein. Ich bin auf dem besten Wege. Dazu gehört, daß Sie mich zehn Jahre jünger machen. Ohren anlegen, Falten um die Augen weg. Doppelkinn glatt. Die Altersflecken weghobeln ...«

»Hören Sie auf!« Dr. Lorentzen lachte. »Sie beschäftigen drei Ärzte ja allein!« Er ging zum Wandschrank, holte eine Flasche Kognak und zwei Gläser. Er ging wie auf Wolken. Die Gefahr ist vorbei ... die Gefahr ist vorbei ... Welch ein seliges Gefühl. »Wie heißt sie denn?« fragte er, als er das volle Glas hinreichte.

»Cornelia.« Der alte Patz machte einen tiefen Schluck. »Doktor, ich war so unverschämt jung, daß ich sie zum Abschied Conny nannte. Nur im Knie war das Zipperlein ...«

»Das ist kein Problem.« Lorentzen hob sein Glas. »Auf Cornelia!«

»Auf Conny!« schrie der alte Patz und stampfte mit beiden Beinen. »Himmikruzisakra! Auf Conny!«

Eine Stunde später stand Lorentzen wieder am Operationstisch. Rosa Ballek, das Riesenweib, lag auf dem Bauch. Sie hatte keine Angst, die Zeitungsmeldung nannte sie Blödsinn. Daß sie über Gebühr aufgeregt war, hing nicht mit ihrem versenkten Viermastschoner auf dem Rücken zusammen, sondern mit Dicki. Was Rosa in ihrem internationalen, wilden Leben in allen Häfen der Welt noch nicht erlebt hatte – hier, in dem stillen St. Hubert erlebte sie es: Ein Mann flüchtete vor ihr.

Es begann damit, daß Dicki auf anhaltendes Läuten nicht mehr reagierte oder im Notfall einen Krankenpfleger in Rosas Zimmer schickte. In der Nacht schloß er sich ein; wie ein Häschen saß er im Bett, als Rosa gegen seine Tür hämmerte, flüsterte, drohte und schimpfte. Im Garten lief er vor ihr weg, wenn er sie von weitem sah. Gestern war es eine regelrechte Treibjagd gewesen. Rosa hatte ihn durch den Park gehetzt, und Dicki war gelaufen wie um sein Leben. In einer leeren hohen Mülltonne fand er Platz, und hier hörte er, wie Rosa, einem Panzernashorn gleich, an seinem Versteck vorbeistampfte, schnaufend und prustend. Die Erde bebte kurz.

»Wann werde ich entlassen?« fragte Rosa Ballek, als Lorentzen zusammen mit Thorlacht den letzten Spaltlappen transplantierte.

»In zwei Wochen, Rosa.«

»Danke.« Sie legte den Kopf auf die mächtigen Unterarme und lächelte. Zwei Wochen noch. Einmal würde es gelingen, Dicki einzufangen. Dann gnade dir der Satan, du Männchen! Vor einer Rosa läuft man nicht weg. Eine Rosa fleht man an.

Wenn man ein richtiger Mann ist, wie Fietje etwa. Oder Jan. Die hatten immer vollen Wind in den Segeln. Ahoi!

Während Lorentzen operierte und alles glatt verlief, hatte man auf der Schönheitsfarm Sorgen.

Die Damen zeigten in der letzten Zeit große Ermüdungserscheinungen. Bei der Massage schliefen sie ein, bei der Ozonbehandlung schnarchten sie plötzlich, in den Kosmetiksesseln hatten noch nie so viele Damen gegähnt wie jetzt. Beim Sport war es noch schlimmer: Frau Häut brach bei der Reifengymnastik zusammen. Frau Hennes aus Duisburg schlief während eines Waldlaufes und stieß mit dem Kopf gegen eine Fichte. Außerdem verlängerte sie den Aufenthalt zum zweitenmal, genauso wie Frau Häut und Frau Nitze. Sogar die dralle Frau Pfannenmacher kam wieder, weil Frau Nitze ihr geschrieben hatte: Hier tut sich was! Halli – hallo!

Kritisch wurde die Lage vor Zimmer 4 im Parterre, der Eingangspforte ins Paradies für viele Herren vom Motel »Forellenklause«, als sich Dicki ebenfalls anstellte und zunächst versehentlich in der dunklen Nacht ins Haus geschleust wurde. Man merkte diesen Mißgriff erst, als das Deckenlicht aufflammte und die Vorhänge dicht zugezogen waren.

»Das ist ja allerhand!« sagte Frau Häut. Sie sah nervös um sich. »Was machen Sie denn hier?«

»Ich dachte, es gäbe türkischen Honig«, sagte Dicki unverschämt. Er blinzelte Frau Hennes an, die ganz seinem Typ entsprach. Mittelalt, griffig, dankbar. »Wenn ich schweige, können Sie hier machen, was Sie wollen.«

»Das ist ein gutes Wort, Dicki.« Frau Nitze griff in ihre Handtasche und fingerte zwei Hundertmarkscheine heraus. Dicki sah sie tief beleidigt an.

»Sie mißverstehen mich«, sagte er hochmütig. »Ich kann nur schweigen, wenn man mir die Lippen verschließt.«

Frau Hennes übernahm es nach kurzem Disput, Dicki in den Kreis aufzunehmen. Sie enttäuschte nicht. Nach stürmischer Meerfahrt bei Rosa Ballek zog jetzt sanft schaukelnd ein Kahn durch den See.

Es war Ilse Patz, die den Einschlupf entdeckte und den Geleitzug der Männer von der Mauerpforte zum Fenster Nr 4. Sie war, Böses ahnend, die Nacht über aufgeblieben und immer wieder um beide Häuser geschlichen. Das Kommen verpaßte sie, aber das Gehen der Kavaliere sah sie genau, hinter einem Busch kauernd. Da Frau Hennes mit oben ohne dem letzten Besucher fröhlich nachwinkte, gab es keinen Zweifel mehr, woher die Müdigkeit der Damen am Morgen rührte. Ilse Patz sah auf die Uhr. 5 Uhr morgens. Nur zwei Stunden Schlaf gönnten sich die Damen.

An diesem Tage sagte Ilse Patz noch nichts. Aber sie hängte an den Riegel der Gartenpforte ein neues, großes Schloß, dessen Schlüssel nur sie besaß.

Dafür ließ sie die Damen turnen, daß die Lungen keuchten.

»Bewegung!« rief sie und schlug auf ihr Tamburin. »Hüpfen! Arme hoch! Senken! Nach vorne – beugt! Tiefer! Tiefer! Sie wollen doch schlanker werden, meine Damen! Sie wollen Ihre Körper entlüften! Sie wollen sich erholen! Die Muskeln ganz locker ... nicht so verkrampft wie im Bett! Im Bett macht man viele dumme Sachen! Das muß am Morgen wieder raus! Und alles ... laauufen ... die Wiese hinauf ... eins-zwei, eins-zwei ...«

Frau Häut sah hinüber zu Frau Nitze. Sie keuchten den Hügel hinauf. Sie schwankten fast. Schweiß rann über die Augen.

Man mußte sich die Nacht wirklich teuer erkaufen!

Horst Rappel hatte Zeit genug, sich in der Klinik umzusehen. Man ließ ihn in Ruhe. Eine Stunde lang wurde er durchleuchtet und abgehört. Das machte der II. Assistent. Rappel hielt das für übertrieben. Was hat die Lunge mit einer Narbe auf dem Rücken zu tun? Aber seit dem Tode von Frau Alberts war man übervorsichtig in der »Almfried-Klinik«. Bevor jemand auf den Tisch kam, war er internistisch völlig durchgetestet. Dabei entdeckte man bei zwei Patienten eine Zuckerkrankheit und bei einer Dame eine Anämie.

Sooft Rappel durch den großen Bau wanderte, von Etage zu Etage und bald alle Zimmer und ihre Insassen kannte – Hans Bornemann sah er nirgendwo. Als Lorentzen operierte, benutzte er diese Stunden, um in den Bungalow einzudringen. Es war nicht schwer, die Terrassentüren standen weit offen. Schon da wußte Rappel, daß man hier Bornemann nicht versteckt hatte. Trotzdem ging er im Haus herum, bis in den Keller. Es war leer.

Dicki wollte er nicht fragen. Viele Fragen wecken Neugier. So ging er zurück zum Klinikbau und visierte die Dachgeschosse. Hier waren nur Bodenkammern, Magazine, Kisten vom Einzug. Er kam auch zu der Tür, an der Vorratskammer stand. Müde vom vergeblichen Suchen verzichtete Rappel darauf, auch hinter diese Tür zu blicken. Er war so nahe am Ziel – und kehrte resigniert um. Vielleicht war es sein Glück; Bornemann hätte ihn erschlagen. Die zwei Millionen unter seinem Bett machten ihn zu einem Tiger.

Was nun noch fehlte, war der Keller. Dreimal war Rappel an der Hauptabschlußtür, immer war sie verschlossen. Er sah sich das Schloß genau an und fand, daß es mit einem Dietrich zu öffnen sei. Das wollte er in der Nacht tun, wenn alles schlief. Die beste Zeit ist 3 Uhr morgens, da schläft sogar der sonst Schlaflose.

Mit einer Taschenlampe beleuchtete Rappel die Tür, als er gegen 3 Uhr wirklich im Keller stand und drei Dietriche probierte. Das Schloß war doch komplizierter, als es von außen aussah. Es war kein Sicherheitsschloß, aber es hatte dämliche Windungen, die ein Dietrich nicht bewegen konnte.

Um 3 Uhr morgens kehrte aber auch Dicki heim von seinem Ausflug zur Schönheitsfarm. In dieser Nacht war eine Panik ausgebrochen. Jemand hatte die Tür mit einem Schloß verriegelt. Die Männer vom Motel »Forellenklause« zogen wieder heim, nur Dicki erschien vor dem Fenster der verblüfften Frau Hennes. Den Kanal, durch den er in die Schönheitsfarm sickerte, verriet er nicht. Auch als Frau Pfannenmacher, die späte Wonnen erlebte, fünfhundert Mark bot, blieb Dicki standhaft. Heldentum ist nicht käuflich, und heute war er ein Held. Ihm gehörte die Farm. Juchhei!

Den Rückweg in die Klinik hatte Dicki ebenfalls verändert, mit Rücksicht auf Rosa Ballek, die noch immer auf der Lauer lag. Durch den Eingang in den Ölkeller, der halbhoch vermauert war, kletterte er in den Tankraum, von dort durch eine Eisenklappe in den Heizraum und von dort in den langen Flur. Dann hieß es, schnell wie ein Wiesel sein und das Zimmer erreichen. Gestern war es knapp gelungen ... Rosa Ballek kam hinter einer Säule der Eingangshalle hervorgestürmt wie ein Elefant. Um Zentimeter war Dicki schneller und warf die Tür zu.

»Feigling!« keuchte Rosa durch die Tür. »Memme! Schlappschwanz!«

Zitternd legte sich Dicki ins Bett.

Heute nun ging alles glatt. Er erreichte den Flur, als er an der Haupttür ein Schaben und Kratzen hörte. Dann knackte es, die Eisentür schwang auf, und ein Mann, eine Taschenlampe in der Hand, kam in den Keller.

Dickis Haare sträubten sich. Seine Muskeln zitterten.

Der Brandstifter! Er legt einen neuen Brand!

Dicki hielt den Atem an und drückte sich in eine Türnische. Na warte, mein Junge, dachte er. Jetzt hab' ich dich! Jetzt werde ich Feuer aus deinen Augen schlagen!

Der Mann mit der Taschenlampe kam näher, leuchtete die Türen ab, blieb stehen und öffnete die Tür von Keller II.

Labor, stand an der Tür.

Dicki kam aus seiner Nische und schlich näher. Labor II, dachte er. Dort stehen Säuren und Phospormittel. Das gibt einen Brand, der sich sehen lassen kann. Aber nicht, solange Dicki hier ist.

Mit einem Satz war er im Keller II, sprang den Mann, der gerade die Tische ableuchtete, von hinten an, schlug ihm die Lampe aus der Hand und stürzte mit ihm zu Boden.

»Du Mistkerl, dreckiger!« schrie Dicki. Dann hieb er zu, auf den sich windenden Körper, der unter ihm lag.

Horst Rappel war von diesem Angriff zunächst verwirrt und sekundenlang nicht fähig, sich zu wehren. Dann aber hatte er den Schock der Überraschung abgeschüttelt und zeigte Dicki, was eine Ausbildung im Judo wert ist.

Nur bis zum dritten Schlag kam Dicki – was dann geschah, konnte er nur noch aus einer dunklen Erinnerung wiedergeben, als er es später erzählen mußte.

Der Unbekannte, der unter ihm lag und sich wand, war plötzlich über Dicki, hob ihn auf und schleuderte ihn gegen die Kellerwand. Krachend sank Dicki dort zusammen, rappelte sich aber wieder auf und versuchte, den Lichtschalter zu erreichen, um wenigstens das Gesicht des Brandstifters zu sehen. Aber zwischen Dicki und dem Lichtschalter stand geduckt der Schatten des Fremden.

Mit einem Anlauf rannte Dicki los. Einem Stier gleich prallte er mit dem Attentäter zusammen, aber dann hatte er gleich darauf das Gefühl, schwerelos zu sein, er flog wieder durch die Luft und rollte über den Kellerboden.

Das ist Judo, sagte sich Dicki und keuchte. Der Kerl kann Judo. Alle Rippen schmerzten ihm, der Kopf brummte, sein linkes Auge schwoll zu. Aber noch einmal versuchte er es, der Schatten wich zur Seite, Dicki griff ins Leere, machte eine Luftrolle und krachte auf das Gesäß. Es war ein Aufprall, der bis unter die Hirnschale zuckte.

»Du Saukerl!« stöhnte Dicki. »Du Miststück! Aber auch dein Judo hilft dir nichts.« Und dann tat Dicki etwas, was er wirklich nur aus größter Not und aus Liebe zur Klinik tat, was sein Herz fast zerriß vor Scham, aber es gab keine andere Möglichkeit mehr: Er schrie um Hilfe. Er pumpte Luft in seine Lungen und brüllte wie ein angeschossener Elefant.

»Hilfe! Überfall! Überfall! Hilfe!«

Horst Rappel zögerte. Dann rannte er aus dem Keller, warf die Türen zu und rannte die Treppe hinauf in die Halle. Die Stimme Dickis grollte durch die dicke Decke, aber es war unmöglich, daß sie jemand hörte, und die Tür von Keller II war von innen nicht zu öffnen. Auch als er zu klopfen begann und mit einem harten Gegenstand gegen die Mauern hieb, war es ein Geräusch, das keinen Schlafenden aufweckt. Es mußte schon ein Zufall sein, wenn ihn jemand hörte.

Mit springenden Schritten erreichte Horst Rappel sein Zimmer, zog sich aus, wusch sich Dickis Blut von den Händen und aus dem Gesicht und legte sich ins Bett. Ganz von fern hörte er das Hämmern im Keller. Ein stabil gebautes Haus ist etwas wert, dachte Rappel sarkastisch. Bis die Putzfrauen kommen und ihn finden, sind es noch über drei Stunden.

Und so war es auch. Die Putzfrau Emma Heumichl befreite Dicki aus seinem Gefängnis. »Jo mei!« schrie sie, als Dicki mit blauen Augen und einer Kopfwunde an ihr vorbeirannte. »Der Herr Dicki! Wo kimma Eahna denn her?«

Dicki gab keine Antwort. Er rannte direkt in den Garten, keuchte hinüber zum Chefbungalow und klingelte Dr. Lorentzen aus dem Bett.

»Ich habe ihn gesehen!« schrie Dicki, als Lorentzen entgeistert seinen Hausmeister anstarrte. »Der Brandstifter! Im Keller II. Ich habe einen neuen Anschlag vereitelt. Aber der Kerl konnte Judo! O Himmel … mein Kopf!« Er sank in einen Sessel, preßte die Hände gegen seine Schläfen und stöhnte.

Eine halbe Stunde lang behandelte Lorentzen den völlig gebrochenen Dicki. Er reinigte die Kopfwunde, legte kühle Kompressen auf die blauen Augen, maß Puls, hörte das Herz ab und verordnete Bettruhe.

»Sie haben eine Gehirnerschütterung. Marsch ins Bett! Und stramm gelegen! Schwester Rosalinde wird Sie betreuen.« Lorentzen nahm die Alkoholkompresse von Dickis Augen. »Wie sah der Kerl denn aus?«

»Ich habe ihn nur von hinten gesehen. Wer konnte wissen, daß er mit Judo …«

»Hat er etwas gesagt?«

»Kein Wort, Chef. Schmiß mich stumm an die Wand und auf den Boden, wohin er wollte.« Dicki streckte sich ächzend. Alle Knochen müssen blau sein, wenn es so etwas gibt, dachte er. »Aber ich lerne auch Judo, das sag ich Ihnen. Das kommt mir nicht noch einmal vor.«

»Erst ins Bett und strengste Ruhe. Und dann sehen wir weiter.« Lorentzen rief in der Klinik an. Zwei Krankenpfleger kamen wenig später über den Rasen, eine Trage zwischen sich. An den Fenstern standen Schwestern und Patienten. Dicki wurde rot vor Scham.

»Ich soll auf die Trage, Chef?«

»Natürlich. Kein Laufen mehr bei Ihrer schweren Commotio.«

»Aber ich kann doch noch gehen, Chef.«

»Legen Sie sich hin, Dicki!«

»Muß das sein, Chef?«

»Es muß!«

Dicki ließ sich auf die Trage betten und sah die beiden

Krankenpfleger flehend an. Es waren zwei seiner Skatbrüder, mit denen er auch ab und zu in St. Hubert ein paar Bier trinken ging.

»Deckt mir ein Tuch übers Gesicht«, bettelte er. »Das ist ja zu blöd mit der Trage.«

»Tuch geht nicht.« Die Krankenpfleger packten Dicki wie einen Schwerkranken in eine Decke, obgleich es draußen warm war. »Nur Tote bekommen das Gesicht verdeckt.«

»Macht eine Ausnahme!« schrie Dicki.

»Unmöglich. Was sollen die anderen Patienten denken?«

Dicki schloß die Augen, als man ihn vom Bungalow Lorentzens langsam über die Wiese hinüber zur Klinik trug. Fast an jedem Fenster sah er durch die Wimpern einen Kopf; es war die Zeit des allgemeinen Aufstehens.

In der Halle erwartete ihn Dr. Thorlacht. Lorentzen hatte ihn verständigt. »Heil dir, Siegfried, strahlender Held«, sagte Thorlacht. Dicki knirschte mit den Zähnen.

Ich lerne Judo, dachte er. So schnell wie möglich. Ilse Patz wird mir Unterricht geben. Sie hat als Sportlehrerin auch Judo gelernt. Und dann wartet, ihr miesen Typen! Vor allem ihr, meine Skatbrüder. Ich werde mir merken, wie langsam ihr mich durch den Garten getragen habt.

Und Rosa Ballek stand auch am Fenster.

Dicki wurde unruhig, als er dies feststellte. »Schließen Sie mich ein, Schwester Rosalinde!« sagte er, als er endlich im Bett lag, umsorgt wie ein Baby. »Ich glaube, ich brauche wirklich vollständige Ruhe.«

Es war weise, was Dicki da gesagt hatte, denn eine Stunde später, als die meisten noch Kaffee tranken, ging die Klinke herunter und jemand rappelte an der Tür. Dicki lächelte breit und zufrieden.

»Was hast du?« hörte er Rosa Balleks Stimme an der Tür. »Was ist passiert? Mach auf, Kleiner!«

Dicki schwieg. Als Rosa weitersprach, zog er die Bettdecke über seine Ohren und schlief bald darauf erschöpft ein.

Im Keller II fand man die Spuren des Kampfes. Dr. Lorentzen, Dr. Thorlacht, der II. Assistent und zwei Pfleger waren sich nur einig in der Frage: Was wollte der Unbekannte gerade in Keller II? Ein Labor anzünden ist so ziemlich das Gefährlichste. Würde es ihm gelungen sein, so wäre es nicht mehr nur eine Tat der Beunruhigung gewesen, als die man die erste Brandstiftung ansah. Diesmal hätte die ganze Klinik vernichtet werden können. Und es hätte Tote gegeben.

Wieder kam die Polizei in die Almfried-Klinik, deren Name langsam wie Hohn klang. Der glückliche Frieden der Natur war längst entschwunden. Es ließ sich diesmal auch nichts mehr verheimlichen; die Staatsanwaltschaft verhörte jeden Patienten und überprüfte seine Personalien.

Das war die einmalige Gelegenheit für Horst Rappel, jede Person der Klinik kennenzulernen. Da sie einzeln ins Chefzimmer geführt wurden, war es leicht, sie zu beobachten: Rappel setzte sich in einen kleinen Erker am Gang, an dem jeder vorbei mußte, der zu Dr. Lorentzen ging.

Der Mann mit dem großen Pflaster; der Mann, der die Koffer vom Münchener Hauptbahnhof geholt hatte, war nicht darunter. Als niemand mehr kam und Rappel die Schwester Frieda fragte: »Sind alle durch?« und sie das bejahte, wußte Rappel, daß diese Klinik tatsächlich ein Geheimnis barg. Aber wo? Zum Teufel – wo? Vom Keller bis zum Dach kannte Rappel nun alles.

Er wußte nicht, daß auch während des Verhöres eine Ausnahme gemacht wurde: Der Mann, der sich »Graf Rethberg« nannte, brauchte nicht zum Chefzimmer zu kommen. Der Staatsanwalt ging zu ihm und blieb mit einem Protokollführer allein im Zimmer.

»Es ist selbstverständlich, daß alles vertraulich behandelt wird, Exzellenz«, sagte der Staatsanwalt beim Abschied. »Ich wünsche Ihnen eine baldige völlige Heilung.«

Er machte eine Verbeugung und war froh, wieder aus dem Zimmer zu sein. Der Anblick des »Grafen« war nicht gerade schön. Man hatte seinen Unterarm durch eine Naht mit der Wange verbunden, um so einen lebensfähigen Rundstiellappen zu überpflanzen. Nun lief der »Graf« herum mit einem Gesicht, an dem sein Arm hing. Es war das erstemal, daß der Staatsanwalt so etwas sah.

»Das ist doch eine langwierige Operation«, sagte er hinterher zu Dr. Lorentzen.

»Ja. Aber noch länger wird es dauern, bis wir aus diesem Rundstiellappen die plastische Deckung vollendet und dann die Nähte und Wundränder wieder soweit korrigiert haben, daß das Gesicht normal aussieht.«

»Und Sie meinen, Sie bekommen es hin?«

»Natürlich.«

»Das sagen Sie so sicher, Doktor.«

»Wäre ich mir nicht sicher, hätte ich die Operation abgelehnt.«

»Ihr Chirurgen seid Teufelskerle!« sagte der Staatsanwalt bewundernd. Dr. Lorentzen winkte lächelnd ab.

»Nur für den Laien, Herr Staatsanwalt. Machte die Natur nicht mit – und sie hat den entscheidenden Anteil an der Heilung –, dann wären wir ganz armselige Herumschneider. Es ist immer wieder ein Wunder, zu sehen, wie ein menschlicher Körper sich von innen heraus aufbaut.«

Nach zwei Tagen verließ die Polizei wieder die Klinik. Das Ergebnis der Untersuchungen war traurig. Außer Dickis Blut an Wand und Boden hatte man nur auf dem glatten Betonboden Striche von schwarzen Schuhabsätzen gefunden. Radierflecken, wie sie entstehen, wenn man über den Boden rutscht. Und eine Taschenlampe fand man. Ein Modell, wie es zu Millionen verkauft wird. Eine kleine Stablampe für zwei Batterien. Fingerabdrücke waren verwischt und unbrauchbar.

»Ich würde Ihnen raten, einen Nachtwächter einzustellen«, sagte der Staatsanwalt zu Dr. Lorentzen. »Sehen Sie: Die Stationsnachtwache genügt allein nicht. Und wenn dieser Czschisczinski nicht zufällig gekommen wäre …« Der Staatsanwalt lächelte breit. »Ein Glück, daß er gerade in dieser Nacht auf Bummeltour war. Sie sollten nach diesen Vorfällen wirklich für hundertprozentige Sicherheit sorgen.«

Am Wochenende schon hatte Dr. Lorentzen durch Vermittlung des Bürgermeisters von St. Hubert einen Nachtwächter gefunden. Er hieß Xaver Grundmoser und war von Beruf Holzfäller. Ein Baum von einem Kerl, mit Muskeln, die unter der Haut knackten, wenn er sie spannte. Aber seitdem ihm ein umfallender Stamm das linke Schienbein zertrümmert hatte und er etwas hinkte, hatte Xaver Grundmoser keinen großen Spaß mehr an der Holzfällerei.

Aber Nachtwächter in der Klinik, sich herumraufen mit Dieben und Brandstiftern ... jo mei, dös is a Gaudi!

Und nebenan, die feinen Damen in der Schönheitsfarm, die so oft in St. Hubert im Café sitzen und immer hungrig aussehen, das ist auch was fürs Herz!

»Bei mir ist ja Jiu-Jitsu an warmer Wind«, sagte der Grundmoser, als er sich bei Lorentzen vorstellte. »Wenn i dernach zualang, jo mei, der konn sei Hirn sucha!«

So kam der Grundmoser-Xaver in die Klinik. Er stellte sich als höflicher Mensch auch bei Dicki vor, der brav im Bett lag, Traubenzuckerinjektionen bekam und sich langweilte.

»Jetzt bin i doa!« sagte der Grundmoser und hieb auf die Bettkante, daß alles schwankte. »Und so saublöd wie du stell i mi net an! Kapiert?«

Dicki sagte ihm, wo er den Kognak versteckt hatte und überlegte, wie er Xaver Grundmoser doch noch beibringen konnte, wer in der Klinik nach dem Chefarzt der wichtigste Mann war, nämlich Adam Czschisczinski.

Dann hatte er die Idee. Er rief nach dem Weggang Grundmosers in München an, bei einem Sportartikelgeschäft, und ließ sich postlagernd, diskret verpackt, Pfeile und Bogen kommen. Der Milchwagen der Molkereigenossenschaft St. Hubert brachte das Paket mit, denn jeden Tag kamen in die Klinik drei große Kannen Milch, ein Kasten Joghurt mit Früchten und frische Butter. Es fiel nicht auf, daß für Dicki eine Privatsendung dabei war.

Nur Xaver Grundmoser merkte es schon in der nächsten Nacht. Gegen 12 Uhr machte er einen Rundgang um die Klinik. In der Tasche trug er einen Totschläger. Mehr brauchte er nicht. Denn wer einen Nahkampf mit Grundmoser wagte, der war von vornherein verloren.

Punkt Mitternacht – von St. Hubert hörte man durch die Stille die Glocken den Berg hinaufwehen – stieß Xaver Grundmoser einen ochsenähnlichen Schrei aus und machte einen Luftsprung wie ein Känguruh. Es war vor den Holunderbüschen im Garten.

In der linken Hinterbacke federte ein Pfeil. Lautlos, während die Uhrglocken zur vollen Stunde schlugen, war er herangeflogen und mitten im Ziel gelandet. Leise schloß Dicki sein Fenster und war zufrieden.

Xaver Grundmoser zog den Pfeil aus seinem Gesäß, fluchte gottserbärmlich, zerbrach den Pfeil und warf ihn gegen einen Baum. Dann sah er sich um, mit blutunterlaufenen Augen, wie ein Stier.

Aber nichts war zu sehen. Nichts rührte sich. Nur die Glocken schlugen noch.

Mitternacht. Geisterstunde.

Welch ein Glück, daß Xaver Grundmoser nicht abergläubisch war.

In diesen Tagen schien es so, als habe sich das gespannte Verhältnis zwischen Marianne und Ilse etwas gebessert. Wenn sie auch wortkarg blieb, so kam Ilse doch wieder zum gemeinsamen Mittag- und Abendessen. Sie waren wie in alten Zeiten wieder allein. Dr. Lorentzen aß oben in seiner Klinik zusammen mit den anderen Ärzten. Aber das war nicht allein der Grund, warum Ilse Patz wieder die Nähe Mariannes suchte.

Sorge machte ihr der Vater.

»Er benimmt sich wie ein dummer Junge«, sagte sie mit verschlossenem Gesicht. »Gestern war er im Wald und jodelte.«

»Ich habe es gehört«, sagte Marianne. »Abends geht er mit Frau van Heerstraten aus.«

»Man sollte mit ihr sprechen.«

»Warum? Dein Vater ist alt genug, um abends bummeln zu gehen.«

»Zu alt ist er dafür!« rief Ilse. »Er will sie heiraten.«

»Das sagt er nur, um dich zu ärgern.«

»Du kennst ihn nicht. Er tut es aus Dickköpfigkeit.« Ilse Patz ging unruhig hin und her. »Hätte ich doch nie mit ihm gesprochen.«

»Wegen Lutz?«

»Ja.«

Marianne beobachtete Ilse. Sie ist wie ein schönes, gefangenes Tier, das die Freiheit sieht, aber nicht aus dem Käfig kann. Dabei wäre es für sie so leicht. Sie brauchte nur auf Lutz zu verzichten. Aber gerade das will sie nicht. Es reizt sie maßlos, daß sie einmal nicht Siegerin geblieben ist. Wie ein angeschossener Tiger ist sie: Sie will den Feind zerreißen.

»Ich war bei meinem Vater«, sagte sie und drehte sich herum. Ihre schwarzen Augen glühten.

»Ich weiß es«, nickte Marianne. »Du wolltest Lutz mit deinem Geld zwingen ... es ist dir mißlungen.«

»Laß uns darüber schweigen, Marianne.«

»Warum? Ich habe in den vergangenen Wochen immer darüber nachgedacht, wie es weitergehen soll.«

»Das ist gar keine Frage: Wie bisher.«

»Nein! Das halten wir nicht aus. Du nicht, und ich erst recht nicht. Ich habe nicht so starke Nerven wie du. Es *muß* eine Lösung geben.«

Ilse Patz lehnte sich an die Wand. Mit zitternden Fingern griff sie in die Taschen ihrer engen langen Hosen und holte ein flaches silbernes Zigarettenetui heraus.

»Du rauchst?« fragte Marianne gedehnt.

»Seit kurzem wieder.« Ilse machte ein paar tiefe Züge, als ersticke sie. »Ich denke, zwischen dir und Lutz ist es aus?«

»Es scheint so.«

»Was heißt das?« Die Stimme Ilses wurde höher.

»Ich wollte, es wäre aus. Endgültig. Aber ich kann es nicht.« Marianne stützte den Kopf in beide Hände. Die blonden Haare fielen ihr über die Augen. »Mein Gott, ich liebe ihn so ... Und ich weiß, daß er mich auch liebt. Er hat keinen Menschen auf dieser Welt ... er ist der einsamste Mann ...«

»Genies sind immer einsam. Genies sind mit ihrem Werk verheiratet. Lutz hat seine Klinik, er braucht nicht mehr. Das habe ich jetzt endlich begriffen. Darum laß alles so sein wie früher, Marianne. Hier die Farm, dort die Klinik, zwei getrennte Betriebe ... eine Freundschaft.«

Marianne schüttelte den Kopf. »Du weißt genau, daß das

nicht geht. Darum war ich bei Vater. Er hat nicht das Geld, um deinen Anteil zu übernehmen, er müßte erst Aktien abstoßen, wertvolle Sammlungen verkaufen, einen Bankkredit aufnehmen. Aber er ist bereit, es zu tun.«

Das Gesicht Ilses wurde starr. »Du willst mich ausbooten?« rief sie.

»Die 1,5 Millionen für die Klinik bekommen wir nie zusammen, aber deinen Anteil an der Schönheitsfarm kann ich dir geben. Vater wird durch ein Wirtschaftsbüro den Marktwert ermitteln lassen. Unser Vertrag läuft Ende nächsten Jahres ab. Er müßte dann für zehn Jahre erneuert werden. Das will ich nicht. Überlaß mir die Farm, nimm du die Klinik.«

»Und Lutz?«

»Kommt zu mir als Kurarzt in die Farm.«

»Du bist total verrückt!« Ilse Patz steckte sich mit bebenden Fingern eine neue Zigarette an der nur halb abgerauchten alten an. »Ich willige nie ein! Was soll ich mit einer chirurgischen Klinik?«

»Heirate einen Chirurgen und führe sie weiter.« Marianne blickte hoch. In ihren Augen lagen Tränen. »Begreifst du denn nicht, Ilse: Ich will eine Lösung suchen! Ich will Ruhe haben! Ich will Lutz lieben dürfen ...« Und plötzlich sprang sie auf und hieb mit beiden Fäusten auf den Tisch. Es war das erstemal, daß Ilse sie so sah. »Ich lasse nicht von ihm!« schrie sie. »Ich kämpfe um ihn, und wenn hier alles zusammenbricht. Er und ich, wir sind uns wichtiger als alle Schönheitsfarmen der Welt.«

»Und du glaubst, das wäre eine Lösung?« fragte Ilse kalt.

»Ja. O ja. Wenn du nicht mehr da bist, ist Frieden.«

»Es war immer Frieden zwischen uns – bis Lutz kam. Man sollte logisch denken: Lutz muß gehen.«

»Logisch kann nur denken, wer nicht fühlt. Ich liebe ihn aber.«

Die Auseinandersetzung geriet wieder in die Gefahr, ins Uferlose zu verströmen. Ilse Patz wandte sich schroff ab und sah aus dem Fenster. Die Abenddämmerung glitt über die Bergkuppen und stieg mit langen Schatten in die Täler hinunter. Der Himmel war streifig, das Abendrot rötlich-milchig. Auf dem Grundstück der Klinik schritt Xaver Grundmoser die Zäune ab, um ihre Unversehrtheit zu kontrollieren. Gestern hatte er das Loch entdeckt, das der alte Patz hineingeschnitten hatte, um zu Cornelia van Heerstraten zu kommen. Gewarnt durch den Mitternachtsschuß, trug Grundmoser eine dicke, speckige Krachlederne. Die Sitzfläche war durch einen dicken Lederflecken noch extra verstärkt.

»Hier geht nimmer a Pfeil durch!« hatte er zu Hause gebrüllt. Sein Bruder, nicht minder stark als Xaver und Fuhrknecht, hatte ihm das Schußloch mit Jod ausgepinselt. Nachdenklich betrachtete Dicki den gepanzerten Grundmoser vom Fenster seines Zimmers aus. Auch er hatte Bedenken, ob die Durchschlagskraft des Bogens nun noch ausreichte.

»Wer ist denn dieser wandelnde Baum da?« fragte Ilse Patz. Sie sah den Xaver zum erstenmal. Marianne stand auf und blickte hinaus.

»Der neue Nachtwächter der Klinik. Lutz hat ihn eingestellt, nachdem der neue Anschlag ...« Sie stockte und streckte plötzlich Ilse die Hand hin. »Ich muß mich entschuldigen, Ilse.«

»Wofür?« Ilse starrte auf die hingehaltene Hand.

»Ich habe bei der Brandstiftung gedacht, daß ... daß ...« Sie sah an Ilse vorbei und atmete schwer. »Aber nun weiß man, daß es ein Mann war.«

Ilse Patz schwieg. Ihr braunes Gesicht wurde noch dunkler. Sie zerdrückte die Zigarette in einem Blumentopf, wandte sich schroff ab und verließ eilig das Zimmer.

Der alte Patz hatte eine seltene Gabe, schicksalhafte Zufälle zu provozieren. So traf er auch jetzt mit seiner Tochter zusammen, als sie nach St. Hubert fuhr. Sie wollte unter fremden Menschen sein, nicht immer die Gesichter der Schönheitsfarm-Insassen sehen, die Erzählungen im Fernsehraum anhören, von den zu Hause gebliebenen Männern erfahren, daß sie Geld scheffeln, müde sind und schon einen Infarkt hatten. »Und plötzlich wird er ganz bleich, meine Liebe, und läßt sich in den Sessel fallen. ›Siehst du, Karl‹, habe ich gesagt, ›das kommt davon, wenn man Hummer und Rehkeule und Klöße alles hintereinander ißt und es auffüllt mit Wein und Bier.‹ Und was sagt mein Mann? Nichts. Er war ohnmächtig. Einfach ohnmächtig. Wie finden Sie das, wo ich doch mit ihm sprach?«

»Willst du mit ins Dorf, Paps?« fragte Ilse Patz, als sie den abendlichen Wanderer überholte.

»O nein! Nein!« Der alte Patz schwenkte einen Stock. »Wenn am Abend die Erde atmet, durchdringt mich das Gefühl eines jungen Hirsches. Juchhei!«

Ilse blickte erschrocken. Ihre Augenbrauen zogen sich zusammen.

»Wie lange willst du den Unsinn noch treiben, Vater?«

»Unsinn? Haha! Ich fange erst an! Lorentzen hobelt mir die Altersflecken weg, das Doppelkinn verschwindet, die Krähenfüßchen. Ich lasse mich auch liften, jawohl. Nicht bei euch, das ist was für Weiber. Lorentzen macht das gründlicher.« Er packte mit beiden Händen seine Haut an den Schläfen und zog sie nach hinten zu den Ohren. »So macht er das. Alles glatt. Na, wie sehe ich aus?«

»Wie ein alter, dummer Chinese.«

»Cornelia findet es himmlisch!«

»Himmlisch!« Ilse Patz' Stimme wurde laut. »Sie spricht wie ein dummes Häschen! Himmlisch! Die Dame vergißt wohl, daß sie fünfundvierzig ist? Aber bei einem solch alten Knacker wie dir macht das Eindruck. Hiiiiiimmlisch ...«

Der alte Patz wurde ernst. »Das hast du zum letztenmal gesagt«, brummte er. »Alter Knacker. Warte sechs Wochen ab. Ich nehme es noch mit jedem Jüngling auf. Und, verdammt noch mal, fordere mich nicht heraus – oder willst du noch ein Brüderchen haben?«

Heulend schrie der Motor auf. Der kleine Sportwagen schoß vorwärts und hüpfte die Straße hinunter nach St. Hubert. Der alte Patz riß seinen Hut vom Kopf und warf ihn in die Luft.

»Juchhei!« brüllte er. »Du hast mir genug Nerven gekostet, du schwarzer Satan!«

Er wäre weniger fröhlich gewesen, wenn er gewußt hätte, daß Ilse durch St. Hubert hindurchraste wie der wilde Jäger, auf die Chaussee nach München einbog und weiterfuhr.

Gegen 23 Uhr erreichte sie München und klingelte ihren Anwalt, Dr. Hallerbach, aus dem Bett. Er war gerade vom Juristenstammtisch zurückgekommen und hatte eine gewisse Bettschwere.

»Sie, Ilse?« sagte er verblüfft, als er dem späten Gast im Schlafanzug und Bademantel öffnete. »Brennt's schon wieder in der Klinik?«

»Sie müssen etwas unternehmen, Doktor«, sagte Ilse erschöpft. Ihr Gesicht war staubüberzogen von der verrückten Fahrt. »Ich glaube, Paps hat den Verstand verloren. Er entwickelt sich zum dummen Jungen zurück. Wir müssen irgend etwas tun ...«

»Erst mal einen Kognak.« Dr. Hallerbach holte eine Flasche aus dem Bücherschrank. »Es wird schon nicht so schlimm sein...«

»Nicht schlimm? Sie kennen Paps genau.« Ilse rang die Hände. »Er hat mir gesagt, daß er mir noch ein kleines Brüderchen verschaffen will.«

»O Himmel! Hatte der einen hinter der Binde!« Dr. Hallerbach lachte laut. Der alte Patz, dachte er. Na ja, hübsche Weiber sah er immer gern. Aber bisher nur platonisch. Über das aktive Alter ist er hinaus.

»Nichts hatte er getrunken. Nichts.« Ilse Patz ließ sich auf die Couch fallen. Zum erstenmal sah Dr. Hallerbach das bisher kalte, überlegene Mädchen verzweifelt und hilflos. »Er überblickt nicht mehr, was er sagt und tut. Wir müssen eingreifen, Doktor.«

»Und wie, Fräulein Ilse?«

»Notfalls ...« Sie schluckte an dem Wort, aber es mußte heraus. »Notfalls müssen wir ihn entmündigen lassen ...«

Dr. Hallerbach stellte die Kognakflasche mit einem Knall auf den Tisch. Jetzt war es auch ihm plötzlich bitter ernst.

»Wissen Sie, was Sie da einleiten wollen, Ilse?« fragte er.

»Ja.« Ilse nickte mehrmals, wie aufgezogen. »Ich weiß es. Aber soll denn alles in die Brüche gehen, Doktor ...?«

Auf der Schönheitsfarm war großer Entlassungstag. Frau Häut, Frau Nitze, Frau Domplatz, der ganze Club, der sich gefunden und herrliche Zeiten erlebt hatte, bis man das Gartentor in der Mauer verschloß, ging nun auseinander. Man wußte, daß man sich nur durch Zufall wiedersehen würde, aber auch diese Chance war gering. Man ging jetzt für immer auseinander. Und das war gut so; zu viele gemeinsame Erinnerungen belasten nur.

»Es war herrlich bei Ihnen!« sagte Frau Nitze als Sprecherin aller entlassenen Damen. »Es war ein Erlebnis. Wenn wir uns im Spiegel betrachten ... es war ein Erfolg. Wir werden Ihre Farm allen weiterempfehlen.«

»Das ist lieb von Ihnen«, sagte Ilse Patz und drückte Hände. »Wir haben noch nie einen Kursus gehabt, der so viele ehrgeizige und fleißige Frauen hatte, die alles, aber auch alles taten, um wieder jung zu werden.«

Frau Nitze sah Ilse mit hochgezogenen Augenbrauen an. Dann lächelte sie, denn auch Ilse lächelte, ein wenig maliziös, aber voll von unausgesprochenen Worten. Frau Nitze verstand.

»Ich komme nächstes Jahr wieder«, sagte sie.

»Ich auch!« Frau Domplatz aus Xanten umarmte Marianne und gab ihr sogar einen Kuß auf die Wange. Dann wurde ihr Blick wehmütig, denn sie dachte an ihren Mann und das weitere Leben mit neu entwickelten Gartenzwergen. Vielleicht gab es jetzt sogar einen Gartenzwerg, der Beat spielte. In Domplatz' Fabrik war alles möglich.

Dann fuhren die weißen, roten und silbergrauen Sportwagen aus den Garagen, noch einmal gab es einen lauten Abschied, ein Winken, einen letzten Blick auf das Paradies, das man nun hinter sich ließ, um wieder Ehefrau zu sein und Brunos dicken Bauch beim Tanz auf dem Presseball zu spüren ... die Motoren donnerten auf, wie bei einem Rennbeginn auf einer Rennbahn, Marianne und Ilse winkten mit bunten Kopftüchern, und die blitzende Wagenkolonne schoß aus dem Garagenhof hinaus auf die Landstraße.

In der Weinstube des Kur-Hotels sahen in diesem Augenblick die Herren Domplatz, Häut, Nitze und Hennes auf die

Uhren und leerten ihre Gläser. Man hatte sich miteinander bekannt gemacht, nachdem man sich einen Augenblick kritisch gemustert hatte. Dann lachte man und gab sich die Hand, als kenne man sich schon seit Jahren.

»Ihre Frau ... auch auf der Farm?«

»Ja. Ihre auch?«

»Natürlich. Wird heute entlassen. Soll wie'n Engel aussehen.«

»Ist alles nur äußerlich!« Gartenzwerg-Fabrikant Domplatz lachte dröhnend. »Ziehn Sie 'ner Ziege einen Ozelot an ... es bleibt 'ne Ziege. Meine Herren, darf ich Sie zu einer guten Flasche einladen?«

Es erwies sich wieder, daß Männer Sinn für die Stunde haben. Noch bevor die Damen in St. Hubert eintrafen, hatten die wartenden Ehemänner miteinander Geschäfte abgeschlossen. Wie dicke Freunde kamen sie ihren Frauen entgegen, als die Armada der Sportwagen vor dem Kur-Hotel auffuhr.

»O Himmel!« sagte Frau Nitze, als sie die Männer fröhlich miteinander herankommen sahen. »Da sehen Sie es, meine Lieben: Der Alltag hat wieder mit seiner ganzen Brutalität begonnen.«

Auf der Farm wurde an diesem Tag geschrubbt und geputzt, gebohnert und Fenster gewienert. Die Betten lüfteten aus. In neun Tischdecken entdeckte man Brandlöcher von Zigaretten. In einem Bett fand man eine Zigarrenspitze. Das war merkwürdig, denn keine der Damen rauchte Zigarren.

»Muß ein Souvenir sein«, sagte Ilse Patz, als das junge Stubenmädchen damit ankam. »Stecken Sie es in ein Kuvert und schreiben Sie die Zimmernummer darauf. Falls sich die Dame melden sollte ...«

Sie meldete sich nie, was man verstehen kann.

Am nächsten Tag trafen die neuen Gäste ein. Zwölf Damen, blaß, zu stark im Make-up, Großstadtkinder mit Speckröllchen an den Hüften, mit Falten und Pickeln im Gesicht, mit hektischem Blick. Immer das gleiche: Der große Traum von der verlängerten Jugend trieb sie herbei. Sie ließen sich in ein Treibhaus setzen und neu zur Blüte bringen. Und sie waren dankbar für jede Falte, die sich glättete, für jedes Pfündchen, das wegging.

Ist das nicht natürlich? Schön sein und jung, und schön und jung bleiben – davon träumt der Mensch, solange es ihn gibt. Und er wird es immer träumen, denn es ist eine Hoffnung, die glücklich macht.

Die Begrüßung mit Spinatsaft und Schafgarbentee erfolgte. Das Abendessen aus geraspelten Möhren mit Nüssen, Äpfeln und gesäuertem Blumenkohl. Dazu der Wundertrank aus Leinsamen.

»Warten Sie es ab, meine Damen«, flüsterte Cornelia van Heerstraten von Tisch zu Tisch den Neuen zu. »In vier Tagen haben Sie sich daran gewöhnt, und dann fühlen Sie einen Mut in sich und eine Lust zu leben, daß Sie Bäume umarmen könnten ...«

Es war fast sicher, daß auch diese neue Gruppe vornehmer und zurückhaltender Damen einen Club bilden würde, der sich zunächst mit dem einzigen, auf der Farm erreichbaren Mann beschäftigte: Mit Adam Czschisczinski, genannt Dicki.

Die mitternächtlichen Gefahren hörten nicht auf. Xaver Grundmoser rannte durch den Park wie ein Bison. Ein Pfeil hatte ihn wieder getroffen, dieses Mal auf der anderen Seite. Und was der Hinterlist Gipfelpunkt war: Nicht in den doppelten ledernen Hosenboden hatte der unbekannte und unsichtbare Schütze ihn geschossen, sondern in den Oberschenkel.

Grundmoser stieß ein wildes Gebrüll aus, als ihn das Geschoß traf und in seinem dicken Fleisch federte. Dadurch verpaßte er es, sich um den Schützen zu kümmern, der wieselschnell in der Nacht zwischen den Büschen untertauchte.

»Sauhund damischer, verfluchta!« schrie der Grundmoser. Er riß den Pfeil heraus und zerbrach ihn dieses Mal nicht. »Aber i kriag di! Und dann dreh i dir deine Gurgel umeinand und steck dir dena Pfeil in'n Oarsch!« Dann humpelte er zurück ins Haus und klopfte an die Tür von Dicki, um ihm sein Leid zu klagen. Verschlafen schloß Dicki die Tür auf und ließ Grundmoser ein.

»Schon wieder?« sagte er, als er den Pfeil in der Riesenfaust des Holzfällers sah. »Das ist ja schon ein Attentat.«

»An hinterlista Lump'n!« schrie der Xaver. Er ließ sich auf einen Stuhl fallen und betrachtete die Einschußwunde, die stark blutete. »Umbringa will er mi!«

»Vielleicht.« Dicki holte Jod und Verbandstoff aus dem Schrank. Er umsorgte Grundmoser rührend, als sei dieser ein hübsches Mädchen. »Ich würde wieder zurück nach St. Hubert gehen, Xaver«, sagte er dabei. »Da hat dich doch keiner beschossen?«

»Na!« Der Grundmoser ballte die Fäuste. Sie waren wie Felssteine. »Gehen? I? Na! Jetzt bleib i g'rad!«

Dicki lag noch lange wach und grübelte nach anderen Methoden. Mit Pfeil und Bogen konnte man keinen Bayern schrecken, das sah er jetzt ein.

Um so mehr machte sich am nächsten Morgen Xaver schwere Gedanken, ob er tatsächlich der Stellung als Nachtwächter gewachsen sei. Ein Erlebnis besonderer Art war Anlaß dieser inneren Krise des guten Grundmoser.

Nachdem er von Dicki verbunden worden war, hatte er seinen Dienst wieder aufgenommen. Jede Stunde, bis zur Dämmerung, machte er eine stille Runde durch das ganze Haus. Er tappte auf Filzpantoffeln durch die Flure und Keller, kontrollierte die Flurfenster und die Außentüren.

Gegen 2 Uhr morgens – er schlurfte gerade über den 1. Stock – geschah es dann: eine Tür öffnete sich schnell, eine Hand, ein Arm, eine breite Schulter fuhren heraus, ergriffen den vor Staunen starren Xaver, rissen ihn ins Zimmer und in eine dumpfe Dunkelheit. Der Schlüssel drehte sich im Schloß – und dann vernahm der gute Grundmoser ein Schnaufen, er griff nach diesem Ton, faßte in etwas Weiches, Glattes, Warmes und wußte sofort, daß das eine riesige Brust war.

»Jo mei!« sagte er entgeistert.

Aber er hielt fest, seine zweite Hand ging auf Suche und

fand bestätigt, was unter seiner Hirnschale plötzlich zu kochen begann.

»So etwas wie dich habe ich gesucht«, sagte Rosa Ballek mit ihrer tiefen Stimme. »So sah Mummi aus. Mummi war ein Neger aus dem Sudan. Kerl, du hast Muskeln! Genau wie er!«

Xaver Grundmoser war ein Mensch, der langsam dachte. Als er jetzt endlich zu denken begann, fand er sich bereits auf dem Bett liegen, und jemand zog ihn aus. Das machte einige Schwierigkeiten, denn eine bayerische Krachlederne ist anders geknöpft als eine normale Männerhose.

»Jo Madl, i muaß erst mei Runden ...«, sagte der Xaver und wollte sich erheben. Aber das ging nicht, denn das gewaltig Weiche, Warme, Glatte lag auf ihm und war von der gleichen Güte wie seine Holzfällernatur.

»Halt den Mund!« sagte Rosa Ballek und gab Xaver einen knallenden Kuß. »Halt bloß den Mund, Junge. Hiß die Segel und dann vor'n Wind ...«

»O kruzi – kruzi!« sagte der Xaver Grundmoser noch. Dann arbeitete er, als wolle er im Akkord einen ganzen Wald fällen.

Gegen vier Uhr morgens brach das Bett zusammen, und Grundmoser bekam einen Splitter in den Bauch. Um sechs Uhr durfte er gehen.

Und was Dickis Pfeil und Bogen nicht schafften, das vollendete Rosa Ballek. Grundmoser machte sich Gedanken, ob das Leben im Wald nicht doch ruhiger war. Aber, wie gesagt, der Xaver dachte ziemlich langsam.

Entgegen der Anordnung Dr. Lorentzens stand Dicki nach acht Tagen Bettruhe auf und zog seine weiße Uniform wieder an. Sein erster Gang war zu Rosa Ballek. Grundmoser hatte ihm ganz verstört von der Nacht gebeichtet. Nicht jeder ist geeignet, zur See zu fahren und Windstärke 12 zu erleben. Die Muskeln allein haben da gar nichts zu sagen.

Rosa saß vor dem Frisiertisch und sah Dicki verblüfft an. Er kam ihr gegenüber Grundmoser jetzt wie ein Zwerg vor. Es schien ihr fast unverständlich, daß sie ihn verfolgt hatte.

»Na, du Seegurke?« sagte Rosa Ballek verächtlich. »Was willst du? Siehst du nicht, daß hier eine Dame im Hemd sitzt?«

»Mit meinem Freund«, sagte Dicki mit gespielt zitternder Stimme. »Mit meinem besten Freund Xaver. Pfui!« Er spuckte aus, aber nur symbolisch. »Pfui!« sagte er noch einmal. »Pfui!«

Dann ging er wieder und knallte hinter sich die Türe zu. Erstarrt saß Rosa vor dem Spiegel und rollte mit den Augen.

Den blase ich von Deck, dachte sie grollend. Den ziehe ich am Top hoch als Fahne. Dieses Männchen, den ich an mir suchen muß, wenn ich ihn umarme!

Froh darüber, diesen Auftritt gewagt zu haben, setzte sich Dicki in seine Pförtnerloge und löste eine junge Schwester ab, die ihn bisher vertreten hatte. Er kam im richtigen Augenblick: Vor der Klinik hielt ein Luxuswagen und ein Mädchen stieg aus, so zart und süß, wie Dicki noch keines gesehen hatte. Schwebenden Ganges kam die Schöne näher, der leichte Mantel klaffte auf, und Dicki sah die wohlgeschwungensten Formen seines Lebens. Blonde Locken wippten bis zur Schulter. Die blauen Augen glänzten.

Dicki schnellte von seinem Stuhl hoch, nahm Haltung an und legte die Hand an die weiße Mütze.

»Gnädiges Fräulein!« rief er. »Sie möchten zum Herrn Chefarzt? Zimmer 4. Geradeaus! Anmeldung dort, wo Sekretariat steht!«

Das zauberhafte Mädchen nickte und trippelte den Gang entlang. Dicki rannte aus seiner Loge und blickte ihr nach. Welch ein Weib, dachte er. O Himmel! Verträumt lehnte er an der Wand und zuckte zusammen, als sich das göttliche Geschöpf umdrehte und ihm neckisch zuwinkte. Dickis Herz wurde ein Ballon. Er wurde rot, Zittern fuhr in seine Knie. Sie hat mir zugewinkt ... mir! Wie betrunken taumelte Dicki in seine Loge, trank ein Glas Zitronensprudel und zerknüllte eine Zeitung, weil er irgend etwas zerknüllen mußte, um nicht zu platzen.

Dann verließ er seine Loge, rannte in sein Zimmer, kämmte sich erneut, schmierte Haarcreme in seine Haare, besprühte sich mit Kölnisch Wasser und wusch einen kaum sichtbaren Flecken aus seiner weißen Uniformjacke. Xaver Grundmoser, der nach vier Stunden Schlaf im Nachtwächterzimmer nach Hause gehen wollte, schnupperte wie ein Hund, als er an Dickis Loge vorbeikam.

»Parfüm wie an Frauenzimma?« sagte er. »Biste blöd, Dicki?«

»Geh nach Hause, du Klotz!« sagte Dicki verschlossen. »Penn dich aus! Was verstehst du von der großen Welt?«

Auch Dr. Lorentzen war zunächst fasziniert, als die junge Dame in sein Untersuchungszimmer trat. Die Sekretärin hatte eine leere Karteikarte hineingeschickt. Ein Zettel heftete daran: »Will keinen Namen nennen.« Dr. Lorentzen erhob sich mit deutlichem Staunen. Er dachte blitzschnell an verschiedene Film- und Fernsehstars, aber dieses Gesicht war ihm fremd, obwohl es von einer puppenhaften Art war – bis auf die Augen, die nicht in dieses Ebenmaß von Körper und Gesicht paßten. Es waren zwei große, aber merkwürdig unfrauliche Augen.

»Sie wollten Ihren Namen nicht angeben?« sagte Lorentzen. »Hat das einen besonderen Grund, gnädiges Fräulein?«

»Nicht der Sekretärin ... Ihnen sage ich meinen Namen.«

Lorentzen hatte Mühe, nicht zusammenzuzucken. Die Stimme, die von diesen bezaubernd roten Lippen kam, war zwar hoch, aber hart. Das hübsche Mädchen beobachtete Dr. Lorentzen scharf. Ein Lächeln lag um seinen schmalen Mund.

»Ich heiße Bernhard Heiduk«, sagte das Mädchen. »Im allgemeinen nennt man mich Berni. Darf ich mich setzen?«

»Aber bitte.« Lorentzen zeigte auf die Ledersessel. Bernhard Heiduk setzte sich und nahm sich eine Zigarette aus dem silbernen Kästchen, das auf dem Tisch stand. Die Fingernägel waren lang und feinstens manikürt. Ein ins Orangenrot gehender Lack glänzte darauf. Auch als Heiduk jetzt die langen, schlanken Beine übereinanderschlug und sich kokett zurücklehnte, war der Eindruck für einen Mann vollkommen: Da sitzt eines der bezauberndsten Wesen.

Lorentzen setzte sich Heiduk gegenüber und bemühte

sich, nicht auf die Beine in den hauchdünnen Perlons zu sehen. Die hochhackigen Schuhe waren aus bestem Pythonleder und zartrosa eingefärbt.

»Sie sind Transvestit«, sagte Lorentzen, noch immer etwas befangen. Er hatte in seinen Klinikjahren verschiedene solcher Männer untersucht, die Frauenkleider tragen, sich als Frau fühlen, wie eine Frau handeln, wie eine Frau denken und doch nur wie ein Mann lieben können. Er hatte damals diese Probleme genau studiert: Die Wesensverwandlung des Menschen bei Überdosen von gegengeschlechtlichen Hormonen. Auch Bernhard Heiduk war eine solche phantastische Spielart der Natur ... er hatte einen Überhang an weiblichen Hormonen, aber er war weder ein Zwitter noch ein Hermaphrodit. An ihm war nichts zu operieren, zu korrigieren; er war anatomisch ein Mann, in der Verirrung der Drüsen aber gefangen in der Sehnsucht, eine Frau zu sein. Sein wundervolles Aussehen bestätigte ihm jeden Tag vor dem Spiegel: Du bist eigentlich eine Frau.

Dr. Lorentzen betrachtete Heiduk mit den Augen eines Arztes. An dem schwellenden Busen unter der Bluse blieb sein Blick hängen. Heiduk lächelte und nickte.

»Ein mit Schaumgummi ausgestopfter BH, Doktor«, sagte er. »Das ist das einzige Unechte. Mein Gesicht, meine Beine, meine Hüften – das ist alles echt. Sie haben ja auch zu mir gesagt: Gnädiges Fräulein! Ihnen ist gar nichts aufgefallen.«

»Wie könnte das? Wer ist darauf vorbereitet, einen zweihundertprozentigen Transvestiten zu sehen?« Lorentzen griff auch zur Zigarette. »Aber nun meine Frage: Wie und wo soll ich Ihnen helfen?«

»Hier.« Bernhard Heiduk tippte gegen seine falschen Brüste. »Ich bin eine Frau, ich will gar nichts anderes sein. Wenn ich einen Mann liebe, liebe ich ihn wie eine Frau. Ich empfinde wie eine Frau. Wer uns nicht kennt, nennt uns pervers. Manche mögen es sein. Sie verkleiden sich, um in den Schwulenlokalen mehr Chancen zu haben. Ich bin auch schwul, aber anders, Doktor. Ich liebe Männer, weil ich eine Frau bin.«

Dr. Lorentzen nickte. Er kannte das alles von Hamburg

her und war über die Offenheit, mit der Heiduk sprach, keineswegs schockiert. Männer dieser Sorte sind immer von einer seltenen Ehrlichkeit, wenn sie vor einem Arzt stehen.

»Und was soll ich dabei?« fragte er nur.

»Sie sollen durch Ihre Kunst und Ihr Skalpell mich vollenden. Ich möchte einen echten Busen haben! Ich weiß, daß es geht, Doktor! Sie können mir, wenn Sie wollen, einen wundervollen, jugendlichen Busen machen, so schön wie jetzt die Schaumgummiattrappe. Und genau das möchte ich. Ich bin reich. Mein Vater ist Millionär. Ich zahle Ihnen jede Summe, die Sie nennen, solange sie nicht unverschämt ist. Aber ich muß einen richtigen, natürlichen Busen haben. Ich *muß*, Doktor!« Die kalten blauen Augen blitzten. »Ich habe mich in einen wundervollen Mann verliebt ...«

Dr. Lorentzen atmete ein paarmal tief. Der letzte Satz war doch etwas zu stark gewesen. Er sah den jungen Mann an und ertappte sich dabei, daß er dachte: Welch ein herrliches Mädchen.

Er schüttelte den Kopf und stand auf. Bernhard Heiduk verfolgte ihn mit den Blicken.

»Sie sagen nein, Doktor? Sie wollen nicht?«

»Sehen wir davon ab, daß ich nicht will, auch für fünfzigtausend Mark nicht, wenn Sie sie zahlen würden ... ich darf es nicht.«

»Es gibt kein Gesetz, welches verbietet, daß ein Mann eine weibliche Brust haben darf.«

»Ein Irrtum, mein Lieber. Es gibt ein solches Gesetz. Es ist sogar ein Strafgesetz. Warten Sie ...« Lorentzen ging zum Bücherschrank und holte ein Gesetzbuch heraus. In der Erinnerung hatte er noch, daß es ein Gesetz so um die Nummer 200 sein mußte. Der alte Heberach hatte einmal einen Vortrag über Transvestiten gehalten und sie kurz »Säue« genannt, was ganz in seiner Art lag.

»Suchen Sie nicht, Doktor«, sagte Heiduk und strich sich die blonden Locken zurück. »Es gibt auch eine andere Möglichkeit. Injizieren Sie mir Hormone. Östrogene. Das dauert länger als eine Operation, aber es bilden sich auch Brüste, die Stimme wird heller und die letzten männlichen Körperhaare verschwinden. Fifi hat es auch so gemacht. Sie ist meine Freundin ... natürlich auch ein Mann. Sie hat eine Bar in Frankfurt. Keiner, der sie ansieht, der ihr Geld in den Busen steckt, weiß, wie sie wirklich ist.«

Lorentzen hatte den Paragraphen gefunden. Er kam mit dem Buch zum Tisch zurück.

»Hier: Paragraph 226a StGB: ›Wer eine Körperverletzung mit Einwilligung des Verletzten vornimmt, handelt nur dann rechtswidrig, wenn die Tat trotz der Einwilligung gegen die guten Sitten verstößt.‹ – Das aber wäre hier der Fall.«

»Wieso verletze ich die guten Sitten?« Heiduk stand auf. Wieder ertappte sich Lorentzen trotz innerer Gegenwehr bei dem Gedanken: Wie hübsch sie ist. »Ich kann mit meinem Körper machen, was ich will.«

»Nicht nach Paragraph 226a. Sie sind ein Mann. Aber Sie wollen eine Frau sein. Sie wollen einen echten weiblichen Busen. Das ist eine Täuschung, also verstößt es gegen die guten Sitten.«

»Diese Deutschen mit ihren Paragraphen!« Bernhard Heiduk knöpfte seinen Mantel zu. »Ich hätte zehntausend Mark für die Operation gegeben, Doktor.«

»Ich bedaure.«

»Injektionen, Doktor.«

»Auch Injektionen fallen unter den Paragraphen 226a. Jeder Spritzeneinstich ist juristisch eine Körperverletzung.«

»Dann fahre ich nach Italien.« Bernhard Heiduk gab Lorentzen die Hand, eine schmale, zarte Mädchenhand. »Schade, Doktor ... zu Ihnen hätte ich blindes Vertrauen gehabt.«

»Um Gottes willen!« Lorentzen hob beide Hände. »Verlieben Sie sich nicht in mich.«

»Ich werde mich bemühen, indem ich sofort wieder gehe.« Ein Blick aus betörenden Augen traf Lorentzen. Ihm stockte der Atem. »Mein Liebling hat Ähnlichkeit mit Ihnen.«

»Wie alt sind Sie?« fragte Lorentzen mit belegter Stimme.

»Zweiundzwanzig, Doktor. Leben Sie wohl. Ich werde mir leider in Rom meine Brüste holen müssen.«

Lorentzen atmete erleichtert auf, als Bernhard Heiduk das Sprechzimmer verlassen hatte. Er zerriß die leere Karteikarte.

In der Halle wartete Dicki auf das wunderschöne Mädchen. Als er sie kommen sah, wurde er unruhig wie ein balzender Auerhahn und schoß aus seiner Portierloge hervor.

»Sie bleiben bei uns?« rief er.

»Leider nein.« Heiduk lächelte charmant. »Sie hätten sich gefreut?«

»Sehr, o sehr! Na ja ...« Dicki suchte nach weiteren Worten. »Haben Sie auch nichts vergessen? Liegengelassen?«

»Ich glaube nein.«

»Aber wenn nun doch. Es könnte ja sein. Wohin kann ich es Ihnen schicken?«

Heiduks Lächeln war sonnig. Dickis Kopfhaut kräuselte sich vor Wonne.

»Ich wohne bis morgen noch in der Pension ›Sonne‹. Wenn Sie etwas finden sollten, können Sie es mir ja bringen. Falls es keine Schwierigkeiten macht ...«

»Keine, gar keine, mein Fräulein!« Dicki rannte voraus, riß die Türe auf und winkte dem zauberhaften Mädchen nach, als es abfuhr. Und das Mädchen winkte wieder zurück.

Am Abend machte sich Dicki fein. Er zog seinen blauen Anzug an und band einen silbernen Schlips um. Er hatte etwas gefunden, was das Mädchen verloren haben könnte. Einen silbernen Knopf. Man muß ja einen Grund haben ... Mit offenem Mund starrte ihn Xaver Grundmoser an.

»Gehst nachher zur Hochzeit, wos?« sagte er.

»So ähnlich.« Dicki war in explosiver Laune. »Ein Weib, sag ich dir, Junge, ein Weib! So was hast du noch nie gesehen.«

Von einem Krankenpfleger lieh er sich ein Moped und fuhr bei Anbruch der Dunkelheit nach St. Hubert. Auf dem Gepäckträger war ein Strauß Blumen aus dem Klinikgarten festgeklemmt.

Armer, lieber Dicki!

Neben einigen neuen Patienten, die Lorentzen untersuchte und die meistens wegen Aknenarben, Hautstraffungen, Faltenbeseitigung und deformierten Nasen zu ihm kamen, schickte die Sekretärin, über deren Schreibtisch jede Anmeldung lief, eine Karteikarte ins Chefzimmer, die Lorentzen ehrlich interessierte. Bevor er den »Patienten besichtigte«, las er sehr genau die Eintragungen in der Karteikarte, denn Fräulein Nüßlein schrieb alles so hinein, wie sie es von dem neuen Patienten hörte. So stand einmal bei einem riesigen Rhinophym – der berühmten »Knollennase« – wörtlich da: »Patient sagt: ›Mit so anen Blumenkohl im G'sicht kann i nit leaben …‹« – Es war ein Bauer aus dem Salzburgischen, dem Lorentzen eine schöne, dem Gesicht angemessene Nase zurechtschnitzte.

Auf der Karteikarte, die jetzt vor ihm lag, stand: »Patientin gibt an, zu kleinen Busen zu haben. Ist voller Depressionen.«

Darunter eine Bemerkung von Dr. Thorlacht, der die Voruntersuchung bereits gemacht hatte: »Interessanter Fall einer Mammaplastik.«

Dr. Lorentzen drückte auf den Signalknopf. In den wenigen Sekunden, bis die Patientin eintrat, überflog er schnell seine Erfahrungen mit zu kleinen Brüsten. Die meisten Fälle waren Verkleinerungen und Straffungen gewesen. Es gibt mehr Hängebusen auf der Welt als Autos auf den Straßen. Zu kleine Brüste werden seltener vergrößert. Meistens haben die Patientinnen Angst, es könne etwas schiefgehen, man könne Narben sehen oder sonstige Komplikationen träten ein. So leben sie weiter mit ihrer oberen Flachheit und freuen und trösten sich mit den überschlanken Mannequins. Aber im geheimen beneiden sie die Frauen mit den schönen, vollen Brüsten. Gibt es einen schöneren Ausdruck von Weiblichkeit?

Es klopfte. Dr. Lorentzen rief »Bitte«, und ins Chefzimmer kam eine sehr jung wirkende, mittelgroße Frau mit langen, schlanken Beinen. Dr. Lorentzen warf schnell noch mal einen verwunderten Blick auf die Karteikarte, um sich zu überzeugen, daß hier kein vierzehnjähriges Mädchen, sondern eine Frau von sechsundzwanzig Jahren hereingekommen war.

»Nicht wahr, Herr Doktor«, sagte die junge, kindlich wirkende Frau, bevor Dr. Lorentzen sie begrüßen konnte, »ich sehe aus, als müsse ich noch in die Schule gehen.« Ihre Stimme war traurig, und auch die großen, blauen Kinderaugen blickten Lorentzen an, als wollten sie sagen: Noch ein Wort, und ich muß weinen.

»Das finde ich stark übertrieben!« Dr. Lorentzen gab der Patientin die Hand. Er sah, wie ihre Augen aufleuchteten. Ein paar Worte nur, ein Schlüssel zum Herzen ... das ist eines der großen Geheimnisse eines erfolgreichen Arztes. Die Seele gewinnen, dann ist die Heilung schon halb geschafft.

»Danke«, sagte die kindliche Frau.

Sie setzten sich, und Lorentzen betrachtete sie mit unverhohlenem Interesse. Sie hieß Therese Haberstock und wohnte in Stuttgart. Als Beruf hatte sie Gesellschafterin angegeben. Ein seltener Beruf in unserer Zeit. Aber es schien noch immer alte Millionärinnen zu geben, die sich Vorleserinnen und Bridgespielerinnen leisteten.

»Ihr Busen macht Ihnen Sorgen?« fragte Lorentzen. Er war für eine klare Aussprache zwischen Arzt und Patient.

»Ja, Herr Doktor.« Therese Haberstock sah auf ihre im Schoß gefalteten Hände. »Ich habe kaum etwas ... ich bin flach ... Im Kleid sieht man es nicht so. Aber im Badeanzug, schon in einer Bluse ... und dann im Beruf ...«

Therese Haberstock wurde ein wenig rot. »Ich habe ›Gesellschafterin‹ nur vor dem Fräulein im Vorzimmer angegeben«, sagte sie leise. »Ich bin Bardame. Im ›Club Orientale‹ in Stuttgart. Ich tanze auch ... unter dem Namen Resi Hasto. Bisher ging alles gut. Ich machte afrikanische Tänze, Bauchtänze – ich habe nämlich schöne volle Hüften – und zuletzt Schleiertänze. Aber zu mehr, mit Oben ohne reicht es nicht, und das ist mein Ruin. Der Chef hat schon gemeckert. ›Ich verkaufe Sex, aber keine Bohnenstangen!‹ hat er gesagt.« Sie sah Lorentzen wieder an, und in ihren großen blauen Augen hingen jetzt dicke Kindertränen. »Ich muß das Geld in der Bar verdienen. Meine Mutti ist seit drei Jahren durch einen Schlaganfall gelähmt, meinen Vater kenne ich nicht, und aus der zweiten Ehe meiner Mutti sind noch drei kleinere Kinder im Haus. Mein Stiefvater ist durch einen Betriebsunfall fast blind.«

»O Gott!« sagte Lorentzen. »Stimmt das alles? Fräulein

Haberstock, ich bin kein Bargast, den Ihre Geschichte rühren muß. Ich soll Ihr Arzt sein ...«

»Kommen Sie mit mir nach Stuttgart.« Resi nagte an der Unterlippe. »Ich habe nicht gelogen. Ich habe ein schweres Leben. Vielleicht hätte ich einen guten Mann heiraten können, sicherlich – aber dann hatte ich immer Komplexe, sobald mich jemand anfaßte und mit seinen Händen zu meinen Brüsten tastete. Da ist ja nichts, und ich bekam Angst, stieß sie weg und lief davon. Tagelang habe ich jedesmal geweint, können Sie das verstehen? Ich weiß doch, wie gerne die Männer eine schöne Brust sehen. Und wenn ich dann vorm Spiegel stand, kam ich mir nicht wie eine Frau vor, sondern wie ein ewiges Kind. Es ist schrecklich, Herr Doktor. Wenn ein Mann mich ansieht, möchte ich schon weglaufen. Und ich bin doch nicht häßlich, Herr Doktor ...«

»Ganz gewiß nicht.« Doktor Lorentzen stand auf und öffnete die Tür zum Untersuchungszimmer. Dort wartete Schwester Emma, die zweite OP-Schwester, die auch bei den Untersuchungen zugegen war, getreu dem Grundsatz: Untersuche eine Frau nie allein!

Resi folgte ihm und stand in dem gekachelten Raum wie ein Kind, das zum erstenmal eine Spritze bekommen soll.

»Jetzt wollen wir mal sehen, was wir für Sie tun können«, sagte Lorentzen burschikos. Er wollte alle Scheu vertreiben und klopfte Resi väterlich auf den Rücken. »Machen Sie sich frei. Ich will Ihnen helfen.«

»Danke, Herr Doktor, danke.«

Wenig später saß Resi vor Dr. Lorentzen. Sie schämte sich gar nicht, als er ihre Brüste abtastete und die Haut anhob. Es war wirklich ein kindlicher, in der Entwicklung zurückgebliebener Oberkörper, fast rührend anzusehen in dem Bestreben, fraulich zu wirken.

»Natürlich kann ich die Brust operieren«, sagte Dr. Lorentzen nach der Untersuchung. »Aber man sollte es, bevor man schneidet, erst mit Hormonen versuchen. Östrogen etwa ...«

»Es hat keinen Sinn.« Resi holte aus ihrer Handtasche einen Brief. Er war von einem praktischen Arzt in Stuttgart in Form eines Gutachtens für den Kollegen bestimmt, der mit dem Skalpell helfen sollte. Lorentzen überflog die knappen, medizinisch deutlichen Zeilen.

Injektionen und orale Gaben von weiblichen Hormonen bewirkten einen vermehrten Fettansatz an den Hüften und in der Bauchgegend. Die allgemeine Psyche wurde gehoben, aber die Brustdrüsen blieben neutral. Sie nahmen die Hormone nicht zum Wachstum auf.

»Sie sind ein seltener Fall.« Dr. Lorentzen steckte den Brief ein. »Nicht wegen Ihres Busens, davon gibt es viele ... aber Ihre Resistenz gegen Östrogene, das ist verwunderlich. Operieren wir also.« Er sah zu Schwester Emma hinüber. »Notieren Sie: Donnerstag 11 Uhr.«

Resi Haberstock zog sich wieder an. Ihr Mund zuckte. »Die Operation wird gelingen, Herr Doktor?«

»Hundertprozentig.«

»Sie werden mir Fett aus den Hüften wegnehmen und einpflanzen? Ich habe einmal so etwas gelesen.«

»Genau das werde ich nicht tun.« Lorentzen führte die kindliche Frau zurück in sein Sprechzimmer. »Ich setze Ihnen kleine Schwämme aus Kunststoff unter die Brustdrüse ein.« Er lächelte Resi beruhigend an, als er ihre ängstlichen Augen sah. »Ich erkläre es Ihnen morgen, ja? Ich zeige Ihnen die Schwämme, die ich bei Ihnen einpflanze. Und keine Angst!«

»Nein, Herr Doktor. Zu Ihnen habe ich Vertrauen ...«

Später saß sie in ihrem Zimmer am Fenster und sah hinaus in den Garten. Ihre Hände strichen über ihren flachen Busen, und sie stellte sich vor, wie es wäre, wenn sie über schöne feste Wölbungen glitten.

Schwämme aus Kunststoff, dachte sie. Ob das später wirklich keiner merkt ...?

Bornemann hatte nach dem Abendessen Dr. Lorentzen angerufen.

»Komm rauf, Lutz«, sagte er. »Da ist eine Schweinerei im Gang.«

Als Lorentzen in die Dachkammer kam, saß Bornemann auf dem Bett, umgeben von aufgeschlagenen Zeitungen.

»Sieh dir das an«, sagte er heiser und klopfte auf das Papier. »Wohin du guckst, immer wieder Berichte über mich. Die geben und geben keine Ruhe. Die haben jetzt eine Sonderkommission von fünfunddreißig Mann gebildet. Einhundertneunzehn Spuren sind sie bisher nachgegangen ... die hundertzwanzigste kann hier sein.«

»Ich habe es gelesen, Hans.« Lorentzen nickte schwer. »Deine Rechnung, daß Gras über die Sache wächst, geht nicht auf. Die Presse hält die Erinnerung an dich aufrecht. Sie heizt ein. Sie sorgt dafür, daß dich keiner so schnell vergißt.«

Bornemann kaute an der Unterlippe. Wie anders hätte er sich benommen, wenn er gewußt hätte, daß es Horst Rappel war, der täglich durch Mutmaßungen den Namen Bornemann im Gespräch hielt, der Artikel nach Artikel schickte und nachts auf seiner elektronischen Reiseschreibmaschine schrieb, die so leise war, daß man sie nicht hören konnte. Er ist hier im Hause, dachte Rappel. Er wird die Berichte lesen. Er wird nervös werden. O Junge, ich fresse mich in dich hinein wie eine Zecke.

»Es bleibt mir nichts anderes übrig, als hierzubleiben«, sagte Bornemann. »Ob es dir angenehm ist oder nicht: Ich kann noch nicht weg. Erst muß draußen Ruhe sein, und keiner darf Bornemann mehr kennen.«

»Du willst dich also nicht stellen?«

»Bin ich verrückt?«

»Und wie lange willst du bleiben?«

»So lange es notwendig ist.«

Lorentzen wußte, daß dies sehr lange sein konnte. Einen Zwei-Millionen-Raub vergißt man nicht so schnell.

»Dann wirst du hier verschimmeln«, sagte er. Er sah, wie in Bornemanns Blick Angst kam. »Dann kannst du nie mehr fort. In der Funkzeitung steht, daß das Fernsehen über deine Tat einen Film drehen will. Wer es bis jetzt noch nicht weiß, weiß es dann bestimmt. Millionen Fernsehzuschauer, das macht dich unsterblich – während du hier auf deinen zwei Millionen sitzt, die dann soviel wert sind wie Papierschnitzel.«

Der Kopf Hans Bornemanns sank auf die Brust.

Er weinte.

Dr. Lorentzen wartete, bis sich Bornemann etwas beruhigt hatte. Er saß auf dem einzigen Stuhl in dem karg möblierten Zimmer und rauchte eine Zigarette. Für ihn bedeutete dieser Zusammenbruch seines früheren Freundes viel. Er hatte ihn aufgenommen, als er auf der Flucht war und einige Wochen untertauchen mußte. Er hatte damit gegen das Gesetz verstoßen, das war ihm klar. Aber wenn es ihm jetzt gelang, Bornemann zu bewegen, sich zu stellen, gab es vielleicht einen Richter, der nicht nur Paragraphen kannte, sondern auch einen Hauch von Menschlichkeit besaß.

»Du mußt operieren«, sagte Bornemann plötzlich.

Lorentzen fuhr hoch. »Es ist sinnlos, darüber zu reden.«

»Du *wirst* mich operieren!« Die Augen Bornemanns flakkerten. »Soll ich wegen deines dummen Standesdünkels vor die Hunde gehen?«

»Eine Gesichtsveränderung an dir wäre unter diesen Umständen eine kriminelle Tat.« Dr. Lorentzen zerdrückte die Zigarette. »Hätte ich keine Ahnung von deinem Verbrechen, wärest du gekommen als normaler Patient, dem die Nase nicht gefällt ... vielleicht hätte ich dich auf den Tisch gelegt. Aber jetzt nicht mehr.«

»Vergiß, was du weißt! Ich bin ein normaler Privatpatient.«

»Hans, du weißt doch selbst, welchen Unsinn du redest. Geh zur Polizei. Zieh einen Strich unter alles.«

»Habe ich dafür wie ein Einsiedler gelebt? Nein! Ich habe den Coup meines Lebens gemacht! Wem gelingt es schon, zwei Millionen mitzunehmen, so im Vorbeigehen, ganz ruhig, ohne Tresoreinbruch, ohne Rififi, ohne Mord. Einfach kassieren ...«

Bornemann sprang vom Bett auf. In seiner Hand lag plötzlich eine Pistole. Ein kleines zierliches Ding, aber das Mündungsloch war groß genug, den Tod zu bringen. »Du operierst mich!«

»Laß den Quatsch, Hans«, sagte Lorentzen heiser.

»Das ist kein leeres Gewäsch mehr. Ich drücke ab.«

»Dafür bekommst du lebenslänglich.«

»Auch gut. Aber ich habe die Genugtuung, daß ich weiterlebe, ob frei oder hinter Gittern … doch du verfaulst. Ich habe nichts, gar nichts zu verlieren, du aber alles.« Bornemann schwieg und starrte Lorentzen aus flackernden, halb irren Augen an. »Na?« fragte er nach einer Weile lähmender Stille. »Willst du ein Held sein und dich für die Gerechtigkeit totschießen lassen? Oder operierst du?«

»Hier etwa?« Lorentzen sah in den Pistolenlauf. Er zeigte genau auf seine Stirn. Und er wußte plötzlich, daß Bornemann in der Verzweiflung abdrücken würde, daß er sich in einer Verfassung befand, in der das vernünftige Denken aufgehört hatte.

»Nein! Aber im Operationssaal. Da steht das Telefon. Ruf alle zusammen. Wie lange dauert es, bis alles operationsbereit ist.«

»Eine halbe Stunde.«

»Also … ruf an!« Bornemann zeigte mit der Pistole auf den Telefonapparat. Lorentzen stand auf und ging hinüber zu dem kleinen Tisch. Dabei durchfuhren ihn viele Gedanken – von der Möglichkeit, sich auf Bornemann zu stürzen und sich auf einen Kampf mit dem stämmigen und stärkeren Mann einzulassen, bis auf die sich gerade anbietende Chance, Bornemann zu narkotisieren und dann den selig Schlafenden der Polizei zu übergeben. Wenn er wieder aus der Narkose erwachte, lag er bereits auf der Pritsche im Gefängnis.

Aber auch Bornemann schien das zu denken. Er lächelte schwach, als Lorentzen den Hörer abhob.

»Die Operation wird gelingen«, sagte er heiser. »Ohne Komplikationen. Die Polizei wird keinen Narkotisierten einfach einladen können. Ich werde vorsorgen, daß solche Kindereien nicht stattfinden. Also!«

Dr. Lorentzen rief Dr. Thorlacht an. Dieser war schon in seinem Zimmer, hatte sich umgezogen und wollte nach St. Hubert, einen guten Wein in der »Weinklause« trinken.

»Wir haben noch eine Operation«, sagte Lorentzen mit ruhiger Stimme wie immer. »Tut mir leid, Thorlacht, Ihr Weinabend ist hin. Ja, ein dringender Fall, weil ein Termin dran hängt. Was? Eine Nase, Gesichtsstraffung, Augenbrauenverschmälerung, Ohrenverkleinerung. Ja, alles in einer Sitzung. Der Patient ist darüber unterrichtet, daß diese Großoperation bestimmte Gefahren mit sich bringt. Er wird einen Revers unterschreiben ...«

»Nichts werde ich ...« zischte Bornemann. Sein zerfurchtes Gesicht war fahlweiß. Jetzt, wo es soweit war, bekam er Angst vor der Operation. Lorentzen winkte ab.

»Schwester Emilie soll assistieren, ja. Und suchen Sie in der Nasenbank eine schöne römische Nase aus, ich schnitze sie dann schon nach Maß. Gut, in zwanzig Minuten kommen der Patient und ich. Die Vorbereitung des Patienten übernehme ich.«

Lorentzen legte auf und wandte sich zu Bornemann um. Dieser stand ganz nahe hinter ihm, die Pistole in Rückenhöhe.

»So geht das nicht«, sagte Lorentzen. »Ich muß jetzt hinunter und für dich eine Beruhigungsinjektion holen.«

»Ich brauche keine Beruhigung.«

»Du magst dich auskennen, wie man zwei Millionen stiehlt, aber das Operieren mußt du schon mir überlassen.« Lorentzen drückte den Pistolenlauf zur Seite und ging zur Tür. Er drehte sich betroffen herum, als er hinter sich ein knirschendes Geräusch hörte. Bornemann hatte die Telefonschnur aus der Wand gerissen. Um ganz sicherzugehen, nahm er jetzt den Hörer und zerschmetterte ihn an der Wand. Die Bakelitstücke flogen durchs Zimmer.

»Bist du verrückt?« schrie Lorentzen.

»Das ist Selbstschutz.« Bornemann sah auf die Uhr, winkte mit der Pistole zur Zimmermitte, und Lorentzen gehorchte. Es gab keine Möglichkeit, jetzt ein Held zu sein. Bloße Hände gegen eine Pistole sind keine gute Waffe.

»Ich habe wenig Zeit, alles zu organisieren«, sagte Bornemann. »Ich muß improvisieren – aber es wird gehen.« Er stand an der Tür, die Pistole vorgestreckt. »Ich muß dafür sorgen, daß du mich nicht narkotisiert der Polizei übergibst.«

»Und wie willst du das?«

»Ich werde mich um deine Marianne kümmern ...«

Dr. Lorentzen wurde blaß. Sein Herz krampfte sich zusammen.

»Laß Marianne aus dem dreckigen Geschäft«, keuchte er.

»Im Gegenteil. Hör einmal zu, wie die Sache läuft. Ich gehe gleich, nachdem ich dich hier eingeschlossen habe, hinüber zur Schönheitsfarm, suche mir einen Wagen der schönheitssuchenden Frauen aus, schließe ihn kurz und fahre vor. Ich werde mich der Chefin Marianne Steegert als Ehemann einer Patientin vorstellen und sie hinausbitten, weil meine Frau etwas exaltiert ist und unter ihren Pickeln leidet. Sie wird mit hinausgehen, und während sie in den Wagen guckt, gebe ich ihr einen leichten Schlag auf den Kopf. Dann brause ich ab und verstecke sie mitsamt dem Wagen. Erst wenn die Operation beendet ist, sage ich dir, wo dein Liebling ist. Sie wird munter und gesund sein, nur ein bißchen hungrig und wütend.«

»Und so etwas war einmal mein Freund!« sagte Dr. Lorentzen dumpf. »So ein Schwein ...«

»Es ist nur Selbstschutz, Lutz!« Bornemann grinste breit. »In einer halben Stunde bin ich wieder hier. Tschüs!«

Lorentzen hielt den Atem an. Er mußte etwas tun, er mußte in dieser Sekunde etwas tun, denn Bornemann würde das, was er erzählt hatte, auch ausführen. Der Gedanke, daß Marianne gefesselt und geknebelt irgendwo in den Felsen liegen würde, der Gnade preisgegeben, ob die Operation gelang ... eine Operation, die er nie ausführen würde. Die Todesangst, die sie stundenlang durchleiden würde, gaben ihm Mut, den er nie gehabt hätte ohne diesen wahnsinnigen inneren Druck.

Als Bornemann sich herumdrehte, stürzte er zu dem einzigen Stuhl im Zimmer und schleuderte ihn zur Tür. Das kam so plötzlich, daß Bornemann nicht mehr ausweichen konnte. Der Stuhl traf ihn nur an der Schulter, aber die Überraschung gelang. Gleichzeitig sprang auch Lorentzen vorwärts und hieb auf Bornemann ein, bevor dieser sich von seiner Verblüffung erholt hatte.

Die Schläge trafen gut. Es war das erstemal, daß Lorentzen von seinen Fäusten Gebrauch machte. Zuletzt hatte er sich als Kind mit anderen geschlagen ... von da an waren seine Hände nur noch feinfühlige Instrumente gewesen, mit denen er diagnostizierte und heilte. Es wunderte ihn selbst, daß Bornemann nach drei Hieben zusammensank und auf die Diele rollte. Verkrümmt lag er da. Ein Blutfaden rann aus seiner Nase über die Lippen und das Kinn.

Lorentzen ließ ihn so liegen, nahm nur die Pistole an sich und verließ schnell das Zimmer. Von außen schloß er ab. Nun war Bornemann ein Gefangener.

Vom Flurtelefon rief er den OP an. Dr. Thorlacht und Schwester Emilie waren schon mitten in den Vorbereitungen.

»Abgeblasen!« sagte Lorentzen. »Ich bitte Sie um Verzeihung, Thorlacht, aber der Patient ist zu aufgeregt. In diesem Zustand könnte er kollabieren. Versuchen Sie, Schwester Emilie zu beruhigen ... wenn Ihnen das gelingt. Ich lasse mich gar nicht erst blicken, um nicht ihren Zorn zu erleben.« Er lachte, aber es klang trocken, fast wie ein Husten. Hinter ihm rappelte Bornemann an der Tür. Durch die Wand hörte man seine wilden Flüche. »Im übrigen ist es noch früh genug für Ihren Weinabend. Viel Spaß, Thorlacht!«

»Danke, Chef«, antwortete Thorlacht.

Dr. Lorentzen legte auf und zögerte dann, den Hörer schon wieder in der Hand. Er drückte auf den Knopf. Das Rufzeichen des Amtes zirpte aus der Muschel.

Die Polizei. In zehn Minuten wäre sie da.

Lorentzen legte den Hörer wieder zurück.

Er wollte kein Verräter sein. Er wollte den Mann nicht verraten, der einmal sein bester Freund gewesen war, sein Blutsbruder sozusagen.

Gib ihm Gelegenheit, sich selbst zu stellen, dachte Lorentzen. Einmal wird er einsehen, daß dies der einzige Weg ist, den er gehen kann.

Es war, wie sich später herausstellte, ein Fehler, der nie wieder gutzumachen war.

Zwei Tage lebte Bornemann wie ein wildes Tier. Lorentzen versorgte ihn mit dem Nötigsten, brachte ihm Brot, Butter und Wurst und stellte ihm einen Klo-Eimer ins Zimmer. Vor die Tür klebte er einen neuen Zettel: Labor. Eintritt verboten! Lebensgefahr! Die Schwester, die Bornemann bereits betreut hatte, fragte nicht. Der Patient war entlassen worden, das Zimmer zum Labor geworden, was gab es da noch zu fragen?

»Was soll das?« sagte Bornemann, als Lorentzen den Klo-Eimer und Verpflegung brachte. Dabei hielt er die Pistole in der Hand und beging nicht die Dummheit, Bornemann aus den Augen zu lassen. »Machst du jetzt ein Privatgefängnis auf?«

»So ähnlich. Bis du vernünftig bist und dich der Polizei stellst.«

»Dann richte dich auf lebenslänglich ein«, knirschte Bornemann.

»Auch gut. *Ich* lebe ja nicht in einem kleinen Zimmer und sitze wie ein Idiot auf Koffern mit zwei Millionen in bar.«

»Du willst mich fertigmachen, was?« sagte Bornemann zitternd. »Du willst mir die Nerven kaputtmachen. Ich soll verrückt werden. Aber das gelingt dir nicht! Das nicht! Ich komme hier heraus!«

»Und in die Arme der Polizei.«

»Irrtum! Der Bornemann ist zwar kein gebildeter Akademiker, aber auch kein Dummkopf.«

In dem großen Haus merkte niemand etwas von diesen Vorgängen. Auch der wachsame Horst Rappel nicht. Dicki hatte andere Sorgen. Er kam von der größten Blamage seines Lebens und begriff immer noch nicht, wie so etwas möglich war.

Er hatte, wie geplant, das schicke Mädchen in St. Hubert getroffen, mit ihr Wein getrunken und sogar getanzt. Berni Heiduk machte den Spaß mit bis zu einer gewissen Grenze, er wiegte sich in den Armen Dickis und ließ sich sogar auf die Wange küssen, machte einen Waldspaziergang und seufzte romantisch gegen den Mond. Als aber Dicki angriff und mit männlichem Elan, angeheizt durch den Wein und das Entgegenkommen des schönen Mädchens, die Bluse aufknöpfen wollte, schlug Bernhard Heiduk zu. Erst rechts und links auf die Wange Dickis, und als dieser einen Grunzlaut ausstieß und zum Angriff überging, hieb er ihm zwei Haken ans Kinn und ließ Dicki ins Gras plumpsen.

»Du Vollidiot!« sagte Heiduk. »Siehst du nicht, daß ich ein Mann bin?«

»Was bist du?« stammelte Dicki. Er rieb sich das Kinn und starrte von den schlanken Beinen seines Gegners hinauf über den Körper bis zu dem schönen, runden Busen. Dann schüttelte er sich und bohrte in den Ohren, als habe er Ohrensausen.

»Ich bin wie du, du Rindvieh! Nur anders herum, verstehst du?«

Er ließ Dicki im Gras sitzen und entfernte sich mit wiegenden Hüften und auf hochhackigen Schuhen. Dicki starrte ihm nach wie ein Geist.

»So was ...«, stotterte er. »Und das muß mir passieren! Du grüne Neune ...«

An diesem Abend kam Dicki stockbetrunken nach Hause, und auch jetzt noch saß der Stachel in ihm. Diese Blamage würde er nie überwinden.

So ging in der Klinik alles seinen gewohnten Lauf. Nach langer Überlegung hatte sich Lorentzen entschlossen, Marianne nichts von seinem ungebetenen Gast zu erzählen oder sie vor ihm zu warnen. Er wird nie aus dem Zimmer herauskommen. Nur wenn er sich stellt – und dann wird auf dem Flur die Polizei stehen.

So wurde, wie geplant, die Operation an der kleinen Brust von Therese Haberstock vorgenommen.

Um 11 Uhr sollte sie stattfinden. Um 10 Uhr, nachdem sie von Schwester Emilie ihre Beruhigungsspritze und Tabletten bekommen hatte, holte Dr. Lorentzen sie in sein großes Behandlungszimmer. Resi sah blaß aus, ein wenig ängstlich. Sie blickte an sich hinunter, auf ihren flachen Brustkorb, über dem viel zu weit die Schlafanzugjacke beulte.

»Kommen Sie«, sagte Lorentzen fröhlich, denn Fröhlichkeit tut größere Wunder als zehn Spritzen, »suchen Sie sich

Ihre neue Brust aus. Nur: Werden Sie in Ihren Wünschen nicht zu üppig! Eingepflanzt sieht die neue Brust größer aus als hier hinter Glas.«

Mit großen Kinderaugen stand Resi Haberstock vor dem Schrank, in dem Dr. Lorentzen die künstlichen Brüste verwahrte. Es waren Kunststoffschwämme, die aussahen wie poröse Kinderbälle ohne Luft.

»Das sind sie …?« fragte sie gedehnt. »Das kommt unter meine Haut?«

»Ja. Ich werde nachher die gewünschte Größe zurechtschneiden, sterilisieren und transplantieren. Unten, am Brustansatz, werden Sie eine Narbe behalten, aber die wird in kurzer Zeit fast unsichtbar sein. Wer von oben in Ihren Ausschnitt guckt – und das dürfte ja bei Ihrem Besuch als Bardame üblich sein –, wird nur die schöne, glatte, feste Rundung sehen.«

Über Resis Gesicht zog eine leichte Röte. »Und wenn … wenn man anfaßt?« fragte sie und sah weg.

»Auch dann sitzt alles vollkommen natürlich. Die Schwämme fühlen sich an wie echtes Brustgewebe. Mit den Jahren werden sie zwar etwas härter, aber das merkt nur der Fachmann.«

Resi stand vor den Schwämmen und brachte es nicht fertig, einen anzufassen. Sie dachte nach, Lorentzen sah es an ihren Augen.

»Noch Fragen?«

»Kann man nicht doch Fett überpflanzen?«

»Natürlich kann man. Ich kann Ihnen von den Hüften wegnehmen. Dann haben Sie aber noch mehr Narben am Körper, und nach einiger Zeit nimmt der Körper das Fett auf – und weg ist der Busen.«

Lorentzen nahm einen Schwamm aus dem Schrank und trug ihn zum Schreibtisch. Dort zeichnete er auf einem Block eine Brust im Profil. Resi sah ihm tief atmend zu.

»Es gibt viele Möglichkeiten, eine Brust zu vergrößern«, sagte Lorentzen. »Man kann fettdurchwachsene Haut überpflanzen. Auch hier gibt es an den Entnahmestellen große Narben. Man kann sogar, wie bei großen Plastiken, einen

Rollappen von der Bauchwand zur Brust wandern lassen. Auch hier: Eine Narbe im Bauch und eine lange Wartezeit, bis der gestielte Lappen eingewachsen ist. Dann kann man noch Knorpel überpflanzen. Aber sie sind zu hart und werden auch mit der Zeit resorbiert. Eine neue Methode war das Paraffin. Man spritzte es in die Brust ein, man blies die Brust gewissermaßen mit Wachs auf. Aber das ist gefährlich. Es gab Entzündungen, Vergiftungen, sogar Todesfälle ...«

Resi Haberstock nickte. Ihre Stimme war klein und ängstlich. »Ich weiß, Herr Doktor. Es stand in allen Zeitungen. Eine Tänzerin vom Lido in Paris.«

»Richtig!« Dr. Lorentzen hatte seine Brustzeichnung beendet – es war ein schöner Busen, jugendlich und doch fraulich. »Deshalb nehme ich Kunststoffe, wie viele meiner Kollegen. Die neuen Kunststoffe sind körperfreundlich, stoßen sich nicht ab, wachsen gut ein, fühlen sich wie natürliches Gewebe an und lassen sich vor allem auf jedes Maß leicht schneiden. Drei Monate nach der Operation müßte Sie ein Freund schon ganz genau untersuchen, wenn er die schmalen Narben in der Brustfalte entdecken will.«

Therese Haberstock nickte. In ihrem Kopf schwirrten die Worte Dr. Lorentzens wie Maikäfer. Sie tippte mit dem Zeigefinger auf die Zeichnung. »Soll das meine Brust sein?«

»Ja.« Lorentzen blickte sie an. »Gefällt sie Ihnen?«

»Ist sie nicht etwas klein?«

»Auf der Zeichnung. An Ihrem Brustkorb wird es Größe vier bis fünf sein. BH-Größe, wohlgemerkt. Dabei sollten wir es belassen. Zuviel ist auch nicht gut, und es paßt im übrigens nicht zu Ihrem Typ.«

Auf dem Klingelbrett auf Lorentzens Schreibtisch leuchtete summend ein grünes Lämpchen auf. Resi schrak zusammen und bekam große, zitternde Augen.

»Es ist soweit.« Lorentzen stand auf und nahm die Zeichnung mit. »Dr. Thorlacht hat natürlich schon zwei Schwämme im Sterilisator. Kommen Sie ... keine Angst, mein Fräulein.«

»Ich ... ich habe Vertrauen zu Ihnen, Herr Doktor«, sagte

Resi Haberstock leise. Aber sie hielt sich doch wie ein Kind an seinem Arm fest, als sie hinübergingen zum Operationssaal.

Die Operation gelang.

Wie bei einer Brustverkleinerung ist es auch das Problem bei der Vergrößerung, die beiden Brüste gleich groß, gleich hoch und die Warzen samt Warzenhof in einer Ebene zu halten. Bei Joan Bridge, der Amerikanerin, hatte Lorentzen die freie Überpflanzung der Brustwarzen angewendet; hier, bei der Brustvergrößerung, wurde die Brust von außen überhaupt nicht berührt. Nach einem kleinen Bogenschnitt in der Brustfalte wurden die zurechtgeschnittenen Kunststoffschwämme unter die Brustdrüse geschoben und dort eingepflanzt. Bei Resi Haberstock war das nicht ganz einfach. Ihre kindliche Normalbrust hatte so wenig Wölbung, daß die Haut über den Prothesen gespannt werden mußte bis zur Grenze des Möglichen. Zwar half auch hier die Natur und würde die Haut in absehbarer Zeit dehnbarer werden lassen, aber Lorentzen war schon bereit, den Kunstbusen kleiner zu schneiden, als Dr. Thorlacht anerkennend sagte: »Chef … einen solchen Busen habe ich noch nie gesehen. Wenn da einmal ein Mann drüberstreichelt … o verdammt! Etwas Strafferes und doch Zarteres ist kaum denkbar.«

Schwester Emilie sah ihn strafend an. Für sie war das eine Operation, kein erregender Anblick. Sie verstand sowieso nicht, daß ein Mensch nicht mit dem, was die Natur gegeben hatte, einverstanden war. Aber das war ihre Privatansicht … als OP-Schwester war sie Gold wert und nicht mit Diamanten aufzuwiegen.

Dr. Lorentzen ließ die Brüste in Größe 4. Besonders sorgfältig setzte er die Nähte in der Brustfalte, die jetzt erst eine richtige Falte werden sollte.

»Fertig!« sagte er nach dem letzten Stich. Er trat zurück. Das Licht des OP-Scheinwerfers fiel voll auf den Oberkörper Resi Haberstocks. Zwei glänzende, zartrosa Hügel wölbten sich ins Licht. Eine betörend junge Brust. Und sie würde so bleiben … Jahrelang, für immer … bis vielleicht das Alter die

Haut erschlaffen ließ. Aber die schönsten Jahrzehnte im Leben Resis waren gerettet.

»Gratuliere!« sagte Dr. Thorlacht enthusiastisch und gab Lorentzen die Hand. »Chef, unter Ihnen zu arbeiten ist ein Erlebnis. Sie sind kein Arzt, Sie sind ein Künstler.«

»Das sollte immer so sein.« Lorentzen band sein Mundtuch ab. »Ein Chirurg, der nicht auch die Hände eines Bildhauers hat, ist ein schlechter Chirurg. Das mindeste, das man verlangen kann, ist das Gefühl für Schönheit und Ebenmaß. Machen Sie jetzt weiter, Thorlacht.«

Während der junge Arzt die Verbände anlegte, ging Lorentzen in sein Zimmer und setzte sich erschöpft in einen Sessel. Er war müde.

Und er dachte wieder an den Mann, der unter dem Dach wie eine gefangene Bestie lebte.

Der alte Patz erlebte die tollste Geschichte seines Lebens.

Er bekam einen Brief.

Vom Vormundschaftsgericht in München.

Schon der Absender war eine Überraschung. Bevor der alte Patz das Kuvert aufriß, legte er den Brief erst mal hin und begann nachzudenken.

Vormundschaftsgericht. Das hat immer mit Alimenten zu tun. Kruzisakra, da muß man auf der Hut sein!

Der alte Patz begann, in Erinnerungen besonderer Art zu wühlen. Aber da war nichts zu finden, was nach einem Ausrutscher aussah. Erst als er sich sagte, daß so etwas nicht vorgekommen war, riß er den Brief auf. Mal sehen, wer da Ansprüche erhebt, dachte er grimmig. Von 'nem Kuß und ein bisserl Fühlen hat noch keine ein Kind bekommen.

Dann kam die zweite Überraschung. Das Schreiben war eine Vorladung zu einer amtsärztlichen Untersuchung. Städtisches Gesundheitsamt. Zimmer 156. Obermedizinalrat Dr. Lack. Innerhalb von zwei Wochen.

»Aha!« sagte der alte Patz laut. »Blutgruppe. Biologisches Erbgutachten. So läuft das also! Und keinen Namen! Das könnte denen so passen! Dagegen wird Einspruch erhoben.«

Er rief seinen Rechtsanwalt an, las den Brief am Telefon vor und brüllte dann: »Und i sag Eahna … i hoab nit mit an Weiberl poussiert! Dös is an Irrtum, a saublöder!« In der Erregung fiel er in seinen Dialekt. Dann schnaufte er und mußte sich setzen, denn die Knie wurden ihm weich.

Der Anwalt in München arbeitete schnell. Schon am Nachmittag gab er Nachricht. Seine Stimme am Telefon war sehr aufgeregt.

»Ich habe beim Gericht recherchiert!« sagte er. »Es handelt sich nicht um eine Alimentensache, sondern – es ist unglaublich – um einen Entmündigungsantrag.«

»Um was?« fragte der alte Patz verstört.

»Sie sollen amtsärztlich auf Ihren Gesundheitszustand untersucht werden! Man will Sie entmündigen!«

Der alte Patz holte tief Luft. »Wer?!« brüllte er.

»Ich habe sofort …«

»Wer?!« brüllte Patz.

Der Anwalt zögerte, dann sagte er leise: »Ihre Tochter …«

Der alte Patz feuerte den Hörer zurück und sprang auf. Wie ein rasender Büffel rannte er durchs Haus, stampfte durch den Garten, nahm sich nicht die Zeit, den normalen Weg zur Schönheitsfarm zu gehen, sondern raffte einen dikken Knüppel auf, mit dem Dicki sonst dünne Pfähle zur Stütze der Blütenstauden in die Erde schlug, kam an den Drahtzaun und hieb ihn mit dem Knüppel so zusammen, daß er über ein Gewirr von Drähten hinüber auf das Gelände der Farm steigen konnte.

Ilse Patz, die gerade mit einer Gruppe Frauen in Trainingsanzügen einen kleinen Dauerlauf durch den herbstlichen Spätnachmittag machte, sah ihren Vater – einem Stier gleich – über die Wiese rennen.

Sie blieb stehen, während die Frauen weiterliefen, einen Kreis schlugen und wie die Schäfchen in weitem Bogen um Ilse herumhüpften.

Als Ilse den Knüppel in der Hand ihres Vaters sah, wußte sie, daß kein Gitter den Alten mehr aufhalten konnte. Sie warf sich herum, und wie in ihrer Kinderzeit begann sie, vor dem Vater wegzulaufen.

»Hiergeblieben!« brüllte der alte Patz. »Stehenbleiben! Du infames Luder! Bleib stehen, sag i!«

Ilse Patz lief wie um ihr Leben. In langen Sätzen, wie eine gehetzte Wildkatze, jagte sie zum Haus und warf sich gegen die Tür zu den Kosmetikkellern. Dort rannte sie die Stufen hinunter, durch die weißen Gänge und die Treppen hinauf zu ihrem Zimmer. Sie schloß die Tür ab, schob mit der Kraft einer Verzweifelten ihr Bett vor die Tür und hockte sich ans Fenster.

Unten stürmte der alte Patz brüllend durch das Haus. Er riß im Kosmetikkeller Tür nach Tür auf, und überall starrten ihn entgeisterte Gesichter an ... hübsche Mädchen in weißen Kitteln und liegende Frauen mit grünem Brei auf dem Gesicht, mit Moor bepackt, unter dem Ozongerät, nackt nach Franzbranntwein duftend, mit Kakaobutter beschmiert, von Fett glänzend unter den Händen der Masseuse.

»Verzeihung!« schrie der alte Patz in jeder Tür und warf sie wieder zu. »Verzeihung ... Verzeihung ...«

Sein unbändiger Zorn verrauchte langsam. Soviel Frauen und so wenig Kleidung machen selbst den Rasendsten zunächst sanft. In Kabine 16 fand er Cornelia van Heerstraten. Sie lag auf der Steegertschen Spezialliege und ließ sich Finger- und Fußnägel maniküren und pediküren, während ihr Gesicht mit frischen Gurkenscheiben belegt war. Trotz dieser artfremden Verwandlung von Gemüse erkannte Patz an anderen Merkmalen seine geliebte Cornelia. Er stürmte in das Kabinett, nicht achtend auf die entsetzten Blicke, die ihm die beiden Kosmetikerinnen, die sich um Frau van Heerstraten bemühten, zuwarfen.

»Ich soll entmündigt werden!« keuchte der alte Patz. »Ich soll wie ein blöder Stammler unter Kuratel kommen! Meine eigene Tochter, mein einziges Kind, beantragt in München ... Oh! Das überlebe ich nicht! Da zerplatze ich! Mein eigenes Kind ... Entmündigt ... ich ... mit fast sechsundfünfzig Jahren!«

Cornelia van Heerstraten rührte sich nicht. Die Gurkenscheiben durften nicht verrutschen. Eine der Kosmetikerinnen war davongelaufen, um Marianne zu holen. Aber das war nicht nötig – sie kam schon über den Flur gerannt, alarmiert aus den anderen Kabinen.

»Reg' dich nicht auf«, sagte Cornelia. Sie sprach etwas gequetscht … man versuche einmal mit Gurkenscheiben auf dem Gesicht Reden zu halten.

»Es ist deinetwegen, weil ich dich liebe!« keuchte der alte Patz.

»Tust du das wirklich, mein Lieber? O, wie süß …« Sie tastete nach seiner Hand. »Du kämpfst um mich, edler Ritter …«

Der alte Patz hatte jetzt keinen Sinn für Romantik. Er griff sich ans Herz, keuchte laut, verdrehte die Augen und fiel wie ein gefällter Baum auf den Boden.

Die Aufregung war zu groß gewesen. Das hält auch ein Patz-Herz nicht aus.

Mit sechs Mädchen schleppte man den Alten auf eine Liege. Marianne rief in der Klinik an. Dr. Lorentzen konnte nicht kommen, er operierte gerade erneut den »Grafen«. Aber der II. Assistent kam sofort herüber und gab dem alten Patz zwei Kreislaufinjektionen.

In ihrem Zimmer ging Ilse hin und her und hieb die Fäuste gegeneinander. Die Katastrophe war nicht mehr aufzuhalten … sie kam sich vor wie ein Verblendeter, der einen Deich durchstochen hat und nun vor dem Meer davonlaufen will, das sich über das Land ergießt.

Am späten Abend kam Dr. Lorentzen in die Schönheitsfarm.

Der alte Patz lag in Mariannes abgedunkeltem Zimmer und hatte sich soweit wieder erholt, daß er ab und zu mit der Faust gegen die Wand hieb und »Du Luder!« schrie. Nebenan, das wußte er, lag das Zimmer seiner Tochter, und Ilse Patz hatte es noch nicht verlassen. Sie saß am Fenster und starrte in den nächtlichen Park. Die Blamage, die ihr zuteil geworden war, der Skandal, den ihr Vater durch die ganze Schönheitsfarm getragen hatte, hatten ihr Ansehen bei den Frauen erschüttert. Die kommende Gymnastikstunde am nächsten Morgen würde es zeigen … Bisher hatte sie Autorität gegenüber den Damen gehabt, war für sie der Abglanz einer unerreichbaren Welt: Jung, schön, von einem gefährlichen Sex, der die Männer zu Hampelmännern werden läßt.

Was blieb nun davon übrig?

Ein Mädchen, das vor seinem wütenden Vater die Flucht ergriff und sich in ihrem Zimmer verbarrikadierte.

»Sie sollten sich jetzt beruhigen«, sagte Dr. Lorentzen und setzte sich zu dem alten Patz ans Bett.

»Beruhigen? Wieso? Ich habe ein Recht, den wilden Mann zu spielen, wenn ich schon entmündigt werden soll!« Er schnaufte und trank ein großes Glas Kirschensaft. Bier hatte ihm Marianne nicht genehmigt. »Geht das denn so ohne weiteres, Doktor?«

»Natürlich nicht. Da müssen ärztliche Gutachten vorliegen; da muß bewiesen werden, daß Sie nicht mehr geschäftsfähig sind; da muß der Nachweis erbracht werden, daß Ihre Handlungen zum Schaden der Familie und Ihrer Firma führen und Sie für diese Handlungen nicht mehr zurechnungsfähig sind. Wenn Sie etwa ein notorischer Säufer wären ...«

»Bin ich nicht!« brüllte der alte Patz. Er schlug wieder mit der Faust gegen die Wand. »Luder!«

»Wenn Sie eine schwere Zerebralsklerose haben ...«

»Ich bin noch nicht türili!«

»Wenn Ihr Denk- und Urteilsvermögen irgendwie gestört wäre ...«

»Fragen Sie mich, Doktor.« Der alte Patz saß steif im Bett. »Wie ist die Mischung beim Beton 300? Wie macht man eine Rundschalung? Wie mauert man einen zugfreien offenen Kamin? Mein Gehirn ist in Ordnung. Nur fragen Sie mich nicht, wann Napoleon nach Elba ging. Darum habe ich mich nie gekümmert. Aber so dämliche Fragen stellen die Irrenärzte, und dann ist man plötzlich blöd, wenn man nicht weiß, ob Bismarck Zigarre oder Pfeife rauchte.« Er hieb wieder gegen die Wand. »Luder!«

»Ihr Anwalt in München wird diese Sache schon auffangen«, sagte Dr. Lorentzen und nickte Marianne zu. »Und nun trinken wir ein Bier zusammen. Und Sie sind ganz ruhig.«

Der alte Patz wartete, bis Marianne hinausgegangen war,

um zwei Flaschen Bier zu holen. Dann faßte er die Hände Lorentzens.

»Auf die Anwälte ist doch auch kein Verlaß, Doktor ... werden Sie, wenn es hart auf hart kommt, bezeugen, daß ich völlig normal bin?«

»Selbstverständlich.«

»Ich sichere Ihnen vertraglich zu, daß mein Kapital in der Klinik unkündbar ist. Einverstanden?«

Dr. Lorentzen atmete tief auf. »Das ist unmöglich. Das wäre wie eine Schenkung.«

»Wem soll ich sonst mein Geld geben? Meiner Tochter?« Er drehte sich zur Wand und wollte wieder »Luder!« brüllen, aber Lorentzen hob die Hand. Der alte Patz nickte. »Sie haben recht, Aufregung verkürzt das Leben. Sie wollen Marianne heiraten?«

»Ja«, sagte Dr. Lorentzen schlicht.

»Sie paßt zu Ihnen. Sie werden ein wunderbares Paar. Sie als Schwiegersohn, und ich könnte beruhigt die Augen zumachen. Aber wer kann so ein Aas wie meine Tochter lieben? Woher sie das bloß hat? Ihre Mutter war eine sanfte Person. Fast zu sanft für mich.« Er legte sich zurück und kratzte sich den Kopf. »Ich ... ich möchte mit meiner Tochter sprechen. Ehrenwort, ich klebe ihr keine. Ich will ganz vernünftig sein. Schließlich ist sie ja mein einziges Kind. Ein Vater, verdammt noch mal, kann viel ertragen. Man müßte doch mit ihr sprechen können.«

»Ich weiß nicht.« Dr. Lorentzen sah an dem alten Patz vorbei. »Ilse ist ein besonderer Typ. Es geht ihr gar nicht mehr darum, daß sie mich als Ehemann erobert ... es geht ihr nur darum, mich einmal als Mann zu haben. Einmal genügt. Der Triumph, daß auch ich ihr unterlegen bin. Ihr Stolz trieb sie jetzt. Sie ist wie ein Großwildjäger, der wochenlang durch den Dschungel streift, um *den* Tiger zu erlegen, der ihm immer wieder entwischt. Und wenn es dabei sein Leben kostet ... er *muß* ihn haben. Ilse sammelt in ihrer Liebe Trophäen. Mein Skalp fehlt ihr an der Wand ihrer Erinnerung.«

»Und das ist so stark?«

»So etwas kann zum Irrsinn werden.«

»Dann bin nicht ich verrückt, sondern sie?«

Lorentzen lachte laut. »So kann man es nicht nennen – es sei denn, man nennt jede Leidenschaft Wahnsinn.« Er beugte sich vor. »Auch bei Ihnen. Wollen Sie Frau van Heerstraten wirklich heiraten?«

»Bin ich verrückt?« Der alte Patz grinste breit. »In meinem Alter noch einen Feldwebel ins Haus? Wenn Ilse das angenommen hat ... dann allerdings kann man mich entmündigen.«

Eine Stunde später, nachdem Patz sein Bier getrunken hatte, klopfte Lorentzen an die Tür Ilses. Zunächst rührte sich nichts, dann antwortete Ilses helle, herrische Stimme.

»Wer ist da?«

»Lutz ...«

»Was willst du?«

»Ich möchte dich bitten, die Tür aufzuschließen. Du bekommst Besuch.«

»Wenn du es bist ... komm herein.« Sie schob das Bett etwas zur Seite, schloß die Tür auf und sah durch einen Spalt auf den Flur. Hinter Lorentzen stand der alte Patz. Die Tür schlug wieder zu.

»Geht weg!« rief Ilse. Sie rannte zum Fenster, hockte sich auf den Stuhl und begann zu weinen.

Der alte Patz drückte die Klinke herunter. Die Tür war nicht mehr abgeschlossen.

Er trat ein und schob sie leise hinter sich zu.

In Hamburg war Prof. Hebcrach, der Alte vom Giftberg, wie er jetzt genannt wurde, nachdem er sich ein Jagdhaus auf einem Hügel im Harz gekauft hatte, nicht untätig geblieben. Die Erfolge seines verhaßten ehemaligen Schwiegersohnes und der unverschuldete Todesfall in der »Almfried-Klinik« gaben ihm keine Ruhe mehr. Als er nun auch noch durch einen Patienten hörte, daß Dr. Lorentzen wahrscheinlich die eine Besitzerin der Schönheitsfarm, Marianne Steegert, heiraten wollte, kannte sein Zorn keine Grenzen mehr.

Er fuhr zum Friedhof und setzte sich an das Grab seiner Tochter. »Er verrät dich«, sagte er mit zitternder Stimme.

»Mein Püppchen, er heiratet eine andere. Er hat dich schon vergessen. Aber dein Vater vergißt dich nie! Und ich werde diesen Schuft vernichten, wie die Sünder des Alten Testaments vernichtet wurden – wenn es sein muß mit Feuer und Schwert.«

Feuer und Schwert waren in der modernen Welt Rede und Geschriebenes. Nichts kann einen Mediziner mehr in Mißkredit bringen, als wenn anerkannte Wissenschaftler sich massiv gegen ihn stellen. Die jüngsten Ereignisse auf dem Gebiet der Krebsforschung haben es gezeigt: Wer der so stolzen Schulmedizin auf die Füße tritt mit neuen Ideen, die noch in keinem Lehrbuch stehen, der wird mit allen Mitteln niedergeknüppelt. Auf die Kranken kommt es da gar nicht an … sterben müssen wir alle. Das ist die fatalistische Auffassung vieler Ärzte.

Prof. Heberach ließ mehrere Breitseiten gegen Dr. Lorentzen los.

Er sprach auf einigen Kongressen. Er sprach sogar bei einem Blitzbesuch auf einer Tagung deutscher Chirurgen in München. Es war ein großer Auftritt, als Heberach unter Füßegetrampel den Saal betrat, ans Rednerpult ging, sein Manuskript hinlegte und mit heller Greisenstimme begann:

»Das chirurgische Experiment – Fortschrittsstreben oder Versuchung begrenzter Möglichkeiten!«

Heberach nannte keine Namen, aber er schilderte alles so plastisch und mit so deutlichen Hinweisen, daß jeder wußte: Hier wird Dr. Lorentzen mit seiner »Almfried-Klinik« begraben. Ein Begräbnis Erster Klasse, mit Pauken und Trompeten.

Der Schluß seiner Rede war eine Aufforderung: Versagen hier die Kontrollorgane des Staates? Wo bleibt die Ärztekammer? Ist es nicht sittenwidrig, wenn ein Arzt unter Ausnutzung seines akademischen Titels, der allen Patienten Vertrauen einflößt, dieses Vertrauen mißbraucht, um sich mit billigen chirurgischen Tricks maßlos zu bereichern? Oder sogar eine gesunde Frau ins Grab zu bringen?

Im Saal sah man betretene Gesichter, als Heberach aufhörte. Keiner klatschte.

»Der Himmel verhüte«, flüsterte ein Arzt seinem Nebenmann zu, »daß man Heberach einmal eine Blutprobe abnimmt. Er muß ja nur aus Gift und Galle bestehen.«

Aber der Vortrag zeigte Wirkungen.

Prof. Sahrein, der damals bei der Obduktion von Frau Alberts dabeigewesen war, brachte Heberach mit den Herren der Ärztekammer zusammen. Man trank einige Flaschen feine Spätlese, erinnerte sich an seine Burschenschaft in Erlangen oder Heidelberg, erzählte Jugenderinnerungen mit Haustöchtern und kam in die fröhlichste Stimmung. Ein schöner, runder Alt-Herren-Tisch.

Am nächsten Tag beschloß die Ärztekammer, eine Kommission zur »Almfried-Klinik« zu schicken zwecks Nachprüfung, ob der Klinikbetrieb den Anforderungen einer chirurgischen Anstalt entspräche.

Prof. Heberach fuhr zufrieden zurück nach Hamburg.

Die Bombe war gelegt. Sie würde zwar ein Blindgänger werden, aber die Zeitungen berichteten darüber. Und wo man Dreck hinwirft, wird immer etwas Dreck hängenbleiben.

Schmutz aber auf dem Namen eines Arztes ist wie eine Bakterie: Er frißt sich ein.

Man ging daran, das Vertrauen zu Dr. Lorentzen systematisch zu zerstören. Und was ist ein Arzt ohne das Vertrauen seiner Kranken …?

Acht Tage hielt es Hans Bornemann in seinem Gefängnis aus, dann hatte er einen verzweifelten Entschluß gefaßt. Für ihn gab es wirklich nur ein Entweder-Oder … entweder er brach aus und nahm das Risiko auf sich, erkannt zu werden … oder er stellte sich der Polizei, um aus der Dachkammer herauszukommen. Die erste Möglichkeit enthielt die Chance, durchzukommen und die zwei Millionen verleben zu können – die Verwirklichung der zweiten Möglichkeit führte ohne Umweg in die Zuchthauszelle.

Hans Bornemann wählte den ersten Weg. Es war in seiner Verzweiflung der Weg ins Märchenland. Nur Mut brauchte man, und Kaltblütigkeit.

Vom Fenster aus sah er, wie Lorentzen drüben im Garten der Schönheitsfarm spazierenging. Der Abend dämmerte; es war die beste Zeit, in den Wäldern zu verschwinden und alle Spuren zu verwischen.

Bornemann holte seine beiden Koffer mit dem Geld unter dem Bett hervor, zog seinen Mantel an, setzte seinen Hut auf und begann dann, mit beiden Fäusten gegen die Tür zu hämmern.

Er hatte Glück.

Horst Rappel war wieder auf Wanderschaft durch das Haus, um den Mann mit dem Pflaster zu suchen. Dicki und der Nachtwächter Xaver Grundmoser waren außer Sicht – für Dicki hatte der Dienst aufgehört, für Xaver noch nicht begonnen – die Ärzte, Schwestern und Patienten aßen zu Abend. Es war sonntäglich still in der Klinik.

In diese Stille hinein tönte das Hämmern vom Dachboden. Horst Rappel ging dem Geräusch nach und blieb vor der Tür stehen. Labor. Achtung! Lebensgefahr! stand darauf. Es war die Tür, so erinnerte sich Rappel, an der vor einer Woche noch »Gerätekammer« oder so ähnlich gestanden hatte. Nun schien ein Mensch in Not zu sein, denn er schlug gegen die Tür, als verbrenne er drinnen.

Horst Rappel zögerte nicht lange. Da die Tür nach innen aufging, war es für ihn leichter, sie einzurennen, als für den Menschen im Zimmer, der sie anscheinend nicht aufziehen konnte.

»Warten Sie!« rief er. »Ich breche die Tür auf! Was ist denn los?«

Bornemann hielt den Atem an. Er trat etwas zurück und bemühte sich, zu röcheln. »Ich ersticke!« keuchte er. »Hilfe! Ich ersticke! Ich habe den Schlüssel verlegt und … Hilfe!«

»Sofort!« Horst Rappel nahm einen Anlauf und rannte mit der Schulter gegen die Tür. Sie knirschte und bebte. Aber erst nach dem vierten Anlauf brach das Schloß aus dem Rahmen. Rappel stolperte ins Zimmer. Einen Augenblick sah er verwundert, daß das gar kein Labor war, sondern ein normales Zimmer mit Schrank und Bett und Tisch, er sah auch den Mann, den er suchte, den Mann mit dem großen Pflaster quer über dem Gesicht – dann wurde es dunkel um ihn. Ganz dumpf wußte er nur noch, bevor er die Besinnung verlor: Er hat mich niedergeschlagen. Es ist Hans Bornemann, der Bankräuber von Frankfurt …

Bornemann nahm seine Koffer und rannte die Treppe hinunter. Auf der nächsten Etage stand der Fahrstuhl – er sprang hinein und ließ sich hinuntergleiten in die Halle. Dort rannte er, die wertvollen Koffer an sich gepreßt, ins Freie, bevor Dicki aus seinem Hausmeisterfenster ihm nachschreien konnte: »Wo wollen Sie denn hin?«

Zwei Millionen in bar hatten die Klinik verlassen.

Bornemann rannte den Weg hinunter, schwenkte dann ab und verschwand im Wald. Er keuchte den Berghang hinauf, erreichte einen Wanderweg und rannte ihn weiter. Die Lunge keuchte er sich fast aus der Brust, aber er hielt das Tempo durch, bis er glaubte, weit genug von der Klinik entfernt zu sein.

Zwei Millionen! Ein Leben der Freude. Ein paar Jahre wirkliches Leben. Schöne Frauen, ein Motorboot an der Riviera. Eine Villa auf den Klippen.

Lauf, Bornemann! Lauf! Jetzt kommt es nur auf deine Beine an!

Horst Rappel erwachte schon nach kurzer Zeit. Ächzend stand er auf, schwankte durch die aufgerissene Tür in den Flur und taumelte die Treppe hinunter. Beim ersten Telefon auf dem Flur der Station VI lehnte er sich an die Wand. Sein Kopf, brummend und summend, sank gegen den Apparat, aber dann riß er sich zusammen, hob den Hörer ab und wurde so automatisch mit Dicki verbunden.

»Die Polizei!« stammelte Rappel. »Dicki! Sofort die Polizei! Der Bankräuber von Frankfurt hat eben das Haus verlassen! Er kann noch nicht weit sein! Ruf die Polizei …«

Dann fiel ihm der Hörer aus der Hand. Er hielt sich an der Wand fest und übergab sich.

Das ist eine Gehirnerschütterung, dachte er. Das ist eine deftige Gehirnerschütterung.

Um die gleiche Zeit saß Dicki, fiebernd vor Aufregung, am Telefon. Er rief nicht die Polizei an. Er telefonierte hinüber zur Schönheitsfarm, wo er Dr. Lorentzen wußte.

»Wir haben einen Bankräuber?« schrie er, als sich Lorentzen meldete. »Chef ... er ist vor fünf Minuten auf und davon!«

Einen Augenblick war Dr. Lorentzen wie erstarrt. Dann fing er sich und sagte mit so ruhiger Stimme wie möglich: »Danke, Dicki. Haben Sie zuviel getrunken?«

»Chef!« Dickis Stimme zitterte vor Protest. »Ich bin nüchtern wie eine Ordensschwester ... Er ist eben mit zwei Koffern aus dem Haus gerannt. An mir vorbei!«

Bornemann ist verrückt, dachte Lorentzen erschrocken. Er ist total verrückt. Wo will er denn hin? Mit zwei Koffern, in denen zwei Millionen Mark in bar sind. Alle Grenzen werden jetzt gesperrt. Mit Hunden wird man ihn hetzen. Er hat doch gar keine Chance mehr.

»Wie kommen Sie auf die Verdächtigung?«

»Herr Rappel ... Der Kerl hat ihn niedergeschlagen!«

Lorentzen atmete tief auf. Bornemann mußte den Kopf verloren haben. Aber wie kam der Patient Horst Rappel unters Dach, wo er gar nichts zu suchen hatte? Lorentzen schloß die Augen und suchte in der Erinnerung. Rappel ... das war der Mann mit der großen Rückennarbe. Der Mann mit der Keloidbildung.

»Was soll ich tun, Chef?« fragte Dicki, dem die Stille am anderen Ende des Drahtes unheimlich vorkam. »Herr Rappel sagt, ich soll die Polizei anrufen.«

»Sie warten, bis ich komme!« Lorentzen legte auf und behielt die Hand am Hörer. Marianne, die ihn die ganze Zeit beobachtet hatte, beugte sich vor und zupfte ihn am Ärmel. Lorentzen zuckte zusammen; er war völlig geistesabwesend gewesen.

»Was ist passiert, Lutz?« fragte sie.

»Ein Patient ist weggelaufen.«

»Und das regt dich so auf?«

»Der Patient soll der gesuchte Bankräuber von Frankfurt sein.«

»So eine Dummheit! Wieder Dicki!« Marianne lachte. »Reg dich doch nicht auf, Lutz. Du bist überarbeitet. Es war alles zuviel auf einmal. Ein Bankräuber. So etwas Dummes!«

Lorentzen hob den Telefonhörer wieder auf. Er sah Marianne dabei an, als nehme er Abschied. Und irgendwie war es auch ein Abschied … wenn man Bornemann fing und er erzählte von ihrer Freundschaft und von den Wochen, die er sich mit Wissen seines Freundes Dr. Lorentzen in der Klinik verbergen konnte, mußte es einen Abschied für immer geben. Und dann gab es auch keinen Arzt mehr, dann war auch der Ansatz zu einem zweiten glücklichen Leben verspielt, dann mußte er untertauchen in die graue Anonymität und irgend etwas tun, um wenigstens weiterleben zu können. In einem Büro vielleicht oder als Krankenpfleger irgendwo im Ausland … Oder man endete so, wie viele aus der Bahn geworfene Ärzte: als Säufer in einem schmierigen Hotelzimmer oder im harten Bett einer Trinkerheilanstalt.

»Es ist wahr«, sagte er heiser. »Er ist der Bankräuber.«

Mit einem Aufschrei sprang Marianne auf. »Du hast es gewußt?«

»Ja.«

»O Himmel!«

»Auch der hilft jetzt nicht mehr.«

»O Lutz, warum hast du das getan? Was wird jetzt?«

»Ich rufe die Polizei. Das ist noch das einzige Plus, das ich habe, bevor es ein anderer tut.«

Er drehte die Nummer der Landpolizei, nannte seinen Namen und sagte mit fester Stimme: »Vor etwa zwanzig Minuten ist aus meiner Klinik ein Mann geflüchtet, in dem man den Bankräuber Hans Bornemann erkennen wollte. Danke.«

»Was sagen sie?« flüsterte Marianne, als könne man sie auf der Polizei noch hören. Lutz ließ den Hörer zurückfallen.

»Sie kommen. Und sie alarmieren München.«

Horst Rappel lag im Bett und sah die Welt nur noch durch einen Schleier. Dr. Thorlacht hatte eine Gehirnerschütterung festgestellt. Man hatte ihm eine Traubenzuckerinjektion gemacht und Kreislaufmittel gegeben, das Zimmer abgedunkelt und strengste Bettruhe verordnet.

Aber wie kann ein Journalist im Bett liegen, wenn die große Sensation, *seine* Sensation, auf die er jahrelang gewartet hat, endlich gekommen ist?

Als die Sonderkommission aus München eintraf, saß Rappel im Bett und telefonierte mit seiner Redaktion in Frankfurt. Sosehr ihm auch der Kopf brummte, er gab den ersten »Kampfbericht« satzreif durch. Man hatte die dritte Seite sofort freigemacht, um Rappels »Kampf auf Leben und Tod mit einer Bestie in Menschengestalt«, wie er es dramatisch übersteigerte, groß zu bringen. Ein Fotograf aus München war auch unterwegs, um den zusammengeschlagenen Rappel im Bett abzulichten, mit einem Eisbeutel auf dem Kopf. Das machte sich immer gut. Das riß die Leser mit. Das kitzelte ihr Mitleid. Und aus Bornemann, dem kleinen Spinner, der sich nach Liebe und schönen Frauen sehnte und einmal in seinem Leben ein Playboy sein wollte wie der Sohn seines Bankdirektors, wurde eine blutgierige Bestie, schlimmer als ein Kindesmörder.

Die Polizei aus der Kreisstadt und die beiden Ortspolizisten aus St. Hubert kämmten bereits die Wälder durch. Sie hatten zwei Schäferhunde mitgebracht, die an langen Leinen vor ihnen herliefen, über den Boden schnüffelten, hechelten, bellten und jaulten, wenn sie dem Geruch Bornemanns nachrannten.

Aber das hörte nach sechshundert Metern auf. Hier floß ein Wildbach durch die Bergschluchten, silberhell und eiskalt, selbst im Sommer. Die rund geschliffenen Kiesel bedeckten als feste Schicht das Bachbett, und es gab Ausbuchtungen, wo herrliche Forellen standen, die man sogar, wenn man es verstand, mit der bloßen Hand fangen konnte.

Hier endete die Spur Bornemanns für die Hunde. Die Polizisten schoben ihre Mützen in den Nacken und nickten sich zu. »Der alte Dreck!« sagte der eine. »Wenn er im Bachbett weitergerannt ist, gibt's keine Spur mehr. Ist er nun rauf oder runter den Bach?«

»Das werden wir auch bald haben. Du suchst oben, ich geh runter. Irgendwo muß er ja aus dem Wasser wieder rausgekommen sein. Wer die neue Spur hat, pfeift …«

Aber es war vergeblich. Die Witterung der Hunde versagte. Die nassen Schuhsohlen Bornemanns hatten jeden Geruch vernichtet, solange sie noch naß waren. Und Bornemann hatte dafür gesorgt. Er hatte drei Taschentücher mit Wasser getränkt und ließ alle zwanzig Meter Wasser über seine Schuhe laufen.

Die Hunde rannten am Bach entlang, schnupperten, bellten und sahen hilflos den Bergwald hinauf und hinunter. Dann setzten sie sich und hechelten mit heraushängender Zunge.

»Scheiße!« sagte der Polizist aus St. Hubert. Er sah seinen Hund böse an und tippte an die Stirn. »An Idiot bist!« schrie er. »So an Nas' wie du hob i schon längst ...«

Und der Hund hob die rechte Pfote, als wollte er sagen: Bitte, dann schnüffle du. Für mich ist die Jagd zu Ende.

Die Sonderkommission aus München hielt sich mit Waldläufen nicht auf. Das war Sache der Polizisten. Die Grenzen wurden in diesen Minuten genauer überwacht, die Landpolizei kontrollierte die Straßen, Grenzer durchstreiften die Gebiete, die man die »Grüne Grenze« nannte – Felsentäler und Höhen, wo es keine Absperrungen gab, sondern nur ab und zu Schilder: Grenzbezirk St. Hubert. Und das ovale Staatsschild: Bundesrepublik Deutschland. Interpol in Paris bekam per Fernschreiben die Nachricht: Bornemann wieder auf der Flucht. Auf österreichischer Seite stiegen Patrouillen in die Berge.

»Der kommt nicht durch«, sagte der Hauptkommissar aus München zu Dr. Lorentzen. »Er müßte schon ein Käfer sein, den man im Gras nicht sieht. Und gleich in der Frühe setzen wir Hubschrauber ein.« Das Verhör war mehr als ein Gespräch, aber Lorentzen wußte, daß jedes Wort galt und gewogen wurde.

»Die Krankenkarte ist in Ordnung«, sagte der Kommissar. Er tippte mit den Fingern auf die Karteikarte, die Lorentzen in der Zeit zwischen seinem Telefonanruf und dem Eintreffen der Polizei noch ausgefüllt und in den Karteikasten gesteckt hatte. »Hans Bornemann. Bankkassierer. Frankfurt. Ganz ordnungsgemäß. Und Ihnen ist dabei gar nichts aufgefallen?«

»Nein«, sagte Lorentzen ruhig. »Es war eine Eintragung für mich wie jede andere.«

»Nasenkorrektur und Augenbrauenplastik«, las der Beamte weiter.

»Das sind Standardoperationen für uns.«

»Aber der Name, Doktor!«

»Bornemann! Was ist da verdächtig? Es klingt für mich wie Müller oder Schmitz ... Überhaupt Namen: Für einen Chirurgen ist in erster Linie der ›Fall‹ wichtig.«

»Ich weiß.« Der Beamte lächelte säuerlich. »Habe es selbst in München erlebt. Harmloser Blinddarm. Aber ich hieß im Krankenhaus nicht Herr Lommel, sondern nur ›Der Appendix von Zimmer 89‹. Warum eigentlich?«

»Man merkt sich das als Mediziner eher als Namen.« Lorentzen lächelte zurück. Er sprach jetzt gegen seine Auffassung. Immer hatte er es als eine Mechanisierung des Arztberufes angesehen, wenn ein kranker Mensch nicht ein Mensch blieb, sondern im Klinikbetrieb entweder eine Nummer oder eine Krankheit wurde. Es war überhaupt kein Kontakt zu dem Menschen, der dann auf dem OP-Tisch lag und aufgeschnitten wurde. Ebensogut hätte man ein Kalb aufschneiden können oder ein Kaninchen oder eine Ratte. Und Lorentzen hatte sich vorgenommen: Wenn du jemals in die Lage kommst, eine Klinik zu leiten, so wird der Patient dein Freund sein. Dann wirst du jeden Namen kennen. Du wirst wissen, wie er zu Hause lebt, was für Sorgen er hat, woran er denkt, wenn er nachts nicht schlafen kann, was er sich wünscht, ob er glücklich oder unglücklich ist tief unten in seiner Seele; du wirst wissen, was ihn bedrückt, und du wirst mit ihm sprechen und dir alles anhören.

In der Almfried-Klinik war es nun so. Er kannte das Leben aller seiner Patienten. Er wußte, daß Frau Hemsbach eine seit Jahren von ihrem Mann vernachlässigte Frau war und deshalb zänkisch und bissig geworden war; er wußte, daß Direktor Platteis seine Sekretärin liebte; er wußte, daß Frau Dorfach sich in einen jungen Referendar ihres Mannes verliebt hatte und sich die Falten aus dem Gesicht ziehen ließ, um jünger zu sein und für den »lieben Putzi« eine glatte

Haut zu haben. Er wußte alles … und nun mußte er lügen und sich so geben, wie alle Welt sich einen großen Arzt vorstellt: Ein unnahbarer Herrscher im Reich der Sterilität.

Der Hauptkommissar räusperte sich. »Und Ihnen ist nichts aufgefallen?«

»Nein.«

»Lesen Sie keine Zeitungen?«

»Kaum. Wann habe ich Zeit dazu? Abends mal den politischen Teil und das Feuilleton. Aber die sogenannten Boulevardseiten überschlage ich. Was interessiert mich die Liebe des Beat-Sängers Bumba Rakket zu dem Starlet Mia Mies?«

»Radio? Fernsehen?«

»Wenig. Nur interessante Programme. Zu den Nachrichten komme ich nie. Was gibt es denn auch Neues? In der UNO redet man, in der EWG streitet man, in Bonn immer wieder mal Träume von Wiedervereinigung oder Steuererhöhungen in Sicht, die Lage war noch nie so ernst, 1. FC Rumpelstadt siegt 3 : 6 über Kickers Klingelkirchen, es starb irgendein Dichter. Das kommt am Schluß, weil Kultur am unwichtigsten ist.« Dr. Lorentzen schüttelte den Kopf. »Lohnt es sich?«

»Und Sie haben nie etwas von dem Bankraub gehört?«

»Nein.«

Der Hauptkommissar sah auf seine Hände. Was soll man mit einem Menschen anfangen, der nur Arzt ist, dachte er. Solange wir den Bornemann nicht haben, ist nicht nachzuweisen, daß er doch wußte, wen er da beherbergte. Und wenn er es wußte: Warum hat er dann nicht die Polizei gerufen? Mit der berühmten ärztlichen Schweigepflicht wäre da nichts auszureden … Eine Schönheitsoperation ist keine Krankheit. Das ist meine Ansicht.

»Das wäre alles, Doktor«, sagte der Hauptkommissar aus München. Er blätterte in seinem Notizbuch und zog die Brauen hoch. »Sie hatten kürzlich einen mysteriösen Todesfall hier?«

»Einen normalen Abgang. Das Mysteriöse ist durch eine Obduktion widerlegt worden.« Dr. Lorentzen lehnte sich zurück. Jetzt kommt ein Geschoß von Heberach. Sein Vortrag in München hat also Früchte getragen. Wer mit Jauche bespritzt wird, der stinkt auch Tage später noch aus den Poren.

»Wissen Sie, daß die Ärztekammer in Kürze eine Kommission zu Ihnen schickt?«

»Nein!« Lorentzen richtete sich auf. Er hatte damit gerechnet, aber er war nicht darauf vorbereitet, daß ihm ein Kriminalbeamter so etwas mitteilte. »Woher haben Sie die Nachricht?«

»Mein Schwager sitzt in der Ärztekammer. Er sprach darüber.«

Der Hauptkommissar stand auf und packte seine Aktentasche ein. Die Karteikarte von Bornemann nahm er mit. »Ich wünsche Ihnen viel Glück, Dr. Lorentzen«, sagte er an der Tür. »Sie können es brauchen. Einen ganzen Sack voll.«

Lorentzen wandte sich ab, als der Kommissar gegangen war, und trat ans Fenster. Von den Bergen kamen die beiden Polizisten aus St. Hubert zurück. Die Hunde liefen müde neben ihnen her.

Sollte Bornemann durchgekommen sein? dachte Lorentzen. Wenn die Hunde ihn nicht aufspürten, dann finden ihn auch nicht die Menschen oder ein Hubschrauber.

Und plötzlich überkam ihn eine bleierne Müdigkeit. Er ließ sich in einen Sessel fallen, legte den Kopf weit zurück auf die Rückenlehne und schloß die Augen.

Morgen Face-lifting, dachte er. Eine Geiernase. Eine Fettschürze wegnehmen. Kontrolle des Rundstiellappens bei Graf Rethberg. Eine Unterhaltung mit der kleinen Bardame Resi Haberstock. Sie hatte geweint, sagte Schwester Frieda. Glaubt nicht an einen Erfolg der Operation.

Ein neuer, schwerer Tag. Und die Jagd auf Bornemann war noch nicht zu Ende.

Wie lange ging dieses Leben so weiter? Wann kam der Tag, an dem man den Arzt Dr. Lorentzen wegjagte?

Eine Kommission der Ärztekammer von München wollte kommen. In den Taschen trugen sie das Gift von Professor Heberach.

Besteht die Welt denn nur aus Zank und Streit, aus Mißgunst und Neid?

Lorentzen merkte nicht, daß er einschlief, lang hingestreckt in den Sessel.

So fand ihn Marianne, sah ihn lange an und weckte ihn mit einem langen Kuß.

»Komm«, sagte sie und strich ihm die Haare aus den Augen. »Leg dich richtig hin!«

»Die Polizei ...« Er fuhr aus dem Sessel hoch.

»Ist zurück nach St. Hubert und kommt morgen wieder.«

»Ich bin müde, Marianne.«

»Ich bringe dich hinüber ins Haus.« Sie faßte ihn unter und legte den Kopf an seine Schulter. »Und ich bleibe bei dir ...«

Es gibt doch noch Glück, dachte Lorentzen später, tief in der Nacht. Ein einziger Mensch nur, der einen versteht – das ist schon genug. Dafür lohnt es sich, zu leben.

Wie ein gehetzter Wolf hatte sich Hans Bornemann in den Bergen verkrochen.

Nachdem er seine Spur so gut verwischt hatte, kletterte er durch unwegsames Karstgelände immer höher in den Felsen hinein, bis er die Baumgrenze erreicht hatte und an den vom Wind verkrüppelten Fichten und Tannen entlangstolperte, Abstürze umging und einen Weg suchte, der nach Süden führte, über die Grenze, die sich irgendwo als imaginäre Linie durch die Berge zog.

Er fand an einer Felswand eine Art Höhle, nicht tief, aber doch genug, um darin zu liegen und nicht gesehen zu werden. Hier übernachtete er, frierend, unruhig schlafend, immer aufschreckend und nach vorne kriechend.

Bellten da irgendwo Hunde? – Waren das Schritte?

Polterten Steine ins Tal? Kletterte man über ihm herum? Sind das nicht Stimmen?

Erschöpft lag Bornemann beim Morgengrauen auf seinen Koffern und sah in den Frühnebel hinaus, der über die Berge wallte. Wo er aufriß, von einem leichten Wind getrieben, sah blauer Himmel hindurch. Ein sonniger Tag wird es werden, dachte Bornemann bitter. Ein schöner Spätherbsttag, ein letztes Zurückwinken zum Sommer hin. Und dann wird es ein paar Tage regnen, ein kalter Wind wird kommen, und dann schneit es. Um diese Zeit muß ich längst an der Riviera sein.

Er kroch aus der Höhle und sah empor. Die Sonne kam durch, die Sonne, der er entgegenlaufen wollte und die er gerade jetzt nicht gebrauchen konnte. Regnen müßte es. Bindfäden regnen. Das würde alle Spuren verwischen. Die Sonne aber brät sie aus.

Bornemann überlegte, wie er weiterflüchten sollte. Es war unmöglich, mit zwei Koffern voll Geld große Klettertouren zu machen. Er mußte ins Tal zurück, in jene Höhe, wo Schluchten und Almwege sich durch die Berge zogen, bevor die Felsen sich wie Wände auftürmten. Hier oben, wo er jetzt saß, gab es keine Möglichkeiten mehr weiterzukommen. Er war wie ein Eichhörnchen, das auf die höchste Spitze eines Baumes geflüchtet war und nun die Wahl hatte, sich hinabzustürzen in die Tiefe oder sich gefangennehmen zu lassen.

Zunächst frühstückte Bornemann. Er hatte Brot und Butter und ein Messer aus dem Zimmer mitgenommen. Um seinen Durst zu löschen, strich er mit beiden Händen über das taunasse Gras und leckte dann die Handflächen ab. Eine Quelle, einen Bach zu suchen, wagte er nicht. Er traute der Ruhe nicht, und als der Nebel weggeweht war und der blaue Himmel über den Bergen strahlte, sah er sein Mißtrauen bestätigt. Zwei weißgestrichene Hubschrauber kamen von St. Hubert her und kreisten über ihm. Die schwarzen Buchstaben auf dem Rumpf – POLIZEI – waren klar zu erkennen.

Bornemann verkroch sich wieder in seine Höhle und hörte mit schiefem Mund das Rattern der Flugzeugmotoren. Sie kamen näher, gingen tiefer, überflogen die Almen, stiegen an den Felswänden hoch, entfernten sich, kamen wieder, kreisten.

Sie bekommen mich nicht, dachte Bornemann mit einem irren Triumph. In die Felsen hinein können sie noch nicht sehen. Es gibt noch keine Röntgenaugen.

Er drückte sich an die Rückwand seiner kleinen Höhle und wagte nur einen Blick nach draußen, wenn die Hubschrauber weit entfernt waren.

In diesen Stunden entstand in Bornemann ein Plan. Er sah ein, daß er nie mit zwei schweren Koffern voll Geld zu seinen Träumen durchbrechen konnte. Sie hinderten ihn, sie verrieten ihn … statt zwei Millionen genießen zu können, würde er von zwei Millionen vernichtet werden.

Gegen Mittag hörte die Hubschraubersuche auf. Bornemann wartete, bis sich das Geräusch der Motoren völlig verloren hatte, dann kroch er aus der Höhle und schleifte die Koffer hinter sich her. Er suchte lange nach einem geeigneten Platz. Er mußte trocken sein, unauffällig, leicht wiederzufinden und gut zu tarnen. Ein Hohlraum in einer Felswand schien ihm endlich richtig zu sein. Er schleppte Steine zusammen, Erde und rupfte Steinpflanzen mit den Wurzeln aus, öffnete die Koffer und setzte sich vor seinen Reichtum, so wie er oft in den vergangenen Tagen vor seinen Millionen gesessen hatte und mit beiden Händen in den Geldscheinen gewühlt hatte.

»Es lohnt sich«, sagte er heiser. »Es lohnt sich. Und wenn zehn Jahre Zuchthaus dran hängen.«

Mit zitternden Fingern zählte er soviel Geldscheine ab, wie er in seine Tasche stopfen konnte. Es waren, wenn er sich vollstopfte wie eine pralle Wurst, 274 000 Mark. Bornemann klopfte gegen seine sich ausbeulenden Taschen. Sein Rock ging nicht mehr zu, sein Mantel stand wie ein Brett.

Das ist genug für den Anfang, dachte er. Mit einer Viertelmillion ist man schon etwas auf der Welt. Das andere hole ich nach und nach ab. Die Welt dreht sich schnell, und wer weiß noch im nächsten Jahr, daß es einmal einen Hans Bornemann gegeben hat, der mit zwei Millionen in bar ruhig aus seiner Bank nach Hause ging, so wie jeden Abend. Ein braver Kassierer …

Er verschloß die Koffer wieder, legte sie in den Felsspalt und begann, die Steine darüberzustapeln, die Ritzen mit Erde zu verschmieren und in die Erde die Steinpflanzen zu setzen. Es waren genügsame Pflanzen, sie wuchsen bestimmt an. Als er zurücktrat, hatte er selbst Mühe, die Stelle zu erkennen, wo eineinhalb Millionen versteckt worden waren.

Um später die Stelle wiederzufinden, pflanzte Bornemann

noch eine Latsche um, jene niedrige Nadelpflanze, die bis hoch hinauf zur Schneegrenze wächst und Wind und Frost trotzt.

Er hatte gerade auch diese Arbeit vollendet, als ihn das Summen der Hubschrauber wieder in seine Höhle trieb. Mit langen Sprüngen hetzte er zu dem Felsen und kroch außer Sichtweite.

Das alte Spiel begann wieder. Das Kreisen, das monotone Brummen, das Abtasten der Berge.

Bornemann streckte sich aus, faltete die Hände über seiner vollgestopften Jacke. Die Scheine knisterten bei jeder Bewegung.

Jetzt werden sie Lutz Lorentzen verhören, dachte er. Jetzt werden sie ihn in die Zange nehmen. Armer Kerl! Er wird noch zugrunde gehen an seiner Ehrlichkeit.

Wie einfach wäre alles gewesen, wenn er mir ein neues Gesicht gemacht hätte!

Die Aussöhnung zwischen dem alten Patz und seiner Tochter Ilse war nur das Zukitten eines Risses. In Wahrheit schwelte es unter der Tünche der Eintracht weiter. Ilse nahm zwar den Entmündigungsantrag zurück, aber dafür schikanierte sie Frau van Heerstraten so, daß diese sich bei Marianne Steegert beschwerte.

»Ich bin gekommen, um abzunehmen und mich pflegen zu lassen«, sagte sie erregt. »Aber was treffe ich an? Einen preußischen Exerzierplatz! Ich möchte die Kur abbrechen! Das Benehmen Ihres Kompagnons ist scheußlich. Vor zehn Minuten schrie sie mich vor allen anderen Damen an: ›Los! Los! Fett muß bewegt werden, sonst wird es ranzig!‹ – Muß ich mir das bieten lassen, bei fünfundsiebzig Mark am Tag?«

Marianne Steegert seufzte. Es war kein Arbeiten mehr mit Ilse. Ihr Haß gegen alles und jeden wurde immer stärker. Sie trieb die Damen bei der Gymnastik bis an die Grenze des Möglichen, und wenn sie nach Luft ringend in den Ecken saßen, stand sie in der Mitte der Turnhalle und sagte hämisch:

»Die Männer mögen einen durchtrainierten Körper. Die jungen Sekretärinnen Ihrer Männer haben sie. Sie keuchen nicht und ringen nie nach Atem. Warum wundert es Sie, daß Sie vernachlässigt werden? Eine bemalte Maske allein genügt nicht mehr, meine Damen, Ihr Körper muß etwas leisten! Also bitte, aufstellen! Nehmen Sie die Seilchen. Und hüpfen ... eins ... und eins ... und eins ... schön hoch, meine Damen ... leichtfüßig ... hüüüüpfen ... Die andere ist neunzehn und hüpft wie eine Elfe ...«

»Es geht nicht mehr«, sagte Marianne zu dem alten Patz, der sich erstaunlich gut erholt hatte. Daß Cornelia van Heerstraten abgefahren war, erschütterte ihn nicht so, wie Ilse gehofft hatte. Er hatte Lucie Haff kennengelernt, die Opernsängerin, die mit einem Schminkgesicht voller Pickel gekommen war und nun das zweite Peeling hinter sich hatte. Mit ihr ging er nach St. Hubert, und Dicki hatte sogar gehört, wie sie ihm im Wald das Lied vom Waldvögelein aus Wagners »Siegfried« vorsang.

»Ich wußte gar nicht, daß ich so voller Kunstverstand stecke«, sagte der alte Patz zu Dr. Lorentzen. »Erst Harfe, jetzt Oper ... ich fühle mich sauwohl, Doktor! Wann operieren wir?«

»Überhaupt nicht«, sagte Lorentzen. »Bei Ihrem labilen Kreislauf werde ich mich hüten, an Ihnen herumzuschnippeln. Behalten Sie Ihre Ohren und Ihre Nase und Ihre Kummerfalten! So sind Sie wenigstens ein richtiger Mann, der im Sturm des Lebens Sieger geblieben ist.«

»Bravo!« brüllte der alte Patz. »Das ist ein Wort! Soll ich die Opernsängerin heiraten?«

»Versuchen Sie es. Aber fragen Sie vorher ihren Mann.«

»Was? Die ist schon?« Der alte Patz langte nach einem Glas Bier. »Davon hat sie mir nichts gesagt.«

»Das ist auch nicht nötig, wenn man das Waldvögelein singt.«

Mit Ilse erneut ernste Worte zu sprechen, erübrigte sich. Ganz plötzlich kam diese Wandlung, und sie war typisch für Ilse Patz und ihre Einstellung zum Leben.

Auf dem Postamt von St. Hubert traf sie Dr. Thorlacht.

Sie hatte ihn schon öfter von weitem gesehen, wenn sie Freiluftgymnastik gemacht hatte. Seine lange Gestalt in dem weißen Kittel fiel auf. Und sie hatte auch gesehen, wie er manchmal auf dem Balkon des Bibliothekszimmers der Klinik stand und ihr zusah, wie sie im knappen Bikini oder in ihrem schwarzen Trikot, das wie eine zweite Haut über ihrem wunderbaren Körper lag, den keuchenden Damen vorauslief, sprang, mit dem Tamburin klopfte und die Muskeln ihres Körpers spielen ließ. Aber gesprochen hatte sie den jungen Arzt noch nie.

Nun standen sie sich gegenüber in der kleinen Posthalle und lächelten sich an.

»Liebesbrief weggebracht?« fragte Dr. Thorlacht keck.

»Sie auch?« antwortete Ilse und ließ ihre Augen funkeln.

»Nein. Zahlkarte für die Autosteuer.«

»Zahlkarte für kosmetische Präparate.«

»Dann sind wir ja beide Opfer des Geldes.« Dr. Thorlacht lachte jungenhaft. Ein netter, süßer Kerl, dachte Ilse Patz. So unbekümmert männlich. »Mißhandelte sollten zusammenhalten. Eine Tasse Kaffee?«

»Lieber ein Eis mit viel Schlagsahne.«

»Und die schlanke Linie?« Dr. Thorlacht ließ seinen Blick über Ilse gleiten. »*Ihre* herrliche Linie?«

»Keine Sorge. Das trainiere ich jeden Tag ab.«

»Ich habe Sie oft bewundert, wie Sie das alles vormachen. Und ohne Ermüdungserscheinungen.«

»Katzen sind eben zäh.«

»Und Raubkatzen besonders.«

»Danke, Doktor.«

»Wissen Sie, daß ich eine Zeitlang mal den Wunsch hatte, Dompteur zu werden?«

»Ach nein!«

»Ja! Und dann Großwildjäger.«

»Auf wilde dicke Elefanten?«

»Nein, auf schlanke, zierliche Gazellen ...«

Es war, als würden sie sich schon lange kennen. Sie saßen bis zum Abend im Kur-Café, aßen Eis, tranken Campari mit Sekt und lachten wie gackernde Frühreife. Sie hatten beide ihren freien Nachmittag, und sie hatten beide das Gefühl, daß dieser Nachmittag sehr wichtig für ihr weiteres Leben sei.

»Was machen Sie, wenn Sie gerade nicht turnen?« fragte Dr. Thorlacht, als er mit Ilses Wagen zurück zur Schönheitsfarm fuhr. Er selbst war mit dem Fahrrad nach St. Hubert gekommen; es lag quer hinten auf dem Kofferraum festgeschnallt und klapperte schrecklich gegen die Karosserie.

»Ich ärgere meinen Vater, Marianne, meine Umgebung, mich selbst.«

»Und warum?«

»Es ist alles so fade, Doktor.«

»Das sagen Sie? Ein Engel?«

»Ich bin eher ein Teufel.«

»Auf jeden Fall ein Biest.« Dr. Thorlacht lehnte sich zurück, seine Haare flogen im Zugwind. Ilse fuhr einmal wieder wie der Satan.

»Und Sie? Was tun Sie, wenn Sie nicht gerade operieren oder an Raubtiere denken?«

»Ich denke an Sie.«

Ilse Patz lachte hell. Das war der Wortkampf, den sie brauchte. Das war das Spiel mit dem Feuer, nach dem sie sich sehnte. Und während sie lachte, zuckte ein Gedanke durch ihren Kopf: Er ist Arzt. Er ist Chirurg. Er ist begabt. O, all ihr Teufel ... er kann der Gegenpol zu Lutz Lorentzen werden. Er kann der Mann sein, der in meinen Händen eine Waffe wird.

Sie warf den Kopf herum, und Thorlacht fühlte ein Jucken unter der Kopfhaut, denn sie ließ den Wagen über die Straße schießen, ohne auf die Fahrbahn zu achten.

»Und was denken Sie dann?« rief sie gegen den Wind.

»Daß man beim Autofahren nach vorne guckt!« schrie Thorlacht zurück.

»Bitte!« Ilse sah auf die Straße. »Und was weiter?«

»Daß Sie ein verflucht schöner Kerl sind, Ilse!«

»Ist das ein Kompliment?«

»Mein höchstes! Über ›Kerl‹ geht nichts mehr.«

Mein guter Junge, dachte Ilse und bekam ein heißes Herz. Mein lieber, süßer Junge. Du weißt gar nicht, was du da sagst. Du nimmst mir alle Komplexe wieder weg, die in mir angesammelt sind. Du machst mich jünger als die achtundzwanzig Jahre, die ich bin. Du machst mich zu einem verliebten, kleinen Mädchen. Guter Junge …

»Hören Sie gern Platten?« rief sie. Ihre schwarzen Haare wehten wie eine Piratenflagge. Dr. Thorlacht nickte mehrmals.

»Ja!« schrie er ihr ins Ohr. Wind und Motorenlärm waren sonst undurchdringbar.

»Was?«

»Mozart.«

»Muß das sein?«

»Auch Tschaikowsky.«

»Ich kann aber weder Schwanensee noch Dornröschen tanzen!« Ilse sah ihn wieder strahlend an. »Aber Tango und Letkiss und einen Beat …«

»Wenn's sein muß!« Dr. Thorlacht lachte in den Wind. »Wo?«

»Bei mir.«

»Ich bringe eine Flasche Schampus mit. Einverstanden?«

»Einverstanden. Um 21 Uhr?«

»Frack oder Smoking?«

»Alles, außer Badehose!«

»Also ganz ohne?«

»Das traue ich Ihnen nicht zu!«

»Es wäre auch eines Großwildjägers unwürdig! Ich möchte die Gazelle nicht erschrecken, sondern einfangen für einen schönen Zoo.« Sie sahen sich kurz an, und nur, weil der Wagen nicht sofort anzuhalten war, ohne daß er sich überschlagen hätte, fielen sie sich nicht um den Hals.

Um halb zehn Uhr abends klingelte das Telefon bei Dr. Lorentzen. Marianne war am Apparat.

»Weißt du, wer bei Ilse ist?« fragte sie.

»Sag bloß: Ein Mann!«

»Ja. Und sie tanzen Beat, daß die Dielen wackeln.«

»Das muß ja eine richtige Type sein! Ich verstehe Ilse nicht. Sie dreht wohl völlig durch, was?«

»Hoffentlich!«

»Das freut dich?«

»Der Mann bei Ilse ist dein Protektionskind, Dr. Thorlacht.«

»Nein!« rief Lorentzen. »Und der tanzt Beat?«

»Wie ein Band-Boy.« Die Stimme Mariannes zitterte vor Freude. »Ich glaube, Lutz, das größte Problem zwischen Schönheitsfarm und Klinik wird heute abend gelöst.«

»Ich werde Thorlacht morgen einen Lorbeerkranz geben. Er hat ihn sich ehrlich erkämpft.«

»Du bist schrecklich! Man kann dich nicht allein lassen.«

Dr. Lorentzen lachte glücklich. »Die Terrassentür steht offen …«, sagte er und küßte das Telefon.

Zwei Tage waren seit der Flucht Bornemanns vergangen.

Die Hubschrauber gaben die Suche auf, die Polizisten von St. Hubert nannten ihre Hunde »blöde Biester«, die Sonderkommission aus München, zu der sich auch noch zwei Beamte aus Frankfurt gesellt hatten, verließen St. Hubert. Der einzige, der zufrieden war, war Horst Rappel.

Man hatte seine Berichte groß gebracht. Die Leser hatten die Fotos bestaunt. Ein Reporter, schwer verwundet durch einen Bankräuber. Die Fotos, die man von Rappel machte, waren steinerweichend. Er zeigte eine ausgesprochen pantomimische Begabung.

Nun saß er wieder an der Schreibmaschine und schrieb eine rührende Story über den Bankräuber, der ein anderes Gesicht haben will. Das war zwar eine alte Masche, aber sie zog immer wieder beim Leser. Man stelle sich vor: Da kann man neben einem Menschen stehen, der so harmlos aussieht, und es ist der Hans Bornemann … Und alles möglich durch die Kunst eines Arztes.

Der Name Dr. Lorentzen erhielt eine Aufwertung, die genau das Gegenteil dessen war, was Prof. Heberach und die Münchener Ärztekammer nach diesem neuen Vorfall erwartet hatten. Die Anmeldungen zur Untersuchung häuften sich. Schon der erste Rappel-Artikel schlug ein wie eine Bombe: Der Briefträger kam mit einem gemieteten Wagen zur Klinik. Mit dem Moped war die Post nicht mehr zu bewältigen.

Und von Bornemann keine Spur.

Wer glaubte denn daran, daß der noch in den Bergen saß,

kaum zweitausend Meter von der Klinik entfernt? Daß er mit einer Schlinge, aus einem Bindfaden gemacht, einen Hasen gefangen hatte und davon lebte? Keiner sah den dünnen Rauch in den Felsen, wenn er sich ein Stück Fleisch briet. Und es hatte auch in der Nacht geregnet, und Bornemann hatte seinen Hut aufgestellt, der halb voll wurde. Regenwasser schmeckt fade und nach nichts, aber es war Flüssigkeit und löschte den Durst.

Das hätte ich gleich tun sollen, dachte er, mich hier verstecken. Dann wäre jetzt schon alles vorbei. Und der große Idealist Lutz Lorentzen wäre auch nie in Bedrückung gekommen. Aber wer denkt an so etwas, wenn ihm die Meute im Nacken sitzt? Und die Idee mit dem anderen Gesicht war gut … aber eben nur eine Idee.

Bornemann beschloß, noch eine Woche in den Bergen zu hausen und dann durchzubrechen an die Riviera. Und wieder hatte er eine ganz einfache Idee.

Die Bauern waren arm hier. Der Boden war karg. Für solch einen Bauern sind 5000 DM eine Summe, die ihn reich macht.

5000 DM für einen Pfad über die Grenze. Bornemann machte sich keine Sorgen mehr.

In der Klinik meldete sich eines Tages ein junges Mädchen an. Es war allein gekommen, und die Sekretärin, die die Karteikarte zu Lorentzen schickte, hatte notiert:

»Evelyn Heinzel, 18 Jahre, Spätschaden durch Polio.«

Dr. Lorentzen legte die Karteikarte fast vorsichtig zur Seite. Er wußte, was da auf ihn zukam. Er kannte die schrecklichen Deformierungen, die eine Kinderlähmung hinterlassen konnte. Und er wußte auch, daß in fast allen Fällen die Hoffnung auf eine operative Hilfe größer war als die Möglichkeiten der Chirurgen.

»Ich lasse bitten«, sagte er in die Sprechanlage. Dann erhob er sich hinter seinem Schreibtisch und kam dem Mädchen entgegen, das nun das Chefzimmer betrat.

Zunächst war Lorentzen betroffen von der stillen, sanften, ja ergreifenden Schönheit des Mädchens. Lange, blonde

Haare flossen offen bis fast zu den Hüften. In dem runden Gesicht fielen zwei Augen auf, dunkelbraun und von samtenem Ton. Das Gesicht, der Hals, die Schultern, die jungen, festen Brüste, die Taille, die Hüften – es war alles ein Ebenmaß der Natur, lebensfroher Zusammenklang, eine Hymne auf das Menschsein.

Und dann kam die Tragik. Das linke Bein, schlank und lang, paßte noch zu aller Schönheit, gehörte dazu ... aber das rechte Bein hing armselig, verkümmert, um Zentimeter kürzer, in einem Gestell aus Stahl und Leder, das um die Hüfte geschnallt war und als künstliches Bein diente. Es griff jedem an das Herz, wenn er soviel Schönheit herumhumpeln sah, und wenn er in diese großen, braunen Augen sah, die ständig zu betteln schienen: Kein Mitleid! Bitte, bitte, kein Mitleid ...

»Ich brauche nicht zu fragen, Fräulein Heinzel«, sagte Lorentzen. Er gab sich Mühe, sogar fröhlich zu sprechen. »Sorgen mit Falten im Gesicht haben Sie nicht ...«

»Es ist nett, Herr Doktor, daß Sie so lustig sind.« Evelyn Heinzel ließ sich in einen der Sessel fallen und streckte das Bein aus Stahl und Leder von sich. »Sie versüßen mir Ihr Nein.«

»Davon ist noch kein Ton gefallen.«

»Aber ich weiß es. Ich war bereits in elf Kliniken. Darunter in vier bekannten orthopädischen Anstalten. Was sie tun konnten, haben sie getan: Sie schickten mir einen Psychologen, der mir einreden sollte, ich müßte mit meinem Schicksal fertig werden. Nun sind Sie die zwölfte Station.«

»Und die letzte.« Dr. Lorentzen sah auf das verkürzte Bein. »Wieviel?« fragte er knapp.

»Acht Zentimeter.«

»Das ist happig. Wie groß sind Sie?«

»Einseinundsiebzig.«

»Das könnte Ihr Glück sein.«

»Ich ... ich verstehe Sie nicht, Herr Doktor.« In ihre samtenen Augen traten plötzlich Tränen. »Das klingt, als hätten Sie eine Möglichkeit... O Gott, ist das wahr?« Sie faltete die Hände, als wolle sie beten. »O Gott, Sie können es ...«

»Vielleicht.« Lorentzen sah noch immer auf das Bein. Er dachte an das Jahr in Paris, an den OP des Hotels Dieu, der Krankenhausstadt auf der Seine-Insel, gegenüber von Notre Dame. Dr. Fourneaux, der kleine dicke Chirurg. Angleichung eines durch Poliomyelitis im Wachstum aufgehaltenen Beines an das gesunde durch Transplantation von Knochen. Von körpereigenen Knochen. Und es gelang ...

»Ich muß Ihnen vorher etwas erzählen.« Evelyn Heinzel wischte sich über die Augen. Lorentzen sah sie fasziniert an. Eine Madonna weint, dachte er. Wie konnte Gott zulassen, daß soviel Schönheit durch ein verkümmertes rechtes Bein zerstört wurde!

»Bitte –«

»Ich bin Waise. Ich lebe in Nürnberg. Ich arbeite in einer Stofftierfabrik, Abteilung exotische Tiere. Ich nähe Giraffen und Zebras, Affen und Löwen. Mein Vater starb an Krebs, meine Mutter wurde schwermütig und stürzte sich aus dem Fenster. Damals war ich fünfzehn Jahre alt. Die Kinderlähmung hatte ich mit neun. Ich verdiene im Monat netto eintausendvierhundertachtundsiebzig Mark. Meine Wohnung kostet vierhundertzwanzig Mark. Ich habe mich erkundigt, wie teuer solch eine Operation sein kann, wenn sie überhaupt möglich ist. Ich habe das Geld nicht. Ich habe achthundert Mark gespart, das ist alles. Aber ich werde mich verpflichten, Ihnen die Kosten mit monatlich zweihundert Mark abzuzahlen. Wenn das geht ...«

»Darüber reden wir später«, sagte Lorentzen.

Evelyn Heinzel sah auf ihre gefalteten Hände. »Sie fragen gar nicht, warum ich mich operieren lassen will.«

»Sie haben es satt, herumzuhumpeln.«

»Nein. Auch daran gewöhnt man sich. Es ist ... es ist wegen eines Mannes. »Evelyn Heinzel atmete tief auf. Nun war es heraus. »Eine Freundin in der Fabrik hatte eine Anzeige in der Zeitung aufgegeben. Sie wissen: Hübsche Zwanzigerin sucht wegen späterer Ehe und so weiter ... Sie bekam dreißig Zuschriften. Als sie ihren Freund ausgesucht hatte, gab sie die anderen Briefe mir und ich schrieb einem jungen Mann, der mir auf dem Bild gefiel. Er ist sportlich, hat einen

Wagen, studiert Architektur … ein wundervoller Mann. Und wir schrieben uns, und es wurde immer mehr in den Briefen, und dann schrieb er mir: Ich habe mich in Dich ehrlich verliebt. Dein Bild steht auf meinem Nachttisch. Ich will Dich heiraten. Wann treffen wir uns …?« Evelyn senkte den Kopf und bedeckte mit beiden Händen die Augen. »Ich weiß nicht mehr, was ich tun soll …«

Dr. Lorentzen beugte sich vor und legte beide Hände auf ihre zuckenden Schultern.

»Sie haben ihm nicht geschrieben, daß Sie ein kürzeres Bein haben, nicht wahr?«

»Nein! Nein! Nein!« schrie sie in ihre Hände. »Es wäre doch alles aus gewesen … alles … die schönen Briefe … das Gefühl, geliebt zu werden … O nein …«

Dr. Lorentzen nickte. Er streichelte ihr über die langen, blonden Haare, und er kam sich vor, als sitze dort sein eigenes Kind.

»Ich operiere Sie«, sagte er fest. »Ich wage es.«

»Herr Doktor!« Das war ein Aufschrei. Evelyn streckte ihm beide Arme entgegen. »Es wird nicht alles vorbei sein?«

»Nein.« Lorentzen holte tief Luft. »Aber Sie werden sich mit einem abfinden müssen: Sie werden vier Zentimeter kleiner werden …«

Die Operation wurde so gründlich vorbereitet wie kaum eine andere. Nicht nur Dr. Lorentzen und Dr. Thorlacht maßen und rechneten – sie holten auch aus München extra einen Röntgenologen in die Almfried-Klinik, um bloß keinen Fehler zu machen.

Über die Kosten sprach Lorentzen nicht. Als Evelyn Heinzel davon anfing, winkte er sofort ab.

»Ein Patient, Dr. Braubach, hat eine Stiftung ins Leben gerufen, die es uns erlaubt, Fälle wie Sie kostenlos zu behandeln. Machen Sie sich keinerlei Gedanken, Evelyn. Freuen Sie sich darauf, bald wieder wie ein normaler Mensch gehen zu können.«

»Das ist wie in einem Märchen«, stammelte Evelyn glücklich.

»Aber ein langes Märchen. Wir müssen viel, viel Geduld haben …«

Die Vorbereitungen waren eine fast mathematische Arbeit, so einfach die Operationsaufgabe klang: Ein Bein war acht Zentimeter kürzer als das andere. Man verkürzte also das gesunde Bein um 4 Zentimeter und transplantierte das Knochenstück in das kranke Bein. So wurden beide Beine gleich lang, der Patient aber 4 Zentimeter kleiner. Bei Evelyn Heinzel war das kein Problem, sie war groß und schlank, und ihr Oberkörper war im Vergleich zu den Beinen zu kurz, so daß die Operation neben der Beingleichheit auch eine bessere Proportion des Körpers herstellte.

Wie nüchtern und klar so etwas klingt. Und wie schwierig ist es doch.

»Wir müssen alle Faktoren durchgehen, Thorlacht«, sagte Lorentzen. Die Röntgenbilder der linken Hand Evelyns und des Beckenkamms waren in den Lichtkasten eingespannt. Daneben das große Röntgenbild des gesamten Beinskeletts. »Evelyn ist achtzehn Jahre alt. Stimmt das Kalenderalter mit dem Knochenreifungsalter überein? Wächst sie noch, oder ist das Wachstum abgeschlossen? Also dann, rechnen wir …«

Sie saßen vor dem Röntgenbild der linken Hand und maßen die Längen der einzelnen Fingerglieder. Diese Längen verglichen sie mit Abbildungen in einem Spezialatlas und schrieben die Differenzen auf, die sich ergaben. Man kann nämlich an den einzelnen Fingergliedern das Knochenreifungsalter feststellen, das bis zum fünfundzwanzigsten Lebensjahr stattfindet.

»Kaum nennenswerte Unterschiede«, sagte Dr. Thorlacht und verglich das Röntgenbild mit dem Spezialatlas. Lorentzen nickte. Er saß über der Wachstumstabelle von Green-Anderson und verglich die errechneten Werte. Der Längenunterschied am Ende des Wachstums war kaum merkbar. Ein paar Millimeter vielleicht.

»Weiter.«

Das Röntgenbild des Beckenkamms leuchtete auf. Mit großer Spannung sah Dr. Thorlacht seinem Chef und dem Münchener Röntgenologen zu, die mit einem Speziallineal an die Leuchttafel herantraten.

Eines der Mysterien der Natur lag bloß vor ihren Blicken. Am Beckenkamm gibt es eine sogenannte Wachstumsspalte, eine schmale Fuge zwischen den Knochen. An der Breite der Fuge kann man feststellen, ob der Mensch noch lange wächst. Ist die Spalte nur noch haarfein, ist der Knochenreifungsprozeß abgeschlossen.

Als man das entdeckte, öffneten sich für die Chirurgen ungeahnte Möglichkeiten. Man konnte von da ab das Wachstum eines Menschen bestimmen. Man konnte einen Riesenwuchs aufhalten, man konnte unregelmäßig wachsende Beine steuern, man konnte ein Bein über eine gewisse Zeit ausschalten. Man konnte die Natur besiegen. Der Mediziner nennt das eine temporäre Epiphyseodese.

Es war dem Menschen gelungen, durch einen Kunstgriff das Wachstum der Oberschenkel zu bremsen.

Dr. Lorentzen maß die kaum sichtbare Wachstumsspalte im Beckenkamm Evelyns. Sie war haarfein und nicht mehr so ausgeprägt, wie es sonst bei Achtzehnjährigen ist.

»Wir haben ein unverschämtes Glück!« sagte Lorentzen mit einem befreienden Aufatmen. »Das Wachstum ist fast vollendet. Es wird sich nur um zwei bis drei Millimeter handeln, die man durch Einlegesohlen in den Schuhen ausgleichen kann.« Er wandte sich zu Thorlacht, der fasziniert auf die Hände Lorentzens sah, in denen das durchsichtige Lineal lag.

Das bleiche Licht aus dem Leuchtkasten erlosch. Dr. Thorlacht rieb sich die Augen. Dieser Lorentzen wagt ungeheuer viel, dachte er. Was große orthopädische Kliniken mit Vorsicht operieren, ist bei ihm wie eine Narbenabschleifung oder eine Hautstraffung. Was geschieht, wenn er seinen Mut überfordert? Wenn eine Operation mißlingt, weil er seine Möglichkeiten überschätzt hat? Wenn er wirklich einen Kunstfehler begeht?

Als sie wieder allein im Chefzimmer waren, sagte Dr. Thorlacht das ganz klar.

»Darf ich eine unverschämte Frage stellen, Chef?«

Lorentzen nickte lächelnd. Er rauchte genußvoll eine Zigarette. Mit den Gedanken war er schon bei der Operation.

»Sie können gar nicht unverschämt sein, Thorlacht.«

»Warum machen Sie solche wahnsinnigen Eingriffe?«

»Ich sehe nichts Wahnsinniges an einer Beinkorrektur.«

»Das hat mit Schönheitschirurgie nichts mehr zu tun. Das ist große orthopädische Chirurgie.«

»Allerdings.« Lorentzen sah Thorlacht ruhig an. »Haben Sie Angst?«

»Aber Chef –«

»Wenn Sie Angst haben, schicke ich Sie weg zu einem Kongreß. In Mailand findet gerade einer statt. Dann sieht es nicht so nach Flucht aus.«

Dr. Thorlacht wurde rot wie ein geohrfeigter Schuljunge und schwieg. Er hatte keine Angst – oder doch: Er hatte Angst, daß Lorentzen einmal versagen könnte. Auch er war nur ein Mensch. Und Fehler gehören zum Menschen wie Sterne an einen Abendhimmel.

»Wann soll die Operation sein?«

»Morgen. Die Patientin ist fröhlich. Kreislauf, Herz, Psyche, alles in Ordnung. Warum sollen wir warten?« Lorentzen nahm ein Blatt Papier und notierte ein paar Zeilen. »Wir operieren an den Außenseiten der Oberschenkel. Die 4 Zentimeter Knochen bauen wir in zwei Hälften ein. Ebenfalls wird das Knochenmark übertragen. Um ganz sicherzugehen, setze ich um die Wachstumsspalte des gesunden Beines einige Blount-Klammern, um auch die mögliche Millimeterwachstumsrate zu steuern. Ich erwarte morgen die Klammern aus München. Dann geht es los.«

Dr. Thorlacht nickte. Seine Kehle war trocken. Er spricht darüber, als wenn er ein Ohr anlegt, dachte er. Mein Gott, welchen Mut hat dieser Mann.

Am nächsten Tag kamen nicht nur die Klammern aus München, sondern auch die Kommission der Ärztekammer. Sie traf zwei Stunden nach der Post ein und wurde von Dicki empfangen, als im OP bereits Evelyn Heinzel in der Narkose lag und zur Operation vorbereitet war.

»Der Chef operiert«, sagte Dicki, als sich die Herren vorstellten. »Da Sie selbst Doktors sind, wissen Sie ja, daß man da nicht stört.«

Die Herren aus München sahen sich an und hatten den gleichen Gedanken. Etwas Besseres konnte ihnen gar nicht widerfahren: Sie hatten Gelegenheit, Lorentzen bei einer Operation über die Schulter zu gucken. Medizinische Kiebitze, die sich freuen, wenn sie einen falschen Handgriff sahen.

»Vielleicht versuchen Sie einmal, Dr. Lorentzen ans Telefon zu bekommen«, sagte einer der Münchener Ärzte. Es klang herrisch, und Dicki überlegte sich, ob er es nötig habe, sich so anschnauzen zu lassen, oder ob es richtig sei, grob zu werden. Er entschloß sich zu einem Mittelding, rief im OP an und sagte, als sich Dr. Thorlacht meldete: »Sagen Sie dem Chef, hier sind drei Schnüffler aus München. Von der Ärztekammer! Benehmen sich wie Stabsärzte beim Hämorrhoiden-Appell.«

»Unerhört!« rief einer der Ärzte und riß Dicki den Hörer aus der Hand. »Herr Kollege!« rief er mit bebender Stimme. »Hier spricht Dr. Löhlein. Es wäre uns eine große Erleichterung, wenn wir bei der gerade anstehenden Operation zusehen dürften.«

»Bitte, kommen Sie herauf.« Dr. Thorlacht legte den Hörer auf und blickte hinüber zu Lorentzen, der sich noch wusch. »Die Kommission der Ärztekammer. Ausgerechnet jetzt. Sollten wir nicht erst eine Fettschürze wegmachen? Direktor Kratzer ist bereit ...«

»Kneifen, Thorlacht? Nein!« Lorentzen schüttelte den Kopf. »Jetzt erst recht! Alles, was jetzt hier geschieht, wird der alte Heberach erfahren. Sorgen Sie dafür, daß die Herren aus München steril werden und führen Sie sie dann an den Tisch. Ich fange schon mit der Knochenfreilegung an.«

Zwanzig Minuten später beugte sich ein Wald von weißen Kitteln über den bis auf die Oberschenkel abgedeckten Körper Evelyns. Die Ärzte aus München sahen über ihre Mundtücher Dr. Lorentzen fast entsetzt an.

»Das wollen Sie hier machen, Herr Kollege?« fragte Dr. Löhlein mit belegter Stimme. »Das ist doch ein Aufgabengebiet der Fachorthopädie.«

»Ein Chirurg muß auch das können. Die Patientin kam zu

mir, weil einige Universitätskliniken sie nicht operieren wollten. Das Risiko sei zu groß.«

»Und Sie nehmen es auf sich?«

»Ja.«

»Ist das nicht ein wenig leichtsinnig?«

»Nicht ein wenig, meine Herrn Kollegen ... es ist sehr, sehr leichtsinnig.« Dr. Lorentzens Augen blitzten. »Aber wer als Chirurg keinen Mut hat, sollte einen anderen Beruf wählen.«

Das paßt zu dem Bild, das Heberach gezeichnet hat, stellten die Münchener fest. Ein überheblicher Zeitgenosse, der gefährlich werden kann. Gefährlich vor allem für die Patienten, die sich ihm blindlings anvertrauen.

Aber dann erlebten die drei Ärzte aus München eine Operation, wie sie sie noch nie gesehen hatten. Mit großen Augen und später mit mühsam unterdrückter Begeisterung nahmen sie teil an dem Handwerk eines Genies. Ihre innere Ergriffenheit ging so weit, daß sie nach der Operation müder waren als Lorentzen und ihnen der Schweiß über die Gesichter floß. Als Lorentzen unter Röntgenkontrolle bei der Operation, wo die Schenkelknochen auf einer Fernsehscheibe erschienen, die Haken einschlug und damit das Wachstum des Beines unterbrach, hielten sie den Atem an.

»Der Heberach ist *doch* ein Giftzwerg«, sagte später Dr. Löhlein zu den anderen Herren, als sie allein waren und sich wuschen. »Den Bericht, den wir gemeinsam aufstellen werden, wird er sich nicht einrahmen lassen. Dieser Lorentzen ist ja ein toller Knabe! Es ist fast eine Schande, daß er hier in einer Privatklinik versauert.«

Nach drei Stunden lag Evelyn Heinzel wieder in ihrem Bett und erwachte aus der Narkose. Schwester Frieda saß neben ihr und lächelte ihr zu.

»Alles vorbei?« fragte Evelyn schwach.

»Vorläufig ja.«

»Und es ist gelungen?«

»Haben Sie Dr. Lorentzen etwas anderes zugetraut?«

Evelyn Heinzel schüttelte matt den Kopf. Dann legte sie das Gesicht zur Seite, blickte gegen die weißgetünchte Wand und begann vor Glück zu weinen.

Ilse Patz schien ein anderer Mensch zu sein. Sie war wie umgewandelt, was schon daraus ersichtlich ist, daß sie mit ihrem Vater keinen Streit mehr bekam und die ihr anvertrauten Damen in der Gymnastik wieder freundlicher behandelte.

»Von mir aus kannst du mit deiner Opernsängerin Duette singen«, sagte sie zu dem alten Patz, der in den höchsten Tönen von seiner neuen Bekanntschaft schwärmte. »Sie wird schon selbst zu der Ansicht kommen, daß deine Stimme keinen Schwung mehr hat.«

»Und welchen Schwung sie hat!« schrie der alte Patz. »Ich bin verjüngt! Ich nehme Hormone!«

Ilse lachte nur und benahm sich auch sonst wie ein junges Mädchen, das zu seinem ersten Ball geht. Der alte Patz ging mißmutig zu Marianne und machte ein böses Gesicht.

»Sie ärgert sich nicht mehr«, sagte er. »Da macht das ja alles keinen Spaß. Solange sie auf alle Palmen kletterte, da hätte ich sonst was angestellt. Aber jetzt darf ich alles. Und nun ist die Lust weg. Kommt das etwa von diesem Thorlacht?«

»Es scheint so.« Marianne Steegert war in den letzten Tagen auch ruhiger und fröhlicher geworden. »Wir haben eine große Krise überwunden, Onkel Patz. Unser ganzes Lebenswerk wäre bald dabei zugrunde gegangen. Aber nun ist Ilse wieder normal.«

»Glauben Sie?« fragte der alte Patz zweifelnd.

»Solange sie Thorlacht liebt, bestimmt.«

»Um Himmels willen!« Der alte Patz sprang auf. »Ich muß mit Thorlacht sprechen. Er muß Ilse heiraten. Noch mal halte ich mit meiner Gicht diese Strapazen bei den Schönheitsfarmerinnen nicht durch.«

An einem dieser Tage hatten auch Marianne und Ilse eine Aussprache miteinander. Sie hatten sich in einer freien Kabine im Kellerraum getroffen. Marianne hatte gerade eine Ozonbehandlung abgeschlossen. Ilse setzte sich auf die Spezialliege und kaute nervös an der Unterlippe.

»Wir sind dumme Gänse«, sagte sie.

»*Wir?*« entgegnete Marianne gedehnt.

»Gut, dann ich. Wann heiratet ihr?«

»Im nächsten Jahr.«

»Ich muß dir etwas gestehen, Marianne.«

»Ist schon gut. Es ist viel wert, daß du wieder vernünftig bist. Du hattest ganz schön durchgedreht.«

»Es hatte mich auch noch nie so gepackt wie diesmal.«

»Und jetzt? Dr. Thorlacht?«

»Das ist wieder anders. Er ist jung, er ist ein großer, lieber Bengel, und er hat eins mit mir gemeinsam: Er bewundert Lorentzen.«

»Und wann heiratet ihr?«

Ilse Patz sah ihre Freundin groß an. »Darüber haben wir nie gesprochen. Thorlacht als Ehemann ...« Sie legte den Kopf schief und fuhr sich mit beiden Händen durch die wilden, schwarzen Haare. »Ich weiß nicht, ob das gutgeht.«

»Warum nicht?« Neue Angst kam in Marianne hoch. Hatte Ilse noch immer nicht die innere Befreiung von Lorentzen gefunden? »Er paßt wundervoll zu dir.«

»Das ist es.« Ilse legte sich auf das Spezialbett. Marianne klappte es nach hinten. Mit den Beinen nach oben starrte Ilse in die fragenden Augen Mariannes. »Wir sind zu gleich. Wir haben die gleichen Gedanken, die gleichen Wünsche, die gleichen Ideen. Wenn ich etwas sage – er tut es. Er ist immer meiner Meinung. Ob das gutgeht? Leben, das ist Spannung, das ist ein Reiben an Gegensätzen, das ist Kampf, ist ein immerwährendes Ringen. Leben – das ist eben Rhythmus! Was wäre das Meer ohne Wind und Wellen, ohne Sturmflut und Ebbe? Ein langweiliger Fleck Wasser, auf dem sich bald Schimmel sammelt.« Sie breitete die Arme aus. Sie ist wirklich ein herrliches, wildes Tier, dachte Marianne. Wie sie sich jetzt reckt, einem Panther gleich, der in der Sonne liegt. »So muß das Leben sein! Voll Flut und Sturm! Ich brauche Kampf ... Thorlacht aber hißt immer die weiße Flagge und ergibt sich.«

»Mit anderen Worten: Du brauchst einen Mann, der dich mit der Peitsche bändigt?«

»Mit seinen Händen und mit seinem Geist!« Ilse Patz legte den Kopf weit zurück. »Marianne ...«

»Ja?«

»Damals, der Brand im Keller der Klinik ...«

»Das ist erledigt«, unterbrach sie Marianne schnell. »Davon spricht keiner mehr.«

»Man hat französische Streichhölzer gefunden.«

»Das ist völlig unwichtig. Fahren wir morgen wieder nach langer Zeit gemeinsam nach München und kaufen ein?«

Ilse Patz nickte. »Danke, Marianne!« sagte sie leise. »Du bist ein lieber Kerl. Vergessen wir alles. Werd' glücklich mit deinem Lutz.«

»Ich glaube schon.«

Untergefaßt verließen sie die Kabine und gingen hinauf ins Haus. Die Kosmetikerinnen und Mädchen in den Kitteln mit dem Monogramm auf der Brust atmeten auf, als sie die beiden Chefinnen so vereint und fröhlich sahen.

»Jetzt geht's wieder vernünftig bei uns zu«, sagte die Chefkosmetikerin befreit. »Es war ja so eine dicke Luft, daß man fast schon dagegenrennen konnte –«

In diesen Tagen wurde Rosa Ballek entlassen.

Das Riesenweib aus Hamburg hatte die Transplantationen gut angenommen. Zwar gab es viele Narben auf dem Rükken, aber die konnte man, wenn sie sich genug gefestigt hatten, abschleifen und korrigieren.

Dicki und vor allem der Nachtportier Xaver Grundmoser, dem das Fällen eines Waldes nicht so zusetzte wie eine Nachtwache, bei der er von Rosa Ballek geschnappt und ins Zimmer gezogen wurde, atmeten auf und tranken eine Flasche Enzian auf dieses Ereignis.

»Jetzt kriag i Ferien«, sagte der Xaver. »Jo mei, i hoab an ganz weiches Kreuz ...«

Noch einmal wurde Rosa untersucht. Sie saß mit entblößtem Oberkörper vor Dr. Lorentzen, der die neuen Hautpartien abtastete, wo früher der stolze Viermastsegler durch das Meer rauschte. Die Zeit in der Klinik hatte ihr gutgetan. Sie war wie verjüngt, ihre mächtigen Brüste waren straff, ihr rundes Gesicht glänzte speckig. Es war, als habe sie mit Xaver Grundmoser auch die Lebenskraft des Bergwaldes eingesogen.

»Wo geht es jetzt hin, Rosa?« fragte Lorentzen, als er mit der Untersuchung fertig war. Rosa Ballek strich sich über ihre gewaltigen Brüste.

»Nach Tanger«, sagte sie dröhnend. »Zu Fietje! Er ist dort Schauermann geworden, schreibt er. Daß ich nun Narben habe, stört ihn nicht, schreibt er. Ihn hat nur gestört, daß er manchmal die Viermastbark sah, da bekam er Fernweh, und da ging's nicht mehr so richtig. Ist eine sensible Natur, der Fietje!«

Dr. Lorentzen verbiß ein Lachen. Rosa war ein Naturereignis; so mußte man sie auch hinnehmen. Er stellte sich vor, wie sie in einer Hafenkneipe Tangers lebte, wie die windigen Ganoven aus aller Herren Länder sie anstarrten, wenn sie mit ihren Brüsten über der Theke hing, und wie sie jedem eins aufs Maul schlug, wenn er frech wurde oder dranpackte. Welch ein Kerl mußte dieser Fietje sein, daß er so etwas bändigen konnte.

»Sehen wir uns in einem Jahr wieder, Rosa?« fragte Lorentzen.

»Vielleicht.«

»Die Narben will ich noch wegmachen.«

»Es kommt drauf an, was nächstes Jahr ist. Vielleicht bin ich im Wochenbett, vielleicht hat mich einer totgeschlagen. Weiß ich es?« Rosa Ballek bekam feuchte, rote Augen. Verblüfft sah Lorentzen diese Wandlung. »Bei Ihnen, Herr Doktor, war meine schönste Zeit«, sagte sie ungewohnt leise. »Alles war so geordnet, alles so still, alles so lieb. Aber ich weiß, daß ich nicht in solche Welt gehöre. Der Fietje, der hat einmal gesagt, und Fietje ist ein kluger Mensch: Rosa – hat er gesagt – ein Walfisch muß kleine Fische fressen, dem kannste nicht mit Hackbraten kommen. – Tjo, so ist denn mal. Jeder wo er hingehört. Aber von Ihnen werde ich in der ganzen Welt erzählen.«

»Das ist lieb von Ihnen, Rosa.«

Sie zog sich an und ordnete vor dem Spiegel ihre Haare. »Heiraten Sie Marianne, Herr Doktor?«

Lorentzen sah sie verwundert an. »Ich weiß nicht.«

»Tun Sie es, Herr Doktor. Ich bin eine alte, erfahrene Kuh. Sie brauchen ein Mädchen wie Marianne.«

Am Nachmittag hatte Rosa alles gepackt und wartete auf das Taxi, das sie zum Bahnhof bringen sollte. Xaver Grundmoser hatte sich vor dem Abschied gedrückt. Er war in St. Hubert, beim Schuster, wie er sagte. Dicki hatte den Mut, in diesen letzten Minuten wieder das Zimmer zu betreten, in dem er sich vorgekommen war wie ein armer Floh.

»Gute Fahrt!« sagte er zu Rosa Ballek, die auf der Bettkante saß, in Mantel und Hut.

»Du Zwerg!« sagte Rosa verächtlich. »Du Schwächling! Warum ersparst du mir nicht deinen Anblick?«

Dicki betrachtete sie wie ein vorsintflutliches Fossil. Dann schüttelte er den Kopf und ging hinaus.

Nein, so etwas, dachte er. Die menschliche Einteilung ist falsch. Es gibt Männer und Frauen und Rosa Ballek. Sie muß übriggeblieben sein aus der Zeit, wo es noch Saurier gab …

Als Rosa Ballek mit dem Taxi fortfuhr, winkten ihr alle Schwestern und Ärzte nach wie einer Königin.

Im Chefzimmer aber hing Dr. Thorlacht eine vergrößerte Farbfotografie in einem Holzrahmen auf.

Die mit dem Skalpell versenkte Viermastbark.

Dr. Lorentzen war gerührt. Das Foto hing so, daß er es immer sah, wenn er von seinem Schreibtisch aufblickte. Es erinnerte daran, daß Chirurg sein nicht nur mit Leid und Elend zu tun hat.

In seinen Bergen wurde es Hans Bornemann zu langweilig. Die Suche mit Hunden und Hubschraubern war längst eingestellt worden. Die »Sonderkommission Bornemann« war wieder abgereist. Still und bedrückt. Horst Rappel schrieb noch einen abschließenden Bericht über die Fehlleistungen der Polizei, dann wurde es endgültig still. Bornemann wurde ein Aktenstück und ein Fahndungsblatt in der Kartei von Interpol. Lorentzen sprach Rappel auf den Fall an, als dessen Rückennarbe vorsichtig abgeschliffen werden sollte.

»Sie sind nur zu mir gekommen, um Bornemann aufzustöbern, nicht wahr?« sagte er. Er saß allein mit ihm im Chefzimmer.

»Ja. Ich hatte diese Spur in der Nase. Nicht Ihre Klinik, aber die Fluchtrichtung. Und dann sah ich Sie eines Tages mit einem Patienten nach München fahren. Ich folgte Ihnen, Sie hielten am Hauptbahnhof, der Mann stieg aus und holte zwei Koffer ab. Und als ich ihn von vorn sah, mit dem großen Pflaster quer überm Gesicht, da wußte ich: Das ist Bornemann!«

»Warum haben Sie nicht die Polizei alarmiert?«

»Ich wollte *den* großen Knüller schreiben. Ich wartete darauf, daß Sie Bornemanns Gesicht verändern. Und dann wollte ich, zusammen mit der heißen Story, den Laden hochgehen lassen.«

Dr. Lorentzen wurde es heiß. Erst jetzt erkannte er, in welcher Gefahr er geschwebt hatte. Was Rappel da gegen ihn ausbrüten wollte, hätte die Wirkung von hundert Heberach-Reden gehabt. Der Arzt Dr. Lorentzen hätte für immer aus der menschlichen Gemeinschaft verschwinden müssen.

»Und warum schlagen Sie jetzt nicht zu? Ihre Story ist perfekt.« Die Stimme Lorentzens war belegt.

Rappel schüttelte den Kopf. »Es sind zwei Dinge, Doktor, die mich hindern: Erstens ist uns Bornemann entwischt. Da ich alles wußte, habe ich mich mitschuldig gemacht. Ich habe die Anzeigepflicht versäumt. Und zweitens, das ist viel wichtiger: Ich werde gegen Sie keine Zeile schreiben. Ich habe gesehen, was Sie für Ihre Patienten bedeuten. Wenn ich schreibe, dann werde ich berichten von einem Arzt, der zu den Menschen gehört, die aussterben. Zu den großen Menschenfreunden, wie Albert Schweitzer einer war.«

»Ich bin ein ganz gewöhnlicher Arzt, Herr Rappel.« Dr. Lorentzen fühlte sich erleichtert.

»Das glauben Sie. Die Umwelt sieht Sie anders.«

»Viele meiner Kollegen nennen uns Schönheitschirurgen wegwerfend Damenschneider. Die Friseure unter den Medizinern.«

»Eben das soll anders werden. Ich werde über Sie eine große Artikelserie schreiben. Was wissen die meisten, was kosmetische Chirurgie ist? Ich wußte es ja selbst nicht.«

Dr. Lorentzen erhob sich. Er hatte für diesen Vormittag noch sechs Patienten bestellt. »Dann reisen Sie morgen ab, Herr Rappel?«

»Warum?« Horst Rappel sah den Arzt erstaunt an.

»Die Operation ist ja nicht mehr nötig. Bornemann ist weg. Es ist anerkennenswert, daß Sie sich für Ihren journalistischen Knüller sogar auf den OP-Tisch legen wollten.«

»Das will ich noch immer. Damit Sie sehen, Doktor, daß ich es jetzt ehrlich meine: Wann komme ich dran?«

»Morgen.«

»Einverstanden.« Horst Rappel gab Lorentzen die Hand. »Wir Journalisten sind nun mal eine lästige Bande.«

Während dieses Gespräch stattfand, rüstete sich Bornemann in seinem Felsenversteck zum Abstieg ins Tal. Er hatte noch einmal das Versteck seiner Millionen verschönt, wilden Enzian gepflanzt und alle Steinritzen mit Erde zugeschmiert. Niemand wäre auf den Gedanken gekommen, daß hinter dieser Geröllwand am Felsen zwei Koffer mit einem Vermögen lagen.

Die Nächte wurden schon sehr kalt und feucht. Der Winter kam. Bornemann wußte, daß nur jetzt die Zeit war, durchzubrechen in den Süden. Sobald der erste Schnee fiel, gab es nur den einen Weg: Zurück ins Tal und die Hände hoch. Eine Zelle war besser, als hier unter einem eisigen Himmel zu erfrieren und zu verhungern.

Am frühen Morgen, während die Nebel über den Bergwäldern hingen und der Boden vor Nässe quietschte, machte sich Bornemann an den Abstieg zur Grenze.

Er hatte alles gut vorbereitet. Er hatte sich rasiert, sah unauffällig aus wie ein früher Wanderer und hatte die Taschen voller Geldscheine. Nach dem Stand der Sonne legte er die ungefähre Richtung fest und verließ sein Felsenversteck. Er stieg über die Geröllfelder hinunter, bis er die Waldgrenze erreichte und suchte sich dann einen ziemlich steilen Weg, wo er annehmen konnte, daß ihm hier keine Menschen begegnen würden.

Es war eine mühselige Wanderung. Meistens rutschte er die Hänge hinunter oder ließ sich von Baum zu Baum gleiten, jeden neuen Stamm als Bremse für seine Talfahrt nehmend. Schon nach einer Viertelstunde war er außer Atem und fühlte sich elend.

Das kommt von den Tagen in der Höhle und dem wenigen Essen, dachte er. Man ist ohne Kraft. Er setzte sich hinter einen dicken Tannenstamm und holte ein paarmal tief Luft. Dann tastete er sich ab und fühlte die Geldscheine. Die Fahrkarten in eine schönere Welt.

Das machte ihn wieder munter. Er rannte weiter den Berg hinab, erreichte einen schmalen Weg, über den die Holzfäller mit kleinen kräftigen Gäulen die Stämme bis zur Talrutsche schleppen, und lief ihn entlang nach Süden.

Nebel umwallte ihn. Die Nässe durchzog seine Kleider. Er verlor den Begriff für Zeit und hatte genug damit zu tun, seine Lungen pfeifen zu hören und sein Herz an der Kehle zu spüren.

Eine Wiese. Ein langgestrecktes, niedriges Haus. Ein Dach aus Steinplatten, mit Moos bewachsen. Tupfen auf dem Grün des Grases. Schwarz-weiße Flecken. Kühe.

Bornemann blieb am Waldrand stehen und lehnte sich gegen einen Baum. Seine Beine zuckten. Sie waren gefühllos.

Eine Alm, dachte er. Ein Haus. Ein Mensch.

Ich werde ihm 5000 Mark geben, wenn er mich über die Grenze bringt. 10 000 Mark. Nur hinüber! In die Freiheit. Dann ist alles so einfach. Man setzt sich in einen Zug und fährt nach Süden. In einem Zug sucht man nicht. Bankräuber fliehen nicht in Zügen.

Warum eigentlich nicht, dachte er völlig sinnlos. Warum denkt man immer, sie haben ein Auto! Der Mensch ist am unauffälligsten unter Menschen.

Er nahm sich zusammen, machte einen Schritt und freute sich, daß seine Beine ihn wieder trugen. So stolperte er über die Wiese, erreichte das Sennhaus und stieß die Tür auf.

Die Hütte war leer. Es roch nach Käse und saurer Milch.

Bornemann ließ sich auf das Bett fallen, das mit einem geblümten Stoff bezogen war.

Ein Bett, jubelte es in ihm. Himmel, ein Bett! Wie weich, wie warm, wie herrlich, wie paradiesisch! Nach Tagen auf Steinen und Geröll – ein Bett!

Bornemann streckte sich aus. Ein unbeschreibliches Glücksgefühl überkam ihn. Ich werde mir an der Riviera eine Villa kaufen. Eine Villa mit lauter Schlafzimmern. Überall sollen Betten stehen. Oh, ihr wißt alle nicht, was ein Bett bedeutet.

Mit seligem Gesicht schlief er ein.

Es war zwölf Uhr neunzehn mittags.

Die Hälfte des letzten Tages von Hans Bornemann war vorbei.

Dr. Thorlacht hatte nach der Operation an Evelyn Heinzel frei. »Kümmern Sie sich um Ilse«, hatte Lorentzen gesagt, und der junge Arzt war rot geworden.

»Wie soll ich das verstehen, Chef?« fragte er.

»Thorlacht! Wollen Sie Ihren Chef beschwindeln? Sie haben doch ein Auge auf Ilse geworfen.«

»Zwei!« sagte Thorlacht glücklich. »Aber ich mache mir keinerlei Illusionen.«

»Haben Sie mit Ilse schon darüber gesprochen?«

»Ja. Ich habe sie gefragt: Wollen Sie meine Frau werden? Sie hat es ganz offensichtlich als einen Scherz aufgefaßt.«

»So dürfen Sie Ilse auch nicht kommen.« Dr. Lorentzen lächelte. »Waren Sie schon mal im Zirkus?«

»Oft.« Thorlachts Blick war eine einzige Frage.

»Die Raubtiernummer. Denken Sie an den Dompteur. Er macht eine Handbewegung, ein Peitschenknall – und die Bestien bauen Pyramiden, jonglieren und springen durch feurige Reifen. Sie täten es nie, wenn er sagen würde: Liebes Löwchen, nun spring schön. Bitte, bitte ...«

»Sie meinen, Chef?« Dr. Thorlacht hatte noch Hemmungen, man sah es. Lorentzen nickte munter.

»Nur ran! Schalten Sie mal um. Zeigen Sie mal, was ein Dickkopf ist. Sie sollen sehen, wie Ilse reagiert.«

»Sauer. Das weiß ich.«

»Zunächst.« Lorentzen legte Thorlacht den Arm um die Schulter und schob ihn zur Tür. »Aber denken Sie an den Dompteur im Zirkus. Die Bestien beobachten ihn genau. Das geringste Zeichen von Schwäche, und er ist geliefert.« Er drückte die Tür auf. »So, und nun einen schönen Nachmittag! Mit den Kollegen aus München werde ich allein fertig.«

Der Rest des Tages verlief sehr turbulent. Es begann damit, daß Ilse Patz einen Ausflug in die Sembach-Klamm machen wollte, während Dr. Thorlacht beharrlich sagte: »Nein, wir fahren an den Rackl-See und nutzen die letzten schönen Tage aus zum Schwimmen.«

Der Streit setzte sich fort bis zu Ilses Sportwagen.

»Zur Klamm!« sagte sie böse.

»Zum See!« sagte Thorlacht ebenso beharrlich.

»Ich habe kein Badezeug mit.«

»Dann schwimmst du nackt.«

»Das könnte dir so passen.«

»O Himmel, nun zier dich nicht! Ich habe als Arzt schon schönere Mädchen vor mir liegen sehen.«

»Das ist eine Frechheit! Es gibt keinen schöneren Körper als meinen.«

»O Gott, diese Einbildung.« Er zog den Schlüssel aus dem Zündschloß und sah in Ilses flammende Augen.

»Gib den Autoschlüssel her!« zischte sie.

»Steig um. *Ich* fahre!«

»Das ist *mein* Wagen!«

»Gut!« Er steckte den Schlüssel wieder ins Schloß. »Dann fahr allein!« Er stieg aus und holte seine Badetasche vom Notsitz. »Viel Vergnügen im Tann!«

»Blödmann!« Ilse Patz ließ den Motor aufheulen und raste davon. Nachdenklich sah ihr Thorlacht nach. Wie lief die Kraftprobe aus? War sie so, wie Lorentzen sie sah, dann mußte sie zurückkommen und versuchen, neu zu verhandeln.

Thorlacht lehnte sich an die Hauswand und wartete. Er brauchte es nicht lange zu tun: Mit Geheul kam der kleine Flitzer wieder angeschossen. Kreischend hielt er vor ihm.

»Nagelschuhe vergessen?« fragte Thorlacht breit lächelnd.

Ilses Augen glühten vor Zorn. »Steig ein, du Esel!«

»Zum See.«

Ilse schwieg verbissen. Dann schien sie eine Idee zu haben, sprang aus dem Wagen und zeigte hinein. »Bitte, der Herr Doktor, fahren Sie! Mir ist der Nachmittag total versaut.«

»Das ist ein Wort! Hinein ins kühle Naß!« Thorlacht

schwang sich in den offenen Wagen und ließ ihn an. Dann schlug er mit den flachen Händen den Takt auf das Armaturenbrett und sang: »Spring ins Wasser, Margarete, mach die Fischlein mal verrückt ...«

»So etwas Dämliches«, sagte Ilse und drehte sich um. Aber sie zuckte doch zusammen, als Thorlacht anfuhr und abbrauste.

Er fährt tatsächlich ohne mich. Sie starrte ihrem Wagen nach und wartete, daß die Bremslichter aufleuchteten, Thorlacht wendete und zurückkam, so wie sie zurückgekommen war. Aber Thorlacht fuhr weiter und war bald im Tal verschwunden.

Er läßt mich stehen, er läßt mich tatsächlich stehen, dachte sie, und Ratlosigkeit überkam sie. In einer solchen Situation war sie noch nie. Aber dann siegte ihre Energie. Obwohl sie bisher nie bereit gewesen war, nachzugeben, rannte sie ins Haus, holte ihre Badetasche und wanderte dann zu Fuß nach St. Hubert.

An der Abzweigung zum Rackl-See sah sie ihren Wagen stehen. Dr. Thorlacht saß auf einer Bank des Verschönerungsvereins St. Hubert und las eine Zeitung.

»Was soll denn das?« schrie sie. »Das ist ja der Gipfel. Soviel Gemeinheit ist noch nie dagewesen! Du sitzt hier gemütlich auf der Bank?«

»Ja, Liebling.« Thorlacht faltete die Zeitung zusammen. »Ich wußte, daß du nachkommst. Aber den ganzen Weg wollte ich dir als Kavalier ersparen.«

»Du Ekel!« rief Ilse Patz. Sie ballte die Fäuste. »Ich will gar nicht an den See!«

»Doch. Denn du bist jetzt schon eifersüchtig auf die hübschen Mädchen, die ich dort antreffen könnte. Und ich finde, daß dies ein Beweis ist, daß wir zusammengehören. Was meinst du, Ilse?«

»Wir benehmen uns wie dumme Jungs.«

»Nur zeitweise. Jetzt zum Beispiel sind wir ein Liebespaar.«

Er riß sie in seine Arme und küßte sie.

Ilse Patz wehrte sich nicht. Sie hatte im Gegenteil das Empfinden, noch nie einen Kuß so herrlich in ihrem ganzen Körper gespürt zu haben. Und sie verstand etwas vom Küssen.

Am Abend kamen sie Hand in Hand in das Privatspeisezimmer der Schönheitsfarm. Marianne, Dr. Lorentzen und der alte Patz saßen um den Tisch.

»Wir haben uns heute verlobt!« sagte Ilse, als sie vor dem Tisch standen. Sie strahlte, wie von innen beleuchtet.

»Mein aufrichtiges Mitleid, Doktor!« brummte der alte Patz.

»Die Flasche Sekt steht schon kalt.« Marianne blinzelte ihrer Freundin zu. »Manchmal hat man so Ahnungen …«

»Es war ein guter Rat«, sagte Thorlacht später zu Dr. Lorentzen, als sie einmal allein waren. »Aber es war schwer. Als ich da auf der Bank saß und auf Ilse wartete … ich war drauf und dran, rückfällig zu werden.«

»Aber Sie haben durchgehalten. Sie dürfen sich etwas wünschen zur Hochzeit; es ist schon erfüllt.«

Thorlacht schluckte mehrmals. »Ich möchte immer bei Ihnen arbeiten, Chef.«

»Das war doch von vornherein klar, Thorlacht.«

»Danke, Chef.« Es fehlte nicht viel und er hätte Lorentzen umarmt. »Aber Sie haben es nie so klar gesagt.«

Bornemann wachte auf und hatte das dumpfe Gefühl, sich in höchster Gefahr zu befinden. Draußen schoben sich die Abendwolken über die Berge, die Wälder wurden schwarzgrün, die Felsen fleckig. Mit einem Satz war er aus dem Bett und rannte zur Tür. Daß er eingeschlafen war, verfluchte er, aber es war nicht mehr rückgängig zu machen. Dafür fühlte er sich jetzt frisch und stark, und sein Gehirn arbeitete so präzise wie früher seine elekronischen Rechenmaschinen in der Bank.

Die Haustür, die bei seinem Kommen offengestanden hatte, war verschlossen. Von außen. Es war also jemand hier gewesen. Man hatte ihn erkannt. Er war gefangen.

Bornemann rannte zu den vier Fenstern der Hütte – sie waren vergittert. Außerdem hatte man die Läden vorgeschlagen und von außen Knüppel dagegen gestemmt, damit man sie nicht von innen aufstoßen konnte. Durch den herzförmigen Ausschnitt der Läden sah Bornemann diese Sicherung.

Einen Augenblick lang war er betäubt von Angst und Unsicherheit, aber dann siegte sein Wille zum Leben. Er schob den schweren Tisch vor sich her, kantete ihn und rammte dann mit ihm die Tür. Immer und immer wieder rannte er gegen die dicken Bohlen an. Er zählte nicht die Stöße, aber es mußten an die fünfzig sein, als sich die Angeln lösten und die Tür schief herausbrach.

Die Schatten krochen über die Berge. Es war so still, daß er von weit unten, wo die Provinzstraße lag, die Motoren der Autos hörte. Und er hörte auch das Hundebellen im Wald und wußte, daß es ihm galt.

Sie kriegen mich nicht, dachte er. Und wenn ich wieder hinauf in die Felseinsamkeit fliehe, mich von Wurzeln und Krähen ernähre ... Ich will mit meinen Millionen leben!

Etwas wie Irrsinn sprang in ihm hoch. Er rannte aus der Hütte und lief die Alm hinunter, ganz instinktiv, denn alle, die ihn suchten, würden annehmen, daß er wieder den Berg hinauf geflüchtet war. Ich bin klüger als sie alle, dachte er. Ich spiele Hase und Igel mit ihnen. Während sie Felsen durchkämmen, wandere ich auf der Straße nach Süden.

Er tauchte in einem anderen Bergwald unter, erreichte einen anderen Pfad – es war ein Wanderweg des Alpenvereins – und hetzte ihn weiter, ins Tal hinunter.

Als er die Straße erreichte, war es Nacht. Röchelnd warf er sich in den Straßengraben. So lag er eine ganze Weile, und seine überwachen Sinne nahmen alle Geräusche wie Donnerschläge auf.

Hundegebell. Überall. Bestand die Welt denn nur noch aus Hunden?

Autos. In langer Reihe. Wo kamen sie alle her? Lichterketten, Bremslichter, Scheinwerfer ...

Er kroch im Straßengraben weiter, und seine Nerven waren so mitgenommen, daß er vor Wut und Enttäuschung laut zu weinen begann.

Weiter, nur weiter! Die Straße entlang.

Vielleicht kam eine Scheune, ein Stall, ein Heuschober. O, noch lieber ein Bach … ein kühler, schöner Bach, der alle Spuren wegschwemmte. Und dann ein Dach über dem Kopf und morgen weiter. Weiter –

Er taumelte auf die Straße, weil er gegenüber die langgestreckten Schatten von Scheunen sah. Er rannte mit vorgestreckten Armen ins Freie … nur zehn Meter, dann war wieder Nacht. Nur dumme zehn Meter bis zu den Schatten der Scheunen.

Bornemanns Kopf flog herum.

Eine Stimme, irgendwo aus der Dunkelheit. Ein Kommando.

»Halt! Stehenbleiben!«

Bornemanns Mund zuckte. Seine Augen brannten. Die Lunge zerbarst fast.

»Stehenbleiben!«

Bornemann rannte.

Noch fünf Meter bis zu den Schatten. Drei Meter … zwei Meter … Es war sinnlos, was er tat, aber er tat es wie ein Tier, das nie aufgibt, bis es zusammenbricht.

»Stehenbleiben …«

Bornemann hörte die Schüsse überklar wie Detonationen in seinen Ohren. Dann schlug es heiß in seinen Rücken ein, er fiel im Laufen nach vorn, schabte mit dem Gesicht über die Straße und rollte im Schwung des Laufes noch ein paar Meter in die ersehnten Schatten.

In seiner Lunge brannte ein Feuer. Er schmeckte es auf der Zunge. Verbrannt. Ölig.

Er wälzte sich auf den Rücken und starrte in den Himmel. Regenwolken hingen tief herunter. In seiner Brust wurde es plötzlich kalt, eisigkalt nach dieser glühenden Hitze. Er klapperte mit den Zähnen und krümmte sich vor Frost. Und dann wurde die Nacht unendlich, und der Regenhimmel sank weg …

»Die nächste Klinik ist die Almfried-Klinik«, sagte der Streifenführer der Landpolizei. Sie hatten Bornemann in den Wagen gehoben. Er lebte noch. »Vielleicht kann er noch gerettet werden. Ein Mist ist das. Ausgerechnet ein Lungenschuß. Los, nach St. Hubert …«

So kehrte Hans Bornemann in die Almfried-Klinik zurück. Als Sterbender.

Von der Verlobungsfeier Dr. Thorlachts holte man Lorentzen weg zum Operationssaal.

»Sie müssen ihn retten, Herr Doktor«, stotterte der Landpolizist betreten. »Ich wollte ihn doch nur ins Bein treffen …«

»Ich werde alles versuchen.« Lorentzen blickte in das fahle Gesicht Bornemanns. Er verblutet nach innen, dachte er.

Schwester Emilie, die Operationsschwester, war maßlos aufgeregt, als sie die Instrumente auf das sterile Tuch des Instrumententisches ausbreitete.

Zum erstenmal seit Monaten gab es wieder eine »richtige« Operation. Was bisher in diesem OP geschehen war, hatte sie als »elegante Spielerei« abgetan, mit Ausnahme der großen Eingriffe wie die Beinverkürzung und die Beinverlängerung bei Evelyn Heinzel oder die langwierige Transplantation bei dem »Grafen«. Brustverkleinerungen und Brustvergrößerungen bedachte sie immer mit einem Nasenrümpfen. Was die Natur einem gegeben hat, ist richtig, war ihre Ansicht.

Desungeachtet war Schwester Emilie die beste Operationsschwester, die Lorentzen je gesehen hatte. Sie hatte im großen OP einer Universitätsklinik gestanden, und von dort hatte Lorentzen sie wegengagiert. Er hatte es nie bereut … und auch Schwester Emilie nicht, so sehr sie sich auch den Anschein gab, alles, was auf der Almfried-Klinik operiert wurde, entspräche nicht ihrem Niveau.

An diesem späten Abend aber blühte sie zusehends auf.

Ein Lungenschuß.

Eröffnung eines Brustkorbs.

Überdrucknarkose.

Operation im freien Pleuraraum. Vielleicht sogar eine Pleuropneumektomie.

Erinnerungen an die Universitätsklinik kamen hoch.

Das Team der Ärzte. Der gefürchtete Chef. Der eingebildete I. Oberarzt. Der immer lustige II. Assistent.

Dr. Lorentzen überblickte den Instrumententisch, als er mit Thorlacht, den beiden jungen Assistenten und einer zweiten OP-Schwester an den Tisch trat. Vor dem OP warteten die Polizisten. Aus München war die Kriminalpolizei schon unterwegs, der Rest der Sonderkommission Bornemann.

Lorentzen nickte Schwester Emilie zu. Kein Instrument fehlte. Wie auf dem Bild in einem Operationslehrbuch lagen sie auf dem sterilen Tuch.

»Sehr gut«, sagte Lorentzen.

Schwester Emilie reichte stumm das Skalpell an. Dr. Thorlacht hatte das Operationsfeld bereits mit Jod eingerieben, der II. Assistent beaufsichtigte die Bluttransfusion. Die Anästhesieschwester gab gerade ein Kreislaufmittel. Der Puls begann zu flattern.

»Er hat jetzt zwei Liter Blut bekommen«, sagte Dr. Thorlacht laut. »Da muß innen ein richtiger See sein.«

»Sauger bereit?« fragte Lorentzen. Schwester Emilie nickte beleidigt. Welche Frage!

Der erste Schnitt. In einem großen Bogen.

Scharfe Haken zogen die Wunde auseinander, das Fleisch klaffte auf, Klemmen unterbrachen die Blutungen. Die Hände Lorentzens färbten sich rot.

Hinunter in die Tiefe. Die Rippen.

Schwester Emilie reichte die Rippenschere hin. Sie wußte jeden Handgriff im voraus, ihre Lippen bewegten sich lautlos ... Sie dozierte nach innen, was Lorentzen in wenigen Sekunden tun mußte. Und dann sah sie ab und zu ihren neuen Chef an, und Verwunderung lag in ihren grauen Augen.

Wie schnell er operierte. Wie unheimlich sicher. Mit welcher spielerischen Eleganz. Wenn Prof. Lurreiß eine Pleuropneumektomie machte, schwitzte er aus allen Poren und keuchte dabei wie ein Rennpferd hinter dem Ziel. Für den Operierenden war es eine große körperliche Anstrengung, die Rippen aufzuknacken und die Lunge freizulegen. Und es war immer, so perfekt heute solch ein Eingriff gemacht wird, ein Spiel mit dem Zufall.

Bei Lorentzen war das alles nicht. Er sprach kaum, er

streckte nur die Hand aus, verzichtete selbst auf die stumme Zeichensprache der Chirurgen, die durch Fingerstellung andeutet, welches Instrument man braucht ... bei Schwester Emilie war das nicht nötig.

Was alle befürchtet hatten, sah man, als die Pleurahöhle freilag: Ein Blutsee füllte alles aus. Eine der großen Lungenarterien mußte von dem Schuß zerfetzt worden sein. Was man durch den Arm als Transfusion gab, floß hier wieder ungehindert in die Wanne des Brustkorbes.

»Sauger!« sagte Lorentzen ernst. »Lucia, weiter Kreislaufmittel! Hohe Dosen! Und Herzstärkung! Es muß pumpen, pumpen, so dämlich es klingt! Solange es klopft, haben wir gewonnen. Ich muß nur den Springbrunnen in der Lunge finden!«

Der Sauger summte und pumpte den Pleuraraum leer. Dr. Thorlacht tastete mit einer magnetischen Sonde die Lunge ab. Plötzlich zuckte sein Kopf hoch.

»Ich habe das Geschoß, Chef! Es sitzt zwischen Bronchulus und Arterie.«

»Hurra!« Lorentzen zog den starken Stichscheinwerfer herunter und leuchtete die Lunge grell an. Aus der Unterseite der Arterie, aus einem Riß, wo die Kugel sie gestreift hatte, sprudelte das Blut. »Jetzt zeigen Sie mal, Thorlacht, was Sie bei Heberach gelernt haben«, sagte Lorentzen gefaßt. »Doppelligaturen an der Arterie, damit ich ungestört nähen kann. Haben Sie bei Heberach auch gelernt, wie man die Ligaturen löst, ohne daß es eine Luftembolie gibt?«

»Ja, Chef.« Thorlacht sah Lorentzen über dem Mundtuch mit zitternden Augen an. »Er hat es uns gezeigt, aber selbst gemacht.«

Lorentzen schnitt das Geschoß aus der Lunge und warf es in eine gläserne Schale, die Schwester Emilie hinhielt. Dann machte er die schwierige Arteriennaht, und er machte sie mit der Hand. In den großen Kliniken verwendet man heute komplizierte Nahtmaschinen, der berühmte russische Chirurg Demichow konstruierte eine Nahtklammermaschine ... für Lorentzen galt es, mit dem Feingefühl seiner Finger den Riß zu vernähen und Bornemanns Leben damit zu retten.

Als er nach einer Stunde vom Tisch zurücktrat und Dr. Thorlacht die Operationswunde schloß, stellte sich Lorentzen hinter Schwester Emilie. »Zufrieden mit mir?« fragte er leise.

Schwester Emilie wurde rot. »Aber Chef ...«, stotterte sie.

»Ich glaube, Sie haben gedacht, ich könne nur große Brüste kleiner machen, was?«

»Nein.« Schwester Emilie reichte Thorlacht Nadel und Faden. Vom Kopf kam die nüchterne Meldung: »Puls klein, aber regelmäßig. Atmung flach. Herz leicht unruhig.«

»Ich habe eine solche Lungenoperation noch nicht gesehen«, sagte Schwester Emilie ehrlich. »Sie haben traumhafte Hände, Herr Doktor.«

»Jetzt reden Sie dumm wie ein Teenager.« Lorentzen wandte sich ab und ging aus dem OP. Schwester Emilie sah ihm lächelnd nach. Sie wußte, daß sie Lorentzen einen großen Teil seines unterdrückten Selbstbewußtseins wiedergegeben hatte, auch wenn er so grob reagierte.

Im Flur kamen die Polizisten auf ihn zu. Vor allem der Schütze stand da, die Mütze in der Hand, als habe er sie vor einem Toten abgenommen.

»Wie steht's?« fragte er. »Hoffnung?«

»Die Lungenarterie ist getroffen. Er verblutete nach innen.«

»Also tot?«

»Nein. Er lebt. Und wenn er eine starke Natur hat, kommt er auch wieder auf die Beine.«

Eine Viertelstunde später trafen die Beamten aus München ein. Ihre erste Frage war: »Wann ist der Kerl transportfähig?«

Und Dr. Lorentzen antwortete ebenso hart: »Der Kerl bleibt in meiner Klinik, so lange ich es verantworten kann. Ich garantiere, daß kein Fluchtversuch unternommen wird.«

Die Beamten sahen sich an. Sie waren sich einig. Immer diese arroganten Chefärzte.

»Wann ist er vernehmungsfähig?« fragten sie stur.

»In frühestens vier Tagen.«

»Das ist aber spät.«

»Ein Lungenschuß ist eben auch für einen Verbrecher eine fatale Sache. Auch diese haben normale Lungen, meine Herren, so leid es mir tut.«

Man verzichtete auf weitere Gespräche mit Dr. Lorentzen. Beamte und Ärzte sind sich nie grün. Es sei denn, ein Arzt wird Beamter. Aber auch bei denen weiß man nie ...

Die Sonderkommission zog nach St. Hubert in das Hotel »Alpenglühen«. In der Klinik ließen sie einen Polizisten zurück, der sich auf einen Stuhl vor dem Zimmer Bornemanns setzte.

Alle zwei Stunden wurde er abgelöst.

»Unser privates Ehrenmal!« sagte Dicki zu Zimmer 20, wo Bornemann lag. Wenn er auf dem Flur an dem wachhabenden Polizisten vorbeiging – und er tat es oft –, kommandierte er sich selbst laut: »Augen rechts!«, marschierte in strammer Haltung vorbei und grüßte zackig.

Der Polizist ärgerte sich blau.

In seinem Bett rang Bornemann mit dem Tod. Sein Herz versagte. Die ganze Nacht über saßen Thorlacht und Lorentzen bei ihm und gaben ihm starke Injektionen, zuletzt intrakardial, mit einer langen, dünnen Nadel direkt ins Herz.

»Sehen Sie, so ist das, Thorlacht«, sagte Lorentzen, als er um 5 Uhr früh abgelöst wurde. »Das war nun Ihre Verlobungsfeier. Wir haben einen Mistberuf.«

»Den schönsten, den es gibt, Chef.« Thorlacht setzte sich auf den Stuhl neben Bornemann. »Ich könnte gar nichts anderes sein.«

»Armer Kerl.« Lorentzen legte dem jungen Arzt die Hand auf das Haar. »Auch Sie werden es einmal schwer haben. Idealisten gelten heute als Idioten oder Störenfriede ... Wenn Sie mich brauchen – ich komme sofort herüber.«

»Sie sollten jetzt schlafen, Chef.«

»Das sagen *Sie*? Marianne ist drüben und hält mich mit starkem Kaffee munter. Wenn wir die Nacht gewonnen haben, ist die Schlacht unser. Was sagt eigentlich Ilse über die schöne Verlobung?«

Thorlacht senkte fast verschämt den Blick. »Sie ist drüben bei mir und kocht mir auch Kaffee ...«

Lorentzen lachte. »Sehen Sie, das sind geborene Arztfrauen. Wir sollten beide Gott danken, daß wir so etwas gefunden haben.«

Drei Tage später schneite es.

Der erste Schnee. Dick und watteweich. St. Hubert wurde ein Märchendorf. Das Gelände der Schönheitsfarm und der Almfried-Klinik glich einem weißen Paradies. Ilse Patz machte jetzt mit den Damen Skigymnastik. Auf der Wiese am Bergwald rutschten sie den Hang hinunter und vollführten allerlei Freiübungen auf den glatten Brettern. In der Farm war wie immer Hochbetrieb. Nach den Sommergästen, die freizügigen Urlaub mit Aufpolieren von Schönheit verbanden, die Träume mitbrachten und sie in dieses Treibhaus von Eitelkeit und Liebessehnsucht einpflanzten, kamen jetzt die ernsthaften Frauen, die nicht einer verlorenen Jugend nachjagten, sondern es als einen seelischen Druck empfanden, daß sie zwanzig Pfund zugenommen hatten und Kummerfältchen bekamen, Speckröllchen an den Rippen und Hüften, Doppelkinne und Hängebacken.

Es wurde stiller auf der Schönheitsfarm. Aber es wurde auch intensiver gearbeitet. Im Gymnastiksaal floß viel Schweiß, und in den Kabinen im Keller, bei Franzbranntweinmassagen, Kakaobuttereinreibungen, Moorbädern und Ozonbesprühungen gab es selten Gespräche wie im Sommer, die sich nur um die Männer drehten. Jetzt sprach man von zu Hause, von den erwachsenen Kindern, von den Alltagssorgen. Der große Jahrmarkt der Eitelkeiten war vorbei, in der Nachsaison herrschte die Sehnsucht vor, ein wenig netter auszusehen. Das würde sich erst ab Januar ändern, wenn die Skisaison begann und die Damen der Gesellschaft zwischen Massagetisch und Skilehrer pendelten – ein wahrhaft hartes Training, das viele Fettpolster abschliff.

Über Nacht war es jetzt also zum erstenmal weiß geworden. Der »Graf« stand am Fenster und sah in die schwebenden Schneeflocken, Evelyn Heinzel hatte ihr Bett ans Fenster stellen lassen und konnte stundenlang auf den verschneiten Bergwald sehen. Ob ich jemals einen Berghang hinaufsteigen kann, dachte sie. Mit zwei gesunden Beinen? Ohne Stützkorsett, ohne Krücken? Ob ich wieder richtig laufen kann?

Gibt es denn noch Wunder?

An einem der ersten Dezembertage erhielt der »Graf« Besuch.

Seine Tochter kam. Das stolze Mädchen aus dem Schloß, von dem Lorentzen nie sagen konnte, wo es lag. Irgendwo in den Bergen … mehr hatte er nicht gesehen.

»Wie geht es Papa?« fragte sie ein wenig hochmütig.

»Schon sehr gut. Er hat seinen gestielten Lappen gut vertragen. Nächste Woche gehe ich daran, die Deckung zu machen. Dann ist der größte Defekt zu. Der Lappen ist gut durchblutet. Er wird sich nicht abstoßen.«

»Und wie lange dauert es, bis Papa wieder normal aussieht?«

»Bis man kaum etwas sieht außer ein paar Narben … noch ein halbes Jahr.«

»Sie sagten damals, bis Weihnachten.«

»Das ist leider unmöglich.« Lorentzen ärgerte sich über den hochnäsigen Ton des Mädchens. Für sie war er ein Handwerker, der bezahlt wurde. Ein Maurer zieht Mauern, ein Schneider näht einen Anzug. Ein Schönheitschirurg macht neue Gesichter. Ist er etwas anderes? Er wird bezahlt, also ist er eine Art Lakai. Lorentzen sah diesen Hochmut deutlich in den kalten Augen des Mädchens.

»Es ist einfach, in wenigen Sekunden mit Säure ein Gesicht zu zerstören«, sagte er hart. »Es wieder aufzubauen, braucht Monate. Das ist ein Gesetz, das überall gilt: Zerstörung ist einfacher als Aufbau!«

»Danke, Doktor.« Das Mädchen verzog spöttisch den Mund. Man sah ihr an, was sie dachte. Ich brauche keine Belehrungen. »Kann ich meinen Vater sehen?«

»Wenn Ihr Vater Sie sehen will, gewiß.«

»Würden Sie ihn bitte fragen?«

»Er weiß nicht, daß Sie kommen?«

»Nein.«

Graf von Rethberg, dessen wahren Namen keiner kannte, war ehrlich verblüfft, als Lorentzen ihm den Besuch der

Tochter meldete. »Natürlich will ich sie sprechen«, sagte er. »Wenn sie extra hierherkommt, muß es wichtig sein. Ich nehme an, es hängt mit ihrer Hochzeit zu Weihnachten zusammen.«

»Die können Sie auf keinen Fall mitmachen, Graf«, sagte Lorentzen fest. »Ich kann Sie so, mit halb eingeheiltem Rolllappen, nicht auf die Menschheit loslassen.«

»Glauben Sie, ich will zum Gespött herumlaufen? Sie wissen doch, Doktor: Ich bin bei Ihnen, damit niemand von dem peinlichen Vorfall etwas erfährt.«

Nach zwei Stunden fuhr die schöne, stolze Tochter wieder ab. Der schwere Bentley wartete vor der Klinik, und als sie aus dem Tor kam, zog der Chauffeur seine Kappe und riß die Tür auf.

»Ein stinkfeines Fräulein!« sagte Dicki mit dem realen Blick des kleinen Mannes zu Xaver Grundmoser, der durch die Zähne pfiff und eine unanständige Bemerkung machte. »Bei der mußte Latein können, um zu können ...«

Der Grundmoser lachte so lange über diesen Kalauer, bis Dicki beleidigt war und aus seinem Zimmer ging.

Bevor das Fräulein aber abreiste, hatte Graf Rethberg mit belegter Stimme Dr. Lorentzen gebeten, auf sein Zimmer zu kommen.

»Meine Tochter heiratet Weihnachten«, sagte er, kaum daß Lorentzen eingetreten war. »Der Termin kann nicht verschoben werden. Es sind da bestimmte Erbgesetze im Spiel. Der Bräutigam ist der Majoratsherr auf einem großen Gut. Bis Weihnachten muß er verheiratet sein – es ist der letzte Termin, auch altersmäßig –, sonst verliert er den Erstanspruch und der Bruder erbt alles. Der Bruder aber ist das, was man so einen Playboy nennt. Das herrliche Gut wäre schnell vertan.« Der »Graf« atmete tief auf. Er sah wie ein Fabelwesen aus mit seiner wurstartigen Fleischrolle im Gesicht. Ein Doppelwesen, denn die eine Gesichtshälfte war menschlich und von einer faszinierenden harten Männlichkeit, ein Aristokratenkopf ... die andere Seite schien von einem anderen Stern zu kommen, wo man kleine Rüssel auf der Backe trägt.

»Meine Tochter macht Ihnen Vorwürfe, Doktor, daß der

Termin Weihnachten nicht eingehalten wird. Sie befürchtet gesellschaftliche Folgen. So lange, sagt sie, und das mit Recht, kann ein Mensch keine Safari machen. Und wenn ... zur Hochzeit seiner einzigen Tochter kommt er bestimmt zurück. Kommt er aber nicht – wie ich –, ist der Skandal fällig. O Doktor, Sie kennen ja nicht unsere österreichische Gesellschaft! Da ist bis heute der Geist des Franz-Josef hinübergerettet worden. Das strenge spanische Hofzeremoniell. Da wimmelt es von Hofräten und Exzellenzen, und alle träumen von der k. u. k. Monarchie ...«

»Dr. Lorentzen interessiert sicher kein historischer Abriß der Wiener Gesellschaft, Papa.« Das vornehme Mädchen sah mit einem Ausdruck von Ekel auf die Fleischwurst im Gesicht ihres Vaters. »War das nötig?« fragte sie.

»Was?« entgegnete Lorentzen.

»Diese Wurst im Gesicht.«

»Schlagen Sie eine andere Operationsmethode vor.«

»Ich bin kein Chirurg.«

»Eben. Aber Sie maßen sich ein Urteil an. Das wäre genauso, als wenn ich sagen würde, daß mir Ihr Kostüm geradezu umwerfend häßlich vorkommt. Dabei ist es aus Paris, nehme ich an.«

Man sah sich verbissen an und wußte, daß man sich nie leiden würde. Zwischen ihnen lag eine ganze Welt, und dazwischen war auch noch die Mauer der Arroganz. Der »Graf« spürte es und nickte Lorentzen zu.

»Meine Tochter kennt nur ein freiherrliches Leben. Sie hat sich noch nie untergeordnet«, sagte er entschuldigend. »Es ist auch meine Schuld. Bis ich zu Ihnen kam, war ich genauso. Erinnern Sie sich an Ihren Empfang in meinem Haus?«

»Noch sehr genau, Graf.«

»Das wäre heute unmöglich. Aber woher soll meine Tochter wissen, daß Schicksale Menschen verändern?«

»Du sprichst von mir, als wenn ich dir fremd wäre«, sagte das stolze Mädchen. Der »Graf« nickte traurig.

»Du sagst es, Kleines. Als du eben hereinkamst, dachte ich mir: Wer ist das? – Deine Tochter? So selbstherrlich? – Und ich war plötzlich ein Fremder.« Er strich sich die Haare glatt und ging im Zimmer hin und her. »Wir haben uns geeinigt, Doktor, daß ich in Afrika erkrankt bin. Ein Jagdunfall wäre schlecht ... Verletzte kann man transportieren. Aber eine schöne, runde Krankheit, vielleicht eine sehr ansteckende, das wäre ein Grund. Was könnten Sie vorschlagen, Doktor? Aber bitte, keine ekelerregende wie Beulenpest oder Lepra. Ich bin verstümmelt genug.«

Dr. Lorentzen dachte intensiv nach. »Es gibt eine Art von Sumpffieber, die durch Mückenstiche übertragbar ist. Der Krankheitsverlauf ist sehr langwierig, er lähmt für einige Zeit auch das Denkvermögen, die Erinnerung. Sie können also später immer sagen: Ich wußte nicht mehr, wer ich bin, wo ich wohnte, wo ich überhaupt war.«

»Das ist toll!« Der »Graf« klatschte in die Hände. »Dieses Sumpffieber lege ich mir zu. Gibt es dabei Rückfälle, wie bei der Malaria?«

»Nein.«

»Schade.« Der »Graf« lächelte mokant. »Ich hätte es später gut gebrauchen können ... Erinnerungslücken ... in der Politik und bei den Frauen. Bei beiden ist es sträflich, sich zuviel zu erinnern.«

Damit war die Aussprache beendet. Die Tochter fuhr ab, und der »Graf« stand oben auf seinem Balkon in der Kälte und blickte dem schweren Bentley nach, der im Schnee langsam hinunter nach St. Hubert glitt. Seine Augen waren traurig.

Nach vier Wochen, kurz vor Weihnachten, durfte Evelyn Heinzel zum erstenmal aufstehen. Die Röntgenkontrolle hatte ergeben, daß das eingepflanzte Knochenstück von vier Zentimeter gut eingewachsen war, und der verkürzte Oberschenkel war ebenfalls gut verheilt.

Dr. Lorentzen machte einen schlanken, aber festen Gehgips und brachte selbst die Krücken ins Zimmer. Evelyn lag in einem Schlafanzug auf dem Bett, Schwester Frieda saß neben ihr und hielt ihre bebenden Hände.

»Generalprobe!« sagte Lorentzen fröhlich. Er wußte, was im Herzen des Mädchens jetzt vor sich ging. Es war vier

Zentimeter kleiner geworden, um wieder auf beiden Beinen laufen zu können. Um einmal zu tanzen wie andere, sich im Wasser zu tummeln, durch den Wald zu wandern, ein glücklicher, verliebter Mensch zu sein.

»Ich habe Angst ...«, sagte Evelyn mit kläglicher Stimme.

»Wovor?«

»Daß alles umsonst war.«

»Genau das ist es nicht. Das Röntgenbild, ich zeige es Ihnen gleich, lügt nicht. Die Knochen sind fest verheilt. Dafür haben Sie ja auch vier Monate lang Kalktabletten gegessen, Kalkinjektionen bekommen, kalkhaltige Kost verzehrt. Wir haben Sie mit Kalk vollgepumpt. Eigentlich müßte es aus Ihrer Nase rieseln, wenn Sie niesen!«

Evelyn Heinzel lachte. Es klang befreit und nicht mehr gedrückt. Lorentzen hielt ihr die Krücken hin, sie ergriff sie und ließ sich von Schwester Frieda aufsetzen. Ihre gegipsten Beine standen auf dem Boden, aber sie wagte es noch nicht, sie mit dem Körper zu belasten.

»Krücken unter die Achseln und hopp!« sagte Dr. Lorentzen. »Das müssen Sie allein können! Ich weiß, wie schwer das ist. Wenn man vier Wochen stramm gelegen hat, muß man laufen lernen wie ein Säugling. Da stimmt nichts mehr in den Muskeln und Sehnen. Da hilft nur eiserner Wille und Training ... Training. Für Training werden wir sorgen ... den Willen müssen *Sie* mitbringen.«

»Ich habe ihn«, sagte Evelyn fest.

Sie stemmte sich in den Krücken hoch und stand. Mit ungläubigen Augen sah sie an sich herunter. Beide Beine waren gleich lang. Sie konnte stehen. Sie meinte, den Boden fühlen zu können ... mit beiden Füßen ... seit elf Jahren wieder ...

Mit ... beiden ... Beinen ...

Sie schwankte. Schwester Frieda stützte sie. Und dann weinte sie und bewegte, so gut es ging, die Zehen im Gips, und sie spürte den Boden und konnte sich nicht davon trennen und genoß es mit geschlossenen Augen, daß sie stand, aufrecht und gerade, so wie alle anderen Menschen.

»Gehen wir!« sagte Dr. Lorentzen, selbst etwas ergriffen

von diesen Minuten. »Ganz langsam, nur ein paar Schritte ...Ja, es tut weh, ich weiß ...«

Mit zusammengebissenen Zähnen versuchte Evelyn den ersten Schritt. In beiden Oberschenkeln und in den Gelenken bohrten schreckliche Schmerzen; sie waren so stark, daß das Zimmer sich vor ihr verdunkelte und die Gesichter von Schwester Frieda und Dr. Lorentzen grau und verfallen wirkten ... aber sie ging, an den Krücken hängend, und trat auf ... einmal ... zweimal ... dreimal ... drei Schritte mit gleichlangen Beinen ...

»O Gott!« rief sie und ließ die Krücken fallen. »O mein Gott ... du hast ein Wunder an mir getan ...«

Sie sank in die Arme von Lorentzen und Schwester Frieda, die sie zurück zum Bett trugen.

Sie war vor Glück ohnmächtig geworden.

Die Operation war also gelungen. Nun kam der nächste schwere Teil. Das Bein, über elf Jahre lang verkümmert, mußte dem gesunden Bein gleichgebildet werden.

Lorentzen hatte in den vier Wochen, in denen Evelyn liegen mußte, wieder die Handwerker in der Klinik. Sie bauten im Keller, in dem damals der rätselhafte Brand ausgebrochen war, ein großes gekacheltes Becken zur Unterwassermassage und Wassergymnastik.

Am Tage der Fertigstellung standen Lorentzen, Marianne und Ilse Patz vor dem Wasserbecken und sahen zu, wie das Wasser einlief. Unbemerkt von Lorentzen sahen sich die Freundinnen an. Sie hatten den gleichen Gedanken.

Ja, es ist der Keller.

Der Keller.

»In Kürze kannst du zeigen, was du gelernt hast, Ilse«, sagte Lorentzen, als das Becken vollgelaufen war. »Damen durch die Wiesen scheuchen, das kann jeder. Aber Unterwassermassagen, Lockerungsgymnastik ...«

»Ich freue mich darauf.« Ilse Patz trat an den Beckenrand. »Ich habe eigentlich immer bedauert, daß ich an diese Sachen drüben auf der Farm nie herangekommen bin. Ich habe es bei der Ausbildung gern getan. Wann geht es los?«

»In vier Tagen.« Lorentzen legte den Arm um Ilse. Und es war merkwürdig: Sie spürte keinen durch das Blut wallenden Schauer mehr bei dieser Umarmung, und auch Marianne sah zu, ohne eifersüchtig zu sein. »Ich will, daß Evelyn Heinzel Weihnachten ohne Hilfe zum Tannenbaum gehen kann ...«

»Ist das theoretisch möglich?« fragte Ilse.

»Aber ja. Der Heilungsprozeß ist vorzüglich.«

»Dann läuft sie Weihnachten.« Ilse warf den Kopf in den Nacken. »Das schaffen wir!«

In Hamburg hatte der alte Heberach eine Niederlage nach der anderen einstecken müssen.

Da war zunächst der sensationelle und von der Fachwelt laut belachte Bericht Lorentzens in der »Chirurgischen Wochenschrift« erschienen: »Über Transplantationen zur Dekkung von Tätowierungsdefekten – oder – Wie man eine Viermastbark versenkt.«

Man hatte zunächst den unwissenschaftlichen Untertitel nicht zulassen wollen, aber als die Redaktion den Operationsbericht gelesen hatte, gab es gar nichts anderes: Der Artikel erschien so.

In hundertfünfzig Ländern lachten die Ärzte Tränen über Rosa Ballek. Das aber schmälerte nicht den wissenschaftlichen Wert der Arbeit, im Gegenteil, die Materie der Tätowierungsdeckung war so blendend abgehandelt, daß Lorentzen viele Briefe bekam. Sogar aus dem tiefsten Afrika, von einem farbigen Arzt, der in Deutschland studiert hatte und sich mit der Schönheitsoperation an Stammesnarben beschäftigte.

Der Name Lutz Lorentzen wurde über Nacht überall bekannt. Auch einen Spitznamen hatte er schnell, wegen der Schiffsversenkung: Der Torpedo-Arzt.

Diese Popularität tat Heberach körperlich weh. In seiner Klinik wetterte er gegen seinen Schwiegersohn mit vermehrtem Gift.

»Das sind Gauklerstückchen!« schrie er bei einem Kolleg. »Ist die Medizin ein Zirkus und der Chirurg ein Clown? Ist es akademische Würde, mit den Krankheiten der Patienten Witze zu machen? Wo ist hier die Würde des Arztes? Meine

Damen und Herren, das sind Verfallserscheinungen. Das sind Gammlertöne! Wir aber wollen doch unserem Stand im Ernste des Hippokrates leben!«

Es half dem alten Giftzwerg nichts mehr: Die Almfried-Klinik und ihr Chef, Dr. Lorentzen, wurden ein Begriff in der medizinischen Welt. Wirklich über Nacht, wie ein Komet, stand sein Name am Himmel der Medizin.

Als der streng wissenschaftliche Artikel der Heinzel-Operation erschien, war der Ruhm Lorentzens gefestigt. Er erhielt für das kommende Jahr Einladungen von sechzehn in- und ausländischen Universitäten, über seine Methoden und Erfahrungen zu dozieren.

Das war der zweite schwere Schlag für den alten Heberach.

»Das Mittelmaß war schon immer führend, weil es blenden konnte!« sagte er voll Galle bei einer Oberarztbesprechung. »Ein Näschen korrigieren, ein Öhrchen anlegen, ein Brüstchen straffen ... das sind doch Kinkerlitzchen! Er soll mir beweisen, ob er einen guten Anus praeter setzen kann. Ob er eine Restemphysemhöhle ausräumen kann! Ob er eine Herznaht machen kann! Aber einer dicken Frau zwanzig Pfund Fett wegschneiden, das kann jeder Metzger!«

Schlag Nummer drei kam aus München. Der Endbericht der Ärztekammer, vertraulich verschickt an alle Ordinarien.

Eine Lobrede auf Lorentzen. – Ein Hymnus.

Eine glänzende Rehabilitierung.

Heberach zerriß den Bericht und schrie: »Ein Arschwisch ist er wert! Auch die hat er eingewickelt! Ist denn die ganze Welt blind? Sehe nur ich klar?«

Man ließ ihn jetzt in Hamburg gewähren. Man lernte bei ihm artistische Operationstechnik, das erkannte man an – aber wenn er gegen seinen Schwiegersohn zu Felde zog, wurden alle Ohren taub.

Heberach war noch nicht so senil, dies nicht zu merken. Er lächelte böse, wenn seine Oberärzte geduldig zuhörten, und er dehnte gerade, weil sie nicht zuhören wollten, die Gespräche über Dr. Lorentzen so lange aus, bis ihre kargen Freizeiten herum waren.

Die Heberach-Geschädigten, nannten sie sich.

Als der Alte dies erfuhr, tobte er allein in seinem Zimmer wie ein Irrer. Er kam sich von allen verraten vor. Er fühlte sich als letztes Opfer Lorentzens. Meine Tochter hat er getötet, schrie er sein Spiegelbild an. Du bist der nächste!

Und dann verfiel er. Zusehends. Von Tag zu Tag. Er schrumpfte zusammen. Er dorrte aus. Wie eine Mohrrübe in der Sonne, sagte man.

Mitte Dezember war es fast erschütternd, mit anzusehen, wie er am OP-Tisch stand, seinen I. Oberarzt operieren ließ und den jungen Ärzten mit heller Greisenstimme jeden Handgriff erklärte. Nur einmal kam der alte König durch: Als der I. Oberarzt einmal einen falschen Griff machte, herrschte ihn Heberach an: »Aufpassen, Mensch! Wollen Sie Gehacktes schaben?«

An einem sonnigen, kalten Nachmittag ließ er sich, wie jeden Tag, von seinem Chauffeur nach Hause fahren. Er stieg in seinen Wagen, lehnte sich in die Polster zurück und klopfte dem Chauffeur auf die Schulter.

»Fahr langsam, Max. Ich will die Elbe genießen …«

Max brauchte über eine Stunde bis zum Hause Heberachs.

Der Professor saß still in den Polstern und starrte hinaus über das kalte Land. Auf der Elbe schoben sich die Schiffe zum Hafen. Schlepper und Lotsenboote gaben Signale. Das Wasser sah grau und schmutzig aus, denn grau war es in Heberachs Seele.

Vor dem Haus hielt Max und wartete, daß der Professor ausstieg. Aber diesmal rührte sich der Alte nicht. Sonst riß er immer schon die Tür auf, kaum daß der Wagen ausrollte.

»Wir sind da, Herr Professor«, sagte Max halblaut. Wenn Heberach einschlief, mußte man ihn vorsichtig wecken. Erschrak er, wurde er ungenießbar.

Heberach antwortete nicht.

Verwundert drehte sich Max herum. Dann nahm er langsam die Chauffeurmütze vom Kopf.

Er sah in das stille, entkrampfte, friedliche, gelbe Gesicht eines Toten.

Hans Bornemann, der Bankräuber, lag eine Woche lang in einer Krisis, von der selbst Lorentzen am sechsten Tage nicht mehr glaubte, daß der Patient sie überstehen würde. Aber dann, am siebenten Tag, trat, wie so oft in der Medizin, schlagartig eine Besserung ein. Bornemann erwachte aus seiner Besinnungslosigkeit und erkannte klar seine Umwelt. Er sah zuerst Schwester Rita von Station III und schüttelte schwach den Kopf.

»Bin ich wieder hier?« flüsterte er. »O, es ist zum Kotzen …«

»Er flucht schon wieder«, sagte Schwester Rita kurz darauf am Telefon zu Dr. Lorentzen. »Er ist also ganz klar.«

Von dieser Besserung sagte man dem immer noch vor der Tür wachenden Polizisten nichts. Im Gegenteil, die Beamten glaubten, es ginge nun doch endlich zu Ende, weil Dr. Thorlacht wieder mit einem Infusionsgerät schnell ins Zimmer ging.

»Wie komme ich hierher?« fragte Bornemann, als Lorentzen an seinem Bett saß und die Traubenzuckerinfusion kräftigend in die Vene tropfte. »Man hat mich doch erschossen. Ich war doch tot.«

»Fast. Lungenschuß, Arterienriß und innere Verblutung. Das war eine ganz schöne Arbeit.«

»Du hast mir das Leben gerettet, Lutz?« Bornemann tastete nach Lorentzens Händen und hielt sie fest.

»Ja. Das kann man sagen.«

»Gerettet fürs Zuchthaus …« Bornemann lächelte schwach. »Aber ich bekomme nicht viel. Es war kein Überfall, kein bewaffneter Raub. Ich habe keinen bedroht. Ich habe nur die Scheine eingesammelt und hinausgetragen. Wie Altpapier. Das ist einfacher Diebstahl.«

»Ich weiß nicht, Hans. Ich bin juristisch nicht kompetent. Aber logisch gesehen: Du hast wirklich keinen an Leib und Leben geschädigt oder bedroht. Das müßte mildernd berücksichtigt werden.«

Bornemann sah an die Decke und atmete pfeifend. Die Lunge schmerzte noch sehr. »Weiß man, daß du und ich … daß ich hier war, damit du mein Gesicht …«

»Die Polizei weiß es nicht. Nicht in solchem Zusammenhang. Ich habe erzählt, du seist als mir völlig fremder Patient gekommen.«

»Das ist gut. Ich werde auch schweigen.« Bornemann drückte Lorentzen die Hand. »Es war eben ein verlorenes Spiel. Man muß auch verlieren können, Lutz.«

Noch drei Tage blieb die Polizei in Unwissenheit, dann war Bornemann vernehmungsfähig. Aus Frankfurt kam der Staatsanwalt angereist, denn der Fall Bornemann sollte nach Frankfurt, dem Tatort, übergeben werden.

Lorentzen war bei dem Verhör zugegen; er bestand darauf, das Verhör abbrechen zu lassen, wenn der Patient nicht mehr folgen konnte. Mit saurem Gesicht mußte der Staatsanwalt nachgeben. Ein Arzt hat das Recht, sogar ein Verhör nicht zuzulassen, wenn es gegen sein ärztliches Gewissen ist.

Hans Bornemann gab alles zu. Er berichtete von der Einfachheit des Raubes und von seinen Motiven. Dann schwieg er.

»Man hat in Ihren Taschen 274 000 DM gefunden«, sagte der Staatsanwalt laut. »Wo ist das andere Geld? Es waren 2,3 Millionen.«

»Das ist gelogen. Es waren genau zwei Millionen und siebenundachtzigtausendfünfhundert Mark. Ich hatte Zeit, es genau zu zählen. Ich bin als Kassierer sehr gewissenhaft.«

»Werden Sie nicht auch noch frech!« schrie der Staatsanwalt. »Wo ist der Rest des Geldes?«

»In den Bergen«, sagte Bornemann müde.

»In den – wo?«

»Bergen. Hoch droben.«

»Wo?«

»Das kann ich Ihnen nicht erklären.«

»Man kann alles erklären.«

»Also gut. Von hier schräg nach oben, dann durch zwei Wälder, man kommt an die Baumgrenze, dann weiter, wo Felsen sind. Finden Sie das?«

»Nach so einer idiotischen Lagebeschreibung nicht.«

Bornemann schloß die Augen. »Ich habe eben nicht den Bildungsstand eines Beamten«, sagte er matt.

»Bornemann!« brüllte der Staatsanwalt. »Wenn Sie so kommen, können wir auch anders.«

»Das glaube ich nicht«, sagte Dr. Lorentzen in diesem Augenblick hart. »Der Patient ist nicht mehr vernehmungsfähig. Bitte, Herr Staatsanwalt, verlassen Sie das Krankenzimmer. Dr. Thorlacht – Cardiazol! Bitte –«

Lorentzen hielt die Tür auf. Wütend, mit hochrotem Gesicht, rannte der Staatsanwalt hinaus.

»Ich werde einen Amtsarzt beauftragen«, sagte er auf dem Flur mit mühsamer Beherrschung. »Der Kerl weiß, wo das Geld liegt. Er hat es versteckt. Nur er allein kann uns hinführen. Wann ist der Mann gehfähig?«

»In drei Wochen.«

»Warum nicht früher?«

»Weil Ihre Polizei so gut schießt.«

»Soll das ein Vorwurf sein?«

»Nein, eine Diagnose.«

»Danke.«

»Bitte.«

Bornemann konnte schon nach achtzehn Tagen aufstehen und war kräftig genug, die Polizei in die Felsen zu führen. Ein Staatsanwalt, zwei Kommissare, zwei Abgesandte der Bank, zwei Ortspolizisten, der Bürgermeister von St. Hubert, der Feuerwehrhauptmann und Dr. Lorentzen stiegen die verschneiten Pfade hinauf. Bornemann führte, es ging langsam, aber sie erreichten nach zwei Stunden die Baumgrenze. Schroffe, jetzt mit Eis überzogene Felsen türmten sich vor ihnen auf. Schluchten, Grate, Plateaus ... alles im Schnee gleichartig und verzaubert aussehend.

Bornemann blieb stehen, rieb sich die Augen und sah sich hilfesuchend nach Lorentzen um. Er hob die Schultern.

»Ich finde es nicht wieder ...« stotterte er. »Es sieht jetzt alles anders aus ... Ich weiß wirklich nicht ...«

»Das ist ja ein dicker Hund!« brüllte der Staatsanwalt. »Wollen Sie uns weismachen, Sie kennen das Versteck nicht wieder?«

»So ist es.« Hans Bornemann setzte sich auf einen vereisten Baumstumpf. Sein Gesicht war leer vor Enttäuschung.

»Ohne Schnee sieht alles anders aus ... Vielleicht im Frühjahr, wenn der Schnee geschmolzen ist ...«

»Auch das noch! Halten Sie uns zum Narren?« Er brüllte, daß sein Atem wie Dampf vor seinem Mund stand. »Los! Suchen! Ich gehe hier nicht wieder weg, als bis wir das Versteck haben!«

»Ich bin dafür, daß wir die Suche abbrechen«, sagte Dr. Lorentzen. »Der Patient ist schwach und überanstrengt.«

»Er ist kein Patient!« schrie der Staatsanwalt. »Er ist ein Bankräuber! Als er die zwei Millionen wegschleppte, war er nicht müde. Wir suchen! Und wenn er auf allen vieren kriecht ...«

Bornemann erhob sich. Schwankend ging er durch den hohen Schnee, mit leeren Augen, den Felsen entgegen, die er nicht wiedererkannte.

Dr. Lorentzen ahnte, daß es an diesem Tage eine Katastrophe geben würde. Er hielt den Staatsanwalt am Ärmel fest, als dieser dem taumelnden Bornemann nachgehen wollte.

»Sehen Sie nicht, daß Bornemann fertig ist?« fragte Lorentzen hart. Der Staatsanwalt schüttelte wütend den Griff ab.

»Nein!«

»Sie übernehmen die Verantwortung für alles, was kommt?«

»Natürlich!«

»Ich bitte, mir das nachher in meinem Büro schriftlich zu geben.«

»Wie Sie wollen! Sollen wir Verbrecher mit Samthandschuhen anfassen? Der Mann simuliert doch bloß.«

»Ich bin verblüfft, daß Sie auch Medizin studiert haben, Herr Staatsanwalt«, sagte Lorentzen scharf. »Anders kann ich mir nicht erklären, daß Sie Diagnosen stellen.«

»Weiter!« Der Staatsanwalt brüllte durch die kalte Winterluft. Er ließ Dr. Lorentzen einfach stehen wie einen dummen Jungen und stapfte Bornemann nach, der sich durch den tiefen Schnee vorwärts quälte, in eine Felsenschlucht hinein, die er vorher nie gesehen hatte.

Dr. Lorentzen blieb zurück. Es ekelte ihn an, wie man Bornemann vorwärtstrieb. Wie ein Tier, das störrisch war. Es fehlte nur noch, daß man ihn prügelte. Vor allem die beiden Vertreter der beraubten Bank gaben keine Ruhe. Sie sprachen auf Bornemann und den Staatsanwalt ein, gestikulierten und machten immer wieder klar, daß zwei Millionen auf dem Spiel ständen.

Der Staatsanwalt blieb am Eingang der Schlucht stehen und sah sich zu Dr. Lorentzen um. »Sie kommen nicht mit?« rief er.

»Nein!« rief Lorentzen zurück. »Ich mache mich nicht mitschuldig! Bornemann ist nicht mehr gehfähig!«

»Immer diese Ärzte!« Der Staatsanwalt wandte sich schroff ab. »Im Prozeß vermasseln sie einem das Strafmaß durch hochgeistige Gutachten, in der Voruntersuchung behandeln sie die Verbrecher wie Erste-Klasse-Patienten.« Er sah sich zu den anderen Beamten um. »Aber bei mir nicht! Wir brauchen den Herrn Doktor nicht!«

Die Polizisten grinsten. Scharfer Hund, der Staatsanwalt, dachten sie. Frankfurter Luft. Wenn der den Bornemann nicht fertig kriegt ...

Bornemann taumelte durch die Schlucht. Er sah nach allen Seiten; versuchte sich vorzustellen, wie die Felsen aussehen ohne Schnee; seine Augen waren trüb vom Schweiß, der ihm über den Körper lief, und dabei fror er, denn er hatte nichts an als seinen dünnen Sommermantel, mit dem er geflüchtet war.

»Na, wo denn?« brüllte der Staatsanwalt in Bornemanns Nacken. »Spielen Sie doch nicht den Doofen! Das zieht bei mir nicht. Wenn Sie glauben, Sie könnten uns hier aufs Kreuz legen, sind Sie schief gewickelt! Ein paar Jährchen abbrummen, und dann hin zu den Millionen und ab durch die Mitte ... Nicht bei mir, Bornemann! Ich kriege Sie in Sicherungsverwahrung, wenn Sie uns nicht die Millionen zeigen!«

Das war maßlos übertrieben, denn Sicherungsverwahrung war im Falle Bornemann unmöglich, da er kein rückfälliger Gewohnheitsverbrecher war, aber wer kennt schon die Gesetze? Bornemann glaubte es, er zuckte zusammen und begann zu zittern. Das bedeutet lebenslänglich, dachte er. Ich werde nie mehr aus den Mauern herauskommen. Und dabei habe ich keinen getötet, keinen bedroht, keinen verletzt. Nicht einmal eine Scheibe habe ich eingeschlagen …

»Ich finde es nicht wieder, Herr Staatsanwalt«, stammelte er. Seine Augen flackerten vor Erschöpfung. In der Lunge stach es wieder. Er mußte husten und hatte dabei das Gefühl, als reiße innerlich alles wieder auf.

»Lassen Sie den Quatsch, Mann!« brüllte der Staatsanwalt. »Sie finden die Stelle, und wenn es Scheiße regnet!«

Bornemann stolperte weiter.

Felsen. Schnee. Eis.

Nirgends eine Blume mehr. Wo war das Bäumchen, das er umgepflanzt hatte? War es nicht weiter rechts gewesen? Das nächste Felsengebiet? Ein schmaler Weg führte zu der Stelle. Wie ein Riß zwischen den Felsen. Hier aber war eine breite Schlucht. Nein, hier war es nicht …

Plötzlich sahen alle Berge gleich aus, wie uniformiert. Eine schreckliche Angst überfiel Bornemann. Wenn ich das Geld wirklich nicht wiederfinde, auch im Frühjahr nicht? Sie sperren mich lebenslang ein, sie machen mich zu einem lebenden Toten.

Er lief. Er lief mit keuchenden Lungen durch den Schnee, so schnell, daß der Staatsanwalt nicht mehr mitkam. Die Angst machte ihn vollends blind, er taumelte herum, starrte die Felsen an, grub ein paarmal mit den Händen, wo ein windzerzaustes Bäumchen stand …

Nichts. Die falsche Stelle. Ein Irrtum. O mein Gott, es sieht jetzt ja alles gleich aus!

»Machen Sie keine große Schau, Bornemann!« rief der Staatsanwalt, als Bornemann erschöpft im Schnee kniete und die heiße Stirn gegen den vereisten Felsen drückte. »Sie wissen genau, wo Sie das Geld versteckt haben.«

Bornemann gab keine Antwort mehr. Er rollte rückwärts in den Schnee, streckte sich, und sein Mund klappte auf, als ersticke er.

»Der Arzt soll kommen!« rief der Staatsanwalt. Er sah auf Bornemann hinunter wie auf ein zerdrücktes Ungeziefer. »Wir suchen morgen weiter! Wo ist der Arzt?«

Dr. Lorentzen kam langsam zur Schlucht. Er beugte sich über den besinnungslosen Bornemann und richtete sich dann auf.

»Waidmannsheil, Herr Staatsanwalt!« sagte er laut.

Mit steinernem Gesicht wandte sich der Staatsanwalt ab und ging zurück ins Tal.

Es gab keine Fortsetzung am nächsten Morgen.

Es gab überhaupt kein Suchen mehr.

Am 23. Dezember starb Hans Bornemann. An einer Pneumonie. Sein geschwächter Körper hatte trotz aller Antibiotika, die man in ihn hineinpumpte, nicht mehr die Kraft, die Lungenentzündung zu besiegen.

Bevor er starb, zehn Stunden vor dem Koma, sprach er noch flüsternd mit Lorentzen.

»Ich habe keinen umgebracht«, stammelte er. »Ich hätte es auch nie gekonnt. Ich bin kein Verbrecher. Ich … ich wollte nur einmal leben, richtig leben … Das ist keine Entschuldigung … aber warum behandelt man mich so, als wenn ich zehn Menschen umgebracht hätte?«

»Zwei Millionen sind mehr wert als zehn Menschen«, sagte Dr. Lorentzen bitter. »Wir leben heute in einer Umkehrung der Werte. Wenn du zehn Menschen tötest und sagst hinterher, du weißt nicht, warum, dann bekommst du den Paragraphen einundfünfzig Absatz eins und ein Psychiater wird dozieren, daß du dich im Augenblick der Tat in einem Affekttunnel oder sonstwas befunden hast. Man wird dich milde beurteilen. Wer aber zwei Millionen klaut, ist wesentlich schlimmer dran. Dazu braucht man Intelligenz. Die ist bei Gericht nie gefragt … nur die Schwachsinnigen haben eine Chance. Ja, hättest du bei deiner Verhaftung blabla gemacht und die Augen verdreht oder den Staatsanwalt frisch, fromm und frei angepinkelt … du hättest eine Chance gehabt. So gehst du vor die Hunde.«

»Ich muß also sterben?« sagte Bornemann leise. Seine Augen sahen Lorentzen mit dem Blick eines sterbenden Hundes an. »Jetzt kannst du mich nicht mehr retten, Lutz?«

»Ich fürchte, nein.«

»Ich danke dir, Lutz.« Bornemann schloß die Augen. »Ich gehe aus einem versauten Leben ... ich bin ganz froh drum ...«

Als er starb, war niemand bei ihm. Schwester Frieda fand ihn tot vor, als sie das Frühstück brachte.

Gleich nach Bornemanns Tod rief Dr. Lorentzen in Frankfurt an. Er hatte Glück, der Staatsanwalt war zu Hause.

»Bornemann ist eben verstorben«, sagte Lorentzen rauh. »Die Justiz ist Sieger geblieben!«

»Wollen Sie damit andeuten, daß Sie mir die Schuld geben?« bellte der Staatsanwalt zurück. »Eine Lungenentzündung kann jeder kriegen.«

»Da haben Sie recht. Eine Lungenentzündung kann jeder kriegen.«

»Na also! Hat er noch etwas gesagt?«

»Viel.«

»Das Versteck des Geldes?«

»Nein.«

»Mist! Wo soll man jetzt suchen?«

Lorentzen antwortete nicht mehr. Er hängte ein.

Das Geld. Zwei Millionen. Das war wichtig.

Für den toten Bornemann gab es nicht eine Minute höflicher Anteilnahme.

Und das alles »Im Namen des Volkes«.

Armes Volk!

Dr. Lorentzen wandte sich zu Marianne um, die betreten im Zimmer saß.

»Er wird einen schönen Eichensarg bekommen«, sagte er, »und ein schönes Begräbnis. Er war allein auf der Welt.«

Heiligabend.

Die meisten Patienten der Almfried-Klinik und die Damen auf der Schönheitsfarm waren abgereist. Nur wenige blieben über Weihnachten da, weil Lorentzen sie nicht entlassen konnte. Es waren Operierte, die er unter Aufsicht behalten mußte. Der »Graf« war darunter und die blasse Evelyn Heinzel, die Tag für Tag mit einer eisernen Energie im neuen Wasserbecken schwamm und das bisher verkümmerte Bein zwang, zu arbeiten, sich zu durchbluten, Muskeln zu bilden, die Sehnen geschmeidig werden zu lassen.

Ilse Patz war in diesen Tagen mehr im Wasser als auf dem Land. Ihre Massagen waren für Evelyn anstrengend, aber sie spürte, wie ihr ganzer Körper sich umstellte, kräftiger wurde, gesünder. Das verlängerte Bein bekam eine geringe Standkraft ... es konnte natürlich den Körper noch nicht tragen, aber Evelyn konnte mit ihm auftreten und langsam gehen, wenn sie einen Stock zu Hilfe nahm.

Was sie immer wieder faszinierte, war, daß dieses Bein jetzt bis zur Erde reichte und daß sie ohne Schwanken gehen konnte.

Ihre Kleider waren nun alle vier Zentimeter zu lang, und in den Stunden der Ruhe beschäftigte sie sich damit, alle Säume zu kürzen und umzunähen.

Lorentzen beobachtete sie insgeheim, wie sie selbständig übte und, sich an das Fußende des Bettes festklammernd, das Bein bewegte und vorsichtig belastete. Eine Röntgenkontrolle ergab, daß sich der Knochen nicht verändert hatte, daß Verkürzung und Verlängerung fest genug waren, das andere Knochengerüst zu tragen.

In diese Zeit der Freude fiel die Todesnachricht von Professor Heberach. Der I. Oberarzt der Hamburger Klinik schickte ihm eine Anzeige.

Lange saß Lorentzen sinnend vor dem schwarzumränderten Papier. Mit Heberach ging an der Universität eine Ära zu Ende ... aber auch der böseste Feind, der unnachgiebigste Hasser seines Schwiegersohnes ging dahin. Von nun an würde Ruhe herrschen. Der Name Lutz Lorentzen hatte sich durchgesetzt. Ob dies der letzte Anstoß gewesen war, Heberach den gar nicht ersehnten letzten Frieden zu verschaffen?

Lorentzen dachte an die Jahre zurück, an die er eigentlich nicht mehr denken wollte.

Der junge Assistent bei dem großen Professor. Schon die erste Bekanntschaft im Operationssaal war bezeichnend. Heberach hatte im Röntgenbild einen Knochenabszeß gesehen. Er sah so etwas im Vorbeigehen an den eingespannten Röntgenbildern. Ein Mann wie Heberach war unfehlbar. Er war der König.

Dann die Operation. Der Patient lag schon auf dem Tisch, die rechte Hand operationsreif. Heberach wusch sich noch, als der junge Assistent Lorentzen plötzlich sagte: »Das ist ja die falsche Hand! Nicht die rechte … die linke ist es!«

Atemlose Stille im OP. Vom Waschbecken zeigte der II. Oberarzt an die Stirn. Idiot! Der Alte hat rechts gesagt.

Heberach trat an Lorentzen heran und musterte ihn wie einen Latrinenreiniger. »Links?« sagte er mit seiner hohen Stimme. »So, so … links? Das ist da, wo der Daumen rechts ist, nicht wahr?«

»Allerdings, Herr Professor.«

»Dann operieren Sie links!« schrie Heberach plötzlich. »Ich operiere rechts! Und dann fliegen Sie raus!«

Lorentzen stand allein, als er die linke Hand aufschnitt. Er spürte die Blicke der anderen Ärzte in seinem Nacken. Er war ein erledigter Mann.

Doch er hatte recht. Es war die linke Hand.

Wortlos verließ Heberach den OP.

Bald darauf lernte Dr. Lorentzen Heberachs Tochter kennen. Damit war das Unglück perfekt. Bis heute, wo die Todesnachricht auf seinem Schreibtisch lag, hatte Lorentzen den Haß Heberachs zu spüren bekommen.

Lorentzen steckte sich eine Zigarette an.

Wir wollen nicht ungerecht sein, dachte er. Ich habe viel von ihm gelernt. Ich verdanke ihm das Grundwissen meiner Chirurgie. Er hat mich gelehrt, am Operationstisch mutig zu sein und in der Not improvisieren zu können. Ohne ihn wäre ich nicht der Arzt, der ich bin. Auch das muß man sagen, wenn man an Heberach denkt.

Zum Begräbnis flog Lorentzen von München nach Hamburg. Es war eine riesige Trauerfeier. Der Friedhof war schwarz von Menschen. Wer kannte Heberach nicht? Lange Reden wurden gehalten. Der Pastor rollte noch einmal das Leben des großen, alten Mannes der Chirurgie auf. Freunde sprachen, und allen war es merkwürdig, daß Heberach wirklich Freunde gehabt haben sollte. Das lag gar nicht in seinem Wesen. Freunde ... das heißt, daß man zuhören kann, daß man andere Meinungen gelten läßt, daß man Leistungen anerkennt. Das alles hatte Heberach nie gekonnt. Er war der König. *Seine* Meinung galt.

Lorentzen hielt sich abseits. Von weitem nickte er den alten Bekannten aus der Klinik zu, dem I. Oberarzt, den drei OP-Schwestern, dem Verwaltungsdirektor – mit dem er so oft Krach gehabt hatte wegen der Krankenverpflegung –, der Schwestern-Oberin, einigen Stationsärzten.

Während ein Kinderchor sang – erst jetzt erfuhr man, daß Heberach Förderer des Kirchenchores war –, trat ein Herr in Schwarz und Zylinder an Dr. Lorentzen heran.

»Doktor Bantz«, stellte er sich vor.

»Lorentzen.«

»Ich weiß. Ich bin der Notar des Herrn Professors. Heberach sprach oft mit mir über Sie ...«

»Das glaube ich.« Keine Bitterkeit lag in Lorentzens Stimme. »Er hatte an mir ein Lebenswerk an Haß.«

»So schien es.«

Lorentzen sah den Notar etwas verwirrt an. »Wie soll ich das verstehen?«

»Darüber können wir uns bei mir unterhalten, Doktor. Machen Sie mir die Freude, mit Ihnen nach den Feierlichkeiten zu speisen?«

»Recht gern.«

Sie warteten stumm, bis der Sarg in die Gruft gelassen war und die unzähligen Trauergäste ihre Blumen auf den Sarg geworfen hatten. Als letzte traten sie heran, und Lorentzen sah lange auf den blumengeschmückten Sarg. Dann wanderte sein Blick langsam zur Seite zu dem weißen Marmorstein neben dem frischen Grab.

Seine Frau, Helene. Wie konnte sie lachen. Ein Lächeln lag sogar um ihre Lippen, als man sie tot aus dem Auto zog.

Eine Hand berührte ihn von hinten, Dr. Bantz.

»Kommen Sie. Dieser Lebensabschnitt ist abgeschlossen. Wir essen etwas und fahren dann zu mir.«

Lorentzen nickte. Er trat vom Grab weg an den Stein Helenes und senkte den Kopf.

Das ist ein Abschied für immer, dachte er. Ich werde nie mehr nach hier zurückkehren. Ich werde Marianne heiraten. Helene wird es verstehen ...

Später, in der Praxis des Notars, saß er in einem weichen Sessel und rauchte nervös eine Zigarre. Dr. Bantz hatte ein großes Kuvert aus dem Panzerschrank geholt, nachdem er ein kleineres vor Lorentzens Augen geöffnet hatte.

»Professor Heberach übergab mir beide Kuverts vor einigen Jahren. Das kleinere ist zu öffnen unmittelbar nach seinem Begräbnis ... das ist hiermit geschehen. Ich lese vor:

›Nach meinem Tode ist mein Schwiegersohn Dr. Lutz Lorentzen, wo immer er auch dann sein mag, zu benachrichtigen und nach Hamburg zu bitten. In seiner Gegenwart soll das große Kuvert, das mein Testament enthält, geöffnet und verlesen werden. Heberach.‹«

Lorentzen nickte. »Das wird der letzte Schlag sein, Dr. Bantz. Ein posthumer Arschtritt. Fangen Sie an, ich bin gefaßt. Ich verzeihe dem Alten die Rache über den Tod hinaus. Er konnte nicht anders ...«

Dr. Bantz erbrach die vielen Siegel, mit denen das Kuvert gesichert war, holte einen nur einmal gefalteten Bogen heraus und zeigte ihn erstaunt Dr. Lorentzen.

»Das ist alles! Ein paar Zeilen.«

»Ein Tritt macht keine großen Umstände. Nur zu!«

Dr. Bantz nahm schnell einen Schluck Kognak, ehe er das Testament zu lesen begann.

»Mein Letzter Wille.

Ich habe einmal geglaubt, diese Zeilen so schreiben zu können: Alles erbt meine Tochter Helene. Aber Helene hat geheiratet, gegen meinen Willen, und auch noch einen Arzt. Ich habe mich immer geweigert, Schwiegervater zu werden oder gar Großvater. Aber das Schicksal wollte es anders. Ich muß mich damit abfinden, nach innen ... nach außen muß ich meinen Schwiegersohn hassen, denn es gehört zu meinem Gesicht.«

Dr. Bantz unterbrach. Dr. Lorentzen zerbröselte die Zigarre nervös zwischen seinen Fingern.

»Ein völlig neues Heberach-Gefühl«, sagte er leise. »Sollten wir ihn alle verkannt haben?«

Dr. Bantz las weiter:

»Mein Schwiegersohn Dr. Lutz Lorentzen ist mein bester Schüler gewesen. Er wurde mein bester Oberarzt. Er ist als Chirurg ein Genie ... ich habe das nie gesagt, weil es für einen Heberach unmöglich war. Jetzt, nach meinem Tode, kann ich es: Lorentzen ist ein Genie. Er konnte mehr als ich ...«

»Als Heberach das schrieb, war er schon krank«, warf Lorentzen ein. Sein Gesicht glühte. Bantz winkte ab.

»Hören Sie weiter, Lorentzen: Mein Letzter Wille also: Alles, was ich habe, das sind Häuser, Grundstücke, Aktien, Bankkonten, Buchverträge, Inventar und alle auf meinen Namen lautende Rechte vererbe ich meiner Tochter, Frau Helene Lorentzen geborene Heberach. Sollte meine Tochter vor Dr. Lorentzen sterben, so tritt Dr. Lorentzen voll in dieses Erbe als Alleinerbe ein unter einer Bedingung: In meinem Schreibtisch befindet sich das unvollendete Manuskript eines auf drei Bände angelegten Werkes: ›Lehrbuch der modernen Chirurgie‹. Es fehlen die Kapitel: Unfall-Chirurgie, Transplantationstechnik, Wiederherstellungschirurgie, Schönheits-Chirurgie. Ich habe diese Kapitel nicht geschrieben, weil ich weiß, daß Dr. Lorentzen es besser kann. Ich verpflichte nun Dr. Lorentzen, mein Werk zu Ende zu schreiben und unter meinem Namen herauszugeben und nie bekanntzugeben, daß diese Kapitel nicht von mir, sondern von ihm sind. Tut er das, soll er mein bzw. Helenes Alleinerbe sein, als Dank, meinen Namen der Nachwelt gerettet zu haben. Heberach.«

Dr. Bantz ließ das Blatt sinken. Er sah, wie Dr. Lorentzen beide Hände über die Augen gedeckt hatte.

»War das ein Tritt in den Hintern, Lorentzen?« fragte er leise.

Lorentzen schüttelte den Kopf. »Mein Gott, wie habe ich den Alten verkannt.« Er ließ die Hände sinken, seine Augen waren gerötet. »Und doch ist es typisch Heberach. Er ist der Größte, über das Grab hinaus ... auch wenn ich als Geisterschreiber hinter ihm stehe.«

Dr. Bantz schob das Testament wieder in den großen Umschlag.

»Sie werden den Letzten Willen des Toten erfüllen?«

»Ja. Aber ohne Terminangabe. Ich habe eine große Klinik, die mich festhält.«

»Das Vermögen Heberachs an Häusern, Grundstücken, Aktien, Gemälden, Teppichen und Kunstgegenständen wird auf etwa drei Millionen Mark geschätzt. Auf den Bankkonten liegen zur Zeit fünfundvierzigtausend Mark. Allein seine Meißener Porzellansammlung ist dreihunderttausend Mark wert. Das gehört alles Ihnen, wenn Sie mir die fertig gedruckten drei Bände ›Lehrbuch der modernen Chirurgie‹ auf den Tisch legen.«

Dr. Lorentzen nickte. Wie betäubt flog er zurück nach München.

Und nun war Heiligabend.

Im Gemeinschaftsraum der Klinik brannte ein großer Tannenbaum voller Lichter. So wild, wie er aus dem Bergwald kam, so stand er im Raum. In seinen Zweigen sah man noch die Gipfelstürme, roch man den Schnee.

Schwester Emilie spielte auf dem Harmonium »Stille Nacht, heilige Nacht.« Daß sie auch das konnte, erregte allgemein Bewunderung. Bisher hatte man geglaubt, ihre Welt seien nur chirurgische Instrumente und Mulltupfer.

Im Hintergrund flog die Tür auf, als die zweite Strophe begann. Der »Graf«, dessen Hautrolle Lorentzen noch für Weihnachten aufgetrennt und als Deckung in den Defekt eingenäht hatte, biß sich auf die Zähne. Auch Dr. Thorlacht schnupfte ein paarmal auf, und der alte Patz sah an die Decke und scharrte mit den Füßen, während ihm die Augen naß wurden.

Auf zwei Stöcken kam Evelyn Heinzel herein. Sie ging langsam, unsicher ... aber sie ging allein, gerade und nicht hinkend, sie setzte Fuß vor Fuß, und beide Beine waren gleich lang, die Kniescheiben in einer Höhe, die schmalen Fesseln in einer Linie, wenn sie stand.

Kurz vor dem leuchtenden Weihnachtsbaum ließ sie die Stöcke fallen. So still war es im Saal, daß es laut krachte, als die Stöcke auf den Boden schlugen.

Sie streckte die Arme aus, in ihren großen Augen sah man den Widerschein der Kerzen und das helle Leuchten der Freude ... und sie ging ... drei Schritte ... vier ... fünf ... sie stand vor Lorentzen, schluchzte und fiel ihm um den Hals.

»Brav, mein Mädchen«, sagte er leise. »In drei Monaten kannst du tanzen. Fröhliche Weihnachten.«

Er gab ihr einen langen Kuß. Und alle im Saal klatschten Beifall und hatten Tränen in den Augen und schämten sich nicht.

Der Frühling kam wie jedes Jahr nicht nur mit frischem Grün und bunten Blumen, Sonne und Sehnsucht, sondern auch die Schönheitsfarm war ausverkauft für Wochen, und in der Almfried-Klinik raufte man sich fast um die freien Betten.

Adam Czschisczinski, genannt »Dicki«, hatte einen großen Schritt getan: Er wollte Schwester Frieda heiraten. Frieda hatte zwar schon zugesagt, aber Dicki rang noch um ein Privileg, das er als Mann für sich beanspruchte: Er wollte nicht »die Katze im Sack« kaufen. Schwester Frieda blieb standhaft: Erst nach der Hochzeit.

So standen die Dinge, als auch Dr. Lorentzen und Marianne, Ilse Patz und Dr. Thorlacht ihre Doppelhochzeit besprachen.

»Wer hätte das gedacht«, lachte Lorentzen. »Kommt da ein junger Arzt als Spion von Heberach, läßt sich seine Nase operieren, wird dann dem Alten in Hamburg abtrünnig, wird mein Oberarzt – und jetzt ist er dabei, auch noch mein Partner zu werden. Mein Junge, wenn das keine Karriere ist!«

Im Kur-Hotel von St. Hubert saßen der alte Patz und der alte Steegert zusammen und brüteten ihr Hochzeitsgeschenk aus.

»Wir schenken ihnen unsere Klinikanteile«, sagte der alte Steegert. »Marianne und Ilse sollen Alleinbesitzer werden.«

»Und ihre Männer?«

»Die werden es automatisch mit.«

»Und dann fällt es meiner wilden Biene ein, einen anderen

Mann zu lieben und schmeißt meinen Schwiegersohn hinaus. Nichts da! Das wird notariell verankert! Wir schenken unseren Töchtern die Klinik mit der Verpflichtung, ihre Männer immer zu lieben, bis daß der Tod sie scheidet, wie's so schön heißt. Einverstanden, Steegert?«

»Einverstanden, Patz.«

»Auf denn ... trinken wir einen!« Der alte Patz winkte der hübschen, drallen Kellnerin. »Luiserl, zwei vom Roten!« Dann schlug er ihr aufs Gesäß, und Luiserl quietschte. Der alte Steegert schüttelte den Kopf. »Du kannst's nicht sein lassen!«

»Warum auch?« rief der alte Patz. »Sonst ist das ganze Witwerdasein ja ein Schmarren.«

Am Nachmittag klopfte Dicki ans Chefzimmer der Klinik und kam verstört herein zu Dr. Lorentzen.

»Sie ist wieder da, Chef«, stotterte er völlig verwirrt. »Sie will wieder operiert werden ...«

Dr. Lorentzen sah Dicki an wie einen Betrunkenen.

»Wer denn?« fragte er.

»Das verrückte Luder, die Amerikanerin.«

»Joan Bridge?« Lorentzen sprang auf. »Das ist doch nicht möglich!«

»Doch. Sie sitzt im Sprechzimmer. Das blonde Gift aus Amerika ... Hat mir zehn Dollar zur Begrüßung gegeben ...«

Dicki zeigte den Dollarschein. Das war ein untrüglicher Beweis ... Joan Bridge war wiedergekommen.

Und wirklich, da saß sie auf dem Stuhl, als Lorentzen in sein Sprechzimmer kam, den Rock bis über die Knie, ein enges Kleid, die weißblonden Haare aufgetürmt, mit grellrotem Mündchen, die blauen Augen kullernd wie ein Schaukelpferd, in der straffen Bluse die zierliche, jugendliche, neue Brust ...

»Doktorchen!« rief sie, als Lorentzen die Tür schloß. Sie sprang auf und fiel ihm um den Hals. »O, liebes Doktorchen! Da bin ich wieder. Ach Gott!« Sie machte ganz traurige Augen und verzog das grelle Mündchen. »Ich bin so unglücklich, Doktorchen. Ich bin am Ende meiner Nerven. Ich nehme noch zwanzig Schlaftabletten, nein – hundert! Sie müssen mir helfen! Liebes, liebes Doktorchen ...«

»Worum geht es, Miß Bridge?« Lorentzen hielt sie von sich weg und musterte sie. »Speck weg von den Hüften?«

»O nein, nein, bloß nicht.« Sie blinzelte, als sähe sie in grelles Licht. »Mein kleiner Italiener ist auf und davon. Mit vierzigtausend Dollar. Ein kleiner, schmieriger Lump. Eine Ratte. Aber nun liebe ich wieder. Oh, wie ich liebe, Doktorchen! Wir wollen heiraten. Er ist Libanese.«

»Wie bitte?«

»Ein Bankier aus Beirut. Ein süßer, schicker Mohammedaner. Ein Frauenkenner. Aber meine Brüste ... Doktorchen, meine Brüste! Er sagt, sie bringen ihn zur Verzweiflung ...«

»Noch zu groß?«

»O, das ist es ja! Zu klein, viel zu klein, Rachid liebt volle Frauen. Er will aus dem vollen schöpfen. Doktorchen ...« Joan Bridge hing wieder an Lorentzens Hals, er konnte sie einfach nicht wegdrücken. »Operieren Sie mich! Machen Sie mir schnell, ganz schnell große, feste Brüste. Ganz große ... Bitte, bitte ...«

Lorentzen sah seufzend an die Decke. Dann nickte er.

So ist das, dachte er. Das ist der Mensch. Er rennt immer seinem Glück nach – oder dem, was er für sein Glück hält.

Drüben ziehen die Damen ein, und sie sind wie Blumen in einem Treibhaus ... sie werden üppig und schön und man bewundert sie. Und ihre Träume blühen mit ... die Träume der verlängerten Jugend.

»Sie machen mir ganz große Brüste?« rief Joan Bridge.

»Ja.« Lorentzen ließ sich küssen, und dann lachte auch er und trat an das Fenster, während Joan Bridge hinter ihm jubelte: »Sie sind der phantastischste Mann, den es gibt, Doktorchen.«

Der Frühling kam. Die Sonne schien schon warm. Auf den Wiesen leuchteten die zarten Farben der Krokusse.

Der Operationsplan für morgen, dachte Lorentzen.

Krampfadern.

Operation einer Elephantiasis.

Zwei Lidplastiken.

Eine Bruststraffung.

Die 49. Operation am Gesicht des »Grafen«.

Das Leben ging weiter … immer weiter … Menschen kamen und Menschen gingen, und sie alle standen vor ihm und sagten: »Doktor, bitte, helfen Sie mir!«

Und er half ihnen.

Er konnte sich gar nichts anderes vorstellen für sein Leben. Denn der Mensch lebt nicht allein am Tag … er lebt auch in seinen Träumen.